SHUIYANG

水漾红尘

HONGCHEN

张碧云 / 著

南方出版传媒
花城出版社
中国·广州

图书在版编目（CIP）数据

水漾红尘 / 张碧云著. -- 广州 : 花城出版社,
2019.5
　　ISBN 978-7-5360-8886-3

　　Ⅰ．①水… Ⅱ．①张… Ⅲ．①长篇小说－中国－当代
Ⅳ．①I247.5

中国版本图书馆CIP数据核字(2019)第051117号

出 版 人：肖延兵
策划编辑：张　懿
责任编辑：黎　萍　蔡　宇
技术编辑：凌春梅
封面设计：介　桑

书　　名	水漾红尘 SHUI YANG HONG CHEN	
出版发行	花城出版社 （广州市环市东路水荫路 11 号）	
经　　销	全国新华书店	
印　　刷	佛山市浩文彩色印刷有限公司 （广东省佛山市南海区狮山科技工业园 A 区）	
开　　本	787 毫米×1092 毫米　16 开	
印　　张	22.5　1 插页	
字　　数	336,000 字	
版　　次	2019 年 5 月第 1 版　2019 年 5 月第 1 次印刷	
定　　价	58.00 元	

如发现印装质量问题，请直接与印刷厂联系调换。
购书热线：020 - 37604658　37602954
花城出版社网站：http://www.fcph.com.cn

真正爱你的人，总会在每一次放弃中找到坚持的理由。

花，有浅绿色调的小藤蔓，也有其他热烈的色彩。但从衣领上看去，永远是素净的米白和浅灰。

第四章

在蔡家佑眼中，蒋玉瑶的变化太大了。蔡家佑不敢相信，眼前坐着的这位气质出众的年轻女子，就是多年前为了陪他把汤喝完，提前一站下公交车，在深夜的街头独自一人走路回家的小女孩。

第五章

冯芊慧对任何男人来说，都会是一个优秀的妻子。但是蒋兆南总是觉得还差了点什么，她从来不让蒋兆南心神不宁，也从来不会让他感到不高兴。冯芊慧流露出来的惊人的理智常常让他无所适从。这种理智绝对不是一个普通女人该有的。

目录

第十章

沈艾莉觉得她在迷雾重重的旷野走了一段很长的路，但她不是一个人在走。她的身体、双腿，像被一股神秘的力量托在空中。她突然听到一声惊雷，有雨滴在她的脸上。她吓了一跳，原来那声惊雷来自她的心脏，那些雨滴来自蒋兆南的眼睛。

尾声

冯芊慧觉得，生存本身就是一道病入膏肓、剪不断理还乱的难题，尤其面对虚无缥缈的看不见摸不着的「精神」层面，没有人有资格轻易判断一个人是否有病。

第一章

1

从小到大，沈艾莉都是在争议中成长的。首先备受争议的是她的美，因为她的美貌，巩固或挑战了人们对美的认知。就像面对世上任何新生事物一样，人们的反应因为这种巩固或挑战产生无法回避的质疑。其次是她的性情，似乎是为了和自己的美貌唱反调，沈艾莉对一切都不在乎。她的表姐冯芊慧说，你只是一个普通的孩子，不能因为长得漂亮，就可以什么都不会；她的舅舅冯宝权说，你是个聪明的孩子，考大学是人生的必经之路；她儿子的父亲严帅不止一次对着她大吼，你是一头猪吗？！英姑说，哎，长得这么好看的姑娘，到底是谁的错？

沈艾莉说，嗯，其实我无所谓，真的，怎么样都行。

蒋玉瑶的母亲罗琼秀第一次见沈艾莉是在女儿的初中毕业典礼上。她们在舞台上表演合唱，沈艾莉和蒋玉瑶在第一排并肩而站。台上的孩子们都穿着统一服装，随着指挥手里的不锈钢小棒子统一呼吸。虽然，在这样的场合，很容易稀释每一个孩子独立的个性。但是沈艾莉的美，依然让罗琼秀感到绝望，尤其是当沈艾莉和自己的女儿蒋玉瑶站在一起的时候，更让她绝望的眼神中多了些胆战心惊。

罗琼秀回到家后，在沙发上坐了半天，把家里的灯光调得比往日暗淡。蒋玉瑶以为她病了，小心翼翼地走到她面前说，妈——

罗琼秀看着眼前这块从自己的身体里掉下来的肉，总算有惊无险地长到十五岁。她的成长点滴，像电影镜头一样在罗琼秀的脑海里快进，回放，快进，回放。她从来不觉得自己的女儿比别人家的女儿差了多少，缺了胳膊还是少了腿。蒋玉瑶的身高在同龄人中还不算矮小，脸上该长眉毛的地方也没长出个嘴巴，该长鼻子的地方，也没多出只耳朵。眼睛不小也不大，皮肤不黑也不白，嘴巴不大也不小……一切都似乎刚刚好。罗琼秀抬起头看着女儿，眼前晃动着沈艾莉的小脸，她叹了口气，又把台灯调暗了半度。

蒋玉瑶说，妈妈——

罗琼秀晃了一下脑袋，拉着女儿的手拍了拍，从今天开始，你该学做家务了。

罗琼秀把自己身上的十八般武艺毫无保留地传授给女儿：买菜做饭，打扫家居，洗衣叠被。还根据季节的更替，严格要求蒋玉瑶料理好一日三餐的食材。蒋玉瑶对于母亲的爱与馈赠顺从地全盘接收，让罗琼秀意外的是，即使蒋玉瑶已经像一般的家庭主妇一样担当起所有的家务事，她整个高中三年的学习成绩不仅没有被拖了后腿，反而一路高歌、突飞猛进。高考时，她以全校文科第一名的成绩考进了全国重点大学学习国际贸易。

蒋玉瑶的父亲蒋兆辉是在她读高二的时候去世的。那时候蒋兆辉经营着一家建筑公司，事业小有所成。从美术学院毕业的弟弟蒋兆南成了哥哥生意上的合伙人，负责家居装饰设计。蒋兆辉与蒋兆南相差了十五岁，蒋兆辉对这个弟弟的爱甚于自己的女儿。兄弟俩在生意上合作无间，生活上也是浓浓的手足情深。

蒋玉瑶这辈子都忘不了父亲的葬礼，蒋兆辉安详地躺在棺材里，脸上化了浓妆，身穿黑得发亮的丧服，像个来不及上台唱戏的文武生。直到葬礼完毕后很长一段时间，蒋玉瑶还听到亲戚们讨论蒋兆辉入殓时的妆容——皮肤白里透红，五官依然生动英武，甚至比活人更显得生气勃勃，并断定那个化妆师一定是全殡仪馆最有经验的师傅。对于亲戚们的议论蒋玉瑶并不苟同，即使殡仪馆的化妆师费了九牛二虎之力，把蒋兆辉从头到脚打扮成一个天妒英才、被上帝迫不及待要带走的样子，他脖子上那道被钢板割开的伤口依然触目惊心，仿佛那是蒋兆辉的生命留下的最后呐喊。

　　台风还没有完全远去，雨还在下。蒋兆南在哥哥的遗体前长跪不起，哭得鼻涕和眼泪在脸上打架。他回忆蒋兆辉出事的经过，当时他们俩正顶着台风在工地抢险。天上一片混沌，地上坑坑洼洼，他们像抢险战士一样，右手同时紧握着一根木棍，艰难地前行。突然听到一声巨响，简易房的屋顶被台风吸了起来，在空中打了几个转，像只蓝色的大风筝，眼看就飘远了。蒋兆南喘了一口气，他回过神来，看着哥哥的背影继续前行。他心里生出一阵感动，生为兄弟，能一起经历这样的风浪，此生无憾了。当蒋兆南还沉浸在他的江湖情长里，蒋兆辉突然大喊一声，转身把蒋兆南扑倒在地。那只远去的蓝风筝又乘风而回，示威似的在兄弟俩的头顶上下左右地飘忽了一阵，像有一只无形的手举着武器在选择目标，然后瞄准，最后准确无误地割在蒋兆辉的脖子上。鲜血像喷泉一样和着风声汹涌而出，喷了蒋兆南一脸。蒋兆南抹了一下双眼，他怒吼了一声，背起受伤的哥哥冲回工地的临时办公室。蒋兆南一边给哥哥包扎伤口一边打电话喊救护车，但是台风导致通信线路故障。他只好背起蒋兆辉往医院一路狂奔，在去医院的路上，他摔了两次跤，摔破了膝盖。蒋兆辉的鼻子也被磕伤，但是相比他的脖子，鼻子上的那点伤简直是天赐的福气了。蒋兆辉从弟弟身上滑下来三次，第三次他怎么也不肯再爬上他的背了。他奄奄一息地跟弟弟说，没用了。蒋兆辉被弟弟背到距离医院五百米的地方，他抬头看了一眼医院楼顶上那个模糊的红十字，吐出了最后一口气，离开了人世。

　　蒋兆辉的遗体被推进火化车间那一刻，世界安静了下来。蒋兆南和蒋玉瑶停止了哭泣。火化车间外面的空地上，摆放着几个专门用来烧纸的铁桶。他们静静地看着铁桶上飘起一只只巨大的黑蝴蝶一样的纸灰，火越烧越旺，似乎能对抗世上所有的黑暗。天上乌云散尽，蒋兆南一手捧着哥哥的骨灰，一手挽着蒋玉瑶，离开了殡仪馆。

　　罗琼秀庆幸自己的先知先觉，要不是那天看见了沈艾莉，她不会大受刺激，及时把蒋玉瑶拉进生活的轨道，才让她不至于被突如其来的变故击倒。父亲的去世对蒋玉瑶的影响算不上大，她的生活已经在梦想和现实之间取得了平衡，从母亲教她做家务那天开始，她就已经找到了她自己。

2

冯芊慧的外婆是一个民间接生婆，老太太直到去世，都没有停止过对沈艾莉出生过程的渲染。

张雪萍嫁给冯宝权的时候，沈艾莉的母亲冯宝怡高中毕业后在自来水厂工作了已一年多。在冯芊慧的印象中，她的姑姑冯宝怡是一个圆圆的形体——脸蛋又白又圆，眼睛又大又圆，手臂圆而有力，屁股圆而紧致。她还喜欢用她那又圆又滑的手指捏冯芊慧的腮帮子，捏得她又想哭又想笑。

冯芊慧五岁的时候，冯宝怡嫁给了自来水厂的技术员沈振扬。沈振扬的爷爷曾是城中的富商，在如今的老城中心拥有一条街的产业。到了他父亲那辈，本来属于沈家的那一条街只剩下一幢三层的小洋房。沈振扬是家里的老三，上面还有两个哥哥。冯宝怡嫁过去的时候，就住在那幢小洋房的三楼。冯芊慧还记得那幢小洋房在老街十分扎眼，人刚进街头，远远就能看见杂乱而有序的老房子簇拥着的那个红色的屋顶，以及三楼装饰着欧式铁艺的小露台。露台上种着一盆簕杜鹃，一年四季，完全不按季节的启示肆意绽放。冯宝怡喜欢在露台上晾晒各种纺织品，从四季的衣服，到花式各异的被套床单，从洗脸的毛巾到垫脚的地毯，以及经她又圆又滑的巧手亲自钩织的各种桌布。这些织物与盛放的簕杜鹃争奇斗艳，把楼顶上精美的灰雕衬托得黯然失色。

沈振扬是一个顾家的男人。他不仅把每个月的工资悉数交给妻子，对妻子的生活细节全盘接受，包括她喜欢晾晒的毛病，做得将就能入口的饭菜，对他喝酒的没完没了的唠叨，还有她的"圆"。沈振扬除了爱喝点小酒，酒后喜欢忆苦思甜之外，基本挑不出大毛病。

20世纪80年代初的一个春暖花开的日子，冯宝怡临产那个月，冯芊慧的外婆每天都来串门。老太太以一个经验丰富的接生婆的眼光断言，她这一胎是个女儿，估计这两天就会生了。冯宝怡说还早，预产期是一个星期后。老太太摇着头说，你听我的，现在先去洗头洗澡，如果你信得过我的话，我这就去——你看，我家伙都准备好了。老太太说完，拍了拍身边的接生工具箱。

冯宝怡为难地说，我已经预约好了医生。

老太太说，生孩子是老天爷定的，老天爷的心意，是医生能揣测的吗？

果然如老太太所料，冯宝怡在卫生间刚洗完澡，衣服还没穿好，肚子就痛起来了。她从卫生间扑出来，抓着老太太的手喊道，啊！痛！

老太太的脸上露出先知般的微笑，她帮冯宝怡穿好衣服，把她扶上床，又麻利地打开她随身带来的接生工具箱，在床前一字排开。老太太打量了一下屋子，视线落在窗前那只酸枝脸盆架上，她捧起那只搪瓷洗脸盆，健步向厨房走去。

冯宝怡捧着肚子在床上打滚，生怕肚子里的孩子随时会掉下来摔坏，但阵痛让她的手无法冷静地固定在同一个地方。她的手开始在空中乱舞，一会揪着枕巾，一会拉扯着被单的一角。那床被单是她花了三个月的时间绣成的，上面有一对喜鹊和一束红梅。她用力过猛，把梅花上的花瓣扯脱了线头。线头沾在她的指甲缝里，像一根根血丝一样触目惊心。

老太太捧着一盆热气腾腾的开水进来了，她用脚把墙边的一张斗凳连踢带挪地腾到床边，把开水架上去。拿起剪刀，一边消毒一边说，你嫂子生小慧的时候也是我经手的……

冯宝怡看着她手里闪着寒光的剪刀，一边挥舞着指甲缝里的红丝线一边喊：不！求你，我要上医院！老太太不悦地放下剪刀，把那盆渐渐变凉的开水放回到酸枝脸盆架上，折回来拉下产妇的裤子仔细地查看了一遍，羊水已经破了，从这里去医院……能叫到出租车的话或许来得及，可是，你家男人呢！

这天是周休日，早上沈振扬出门的时候天上还飘着毛毛雨。沈振扬想起苏小明那首《幸福不是毛毛雨》的歌，他看了看天，又回头看了一眼坐在窗前的藤椅上安静地织毛衣的妻子。冯宝怡自从有了身孕，就开始没日没夜地织毛衣。她买回来的那堆毛线有红有绿，有粗有细。织针有铁制的也有竹制的，还有一堆粗细不一的钩针。沈振扬有一次问妻子，你在织什么？冯宝怡抬起头看着——歪着头想了半天，说，织出来什么就是什么，我哪里知道。

冯宝怡的话让沈振扬回味良久，觉得自己的妻子变了，她改变的不仅仅是日渐粗圆的形体，还有她的思想和语言。是啊，她哪里会知道呢？任何事情结果出来之前，都没有人知道它的真面目。就像她肚子里的孩子，难道冯宝怡想要个儿子，她就能真生个儿子吗？他沈振扬想要个女儿，就真的会是女儿吗？如果这个胎儿都如了他们两个人的愿，那太不像话了！沈振扬似乎也明白了一些做人的道理，既然如此，这毛毛雨能不能代表他此时此刻的幸福，那就不重要了。

　　沈振扬出了门就直奔街道尽头的鸿兴茶楼。广东的茶楼重点不是喝茶，而是品尝各种各样的点心，有时候，甚至连茶都被弃之一角，改而用酒代替。沈振扬刚穿过马路，那个有着一张瘦脸的中年男性服务员迎出来，亲热地喊了声三少爷！把他引到茶楼门外临街摆放着的小桌子旁边，这是沈振扬的专座。瘦脸服务员抽下肩膀上的白里带黄的毛巾拂了拂被毛毛雨飘湿了的椅子，三少爷请！今天要来个老三样还是新三样？老三样指的是排骨、凤爪、牛百叶，新三样指的是虾饺、烧卖、叉烧包。老三样配米酒，新三样配铁观音。沈振扬说，老三样！

　　天开始放晴了。老太太在街上大呼小叫了半天，终于唤来一辆收废品的人力三轮车。她用最简洁的话道明了要租用三轮车的原因，生娃，医院！车夫以最快的速度就地取材，把刚收来的纸皮箱压扁，铺平，还怕产妇躺得不舒服，跳上去踩了几脚。老太太和车夫把冯宝怡扶上车，还适时在冯宝怡的脖子下塞了个枕头，又变魔术似的往她身上甩了一床被子，喊了声快！车夫便使出逃离地狱边缘的劲儿往前蹬。老太太右肩上背着接生工具箱，左边腋下夹着一边黑洋伞。她跟在三轮车后面一路小跑，没一会就超过车夫，她一边跑一边说，悠着点！悠着点！指不定到不了医院就——

　　载着冯宝怡的三轮车沿着河边的树阴向医院狂奔，仿佛背后有熊熊烈火在追赶，稍慢一点就会命丧火海。冯宝怡的阵痛放缓了下来，但是为了衬托此情此景的紧张气氛，她依然没有停止呻吟。她睁开眼看着头顶上抽出新芽的高山榕，鹅黄色的一大片，像刚出壳的小鸡的嘴巴。她又看到一棵高高在上的擎在半空的红棉树，花开得正紧，像火一样刺着她的眼。她心里盘算着，等孩子出世了，得给她绣一张有红棉花的……冯宝怡的想法被又一次袭来的剧烈的阵痛打断，痛得在纸皮箱上打滚。车夫握着车把的双手在冯宝怡的使劲滚动下定不了方向，脚也开始不听使唤，他无法将车骑成一条直线。冯宝怡又滚了几下，痛得她以为自己的身体裂开了。车夫被她的喊叫吓得慌了神，脚上一打滑，车把一歪，撞到路边的红棉树干上。老太太大喊一声，不好！别走了，走不了了！

冯宝怡从车上坐了起来，她的阵痛又减轻了。她打量了一下周围的环境，冷静地说，我知道，还得有半天痛。说着，她把手递给老太太，老太太问她要干嘛。冯宝怡说，我去找那个天杀的。

冯宝怡大摇大摆地走向鸿兴茶楼，看见沈振扬举着酒杯，先是闻了一会，再轻眯上双眼，呷了一小口，开口道，想当年——冯宝怡上前抢过他的酒杯往马路边上使劲地摔了出去。沈振扬看着冯宝怡，又看了看站在旁边的老太太，什么情况啊这是？老太太跺了跺脚，哎哟，我的好姑爷呀！沈振扬说，这一大早的，我这还没——老太太打断沈家三少爷的话，快走吧，娃要出世了！沈振扬摇着头，他伸出手去摸了摸冯宝怡的肚子，这不还在吗？

老太太一只手搀着冯宝怡一只手拉着沈振扬，浩浩荡荡地向木棉树下走去，再不走就来不及了！老太太牵着他们回到三轮车旁边，一辆出租车在他们身边停了下来。沈振扬跟司机说，我老婆说她快要生了，能拉我们去医院吗？司机看了看冯宝怡，疑惑地说，还来得及吗？沈振扬说，肯定来得及，您只要把油门踩狠一点儿。众人正欲把冯宝怡扶上出租车，她突然觉得下体一阵发热，痛得跪了下来，紧紧地抓着老太太的手说，来不及了，我，我要生了！

多年以后，老太太每次说起沈艾莉出生的情景，末了都会来上一句：哼！以我多年的接生经验，能骗得了我？后来呢？冯芊慧总是好奇地问。后来，后来你姑姑就在那棵木棉树下把你表妹给生下来呗，也多亏我早有准备，随身带着家伙，就在那棵红棉树下，把脐带给剪了。我记得，我刚剪掉脐带那一刻，有一朵红棉花掉下来，砸在我的头上，要不然，嘿，我看够呛。冯芊慧说，艾莉出世的时候我也七岁了，我怎么想不起来那天我在哪里，在干什么，要是那天跟着您去姑姑家就好了。老太太斥道，小丫头家的！

3

对于沈艾莉的盛世容貌，她的表姐冯芊慧显得冷静多了。在沈艾莉的整个成长过程中，冯芊慧都对姑姑的所作所为表示出少年老成的抗议。她无法忍受沈艾莉小学毕业都还不会自己穿袜子系鞋带，月经初潮的时候，竟要冯宝怡亲自给她示范卫生巾如何使用。她无法忍受沈艾莉读高中因为不会自己洗衣服无法寄宿住校。更让冯芊慧无法忍受的是，直到沈艾莉结婚嫁给严帅之后，冯宝怡依然二十多年如一日地给她洗内裤。沈艾莉身上所有的缺点，在冯芊慧的眼里都像一条条恶心的寄生虫一样，让人欲除之而后快。归根到底，沈艾莉本身，才是那条最大的母虫，她像吸血鬼一样依附在冯宝怡身上，没有了母亲，她的生活就会停滞不前，只剩一个会喘气的空壳。

但是沈艾莉的美，依然是冯芊慧人生中的千古之谜。她为了解开这个谜团，曾经对外婆刨根问底，沈艾莉出生的过程在她看来既荒诞又有趣，甚至还带着某种神秘的启示。她相继翻阅冯氏家族的族谱，企图从中寻找关于沈艾莉的美貌基因的只言片语；一次又一次地拿着放大镜翻看爷爷奶奶的旧照片，父母的旧照片；遇到和沈家有血缘关系的人都盯着人家看个没完，尤其是她的姑父沈振扬，她不放过与他相处的任何机会，除了他的五官，连他的手指、脚趾、毛发都不放过。沈振扬人生中的第一根白头发，就第一时间暴露在冯芊慧的眼皮底下。冯芊慧的举动让家人们误会她与姑父感情深厚，并因此引起沈艾莉的醋意。遗憾的是，冯芊慧的所有努力都以失败而告终。

随着时间的流逝，沈艾莉长成了让沈振扬和冯宝怡都措手不及的样子。冯宝怡依然保持着她编织的习惯，她不再织地毯、桌布、杯垫子，而是给女儿织各种各样的头饰、手套、小裙子。每次沈艾莉被妈妈牵着小手回外婆家，全身披挂的都是冯宝怡亲手制作的工艺品。进了家门后，沈艾莉在长辈的赞誉声中睁着空洞的眼睛，闭着嫣红的小嘴，无辜而不安。当大人们把注意力从她身上转移到别的地方去后——例如冯芊慧又考了多少分，外公的风湿病时好时坏，舅舅因为论文总是不如人意无法发表导致一直评不上副高职称，沈振扬欠下街尾小卖部的老板娘多少酒钱……

冯芊慧趁着大人们东拉西扯的当儿，牵着小表妹的手出了家门。刚到楼下，沈艾莉看到街边的电线杆下有只大垃圾桶，她兴奋地跑过去，把身上的花朵、手套、镶着织边的小裙子一件一件地摘下来，一股脑扔进了垃圾桶。她伸手在自己的头发上胡乱地拨弄一通，最终变成一个鸟窝状。冯芊慧在一旁静静地看着她，不劝告也不阻止。她觉得沈艾莉长得这么美，做什么事都是对的。沈艾莉还不罢休，她在冯芊慧宽容的注视下，又跑到排水沟边，把手伸进去作洗手状，但是她们都知道，那些水只会越洗越脏。沈艾莉觉得手洗得差不多脏了，才站起来，把双手往脸上一抹，心满意足地跟着冯芊慧往前走。

　　距离冯家不远的地方有一家二手书店，冯芊慧每次都会把沈艾莉带到这里。书店里堆积着各种散发出陈腐的油墨和纸张气味的旧书刊，其中还夹杂着它们曾经的主人的体味。书店尽头有一个小角落，角落里摆放着一张残旧的塑料小矮凳，那是店主人垫脚用的凳子。矮凳旁边堆放着各种各样的旧画册，有中国画、西洋画，有民国时期的月份牌印刷本，还有现代画家的一些粗劣习作。沈艾莉直奔那张小凳子，一屁股坐在上面，把手伸到够得着的高度，随便摸出一本画册，就津津有味地翻了起来。她看得那样入神，冬天的时候，竟看到额头冒出小汗珠，而夏天最炎热的季节，冯芊慧竟发现她的手是冰凉的。冯芊慧没有心思翻找自己喜欢的书籍，而是静静地靠在旧书堆里望着沈艾莉出神。沈艾莉看画册的时候，从来都没有抬起过头，冯芊慧无法看清楚她的眼神，但是她可以肯定，这时候沈艾莉的眼里一定闪烁着水晶一样的光辉，因为即使在这个光线晦暗的角落，冯芊慧依然能清楚地看到沈艾莉美丽的轮廓，以及书页上的反光。

　　每次离开外婆家，沈艾莉都会收到一些长辈送的礼物。她对这些礼物都表示出一种不喜欢也不嫌弃的态度。冯宝怡叫她说谢谢，她就说谢谢。冯宝怡让她说再见，她就说再见。但她喜欢去冯芊慧的房间淘东西，她对表姐的所有东西都着迷：校服，书包，笔记本，相册，明星贴纸，笔，指甲刀。所有带着冯芊慧气息的物件，她都视作宝贝。她也不知道自己要这些东西有什么用，带回家就用一个小纸箱装起来。有一次她打算带走冯芊慧的一件胸罩，她看着那两个圆圆的镶着白色花边的小玩意，觉得又好奇又激动。这些花边样式流畅，针脚精巧，比起冯宝怡没日没夜地勾织出来的那些粗劣的手艺，这两圈小花边更讨沈艾莉的欢心。她觉得把它们全部弄走有点过分，但这两个小可爱像双生婴儿一样长在一起难解难分，她灵机一动，找来一把剪刀，把胸罩从中间一绞，把其中的一只揣在衣兜里，心满意足地走了。

冯芊慧对沈艾莉的这个癖好抱着宽容的态度，即使沈艾莉剪掉了她人生中第一件胸罩，她仍然无法对她生气。有一次她问沈艾莉，她拿走的那些小东西有什么用。沈艾莉羞愧不已，低着头看着自己脚上松掉的鞋带。冯芊慧说，抬起头，看着我。沈艾莉把头抬起来，她的眼睛又大又亮，像早上的太阳升起的第一束光。冯芊慧说，告诉姐姐，你要那些东西怎么用？姐姐不是要骂你，姐姐这里的东西只要你喜欢都可以拿去，但是你拿去之前，应该先告诉我一声。沈艾莉的呼吸急促起来，她张开嘴喘气，双手慌乱地上下左右地甩着，一边甩一边跺脚。另一只鞋带在她的跺动下也松开了。冯芊慧冷静地看着沈艾莉的反应，大概过了五分钟，沈艾莉安静了下来，说，鞋带松了。

你已经八岁了，我像你这么大的时候，冯芊慧说，已经会给你外公做饭，会帮你外婆洗衣服，会帮你舅妈拖地板，会帮你舅舅烫衫裤。沈艾莉茫然地看着冯芊慧。冯芊慧说，艾莉，你和姐姐一样，都是女孩，都有一样的手脚一样的力气，姐姐能做得到的事，你也一定能做到。沈艾莉似懂非懂。冯芊慧说，我知道，他们都说你长得好看，来，咱们一起照照镜子。冯芊慧把沈艾莉拉到穿衣镜前，现在咱俩站在一起了，你看，你觉得自己漂亮吗？沈艾莉凝视着镜中的自己，摇了摇头。冯芊慧说，你摇头是什么意思？不知道还是不漂亮。沈艾莉怯怯地说，不知道。冯芊慧伸出手去，指着她们反映在镜子上的脸，你看，这个是我，这个是你，你觉得我们两个哪里不一样？沈艾莉越发糊涂了。

冯芊慧叹了口气，自言自语道，是的，我们的确不一样，太多不一样了。你的眼睛比我大，你的皮肤比我白，你的鼻子比我更高更直，你的下巴线条比我更干脆利落。可是艾莉，虽然我们长得不一样，但是我们都有一样的特点，那就是，我们都是女的，我们都漂亮。你看见阳台上开着的玫瑰没有，你看看。沈艾莉顺着冯芊慧指引的方向望向阳台，花盆上开着五六朵玫瑰花。冯芊慧说，我和你，就像那些花一样，虽然大小不一样，花瓣形态也有差异，颜色也有深有

10

浅。其中的一朵就是你，另一朵是我，还有一朵，比如它是你的同学蒋玉瑶，还有另外几朵，也可以是你们班的某几个女同学。然后呢？沈艾莉问道。冯芊慧说，我想说的是，每一朵花都是独一无二的，都有属于它自己的美。但是，它们不会因为这一朵比另一朵更美，就可以不用浇水，不需要光合作用，更不会因为一朵比另一朵更美，就会让另一朵失色。我的意思是，你不能因为长辈一天到晚夸你长得好看、漂亮，你的生活就会和别人有什么不同。我会系鞋带，你也应该会，我会拖地做饭洗衣服，你也应该会，我上过的学，你也同样要上，我，我们每一个人所要做的一切，你一样都不能少。

沈艾莉若有所思地转过身，离开了冯芊慧的房间。她走出阳台，盯着那盆玫瑰花看了许久，直到冯宝怡喊吃晚饭了她还舍不得离开。冯芊慧累得躺在床上一动也不想动，她没想到刚才那番话，经过她的脑海整理再讲出来，竟比经历一场模拟考试更让她心力交瘁。当她听到冯宝怡大呼小叫地嚷嚷，哎哟，鞋带怎么又松了，快过来。冯芊慧从床上一跃而起冲了出去，大声喝道：住手！

冯芊慧严厉的声调把姑姑镇住了，冯宝怡愣了愣，看了侄女一眼，不知道自己做错了什么。冯芊慧说，让她自己系！冯宝怡红着脸，低下头一边系鞋带一边说，怪我，都怪我！明天换魔术贴的，魔术贴的方便些。

4

沈艾莉的绘画天赋在十岁的时候开始显现。她将冯芊慧买给她的画纸和画笔弃之不用，像三岁的小孩子一样，喜欢在墙上涂鸦。她将家里客厅、饭厅、卧室、厨房与饭厅之间的过道——所有能画画的白色的墙壁都被她涂满了。每当沈艾莉画画的时候，沈振扬都打着满足的酒嗝，用自豪的目光追随着女儿手中的画笔，她的画笔所到之处，都伴随父亲夹杂着酒气的爱意，既浓烈又随性。冯宝怡却感到十分头痛，她手里拿着一块湿抹布，抹布上还蘸上"威猛先生"之类的高强度清洁液。她的手跟在沈振扬的目光后，一家三口的架势，颇有点"螳螂捕蝉，黄雀在后"的有趣景象。冯宝怡不敢直接指责沈艾莉的所作所为，她气呼呼地问她的丈夫，你，看够了没有，看够了我就动手啦!

沈振扬总是意犹未尽，再等一会，我还没看明白这只圆嘴巴的鸟到底是什么鸟呢。冯宝怡扑上前去，一屁股把沈振扬蹭开，手里的毛巾以比沈艾莉画画快上一百倍的速度擦拭，嘟囔道，反正不是什么好鸟！你看看这墙，这还是墙吗？沈振扬说，这不是墙是什么？这幢小洋房可是我们沈家老太爷亲手盖起来的，到今天已经有七十多年了。每一砖一瓦每根柱子每堵墙，用的都是德国进口的材料，日本人来的时候，子弹都打不进来。想当年，咱们沈家，嘿，要不然——

冯宝怡提高了声调，你快给我住嘴吧，拿块毛巾帮我一起擦，要不然你晚饭也别吃了！

冯宝怡对自己小家的捍卫，就像一位久经沙场的将军，既宽容又果敢。她为了擦掉沈艾莉在墙上涂下的图案，尝试过各种品牌的清洁液，墙壁却在沈艾莉的画笔和清洁液的双重蹂躏下变得越发伤痕累累。每隔两个月，冯宝怡就得请来涂墙的师傅给家里粉刷一遍。冬天还好，只要能阻止沈艾莉两天不出手，墙就干了。可是到了春夏之交的梅雨季节，冯宝怡不听师傅的劝告，坚持要刷墙。刚刷完的墙壁多天不干，在高湿度空气的浸淫下，一串串白色的涂料变成了液态状往下流淌。沈振扬大发牢骚。冯宝怡则动用家里一切能让涂料快速凝固的手段，电风扇、空调机、抽湿器，甚至拖着一个有着长长的电线的移动电源插座，举着一个风筒，企图将墙壁一尺一尺地吹干。

对着这一面面哭泣的墙壁，沈艾莉则显得异常兴奋。她不顾冯宝怡的制止，举起画笔在墙上疯狂地涂画，画到自己满意的画面，就激动地大喊大叫。她手中的色彩与流泪的墙壁互相渗透，出现了她意想不到的效果。沈振扬也加入了女儿的狂欢，他也拿起笔，在沈艾莉画完的画面上，画蛇添足地加上几笔：把落叶的颜色加深，把鸭子的羽毛加长。当他觉得沈艾莉画出来的画完美到让他无从下笔时，就小心翼翼地在一角签上沈艾莉的名字。沈振扬沉醉而神往地说，啊，毕加索！这时候的沈艾莉，神情是那么专注，思想是那样奔放。她完全陶醉在自己的世界里，连沾在她身上、脸上、手上和头发上的绘画颜料，都被她神秘的创造力所感染，闪烁着炫目的光辉。

若干年后，沈振扬因为交通事故昏迷不醒，他躺在病床上手脚无法动弹，嘴也不能说话的时候，他的脑海里依然迷迷糊糊地回旋着一个念头，若当年让自己的宝贝女儿顺着她画画的天赋一路开拓下去，就如美洲大陆的处女地，任凭她自由地驰骋，沈艾莉的人生也许就不是现在的境况。

到了秋天，冯宝怡挑了个秋高气爽的好天气又请来了刷墙的师傅。那位好心的师傅对冯宝怡一次次找他刷墙心存愧疚，他甚至开始怀疑自己近二十年的刷墙经验是不是哪里出了问题，因此不是很想接她的生意。冯宝怡也觉得自己一年刷四次墙有点过分，低声下气地解释说，我家那是老房子，孩子又调皮，老爱在墙上折腾。刷墙的师傅告诉冯宝怡，现在有一种新的涂料，既防水，又能清洗，只要用湿毛巾一抹就能干净如新。冯宝怡很开心，那样的话，就不用一年刷几次了，这个好，这个好。但是刷墙的师傅又说，不过这种墙面漆价格比较贵，比她原来刷的那种白灰水贵了三四倍。冯宝怡的智慧齿没来由地痛了一下，她咬了咬牙说，好吧。师傅说，这就可以一劳永逸。冯宝怡说，是的，长痛不如短痛。

正如刷墙的师傅所说的那样，新刷的油涂漆真的很好清洁。她为自己的英明决定沾沾自喜了好一阵。但是有一点让冯宝怡始料不及的是，十二岁的艾莉身高已经蹿到一米六三，而只有一米五三身高的冯宝怡要擦掉女儿在墙上的画，就得在脚上垫上一张小塑料凳。她还不肯听从沈振扬的劝告，让沈艾莉的画在墙上留几天，等他欣赏够了再擦。而是固执地搬着那张小塑料凳紧跟着沈艾莉的画笔，沈艾莉一幅画还没完，她就已经擦掉了一大半。她不停地从凳子上下来，往前挪到合适的位置，再站上去。终于有一天，那张小塑料凳再也无法承载冯宝怡日渐圆润的身躯，以壮士断臂的豪情壮志让它的四条腿一分为二。只听得咔嚓一声脆响，伴随着像沈振扬的大哥家养的那条拉布拉多犬咬断鸡腿骨头的声音，冯宝怡在地上躺了个四仰八叉，手里的毛巾向外甩了出去，划了一段顺畅的弧线，准确无误地落在沈振扬的头上。冯宝怡大喊了一声妈呀！就不动了。

冯宝怡指着右边的屁股直喊痛，沈振扬说，可能股骨摔折了。冯宝怡额头上冒出一串豆大的汗珠，肯定是股骨折了，怎么办啊。沈振扬扶起她，不要怕，咱们上医院去。沈艾莉停下手中的笔，看着母亲说，骨折不了，书店就有一张这样的凳子，我亲眼看见那个老板娘摔下来几次，人家拍拍屁股就能走了。

冯宝怡哭得更厉害了，她指着沈振扬大骂，你看看你的种，我都摔成这样了，她还说没事，要不是她天天在墙上乱涂乱画，我会摔到骨折吗？沈艾莉说，我也是实话实说，人家屁股比你小多了也没摔出骨折，你的屁股和骨头之间隔着两里路呢。沈振扬同意了女儿的判断，嗯，他说，或许是这样，要不你起来走走看。冯宝怡躺在地上就是不肯起，沈振扬和沈艾莉把她扶起来，刚走了两步，父女俩心领神会同时松了手，冯宝怡自己走到沙发上躺下了。

　　沈振扬笑得上气不接下气，说幸好她的屁股和骨头隔了两里地，要不然真把骨头摔折了可怎么办哟。沈艾莉说，你别笑了，找点药给我妈搓搓吧，就算骨头没摔折，也会摔成个紫茄子。

　　冯宝怡屁股上的那块瘀青痊愈得差不多的时候，又一次出现在那位刷墙师傅面前。师傅还没等冯宝怡开口，就捋了一下他越发后退的发际线说，您不用再找我了，去找泥水匠吧，把屋里的墙从头到脚都铺上瓷砖，保管你以后都不用操心了！

5

　　冯宝怡又一次为她的阵地进行大改造。她屁股上的伤还没有好全，走起路来还是深一脚浅一脚的，但这丝毫不妨碍她作为总指挥的权威。在冯宝怡的强势监督下，三个泥水匠花了一周的时间把家里的墙全部镶贴完毕。冯宝怡看着自己的杰作时，和沈艾莉看着自己画在墙上的作品时的表情相比，那自豪感有过之而无不及。

　　两个月后，沈家老大召集三家人开了一次家庭会议，会议的性质表面上是民主地听取另外两房的意见，实际暗地里早已做好了决定：那就是把这幢老房子卖掉，所得的钱三房平均分配。因为他的儿子要结婚了，女方担心大家庭人多嘴杂，难免日后摩擦多。冯宝怡说，我们不是大家庭，只是三个小家庭凑在一起才显得大。老大媳妇说，总之，你们就当是为大侄子着想，行个方便。买家价钱给得也公道，咱们拿着那笔钱，到外面去买个三居室也是够的。老大说，没错，本来这幢老房子也不值这个价，人家只要是看在咱们有个小院子，毕竟住着三户人，价钱开少了，也不好安置。

　　那是1995年，江城的房价还远没有涨到今天的一万多一平方米。

冯宝怡盘算了一下，到离城中心远一点的新楼盘买套三居室，还有些盈余。其实老二家也是这样想的，因此，这个沈家三兄弟的最后一次家庭会议就以签字画押皆大欢喜圆满结束。回到家后，冯宝怡看着墙上还没完全凝固的瓷砖，直骂老大不厚道，明知道要卖房子，天天看着她折腾也不提个醒。沈振扬说，要不然，你到时候把这些瓷砖都挖起来带到新家去贴？

临搬家前的某一天中午，沈家老大趁家里的女人去新家搞卫生的机会，亲自下厨准备了酒菜，约了两个弟弟一起喝酒。沈振扬把自己屋里珍藏了好几年的那瓶茅台酒拿出来。沈振扬给两位哥哥的酒杯满上，举起来正想发表几句感人肺腑的话，老大说，等等，我还有话要说。老大说着，拿着一个破旧的皮箱摆在他们面前，他慢条斯理又有点费劲地打开那把锈得几乎堵住了锁眼的铜锁，翻那个散发着陈腐气味的盖子，沈振扬和他二哥面面相觑，呆住了。

老大说，这里是四十根金条，老爷子临终前交给我保管的。老大也不管两位弟弟的表情，他喝了一口酒，继续说道，咱妈死得早，老爷子临终那几年，都是你们大嫂在侍候，这个你们应该还记得。沈振扬和老二点了点头。那一年老爷子八十三岁，我记得是立秋后的第二天下午五点钟的光景，老大继续说，那天你们大嫂去幼儿园接孩子去了，老二媳妇在娘家坐月子，老三还没有成家。我记得那天你还和工友在外面喝酒，晚上九点多被人抬回来的时候老爷子已经走了，灵堂也布置好了，我们帮你换好了孝衣，我和老二在老爷子的遗体前跪了一夜，你就睡了一夜，还不时说酒话。

沈振扬听到这里，举起面前的酒杯一饮而尽，然后低下头，抽泣起来。

老大拍了拍沈振扬的手，都过去了。老大接着说道，一言以蔽之，那天就我一个人守在他身边，老爷子就拉着我的手说，他有罪，他对不起咱们兄弟仨，更对不起死去的老太爷和老老太爷，那半条街的家业他没守住，他有罪。当时，他哭得直喘气，喘完气之后就开始咳，咳得像只上了发条的玩具狗，上半身无法平躺，屁股都抬起来了。我当时真的怕他把床板都给咳塌了，要是床塌了，大晚上的也找不到合适的木匠，他就得睡地板。你们知道，他有风湿病，这是万万不能的。老三插口道，大哥，你糊涂了，床板塌了可以睡我的啊，把他背上三楼就行了，我没有风湿，况且我每次喝醉了都是睡地板。

老大说，是的，但是当时我没想那么多，幸好老爷子的咳喘很快就停了下来，他说，院子里那棵桂花树下，埋着一个木箱，木箱里有一个皮箱——就是你们现在看见的这个。老爷子继续说，皮箱里有四十根金条，你是老大，我就交给你保管了，除了这幢老房子，这是我能留给你们三兄弟唯一的东西了，我，我有罪啊。我当时就哭了，我一边哭一边像老爷子一样喘气，但是老爷子比我冷静，他说，我不行了，你是老大，以后这个家，你要担当起来，别让人欺负你两个弟弟。至于那些金条，你自己看着办吧——老爷子说完，右手从我肩膀上滑了下来，拉着我的左手也松开了，我摸了摸他的手脚，明显地感觉到他的体温在下降。直到你大嫂拉着孩子走进家门的时候，老爷子闭上了眼睛，走了。

沈家老大讲完，长长地吐了一口气。老二和老三泣不成声。兄弟三人一边喝酒，一边拉扯着小时候的趣事，完全把那箱金条抛诸脑后了。一瓶茅台喝完之后，老二问，还有吗？沈振扬狡黠地朝两个哥哥眨了眨眼，说，你们等着。又跑回家弄了一瓶五粮液回来了。这瓶五粮液还没喝到一半，老二和老三都有些微醺，老大看了看表，才想起最重要的事还没有做。他说，酒就先喝到这，咱们先把这个分了，分了之后怎么处理，你们自己定。我打算到银行办个保险柜放着，老话说得好，乱世黄金，太平古董，说不定哪天就靠它们救我们于水火了。老三说，大哥你说得对，我也先拿去银行放着，将来给艾莉做嫁妆。老二问，这事要不要跟家里的女人说。老大说，我不说。老三说，我也不说，二哥也不能说，你一说就都暴露了。老二点点头，对，不能说，可是四十根金条，我们兄弟三人，怎么分？老大说，我们每人十三根，剩下那根给老三吧，他孩子还小，又是弟弟，我们当哥哥的应该让一下，老二，你觉得呢？

老二举起酒杯一饮而尽，继而把酒杯往地上一摔，只听得一声清脆的玻璃碎裂声，老二上前抱着老大，喊了声，哥啊！放声大哭。老二一边哭一边说，这些金条，本来只有你一个人知道，你就是独吞了也没有人会怪你，我们受之有愧啊！沈振扬也学着二哥的样子，喝了酒，摔了杯子，兄弟三人抱头痛哭。老大拥着两位弟弟，含泪道，想当年，咱们沈家也是豪门世家，现如今虽然家业丢了，但是家风不能丢啊！老二说，哥，我听你的，多出来的就给弟弟吧，今生有你给我们当哥，值了。

兄弟三人还沉浸在江湖道义、儿女情长的温馨场面难舍难离，突然听到有人开院门的声音。老大警惕地说，快！于是，老大赶紧上厨房拿了块抹布，数了十三根金条包起来跑进屋。老二抓起垫在电话机底下的一块桌布，也数了十三根，卷起来跑上二楼的家里去了。剩下的沈振扬连箱子一起抱回家后，找了件沈艾莉的旧校服包起来塞进床底。当天晚上，趁家人都睡着了，沈振扬把那只空了的旧皮箱埋回院子里那棵桂花树下。

6

搬进新家后，冯宝怡没有按原来的设想，把墙壁都贴上瓷砖以防止艾莉的乱涂乱画，她为这个疏忽懊恼不已。沈振扬劝导她说，我看就这么着吧，自从你的屁股摔成紫茄子之后，咱们的宝贝女儿再也没在墙上画过了。冯宝怡被丈夫一提醒，好像真是这么回事，她患得患失地问沈振扬，艾莉不在墙上画画，是不是怕我再摔跤呢？沈振扬及时泼出他的冷水，你不用想太多，是什么不重要，重要的是，你不用再为这几堵墙没日没夜地折腾了。冯宝怡气呼呼地说，重要！

冯宝怡非常渴望弄清楚女儿的真实想法，但她又不敢轻举妄动。万一是沈艾莉一时忘了在墙上画画的事才改用画纸和画笔，她一提醒，女儿又故技重演，她就是自找苦吃。但冯宝怡又不甘心这件事就这样不了了之，面对生活，她不是一个含糊其辞、得过且过的人。有一天，她趁沈艾莉正在自己的新卧室新书桌上用冯芊慧买给她的画纸和画笔埋头画画的当儿，鼓起勇气问女儿，你，现在怎么不在墙上画画了？沈艾莉抬起头，愕然地望着母亲，我为什么要在墙上画画？冯宝怡说，没有为什么，以前你总是喜欢——

我以前还吃你的奶呢。沈艾莉说。

冯宝怡无趣地离开了女儿的卧室，她坐在沙发上生了半天闷气，但又不知道找谁发作。沈振扬打着酒嗝回到家，兴奋地说，嘿，楼下那家小卖部的老板娘真是个好人。冯宝怡没好气地说，咋，人家请你喝酒啦？沈振扬说，那倒没有，她让我赊账了，人品啊，都怪你老公我天生一副贵格相，一看就是有钱人家出身，不怕我赖账。冯宝怡说，你们家的祖宗都死了一茬又一茬了，最后的老房子都换了主人了，就你还死性不改，不喝酒你会死啊。沈振扬笑嘻嘻地说，喝酒不一定会死，不喝酒也不一定不死，反正吧，就那么回事。冯宝怡恶狠狠地说，你就喝吧，我今天把话撂这儿，早晚有一天，你会因为喝酒出事，出大事！

　　沈艾莉站在房门口安静地站着看她的父母唇枪舌剑，对于他们之间的吵吵闹闹，艾莉已经司空见惯，她从来不劝架也不站队。等双方都吵累了，一般是沈振扬先偃旗息鼓，冯宝怡气呼呼地给自己倒了一杯水一饮而尽之后，这场架才算收场。沈艾莉说，你们都不饿吗？要是没有人做饭，我打电话喊外卖啦！

　　初中阶段，沈艾莉的学习成绩都说得过去，但都不拔尖。冯宝怡对女儿的学习成绩并不是很在意，即使她的侄女从小到大，大考小考，在全年级的排名中一直高居前三的位置，顺利地进入了全市重点高中。据她哥嫂的预算，冯芊慧将来的目标不是北大就是清华。冯宝怡觉得侄女没日没夜地埋头苦读实在太遭罪，她自己一个人遭罪也就罢了，毕竟是自己的前途，但是全家人为了她的高考全民皆兵，让她看着闹心。为了冯芊慧即将面临的高考，冯宝权暂停为了申报职称而准备的论文写作。冯宝怡的嫂子也荒废了多年来在单位所建立的任劳任怨的形象。她为了给女儿送汤送饭补充营养，经常迟到早退。临高考前两个月，冯芊慧同级的一位男同学因为精神过度紧张，一时想不开，从教学楼的二楼跳了下来。幸好他选择的楼层不是很高，因而也只伤了些筋骨，没造成更大的悲剧，要是从第五层的顶楼跳，后果不堪设想。这件事把冯宝权夫妻俩吓了身冷汗，冯宝权思量再三，便到学校找到他们的班主任，替女儿请了长假回家备考，理由是在家里复习不仅不受干扰，父母也能随时关注她的情绪动态。

　　冯宝怡反思自己一直以来对女儿的教育，反倒有些庆幸。幸好沈艾莉的成绩不是最拔尖的那一拨，无论是家长还是孩子本身，只要对自己的期望不会太高，也就不会有太大的压力。她无数次幻想要是自己的女儿有一天突然从楼上跳下来，她的生活会变成什么样子。她害怕这样的想象，但是越害怕，就越控制不住自己往最坏的地方想。她唯一能做的事，就是防患于未然，每晚见到女儿专心写作业的样子，她就心惊胆战，就会想办法找出各种借口去分散她的注意力。她每天变换着花样给女儿煮消夜，看着她吃下去才稍微感到些许安心。但是冯宝怡越是干扰沈艾莉的学习，沈艾莉睡觉的时间就越往后推延。写完作业后，她还要画画，她对画画的兴致没有因为读了初中后学习任务加重和冯宝怡的干扰有所消减，反而让她更加争分夺秒。

冯宝怡只好中断了煮消夜的习惯，又想不到合情合理的借口为女儿减压。整天唉声叹气，脑海里全是沈艾莉跳楼的影子。冯宝怡的日思导致的夜想，严重影响她的睡眠质量，经常做噩梦，好几次睡到半夜，尖叫着从床上一跃而起，拍醒熟睡中的沈振扬大叫，不好了，咱们的女儿要跳楼了，你快去拦住她啊！

初中一年级第二学期快结束的时候，冯宝怡被沈艾莉的美术老师请到学校，要和她好好谈谈关于沈艾莉的天赋和前途问题。那位姓黄的年轻的美术老师是一位长相远超他真实年纪的小伙子。他的右眼比左眼看上去要小一些。可能是因为职业的习惯，为了更好地聚焦临摹对象他需要经常眯着一只眼睛。他客气地请冯宝怡坐下，还给她泡了一杯茶。

冯宝怡不安地坐在办公室那张双人位的杉木沙发上，沙发上的深红色油漆有几处剥落，扶手的地方还有几片剥落了一半的油漆残留，把冯宝怡的手肘扎了一下。屁股下坐着的是由一根根粗糙的小S形的杉木条拼成，木条与木条之间有着均匀的间隙。冯宝怡的圆屁股压在那些木条上，有点于心不忍。她不时挪起一边屁股，以减轻那张弱不禁风的沙发的负担。

黄老师拿出一张他自己认为比较得意的作品展示给冯宝怡看。他说，沈艾莉同学的美术天赋让我吃惊，因此我对她的父母和家道十分好奇，想必您——黄老师说到这里，打量了冯宝怡一眼，接着说，或者她的父亲沈先生，在这方面一定有着深厚的造诣，才会遗传给沈艾莉如此优秀的基因。

冯宝怡看着黄老师给她展示的画，上面是一个女人的肖像，她看不出这是一张水粉画，只觉得线条粗糙，人物失真，无论头发还是嘴唇还是微露的牙齿，看上去都觉得别扭，和在照相馆拍出来的人像差太远了。那双眼睛尤其怪异，正常人的眼睛是靠近鼻梁的地方会更大更圆，眼尾的地方会稍微细长一些。而眼前的这双眼睛却是倒过来的。冯宝怡忍不住笑了起来，她笑完之后，马上意识到自己的不礼貌，赶紧止住了笑，不再顾虑屁股下的木条会不会断裂，把身体摆正，脸上摆出一副谨慎的神态。

黄老师沉浸在自己的画作中，忽略了冯宝怡的笑。他问道，艾莉妈妈，您认出来画里的这个人像是谁了吗？冯宝怡说，没认出来。黄老师觉得有点诧异。没关系，黄老师说，您没认出来的原因有很多，第一，可能是因为你平时不关心香港娱乐圈。第二，我在创作这幅画的时候，就是本着在人物面貌的基础上加入我自己的理解和想象，通过理解和想象对真实事物的再创造在艺术上是允许的。第三，也有可能我自己学艺未精，还没有能力做到心到笔到，才会出现模棱两可的尴尬境地。艾莉妈妈，我想请您就这幅画，提出您的宝贵意见。

冯宝怡抓起茶几上那杯已经放凉了的茶，像每次和沈振扬吵完架那样一饮而尽，我猜出来了，您画的是张曼玉！黄老师愣了愣，对冯宝怡肃然起敬，赶紧给她的茶杯添上热茶，期待地说，对对对，我画的的确是张曼玉，请您继续说下去，我洗耳恭听。冯宝怡说，黄老师过奖了，我真的不懂画，我认出她是张曼玉，只是因为她这只虎牙，除了这只牙，其他的地方都不是很像。不过，冯宝怡又说，她的眼睛倒长得和这个差不多，只是你把她画得眼角更小，眼尾更大。

黄老师看着自己的画作，陷入了沉思。他一会把画举起来，就着阳光察看一遍，一会又把画放下，心烦意乱地踱步。冯宝怡把黄老师给她续的茶喝完，小心翼翼地从喉咙里挤出两声咳嗽。黄老师叹了口气说，要知道，张曼玉可是我今生最钟情的女演员。

冯宝怡说，艾莉她，到底怎么了？

哦！对！是的！黄老师终于回到正题，他的眼神变得柔软而富有激情。他说，关于沈艾莉同学，我今天请您过来，是想和您沟通一下。她是我教过的所有学生中，对美术最有天赋的孩子，每一堂美术课，她的激情无时无刻不刺激着我当好一个人类灵魂工程师的使命感，她的每一次美术作业，其大胆的想象和创造力都令我自愧不如。因此，我想征得家长的同意，每天下午放学后，我免费给她加一堂美术课，更好地发掘她的天赋。

然后呢？冯宝怡问。

我们在这个基础上可以给她定个目标，我给她预设的目标是，从现在开始直到高中毕业，还有五年多时间，五年以后，我有信心把她送进中央美术学院，将来，她必定会成为中国画坛一颗熠熠生辉的新星！黄老师执着而又充满激情的期盼，化成一束熊熊的火焰在胸中燃烧。冯宝怡变得焦灼不安，恨不得马上就逃离这片让她和她的女儿死无葬身之地的火海。

沈艾莉跳楼的画面又一次在冯宝怡的脑海里闪现，她胆战心惊地问道，目标？

黄老师说，是的，目标，也可以说，是梦想！人总要有梦想，对不对？当然，我不敢保证沈艾莉的未来真的能百分之一百按着我所预设的目标走下去，顺利地到达梦想的彼岸。因此，我需要得到你们作为家长的配合、理解和支持。人总要有梦想的，对不对？万一实现了呢？对不对？

冯宝怡说，不，我不要什么目标和梦想，我只要我的女儿能平安无事地过一生，我只要她毫发无损地、平平淡淡地生活就好，至于——

黄老师打断了冯宝怡的话，我能理解您的心情，我遇见过各种各样的家长，有的高估自己孩子的能力，有的低估了自己孩子的天赋。站在老师的立场，我是客观的，我既能点燃一个孩子欲望的火种，也能无情地告诫某一个孩子的家长，不要再在画纸画笔上浪费精力了，您的孩子真不是画画的料。沈艾莉妈妈，我这样说，您能明白我的意思吗？

冯宝怡说，我非常感谢黄老师对我家艾莉的厚爱，尤其是您还要免费给她补习，但是这件事，我觉得，是不是有点——冯宝怡想说的是，她不要给女儿定什么目标，更不要她有什么梦想。她觉得目标就如一只魔鬼之手，稍不留神就会在某一天将自己的女儿从某幢高楼的楼顶推下来摔个粉身碎骨。更要命的是，这个"某一天"不知道什么时候会出现，也会就在明天，也许会在十年后，也许会在她的两眼一闭，身埋黄土之后，但是无论是何时何地，她都无法接受这个可能性的煎熬。

冯宝怡说，我只是一位普通的母亲——

黄老师说，但是您生养了一个不普通的女儿。

冯宝怡觉得没有办法再和黄老师讨论下去了，她现在只想回到自己的家，回到那个充满人间烟火的让她操碎了心的厨房，马上见到那个满嘴酒气路也走不稳的丈夫，马上生火做饭，喂饱那两张永远也喂不饱的嘴。她站起来说，我先回家，您的建议我回去和她爸爸好好商量一下再给您答复，可以吗？

黄老师说，这个当然，孩子的前途和未来不是她自己的事，也不是您一个人的事，它关系到一个家庭甚至是家族的未来走向和定位，咱们今天就先谈到这吧，再见。

7

在黄老师的极力推荐下，沈艾莉的一幅颇受争议的美术作品代表本校甚至本市参加全省的中学生美术大赛。在初赛海选的时候，沈艾莉那幅叫《无题》的作品引起众评委的广泛关注和争议。评委对沈艾莉的作品判断分成两个阵营，以黄老师为代表的正方一致认为，这幅《无题》虽然看上去空洞虚无，但是无论是画的主体、意象、小画家的想象力，都超越了现代画家创作的固有思维，直达人类对艺术认知的边界，甚至有点破界而出的力量。反方说，如果这幅画能代表我市的中学生绘画水平进入决赛，我们多年来在绘画艺术上建立起来的权威性就会因此而受到挑战甚至破坏，万一在终评中还让它获了奖，它随时会影响甚至改变孩子们——我们未来的美术大家对美的认知和走向，这种力量，就是危险的，可怕的！

黄老师说，古今中外，无论是社会变革还是艺术革命，哪一次不是危机重重，我们为什么要害怕和逃避这种危险？原因只有一个，就是在座的各位还没有勇气和自信去承受这种危险。但是我坚信，任何危险过后，必然会迎来一个崭新的世界！

最终，《无题》以投票形式决定它的去留，在黄老师一再慷慨激昂的陈述之后，以一票险胜，进入了终评。但是黄老师不在终评的评委名单之列，《无题》是否能如他所愿最终夺冠，只能靠天意了。

与初评是所遇到的情况一样，《无题》在终评会上也引发了极大的争议。这一次，评委老师们并没有就它是否获奖产生过多分歧，我们可敬的黄老师大概做梦也没有想到，这幅画在终评中的待遇，就是所有评委全票通过一致把它推到第一名的位置。评委们的争议，只是来自于画作本身。他们站在不同的角度解构画中每一笔一画，试图从中发现作者的思想源头，想要表达的意义，是积极的还是阴暗的，是直白的还是隐晦的，是快乐的还是痛苦的。评委们时而托起鼻梁上的眼镜，时而躲开众人静坐在一角陷入沉思。评委会主任甚至请来了国内著名的绘画评论家，希望以他多年的经验对这幅《无题》做出让大家都满意的评价。

让我们也来看看沈艾莉的作品吧！这是一幅35×50厘米的水彩画，画面主体是两个女孩子的背影，右边那个更高的女孩的左手牵着左边那个矮一些的女孩的右手。在她们面前，是一条看不到尽头的深灰色的路，那条路是笔直的，越往远处就变得越窄，虽然窄，却没有止境，仿佛她们一直这样手牵着手往前走，就能走到世界的尽头。路两边没有山川河流植被和任何建筑物，但是在矮一点的女孩身边，伫立着一棵高大的木棉树，树干粗壮，上面突出来的钉子般的纹理清晰而尖锐，闪着深灰色的寒光，仿佛一支支上足了弦的利箭，随时都会破弓而出。树冠张扬而内敛，树梢直插天际，顶破了画纸的边缘。树梢上没有一片叶子，因为评委们猜度不透如果要画上叶子，画家会选择什么样的表达方式。但是那些木棉花，却以骄傲的、目空一切的姿态在枝头肆意绽放。花的形态十分写实，写实到每一朵花都好像随时会从画里掉出来，如果冯宝怡在场，她会毫不犹豫地把它们捡起来拿回家去，在阳台上晒干用来煲凉茶用。只是，这些木棉花却不是红色的，而是接近于黑色的藏蓝。即使在南方的城市里，人们可以见到通过杂交培植的各种颜色、形态的木棉花，但是这种藏蓝色到目前为止，还没有被创造出来。无论是上帝还是植物学家，大概都还没有准备好。

两个女孩的头发都是黑色的，只是一个比另一个更黑。较高的那个是亮黑，另一个是暗黑。那把亮黑的头发盖过肩膀三寸左右，披散在肩上，顺畅而直接。暗黑的那把头发是齐脖子的短发，边缘和层次参差不齐，有的还往左右两边溢出，就像刚被一位理发师学徒生平做出来的第一个发型，随时会面临被师父体罚的危险。她们的头都轻轻向上抬起，从背影显示出来的肢体语言告诉读者，此时此刻，她们是愉悦的，信心十足的。她们的视线一定是坚定不移地凝视着眼前的漫漫长路，毫不退缩。

她们的目光所及的前方不远处，翩跹飞舞着两只一模一样的红蝴蝶，颜色、形状、大小、触须以及翅膀上的纹理，即使在放大镜下也找不到丝毫差异，比镜子映照下的形象更具体更真实。这两只红蝴蝶是整个画面最大的亮色，那是一种比红棉绽放到极致时的红色更红的色彩，红得刺眼，猛烈，让人胆怯。最让评委们困惑的是这两个女孩的手上各拿着一个类似网兜一样的乳白色的工具，似乎是拿它来捕蝶用。但是那个网兜没有网，只是两个小小的圆形的兜，兜上还有系着一根挎带，比女士用的手提包的把手要长一些。兜的边缘镶着一圈精致的小花边，沈艾莉在画这些花边的时候，费了比画蝴蝶更大的劲。她把从冯芊慧那里剪回来的半只胸罩摆在书桌上，为了更好地还原它的真实面貌，她尝试各种灯影效果，日光灯，暖色台灯，早上的朝霞，中午的阳光，傍晚的夕阳。她在不同的光线下审视它不同的温度和色彩，获得不同的创作灵感。她还动用了圆规、直尺、三角尺等可以保持原件完美比较的工具……

　　除了沈艾莉和冯芊慧，世界上大概没有第三个人知道这两个兜的真实面目。

　　当评委们为了这幅《无题》上的两个兜到底是代表捕蝶的网兜，是代表太阳帽，还是代表用来盛装人生道路上收获的果实等意象争论不休时，冯芊慧正在高考的考场上奋笔疾书。

　　冯芊慧给自己准备了两张高考志愿表，她在父母的监督下，在第一志愿填报了北京大学，第二志愿填报的是清华大学，第三志愿往后全是空白。冯宝权握着签字笔的手颤抖了好一会儿，深吸一口气，在家长确认那一栏签下自己的名字。冯芊慧从容地收起报考志愿书，当天晚上，她确信全家人都已经睡着了，才拿起另一张报考志愿重新填报，她在第一志愿、第二志愿和第三志愿栏上填的都是同一所学校：中山医科大学。她就着台灯，在报名表上描上冯宝权的名字。这是她多年来第一次作弊，但是这种作弊和考试偷看答案有着本质的差别。她是为了自己的人生做主，她从来没有想过如果向父母提出她的想法，他们会有什么样的反应，可能反对，也可能支持。但是无论反对还是支持，都会经历一番深思熟虑的论证，都会浪费她高考前分秒必争的宝贵时间。为免节外生枝，她只能采取最简单直接的方式达到自己的目的。

　　沈艾莉拿着她那幅获了大奖的水彩作品跟冯宝怡回外婆家那天，

正是冯芊慧高考放榜的日子。冯宝权根据女儿的高考成绩在全省的排名，再参照去年北京大学在本省的招生名次，冯芊慧进入北京大学已经是板上钉钉的事。全家人都在为冯家出了个女状元沉浸在无限的喜悦中。冯芊慧的奶奶在两年前去世了，冯家老爷子看着孙女的成绩单老泪纵横。张雪萍在厨房忙前忙后，为晚餐做准备。冯宝权对妹妹说，后面，我总算可以静下心来好好写论文了。冯芊慧却表现得十分平静，平静里还隐藏着无法言说的不安。她不敢想象接到中山医科大学的录取通知书那一天家人是什么反应，她甚至有点后悔瞒着为了她的高考放弃写职称论文的父亲，为了侍候她一日三餐，不顾多年来在单位保持着的任劳任怨形象幸好最终得到同事们谅解的母亲——自作主张填报了中山医科大学。她觉得这是对父母的养育之恩最致命的背叛，是对她自己的未来做出的一次冒险的挑战。她心烦意乱地听着父亲和姑姑边喝茶边拉家常。母亲在厨房里发出的每一次勺子与碗碟互相碰撞的声响，都能把她刺激得心跳加速；爷爷的每一次咳嗽，都会让她感到无地自容。

当沈艾莉把在全省获了一等奖的《无题》送给她的时候，她竟说了句，你别烦我！粗鲁地把她推开了。长这么大，她还是第一次对沈艾莉这么冷漠。沈艾莉被姐姐的反应吓着了，她睁着一双无辜的大眼睛看着冯芊慧。她不敢相信在这个举家欢庆的时刻，她想把自己这幅得意之作送给最让她骄傲的姐姐时，迎接她的竟是这样的待遇。两行眼泪从沈艾莉的眼眶里滚落了下来，她低下头，转身出了家门。

沈艾莉一口气跑下楼，她在街上一边哭一边跑，直到来到那只熟悉的垃圾桶前，她停了下来。这个垃圾桶已经是她的老朋友了，现在，这个老朋友还在原来的地方，在那盏昏黄的街灯下，张着一张宽容的大嘴等着她的倾诉。沈艾莉心里升起一种信任的暖意，她抹了一把眼泪，喘着粗气，把这幅《无题》扔了进去。

直到晚饭的时候，冯宝怡才说起艾莉的画获奖的事。全家人又为这件锦上添花的喜事举杯庆贺。冯宝怡告诉兄嫂，艾莉今天还把画带来了，她说是送给姐姐的礼物。沈艾莉一声不吭地低头吃饭，冯宝怡叫艾莉赶紧把画拿出来。冯老太爷又激动地发出一串咳嗽。冯芊慧突然想起下午的时候自己对艾莉的粗鲁举动，她的脸涨得通红。她给沈艾莉碗里夹了一块鸡肉，我们艾莉太厉害了，只要是你画的画，姐姐都喜欢。

艾莉，你的画呢，还不赶紧拿出来送给姐姐。冯宝怡催促道。

沈艾莉把冯芊慧夹给她的鸡肉挑出来扔在饭桌上，头也不抬冷冷地说，扔了。

直到华灯初上，冯宝怡要和女儿回家了，她还像艾莉小时候一样嘱咐她，跟外公、舅舅、舅妈和姐姐说再见。沈艾莉就是一言不发。冯芊慧想去拉艾莉的手，她像被针扎了一样赶紧把双手收到身后。冯宝怡还没和老父亲及兄嫂道别完毕，沈艾莉已经自顾自出了门，消失在冯芊慧的视线里。

当天晚上，冯芊慧在那只垃圾桶里翻出艾莉的画，她抱着它就像抱着小时候的沈艾莉，站在垃圾桶边哭成个泪人。冯芊慧小心翼翼地拂去画纸上的灰尘，就像艾莉小时候吃蛋糕把自己弄成个大花脸之后她给她擦脸一样。

冯芊慧收到中山医科大学录取通知书那天，家里并没有如她所担忧的那样发生太大的波澜。那天她的外婆一大早就赶到了，她的肩上早已经不再背着那个助产箱，只是无论晴天还是雨天，她的腋下永远挟着一把黑雨伞。她这种对世事有备无患，居安思危的优良品质一直伴随着她走到生命的最后一刻。她今天来女儿家里，是要和她的外孙女一起等录取通知书的。因为高考放榜那天的庆功宴，她要参加她二十多年前接生的一个男婴的婚礼错过了，因此，在录取通知发放的这一个星期，她每天一大早就挟着那把黑雨伞准时出现在冯家门口。

老太太说，很好，你既然选择了学医，那就学妇产科吧，我的衣钵总算也有人接上了。冯家老爷子发出断断续续的咳嗽。张雪萍看了一眼丈夫的脸色，一边摇头一边敲着女儿的脑壳说，胆子可真大！

冯宝权泡了壶好茶，分别给老父亲和丈母娘的杯子满上，脸上是一副千帆过尽的淡薄姿态。他对女儿的决断既遗憾又感到暗喜，遗憾的是，她没能如他所愿去读他当年因三分之差而失之交臂的北京大学，高兴的是女儿的对自己的未来已经有了明确的方向，她敢为自己做决定，就代表她有勇气为自己的决定负责。他的人生已经完成了使命，论文和称职也不再重要，因此，他觉得现在的自己，已经有和两位老人品茶静坐闲话的心态了。

直到冯芊慧到学校报到那一天，她都没能见着沈艾莉的面。也是从那时候起，沈艾莉再也没有碰过画笔。

　　冯芊慧进入中山医科大学临床医学专业，开始了她漫长的求学生涯。她先后从遗传学、生命进化等课题入手，解构沈艾莉的长相形成的各种可能性，结果没有如愿。在医学院寒窗苦读的八年时间里，后面的大部分时间除了应付导师布置的任务，她把学习的重心转移到哲学，甚至是神学上来。在这个过程中，她看着沈艾莉一天天长大，一天天地变得美丽不可方物，她感到心灰意冷的同时，一种比罗琼秀更强烈的恐惧折磨着她。冯芊慧的恐惧感并不是出于妒忌，而是担忧。她以智者的眼光，关注着沈艾莉的一举一动，关注着她与生活之间的关系，关注着她如何与自己和平共处。

　　冯芊慧因此而耽误了自己的婚姻大事。

第二章

1

初中毕业后的那个暑假，蒋玉瑶都是在厨房里度过的。在罗琼秀的亲自监督和指导下，蒋玉瑶已经能完全胜任母亲布置的工作。刚开始，她是抱着抵触的情绪的。这台"豪爵"牌摩托车是父亲蒋兆辉原来开着去跑工地的，已经使用了四年。后来蒋兆辉做生意赚了钱，鸟枪换炮开上了马自达小轿车，现在这台把手上的橡胶纹理已经磨得光滑，车身上的黑漆也有多处擦伤的"鸟枪"成了罗琼秀的代步工具。蒋玉瑶很不情愿地戴上母亲递给她的头盔。罗琼秀发动了车子，提醒女儿抱紧她的腰。蒋玉瑶双手垂在两侧，她不想抱着母亲的腰，她在心里想，我就不抱，摔下来才好呢，把我摔坏了就不用学做家务了！她看着母亲纤细的腰身发了一会呆，想起沈艾莉的妈妈冯宝怡那对滚圆的屁股和粗壮有力的腰身。十五岁的蒋玉瑶对女人的审美还没有具体的概念，她更不会知道，要是把罗琼秀和冯宝怡摆在一起，罗琼秀优雅的衣着和多年来保持着完美比例的身材，肯定会成为所有中年妇女又妒又恨的目标。但是蒋玉瑶此刻只为妈妈感到心痛，妈妈一定是为了养育她省吃俭用而没吃过一顿饱饭，一定是为了不给创业中的父亲增加压力而委屈地过着精打细算的日子。

蒋玉瑶想起她有好几位同学，家里都是做生意的。他们的母亲从来都不用上班，甚至家里还请了钟点工做家务。那些生活优渥的母亲们，每天的主要工作就是打麻将、逛街、喝下午茶。而自己的父亲早出晚归，每天回到家，衣服上都沾满了白灰沫、水泥渣子。在蒋玉瑶的想象中，父亲的生意做得一定不甚如意，否则，他的脸容也不至于比他那双永远也擦不亮的旧皮鞋更加疲惫。罗琼秀是一家事业单位的会计，每天早出晚归，她从来没有听到过母亲说过半句喊累或者抱怨生活的话，她永远那样严谨、细致，风轻云淡地把工作和家庭生活安排得井然有序。

直到蒋玉瑶的叔叔蒋兆南辞去了一家装饰公司创意总监的职位，和哥哥一起成立了公司之后，蒋玉瑶才在父亲的脸上看到些许宽松的笑容。罗琼秀及时给丈夫买了一对新皮鞋，蒋玉瑶也从那时候起，养成了每天给父亲擦皮鞋的习惯。

蒋玉瑶伸出手去紧紧地搂着妈妈的腰，一种要保护她的欲望油然而生。她在心里骂自己，她怎么可以有这么坏的念头呢，摔伤了自己倒无所谓，但是妈妈的身体这么单薄，要是把妈妈摔坏了——不！不能摔！我宁愿学做家务，也要和妈妈一起，平静安好地生活。

罗琼秀每天下班回家，蒋玉瑶已经做好晚餐等着她。蒋兆辉有时候能赶回家吃上一口女儿做的热饭菜，更多时候，母女俩就着饭厅温暖的灯光细嚼慢咽，仿佛她们咀嚼的不仅仅是食物的味道，还有生活的酸甜苦辣。罗琼秀提醒女儿，煲汤的骨头要先焯一下水，去掉沾附在上面的杂质和油脂。蒋玉瑶点了点头，我记住了。罗琼秀又说，炒芥蓝多放姜末，能更好地发挥芥蓝菜中丰富的维生素A、B、C和钙、蛋白质的作用，有助于人体吸收。蒋玉瑶像背数学公式一样，一边听母亲如数家珍，一边在心里默念。她给妈妈夹了一块鸡腿，妈，您多吃点。罗琼秀尝了一口，满意地点头，今天的荷叶蒸鸡味道不错，下次再蒸的时候，先用木薯淀粉腌上半个小时，鸡肉会更滑更嫩。

蒋玉瑶如愿接到重点高中的录取通知书，她去学校报名那天，罗琼秀本打算请两个小时假回家给女儿做顿好吃的。她下午三点半左右回到家，蒋玉瑶已经把汤炖上了，鸡肉也斩好了件，并用油盐、酱油、白酒和木薯淀粉腌好了。蒋玉瑶告诉母亲，她今天去学校报好名，逛了三家超市才找到木薯淀粉，玉米淀粉倒是容易买得到。罗琼秀说做得对，你一会把鸡肉蒸熟试一下口感就知道木薯和玉米的差别了。蒋玉瑶说，是的，妈妈。

罗琼秀为女儿住校做准备，她抱着每天在办公室按计算器一样的严谨态度，为采购蒋玉瑶在学校要用的日用品精挑细选、货比三家，列了一张详细的清单。按这张清单，只要马不停蹄地逛上个大半天，基本可以搞定。

蒋玉瑶说，妈妈，我不想住校。罗琼秀说，为什么？高中不都得住校吗？蒋玉瑶说，也有不住的，沈艾莉也说不住。罗琼秀愣了愣，沈艾莉和蒋玉瑶一起在台上合唱的情景又一次在她的脑海里浮现。她几乎是不可思议地惊呼道，沈艾莉？她的学习成绩不是一直很一般吗？她怎么可能考得上？蒋玉瑶说，我听说，好像是因为她拿过全省美术比赛一等奖，所以就被破格录取了。罗琼秀激动得浑身发抖，她抓着女儿的手，使劲地捏着，从手腕到手指到每一根指关节，仿佛想把那双小手捏成一个会画画或是会弹钢琴的手，但是现在一切都太晚了。她后悔自己在女儿身上的付出太少，一直以来，她对那些把孩子送往各种兴趣班的家长的行为感到不屑，她觉得没有什么才艺比中考高考考出好成绩更重要、更能主动地掌控自己的命运。她忽略了玉瑶是个相貌平凡的女孩，这种平凡只靠学习成绩的衬托是远远不够的！她更后悔自己一时冲动，把玉瑶赶进厨房，让她过早地沾染人间烟火的气息。她看着被油烟和大葱味熏陶了一个多月的女儿，那张本来就没有亮点的脸上，竟散发着挥之不去的市井俗气。罗琼秀想狠狠地捶打自己的胸口，她恨不得把玉瑶捏碎塞回自己的肚子再重新生出来，虽然她没有信心再生出来的蒋玉瑶能赶得上沈艾莉的容貌，但最起码，她还有机会让蒋玉瑶学画画、学钢琴、学舞蹈，学各种各样能给她的气质加分的玩意儿。

罗琼秀说，玉瑶，你听我说，咱们不管沈艾莉住不住校，但是既然她不住，你就更要住。高中三年是你人生最重要的阶段，你在学校里遇到不会的问题，可以和同学一起讨论，可以找老师解决，而且住校的好处，可以让你早点融入集体生活。你要明白，人是一个社会动物，随着年龄的增长，你就会发现，人与人之间的关系好坏，人与人之间的价值观相融或者相斥，都会直接影响一个人一生的成败。所以，住校是你最好的选择。

蒋玉瑶说，可是，我已经和沈艾莉约好了一起上学，晚上自修完一起结伴回家。我们家和她家就隔了一站路，很方便的。罗琼秀斩钉截铁地喊道，不行！这件事你必须得听我的！蒋玉瑶说，可是，我还要做家务呢，我还得给我爸擦皮鞋——罗琼秀扬了一下手打断玉瑶的话，你什么也不用说了，一句话，沈艾莉不住校，你就必须住。玉瑶说，为什么？这跟沈艾莉住不住校有什么关系，那要是她住呢？罗琼秀缓了一口气说，要是她住，你就搬回来，还有，别跟沈艾莉走得太近，对你没好处。

蒋玉瑶在学校住了两个月后，轻描淡写地告诉母亲，沈艾莉也住校了，而且还和她同一间宿舍。罗琼秀说，那行，你搬回来吧，晚上要是没有伴，我去接你放学。玉瑶说，不用，公交车很方便，你要是非要来接，我还是干脆住校算了。罗琼秀为了让女儿避开沈艾莉，只好做出让步，好吧，那我不接，你搬回来，以后家里的事你不用管，只负责把你爸爸的皮鞋擦干净就行。

2

蒋玉瑶向母亲撒了个谎，沈艾莉不仅没有住校，而且每天下午放学和晚上自修后，都和他们班的班长蔡家佑一起坐公交车回家。蔡家佑是以全区第一名的成绩考进来的，即使他身材并不高挑，五官也没有特别出彩的地方，但是有着"第一名"的光环，以及他身上那股严肃活泼团结紧张的气场，吸引了蒋玉瑶的注意。蒋玉瑶是副班长，有很多班务工作需要和蔡家佑沟通。

有一次下午放学后，蒋玉瑶和蔡家佑及其他几位班委开了个短会，讨论关于组建学习小组的问题。经过商议，全班四十八人，分成六组，每组选出一个成绩拔尖的同学当组长，带动本组的同学利用自习和晚修时间复习当天的课程，预习明天要讲的新课。蔡家佑提出一个很好的建议，就是在预习环节，要求同学们先根据自己预习的内容，提出重点难点，组长负责收集组员们提出的问题。

蔡家佑说话时的表情和肢体语言，在蒋玉瑶眼里成了他身上的盔甲。他的手脚强健有力，身材在盔甲的加持下，显得高大而挺拔。最让蒋玉瑶又敬又怕的是他的眼神，像出鞘的剑一样锐利，闪着智慧的寒光。蒋玉瑶的心没来由地怦怦乱跳，她觉得已经无法呼吸了。她抬起头偷偷地瞄了蔡家佑一眼，左右手交叉往上捋了捋衣袖，露出两截健康的手肘。蔡家佑看了看手表说，各位还有没有别的意见？以蒋玉瑶为首的其他几位班委都摇了摇头。蔡家佑说，好，今天就先到这，散会。

蒋玉瑶捧着饭盒，站在教学楼与饭堂之间那条林荫小路上。她若有所盼地站着，面对从楼梯口出来的人流时，不敢太直接地从那些服饰相同五官各异的人群中去辨认蔡家佑的面孔。当她面对人群的背影，她变得放松和大胆，即使那些背影千篇一律，她也能准确无误地从他们中间把蔡家佑宽阔厚实的肩膀揪出来。因为饥饿和口渴，蒋玉瑶的嘴唇被初秋的晚风吹过之后显得又干又白，她抿了抿嘴，血色回到她的双唇，显得倔强而温润，像超市冷箱里用透明塑料盒整齐地摆放着的贴上价格标签的樱桃。

沈艾莉突然出现在蒋玉瑶背后，拍了她一下，喂！

蒋玉瑶慌了一下神，转过头见是沈艾莉，问道，你怎么还没回家？

沈艾莉抓了抓头上的短发，嘻嘻地笑了，准备回，你还没吃饭吗？蒋玉瑶说，我正要去呢。她和沈艾莉道了别，匆匆向饭堂赶去。蒋玉瑶走到饭堂门口停了下来，她转过身，远远地看见沈艾莉还站在老地方。沈艾莉低着头，用右脚时轻时重地踢着脚下的小石子玩，背在她身后的书包随着她右脚的使劲左右晃动。一缕夕阳从西边照在沈艾莉的身上，给她的全身镶上一道夺目的金边。蒋玉瑶看呆了，她第一次发现沈艾莉原来这么美。一直以来，她只是觉得沈艾莉的五官的确长得比她所认识的同龄的女孩子更引人注目，但是她觉得这不算什么事。因为在蒋玉瑶眼里，每一个女孩子都有属于她自己独一无二的美。但是此刻，她被夕阳下的沈艾莉的剪影震慑住了，这种震慑感比她面对蔡家佑时的心情更让她心慌意乱。她今天才发现，沈艾莉身上有的，除了她美丽的五官，还有身上那股对一切都无所谓的劲儿，不是随便一个女孩子想有就会有的精神所在。

这时候，蔡家佑意外地出现在她的视线内。他走向沈艾莉，两个镶着金边的让蒋玉瑶头昏目眩的身影肩并肩，向学校的大门外走去。

蒋玉瑶告诉沈艾莉，她说服母亲不住校了，以后放学可以和她一起结伴回家。沈艾莉说好啊。蒋玉瑶说，蔡家佑是不是也没住校，我看见他——沈艾莉说，对，他妈妈身体不好，他得回家照看着，他们家就住在我家附近没多远，以后我们三个一起走，不过我有点烦他。

蒋玉瑶说，为什么？沈艾莉说，说不上为什么，就是有时候，有点爱管闲事，一点也不潇洒！

自从搬回家住以后，罗琼秀发现女儿的气色变好了。这种变好，不是说她的五官突然就变得更让母亲骄傲，哪怕是欣慰。但是她觉得女儿的性格变活泼了，即使学习任务越来越重，也毫不影响她做家务的激情。她中午在学校吃饭堂，下午放学后只有两个小时，在路上来回费了四十分钟，剩下那一个小时多一点，她吃过晚饭，还能争分夺秒地帮母亲刷碗，把阳台的衣服收回来折叠整齐。然后开开心心地和妈妈说再见回学校去参加晚自修。晚上自修完后回到家，有时候十点一刻，有时候十点半。她依然用心地给父亲擦亮那双皮鞋，一边擦一边哼着小曲儿。

罗琼秀没有往更复杂的方面对想象女儿的变化，她相信女儿真的长大了，已经学会处理学习与生活之间琐碎而矛盾重重的关系。蒋玉瑶的变化让这位一直以来被爱与忧愁双重折磨的善良的母亲挑不出任何毛病，她甚至认为，自己的女儿长得一点也不比沈艾莉差，女儿身上的闪光总有一天会日积月累，聚集成强大的力量，照亮她的未来。

和蔡家佑、沈艾莉一起晚自修后坐公交车回家的一年多时间里，是蒋玉瑶生命中最美好、最刻骨铭心的时光。晚上乘搭公交车的人不多，他们可以自由地选择空着的位置。沈艾莉一上车，就直奔车尾坐到最后一排，蔡家佑有时候和玉瑶并肩而坐，有时候一前一后。有时，蒋玉瑶想挨着沈艾莉坐，沈艾莉提醒她，那么多空位呢！蒋玉瑶说，我就喜欢挨着你。蒋玉瑶喜欢坐在蔡家佑身后的原因，是她可以肆无忌惮地看清楚他的背影。她觉得一个人的背影比他的正面更重要，有更多细节值得探索和研究。她发现蔡家佑的背影比他的正面更让她着迷，他的肩膀宽阔却不厚实，他后脑壳的发际线很高，露出颀长却并不脆弱的好看的脖子，他的头发服帖而软硬有度，她相信长着这种头发的男人，他的心也一定是软硬有度的。他的脑袋长得圆而饱满，里面装满了智慧和有待发掘的宝藏。她想象着再过三十年、四十年，或者五十年，这个背影会变成什么样子，我还能记得起他今天的样子吗？蒋玉瑶脸上的光更亮了，如果罗琼秀看到此时此刻的女儿，她一定会惊讶不已，女儿身上的闪光几乎让路灯、流动的车灯甚至商业大厦外墙上的霓虹灯黯然失色了。

快到站的时候，蔡家佑摁响了下车铃，然后站起来回过头喊沈艾莉下车。因为这种时候，沈艾莉已经坐在车尾的座位上摇头晃脑地昏昏欲睡。蒋玉瑶也站起来。蔡家佑说，你还没到站呢。蒋玉瑶说，我和你们一起下，就一站路，走动一下能让头脑清醒。

三个人一起下了公交车，蔡家佑和蒋玉瑶并肩走，沈艾莉则在他们前面迈着不羁的步伐。有一晚，沈艾莉踩着路边花圃边那条窄长的铺着水磨石表面的护栏，边走边跳，还不时回过头，得意地冲他们喊，看！沈艾莉的那双又长又细的脚前后分开一跃而起，落地的时候，一只脚踩空，一屁股坐在地上。她的前脚还卡在花圃里，右脚被自己的屁股压着。她想起小时候冯宝怡为了擦掉她墙上的画而从小塑料凳上摔下来的情景，哈哈大笑起来。

蒋玉瑶赶紧跑上去扶起她，紧张地问她伤着哪里没有。蔡家佑却将蒋玉瑶喝住，让她自己起来。蒋玉瑶担心地问，真没伤着吗？蔡家佑冷静地说，你看她那是伤着的样子吗？沈艾莉笑着自己爬起来，拍拍屁股，又示威似的蹦跳了几下，看，真的没事。

有一次，沈艾莉像往常一样一个人走在前面，蔡家佑追上前去和沈艾莉边走边聊。蔡家佑发现沈艾莉的校服领子上竟然绣着她的名字。喂，沈艾莉，你以为自己还在上幼儿园吗？你领子上绣的什么玩意？沈艾莉说，我以为什么不重要，那是我妈以为的。蔡家佑说，你不觉得丢人吗？沈艾莉说，我无所谓。蔡家佑又问她，你现在怎么不画画了，昨天美术老师来找我谈过，他让你考虑考虑要不要转去美术班，将来——沈艾莉突然火冒三丈，她指着蔡家佑的鼻子吼道，我为什么要去那个见鬼的美术班！蔡家佑说，你以前不是画画挺厉害的吗？沈艾莉说，到底是谁在胡说八道，我去撕烂他的嘴！以后你要敢再提这事我跟你没完！

蒋玉瑶跟在后面听他们争吵。她没有像往常那样贪婪地研究蔡家佑的后脑壳，而是惊讶地发现，蔡家佑和身高一米六八的沈艾莉站在一起，竟差点比沈艾莉还矮。蒋玉瑶的心里有点不是滋味，她想，大概是因为营养不良还是用脑过度导致的身高发育受阻，幸好他们才都只有十五六岁的年纪，如果可以像罗琼秀养在阳台上的富贵竹一样，催催肥料，还有机会拔节。

3

一个周末的下午，蒋玉瑶去超市打算挑选一只保暖壶，等待合适的时机给蔡家佑送汤水补充一下营养。她还没有来得及细想送汤的过程，是她亲自煲还是让母亲给自己煲汤的时候多加些水，此外，她还要想出一个让罗琼秀容易相信的理由顺利让她把汤带走。船到桥头还能自然直呢！蒋玉瑶相信，只要自己想做的事，就一定会想到解决的办法。

蒋玉瑶看着眼前琳琅满目的高矮不一、粗细有别的保温壶犹豫不决，买个小的，怕装不了多少东西，但是可以放进书包里掩人耳目。选个大的吧，倒是能装不少东西，但是不仅装不进书包，还得另外装备个手提袋提着，对于一个高中生来说，任何除了书包以外的物件，都会显得形迹可疑。其实蒋玉瑶最喜欢的是那只大小适中的双层不锈钢内胆的保温壶，外面涂着一层洁白的底漆，在壶身的一侧，印着一对小情侣，他们面对面地站着，两个人的嘴唇恰到好处地靠近，处于快要亲上却还有些许距离的状态。他们的手里都拿着一只氢气球，男生拿着的那只是粉红色的，女生拿着的那只是宝蓝色的。两只气球在空中高高地飘起，给整个画面装点上动态却宁静的气氛。蒋玉瑶拿起那只保温壶捧在手里，轻轻地抚摸着，像抚摸一个让她又疼又爱的小婴儿。她想，如果这个男生是蔡家佑，这个女生是我……蒋玉瑶被自己的想法吓着了，她赶紧把那只保温壶放回原处，红着脸，抓起一只差不多大小的灰色的保温壶，像小偷一样把保温壶抱在怀里，向收银台奔去。

罗琼秀给女儿炖了一锅鸡汤。蒋玉瑶喝了一口，想起蔡家佑瘦削的脸颊和矮小的身段，心痛得几乎哭出来了。她赶紧把鸡汤一饮而尽，鼓起勇气说，妈妈我想和你商量个事。罗琼秀说，你说吧。蒋玉瑶说，我们班有个同学家里条件不是很好，她有好几次在课堂上晕倒。医疗室的大夫说，是因为她身体底子不好，长期营养不良导致低血压引起的。所以我们班的几个班委就商量，轮着让家里给她送点汤水补充下营养，不过都是自愿的。妈妈你下次给我煲鸡汤的时候，能不能多准备些。蒋玉瑶一口气说完，中间没有停歇也没有心慌，更没有意识到自己把这个故事编得这样天衣无缝，罗琼秀听得心服口服，而且觉得这是一件有意义的行善积德的事。罗琼秀说，没问题，虽然说是自愿，但你是副班长，应该起带头作用，我明天就给你准备，我去看看家里的保温壶还能不能保温，好久没用了。蒋玉瑶又喝了一碗汤，轻描淡写地说，保温壶我已经准备好了。罗琼秀诧异地看着玉瑶。蒋玉瑶说，是今天和另外两个同学一起去买的。

罗琼秀问女儿，沈艾莉报没报名？蒋玉瑶愣住了，她不知道母亲想要一个什么样的答案，是艾莉送她也送，还是艾莉送了她就不能送。蒋玉瑶现在才开始觉得害怕，自从读了高中，为了蔡家佑，她已经是第二次向母亲撒谎了。幸好罗琼秀说，没关系，沈艾莉送不送咱管不着，反正咱们送。

蔡家佑和沈艾莉坐在离公交车站不远处的那片花圃边，就是上次沈艾莉逞强表演平衡木的那个水磨石板护围上，就着明亮的路灯津津有味地喝着蒋玉瑶带来的鸡汤。蒋玉瑶早就预料沈艾莉不会跟她客气，因此多备了一只小碗。沈艾莉喝了一碗，舔了舔嘴唇叹道，我从来没有喝过这么好喝的鸡汤，蔡家佑，你再给我留点。蒋玉瑶说，你妈没给你煮过鸡汤吗？沈艾莉说，谁的妈没给谁煮过鸡汤，问题是，妈和妈是不一样的，煮出来的鸡汤能一样吗？

蔡家佑用保温壶的盖子当碗喝完了，对玉瑶说了声谢谢。蒋玉瑶问，好喝吗？沈艾莉笑了起来，我刚才已经对蒋妈妈的鸡汤星球大赞了，你还用问他吗？蒋玉瑶说，你是你，他是他。蔡家佑说，艾莉把我要说的话都说了，真好喝，不过下不为例，给你妈妈添麻烦了，我们不好意思。沈艾莉说，你不想喝我还想呢，玉瑶，以后有好东西都给我带来。蔡家佑把剩下的那半壶鸡汤全塞到沈艾莉手里，没见过女孩子馋成你这样的，全归你了。蒋玉瑶问沈艾莉，你晚上吃这么多不怕长胖吗？沈艾莉一边嚼着炖得香气四溢的鸡腿一边摇着头说，长胖就长胖，又不会死人。

蒋玉瑶第一次给蔡家佑送的鸡汤虽然大部分都落进了沈艾莉的肚子里，但她的心还是踏实的。要是没有沈艾莉在场，她还真的没有勇气把那壶鸡汤送进蔡家佑手里并亲眼看着他喝下去。在接下来的大半年时间里，蒋玉瑶每个星期都有一晚或者两晚会给他们带汤。在蒋玉瑶的爱心滋养下，蔡家佑并没有如她所愿身材继续拔节，脸上还是一样的瘦削，眼神还是一样的冷峻，学习成绩依然名列前茅。倒是沈艾莉，到了高二第一学期，身高窜到了一米七，脸色红润，目光水灵，尤其是她那张像经过技艺超群的雕塑家精雕细琢加工而成的与五官有着完美比较的嘴唇越发丰满红润，即使在北风呼啸的大冬天，她不涂润唇膏也能保持着它鲜活嫣红的本色。

沈振扬每晚酒足饭饱之后，会躺在沙发上边看电视边等女儿回家。他看着日渐长大的越来越漂亮的女儿，像一个经常偷懒的饲养员欣赏一匹从来不用他操多少心的小马驹，却能长成超出他预期的样子。没错，沈艾莉就是一匹小白马，她身上的每个部位都搭配得那么得当，每块肌肉和筋骨都显示出生命的力量，那么柔和，那么健美！仿佛他稍不留神，她就会平稳地腾扬起四蹄，朝着春暖花开的阳光大道一路飞奔，奔向那个总有一天他会看不到的尽头。沈艾莉提醒过父亲，叫他别老等她，喝多了就去睡，躺在沙发上会着凉。她还指责冯宝怡，别没事老在她的校服上动手脚，有那个工夫不如给爸爸盖张被子。

冯宝怡也看到女儿的变化了，但她并没有沈振扬那么多假大空的想法。最近老听到有高中生轻生的新闻，无论是她的哥哥冯宝权，还是从同事那里获得的道听途说，无一不提醒冯宝怡，高中三年是孩子学习压力最大、心理最脆弱的阶段。开家长会的时候，老师也多次强调家长要对孩子进行适当而有效的心理辅导，配合好学校和孩子，陪他们度过人生中最重要的三年。冯宝怡分不清什么叫适当而有效，她只关心女儿的成绩。到了高二第一学期期末考试，沈艾莉考出来的是全班倒数第五名。冯宝怡放下心来，她依然坚守着她的初心——没有目标就没有压力。这样的成绩，沈艾莉就可以顺理成章地远离目标，平安无事地过着冯宝怡一厢情愿地憧憬出来的静好岁月。因此，面对沈艾莉的变化，冯宝怡只有一句结案陈辞，还别说，重点学校的伙食就是好！

4

有时候，沈振扬坐在英姑便利店门口就着花生米一边喝啤酒一边等他的宝贝女儿晚自修放学回家。这位肯给他赊酒账的好人英姑，比沈振扬大四五岁的样子，来自粤西农村。她二十一岁就嫁给了丈夫何大成，二十二岁生下第一个孩子。何大成是个实诚的人，也是一个有责任心的男人。在老大出生后的第二个月，他就跟英姑说，为了让她和孩子过上好日子，他决定去城里打工。

十多年前，当英姑用一根短扁担挑着两个红白蓝格子编织袋走下长途汽车那一刻起，她就觉得自己是这座城市的一员。她看着城市林立的高楼大厦，晃得她睁不开眼的霓虹灯，人来车往的马路，和路边修剪得整齐有序的花草树木。英姑被镇住了。多好啊！她在心里喊叹。在英姑的心里，并没有因为一个人，所以爱上一座城的诗情画意。她只想给丈夫做好饭，在未来的某一天，把家里的娃都接出来接受教育！英姑在长途汽车站门外不远处的一个绿色电话亭与何大成接上了头，后来，她每次对沈振扬说起这段往事，都骄傲地说，那是我们人生中最伟大的一次会师。

从此以后，何大成上班的工地迁到哪，英姑的便利店就紧跟着丈夫的步伐开到哪。以至很多人都误以为英姑便利店是一家连锁店，因为很多客人在城市的不同街头巷尾见到过这个熟悉的小店。

英姑进城第四年，她在城里租下一套两居室的公寓房，把两个孩子从农村接出来读书。第五年，何大成组了一个施工队，当起了包工头，英姑手里的存款也越来越丰厚。到了第八年，她在怡得小区看上一套两居室的房子，豪爽地交了全款，还顺便租下小区外面临街地铺的一个小店面，继续开便利店。

沈振扬一家比英姑晚一年搬进怡得小区。冯宝怡把能买的家具都买得差不多了，从旧居搬过来的家什不多，一辆搬家公司的中型卡车还没装满。英姑撇了撇嘴，觉得没有什么看头，客套地跟冯宝怡打了个招呼就转身准备离开。

这时候，沈振扬从货车驾驶室后排扶着车门的把手连撞带爬地掉了下来，他在地上站稳之后，把沈艾莉从车里半拉半抱地弄了下来。英姑目不转睛地盯着沈艾莉，她的脸相稚气未脱，手脚又细又长。文化程度不高的英姑无法描述沈艾莉的美，但是她有了比任何美学家更到位更朴素的解读，那就是，如果把世界上所有最美的花摆在一起，老天爷肯定还没来得及造更美的那一朵。而沈艾莉，就是属于那朵更美的花。英姑在心里叹道，乖乖，原来这才是沈家最值钱的宝贝！

小区正门南面就是旧城区，在沈家八楼的阳台上，还能远远地望见沈家那幢小洋房的小尖顶。东面是宽阔的、经常有货船来往的自西向东流淌的西江。沈振扬喝得高兴了，提醒英姑聆听江面上传来的笛声，听到没有，想当年，咱们沈家祖上也有几条那样的破船。

英姑装出又羡慕又妒忌的语气说，哎哟，那你不就是个少东家了？沈振扬说，一代不如一代啦。英姑忽略了沈振扬的一代不如一代，却对沈家的生活想象成顶多比自己好不到哪里去。要不然，他也不用三天两头地拖欠她的酒钱。而她家的男人好歹也是个包工头，比拿死工资的人有着更多的可能性。英姑为了帮助丈夫把这种可能性再扩大，便学着小区里一些衣着光鲜的老人那样去证券公司开了个炒股账户。她把自己准备买股票的事告诉了沈振扬，还动员他也去开个户，再问他老婆要个一两万买股票，他喝酒的钱就有着落了。

沈振扬说他们沈家的家风从来都不允许投机倒把，你要信得过我，就买黄金，一年买个一万八千的放着，过个十年八年，咱们走着瞧吧。英姑不屑地反驳他，说得好像你手里拿着大把金条似的。沈振扬神秘地笑了笑，嘿！这事可胡说不得！

作为一个对自己的前途有着明确目标的青年，蔡家佑显得比同龄人思想更成熟，看问题也更客观。当他面对沈艾莉在班里倒数第五名的成绩单时，他的态度冷静得让蒋玉瑶感到困惑不解。蒋玉瑶觉得沈艾莉没考好是自己的责任，内心十分愧疚的，如果继续这样下去，沈艾莉是三本大学都考不上的。

蒋玉瑶总结了她那个小组平时的学习情况，沈艾莉虽然性格好动，但是每天也依时交作业，预习的时候也能提出不少有见解的问题，就是不知道为什么会考成这样。蔡家佑摇着头说，不，这不是你的责任，我们都不是小孩子了，每个人都应该学会对自己负责。蒋玉瑶说，要不然，咱们寒假的时候，去给她补习？蔡家佑说，没问题，只是你以后别再给她带那么多好吃的了，越吃越蠢。蒋玉瑶的脸一阵发热，突然冲口而出，我本来就不是给她带的——

蔡家佑善解人意地笑了笑，我知道。

蒋玉瑶的脸更红了，汗水从她的脚底、掌心、额头冒了出来，恨不得有一盆冷水把她从头到脚浇个透心凉。教室里只有他们两个人，世界是这样安静，静到可能听到隐藏在梦想深处的冲锋号角，能听到梦想的彼岸花开的声音。蔡家佑抬起头，看到了这个深冬的中午她额头上渗出来的闪着灵性之光的汗珠儿，他情不自禁地从口袋里掏出一张纸巾，替蒋玉瑶把汗擦拭掉。蒋玉瑶心慌意乱地推开蔡家佑的手，她抓起饭盒逃出了教室，在两旁栽着洋紫荆的校道上一路狂奔。汗水已经渗透全身，甚至快要从她的眼眶里滴出来了。

蒋玉瑶对母亲说，妈妈，以后不用再给我同学带汤了。罗琼秀的第一反应就是往最坏的地方想，你同学怎么啦？蒋玉瑶说，她身体好多了。不过，蒋玉瑶接着说，我和另外两个同学商量好了，放寒假后一起给她补习功课。

这个学期最后一次晚自修后，蔡家佑和沈艾莉及蒋玉瑶一起下了公交车。蔡家佑第一次提出来陪蒋玉瑶走一站路送她回家。沈艾莉说，真矫情。蒋玉瑶不吭声。蔡家佑说，天气冷。沈艾莉说，你的意思是咱们三个抱着一起走路咯？蒋玉瑶息事宁人地说，不用送，我自己走习惯了。蔡家佑说，沈艾莉你什么人啊，喝了蒋玉瑶那么多鸡汤，多走一段路都不肯？沈艾莉狡黠地笑了笑，那些鸡汤可不是为我准备的。蒋玉瑶盯了沈艾莉一眼，转身就走。蔡家佑拉住她的手臂，对沈艾莉说，你去还是不去？沈艾莉说，我不去，不过我可以在这里等你，给机会你当一次护花使者。蔡家佑说不行，你必须一起去。

在往回走的路上，蔡家佑问道，沈艾莉，你心里是怎么想的？沈艾莉说，什么怎么想？蔡家佑说，放寒假给你补习啊，是去你家还是去图书馆，地点你定。沈艾莉说，你觉得我长得好看吗？蔡家佑顿了顿，好看。沈艾莉又问，是我好看还是蒋玉瑶好看？蔡家佑说，你好看。沈艾莉笑了起来，脸上的表情流露着不屑，原来你也是个俗人。蔡家佑说，我只是实话实说，跟俗有什么关系？沈艾莉说，然后呢？蔡家佑说，没有然后了。沈艾莉说，那你喜欢我吗？蔡家佑说，我为什么要喜欢你？沈艾莉说，因为我长得好看啊！你刚才不是说过了吗，我比蒋玉瑶好看，你们这些俗人都一个德行。

蔡家佑严肃地说，你说对了一样，的确，我是个俗人，不仅仅是我，地球上所有有限生命，都是俗的。但是我并不以自己的俗为荣，我们自从来到这个世界上，学会吃饭、走路、说话，然后上学，学习各种各样的知识来充实我们的人生，在这个学习过程中，建立自己的理想，在将来的某一天，通过自己的努力得到实现——哪怕只实现了一部分。这就是我们这些俗人在这个俗世尽量让自己变得不那么俗的过程。至于德行……

沈艾莉双手捂着耳朵喊道，住口！你说的什么破玩意我一句都没听懂。蔡家佑回过神，我的意思是，德行是一个厚重而美好的词语，从你嘴里说出来就变了味了，我只是想纠正这个味道。沈艾莉挑衅地说，就你学问大，不过可惜，你就是把天书背出来，我还是比蒋玉瑶好看。蔡家佑说，那又怎么样？我只是客观地评价你们两个人的外貌，并不代表我就可以被你随便归类。沈艾莉在路边的花圃边蹲了下来，她把飘落在地上的洋紫荆花的花瓣一片片地捡起来，堆成一堆，就像捡起她那颗被蔡家佑像利刀一样的话切成碎片的心。

沈艾莉站起来，说，我知道了，你为了不让自己成为俗人，所以，你这辈子都不会喜欢我。沈艾莉说完，扔下蔡家佑径自朝家里走去。她边走边挥起右手，像跟前面不远处的某个人告别，我不需要补习，读不读大学无所谓，谢谢你们啦！

沈振扬喝着啤酒，不时抬起头看看女儿每天回家的路。沈艾莉和蔡家佑在路灯的照耀下自远而近，终于出现在沈振扬的视线内。沈振扬骄傲地说，我们家漂亮的小马驹回来了！英姑说，是呢，每天晚上后面还跟着个保镖。沈振扬说，嘿！

沈艾莉从英姑便利店的门前走过，被沈振扬喊住了，女儿，来，过来一下！沈艾莉看也不看沈振扬一眼，扔下一句，我累了！就进了小区的大门。蔡家佑知书达礼地走到沈振扬面前站住了，他分别和沈振扬、英姑打过招呼，才踏着从容的步子回家去了。

英姑说，听说这小伙子读书可厉害了，喂，他们俩是不是在谈对象。沈振扬说，同学，只是同学。英姑撇了撇嘴，那孩子啥都好，就是样子长得配不上艾莉。沈振扬把瓶子里剩下的小半瓶啤酒一饮而尽，站起来拍了拍屁股说，这就是你的妇人之见了，我看人从来不会看走眼，走着瞧吧，这孩子将来肯定有大出息，他要是能娶我的女儿，我把我的全部身家赔上都愿意！

5

大年初二，冯宝权趁妹妹带沈艾莉回来拜年的机会和冯宝怡进行一次推心置腹的长谈。冯宝权换了一张造型精巧的根雕茶几，他给妹妹泡了壶好茶，那两位曾经陪他一起品茶的老人已经相继去世，他除了每天在学院传授好他应该传授给学生们的知识，生活的重心放在练习书法上。冯芊慧已经被保送进了中山医科大学读研究生，他觉得自己的生命之光已经因为女儿的光辉越来越强烈而不得不被挤到暗淡的边缘，这是他最愿意看到的结果。

冯宝怡与哥哥面对面坐着，受之有愧地接过哥哥亲手泡的茶，一改平时在家里随性的态度。冯宝权品了一口茶，看着冯宝怡说，艾莉这个孩子，我和她舅妈对她的疼爱，不比你们两口子少。冯宝怡说，是的，我和她爸都知道。提起沈振扬，冯宝权的脸色变了变，他还是像以前一样没日没夜地喝吗？冯宝怡说，只是晚上喝。冯宝权说，这就够过分了！你看看你们把女儿都养成什么样了？这就叫上梁不正下梁歪！冯宝怡说，哥，你消消气。冯宝权说，他都多久没露脸啦？除了前年在爸的葬礼上见过他一面，今天大过年的，好容易孩子们都在一起吃个团圆饭，他人呢？冯宝怡说，他这不是因为怕你吗？

冯宝权拍了一下大腿，逃避不等于害怕，他要真怕我早就把酒戒了！张雪萍从厨房里走出来，拥着冯宝怡的肩膀提醒丈夫，有话好好说。冯宝怡鼻子一酸，眼眶发红，她抬起右手，用衣袖把眼睛擦了擦。

冯宝权摆了摆手，对于这个人，我无话可说，咱们还是说说艾莉的事吧。张雪萍拍了拍小姑子的肩膀，转身回厨房忙去了。冯宝怡看着哥哥，艾莉她，有什么事？冯宝权严厉地喝道，你到底想不想让她上大学？啊？期末考试倒数第五名，这是个什么概念？她还是我冯宝权的外甥女吗？老话都说，外甥多似舅，她的本质就不应该是现在这个样子，你还认为没事？冯宝怡怯怯地说，我觉得，也没有什么。冯宝权睁着一双大眼睛瞪着妹妹，胸口的火焰眼看就从他那双智慧的眼睛里喷薄而出。冯宝怡说，哥，您先别生气，您慢慢说，我听着就是了。

冯宝权说，那你先回答我，还打不打算让她上大学？冯宝怡想了半天，能上就上，上不了也没什么。冯宝权说，这是你的想法还是艾莉自己的想法？冯宝怡说，我的，我不知道她的想法。冯宝权说，行了，她的想法已经用这个倒数第五告诉我了，你的想法就是上不上都行，是吧？冯宝怡点了点头。冯宝权叹了口气，声音放低了几度，后面呢？冯宝怡疑惑地，后面？冯宝权说，我是问你，如果她读不成大学，后面怎么办？冯宝怡说，女孩子大了，不都是嫁人生孩子吗？冯宝权问，嫁了人生完孩子就完了？她靠什么技能谋生？怎么养活自己和孩子？按你的想法，高中毕业——照这样下去，能不能毕业还难说，才十八岁，就让她嫁人了？嫁给什么样的人？你认为你的女儿长得好看，好男孩就排着队抢着要是吧？冯宝怡说，我没说让她十八岁就嫁人，我可以养到她二十五岁再嫁。冯宝权说，你能养到她二十五岁，以后呢，你能养她到七十还是八十岁？冯宝怡说，她嫁人了就有人养了。冯宝权冷笑道，你都嫁给沈振扬快二十年了，他养过你吗？冯宝怡说，也不能算没养，他的工资卡打结婚那天起就一直在我手里，钱由着我花，他从来不说什么。冯宝权说，好了，又扯远了，现在我们谈的不是她什么时候嫁人的问题，谈的是她未来的路怎么走的问题。冯宝怡说，你谈吧哥。

冯宝权突然发现并不了解自己的妹妹，他觉得和冯宝怡没有什么可谈的了，但他没有办法眼睁睁地看着自己的外甥女就这么毁了，他把自己的决定告诉冯宝怡，离开学还有两个星期，从明天开始，冯芊慧去给艾莉补习，能补多少补多少。冯宝权又说，我们商量过了，等开了学，艾莉就搬过来和我们一起住，晚自修也别让她回学校上了。她的学习我要亲自抓，生活上有你嫂子照顾，你就放心吧。

冯宝怡低下头，不敢同意也不敢反对。如果同意了，她的女儿离开她的眼皮底，在舅舅的高压督促下，学习成绩或许可能会上去，但更坏的结果也可能是她会受不了，她一旦觉得受不了就什么事都干得出来。如果直接对哥哥说不，她更说不出口，他们能为了艾莉的前途可以做出这样的决定，满世界上哪找这么好的哥哥和嫂子哟。冯宝怡说，那就让小慧给她补几天习看看，开学后的事等开了学再说，这样行吗？

就在冯宝权坐到那张根雕茶几前泡好茶准备和冯宝怡推心置腹的前十分钟，冯宝权让冯芊慧把艾莉带出去逛逛。自从读了大学，冯芊慧已经很多年没和沈艾莉单独相处过。在整个学习任务繁重的大学阶段，每当她被功课压得喘不过气来的时候，她的脑海里就会现出小时候和沈艾莉一起逛二手书店的情景，那是冯芊慧的青春记忆中最温暖的存在。

每次家庭聚会，冯芊慧都想办法和沈艾莉单独相处，谈谈她在大学的趣事，谈谈她自己的学习心得，如果可能的话，最好沈艾莉也和她说说话，随便说什么都行，哪怕她还像小时候一样站在她面前跟她说，鞋带松了。但是冯芊慧一直没有机会，她觉得自己一直欠沈艾莉一句道歉，她希望她们两人之间有一个顺其自然的铺垫，然后让她有机会对艾莉说一声对不起。

　　当冯宝权叫艾莉跟她表姐一起到外面去转转的时候，沈艾莉一百个不情愿。张雪萍微笑着从厨房走出来，对艾莉说，听你舅的话，去吧，回来的时候路过超市顺便帮舅妈买一瓶老陈醋。沈艾莉只好跟着冯芊慧出了门。

　　街道两边的店铺门外都贴着红红火火的对联，有的挂上大红灯笼，或者中间裹着一个大大的福字的中国结。有的挂着五颜六色的像星星的眼睛一样不停地眨呀眨的彩灯，还有的店铺在门口的顶端用剪成一串吉祥图案的彩色花纸挂成一个个倒半圆形状。这些华丽却带点媚俗的装饰品看上去是那样让人情绪高涨。人们会暂时忘掉过去一年发生在自己身上的不幸或者糟心的事，没有人会怀疑在未来的一年，自己会交不上好运气。

　　沈艾莉和冯芊慧一前一后在街上走着，踩在地上到处散落着代替爆竹的环卫工人还没来得及清理的礼花绽放的纸屑上，发出低沉的沙沙声。她们走到一个十字路口，就是原来摆放垃圾桶的地方，沈艾莉站住了。冯芊慧想起她小时候往垃圾桶里扔头饰手套的情景，心里直发笑。但是很快，她的笑容止住了，她当年从垃圾桶里翻出沈艾莉那张获奖的水彩画时的场面像一记耳光，狠狠地掴在她脸上。冯芊慧的心一阵绞痛，她喊了声，艾莉——

　　沈艾莉没理会她的表姐，继续往前走。快到那间二手书店的时候，冯芊慧迈开步伐，越过沈艾莉走到前面去，抢先在书店门口站住了。沈艾莉对那间她小时候经常流连的书店视而不见，像一阵风似的从冯芊慧身边窜过。冯芊慧的泪水在眼眶里打转，她绝望地想，回不去了，再也回不去了。沈艾莉走进一家小超市，把买好的老陈醋塞到冯芊慧手里说，你先回去。冯芊慧问，你还要去哪？沈艾莉笑道，你管得着吗？冯芊慧顿了顿，我——沈艾莉说，给我点钱。冯芊慧问她要多少。沈艾莉说，你看着给。冯芊慧从钱包里翻了五十块钱交给她，你能不能告诉我，你要干吗去。沈艾莉接过冯芊慧递过来的钱，撇了撇嘴角，扬长而去。

冯芊慧跟着沈艾莉在大街上拐来拐去，沈艾莉有时故意停下来，冯芊慧赶紧躲进店铺的廊柱后。沈艾莉又往前走，冯芊慧从柱子后伸出脑袋，又跟了上去。有几次沈艾莉故意回头，冯芊慧每次都以为自己顺利地隐蔽起来，她觉得自己像一个跟踪敌人获取重要情报的地下工作者。沈艾莉却在心里冷笑，就你那点水平还想当特务！

沈艾莉觉得再这样和冯芊慧玩下去实在太浪费时间，她大摇大摆地推开一家网吧的玻璃门走了进去。冯芊慧及时伸出手去把她拉住，欲把沈艾莉从网吧里拽出来。沈艾莉挣脱她的手，走到网吧柜台去交钱。冯芊慧在沈艾莉站了一会，被一股呛人的烟味熏得发出一串咳嗽，从电脑音响里发出来的嘈杂的震天动地的枪击声和厮杀声夹杂着炸弹的爆炸声震动着她的耳膜。冯芊慧感到一阵晕眩，她触目所及，那一台台电脑显示屏就像一个个身穿盔甲的古希腊神话里互相对峙疯狂杀戮的巨人，她的眼睛被那些仿佛是雅典娜女神为了帮助阿伽门农打败特洛伊人制造出来的迷雾萦绕得天旋地转。她像一个无故被战火牵连的弱质妇人一样被战神的力量弹出了网吧。

冯芊慧握着那瓶老陈醋一边抹着眼泪一边往家里走去，她一边走一边哭，不时抬起手臂用袖子抹眼泪。她完全抛弃了作为一个高级知识分子、中山医科大学临床医学系高才生一直以来保持的优雅形象，那痛哭流涕的泼辣劲儿，那旁若无人的姿态，像极了冯宝怡。在她的爷爷和外婆两位老人去世时的葬礼上她哭得还没有现在这样动情和让人揪心。冯芊慧的举动引来了路人的侧目，他们纷纷猜测这个可怜的姑娘身上到底发生了让她多么难以承受的悲痛。

6

第二天在上午九点钟，冯芊慧顶着一对黑眼圈准时摁响了姑姑家的门铃。冯宝怡一大早就去参加同学聚会，她在出门前告诉沈艾莉，早餐在锅里热着，她姐九点钟就来给她补习。沈振扬比冯宝怡更早出门去同事家里打麻将，冯宝怡对此表示不满，她要沈振扬留在家里盯着女儿吃早饭，等小慧到了再出门。沈振扬说，你知道什么叫"三缺一"吗？沈艾莉躺在床上，静听家里的防盗铁门打开两次又关上之后，从床上一跃而起，以最快的速度刷牙洗脸，抓了件外套往身上一套就出了门。

冯芊慧分别给姑姑和姑父打了电话，那两位伟大的父母像对过供词一样统一口径以新一年的运气发誓，沈艾莉千真万确在家里等着她来给她补习。冯芊慧又摁了半天门铃，当她确信屋里连苍蝇和蚂蚁都不愿意搭理她之后，才悻悻地离开。

冯芊慧走出小区大门，在英姑便利店买了一包九制陈皮，撕开包装袋，捏了一块放进嘴里慢条斯理地嚼着。英姑惊呼道，呀，你不就是那谁吗？冯芊慧抬眼看了看便利店外的街道。英姑说不用看了，你不就是沈家的那个大侄女吗？艾莉的表姐，对吧？冯芊慧说，您认识我？英姑说，我见过你好几回了，去年夏天，你和你妈妈一起来你姑姑家，你妈妈在我这里买了一箱牛奶，你还帮着提呢。冯芊慧笑了起来，哦！英姑说，你在我们这里可出名了，你姑姑每次说起你，那个得意劲，连树上的鸟看着都恨不得变成人，也生个像你一样的女儿。冯芊慧不好意思地笑了笑。英姑打量着冯芊慧，她生平对有学问的人尤其高看很多眼，比面对有钱人时更加卑躬屈膝，更让她心服口服。她嘴里发出啧啧的惊叹，看这头发梳的，这衣服颜色搭配的，这包包提的，怎么就那么让人心情舒畅呢，一看就是做大学问的样！

冯芊慧在英姑那双像CT扫描仪一样的目光注视下觉得很不好意思，她问英姑，您见过我表妹吗？英姑说，我刚开门那会——我每天都是八点半准时开门的，时间错不了。你姑父骑着摩托车出门了，看样子一定是去谁家打麻将，你姑父是个好人，除了爱喝点小酒，虽然他老爱拖欠我的账，不过他倒是经常在我这里买些面包啊、水啊什么的，送给那些流浪汉，或者大半夜还在干活的环卫工人。八点四十分的时候你姑姑也驾着摩托车出去了，她今天穿得可真喜庆，她还在我门口停了一会，说，英姑新年好，祝你生意兴隆，我要去参加同学聚会啦！然后——你是什么时候来的我倒是没留意，反正，应该是你姑姑走了没一会，你来之前吧，你那个漂亮的表妹穿着一件说不上是什么玩意的外套匆匆忙忙地从我眼皮底下走过去了，她也没跟我说一声新年快乐也没祝我生意兴隆。

冯芊慧问英姑，这附近有网吧吗？英姑说，当然有，这两年也不知道咋回事，网吧开得比理发店还多，对，你这么一说我想起来了，有好几次我看见你们家艾莉进了网吧，肯定错不了，你去找她去吧，最近的那一家你出了门往西走两百米再右拐就看到了。

按着英姑的指引，冯芊慧在离小区最近的那家网吧隔着玻璃门就看见沈艾莉坐在电脑前的身影。她左手按着键盘，右手晃动着鼠标，全身绷紧，神情专注地盯着显示屏。时间还早，网吧里还没有什么人，烟味也没那么重，噪音也还能承受。况且冯芊慧已经做好了充分的心理准备，她深吸一口气，抱着不成功便成仁的壮士情怀推开那扇玻璃门，在沈艾莉身边空着的椅子上坐了下来。

沈艾莉头也不抬地说，省省吧！冯芊慧说，我不累。沈艾莉说，你会干扰我，该上哪去上哪去。冯芊慧说，我今天哪也不去。沈艾莉冷笑道，你觉得有意思吗？冯芊慧反问她，那你呢，觉得有意思吗？沈艾莉说，轮不到你管。冯芊慧看着沈艾莉身上穿着的那件深棕色的又宽又大的外套，她认出这件外套是她姑父的，她爷爷临去世前，沈振扬去医院看望临终的老丈人，身上穿的就是这件衣服。冯芊慧的心又发出一阵绞痛，她看着沈艾莉的脸，那张人见人爱的美得让人睁不开眼的脸竟变得虚浮，像一个开始泄气的充气娃娃。那双又大又亮的眼睛依然睁得很大，双眼皮的层次却变得含混不清。冯芊慧被心绞痛折磨得想把这只浮夸的充气娃娃捏个粉碎，再狠狠地踩上两脚。

冯芊慧冷笑了一声。沈艾莉被冯芊慧的冷笑刺激了一下，转过身面对着她，你笑什么？冯芊慧说，我笑你是个逃避现实虚有其表连大学都考不上的孬种。沈艾莉使劲地拍了一下电脑桌，呼的一声站起来，哼！

沈艾莉和冯芊慧面对面站在马路边。沈艾莉凶狠地盯着冯芊慧，你刚才说什么，你再说一遍试试？冯芊慧说，我再说一百遍也是那句，你就是一个逃避现实虚有其表连大学都考不上的孬种！沈艾莉说，你瞧不起我是吧？冯芊慧说，对，你别以为我今天来是求着你给你补习，你不用自作多情，我压根就不想管你的破事。你考不上大学才好呢，你自己去那个玻璃门上照一下你的样子，连当个小流氓你都不配。沈艾莉怒不可遏，她指着冯芊慧的鼻子说，好！好！别以为你自己上了大学就有多了不起，本小姐今天就把话撂这儿，要是我考不上大学，我就不姓沈！

冯芊慧依然装出一脸的不屑，别随便发誓，你现在反悔还来得及，如果你还想玩游戏我可以给钱你进去继续玩。沈艾莉说，我才不上你的当，咱们走着瞧！沈艾莉说完，脱下身上那件旧外套扔进路边的垃圾桶，扬长而去。

　　冯芊慧看着沈艾莉的背影，长舒了一口气，自言自语地笑道，走着瞧就走着瞧，谁怕？

　　沈艾莉和冯芊慧定下"走着瞧"的誓言之后，在冯宝怡毫无心理准备的情况下告诉妈妈，开学就搬到学校去住宿。冯宝怡担忧地说，怎么突然又想起来住校了？可是你能自己洗衣服袜子吗，大冬天的衣服又厚，脏了怎么办？要不然……沈艾莉大吼一声，我自己的事情自己会看着办！

　　沈艾莉每天把自己关在房间里埋头复习。除了吃饭和解决大小便，她甚至不踏出自己的卧室半步。冯宝怡望着女儿那扇紧闭的房门，感到一种无法与外人道的惆怅。她觉得自己的女儿中了邪了，被一只无形的恶毒的手掌控住了。那只手既恶毒又充满了诱惑，它会时不时给艾莉喂几颗糖果让她尝点甜头，然后就会想尽一切办法折磨她，绑架她，奴役她，让她心甘情愿地为这个魔鬼效劳而无怨无悔。有好几次她甚至想破门而入，抢过沈艾莉正准备塞进嘴里的糖果，或者把她被魔鬼五花大绑的弱小的身体解救出来。但沈艾莉，或者那个魔鬼把门锁得死死的，就像一座抵抗外敌入侵的固若金汤的城堡，让冯宝怡除了胡思乱想便无计可施。

　　开学前三天，蔡家佑和蒋玉瑶结伴来看望沈艾莉。冯宝怡赶紧把他们请进屋，给他们泡茶拿饮料水果还不停地劝他们吃她亲手做的年糕。她把这两位小年轻人当成自己的同盟和救星，兴冲冲地去拍沈艾莉的房门，告诉女儿，蔡家佑和蒋玉瑶来找她玩来了，让她赶紧出来一下。沈艾莉对冯宝怡的呼喊充耳不闻。蔡家佑得知沈艾莉一直在闭关复习，劝慰一脸愁容的冯宝怡，她能用功是好事，阿姨您不用太担心，只要她想做的事，就一定能做到，我相信她能考上好大学。

7

　　高二第二学期开学后，学校开始分科分班。蔡家佑进了理科尖子

48

班，蒋玉瑶进了文科尖子班，沈艾莉读的是文科普通班。蔡家佑和沈艾莉都住了校，蒋玉瑶在心里想，如果她也跟着他们一起住校，可能会显得太刻意，自己的小心事一不小心就会被同学们看穿——虽然进入高二第二学期的每一位同学除了自己的功课，对别人的闲事根本无暇顾及。曾经无数个美好的夜晚三人行，现在只剩下蒋玉瑶形单影只地在家里和学校之间奔波。她每天独自一人下了公交车踩着灯影走路回家的时候，都会想起给蔡家佑带鸡汤的情景。她对自己说，好吧，再挨一个学期，高三我就住校。

蒋玉瑶依然保持着给父亲擦皮鞋的习惯，有一天她对罗琼秀说，该给我爸买双新皮鞋了。罗琼秀说，是的，我明天就去给他买。第二天就开始打台风，全市所有机关单位、企业、中小学校停工停课。蒋玉瑶因为台风没能去上学，心急如焚地等风停，罗琼秀也无法出门去给丈夫买鞋。蒋兆辉最终也没有等到妻子给他买的新皮鞋，就在台风中去世了。

处理完父亲的后事，蒋玉瑶看着悲痛欲绝的母亲彻底断了住校的念头。从今往后，这个家就只剩下她和母亲相依为命了。蒋玉瑶还来不及因为父亲的去世过分悲伤，就要开始为自己和母亲未来的生活做计划。她辞掉了班长的职务，向班主任一一详述了她的家庭突如其来的变故，并得到老师的准许不参加晚自修。蒋玉瑶每天早上五点半起床，先背半个小时的英语，六点钟开始做早饭，七点钟坐公交车出门，七点四十五分准时到达教室参加早读。她每个周末去一次超市采购够她们母女俩吃一周的食物，下午放学回家后，她像所有能干的家庭主妇一样把晚饭做好吃完，把厨房收拾干净，七点半就开始复习，一直到晚上十点半才洗澡上床睡觉。在她复习的间隙，隔大半个小时就走出房间去看望母亲。罗琼秀有时候对着电视机发呆，有时候躺在床上望着天花板发呆，有时候坐在阳台上那张父亲生前坐着抽烟的藤椅上陷入沉思。蒋玉瑶会给母亲倒一杯温开水，或者给她披上一条围巾。有时候什么也不做，就静静地靠在卧室的门框上，看着母亲无所适从地在屋里走来走去。

高三第一学期快结束时的某一天下午放学后，蔡家佑在校道上拦住了蒋玉瑶。蒋玉瑶已经好久没有见过蔡家佑，当他突然出现在自己面前的时候，竟有种恍如隔世的感觉，她甚至对当初为了给他拔节而对母亲撒谎送了那么长时间的鸡汤感到羞愧不已。蔡家佑的身高看上去已经有一米七，他的五官更加棱角分明。蒋玉瑶庆幸他迟来的拔节与她的鸡汤无关，她面对蔡家佑带给她的陌生感十分满意。蔡家佑说，你还好吗？蒋玉瑶说，还好，你呢？蔡家佑说，我刚刚才听说你家里出了事，我——蒋玉瑶说，没什么，都过去了。蔡家佑说，节哀顺变。蒋玉瑶说，我会的，谢谢你。蔡家佑说，我今天也要回家一趟，咱们一起走吧。

公交车走的依然是一年多以前走过的路线，马路中间隔离带的花圃里，籼杜鹃开得正紧，一束一束的姹紫嫣红，像极了那些可怜的高三的孩子们为了梦想没日没夜地努力拼搏的样子。现在是晚高峰，蔡家佑站在人潮拥挤的公交车里，一只手高高举起抓着车顶的安全环，一只手轻轻地扶着蒋玉瑶。一路上，两个人都没有机会说话。到了蔡家佑家的那个公交站，蒋玉瑶提醒他，他该下车了。蔡家佑说，不着急，先送你。

到了蒋玉瑶家附近的那个公交站，蔡家佑松开抓着那个安全环的手，张开双臂像母鸡护小鸡一样护着蒋玉瑶下了车。他陪蒋玉瑶走了一段路，快到她家楼下的时候，蒋玉瑶说，谢谢你送我回来。蔡家佑说，我打算报考清华大学，你呢？蒋玉瑶说，我叔叔叫我学金融。蔡家佑说，很好，中央财经大学是全国最好的金融大学，你会报吗？蒋玉瑶说，不会，我不能离我妈妈太远。蔡家佑低下头，他伸出手去想拉一下蒋玉瑶的手，她在不伤害蔡家佑的自尊心的前提下婉转地避开了。蔡家佑说，也好，不过以你的成绩，上中央财经学院是没有问题的，要是我们可以一起……蒋玉瑶赶紧说，我祝你梦想成真前程锦绣！再见！蒋玉瑶说完，扔下蔡家佑，匆匆向家里跑去。她站在家门口抹干了脸上那串被美好的初恋孕育的泪珠儿，平复好心情，像什么事也没发生过一样掏出钥匙打开门，扬声喊道，妈妈，我回来啦！

八个月以后，蔡家佑和蒋玉瑶都如愿接到来自清华大学和中山大学的录取通知书，沈艾莉也考上省内一所二本大学。冯宝权设家宴为他这位力挽狂澜的让人骄傲的外甥女庆祝，冯芊慧也从繁重的研究生学习中抽空赶回家，连冯宝权最不待见的妹夫沈振扬也挺直腰杆陪老婆孩子回娘家了。

沈艾莉斜躺在沙发上，用示威的眼神与冯芊慧对视。冯芊慧对她的姑姑冯宝怡其实是再一次同沈艾莉下了挑战书，她说，考得上大学什么也代表不了，能熬过那四年顺利毕业再说吧，都别高兴得太早。沈艾莉的双眼被冯芊慧的挑衅又一次冒出了让冯芊慧满意的杀气和野心。冯宝怡好不容易松弛下来的神经又一次绷紧，用求饶的口气对侄女说，先吃饭，咱们先吃饭，大学的事等进了大学再说，好吧？

第三章

1

蒋玉瑶读大学的四年时间里，她的母亲罗琼秀是在忏悔中度过的。她比同龄中年妇女苗条的腰身越来越纤细，那些在脸上积攒了四十多年的胶原蛋白也随着丈夫的去世日渐流失，失眠、抑郁、懊悔，对丈夫和女儿的思念令她的健康每况愈下。有一天，罗琼秀心血来潮跑去医院做了一次全身检查。其实她当时并没有觉得身体有什么不适，她一直理性地认为，医院的医生只能医治病人的肉体，而对于病人的心理或者说是灵魂，即使拥有再高明医术的医生也是尽人事听天命地束手无策。罗琼秀之所以突发奇想去做全身检查，是希望通过医院那些先进的仪器得到一个让她没有任何理由再病态下去的答案。她需要这个答案来鼓励她与过去的自己告别，就像一个被不幸婚姻绑架了多年的女人需要一纸离婚证书一样重要。

罗琼秀也会经常想起她第一次见到沈艾莉之后义无反顾地把女儿带进厨房这件事，到底是对还是错。在对自己女儿能力的评估上，她既没有冯宝权那样的坚定和胸有成竹，也不像冯宝怡那样逃避现实。罗琼秀抱着悲观中带着些许乐观的态度目睹着蒋玉瑶的成长。当年，蒋兆辉的事业刚起步，存在着太多的不确定性。罗琼秀只能像每年为单位做财政预算一样，为蒋玉瑶的未来做好一份中规中矩的预算，她压根就没想到玉瑶能考上让多少学子羡慕不已的中山大学。她只是觉得，既然长得不如别人，就先好好修炼自己吧，将来找婆家也有拿得出手的说辞。罗琼秀以她难能可贵的预见性，断言与蒋玉瑶同年代的那一拨独生子女中，可以买菜做饭、独立持家的女孩子一定是凤毛麟角，一定会是一笔比她的大学文凭更贵重的财富。

在某个层面来说，罗琼秀是正确的，但是当蒋兆辉意外去世后，她开始对自己的正确性产生怀疑。罗琼秀违心地想，到底是自己的心理暗示逼使她做出这样的决定，还是因为她把女儿逼成今天这个优秀的样子，才让老天爷觉得蒋兆辉在人间的责任可功成身退了？如果他们的女儿不是像今天这样让人省心，蒋兆辉在人间的责任未竟，说不定会多活几年。罗琼秀被先有鸡还是先有蛋的难解之谜折磨得左右为难，但给自己挖了坑跳下去之后想爬出来已经为时已晚。这时候，她想到了医院，想到了救人于水火的医生，想到了她急需要那个期待中的答案支撑她与那段不管是对是错的过去一刀两断。

蒋兆南也觉得嫂子这几年被心病拖垮了身体，他亲自陪罗琼秀去医院做体检。罗琼秀像个乖巧的孩子接受各项检查，抽血、验大小便、量血压，拍X光片、CT片、胃镜肠镜、甚至连核磁共振的片子都拍了。罗琼秀为了配合医生，准确点说是蒋兆南的要求，前后费了近两周时间。直到最后一项结果出来后，罗琼秀接到市中心医院妇科诊室冯芊慧医生的电话，要当面和她谈谈。

年轻的妇科医生冯芊慧那一年刚刚研究生毕业，罗琼秀第一眼看见她就难以掩饰对她的信任和好感，尤其是冯芊慧第一句话就说，您是蒋玉瑶的妈妈吧？罗琼秀顿时觉得和冯医生的距离更近了。她惊喜地问道，冯医生，你是怎么知道我们家蒋玉瑶的？冯芊慧笑道，玉瑶和我的表妹沈艾莉是中学同学，我和玉瑶还是校友，不过我读的是医学院，她读的是国际贸易。我研究生毕业回来之前还和她聚过一次，蒋玉瑶是个很优秀的孩子，比我们家艾莉强多了。罗琼秀恍然大悟，她已经多年没有见过沈艾莉，但是以她的想象，当年那个有着一张让她感到恐惧的长相的沈艾莉现在一定出落得更加出类拔萃了。不过，都没关系啦，这么多年活过来了，她终于明白了父母的虚荣心对孩子来说是一件多么不公平的事，况且每一个孩子都是上帝的宠儿，都是独一无二的珍贵。罗琼秀笑了笑，对冯芊慧说，冯医生过奖了，无论怎么说，她也总算有惊无险地长大成人啦。

冯芊慧点了点头，她说，罗阿姨，咱们先谈谈您的病情吧。是

53

的，罗琼秀想，冯芊慧郑重其事地打电话叫她过来面谈，她已经预感到她身体的某处出了状况，无论是什么样的结果，她也能坦然接受了。既然要与过去的自己一刀两断，既然她需要一个答案，是好是坏，她也应该承受。罗琼秀说，你说吧，我听着呢。冯芊慧告诉罗琼秀，根据她的体检结果，确诊她患了早期乳腺癌。她已经与肿瘤科的吴医生沟通过，只要罗琼秀好好配合治疗，放松心情，吴医生有信心治好她的病。罗琼秀说，可是，我只相信你，你给我治不就行了吗？冯芊慧安慰道，我只是妇科医生，您的病得转到肿瘤科去治才更好，不过您放心，有什么需要帮忙的您随时找我，现在我就陪您去见吴医生。罗琼秀说好，我听你的，但是，你跟我说实话，我这病确定能治好吗？冯芊慧坚定地冲她微笑，吴医生是这方面的专家，已经治好了很多病例，您这只是早期，幸亏发现得早，所以我更加有信心，您也要有信心。罗琼秀说，行，我就信你，不过冯医生，你能答应我一件事吗？冯芊慧说，您说。罗琼秀拉着冯芊慧的手，这件事先别让玉瑶知道，行吗？冯芊慧想了想，行，我答应您。

罗琼秀在冯芊慧的陪同下见完吴医生，吴医生给她开了些暂时稳住她身体上的癌细胞和安抚她心理能好好入睡的药。她再三对冯芊慧表示感谢，便提着那包药走出医院的大门。医院大门外是沈振扬经常在英姑的便利店喝啤酒时听得见汽笛声的那条日夜行驶着货船的宽阔的江面，罗琼秀记得，现在的江边公园曾经是一片小河滩，每次打完台风，那些原来在江水里欢快地游弋的那种广东人叫水面鱼，北方人管它们叫小白条的小鱼就会被巨浪卷上岸。罗琼秀会约上同伴提着水桶到这片河滩上捡鱼。那是一个被贫穷和饥饿穷追猛打的年代，她像那个时代的绝大多数同龄人一样，在饱一顿饿几顿的漫长岁月里度过了童年和青少年。因此每次台风过后，这片江滩就成了孩子们追逐果腹之物的天堂。那些活蹦乱跳的小鱼儿，它们被冲刷上岸后，还会装模作样地挣扎几下，但很快就善解人意地躺着不动，摆出一副束手就擒的姿势，顺从地经过孩子们的小手落到他们的小水桶里，两三个小时后，就会被去鳞剖腹，架在炉火上烤熟。孩子们抓起一条条烤得又黑又焦的小鱼儿往嘴里塞，经常有人不小心被鱼刺卡住喉咙，发出呱呱的惨叫。那叫声倒不像是发自孩子的声带，而是来自大海深处的鱼群对它们同伴的阵亡发出集体的哀号。

罗琼秀还记得，每次母亲给她们兄妹四人做烤鱼的时候都会轻轻地叹一口气，说道，要是有点油，放锅里煎一煎，能把你们一个个香死。那时候，他们是多么喜欢台风啊！在那片荆棘丛生的旷野，人们艰难地苦熬，日日夜夜，像盼望着奇迹诞生一样凝视着每天初升的太阳。

想起台风，罗琼秀的心发出一阵痉挛起来。她离开江边公园，绕到医院西门外那条老街上去。街的左边是医院的住院部大楼，右边是一排高低不一的老旧骑楼。像南方城市的大多数骑楼一样，一楼作为商铺做买卖，二楼以上——最高也就盖到三层，用来储放货物或者居住。街上的店铺开得乱中有序，行当分明。有卖母婴用品的小超市，有兼卖营养保健品的水果铺，有快餐店，有药房，还有卖丧服、孝服、花圈、香烛、纸钱等专为办丧事用的物品，不胜罗列。罗琼秀置身于这条紧挨着医院的老街，仿佛置身于生与死的舞台，人生的起点和终点都在这里通过各种各样的货物尽情地展示，公平竞争，达到了你中有我，我中有你，天人合一的化境。罗琼秀能轻易地从人们穿行在各个店铺里的身影，准确地判断出发生在他们身上的喜怒哀乐。

罗琼秀走进那间门口挂着一个用簸箕的背面写着一个白底黑字的"丧"字的店铺，她挑了两叠纸钱和一份香烛就付钱离开了。她招了一台出租车，那位神色凝重的司机紧握方向盘，在这位从她脸上看不出任何心事的客人的指示下踩下油门，向郊区的墓园驶去。

这个地处半山上的墓园，坐西朝东，远处是长流不息的江水和时断时续的笛气。这块墓地是蒋兆南从香港请来了一位功力深厚的风水先生经过三天时间的精挑细选才定下的风水宝地。一阵柔软的秋风刮过，揪起罗琼秀额头的几缕刘海，风过之后，无论是墓地旁边那两棵常绿的柏树，还是罗琼秀的刘海，很快就归于平静。她想起年轻的时候，她的丈夫也曾经有某些温情的时刻给她抚弄过被风吹乱的刘海。尤其让她印象深刻的是她刚生完玉瑶之后，他拿着毛巾手忙脚乱地给她额头上擦汗的情景。罗琼秀在墓前蹲了下来，用向出租车司机借来的打火机点燃了香烛和纸钱。她怕香烛的烟会把丈夫的眼睛熏得难受，便掏出手帕，用保暖壶里的温开水弄湿，轻轻地擦拭着蒋兆辉那张用瓷板印制的遗像。他的五官依然俊朗，笑容依旧鲜活，眼神还像他当初将下海创业的决定告诉妻子时那样坚定。

罗琼秀坐了下来，看着丈夫的遗像，脸上挤出一丝笑容，然后发出一声叹息，唉，你说——

2

谭碧华的父亲当年从沈家三兄弟手里把沈家老宅买下来，住了两年，就带着老婆和儿子移民去了美国，谭碧华当时还在美术学院读大学三年级油画专业。因为年龄问题，她错过了跟父母亲和弟弟一起移民的机会。但是她答应父亲，一定会学好英语，争取到美国读研究生与家人团聚。大学毕业后，谭碧华没有如愿通过托福考试，更重要的是她与蒋兆南的爱情已经到了非结婚不可的地步。她在给父亲的信中说，如果不同意她嫁给蒋兆南，他就这辈子都会见不到自己的女儿！谭父给女儿的回信只有四个字，父女缘尽。谭碧华虽然伤心，但并没有被父亲的冷酷无情吓倒，说到底是自己先要挟父亲的，但无论是自己还是父亲，她相信在说出这些绝情的话的时候，心里依然会保留着血缘维系的韧性。这种韧性有时候看上去脆弱无比，但也绝不会因为在气头上说几句偏激的话说断就断。

蒋兆南非常理解谭碧华的处境，他为了不再让她陷入忠孝难全的境地，主动提出分手。谭碧华紧紧地抱着蒋兆南，我和我爸爸说的都是气话，如果你真的爱我，你就答应我一件事。蒋兆南说，你说。如果我将来能申请到美国的研究生，你能和我一起去吗？我相信只要我能兑现和我爸的约定，他就一定会原谅我们。蒋兆南说，可是，我的条件支撑不了我的留学费用。谭碧华说，我不是要你去留学，只要我能去，你就可以以陪读的身份一起去，我们家在国外有生意，以你的能力一定会有用武之地，你能答应我吗？

蒋兆南不敢立即答应谭碧华的要求，他觉得这是他人生中的大事，他不能自作主张。蒋兆南不到十岁双亲就相继去世，他是哥哥和嫂子把他当儿子一样抚养成人的，他从来没有想过离开这个曾经贫困交加、如今患难与共的家庭。蒋兆南把谭碧华的要求向哥哥嫂子如实相告。罗琼秀冷静地看着自己一手带大的小叔子，才突然意识到蒋兆南已经长大了，他们无论是作为兄嫂还是长辈，都尽到了责任。罗琼秀对蒋兆南说，你自己的事自己做主吧，路应该怎么走，你自己决定就行了。蒋兆辉说，你就听你嫂子的吧。

　　沈家老宅在命运的巧妙安排下成了蒋兆南和谭碧华的爱巢。一年后，在中学当美术老师的谭碧华生下他们的爱情结晶——可爱的小公主蒋安琪。婚后的谭碧华一边应付工作和家庭的重担，一边苦学英文，终于在蒋安琪三岁那年，申请到了加州艺术学院的录取通知书。从谭碧华与父亲决绝，到今天终于等来重逢的喜讯，已经过去了四年时间。在这四年里，她写给父亲的信，谭父从来没有回过片言只字。谭碧华怀着忐忑的心情开始收拾行装，根据她当初提出的入学申请，她可以带上丈夫以及年幼的女儿以陪读的身份入境。就在一切准备就绪，办好了签证买好机票，打算拖家带口抵达美国与家人共度一个中国式中秋节的时候，蒋兆辉去世了。

　　蒋兆辉的去世带给蒋兆南的打击比罗琼秀和蒋玉瑶承受的悲痛更重、更让他无法面对现实。每当想起蒋兆辉去世前的情景，他看着弟弟的眼神是多么温柔和充满了期盼，他盯着不远处的医院楼顶的红十字时，眼神又是那样绝望。蒋兆南对谭碧华收拾起来的堆放在一楼客厅的行李视而不见，每天下班后回到家吃饱饭后，就一言不发地放下筷子，连女儿的额头也不亲一下，小手也不摸一下，就把自己关在三楼原来是沈振扬家的客厅，被他改造后的画室里。他也曾经在心里做好了打算，如果有机会去美国的话，他会一边打工一边攒学费，和妻子一起完成研究生学业，做一个专业画家，妇唱夫随，岁月静好。蒋兆南对绘画的激情在他哥哥去世之后就荒废了，像一棵长得好好的小树，一场天灾，将这棵树的主杆拦腰斩断，除了还能依靠来自大地的养分长些杂乱的旁枝，再也没有长成一棵高大乔木的可能了。

　　谭碧华给丈夫泡了一杯茶走进画室，她放下茶杯，把蒋兆南的上半身连同他泛起几缕白发的充满智慧与爱的脑袋搂进怀里。蒋兆南发出像嘤嘤的委屈的抽泣。她抱紧丈夫，陪着他一起哭泣。她太清楚大哥在丈夫心中的地位，更何况这一次事故发生得太意外。谭碧华明白，人活在世上，灾难带来的创伤只是暂时的，它可以通过时间的流变，变得云淡风轻，但当这种灾难加上亲情的筹码，那就会变成一笔无法偿还的债务。时间不仅无法消解这种创伤，甚至会日积月累，越滚越大，直到有一天，他们在另一个世界相遇，才有可能和解。

　　谭碧华抹干脸上的眼泪，转过身抚摸着丈夫日渐消瘦的脸。她在蒋兆南面前跪下来，抱着他的双膝，机票我已经退了，我也和家里人讲清楚了家里的情况，他们都表示理解。蒋兆南感动地看着妻子，那你的学习呢？你的梦想呢？要不，你先带女儿走，再过几年等玉瑶毕业，我就可以去和你们团聚。谭碧华摇了摇头，含泪道，不，我哪也不去，有你，我就有了一切。

罗琼秀并没有遵守医嘱每天按时吃药，也没有按照和吴医生约定的时间在医院出现。她知道自己的身体出了问题，也不是信不过吴医生的医术。但她自己的身体自己最清楚，她从报纸上了解到不少关于癌症病人的案例，知道每个人每天都会产生一定数量的癌细胞，它们会和健康的细胞一起像一群淘气的孩子一样打来打去。大多数时候，健康细胞都是占绝对优势赢得胜利。偶尔——例如一个人睡得不好，思想负担太重，或者吃的东西不健康，那些像坏孩子一样的癌细胞也会暂时占一下上风。但是只要一个人的生活习惯能回归正常，情绪调整到和谐状态，那些坏孩子威风不了几天就会又被打败了。她在一本叫《给自己治病》的书上看到一句话，有些癌细胞即使很凶恶，相当于那群坏孩子的头头，只要不去挑衅它，它也会乖乖在人的身体里不动声色地潜伏几十年。罗琼秀认定她去做体检那天查出癌细胞，全是因为那段时间她作息不规律，情绪不稳定，才引起那些坏孩子跑出来作乱，正巧被医生的仪器给抓了个现成，仅此而已。那天在蒋兆辉的墓前，她通过与丈夫的眼神交汇感受到来自另一个世界的启示，她离与这个世界告别的时候还远着呢！

蒋兆南接到肿瘤科的吴医生打来的电话之后，才知道罗琼秀患病的事情。那位脸上时常挂着冷峻表情的对病人永远一副外交官语态的中年女医生在电话里的声音异常柔软和体贴，她一开口就获得蒋兆南的信任，她告诉蒋兆南，罗琼秀没有按照预定时间到医院做检查，打了好几次她的电话也没有人接，幸好病历上留有家属联系人的电话才能找到蒋兆南。她还周到地提醒蒋兆南，作为家属，第一要做好心理辅导工作，第二要理性对待病情，配合好医生的治疗才能早日康复。

蒋兆南赶到嫂子家里的时候，罗琼秀正在小区楼下的小公园玩健身器材，她的气色看上去比前一段时间好多了，脸圆些，紧绷的五官也舒坦开来，由此可见她的内心是平静的。她见到蒋兆南的车在楼下停好，就迎着小叔子走过来，因为刚刚运动完，出了一身汗，脸上泛起些红晕。蒋兆南悬了半天的心终于放了下来。蒋兆南说，刚刚吴医生给我打电话了……

罗琼秀扬了一下手笑道，你看我这样子像有病吗？蒋兆南说，病从浅中医，大嫂，您还是跟我去一趟医院吧。罗琼秀说，不用，我自己的身体自己知道，你忙你的事去，要真有事我自然会找你。蒋兆南叹了一口气，你怎么像个孩子一样？罗琼秀哈哈大笑，是啊是啊，我想明白了，也答应过你哥，从今往后，我要做个好孩子，把那些坏孩子干掉！罗琼秀举起右手紧握拳头，做了个奋斗的手势。蒋兆南说，我还是不放心，要不然……罗琼秀又打断小叔子的话，你要是留在这陪我吃饭呢，我就上去给你做，你要不吃，我就继续去运动啦！

谭碧华突然接到父亲因心脏病去世的噩耗，她同时收到弟弟发来的电子邮件，那是一份父亲的遗嘱副本。父亲将国内自己名下的物业留给谭碧华，还有在美国的贸易公司的股份。谭碧华留意到遗嘱签订的日期，竟然是安琪满一周岁的日子。她冲出家门一路狂奔，一直跑到江边才在江堤的铁护栏前停下来。她在水里看到自己的倒影，她对着那个倒影又喊又叫，她紧握拳头使劲地捶打着江边和铁护栏连接起来的石柱子，一直打到拳头出血，依然无法解恨。

谭碧华用最快的速度办理了和女儿的赴美签证，去学校办了辞职手续，还和蒋兆南一起去公证处办理了将谭家老屋转到蒋兆南名下的公证。她还拿出一份离婚协议书让蒋兆南签字。蒋兆南心里早有准备，但是他依然觉得妻子的决定还是太不留余地。蒋兆南拉着谭碧华的手说，非要走到这一步吗？谭碧华说，我想清楚了，这事虽然仓促了点，但是你我心里都明白，走到这一步是早晚的事。只是我希望你知道，我们离婚，与感情无关，我像你知道我有多爱你一样，很清楚你有多爱我和我们的女儿，但是我没有别的选择。蒋兆南说，我大嫂现在有病，玉瑶还在读大学……谭碧华冷静地说，我明白，我现在终于明白了，自古忠孝两难全，谢谢你把女儿交给我。蒋兆南交给谭碧华一张银行卡，惭愧地说，这里是五十万，是我现在能给你们的全部家当了，你收下吧。谭碧华说好，我替女儿收着。

蒋兆南签完离婚协议书，把谭碧华拥在怀里。谭碧华嗅着丈夫身上熟悉的气味，觉得鼻子塞得慌。但是弟弟说，美国空气好，她相信只要双脚踏上美利坚的土地，她的鼻塞就会不治而愈。蒋兆南捧起谭碧华的脸，在她的额头上深深地吻了下去，哽咽着说，保重，照顾好女儿。谭碧华点了点头。蒋兆南说，明天去民政局办好手续后，我送你们去机场。谭碧华温柔地说，好。

3

蒋兆南对罗琼秀的执拗毫无办法，他除了每天下班回家陪嫂子吃顿饭，观察她的精神状态，给她买各种各样市场上能买得着的防癌抗癌提高免疫力的营养保健品外，再也想不到更好的办法劝她去医院接受治疗。虽然罗琼秀心里也高兴蒋兆南能每天回来陪她，但她还是摆出一副不耐烦的面孔，从你十岁开始就像尾巴一样跟着我，现在都三十好几的人了，还甩不掉，你说我烦不烦。蒋兆南说，是是是，我就是您这辈子都甩不掉的小尾巴，行了吧，我要不是天天回来，给你买的那些吃的估计只能摆到过期扔掉了。罗琼秀说，胡说，我每天都吃着呢，看，我现在就吃给你看。蒋兆南说，您既然对自己的身体这么有信心，为什么就不肯跟我去一趟医院再做一次检查，确诊一下大家都好安心。罗琼秀说，哪来的大家，这事除了天知地知你知我知，连你哥都不知道。

蒋兆南笑了起来，你怎么就知道我哥不知道呢？我哥这么好的人，早就成仙了，你想啊，神仙是无处不在无所不知无所不能的。罗琼秀说，你哥还成不了仙，人都说，人老精，鬼老灵，你哥死太早了，还得熬一阵。

蒋兆辉忌日那天，蒋兆南一大早就接上罗琼秀，带上他准备的祭品向郊区的墓地驶去。罗琼秀还带上一把平时在阳台上养花用的小铁铲，给蒋兆辉坟前的两棵柏树松土。那两棵柏树长得比一年前高了不少，粗壮的枝丫和肥厚的条状叶子从主杆的两旁豪放地逸出，形成两个几乎一模一样的尖塔，像一对威武的卫兵，守护着墓里的主人。蒋兆南把坟前的石板地面打扫干净，摆好祭品，插上点燃的香烛，便在哥哥的坟前跪了下来。

蒋兆南每次置身于他哥哥的坟前，看着他那张越来越鲜活的遗像，悲痛之情如山涧里流淌着的泉水一样从他那颗坚硬的心里以翻山越岭不惧一切艰难险阻的力量奔涌而出，他的眼眶又一次被泪水打湿，他哽咽着喊了声，哥——

罗琼秀说，男儿膝下有黄金，不用动不动就跪。蒋兆南说，我哥受得起。罗琼秀把纸钱烧了，找了根粗树枝，拨弄着那堆因为空气湿润而变得沉闷的火苗，那些纸钱在罗琼秀的拨弄下翻了个身，又就着火势重新跳跃，扭曲着色彩斑斓的腰身，瞬间就变成让人满意的灰烬。罗琼秀看着自己的小叔子，她比懂得自己身体的病更懂得蒋兆南的痛，她安慰道，你不能一辈子背着这个心债，没错，你哥是因为救你才走的，但是他认为他这么做是应该的，他就走得无牵无挂。我相信，当时那种情形，若换了是你，你也会为了救你哥不顾一切。蒋兆南的肩膀耸了耸，罗琼秀苦笑了一下，你哥扔下我们一家子自己享清福去了，我们活着的人，容易吗。

蒋兆南的眼泪滴落在他的手背上，再顺着他摁在膝盖上的手背滚落到地上。罗琼秀和栖息在树上的鸟，还在沉睡中的蒋兆辉都能听得到这些眼泪落地的声音，那是一颗心与另一颗心撞击的声音。眼泪很快被麻石铺就的地板吸收得无影无踪，只留下一个模糊的印迹，就像血浓于水后那股再也无法分离的脉络，无论费多大的劲去把血和水分开，但连老天爷也无法改变他们曾经互相依存的关系。

蒋兆南顺从换了个姿势，在蒋兆辉坟前蹲下来，给哥哥敬了杯酒，对着蒋兆辉的遗像汇报过去一年公司的经营情况和未来一年的工作计划。他告诉哥哥，他们的酒店明年这个时候就会正式开张营业，他已经在公司给玉瑶安排好工作职位。他会替哥哥尽一个父亲的责任，把玉瑶培养成一个有用之才。他又想起罗琼秀的病，哥，您虽然走了，但是这个家有我替您撑着，您放心吧，我们蒋家一定会越来越兴旺，我也会尽力照顾好嫂子和玉瑶，让他们平安、健康地活下去。

好啦！罗琼秀说，你哥也累了，让他歇着吧，我们该回去了。

从墓地回家途中，蒋兆南对罗琼秀说，大嫂，我先带您去一个地方看看再回家行吗？罗琼秀说，除了医院，上哪都行。蒋兆南把罗琼秀带进城北地带背山面水的高档小区，他在地下停车场把车停好，引着罗琼秀穿过停车场一根根四方形的钢筋混凝土柱梁，来到一间玻璃门前。蒋兆南掏出一张小卡片，在门边一个黑色的像电话底座一样的四方框上摁了一下，玻璃门锁发出啪的一声，蒋兆南推开门，带着罗琼秀进了一台电梯。电梯四面墙上的防护木板还没拆除，蒋兆南按了一下电梯按钮，没一会，就在十六楼停稳，电梯门应声自动打开。

蒋兆南掏出钥匙打开十六楼A座的大门，冲罗琼秀做了一个请的手势，打趣道，嫂子大人，请吧！

这是蒋兆南为家人，也是为他自己准备的新居，新居装修由他亲自设计，装修材料也是以他多年的内行眼光经过精挑细选才定下来的。罗琼秀好奇地打量着这个家的每一个细节，发出啧啧的赞叹，哎哟，这是谁家啊，得多有钱的人才住得起。蒋兆南说，嫂子，这是我们的新家，一共有四间房，我将其中的一间装成书房给玉瑶用，剩下的三间，你自己挑。罗琼秀盯着蒋兆南，你说什么？这房子是你买的？蒋兆南说，没错，是我买的，我想好了，玉瑶很快就大学毕业，等她回来了，咱们一家三口就在这里安居乐业，我每天能回到家里吃到我亲爱的嫂子给我做的热饭热菜，想想都觉得幸福。

罗琼秀在那张实木真皮沙发上坐下来，抚弄着牛皮上的纹理，沉下脸说，你给我说清楚，这到底是怎么回事？蒋兆南说，我已经讲得很清楚了啊，我现在事业有成了，买套大房子孝敬孝敬我的老嫂子，以后咱们一家三口，哦，不对，等玉瑶结婚了，人就越来越多了。罗琼秀抬起头质问道，为什么是我们一家三口，你老婆孩子呢？你倒是给我说说清楚，都三年了，安琪都上小学了，谭碧华到底什么时候才回来？蒋兆南转过身去，避开嫂子的审问。罗琼秀喝了一声，过来，你给我坐下！蒋兆南乖乖地在她右手边的沙发上坐下来。罗琼秀又说，抬起头，看着我。

蒋兆南抬起头，像小时候在学校挨了批评回家接受嫂子严厉的训导一样，可怜巴巴地看着她。这个三十多岁事业有成的大男人在面对他最敬爱的嫂子审视的目光时，眼里依然会流露出十五六岁的小男孩那种惹人怜爱的羞怯。他记得很清楚，小时候每一次罗琼秀像现在这样摆好架势，把他训完之后，都会给他端上热饭菜，还有他最爱吃的葱油鸡。那只最大的鸡腿，她肯定会第一时间夹到蒋兆南碗里，说，多吃点，以后长点记性！而他的小侄女玉瑶，只有盯着他碗里的鸡腿流口水的份。蒋兆南的心里涌起一股暖流，他的表情变得更乖巧更柔软，此时此刻的蒋兆南面对罗琼秀的表情，就算他公司一百多号员工的大脑加起来都是无法想象得出来的。

罗琼秀说，说吧，你和谭碧华到底怎么回事？蒋兆南说，我们离了。罗琼秀愣了半天，抓起屁股边的抱枕想打蒋兆南，手却缩了回来，使劲地拍了两下，你们小孩子玩泥沙呢？什么时候离的？这么大的事也不用跟我商量一下，她谭碧华是什么时候偷偷摸摸回来和你办的离婚？啊？你们眼里还有我这个老嫂子吗？蒋兆南说，对不起，因为事情办得太急，我没来得及……罗琼秀几乎跳了起来，我只听过生孩子急的，没听过离婚也急，难不成，她出国前你们就离了？蒋兆南说，是的，她出国前，我送她去机场当天上午办的。罗琼秀哈哈地冷笑了几声，行，真行！没错，是谭碧华的作风，她要嫁给你的时候，死乞白赖的和她家里人翻脸也要嫁给你，她要离的时候，再急再忙，忙到赶飞机，也能让她见缝插针地找到时间，就是没时间来见我，没时间来给我一个说法！

蒋兆南解释道，对不起，大嫂，这件事我也有错。罗琼秀呼的一声站了起来，你当然有错，你错就错在不应该把女儿给了她，她是我们蒋家的骨肉，你问都不用问我一声就把安琪拱手送给那个姓谭的了，真是气死我了！蒋兆南说，好啦好啦，大嫂，我知道您疼安琪，她以后大了会回来的，消消气，好吧。罗琼秀，我不管了，你自己的事你自己折腾去。我和玉瑶都不会搬过来住的，我才五十出头，还有好几年才退休呢，别一天到晚提醒我老了，我病了，没有的事！蒋兆南说，可是这房子都买了，东西都准备好了，您说不来住，我不是白折腾了吗？罗琼秀说，我看你就是有钱烧得慌！算了，这房子买了就买了，你留着自己娶媳妇吧。蒋兆南装出一副可怜巴巴的样子，大嫂，您真的不管我了吗？罗琼秀说，有本事就赶紧娶个媳妇回来给你做饭，送我回家，赶紧的，气死我了！

4

自冯芊慧从中山医科大学研究生毕业后进入到中心医院工作，这位气质高雅，对病人永远保持着适可而止的微笑的美女医生很快就吸引了全院上下员工的目光。那件穿在别的医生身上代表着身份、权威、信念和理性的白大褂，到了冯芊慧身上，除了以上该有的各种特征之外，还多了些宽容和温柔。

这种宽容源自她对自己专业技术的自信，更来自她除了学好专业知识之余，还花费了大量的时间和精力研读哲学和神学经典之后的沉淀，这种对生存另一维度的探索所获得的认知，让她对她所从事的职业除了敬畏还多了些悲悯情怀。冯芊慧深刻地认识到，医生的使命就是救死扶伤，从她穿上白大褂那天起，她就知道她将用一辈子的精力、学到的知识和病人并肩作战，与死神做斗争。而医生，就是奔波在生与死的战场上尽力去维持好秩序的那一拨人，他们得想尽办法，尽可能地让双方势均力敌，不能让一方以绝对优势压倒另一方，还要把那些汉奸、叛徒、背后使诈、偷鸡摸狗、发战争财的不法之徒从生命的战场上一个个给揪出来。冯芊慧觉得，人生就是一场漫长的徒步旅行，看似自由散漫，每个人的目的地都可以随心所欲地选择，只是他们不知道，其实这只是一段自打从母胎降生到人间之后就开始启程的走向死神终点站的旅途。冯芊慧，以及千千万万像她一样的医务工作者，同样是这个浩浩荡荡的人类生命之旅的一员，一个也没有例外。不同的只是，只要他们穿上白大褂，就有了天赐的特权——就有责任维持好这支队伍的秩序，帮助掉队的人迎头赶上，想办法让他们的身体变得更强壮，以抵御可能面对的崎岖山路或暴风骤雨；将插队的人拉回来，回到他们本来待的位置，避免因争先恐后扰乱整个行进队伍的阵脚；对于那些迫不及待地与死神约会的人，他们更是使尽浑身解数，既要稳定这个不争气之徒的思想情绪，让他的身体回归到正常状态，更要与死神进行一场视死如归的搏斗。

冯芊慧发现，无论是掉队的，插队的，还是想与死神偷偷赴约的病人，都是那样无助，他们一个个看似强壮，看似历尽世事无所不知无所不能，冯芊慧还是无数次被他们的无知所震惊。是的，他们都还是个孩子，即使经历几十年的人生旅程之后，他们依然是一个孩子，他们除了需要治疗身体的创伤，更需要有人给他们孩子般天真的灵魂以宽容。每次冯芊慧给病人做完一场手术，她都会抹着额头上豆大的汗珠，微笑着自言自语道，我又赢了！

冯芊慧的温柔，除了那双充满智慧之光的眼睛，还有她隐藏在白大褂里面的衣着。夏天的时候，她的病人可以从白大褂的衣摆下看到她露出来一圈连衣裙的裙摆，有淡雅的黄色调的小碎花，有浅绿色调的小藤蔓，也有纯粹的粉红色，也有湛蓝与粉橘互相碰撞成小图案的热烈的色彩。但是，从她的衣领上看上去，永远是素静的米白和浅灰色。当你第一眼看见她的上半身时，你会觉得面对的是一位自信而理性的医生。当你再往下看，从白大褂衣摆下露出来的各种色彩，是那样温柔和可人，那些置身于冷如冰窖的病房里的病人，无不被那不经意的色彩重燃希望之火，瞬间就有种身处春暖花开的阳光下的感觉。

到了冬天，她的上装是以黑、白、灰、驼为主调的轮流穿着的半高领毛衣。虽然她依然喜欢穿各种款式的冬装裙子，却无法再像夏天那样露出好看的裙摆，这时候，她就会换上一对暖色调的运动鞋，鞋面保持纯色的简约，但在后跟或者鞋子的两侧，总会看到一些让人愉悦的色彩或者图案。冯芊慧通过自己衣着的细节给病人传递出来的温柔，是他们从医生身上获得的除了身体救治之外的另一种无法形容的慰藉。

下班后，冯芊慧换上一件蓝底白条纹的中袖V领衬衫和一条黑色九分西裤，踩着一对七厘米高的深蓝色高跟鞋，挽着一只黑色手提包向停车场走去。她的头发依然保持着大学时代的披肩直发，不剩一根刘海的在脑后不经意地扎成一束低马尾，露出饱满的有着优美弧线的前额。她走向那台买了一年多的白色小轿车，正掏出遥控钥匙打开车门，被肿瘤科的吴医生喊住了。

吴医生的车就停在冯芊慧的轿车旁边。冯芊慧说，吴医生好，您也下班啦？吴医生说，今天晚上本来要值班，要参加家长会，和许医生调了。哦，冯芊慧说。吴医生说，我想问问你，你们家那个亲戚现在怎么样了？冯芊慧愣了愣。吴医生提醒她，就是罗琼秀，患乳腺癌早期那个。哦！冯芊慧这才想起罗琼秀的事，自从一年多以前她带罗琼秀去见完吴医生之后，就把这件事给全忘到脑后去了。冯芊慧心里一阵内疚，她说，哎哟！我真还不知道，罗阿姨她怎么了？吴医生说，我这不是在问你吗？冯芊慧更加糊涂，怎么，她没来找过您？吴医生说，没啊，这事都过去一年多了，她一次也没出现过，我以为你会知道她呢，她不是你家亲戚吗？冯芊慧说，是我的一个不算很熟的熟人，她是我表妹的同学的妈妈，您说，会不会她家里人带她到省肿瘤医院看病去了？冯芊慧话刚出口，立即就后悔了，她觉得这句话肯定会引起吴医生误会。吴医生倒是没放在心上，她对冯芊慧说，我看不可能，后来我和她的小叔子蒋先生通过电话，说他嫂子通过运动和食疗，身体好多了，她这种情况我也不意外，讳疾忌医的病人我们也见得多了，我估计还是因为思想工作没做通。冯医生，我们都是专业人士，心里应该明白有病就得治，不管她上哪治去，那也不能拖着啊，你说是不是？冯芊慧恍然大悟，她又抱歉地对吴医生笑了笑，谢谢您吴医生，我先了解一下情况，有需要的话回头再来麻烦您。

冯芊慧看着吴医生驾车离开医院的停车场，她抬手看了看腕表，已经是下午六点钟。她不假思索地掏出手机就拨通了蒋玉瑶的电话，很快，冯芊慧的耳边便传来蒋玉瑶乖巧温软的声音，芊慧姐，你好。冯芊慧才想起她答应过罗琼秀，对玉瑶暂时隐瞒她病情的事，她本来想问玉瑶要她家里的地址，回家之前先去做一次家访。但是现在她开不了口了，玉瑶又喂了两声，芊慧姐，是你吗？冯芊慧说，你好玉瑶，是我，你还好吗？蒋玉瑶说，我挺好的，这几天在准备毕业论文答辩，就是有点忙。冯芊慧说，论文准备得还顺利吧？蒋玉瑶说，还行，谢谢芊慧姐关心！蒋玉瑶开心地说，我没想到你会给我打电话，芊慧姐，还有两个月我就可以回家了，等我回来我们再好好聚聚。冯芊慧说，好，祝你一切顺利，那我先挂了。蒋玉瑶说，好的，芊慧姐再见。

冯芊慧锁好车，匆匆跑回办公室，她电脑里的病人资料里查到罗琼秀的电话和家庭地址，才小跑着向停车场赶去。冯芊慧驾车出医院大门，她从城东驶往西，再走一段环市路拐回到城南，她的驾驶执照才考了一年多，却像一个已经有多年驾驶经验的老司机一样在晚高峰的车流间自如地穿行。有一次，冯宝权的车送去保养，搭女儿的便车去上班。冯宝权一开始还担心女儿的驾驶技术不够老练，便在一旁不停地提醒她打转向灯、注意避让行人、红绿灯前多远要减速、哪个交通岗有违章拍照。冯芊慧一言不发，她握着方向盘的手像握着她的手术刀一样淡定。每一次打灯、减速、加速、停车，再发动、加速、超车、避让，所有的动作都一气呵成，那样决断和完美。冯宝权挑不出任何毛病，便不再说话，双手抱在胸前怀着窃喜的心情闭目养起神来。

傍晚七点四十分，冯芊慧提着一袋水果终于来到蒋玉瑶家门外，她下意识地捋了捋脑后顺滑的马尾，摁响了门铃。罗琼秀刚吃过晚饭，把厨房收拾干净，打开电视机准备看一个养生节目。她听到门铃响，以为蒋兆南回来了，便放下电视遥控器走过去开门，微笑着自言自语抱怨道,那个坏小子肯定又忘带钥匙了。罗琼秀打开门,冯芊慧微笑着说,阿姨好,我没打扰您吧?罗琼秀没想到冯芊慧会到她家里来,她愣了一会神,惊呼道,哎哟!

5

罗琼秀给冯芊慧泡了一壶花茶,透过那只小巧的透明玻璃壶外壁,冯芊慧看到有玫瑰、菊花、茉莉花,也有桂花,还有一些像燕麦一样大小的槐花。它们像一个个小精灵似的,在滚烫的开水里快乐地翻滚跳跃,上升下沉。罗琼秀打开壶盖,用一只小镊子往里面加了几块冰糖,那些可爱的小花骨朵儿翻滚得更欢了。这突如其来的甜蜜让它们忘掉因为开水带来的伤痛,忘掉了即将消逝的生命。就像人们常常因为突如其来的幸福感欢呼雀跃,让他们相信,终点站还很远,幸福还会陆续有来。

罗琼秀在她面前坐了下来,冯医生,我真没想到你会来看我。冯芊慧说,我下午在这附近办点事,就顺道上来看看您。罗琼秀说,你是怎么知道我家地址的?冯芊慧说,玉瑶跟我说过,我也是误打误撞,谁知道运气这么好,竟让我找对了。罗琼秀看着冯芊慧的眼睛,觉得这个心地善良的女医生还没学会撒谎。她面对冯芊慧时虽然没有像英姑一样表现出来的直截了当的夸耀,心里还是有一丝感动。虽然说她是沈艾莉的表姐,但是她和沈艾莉太不一样了,这种不一样不仅在容貌上,客观地说,单论长相,冯芊慧比不上沈艾莉,但总还是比玉瑶好看些。不过,一旦把冯芊慧和玉瑶两个人的学识、修养、品行加在一起再比较,也可以说得上是半斤八两不相上下了。冯芊慧就像是沈艾莉与蒋玉瑶之间的缓冲地带,起着桥梁和纽带的作用,让罗琼秀心无芥蒂地就接受了她的存在,甚至开始有点喜欢她了。

罗琼秀说,我在医院的病历档案里留有家里的地址,是吧?所以你才找来了。冯芊慧的脸红了红,她说,阿姨,我——罗琼秀说,你今天来除了看我,大概也是想劝我上医院去接受吴医生的治疗,是吗?冯芊慧说,阿姨,真是什么事都瞒不过您。罗琼秀笑了笑,我自己的身体自己最清楚,你看看我,像个快死的人吗?

冯芊慧脸上的红晕消退,露出温婉的笑容。她与罗琼秀四目对视，冯芊慧及时把自己的身份调整过来，她既是一个负责任的医生，又是一个富有悲悯情怀的心理专家，她的眼神变得坚定、自信，甚至有点居高临下。罗琼秀那白中带着暗黄的脸色提醒冯芊慧，癌细胞已经在病人不知不觉的情况下悄悄地增长，如果不及时采取措施，它们就会像春后的苇草一样越长越旺，铺天盖地地在可以吸收养分的任何地方蔓延。

像所有出生于20世纪50年代中后期的母亲一样，罗琼秀也老了。她们无一例外地在风雨飘摇中度过她们的童年，走过以灰和蓝为底色的青少年。她们的青春没有圆舞曲，没有交响乐，没有迪斯科，没有网吧，没有电子游戏，没有手机，没有化妆品，没有只要有钱就能买得到的食物和各种各样的时装……值得庆幸的是，她们总算可以拥有属于自己的梦想。她们可以主动地选择是上山还是下乡，主动选择嫁给某一个年轻俊秀的男子，主动为未来的某一天有可能恢复的高考做准备。她们努力拥有并实践作为一个人的主动地选择自己将来要过哪一种生活的权利，这同样也是每一个年代的人都需要做出的努力。

冯芊慧从蒋家简单的摆设与打扫得一尘不染的家具、地板以及罗琼秀身上的衣着可以看出，她与自己的母亲一样，是一个对生活，对自己和对别人都有要求的人。这种要求不会太过分，但绝对是不容置疑的。与经年沉浸在大学图书馆里，家里的重大事件都有冯宝权担当出头的母亲不同的是，罗琼秀的身上多了一丝被生活锤打得更沉重的印记。她微笑着，但她的笑容带着些许苦涩，她的衣着很整洁干净，但不会像自己的妈妈一样有闲情去为身上的搭配费点小心思，她努力地维系着一个家作为人的精神归宿所需的力量，却没有姑姑冯宝怡那样强壮的体魄和说干就干的劲儿。她按着自己的期望把蒋玉瑶培养成她所期望的样子，完全不需要出动高压霸道的手段，因为她的身上有一股神秘的让人无法抗拒的气质，这种气质来自她从小吃下的苦，来自她未到中年就开始守寡所承受的坚忍的寂寞。冯芊慧可以想象，在对蒋玉瑶的教育问题上，罗琼秀不需要像冯宝怡一样指手画脚，只要一个眼神，或者轻轻的一句话，玉瑶就会心领神会，努力让自己变得更好，以减少母亲眼神里流露出来的遗憾。

在每一个母亲成为母亲之时，她们的青春也从那一刻开始为孩子让路，她们甚至没有任何思想准备，更谈不上为了当一个合格的母亲有机会去进修学习。关于母亲的一切知识，全都是跌跌撞撞连滚带爬地走出来的。冯芊慧从来不认为基因对一个人的决定作用有多大，她觉得每一个孩子都是一张白纸，每一位母亲都是一个艺术家，她们以爱的名义，用不同的方式和思想表达在这张白纸上。是感性还是理性，是高明还是蹩脚，是宽容还是霸道，是以自我为中心的自说自话，还是与孩子一起有商有量地努力将这幅画描绘得更好，这才是一个人可能成为一个什么样的人更有说服力的例证。从蒋玉瑶——那个让冯芊慧发自内心喜欢的孩子身上，可以看出罗琼秀在她身上留下的爱的印记。

长时间的沉默让罗琼秀觉得有点别扭，她才想起问冯芊慧，冯医生，你还没吃饭吧，我给你做去！冯芊慧说，不用了，我已经吃过工作餐，阿姨您坐，我就是想过来看看您，和您说说话，您最近觉得身体怎么样，有没有觉得不舒服？

罗琼秀说，一点都没有，我觉得挺好的。罗琼秀拿出蒋兆南给她买的营养品，一一亮给冯芊慧说，你看，这都是玉瑶她叔给我买的，有灵芝孢子油，还有人参含片，这盒老山参，据说全都是抗癌防癌提高免疫力的，我可是每天都轮换着吃，一次也没落下。

冯芊慧说，阿姨，您听我说——

罗琼秀说，是的，我应该相信科学，但是我更相信我自己。电视上不是天天都说，世上还有很多连科学家都解释不通的事情吗？所以，我不是瞧不起你们做医生的，我是真的清楚自己的身体！你今天能来看我，我很高兴，要是你以后愿意常来，我更欢迎，下次你来之前先给我打个电话，我给你做好吃的。

冯芊慧说，谢谢阿姨，我会的，其实今天我来之前，和玉瑶通过电话。

罗琼秀的脸色变了，你，你不是答应过我吗？

冯芊慧安慰道，您放心，我什么也没说。她这段时间在准备毕业论文答辩，压力挺大，好不容易熬过去四年，这是关键的一战了，我不会在这个节骨眼上给她添乱。

罗琼秀放下心来，她拍了拍冯芊慧的手，谢谢你。

冯芊慧说，但是，您也不能给玉瑶添乱。

罗琼秀说，不会，我能给她添什么乱，我不让她知道我生病的事情，不就是怕给她添乱吗？还有个把月，我还没机会给她添乱这一眨眼就过去了。

冯芊慧说，阿姨，我必须客观地告诉您，您的病不能再拖，多拖一天，治愈的机会就会少一分，俗话说病来如山倒，既然你对自己的身体状况那么了解，就应该知道我不是在吓您。您的睡眠越来越差，吃饭也没有胃口，您刚才抓着我的手的时候，我能感觉到您在发低烧。我说得对吗？

罗琼秀沮丧地靠在沙发椅背上，突然觉得冯芊慧也没有自己想象中那样讨人喜欢，尤其是谈起她的病情时那种胸有成竹的样子让她很生气。她发现自己遇到对手了，在生意场上呼风唤雨的蒋兆南她也可以随便几句话就打发掉，但是对冯芊慧，这个精明刁钻又不近人情的丫头片子非要剥光自己的衣服让她无处遁形。罗琼秀说，冯医生，我约了人去跳广场舞，时间到了。

冯芊慧说，您不能再去跳舞，您现在需要的是静养，我一会就给吴医生打电话跟她约一下，明天七点半我来接您上医院再做一次详细检查，如果检查结果正如您所说的什么事都没有，大家也好安心，您说呢？

罗琼秀后悔把冯芊慧让进家门，她没想到一个清秀的姑娘家这么难缠，尤其是她那双又黑又亮的眼睛一眨不眨地瞅着她时，罗琼秀心里就发怵。罗琼秀说，明天我单位有个很重要的财务会议要开，我没时间。要不这样吧，后天，或者大后天，我自己去找吴医生去，我知道她在哪个科室，就不用麻烦你了。

冯芊慧说，不行。如果您不想我把玉瑶叫回来劝您的话，您最好听我的。

罗琼秀站起来，她在屋里来回踱步，想起冯芊慧买来的水果，说，我去给你洗点水果吃。她拿着水果走进厨房，回过头去偷看坐在客厅的冯医生，只见她拿起蒋兆南买回来的各种各样的营养品一件一件仔细查看，完全没有要走的意思。以罗琼秀的经验，脸皮再厚的客人来家里坐久了，她只要说给人家洗个水果或者做个饭什么的，人家也会识趣地起来告别。但是这个冯芊慧太难缠了，罗琼秀在心里说，完了，这回遇上个讨债的了！

罗琼秀硬着头皮把葡萄洗干净摆在茶几上，冯医生你太客气了，来看看我就好，还破费给我买水果。冯芊慧抓了一颗葡萄放进嘴里，优雅地嚼着。罗琼秀在心里感叹，唉，你看看人家，吃个水果都可以吃得这么好看，有这样讨债的吗。电视里那个养生节目终于播完了，罗琼秀觉得又到了冯芊慧该回家的时间节点，冯芊慧却自己拿起遥控器，转到中央九台，一边吃水果，一边津津有味地看美国人的野外求生节目。看样子，冯芊慧今天不仅有备而来，而且还非要得到结果才肯走人。

罗琼秀说，冯医生，我想和你商量个事。冯芊慧关了电视，看着罗琼秀，阿姨，您说。罗琼秀说，没错，我的身体是出了问题了，而且越来越严重，你说得全对。但是，咱们能不能多等一个多……就一个月，等玉瑶的毕业典礼完了，我第二天就上医院找你去，行吗？冯芊慧想了想，我唯一可以做到的，是替您暂时瞒着玉瑶，至于您的病该怎么治，什么时候开始住院，得吴医生说了算，从现在开始，您要做好与癌细胞作战的心理准备。罗琼秀说，好吧，我明天去见吴医生，你也不用来接我，我会叫我小叔子送我去，不过，上午估计不行，我总得先回单位请个假什么的吧。

冯芊慧说，行，那就下午！冯芊慧终于站起来，阿姨，那我先回去了，明天下午，我会在吴医生的办公室等您。

6

罗琼秀把冯芊慧送出家门之后，走到先夫的灵位前点了三炷香，她看着蒋兆辉那张日渐泛黄的遗像，感到有些遗憾。她说，要是我能熬过这一关，就给你换张瓷像，要是熬不过，就让玉瑶给咱俩一起做一张合照。罗琼秀又说，该面对的总要面对，是吧，我不是怕，就是觉得多一事不如少一事。冯医生刚才说的话你也听到了，有些事是想少也少不了的。事总是比人复杂，人走了，就啥事都了了，可我还活着，该我的事想逃也逃不掉。咱们夫妻一场，我不管你有没有能耐，最起码你得想个点子，在你那边托关系也好，跑后门也好，想办法让我多活几年，我也不贪心，我只要能活到看着玉瑶成家立业，我们的血脉后继有人，就可以闭眼了。你不说话，我就当你答应了啦。

罗琼秀对着蒋兆辉的灵位说完话，蒋兆南的电话就打进来了。他像往常一样询问嫂子的身体状况。罗琼秀说，你明天早上七点钟来送我去一下医院。蒋兆南的语气紧张起来，怎么了？您是不是觉得哪里不舒服？要上医院就现在去，我马上过来。罗琼秀说，不急，明天早上七点你准时到就行了，我想趁吴医生上午查房之前去见她。

吴医生早上七点半的时候走出住院部八楼肿瘤科的电梯口，就看见罗琼秀坐在她的办公室门外的椅子上。她怀里抱着一个棕色的手提包，身边的空椅子上放着一个某旅行社当赠品送的旅行袋。罗琼秀泛黄的脸在棕色手提包的映衬下显得更暗。她身边还站着一个年轻帅气的男人，他看似淡定，却不安地踱着步，不时用担忧而关切的眼神看着罗琼秀。两个人的关系看上去既像母子又像姐弟。吴医生迅步向罗琼秀走去，说道，嘿，你可真能拖！罗琼秀抬起头，喊了声吴医生早！吴医生发现她眼里那股希望之火比刚才亮了一些。吴医生说，进来吧！

罗琼秀在吴医生的办公桌旁坐下，五分钟后，吴医生换好衣服在电脑前坐了下来。她接过罗琼秀递过来的病历，在电脑里给她填好资料，安排了住院的床号。才抬起头问罗琼秀，今早吃饭了吗？罗琼秀说，没有，只喝了一小杯温开水。吴医生说，很好。她继续埋头对着电脑输入资料，开了些需要检查的项目，把一叠单子交给蒋兆南说，你先去交钱，再陪她去抽血，下午安排照CT。

办公室里的医护人员陆续上班，吴医生唤来一个小护士，让她给罗琼秀安排床位，还交代她一些病人的情况。蒋兆南再次对吴医生表示感谢，还想多咨询一些关于她嫂子病情的具体情况。吴医生说，我现在赶着去查房，你嫂子的病该怎么治，得等CT检查结果出来后再定。吴医生盯着蒋兆南，又补了一句，你们可真能拖！

CT检查结果出来后，吴医生的神色比蒋兆南预想中要沉重。吴医生告诉蒋兆南，罗琼秀的癌细胞已经向腋下淋巴扩散，如果当初及时做乳腺切除手术，就省去许多麻烦。蒋兆南问，那我嫂子的病现在应该怎么治，还能不能治好？吴医生说，简单点说，她一年多前做体检时是癌症早期，现在是处于早期末尾与中期初的临界点。为了达到更好的治疗效果，得先做一段时间的放疗，才能决定是否要做手术。蒋兆南说，好，听吴医生的，只要能治好我嫂子的病，花再多的钱都不要紧。吴医生瞪了蒋兆南一眼说，别以为有钱就能解决一切，在生命面前，钱是一文不值的。蒋兆南不好意思地说，是是是，我错了。吴医生说，你没错，任何一个病人家属都会有你这种反应，我见多了。吴医生接着说，我们先给她做一个月的放疗，看看效果怎么样，做放疗的目的是要把已经开始扩散但还不算散得太厉害的癌细胞杀死，或者把它们赶到一个地方，再进行手术。在放疗期间，病人的身体可能会出现各种不适的症状，这些是常识，也不用我多讲了。除了要保持病人的心情舒畅，当然，这对任何一个病人来说都是强求，尽力而为吧，还要补充身体能量，多吃一些提高身体免疫力和耐受力的营养品。

蒋兆南说，好，我明白了。

在一个多月的住院放疗期间，罗琼秀不间断地被高烧和发冷两种极端的体温来回折磨。别的癌症病人高烧到四十摄氏度的反应是头晕目眩，脑神经处于模糊状态，甚至胡言乱语等症状时，罗琼秀的反应却异常的冷静，她想起小时候台风过后去河滩边捉回来的小鱼，它们被母亲和她的兄弟姐妹们架在柴火上烤炙的情形，和她现在一模一样，甚至比她更痛苦。它们是先杀后烤，对于被烤完之后的命运无知无觉。她现在经受着四十摄氏度的高烧，她知道高烧之后迎接她的将是极度的寒冷。她比那些小鱼儿幸运的是，她可以感知到自己被老天爷那只神奇的手捏在手里，在赤道与南北极之间抛来抛去的神秘感觉。她又想起已经去世的丈夫，她小时候从老人的嘴里，从一些神话传说里，从电视剧里获得一些关于地狱的粗略的认知，可以设想如果真的有地狱，她的丈夫是不是也必须经过同样的修炼，才有资格升上天堂获得永恒的福乐。虽然她的身体越来越虚弱，吃进肚子里的营养大部分都被她吐了出来，但是她依然顽强地对抗着这人间地狱般的炽烤和速冻。她每天都对自己说，快了！明天就好起来了！

蒋兆南请了一个二十四小时护工照顾罗琼秀，罗琼秀觉得这个护工的作用不大，她除了帮她按一下铃告诉护士点滴打完了，吃药的时候给她递上一杯水，早上起来陪她进卫生间去洗脸，晚上舒舒服服地躺在罗琼秀病床旁的临时折叠床上打着欢快的呼噜之外，再也起不到别的作用了。罗琼秀的一日三餐，蒋兆南都会安排公司的饭堂给她做好有专人送过来。洗澡的时候，罗琼秀绝对不允许那个长相粗壮皮肤黝黑的中年女护工盯着自己剥光了的身体，任其粗大有力的手在自己身上洗刷抚摸。她多次要求蒋兆南把护工辞退，蒋兆南说总要有个人在她身边待着他才能放心工作，您要是对这个护工不满意，我只好让玉瑶回来照顾你啦。罗琼秀才不得已闭上嘴。

冯芊慧隔天就会抽出时间去病房看望罗琼秀，有时候是她去放疗之前，有时是在她做完放疗之后，有一次冯芊慧见到罗琼秀靠在床上拿着毛巾给自己边擦汗边冲那个趴在床边打盹的护工翻白眼。罗琼秀见到冯芊慧来了，就会高兴地拉着她的手告诉她发高烧的感受，告诉冯芊慧说，我家那个坏小子刚走，你就来了。等蒋兆南来的时候，她就会对小叔子抱怨，你怎么才来，冯医生刚走。

在经过许多个罗琼秀期待中的"明天"之后，吴医生终于权威地宣布她可以做手术了。罗琼秀问，做完手术我是不是就可以出院了？吴医生说，不可能！最少也得休息一周。罗琼秀又问，那做完手术休息一周后是不是可以出院了？吴医生说，看情况。

罗琼秀做手术的日子定在蒋玉瑶毕业典礼后的第二天。蒋玉瑶提前跟母亲通过电话，罗琼秀答应和她叔叔一起参加她的毕业典礼。罗琼秀向吴医生说明了情况，想请半天假。吴医生当场就拒绝了罗琼秀的要求。罗琼秀又把冯芊慧找来想请她帮忙说情，冯芊慧说吴医生才是她的主治医生，她说不成就一定不成，就是院长帮她说情也没有用。罗琼秀伤心地说，唉，我女儿一辈子就这一次大学毕业典礼，我错过了就是一辈子了。冯芊慧说，错过毕业典礼将来还有她的结婚典礼，还有玉瑶的孩子从幼儿园到大学毕业到结婚的典礼等着她参加。罗琼秀总算被冯芊慧逗乐了，她看了看墙上的钟，又盯着病房门口盯了好半天，眼看冯芊慧就要走了，她才幽幽地说，我们家那个坏小子今天怎么还不来。

7

蒋兆南参加完玉瑶的毕业典礼后就把她连人带行李一起拉回来，蒋兆南直到驾车往回走的路上，才把罗琼秀患了病以及明天要做手术的事告诉他的侄女。他一边说一边焦虑地扭过头看着坐在副驾驶座上的蒋玉瑶的脸色。蒋玉瑶冷静地听完她叔叔简明扼要的汇报之后，问道，我妈会死吗？蒋兆南说，你妈妈很坚强，她已经熬过最痛苦的放疗阶段，医生说做了手术，将身上的癌细胞彻底清除干净，就会没事了。蒋玉瑶说，嗯，我了解我妈，只要还有活着的希望，她就能撑下去，叔，咱们先去医院吧。

蒋兆南第一次见冯芊慧，是罗琼秀做手术前的那几分钟时间。他和玉瑶推着罗琼秀送到手术室门口，把她交给从手术室里迎出来的护士之后，叔侄两人就坐在手术室门外的椅子上开始漫长的等待。吴医生穿着一身深绿色的手术室工作服，戴着把头发包得一根都不露的帽子，和只露出一对眼睛的口罩走进手术室，她从蒋兆南身边经过的时候，蒋兆南没有认出来。过了五分钟，另一个和吴医生一样穿着打扮的瘦高个子医生也从走廊的一扇门里走出来，站在他们身边，喊了声，玉瑶！

蒋玉瑶站起来，盯着冯芊慧的眼睛，愣了一会之后反应过来，芊慧姐！冯芊慧点了点头。玉瑶说，芊慧姐，今天我妈做手术，刚进去了。冯芊慧用隔着口罩却依然温软细腻的声音说，我知道，就你一个人吗？玉瑶赶紧给她介绍，这是我叔叔。蒋兆南赶紧站起来说，冯医生你好。冯芊慧又点了点头，用她那双智慧的眼睛打量了蒋兆南一眼。她的眼睛闪了一下，很快又回复了原来黑得发亮的眼神。她对玉瑶说，吴医生已经进去了，阿姨的手术我会全程陪着，你放心，有什么事情我会第一时间出来通知你们。手术时间可能会有点长，你们两个不用都守着，先去吃点东西吧。

自从蒋玉瑶知道母亲生病，在短短的半天一夜时间里，她的思想经历了一场翻天覆地的搏斗。她无数次想起父亲去世的情景，无数次想象万一母亲也这样离她而去，她将来的生活是一种什么样的状况。搏斗的结果是，她做好了最坏的打算，她甚至开始思考如果母亲进了手术室就再也出不来，她将如何处理好她的后事。她整个人从身体到灵魂都陷入一种冷静到让她自己都感到不可思议的状态。生活的经验告诉她，只有把事情的结果想到她所能承受得起的最坏的境地，她才能有准备的面对各种各样的变故。相比起父亲的意外去世，这一次，她总算有半天一夜的时间做准备，够了。

但是，当冯芊慧告诉她，她会全程陪同她的妈妈做完手术，冯芊慧那淡定的眼神和温暖的声音像一束火苗，瞬间点燃了蒋玉瑶那颗冷得发抖的心，包裹着她内心的那层冰开始融化。她望着冯芊慧走进手术室的身影，眼泪夺眶而出，最后变成一股失控的洪流，放声大哭。蒋兆南对玉瑶此刻的心情同样感同身受，他把侄女拥进怀里，想哭就哭出来吧，别憋着。

三个小时过去了，其间蒋兆南接了五个电话，回复公司业务上的请示，又打了四个电话安排好工作。他公司的员工送来的早餐，他和蒋玉瑶一口都没有碰，午餐又送来了。他劝服了玉瑶，两人靠在家属等候区的一角将就着解决了午饭。这时候，他们听到有人喊罗琼秀的家属。他们赶紧放下饭盒，朝手术室门口跑过去。吴医生摘下口罩，脸上露出两道口罩的带子勒下的印痕，还有她略显疲惫的笑意。她手里捧着一只白色搪瓷四方盘，把从罗琼秀身体上成功摘除下来的被癌细胞侵蚀的坏组织展示给蒋兆南和蒋玉瑶看，她指着盘子里一块血淋淋的肉瘤说，这是从罗琼秀身上切下来的乳腺组织；又指了指另一块更加血淋淋的物体说，这是她的腋下淋巴结，一次性都扫干净了。蒋兆南赶紧问，我嫂子怎么样？玉瑶着急地问，吴医生，我妈没事吧？吴医生说，放心，手术很成功，现在护士在给她做缝合处理，缝合完成后病人还需要在手术室里观察四十分钟至一个小时，等她麻醉过了之后才会推出来。蒋兆南和蒋玉瑶同时松了一口气，蒋兆南再次对吴医生表示感谢，谢谢，辛苦您了。

吴医生进去没一会儿，冯芊慧就从手术室走出来，她像吴医生一样摘下口罩，蒋玉瑶一阵风一样向她扑过去，哽咽着声音喊了声，芊慧姐！冯芊慧微笑着张开双臂，玉瑶心领神会，两人亲热地拥抱在一起。蒋玉瑶的眼泪又止不住流了出来，冯芊慧抚着她的背说，好了，一切都过去了。蒋兆南出神地看着这一幕，他不得不承认，冯芊慧是他这辈子见到过的最美的医生。

一个星期后，罗琼秀已经可以下地走动。她手术后清醒过来的第一句话就对蒋兆南说，现在玉瑶回来了，我的手术也做完了，那个人可以不用了吧。蒋兆南只好顺从了嫂子的意思，辞退了那个让罗琼秀翻了无数次白眼的护工。白天玉瑶在医院陪母亲，蒋兆南下了班就过来替她，一直陪到罗琼秀当天的输液全都打完，并看着嫂子安稳地进入梦乡，他才会离开。这一天天气晴好，晚霞在天上烧得正旺，从医院病房的窗口望出去，可以看到烟波浩渺的江面上水天一色的绚丽景象。学艺术出身的蒋兆南被这一景象震撼得心潮澎湃，他弄来一把轮椅，激动地对罗琼秀说，快，我带你去江边看晚霞去。

蒋兆南把罗琼秀推到江边的堤岸公园，在一棵树冠婆娑的高山榕下停了下来。他们出神地看着江面上变幻莫测的色彩，一会儿变红，一会儿变蓝，眨眼又变成了深灰，没一会儿，另一种更夺目的红把江水染成一只巨大的流动着的调色板。蒋兆南早已经荒废的画笔在他心中悄悄地复苏，似乎等待某个时机的到来，再大刀阔斧地描绘他梦中的全新的世界。

罗琼秀打破了沉默，你见过冯医生了吧？蒋兆南说，对，您做手术那天见过一面。罗琼秀说，那天做手术，她进来看我，还跟我说了很多谁也说不出来的话，有时候我觉得她在鼓励我，可有时候又觉得她要让我知道，万一手术失败了，也要开心地面对，我从来没见过这么怪的人。上一次，就是我决定住院之前，她为了说服我来医院，一晚上赖在家里不肯走，真拿她没办法。罗琼秀说着，笑了起来。

蒋兆南说，嗯，其实您做手术那天，四个多小时她一直陪着您，一步也没离开过。罗琼秀诧异地回过头，不敢相信地说，啊？哎哟！这得欠人多大的人情啊！蒋兆南说，我看出来，她和玉瑶的感情挺深，也没什么欠不欠的，只能说明我嫂子福大命大，到处都能遇着贵人。

罗琼秀看着蒋兆南，突然眼前一亮，我听说冯医生还没结婚呢。

蒋兆南赶紧切断他可以预想的罗琼秀接下来要说的话题，大嫂，有件事我想和您商量一下。

罗琼秀说，什么事，你说吧。

蒋兆南说，我们酒店定了九月十八号开张。罗琼秀说，好。蒋兆南说，到时候，我想请您出席开张典礼，还要上台参加剪彩。罗琼秀说，你的酒店开张有我什么事，再说我现在病得只剩半条人命，这大喜的日子去了只会给你添晦气，我不去。蒋兆南说，您是最大的股东，您必须得去。罗琼秀苦笑了一下，反问蒋兆南，你说，我都活到这个份上了，富贵浮华对我还有更大的意义吗？蒋兆南无言以对。

行了，罗琼秀说，以后公司的事你自己做主，不用什么事都同我商量，我不懂，也不想管，我只求你一样，把玉瑶带上正路，我就知足了。

蒋兆南说，这个当然，我一定会尽心尽力。

罗琼秀说，我累了，回去吧。蒋兆南说，好，咱们回去。罗琼秀说，等我出院了，得请吴医生和冯医生吃顿饭好好感谢一下人家。

第四章

1

四年前的初秋，蔡家佑的双脚终于踏入他期待已久的清华园。像所有刚进入大学的孩子一样，他怀着忐忑不安又新鲜好奇的心情，还有一种来自内心深处的感恩，感恩所有曾给予过他谆谆教诲的老师们，感恩把他养育成人的父母亲，感恩曾陪伴他一路走来的亲爱的同学们，感恩自己过去十多年来求学路上付出的每一滴汗水。终于成就了他的梦想，成就了今天的另一个他。他也想起蒋玉瑶和沈艾莉，想起蒋玉瑶给他送过的美味的鸡汤，想起沈艾莉和他一起坐在路灯下的花圃旁一边喝着鸡汤一边斗嘴。

大学第一学期，他完全处于一种对新鲜感的探索中，他积极参加各种社团活动，周末一有空就骑着自行车穿行在北京的大街小巷，从老胡同到高楼林立的新城区，从故宫到长城，尝尽老北京的传统小吃，感受来自祖国心脏的五味杂陈与永远强健的脉搏。在北京待了一年后，他终于开始拔节长高了，一下子蹿到一米七八，骨架也更加健硕，脸上也越发圆满了。他在学校里听得到的客观的赞美，就是，啊，原来你是南方人啊，长得可一点也不像哦！

大学二年级，蔡家佑无论是对大学生活还是古老而年轻的北京城的好奇感慢慢消退，一直以来，那句"进了大学就轻松了"的传说像一记沉重的巴掌打在蔡家佑的脸上。他目睹身边的同学、舍友为了成就更好的自己，拿出比高中时代更拼的狠劲，每天晚睡早起，奔波在教学楼、图书馆和各种实验室之间，他们的脸上从来看不出疲倦，他们并没有被繁重的学习和永无边界的学术研究阻挡奔波的步伐。蔡家佑终于清醒了，他退出了几个社团，辞退当了一年的班长职务，一头扎进对学术的探索中。蔡家佑又找回高中时代学习的感觉，每天都处于备战中。

四年后，蔡家佑顺理成章地成为少数的公派赴美留学生中的一员，这种在别人眼中看起来的顺理成章，只有蔡家佑自己内心清楚，是多年来的坚持和勇气支撑着他走到今天。今天只是明天的另一个开始，未来迎接他的，是无止境的困难与挑战。他终于想通了曾经困惑他多年的真理：人的生命是有限的，而生存却是无限的，只有坚定不移地用有限的生命去追逐、探索、突破生存的无限性，才能体现人作为人存在的价值与勇气。因此，当蔡家佑赴美前回到家乡，他并没有因为今天的成就大宴天下，他只想见一见心中最惦记的两个小伙伴——蒋玉瑶和沈艾莉，然后收拾行装，再一次静静地出发。

蒋玉瑶已经在铂莱卡大酒店的公关部上了两个月班，她接到蔡家佑的电话时，对方已经变得陌生的声音让她有几分钟头脑空白。当蔡家佑自报家门并说出想和她见面之后，蒋玉瑶在慌乱中把桌面上的一杯绿茶碰翻了，茶水在桌面和她刚打印出来的还散发着墨香的文件上流淌浸染。蒋玉瑶意识到电话另一头的那个人和他充满磁性的陌生的声音，还有他们共同度过的青春岁月，也像这杯倒翻的茶一样一去不复返了。蒋玉瑶抓起那叠被浸湿了的文件甩了甩，心情恢复了平静，她说好，中午咱们就在铂莱卡的西餐厅见吧。

冯宝怡出门上班前，还像以前一样把她的早餐热在电饭锅里。大学毕业后，沈艾莉那位让人尊敬的舅舅冯宝权曾经为她的就业问题约上她们母女二人进行过一次深层次的讨论。冯宝权的第一句话就说，艾莉，你自己有什么想法？沈艾莉看了一眼冯宝权，又看了一眼耳朵旁开始冒出几根白头发、肩膀上原来结实有力的脂肪开始有了松动迹象的母亲说，我无所谓，怎么着都可以。冯宝权说，这算什么想法？冯宝怡赶紧打圆场，生怕再说下去又惹怒她退休后除了练书法和品茶就没有第三种爱好的哥哥，艾莉的意思是工作的事还得花时间好好考虑一下，我觉得这事也不着急。冯宝权说，又是你觉得，什么都是你觉得，她觉得怎么样才是关键。

沈艾莉接到蔡家佑的电话时，还在床上蒙头大睡。她抓起电话气呼呼地喊道，谁啊！蔡家佑小心翼翼地说，请问——沈艾莉大声嚷嚷道，不用请，问吧，你谁啊？蔡家佑说，你是沈艾莉吗？我是你的高一同学蔡家佑，还记得吗？沈艾莉皱了皱眉，左手抓着手机，右手抬起来揉了揉眼睛，之后又抓了抓那一头乱发，使劲回忆高中一年级的和她有过亲密接触的同学。

　　蔡家佑见她半天没反应，问道，你不记得了吗？和你、蒋玉瑶一起坐过公交车上晚自修的同学。沈艾莉在他的引导下，她的思绪瞬间就回到了从前，她又闻到蒋玉瑶的妈妈炖的那些又香又浓的鸡汤。哈！沈艾莉说，是你啊，哈哈！蔡家佑说，是我。沈艾莉说，哎，你的声音怎么变成这样了？蔡家佑说，变了吗？我自己不觉得。沈艾莉说，嘿，找我有什么事？蔡家佑说，我回家了，想跟你见个面，有空吗？沈艾莉说，太有了。蔡家佑说，那就今天中午十二点，铂莱卡酒店的西餐厅，怎么样？沈艾莉说，我无所谓。蔡家佑说，对了，我也约了蒋玉瑶，你不介意吧？沈艾莉说，随便啦，你的声音变得好邪乎，哎，你的样子是不是也变了，长高了没有，想当年，难为蒋玉瑶喂了你那么多鸡汤——

　　蔡家佑说，我先挂了啊，一会见面再聊。

　　中午十一点半，蔡家佑提前到了约定的地点。他的心情有点紧张，又有点期待，还有期待之后即将与她们远隔天涯的失落。他拿起面前那杯服务员送上来的带着清香柠檬味的温开水喝了一口，扶了扶鼻梁上的眼镜，又翻动餐牌。十二点一刻，他看到蒋玉瑶穿着一身得体的西装，顶着一头干净利索的短发，迈着与她的职业相匹配的脚步面带微笑朝他走过来。蔡家佑的心怦怦地跳了两下，赶紧站起来迎着蒋玉瑶走过去。蒋玉瑶职业性地接过他递过去的手，轻轻地握了握，你好，好久不见！蔡家佑说，是的，真的好多年没见了。他一边说一边跑过去为蒋玉瑶拉开靠着窗户那张椅子。蒋玉瑶说了声谢谢，优雅地坐了下来。

　　在蔡家佑眼中，蒋玉瑶的变化太大了，大到他都不敢相信眼前坐着的这位气质出众的年轻女子，就是多年前给他送过鸡汤，为了陪他把汤喝完还要提前一站下公交车，在深夜的街头独自一人走路回家的小女孩。那时候的蒋玉瑶个子没有现在高，头发也没有现在熨帖，眼睛也没有像现在这样闪着知识的力量给予的自信的光芒。蒋玉瑶为了缓和刚刚见面的尴尬侧过脸去，露出一道从腮骨到下巴的完美弧线。最让蔡家佑惊叹的是她身上那股淡淡的书卷气息，不张扬，不做作，也不盛气凌人。他的心又跳了几下，侍应生给蒋玉瑶送来一杯和蔡家佑一样的柠檬水。蔡家佑在心里想，如果他不出国，如果回到这个城市不再离开，如果他对学术的求索之路就在此时此刻止步，他一定会毫不犹豫地拉起面前这个多年以后依然能让他怦然心动的女孩的手，开启新的一段人生旅程。

蒋玉瑶说，你什么时候回来的？蔡家佑收回自己的心思，冲蒋玉瑶微微一笑，上周五到的，前两天陪我爸妈回了一趟老家祭祖，昨晚才到家。蒋玉瑶喝了一口水，你的变化挺大的。蔡家佑说，是的，我们都变了。蒋玉瑶若有所思地点了点头，脸上始终保持着适度的微笑。蔡家佑说，我下个月去美国了，是公派留学。蒋玉瑶说，祝贺你！那这顿饭就让我请吧，当给你饯行。蔡家佑说，不不不，必须我请，是我主动约你们的，而且，当年我喝了你那么多鸡汤，还没有机会报答呢。蒋玉瑶愣了愣，你还约了谁吗？蔡家佑说，是的，我还约了沈艾莉，估计快到了。蒋玉瑶笑了笑，对呀，还是你想得周到。蔡家佑叹了口气，我们三个人一起放学的情景，历历在目。蒋玉瑶笑了起来，难为你还记着，不过也对，没有这么好的记性，怎么会成为学霸。

就在蔡家佑和蒋玉瑶温情脉脉地怀旧的当儿，沈艾莉顶着一头烫了大波浪还染成黄金色的头发，像只高傲的天鹅一样走了进来。蔡家佑一看见她出现就笑了起来，他跟蒋玉瑶说，你看沈艾莉，还真是一点没变。蒋玉瑶回过头去，上前亲热地和艾莉拥抱了一下，艾莉，好久不见了！沈艾莉松开蒋玉瑶，瞪着一双大眼睛把她从上到下打量了一遍，惊呼道，天啊，这是你吗蒋玉瑶，你这个样子好好看啊！蒋玉瑶不好意思地揪了揪好的头发，快坐吧！

蔡家佑上前想和沈艾莉握手，沈艾莉朝他做了一个嫌弃的鬼脸，这么老土？蔡家佑呆站着不知如何是好，沈艾莉爽朗地笑了两声，张开双臂与蔡家佑做拥抱状。蔡家佑只好也学玉瑶一样和沈艾莉轻轻地抱了一下，沈艾莉打量着蔡家佑，满意地说，不错，比我高了，北京的水就是养人。刚松开和沈艾莉的拥抱，蔡家佑就觉得遗憾，为什么刚才第一眼见到蒋玉瑶时，自己就没有勇气给她一个拥抱呢。

沈艾莉自己拉开椅子坐了下来，我不能偏心，是不是？

蒋玉瑶招手让侍应生过来点餐。蔡家佑盯着沈艾莉问道，你的头发是怎么回事？沈艾莉得意地摆弄着发梢说，昨天接完你的电话，我连饭也没吃就赶到发型屋花了八个小时五百块人民币才把它弄成这样的，好看吗？蔡家佑说，不难看。沈艾莉笑道，算了，反正你的答案五十年不变。蒋玉瑶说，好看，和你很配。沈艾莉说，听听，这才是人话，还好我弄了好头，要不然今天就失礼了。蒋玉瑶笑问道，我们的沈大美人走到哪里都会自带光环，怎么会失礼。沈艾莉说，才不是，昨天我从蔡家佑给我打电话的声音判断，他变化一定很大，你嘛，从名牌大学出来的，变化可想而知了，我要不是把头发这么一弄，今天在你们两个面前得输惨了。

2

三个小时候的伙伴这顿分别多年后短暂的重聚午餐，在蒋玉瑶欲语还休的微笑中，在蔡家佑得体的招呼中，在沈艾莉爽朗的笑声中，很快就接近尾声。蒋玉瑶趁上卫生间的当儿偷偷结了账，蔡家佑的心情越发沉重。他举起水杯与蒋玉瑶和沈艾莉碰杯，今天一别，又不知道什么时候才有机会再聚了。沈艾莉说，哼，还是这么矫情，你再这样我要哭了啊。蔡家佑和蒋玉瑶的脸色凝重地放下杯子。沈艾莉又笑了起来，逗你们玩呢，我说，有什么好哭的，我们还没笑够呢。

蒋玉瑶和沈艾莉一起把蔡家佑送到酒店大门口，三人刚站定，一辆出租车就在身边停下来。沈艾莉潇洒地冲蔡家佑挥了挥手说，未来的科学家，再见啦！蔡家佑说，谢谢！蒋玉瑶依然保持着温婉的微笑看着蔡家佑，他觉得她的笑容因为长时间的坚持显得有些僵硬。他说了声再见，便打开车门，准备上车那一刻，终于鼓起勇气转过身，把蒋玉瑶紧紧地拥在怀里。不同于沈艾莉为了表示不偏心分别给他们的拥抱，蔡家佑抱着蒋玉瑶的时候，心脏和双手都在颤抖。他们的拥抱持续了差不多有一分钟，在这绵长而瞬息即逝的时间里，这个拥抱为他们的青春画上一个遗憾的句号，成了蔡家佑和蒋玉瑶的生命中无法湮灭的注释。

沈艾莉站在一旁安静地看着他们，她那强壮的心脏突然变得脆弱，那见鬼的眼泪竟然也会在她的眼眶里打转。蒋玉瑶在蔡家佑耳边轻轻地说，一路平安！蔡家佑哽咽着点了点头说，我走了！

蔡家佑终于松开蒋玉瑶，转身上了出租车。蒋玉瑶和沈艾莉目送载着蔡家佑的出租车驶出马路，消失在她们的视野中。沈艾莉踢了一下酒店门口那根高大的圆柱子说，真受不了你们。

蒋玉瑶做了个深呼吸，脸上的笑容又舒缓了下来。从那天起，她再也没有见过蔡家佑，她做梦也没有想到，蔡家佑坐在出租车的后排，闭上眼睛，两行热泪不受控制地夺眶而出。他先是无声地流泪，到后来开始抽泣，继而发出一阵沉重的呜咽。那个阅人无数的出租车司机也不问他要上哪去，而是把他载到江边，在谭碧华得知她父亲去世后疯狂发泄悲伤和眼泪的堤岸边停了下来。他对蔡家佑说，有什么烦心事在这痛痛快快哭一场就解决了，世上没有过不去的坎，也没有放不下的女人，去吧孩子！

蒋玉瑶问沈艾莉准备上哪去。沈艾莉说，回家睡觉！蒋玉瑶说，要不要到我办公室去坐会。沈艾莉说，无所谓，看就看。

蒋玉瑶告诉沈艾莉，一楼是西餐厅、咖啡厅和大堂以及精品店，二楼和三楼是中式餐厅，一共有三个大厅三个小厅，用来举办大小型宴会和酒席用，四楼是就餐用的VIP房间。五楼是健身娱乐设施，还有游泳池，六楼至二十二楼是客房，顶楼还有个空中花园，你要是有时间我一会带你上去看看。沈艾莉说，你不用讲这么细，我又不是领导来视察。

蒋玉瑶的办公室在三楼后座。这是办公区域，我们董事长的办公室也在这里。沈艾莉说，不是你亲叔吗？蒋玉瑶的职位是公关部经理助理，她的上司姓莫，是一位有着多年酒店管理经验的四十岁左右的精干的男人，在莫经理的办公室外面，有一个小小的能摆得下一张小办公桌和一张会客小沙发的空间，这就是蒋玉瑶的办公室。蒋玉瑶给沈艾莉泡了杯茶，说，你随便坐，不用客气。沈艾莉说，大小姐，我今天从见你第一眼开始一直到现在，都是你在对我客气。蒋玉瑶抱歉地笑道，不好意思，可能是职业习惯。

沈艾莉说，别跟我开玩笑，你一个名牌大学高才生，上班就得这样一天笑到晚？累不累？换了我可不行，本小姐只卖艺不卖笑——当然，我也没艺可卖。

蒋玉瑶说，这么多年，你还是一点都没变。沈艾莉说，我变了啊，你看，她又摆弄着自己的头发说，为了这一变，我下老本了。蒋玉瑶说，我听芊慧姐说，你还没找到工作？沈艾莉的脸沉了下来，我不是还没找到工作，是没找工作。蒋玉瑶说，对，是我说错了，我听说你还没找工作。沈艾莉说，就她嘴快，哎，你跟她很熟吗？蒋玉瑶说，谁？哦，你是说芊慧姐，她是我们家的大恩人，要不是她，我想我妈早就——

沈艾莉站起来，阻止蒋玉瑶说下去，我就不耽误你工作了，先走啦！蒋玉瑶说，艾莉，先别急着走啊，我还有话跟你说。沈艾莉说，不用说了，谢谢你的午餐还有这杯好茶，再见！沈艾莉走了出去，又转过身推开玻璃门把头伸出来说，替我问候伯母，走啦！

蒋玉瑶下班回到家，看见妈妈正卷着一张大毛毯靠在沙发上看电视。她听到蒋玉瑶开门的声音，举起一直放在膝盖上的遥控器关了电视，用目光迎接女儿走进家门。蒋玉瑶换好拖鞋，走到母亲面前弯下腰给她掖了掖脚边的毛毯，问道，妈妈，您今天感觉好些了吗？

罗琼秀说，还是老样子。蒋玉瑶说，妈妈，您要听医生的话，放宽心。罗琼秀拍了拍她的左心胸的位置，正好落在吴医生下刀的地方，她又触摸到自己那只干瘪的乳房，心里泛起一阵羞恼。她说我的心在这里，又不是在我手上捏着，想放就放，想收就收。蒋玉瑶拍了拍她的肩膀说，我去做饭去，您先看看电视吧。罗琼秀说，不看，我嫌烦。

罗琼秀追问蒋玉瑶，我让你叔叔约吴医生和冯医生吃饭的事怎么没下文了？蒋玉瑶说，我叔说她们都没时间，没约上。罗琼秀心情越发烦躁，数落起蒋兆南，挣再多钱顶什么用，媳妇都讨不到一个，一个个嘴上说得好听，办的事没一样合我心意。

蒋兆南为了请吴医生和冯芊慧，给吴医生打了两次电话，都遭到吴医生婉拒。蒋玉瑶跟冯芊慧通过电话，转达了她母亲的意思。冯芊慧说，医院有医院的规定，不能收病人家属的任何礼物更不可以去吃他们的饭，这都是他们应该做的。

其实罗琼秀要请吴医生和冯芊慧吃饭的想法只是醉翁之意不在酒，她最终目的是把冯芊慧正儿八经地介绍给蒋兆南，期望有朝一日那个先是让她又爱又恨现在让她日思夜想的冯医生能和他们成为一家人。要换了以前，她是想都不敢想的，无论是家庭出身还是经济条件，想娶冯芊慧都是高攀了。但是现在不一样啦，蒋兆南事业有成，人长得也英气，关键是他性格温和，对家人体贴周到，虽说他曾有过一段失败的婚姻，不过与他的优点比起来，这点缺点也还能说得过去。

沈振扬在英姑便利店喝得正高兴，见自己的宝贝女儿从出租车上下来，甩着她那头好看的金发走进小区的大门。英姑惊呼起来，哎哟！那是谁啊？沈振扬得意地说，嘿！我们家的小公主回来啦！英姑撇了撇嘴，好好的大姑娘，就这样给折腾坏了。沈振扬瞪了英姑一眼，打了个酒嗝，什么话！英姑说，我听说蔡家那小子出国留学了，还是公派的，啥叫公派你知道不？沈振扬吧嗒了一下嘴巴，这个嘛，就是公家出钱送出去的，不仅不用自己掏路费、学费、生活费，还有补贴。英姑羡慕得眼都直了，天啦，还有这样的好事？沈振扬叹了口气，算了，这小子没福气，看来是当不成我们沈家的驸马爷了。英姑乐得哈哈大笑，是啊，也不知道是谁没福气。沈振扬说，当然是他没福气！英姑扬了扬手，得了，随你怎么想，不过你看人的眼力我还真不得不服，谁想到啊，当初那个走路老像丢了钱的傻小子，也会有今天。沈振扬说，看人不能光看外表，得看他的精气神，懂吗？英姑说，那你那个宝贝女儿呢，今天弄个金头发，明天穿个超短裙，靴子上的钢钉能扎死人，我还真没见过这么能折腾的娃。沈振扬说，我们沈家的基因里命中主贵，她呀，我一点也不担心。英姑说，可她大学毕业都一年了，连工作都没找到，真够贵的。沈振扬说，是没找，不是没找到，你得分清楚咯！

沈振扬站起身，把桌面上两只喝光了的空酒瓶放到便利店门口角落里的塑料框里。一个拾荒老人正佝偻着腰在垃圾桶旁边散落的杂物里翻捡他期待中的宝贝。沈振扬在便利店拿了两个面包和一瓶矿泉水走到那个老人身边递给他说，拿去吃吧。老头从垃圾堆里抬起头，感激地看了沈振扬一眼，接过面包和水就坐在地上啃了起来。沈振扬又看了老人一眼，转过身去，像一个第一次去见牙医的病人一样咧了咧嘴，对英姑说，我走啦。

英姑把他喊住，喂，该结账了！沈振扬说，炒股又亏钱了吧？

我早叫你听我说别炒股，别听小区那些大爷大妈瞎忽悠，多看财经新闻。英姑追着他问，财经新闻说什么了？沈振扬得意地笑了两声，还能说啥，金价又涨了呗！

3

罗琼秀上医院复诊那天，蒋玉瑶请了假陪她去见吴医生。临出门的时候，罗琼秀不干了，她非要让玉瑶打电话把蒋兆南叫回来陪她。蒋玉瑶说，今天叔叔有个很重要的会要开，咱们就不要打扰他了。罗琼秀哼了一声，那我明天再去，他明天没空我就后天再去，要是后天还没空，就等他哪天有空陪我，我就哪天去。蒋玉瑶说，妈妈，您怎么像个孩子一样。罗琼秀说，我把你们一个两个拉扯大，吃了多少苦受了多少罪，你们现在都大了，长本事了，我任性一回又怎么样？蒋玉瑶说，行，怎么着都行，我再给叔叔打个电话。罗琼秀说电话我自己会打，你赶紧上班，别老在我眼前晃来晃去。

蒋兆南取消了会议赶回家陪罗琼秀去医院。吴医生拿出上周给罗琼秀拍的CT扫描结果，满意地告诉蒋兆南，放心吧，你嫂子的病情恢复得很好，回家好好养着就行，没什么事不用老跑医院了，我忙得很。蒋兆南十分欣赏吴医生干脆利索的脾气，虽然有时候她也板着张冷面孔对病人和病人家属进行尖刻的批判和挖苦，有时候又会在他们完全没有心理准备的情况下冒出两句幽默话。蒋兆南对吴医生一再表示感谢，才扶着罗琼秀走出她的办公室。罗琼秀挣开他的手说，大庭广众的，丢死人了。蒋兆南笑着说，行，我不扶，咱们现在可以回家了？罗琼秀说，不行，我还要去看看冯医生，要是没有她，我这条老命估计现在已经化成灰和你哥混在一起了。

在妇科住院部那道长得看不到尽头的走廊两边排列着一间间病房，探病和送饭的家属来来往往。不时看到有病人从病房里被推出来准备送去手术室，也有病人刚做完腹腔镜手术，或者摘除子宫，或者切断输卵管，或者从卵巢、子宫的某个让人疑惑的秘境清理出无事生非的长出来的良性肿瘤。她们都像罗琼秀所经历过的，正在经历着肉体与精神的双重折磨。她们的年纪从十五六岁到六十岁不等，罗琼秀看到一个曾经一起做过B超检查的只有十八岁的还没有成家的女孩，被

86

查出患了子宫肌瘤，前几天才做了手术，正处在康复阶段。她见到罗琼秀又意外又惊喜，她大概没有想到，那些在医院里和她同病房住过的，或者在做某种检查的时候有缘打过招呼的人，事隔大半年还会有机会再见。

小姑娘和罗琼秀打招呼，关心罗琼秀的身体康复情况。罗琼秀说，我很好，你呢？我也好多了，后天就出院。两人互道珍重，罗琼秀就赶紧领着蒋兆南向冯芊慧的办公室赶去。无论对罗琼秀还是那位年轻的小姑娘而言，医院病房都是一个神奇的存在。它仿佛是生命中一个暂时寄居的场所，一个给肉体的罪犯准备的集中营。一旦离开那张无数人睡过的，甚至有人在上面咽气的病床，她们都不约而同地恨不得在将来的有生之年再也不踏进来，并想尽一切办法把这段可怕的记忆从人生中所经历的无数记忆片断中毫不惋惜地删除干净。

自从那天晚上陪罗琼秀在江边看晚霞时，她不停地在蒋兆南面前提冯芊慧名字，蒋兆南就明白他这位一辈子都有着操不完的心的大嫂的心里在打什么主意。他们走进冯芊慧的办公室时正是午饭时间，冯芊慧把听诊器从脖子上摘下来，松开白大褂的纽扣，露出里面一条米白色的连衣裙，刚准备离开办公室，意外地看见罗琼秀和蒋兆南站在她面前。

冯芊慧微笑着迎上去握着罗琼秀伸过来的双手，阿姨，您怎么来了？罗琼秀说，我今天来找吴医生复诊，顺道过来看看你。冯芊慧打量着罗琼秀的气色，她的脸长了些肉，握着冯芊慧的双手也有了暖意，头上虽然多了几根白发，但比刚做完手术的时候明显浓密了不少。她转过视线，看了蒋兆南一眼，礼貌地说，蒋先生好。罗琼秀说，你们都见过了吧，还不替我好好感谢冯医生。蒋兆南真诚地朝冯芊慧点了点头，冯医生，我代表我们全家人向你表示衷心的感谢。冯芊慧羞涩地笑了笑，你们太客气了。

罗琼秀这一次她没再叫她冯医生，而是直呼其名，芊慧，你现在下班了吧。冯芊慧说，是的，我正要去饭堂呢。罗琼秀说，难得我们今天踩着饭点来了，走，陪我一起下馆子去。罗琼秀说完，冲蒋兆南使了个眼色。蒋兆南说，对，冯医生赏脸一起出去吃个饭吧。冯芊慧为难地说，感谢你们的盛情，可是真的非常抱歉，中午一点半我有手术要做，饭我就不能陪你们吃了。罗琼秀失望地看着冯芊慧，又看了看蒋兆南，真的不吃吗？冯芊慧安慰道，阿姨，我和玉瑶是好朋友，您还怕没机会陪您吃饭吗，我答应您，等我哪天休息，一定上你们家吃您亲手做的饭，好不好？罗琼秀开心地笑了起来，终于松开紧握着冯芊慧的手说，好吧，一言为定，那你赶紧吃饭去，做手术可累人了，你可要注意身体，你看这小脸瘦的。冯芊慧说，谢谢阿姨，我会的，那一起走吧，我送你们下去。

罗琼秀坐着蒋兆南的车回家的路上，接连哼哼了几声。蒋兆南从倒后镜里观察嫂子的表情，发现罗琼秀一脸的不高兴。他放慢了车速，问道，您怎么啦？罗琼秀说，我算是明白了，你的生意能有今天这样红火，不是你小子有能耐，而是你哥在天上保佑你。蒋兆南笑了起来，我也这么觉得，你说我们蒋家的笨小子要是没我大哥保护，哪能有今天呢？罗琼秀嫌弃地瞪了他的后脑勺一眼，少跟我贫嘴，你一天到晚除了拿钱在我面前显摆就是招我烦。蒋兆南说，冤枉啊老佛爷，我又哪里招您烦了？罗琼秀说，亏你还是个生意人，一点礼貌都不懂，你说，刚才为什么就不给冯医生留张名片？蒋兆南笑道，我和她又没有业务来往，留名片干什么用？罗琼秀说，那你也可以主动问她要个电话号码啊！蒋兆南说，您和玉瑶不是都有她的电话号码吗？罗琼秀又哼了一声，今天我就把话给你讲白了吧，你要是真有那孝心让我多活几年，就把冯芊慧给我娶回家来。我全都打听清楚了，她既没成家暂时也还没有交往的男朋友，别怪我不提醒你，这些都是暂时的，这么优秀的女人多少男人争着抢着想娶回家，你自己看着办吧。

自从酒店开张营业，为了方便上下班，蒋兆南搬进被罗琼秀数落了无数次的电梯洋房。蒋兆南把罗琼秀送回家，陪她吃过晚饭后，驾车驶进老城区，回到他改造成画室和忙中偷闲独坐发呆的老宅。旧洋房的院门外依然挂着那块他已故的前岳父亲手打造的铜铸牌匾，那块铜板在不算长的时间里因为风吹雨淋已经开始出现包浆，"谭府"二字依然清晰可辨。蒋兆南在门外停好车，打开那扇用厚重得能起着很好的防盗功能的铸铁做成的院门，走了进去。

蒋兆南上了三楼的画室，从他摆放画作的最显眼的位置抽起一张人物肖像画。这是他和谭碧华结婚的第一年，在她生日那天，蒋兆南给她画的画像。那是冬天的午后，谭碧华搬了张藤椅坐在院子里沈家老大埋过金条的老桂花树下，用一双含情脉脉的眼睛安静地注视着她的丈夫。她穿着一件灰白相间的格子大衣，那是她的母亲从美国寄回来的、出自欧洲名设计师之手的经典之作。这件衣服的质地和款式在之后的几十年甚至上百年间依然经久不衰。蒋兆南在为她画这幅肖像的时候，虽然背负着创业和刚建立的家庭生活的各种未知的压力，但他的灵魂和画笔所到之处，依然充满着艺术创作的激情和对妻子浓浓的爱意。谭碧华曾想带走这幅画，蒋兆南忧伤地说，你人都走了，我总要留点东西念想。

蒋兆南把前妻的画放回原处，在夹着一张空白画纸的画架前坐了下来。他把画笔浸湿，准备好调色板，脑海里浮现出和罗琼秀在西江边看晚霞的场景，他想把那一瞬间变幻莫测的光芒，以及罗琼秀和他的心事画下来。他对着画纸愣了半天，无奈地放下画笔，陷入了沉思。

罗琼秀这次病发，尤其冯芊慧的出现，刷新了他对医生和这一神圣职业的认知。冯芊慧的确是一个优秀的医生，蒋兆南也不得不承认，她在作为医生的优秀上还附带着一种让人信赖的温情，这是一种难能可贵的品质。冯芊慧就像一幅由一位在画坛上耕耘了几十年的画师描绘出来的完美得挑不出任何毛病的画作，因为过分完美，导致这位可怜的画师一辈子都只能停留在工匠的阶段，永远不可能成为一位艺术家，他的作品自然也算不上艺术品了。冯芊慧这幅画作，缺的是正是艺术家的天马行空的想象力，以及保持其属于艺术的生命力的极致的野性。蒋兆南觉得有点遗憾，他给自己泡了一壶茶，碧绿的茶叶嫩芽随着开水的浸泡慢慢变淡，也顺便冲淡了蒋兆南内心的那一丝遗憾。

蒋兆南拨通了侄女的电话，蒋玉瑶那股让他心痛的细软的声音很快就传进他的耳畔，叔叔，您有什么事吗？蒋兆南说，你妈妈怎么样？蒋玉瑶说，妈妈已经睡了。蒋兆南说，好，你把冯医生的电话告诉我一下。蒋玉瑶说，好的，您拿笔记一下。蒋兆南说，你回头给我发个短信吧，不急。

4

今天是家里来客人的日子，在厨房转战了二十多年的冯宝怡虽然对操办一场家宴轻车熟路，但是今天显得有点紧张。她嫁给沈振扬二十多年，除了沈艾莉的满月酒和她刚搬进新家那天，冯宝权来妹妹家里吃过两餐饭之后，她的哥哥从来不会主动上妹妹家里来吃饭，或者像别人家的长辈那样偶尔来次微服出巡，杀她一个措手不及。冯宝权因为父母的身体问题，因为沈振扬的喝酒问题，因为沈艾莉的前途问题需要和她谈的时候，每次都只会给她打个电话，然后用简短的毫无商量余地的口气跟她说，你什么时候回来一下。

今天是冯宝权破天荒第一次不过年不过节也没有谁生日的普通得像冯宝怡度过的每一个更普通的日子里主动提出来。他在电话里给妹妹说，明天是周末，小慧休息，我们两家人一起在你家聚聚，下午四点左右到。冯宝怡支吾了一下，哦，你们要来啊，有什么事您说一声我回去就行。冯宝权说没有什么要紧的事，就是想去看看你们，也不用怎么准备，就一家人吃顿家常便饭行了。

冯宝怡的厨艺老练却不出众，她既没有她的嫂子做出来的饭菜那样精致可口，更没有蒋玉瑶的母亲现在毫无保留地传承给自己的女儿的营养搭配得当、色香味俱全的厨艺。冯宝怡无论做家务还是做菜，都以快为主，她对每一样东西都充满了激情但是每一样都缺少过人的天赋和钻研的耐心。

从早上六点半起床，冯宝怡就怀着不安的心情为今天招待哥哥一家人的晚餐做准备，她倒不是担心自己的厨艺摆不上台面，而是对哥哥的突然造访做出各种揣测，她对自己付出所有精力经营出来的平淡而安好的生活心存感恩，她觉得一切都是好的，因为无论在外人看起来是好是坏，都是她自己的创造。她也知道她的哥哥对她的生活发出过多次在她看来是小事一桩的严重警告，这些警告她听听也就罢了，最怕他今天是有备而来，带着榔头铁锹，轻轻一碰就动摇了她自认为牢不可破的城墙的根基。

她把炒好的鸡蛋盛到盘子里才想起忘了放韭菜，便在围裙里擦了一下油腻的手跑去阳台上摘了一把又肥又嫩的韭菜，再把盛好的鸡蛋倒回去和韭菜一起返炒，导致她最后盛进盘子里的是一堆相拒相斥的相互嫌弃的韭菜末和鸡蛋块。她的回锅肉已经炖出让人满意的肉香后，在她要熄灭炉火之际又想起应该往里面放一把蒜苗，而她一大早就摘下来洗干净备用的那些盛在菜篓里的紫苏叶子至今还没派上用场。她只好又一次冲去阳台，拔下几根粗壮肥大的蒜苗洗净切成段扔进回锅肉里去点燃还散着微温的炉火，为了成就这几根临场上阵的蒜苗的香气，那锅可怜的回锅肉又不得不陪着它们重新经历一场难以忍受的烤煮。最后带着一副皮烂肉糙的品相被冯宝怡摆上餐桌，在冯宝权无法言说的沉默中和沈振扬挑来剔去的筷子里承受颜面无存的煎熬。

沈艾莉看着母亲的身影在厨房和阳台之间来回奔忙，她觉得母亲真是自讨苦吃，我舅舅他玩突然袭击吗？下馆子吃多好，冯芊慧又不是挣不到钱。冯宝怡从杂物房里抱出来一只纸皮箱，将餐桌上的杂物一股脑拨进纸皮箱里又抱回屋里去了。她迅速挥舞着一条湿毛巾把餐桌擦拭干净，又走到祖先神台跟前把那张积满了脚印的垫脚椅抹干净。沈艾莉说，妈，你别折腾了，要不我打电话叫外卖。冯宝怡说，我没空和你瞎掰，都火烧眉毛了，回你屋里待着去。

下午四点整，冯芊慧驾着她的白色小轿车载着父母准时出现在小区大门外，被眼尖的英姑发现了，她迎着冯芊慧的车小跑着赶过来，哎哟，这不是冯医生吗？冯芊慧也朝英姑礼貌地笑着打招呼，英姑你好。英姑趴到她的车窗前说，稀客，稀客呀，今天什么风把你吹来了。冯芊慧说，今天休息，陪我爸妈一起来的。英姑这才发现坐在车子后排的冯家父母。她夸张地喊道，哎哟！原来是她舅舅和舅妈都来了。我心里还一直琢磨，到底得有多优秀的爹妈才能养出这么出息的孩子，今天终于见着了，你们呀，真是好福气。

冯芊慧又礼貌地朝英姑笑了笑，说道，英姑，那我们先进去了，再见！

英姑嘴里说着再见！再见！看着冯芊慧的车子驶进小区的地下停车场，还恋恋不舍地冲着车子消失的方向挥手。英姑往回走的时候，还一步三回头，哎哟，真是龙生龙凤生凤，她爹妈那样子长得，车子坐得，说话的声音好听得，一看就不是普通人，命哟。

又过了大半个小时，英姑才看见沈振扬驾着摩托车从她的便利店面前驶过。沈振扬在同事家里打了一天麻将，输了三百多块钱，心里不痛快，路过便利店也没有像心情畅快的时候停下来跟她打个招呼。英姑却从店里冲出来把他拦住了，沈振扬只好把车子刹住，头盔也没摘下来，用疲惫无神的眼睛看着英姑，咋啦？英姑兴奋地说，你总算回来了，你家来贵客啦！沈振扬满不在乎地说，我知道，不就是我那个自以为多喝几口墨水就目中无人的大舅子吗？就他能有多贵，想当年——

英姑挥了挥手说，得了你也别想当年了，快回去吧！

沈振扬回到家里的时候冯宝怡已经把晚餐摆好了。沈艾莉把阳台上那张塑料方凳搬进来摆在冯宝怡和沈振扬的位子中间，冯芊慧说，艾莉你过来，和我坐一起。沈艾莉说，我喜欢坐这里。冯宝怡把最后一碗汤摆好，摘掉围裙坐下来招呼道，行了行了，都坐下来，吃饭吧。沈振扬扫了一眼众人面前的碗筷，喊道，酒呢？冯宝怡说，我哥他不喝酒。沈振扬说，那哪能啊，我大舅爷好容易来家里做一回客，你们先喝汤，我去英姑那里搞两瓶回来。冯宝权喝了一声，坐下！沈振扬只好乖乖地落了座，拿起汤碗喝了起来。

冯宝权喝了一口汤，因为冯宝怡放盐的时候下手过重，咸得他无法下咽。他把碗放下来，看着与他面对面坐着的让他又心疼又惋惜的外甥女说，艾莉，明天去把头发弄回来。沈艾莉头也不抬地说，我没钱。冯宝权说，没钱就自己去挣去。沈艾莉说，那就等我挣了钱再弄。冯宝权说，不行，需要多少钱舅舅给你，明天就去把它弄回来。冯宝怡碰了碰女儿的手肘提醒她，你舅舅和你说话呢，抬起头来。沈艾莉放下碗，抬起头，毫不畏惧地迎视她舅舅的目光。冯宝权说，需要多少钱，你说吧。沈艾莉说，不知道，我烫发染头花了五百。冯宝权说，行，我给你五百，明天弄回来，原来什么样就什么样。沈艾莉说，哦。

冯芊慧说，艾莉，你该找工作了，有什么需要我帮忙的，你跟姐说。沈艾莉撇了撇嘴，说得你好像挺有本事似的。张雪萍说，你姐姐是关心你，她就是再没本事，托人求人也得帮，你有什么想法就跟姐姐说，或者跟舅妈说，行吗？沈艾莉说，我没想法。冯宝权把手里的筷子往餐桌上一拍，肚子里的火眼看就憋不住了。冯芊慧及时朝父亲使了个眼色，冯宝权才重新拿起筷子，脸上那团从怒火中烧的胸腔涌出来的红晕才渐渐平息下来。

沈振扬说，哥，咱们真的不喝点吗？冯宝权白了妹夫一眼，没有接他的话，对沈艾莉说，你在舅舅和舅妈眼中从小到大都是一个聪明伶俐又有上进心的好孩子，更加难得的是，你在我们几乎认为不可能的情况下还考上了大学并且顺利毕业了，到今天，你的人生还不是画了句号的时候，你应该好好想想你的未来，给自己设定下一个目标，并拿起你曾经面对高考和大学功课的能力与勇气，一步一步地去实现它，你觉得舅舅说得对吗？

沈艾莉目不转睛地看着冯宝权，她的目光不挑衅也不退缩，她只是静静地一动不动地睁着她那双漂亮的大眼睛看着她的舅舅，也不说话。冯宝怡却被她哥哥嘴里吐出来的"目标"吓得心里直发抖。她站起来把伸手到哥哥面前说，哥，我给您盛饭去。冯宝权按住自己的空碗，继续说，艾莉，你还没回答我的话呢！

这时候，门铃突然响了起来，给正处于让人透不过气的沉默中的碗碟和饭菜带来一股莫名的振奋。沈振扬站起来冲出去开门。英姑笑意盈盈地跨了进来，对众人说，哎哟，在吃饭呢？冯宝怡觉得平时总爱八卦和招人烦的英姑在这个适当的时候出现让她十分满意，她热情地站起来对英姑说，英姑，你还没吃吧，一起吃吧。英姑笑着说，不用客气了，我不是来吃饭的。她说着，从衣兜里掏出一个小本子，递到冯宝怡面前说，你看，这是艾莉她爸爸上个月赊的账，不知道你方不方便给结一下。冯宝怡接过英姑递过来的记录着沈振扬在她的便利店在一个月内花掉的一千三百多块钱的账单，又气又急，她为了准备这顿晚餐，已经花掉了两三百，身上所有的现金掏光也不够五百块钱。冯宝怡呆站着，恨不得找个地洞钻进去。

冯宝怡的手足无措并没有得到英姑的体谅，她分明是有备而来，等着看冯宝怡怎样在娘家人面前出洋相。冯宝怡只好硬着头皮解释道，英姑，要不你先回，等我们吃了饭，回头我下去结。英姑说，哦，这样啊，你是不是不方便，咱们都是老熟人了，不用藏着掖着。沈振扬说，英姑你就先回去吧，你看我们一家人正吃着饭呢，你在这个时候上门讨债也太不厚道了。英姑说，看你这话说的，我做个小买卖容易吗，也就是你，换了别人，我才不会给他赊账呢。冯芊慧赶紧站起来，打开手提包掏出钱夹走到冯宝怡身边，多少钱，我来结吧。英姑说，没多少，就千把块钱。冯芊慧掏了钱交给英姑，这里是一千三，你数数。英姑说，不用数了，我还能信不过你这位大医生吗？谢谢，那我先走啦，不打扰你们一家人吃饭了。

冯宝权大喝一声，冯宝怡！你看看你过的是什么样的日子？沈振扬说，哥，您也不用大惊小怪，英姑那种小市民就是这样子，想当年我们沈家——冯宝怡狠狠地拍了一下丈夫的手气呼呼地骂道，闭嘴吧。沈艾莉的脸上突然泛起和她舅舅一模一样的红晕，但她不是生气，而是觉得屈辱。一种久违的自尊心在冯芊慧掏出钱包替她父亲还钱的那一刻终于从她心底里涌起，冯芊慧把钱塞进英姑手里的动作像一个火辣的巴掌扇在沈艾莉的脸上，在她本来火烧火燎的脸上增加了一个这辈子都无法磨灭的掌印。冯宝权站起来说，小慧，送我们回去！张雪萍息事宁人地说，饭还没吃完呢你急什么？冯宝权说，这饭我吃不下去了，走，立即，马上！

沈艾莉站起来，看着她的舅舅说，舅舅，您不用发这么大的火，我明天就去找工作。她又看了冯芊慧一眼说，爸，以后您的账单，女儿替您还！

5

当天晚上，沈艾莉又一次把自己关在卧室里。冯宝怡对着那扇紧闭的房门，怀着比她哥哥突然到访更严重的不安在门外走来走去。沈振扬在送冯宝权下楼的当儿顺便去英姑的便利店买了包烟，现在正半躺在阳台上对着忽明忽暗的星空享受那撩人的暖意。他对着星空温情脉脉地说，好家伙！以后老子的酒钱有着落啦。

沈艾莉在卧室里翻箱倒柜，她把大学毕业证书和学位证书、英语四级考试证书、参加学校演讲比赛和拉丁舞比赛的获奖证书，以及她大学四年里每门功课的考试成绩单全都翻出来，还有一张她早就准备好的求职简历一起按顺序一一叠起来，塞进一个牛皮信封里。

第二天蒋玉瑶下班的时候，见沈艾莉抱着那个牛皮信封站在停车场的灯柱旁等她。蒋玉瑶发现她的头发又变黑变直了，站立的姿势也更谨慎了，她见到蒋玉瑶时与她摆手打招呼的动作也显得更稳重了。蒋玉瑶微笑着向她迎过去。

沈艾莉把手里的牛皮信封递给蒋玉瑶说，我听说你们酒店在招人，这是我的资料和求职简历，你看看我够不够格，虽说咱们是朋友，但你也不用给我开后门，行就行，不行就不要勉强。蒋玉瑶接过沈艾莉的档案，送给沈艾莉一个鼓励的微笑，其实你那天在我办公室，我就想跟你说这事。沈艾莉说，现在是不是晚了？蒋玉瑶说，不晚，你就回去等我信。

铂莱卡大酒店行程人员的上班时间是早上八点，中午十一点半至两点是午饭和午休时间，下午的上班时间从两点至五点半，周末休息一天半。公关部的工作性质相对于其他部门比较特殊，遇到临时接待，或者酒店接到大项目，例如经济论坛、文化论坛、各种商品项目的启动式闭幕式、婚庆、某公司租用大型宴会厅举行的名目繁多的新品发布会等等活动，策划部就会将做好的方案分配给公关部相应的工作，公关部门就要根据某项活动的细则各就其位，每一位员工就像一只只行走的萝卜，自觉找到属于自己的那个坑，努力发挥自己的办事能力扮演好自己的角色。

蒋兆南像每一个五星级酒店老板对员工的要求一样，只要走进自己的岗位，就必须根据自己的身份职位穿上公司定制的服装。这既是他们的工作服也是铂莱卡移动的广告。那些萝卜都穿着统一的藏蓝西装里面搭配白衬衫，胸前还挂着一个制作精美的胸牌，上面写着所属部门、职位和每个人的名字。但是每一个工作人员的脸上都难掩其作为酒店一员的自豪感。这种自豪感首先来自他们年轻帅气又精力充沛、心地善良的董事长蒋兆南，其次是酒店开业一年来，业绩节节攀升，像一颗新星以迅雷不及掩耳之势冉冉升起。因此，那些掩盖每个员工个性的统一制服，并不妨碍他们积极进取的野心。他们坚定地相信，只要站对了属于自己的那个坑，即使是一只最普通的萝卜，也能发出晶莹的光辉。有时候，他们甚至感谢这身一视同仁的包装，正是这种一视同仁巧妙地掩饰了他们的野心，而每一颗跳动的野心，无论是面对工作，还是面对生活，在它还不该破土而出的时候，就应该像冬笋一样安静地潜伏，直到那场属于自己的春雨来临，才把它唤醒。

每天早上，蒋兆南穿着一套做工精良颜色稳重的西装。领带的颜色与袖扣搭配完美。当他跨着大步走进酒店大堂的那一刻，无论是正在前台忙碌地为客人办退房的侍应生，还是正在给室内植物浇水的园艺工人，以及在酒店大堂来往的客人，无不停下脚步，向蒋兆南投来赞叹的目光。

上班第一天，冯芊慧共给蒋玉瑶打了五次电话了解沈艾莉的工作情况。第一个电话，蒋玉瑶告诉冯芊慧，沈艾莉没有迟到，提前五分钟到办公室报到了。第二个电话，蒋玉瑶汇报说，沈艾莉的打字速度很快，用打印机传真机和扫描仪的手法很娴熟，那架势一点也不像新人。第三个电话，蒋玉瑶说，我们正在饭堂吃饭，但没见沈艾莉，因为她妈妈给她准备了便当带回来了。

沈艾莉经过三个月的试用期之后，顺利和酒店人事部门签了雇用合同，时间为三年。沈艾莉说，要是我做不满三年就走人呢？人事部的同事小张说，合同里写得很清楚，按规定赔偿公司的损失。沈艾莉又问，要是你们无缘无故把我解雇了呢？小张说，我们是个温暖的大家庭，从来不会无缘无故就解雇任何一位员工。沈艾莉说，万一呢？小张说，没有万一，就算有，那肯定是因为你犯了错，或者犯了法。沈艾莉说，我一个普通员工，能犯什么法。

小张给那么多员工办过入职手续，从来没遇上过像沈艾莉这样难缠的人，他不耐烦地说，只要你想，就什么法都会犯，每一个人都有犯法的可能，要不然，法庭和法院就没事干了。沈艾莉说，不就签个合同吗，扯那么远干嘛。小张说，一点也不远，这有家规，国有国法，你既然进了我们的大家庭，就得遵守这个家的家规。沈艾莉说，你的意思就是说，你们家就不用守法咯？小张说，什么话！我们当然要守法，面对国家，我们有民法、税法，工商管理还要遵守国家规定的各种法律法规，面对你们这些让人省不下心的员工，还有劳动法。小张喝了一口水，拍了两下胸口把快顶到喉咙口的气捋下去，你要是不放心可以拿着它去咨询一下我们的法律顾问，或者到外面去找个律师帮你把把关，然后再决定签还是不签。沈艾莉说，这么麻烦，我签不就完了吗。小张说，你可要想清楚哦。沈艾莉说，随便啦。小张说，这关系到你的前途，怎么能随便。沈艾莉抓起签字笔，郑重其事地说，行！你看，这小楷，还行吗？

沈艾莉觉得，这份工作还挺合心意，每天应付的事表都在她的能力范围内。唯一让她觉得遗憾的是那身毫无个性的工作服。她原来是一个对衣着并不上心的人，但是自从开始工作，她觉得自己是一个成年人了，衣着是对自己身份的尊重。她只好充分利用上下班在路上的时间，在身上留下她作为一个成年人的除了工作以后的另一种标记。酒店每一位行政人员每天上下班走的是直通地下停车场的后门员工通道，除了蒋兆南，还有每天坐出租车的沈艾莉。沈艾莉每天穿过酒店大堂时并没有像蒋兆南一样吸引人们的目光。刚开始，她就像长在路边的一株普通的绿化树，随着时间的推移，这株树苗一天天长大，树梢上隔三岔五地变换着花的颜色和形状，每天在同一时间同一地点重复出现时，这种重复的力量便奇妙地起到吸引人眼球的作用。尤其是她那一身行走在时尚前线的打扮，很快就吸引了同她差不多年纪的女同事和女客人的注意。

沈艾莉唯一让人们困惑的是她每天除了根据衣着的颜色和款色用心搭配的手提包，还风雨不改地提着一只保温饭盒。那个饭盒里装的是冯宝怡每天早上六点钟起床准备全家人的早餐的同时为自己的宝贝女儿准备的午饭。冯宝怡并不是怕女儿在饭堂吃不饱，也不是怕她吃坏肚子会生病，而是自从沈艾莉开始上班后，她那如积聚的山洪般无处安放的母爱，只能通过这个小小的饭盒来提醒沈艾莉她的无处不在。

沈艾莉在电梯里遇到过蒋兆南三次。沈艾莉会礼节性地对他说一句，董事长早！蒋兆南报以同样礼节性的点头。电梯门开了之后，沈艾莉都会礼貌地伸出那只提着饭盒的手护着电梯门让蒋兆南先进去，按了三楼的按钮。电梯在三楼停稳，她又一次伸出手去，护着电梯的门让蒋兆南先出去。电梯门重新关上，沈艾莉在三楼的按钮上按了好一会，她琢磨大概蒋兆南已经走到那个"7"字形长廊的拐弯处之后，才松开手把自己放出来。

蒋兆南第三次在同样的时间以同样的方式与沈艾莉相遇后，她终于引起蒋兆南的注意。蒋兆南抬起头，打量着沈艾莉的衣着打扮，还有她那张完美的脸。蒋兆南以艺术家的目光审视着这个年轻的女孩，那些廉价的服饰经过她的搭配，给她的身材起到锦上添花的奇妙作用，产生一种让人眼前一亮的独特气质。蒋兆南在心里想，这个女孩可能接受过严格的绘画和美学训练，也可能在审美上有着过人的天赋。只是她手里提着的那个像去医院探望的饭盒与她全身的气质形成一对让人无法言说的矛盾，蒋兆南在心里哑然失笑。

在蒋兆南打量沈艾莉的同时，沈艾莉低下头盯着他的皮鞋和西裤的裤脚。蒋兆南首先打破了沉默，你是？沈艾莉说，董事长，我叫沈艾莉，是公关部的职员，我有些意见想向您反映。蒋兆南怔了怔，沈艾莉这名字好像在哪里听过，但一时想不起来。沈艾莉提醒他说，我们见过几次了，就在这电梯里。您虽然不认识我，但一定听过我的名字，没错，我就是蒋玉瑶的同学，冯芊慧医生的表妹沈艾莉。我们家的亲戚都说你们在谈朋友，不过这不关我什么事，还好我不是托她的福进来铂莱卡的。还有我得声明一下，我不是特意想八卦你们的事情，只是冯医生第一次和你约会后，冯家的亲戚们就像抗战胜利一样奔走相告，我是在不经意的情况下被动接受的信息。蒋兆南被沈艾莉的连珠炮一样的话堵得脑袋有点懵，他说，你不是说有事情要向我反映吧，走吧，到我办公室谈。

6

蒋兆南那天晚上在自己的画室沉思完接着给蒋玉瑶打了个电话讨要冯芊慧的电话号码之后，蒋玉瑶不到三分钟就把冯芊慧的电话发给他了。冯芊慧的电话号码在他的手机电话簿里存放了好几个月，有好几次他把她的名字翻出来，思前想后，每次都是在差点摁下通话键的时候悬崖勒马，及时阻止了自己的冲动。仿佛那个电话号码的尽头是一个万丈深渊，在自己还没有做好足够的安全措施的情况下一旦纵身一跃，随时都会有粉身碎骨、灵魂出窍的可能。

罗琼秀得知蒋兆南主动向玉瑶要冯芊慧的电话号码之后的那天晚上，她胃口大开，吃了两碗饭还不觉得饱，蒋玉瑶只好把自己碗里的饭又分了一半给母亲。罗琼秀说，那个坏小子总算开窍了。因为被母亲分了半碗饭，从来没有吃零食习惯的蒋玉瑶只好翻出过年时囤积下来的饼干就着温开水唆下几块勉强填饱了肚子。从那天起，蒋玉瑶每天晚上煮饭时都会多加一把米，因为罗琼秀从来没有预报的心情比天气还难以捉摸。

又过了几个月，直到沈艾莉顺利度过试用期正式签下合同后的某一个黄昏。冯芊慧的车送去4S店保养，蒋兆南那天正好没有应酬，并受罗琼秀所托去找吴医生拿给她开好的药。蒋兆南驾着车驶出医院大门的时候，正好看见冯芊慧站在马路边上等出租。现在是晚高峰，冯芊慧看着一辆辆载了客人的出租车从面前疾驰而过，对她扬在半空的那只刚放下手术刀的手视而不见。蒋兆南在冯芊慧身边停了下来。冯芊慧意外地看见蒋兆南那张散发着儒雅气质的脸出现在她面前，她的眼里又不自觉地闪动了一下。她把手从空中收了回来，冲蒋兆南笑了笑，蒋先生好，这么巧？蒋兆南说，这个时间很难打到车，上来吧。冯芊慧迟疑了一下，像给自己解释似的说，不用麻烦你了，我坐同事的便车也行。蒋兆南下了车，打开副驾驶座的车门说，请吧，难得有机会为冯医生效劳一回，赏个脸？

冯芊慧再也找不到推辞的借口，或者她内心深处对眼前这突如其来的偶遇本身就充满了期待。蒋兆南也不问冯芊慧家里住哪，自打他成功地把冯芊慧邀请上车后，就没有打算直接把她送回家来结束这次偶遇。两人自怀心事地沉默了一会，在等红绿灯的当儿，冯芊慧打破了沉默，阿姨最近怎么样？蒋兆南说，挺好，谢谢关心。绿灯亮了，蒋兆南驾着车往前开，冯芊慧提醒他，走到这段中心路的尽头后左拐进入西环路再走一段第二个红绿灯左拐她就到了。蒋兆南说，你有时间吗？咱们一起去吃个饭吧。冯芊慧也没容许自己思考和客套的余地，她说，好！

蒋兆南是冯芊慧的社交圈里第一次出现的商人，从她进入大学时代到参加工作之后，那些曾经在她身边出现过的对她有好感的男人包括她的初恋江锦鹏在内，都是她的圈子里或者同这个圈子相关的人。他们对冯芊慧表示好感的态度和方式患得患失，拙劣而蹩脚，那些受过高等教育的知识分子身上的书卷气在面对现实生活时同样表现出自我感觉良好的权威。他们在追求女性的时候，总是保持着一种进可攻退可守的，得而不需要炫耀、失也不至于丢脸的折中主义。自从和江锦鹏的恋情告一段落后，冯芊慧的感情世界一直处于空白状态。每一次出现在她面前的男人，除了无一例外地对她摆出一副折中的态度，还有不是高估了冯芊慧的性情，就是低估了她的智慧。导致那些出手前胸有成竹，试探后不得要领，深交之后自惭形秽的优秀男人在冯芊慧跟前慢慢消失，留给她一片看不到尽头的感情旷野。冯芊慧耐心地等待她生命中的勇士全身披挂、骑着汗血宝马在未来的某一天出现在旷野的尽头向她奔驰而来，在她毫无防备的情况下不容置疑地伸出那只裹着金黄护腕的强有力的大手把她拉上马。她不用问他是谁，他也不用告诉她他们将要上哪里去。人世间最好的爱情，就应该在这样不明不白的霸道的场景中获得圆满的结局。

冯芊慧暂时还无法将蒋兆南和她梦想中的勇士对上号。蒋兆南没有就吃饭的地点和她想吃什么菜这类琐碎的问题上花时间去纠缠，直接按着自己的意愿把冯芊慧带到新城区边缘一间装修得古色古香的高级会所。他引着冯芊慧走进会所里面一个装修精致的小包间，两人落座后，一位身穿青花瓷色旗袍的女侍应就款款地走进来，她微笑着说，蒋先生好，今天喝什么茶？蒋兆南说，给我泡壶老树普洱，麻烦你请经理来帮我点菜。那个负责泡茶的女侍应朝冯芊慧甜甜地点头微笑。蒋兆南介绍说，这是我的朋友冯医生。女侍应脸上的笑容更甜了，她说道，冯医生好，欢迎您。

点菜的时候，蒋兆南问冯芊慧，你有什么忌口的吗？冯芊慧说没有。蒋兆南把菜牌放在一边，跟经理说，那就老规矩吧，再加一盅花胶老鸽汤给冯医生，谢谢。

在吃饭过程中，蒋兆南的头抬起来四次注意冯芊慧的吃相。在他的目光每一次穿过餐桌制作精美的青花瓷菜盘碗碟仿佛穿越时光隧道投向冯芊慧的时候，冯芊慧会适时地抬起头来迎接蒋兆南的目光。从她坐上蒋兆南的车到坐下来开始吃饭的将近两个小时里，刚上车时情不自禁地从心底里萌发的小女儿心思慢慢消退，取而代之的是她的大脑透过双眼放射出来的自信而理性的光芒。蒋兆南在心里笑了一下，冯医生，你觉得这菜做得还可以吗？很好，我吃得很开心。蒋兆南说，你看，我老叫你冯医生，你每次见到我都管我叫蒋先生，是不是有点见外了，我知道你和我侄女是好朋友。冯芊慧笑道，其实我们见过的面屈指可数，算不上"每次"，虽然我和玉瑶是好朋友，但是你觉得我们之间已经熟悉到可以互相直呼其名的程度了吗？

蒋兆南本来藏在心里的笑意被冯芊慧像锋利的鱼钩一样的话钓了起来，他的笑容就像一条被冯芊慧的利钩钓上来的鱼儿一样在他的脸上挣扎不休。蒋兆南说，好吧，你是对的。冯芊慧说，对与错不是绝对的。蒋兆南脸上那条鱼更肥大了，他说，不管怎么说，今天有幸和冯医生共进晚餐，是我的荣幸。冯芊慧举起茶杯与他碰了碰，彼此彼此。

蒋兆南把冯芊慧送到她家楼下，冯芊慧说，你不用下来给我开门了，男人的绅士风度要善用，而不是滥用。蒋兆南只好乖乖地握着方向盘。冯芊慧说了声谢谢，自己打开车门下了车。蒋兆南说，明天我来接你上班，七点半到行吗？冯芊慧说，行，明天见！

蒋兆南刚走进办公室，他那位有个四岁儿子的年轻妈妈女秘书戚婉芬就给他送进来一杯咖啡。戚秘书说，董事长，您今天——蒋兆南呷了一口咖啡，等一下，我还有点事要处理，有什么事半个小时后再跟我说。戚秘书识相地退出去了。

十五分钟后，沈艾莉换上工作服出现在蒋兆南面前。蒋兆南看着她说，坐吧，要喝点什么吗？沈艾莉说谢谢，我不渴，我站着说就行。蒋兆南说，那好吧，你有什么意见就大胆提出来，我洗耳恭听。

沈艾莉说，董事长，我希望您能够取消酒店行政人员上班必须穿工作服的规定。蒋兆南说，你觉得你们的工作服不好看吗？沈艾莉说，不是不好看。蒋兆南说，那是为什么？沈艾莉说，因为再美的东西摆在一起的时候，它们的美就会互相抵消让人审美疲劳，审美疲劳带来的效果就是精神上的疲劳，我们每天处在这种疲劳的氛围中，会影响工作效率。蒋兆南说，你说得有道理，但是行政人员上班期间穿工作服是董事会的决议也是我们酒店的管理章程之一，其他酒店的行政人员也一样要穿制服啊。

沈艾莉说，章程是董事会定的，那就可以通过董事会去解决。既然您觉得我说得有道理，那我们更不应该因为别的酒店怎么样我们就怎么样，您说呢？蒋兆南笑了笑，你的意见很好，这个问题我会在董事会上提出来好好讨论，也要听听中层管理人员的意见，你还有什么问题吗？

沈艾莉说，还有。蒋兆南说，请讲。沈艾莉说，全酒店所有员工，只有您和您的秘书不穿工作服。蒋兆南说，你的意思是——沈艾莉说，我的意思是，从这个细节可以看出，公司的章程定得并不严谨，既然要穿，就不能有例外。蒋兆南点了点头，我明白了，如果你的提议董事会不通过的话，我和戚秘书就得同你们一样穿工作服，是吗？沈艾莉说，我只是有一说一。我并不是对您和戚秘书不穿工作服有异议，而是想告诉您，您上周五穿那套BOSS的西装，和您的古驰皮鞋很不搭，你昨天穿的那套深灰色的阿玛尼西装里面不应该配纯白衬衫打底，也不应该配酒红色的有圆点的领带。蒋兆南愣了愣，他屏住呼吸，用惊诧而意外的眼神盯着沈艾莉说，继续。

沈艾莉说，有好几次我还发现您下午赶去打高尔夫的时候，换了球鞋却没有换衣服，我觉得您穿着球鞋配一身西装在酒店走来走去是不是有点不合适。蒋兆南说，我会努力改正。蒋兆南看了看手表，与戚秘书约定的半个小时后的时间到了，戚婉芬隔在玻璃门在门外朝他做手势。蒋兆南说，沈艾莉，非常感谢你对酒店和我个人提出的宝贵意见，现在我——沈艾莉说，我还有一句，说完就走，蒋兆南说，好，请说。沈艾莉说，您提醒一下戚秘书，她这个年纪，还没到穿花衣服的时候，她那个普拉达的包包的提手上系着的爱马仕花丝巾很别扭，我说完了。沈艾莉朝蒋兆南弯了一下腰，像风一样卷了出去。

7

蒋玉瑶今天晚上有好消息带给母亲，她怕罗琼秀又像上回那样胃口大开，淘米的时候，在她平时无法预估母亲的情绪多加一把米的分量上又多加了几把。

蒋玉瑶花了一个小时，弄好两素一荤和一个杂菇汤。罗琼秀说她觉得浑身没劲，没胃口吃饭。蒋玉瑶说，您要是还觉得不舒服，明天我请假陪您去一趟医院吧。罗琼秀站稳了，她甩开女儿的手走到餐桌前坐下来说，哼，你们除了把我送医院，就没有别的本事了！

蒋玉瑶等母亲把汤喝完，伸手要去给她盛饭。罗琼秀说，这点事我还能做，久病床前无孝子，等我哪天瘫在床上动不了的时候你再尽孝吧。罗琼秀掀开电饭锅的锅盖，看见一锅满满当当的喷香的白米饭往上冒着热气。她吓了一跳，在她的记忆中，在蒋兆辉还没去世，蒋兆南长身体的阶段，他们一家四口都从来没有煮过这么大锅的米饭。罗琼秀惊呼道，老天爷！

蒋玉瑶说，吃不完就明天蛋炒饭，我不会浪费的。罗琼秀又不满地骂了一句，败家玩意！蒋玉瑶说，妈妈，我跟你说个事。罗琼秀说，要是坏事就别说了。蒋玉瑶说，我叔和芊慧姐约会了。罗琼秀怔住了，手里的筷子咣当一声落到桌子上。她把筷子重新拿起来，故作镇定地问，什么时候的事？这个坏小子没把人家怎么样吧？

蒋玉瑶笑道，我只知道，他们吃过三回饭，看过一场电影，姐姐的车送去保养那两天，是我叔接她上下班的。罗琼秀说，哎哟！这坏小子，真能藏事，然后呢？蒋玉瑶说，我只知道这么多。罗琼秀站起来，兴奋得一时半会不知道该干些什么。蒋玉瑶说，妈，您的碗里的饭还没吃完呢，今天这一大锅饭就是为您的好心情准备的。罗琼秀说，这么高兴的事，谁还吃得下饭啊！不行，我得把这事跟你爸说一声。罗琼秀在亡夫的灵位前点燃了三炷香。蒋玉瑶说，妈妈，您太着急了吧，要是这事成不了，我爸他不是该失望了吗？罗琼秀大喝一声，闭上你的乌鸦嘴！

中午十一点半刚过，沈艾莉提着那只保温饭盒离开格子间办公桌。蒋玉瑶想赶上去喊住沈艾莉，这时候，她的手机响了。蒋玉瑶收到冯芊慧的短信，告之她此刻正在酒店的西餐厅，问她是否有空一起吃午饭。蒋玉瑶微笑着给她回了条信息：发错了吧？冯芊慧的电话及时打进来，蒋玉瑶脸上的笑意更浓了，她用移动客服员惯用的标准语音说，您好，您所拨打的电话因为线路故障搭错线了，请重新确认号码再拨。冯芊慧说，快下来！什么时候把艾莉那套腔调学到家了。

沈艾莉又穿过办公室那道"7"字形的走廊，走到客用电梯间，进了电梯后按了直达顶楼的按钮。本来拥挤的电梯到了顶层之后只剩下沈艾莉一个人，她走出电梯门，又穿过一道长长的走廊，吃力地推开一扇上面有着"安全通道"标志的厚重的铁门，终于看到那段通向顶楼空中花园的楼梯。

蒋玉瑶赶到一楼西餐厅的时候，冯芊慧已经点好餐。蒋玉瑶打量着冯芊慧白里透红的皮肤和她那双闪亮的永远充满智慧的眼睛，逗趣道，活在爱情里的人儿原来是这个样子，冯大医生怎么有空来看我了？冯芊慧说，今天上午去市里开会，正好路过就找你陪我吃个午饭，别阴阳怪气的。蒋玉瑶说，好吧，多谢冯医生的宠幸，小的惶恐。冯芊慧盯了蒋玉瑶一眼，你再这样说话这饭没法吃了。蒋玉瑶撒娇道，对不起，都怪我没大没小不知好歹，不过你可要有心理准备，就算将来有一天你成了我的长辈，我可能比现在还厉害哦。冯芊慧问，我妹妹呢？蒋玉瑶说，不知道又躲在哪里吃饭去了，你姑姑每天都要让她带午饭，还以为她上幼儿园呢。冯芊慧说，你见过上幼儿园自己带饭的吗？提起我姑，真是一言难尽。

蒋玉瑶说，要不给我叔叔打个电话问他吃了没有。冯芊慧按住了蒋玉瑶的手说，工作时间别打扰他。蒋玉瑶惊讶地看着冯芊慧说，你们不是在谈恋爱吗？人都到楼下了——冯芊慧说，说不上谈恋爱，目前来说还只是比普通的普通朋友多了一点点不普通而已。蒋玉瑶放下电话，说绕口令呢？

从沈艾莉上班第一天开始，她捧着那只饭盒像个可怜的乞丐一样为寻找吃午饭的地方费了老脑筋。她突然想起蒋玉瑶曾经说过酒店有个空中花园，便怀着忐忑不安的好奇心一路探索，终于让她找到了这片既适合她躲起来吃饭，又是蒋兆南利用繁忙的工作间隙偷闲品一杯好茶，翻翻杂志，或者无所事事地看着花园里的植物发呆的净土。

　　沈艾莉第一眼看见这个花园的时候，就被花园正中的那个亭子吸引住了。她想起沈家老宅那幢小洋房顶楼的六角亭，亭顶是两个葫芦形状的下面大上面小的圆球，那只小的圆球顶上竖着一桶两尺高的生了锈的避雷针。哥特式的亭子造型以及内壁圆顶上的伊斯兰式雕花，都与沈家老宅的亭子如出一辙。她不知道蒋兆南在设计这个花园的时候，这幢小凉亭就是按着那个亭子的造型照搬过来的。六角亭下面有一张上面铺着布艺海绵垫的藤沙发，旁边是一张四方形的镶有玻璃桌面的藤制茶几。沈艾莉眼前一亮，觉得这正是她吃饭的好地方。她发现这张沙发和茶几在空中花园里经受风吹日晒，依然保持着一尘不染的洁净。沈艾莉改变了主意，她及时提醒自己只是一个基层员工，这个位置的主人是谁她也不知道，她不敢轻易就沾染这种洁净。沈艾莉发现了花园的边缘有一排顺着楼顶平面的弧线建成的花架，花架上长着还不算茂盛的爬藤植物，花架下用防腐木做了一排供人休憩的椅子。沈艾莉挑了一个远离楼梯口的不容易被发现的角落，坐了下来。

　　今天，沈艾莉意外地发现那张茶几上摆着一本最新的《世界美术》杂志，她的眼睛闪过一缕既锐利又柔软的光芒，她警惕地扭过头去观察花园里四周的环境，确信没有第二个人在场后，把那本杂志拿了起来。

　　沈艾莉一边吃饭，一边翻阅着那本还散发着新鲜油墨气息的杂志。她翻到理论研究那个版面的时候，眼前的光线突然变暗了。沈艾莉皱了皱眉，以为要下雨，忙把杂志合起来，抬起头打算看看天色，发现蒋兆南正端着一杯茶站在她面前，挡住了透过盘缠在花架顶上的藤蔓投射下来的阳光。

　　蒋兆南的脸上既没有笑容，也没有怒气，他的眼神带着些许揣测，些许窥探，还有些许意外和暗藏在意外之中的期许。在沈艾莉的记忆中，小时候有一次在舅舅家里刚画完一幅画，冯宝权看着那幅画的神情，就和眼前的蒋兆南看着她的神情一模一样。但是蒋兆南既不是长辈更不是她亲爹，她对蒋兆南盯着她的眼神心生反感。沈艾莉本来慌乱的心情平静了下来，她把那本杂志放回亭子里，再从容地满不在乎地走回到花架下收拾她的餐具。蒋兆南说，我办公室里还有很多杂志，如果你喜欢看，我可以借给你。

沈艾莉说，我不喜欢！今天我妈给我做了香菇蒸鸡，我怕把这里弄脏了，又以为这是本旧杂志，就打算拿来垫骨头用。沈艾莉说完，又像上次在蒋兆南的办公室一样朝他鞠躬，比离开他的办公室更快的速度在楼梯口消失了。

8

酒店董事长办公室发布了一份公告，该公告由戚婉芬拟定，落款处还有董事长蒋兆南的亲笔签名和盖着酒店的大红色公章。戚婉芬按照蒋兆南的吩咐将这份公告复印了十多份分发给各行政部门的负责人，让他们贴在每个部门的公告栏，公而告之。

公告内容如下：

铂莱卡大酒店各行政管理部门：

鉴于本酒店有关员工提出取消行政部门工作人员上班期间必须穿制服的硬性规定的建议，经董事会讨论研究决定，除本酒店承办的各种大型活动期间，为了更好地展示本酒店员工形象与通力协作的团队精神，参与组织、策划和工作人员必须统一酒店服装外，所有行政部门无论是管理人员还是普通员工，上班期间可弹性自由选择着装，但必须保持庄重、整洁、得体，以不影响酒店形象为己任。从即日起开始执行。

特此公告！

铂莱卡大酒店董事长办公室
2010年3月6日

公告一出，各个行政部门顿时炸了锅。沈艾莉淡定地坐在自己的格子间，听到从各个办公室透过门缝间隙穿过走廊然后在整个办公区域回响的欢呼声和叹息声。那些有着丰富酒店管理经验的中层领导对于这个公告表示不解，觉得蒋兆南这样做既冒险又没有必要，他们的叹息声很快就被那些年轻的未婚女青年的欢呼声掩盖了，她们纷纷掏出镜子欣赏自己那张化着淡妆的五官。手里的镜子还没放下，就约上本部门的同事或好友什么时候去逛街挑衣服，是去商场买还是网购。还有一拨当上母亲没多久的年轻妈妈们，她们既要给孩子买奶粉尿不湿，孩子大一点的，得上幼儿园还要报读各种兴趣班。这个善解人意的公告让她们既兴奋又喜忧参半。因为这张公告公布的只是上班期间可以不穿工装，而不是不能穿工装，这就带给她们进退两难的纠结。继续穿工装吧，是可以省一点钱，但没有人会因为你天天穿着工装上班就认为你有多热爱自己的岗位，反而会心生怜悯，看哪，她生活拮据到衣服都买不起了啦。更重要的是，她们的青春随着孩子的降临已经被挤到生活的边缘，再不争分夺秒好好对待自己的容颜，时间就会像那飞驰而过的高铁，哪怕你买好了车票，它也不会为了你因堵车、送娃上学或者给娃换尿不湿等理由误点而在原地等你。

只有那些男同事和沈艾莉的表现比较淡定。那些年轻小伙子，和在职场上拼搏了多年却依然够不上蒋兆南的生活质量的男人们，他们对着装本来就不那么在意，他们的淡定可以忽略不计。无论男员工还是女员工，他们一起忽略的还有提出这个建议的"有关员工"。

这是人们常犯的毛病，也是他们思维的惯性，面对突发性事件或者新生事物，人们的第一反应是想办法如何应对，或者全力以赴，或者消极回避。他们从来不会深究事件发生背后的根源，这种毛病或惯性并不表示他们愚蠢，反而是精明的另一种表达。他们面对孩子生病时第一时间肯定是带他去看医生，然后着急地盼望他早日康复，而不会思考孩子为什么生病。他们面对孩子学习成绩不好的时候，就会想尽办法给他报读各种补习班，而不会花费半分钟时间反思自己的孩子为什么成绩不好。他们面对自己不满意的容颜时，会想尽办法通过手术、化妆、美颜相机等手段去提高自己的满意度，而不会看看父母的相貌和流淌在他们血液里不灭的基因。

公关部的莫经理把蒋玉瑶叫到办公室，他属于在职场上拼杀了多年才勉强进入小康生活的那类中年男人。他对蒋玉瑶说，又像是自言自语，董事长怎么会发个这样的公告？蒋玉瑶说，是呢，我也觉得挺奇怪的。莫经理说，你之前没听你叔提过？蒋玉瑶说，没有。莫经理说，好吧，没事了，你去忙吧。

被忽略的"有关员工"沈艾莉正对着电脑显示屏，打开某购物网站，把放在购物车里的几件夏装下了单。戚婉芬突然走过来对她说，沈艾莉，你跟我来一下。

沈艾莉站起来，跟着戚婉芬来到走廊外。戚秘书向走廊两头望了望，微笑着在沈艾莉面前站好，说，你看我今天这身怎么样？沈艾莉打量着戚婉芬，她一米六三左右，穿着一对蓝色和橙色拼接的高跟单鞋，身上是一条今年最流行的芥末色V领连衣裙，腰间扎着一条白色的真皮腰封，脖子上系着那条从手提包里解下来的爱马仕丝巾。沈艾莉伸出手去把丝巾从戚婉芬的脖子上拉了下来，露出颀长的脖子和好看的锁骨。沈艾莉又看了看她的肤色，说道，所有绿色调的颜色都不适合你。戚婉芬说，好，我一会就回去换，还有呢？沈艾莉说，如果你不想把别人的关注的焦点落在你的脚上，就不要穿拼色的皮鞋。戚婉芬点了点头，好！还有吗？沈艾莉的视线落在戚婉芬的腰线上，她白色真皮腰封因为用力过猛，在腰间挤出一圈让人尴尬的脂肪。沈艾莉说，再减五斤就好了！

戚婉芬谢过沈艾莉，又生怕沈艾莉碍于她的面子有所保留。她再次向沈艾莉确认，真的再减五斤就好了？沈艾莉说，千真万确，从今天开始，晚饭别吃了。戚婉芬信心满满地说，好！我谁都不信，就信你！

沈艾莉下班回到小区门外，给沈振扬结了上个月的酒账。英姑说，养个有本事的女儿就是好，你爸下半辈子不用愁了。沈艾莉说，我有啥本事，我是省得有人专挑不该出现的时间上门讨债。英姑撇了撇嘴，打量着沈艾莉出落得越发标致的样子，心里想，又不是靠脸吃饭，长得再漂亮有什么用，跟冯医生比还是差了。英姑说，我听说你表姐跟铂莱卡的大老板在处对象呢？是不是真的？沈艾莉说，我不知道。英姑说，你能不知道，你不是在那上班吗？你说你命咋就那么好呢，人长得好看不说，工作也有个大老板姐夫关照着……

沈艾莉的脸沉了下来，没有再搭理英姑。她气呼呼地进了家门，冯宝怡正在厨房忙活。她听到开门声，快乐地说，我女儿回来啦？沈艾莉靠在厨房的门框上，看着冯宝怡手忙脚乱地往锅里快炒熟的青菜撒了一把盐，发现放多了，赶紧用锅铲把边上那些没来得及融化的盐挑起来放到洗碗盆上的水龙头冲掉。接着又把锅里的菜翻炒了几下，用筷子夹了一片菜叶子放进嘴里尝了尝，她皱着眉，往锅里倒了半碗清水，又翻炒了几下，才把那本来碧绿可人的青菜折腾到黯然失色，终于盛到碟子里。

沈艾莉说，你明天不要给我带中午饭了。冯宝怡不安地回过头去看了沈艾莉一眼，那只她打算拿到餐桌上去的小汤锅也没拿稳，整个掉到刚炒完菜还残留着油渍和菜叶子的炒锅里，汤水溅了出来，有几滴乘着冲力喷到冯宝怡的脸上，烫得她呀地喊了一声。为什么啊？你都吃了我二十多年的饭了好好的怎么又不带了呢？沈艾莉说，我不想你太累了，歇着吧。

蒋玉瑶终于在饭堂发现沈艾莉的身影，她看上去胃口很好，蒋玉瑶走到沈艾莉身边坐下，她已经把饭菜吃掉一大半了。蒋玉瑶笑着说，你慢点吃，没人跟你抢，我们这吃的是自助餐，吃完了不够再去拿。沈艾莉一边把一块烤猪肉塞进嘴里一边说，原来饭堂的菜这么好吃。我妈昨天给我做的那个香菇蒸鸡肉，我还以为我啃的是木柴呢，我的腮帮子现在还痛呢，你看看，肿了没有。

蒋玉瑶被她逗乐了，你的嘴巴怎么就那么厉害呢，可平时在办公室也没见你这样和同事聊过啊。沈艾莉说，我虽然是个话痨，也不是什么人都愿意唠，好吗？除了你，其他人我可没兴趣搭理他们。蒋玉瑶说，沈大美人这样抬举我，受宠若惊啊。沈艾莉翻了个白眼，少来了，谁不知道你是这里的少东家。蒋玉瑶说，什么少东家，我和你一样，也只是个打工的。沈艾莉站起来说，不行，我还去弄点甜品。蒋玉瑶说，别吃撑了。沈艾莉说，你别看我长得个挺高，其实我脑子还在发育呢，补补。

沈艾莉吃饱喝足，伸着脖子走回来，对蒋玉瑶说，不行了，我得去外面走走消消食。蒋玉瑶说，我还没吃完呢，你等我一会咱们一起去。沈艾莉说不用了，你慢慢吃，我走了啊。

酒店承接了一位国内新锐油画家的作品研讨会，研讨会在后天举行。因为铂来卡没有专业展厅，这位画家的作品就在酒店二楼的走廊里挂起来供来往的客人欣赏。沈艾莉为了消耗刚吃进去的美食，在酒店门外的小广场上转了几圈，穿过大堂坐扶手电梯来到正在布展的那个有着宽阔空间的走廊里。装修师傅刚吃完午饭，准备继续还没挂完的画。沈艾莉好奇地一张张浏览过去，她在一张画作面前站住了，冲那位穿着橙色工作服的工人说道，师傅，你过来一下。那位看上去年纪不大也不小的小伙子停下手里的活计说，你是谁啊？我是公关部的沈艾莉。小伙子说，那又怎么样？沈艾莉说，我想告诉你，这幅画挂反了。小伙子一脸不悦地走过来，看了看沈艾莉，又看了看那幅画，说道，你自己看看，哪里反了？这画画的是日出，对吧？沈艾莉说，没错。小伙子说，日头是从哪里出来的？不是从海上的地平线跳出来的吗？你不懂别瞎指挥，我告诉你，这种活我可干了十几年了，从来没出过错。

蒋兆南不知道什么时候站在他们背后，他对那位布展的师傅说，这幅画画的是日出的倒影，的确反了，调过来吧。

第五章

1

冯宝怡对沈艾莉的爱，像世界上任何无关乎贫富和种族的每一位有着本能天性的母亲一样，舐犊情深，天地可鉴。她每天天还未亮就慌慌张张地从床上爬起来，连牙都顾不上刷脸也顾不上洗就奔向厨房，将前一晚准备好的材料从冰箱里掏出来，放到炉灶上，点燃整个小区最早的一束火光，让食材与母爱进行一场富有仪式感的化学反应，为女儿准备连她自己都备受感动的爱的早餐。

自从沈艾莉提出拒绝带午饭之后，冯宝怡的情绪变得低落下来。连她栽在阳台上那些植物可能因为季节变化，也可能因为冯宝怡的脸色日渐暗淡做出善解人意的反应——葱苗的尖尖开始变黄枯萎；紫苏的叶子变老变硬，枝丫上还结满了将来可以变成种子的小小的果实；那些本来长得亭亭玉立的韭菜，因为年老气虚开始弯下它们疲惫的腰身。过了几天，沈艾莉回家告诉母亲，我听说我们酒店的早餐比午饭更好吃，明天我得试试。沈艾莉试过一天酒店的早餐之后，就再没吃过一口冯宝怡做的早餐了。冯宝怡的时间变得更加空洞，但是多年来习惯的早睡早起，让她早上起床后到出门上班前这两个小时的时间变得无所事事。

沈振扬每天的早餐都是在外面吃，他会在七点半钟准时出门，驾着摩托车游走在清晨的大街小巷，吃遍他能找得到的可口又经济实惠的早餐店。沈振扬出门前，还从外套的内口袋里掏出那只陪伴了他几十年的沈家老太爷留下来的铜制弧形小酒壶。他走进厨房，拿出冯宝怡买来炖肉用的米酒掀开瓶盖，往酒壶里凭手感灌进去二两，有时候三两。正在阳台上给花草浇水或者晾衣服的冯宝怡听到响动就会骂骂咧咧地跑进来，这瓶酒是我买来拜祭老爷子的，他活着的时候我没机会尽孝，别叫他死了连儿媳妇一口酒也喝不上！沈振扬说，你对我好点就是对老爷子尽孝啦，我每天在外面累死累活，挣的钱一分不少全上交给你了，你连二两酒都不许我喝吗？

有一次，沈振扬为了吃上一碗新鲜的猪杂粥，七点钟就穿好衣服鞋袜，揣上他的小酒壶出了门。他驾着摩托车向西穿过环城路，又往郊区开了两三公里，终于来到肉联厂的大门外，他一眼就看到那间挂着"猪杂柴火粥"的早餐店招牌。这间早餐店是肉联厂老板的亲戚开的，每天从晚上开始到凌晨三点，那些质量最好也最新鲜的猪下水，就让这位老板的亲戚近水楼台地拿到店里。沈振扬停好车走进早餐店的时候，里面已经挤满了人。他掏了十块钱，领了一份刚从案板上切下来的猪杂，就站到炉膛前去排队，二十分钟后，一碗让人垂涎的新鲜滚烫的猪杂粥就被他捧在手里。他又学着其他食客的样子，到柜台旁边去拿个小碟子盛了一些生姜丝、葱花和辣椒圈，浇上酱油和花生油，找了张小桌子坐下，一边用筷子将浸泡在粥里的肉片夹起来，蘸了蘸酱油，一边呷了一口酒。他觉得全身上下充满生命力的血液愉悦地在每一根血管里奔涌流动。他抬起头，看了看身边形色不一的食客，对这种美好的生活心存感恩。下次得带上孩子她妈一起来尝尝，沈振扬想。

冯宝怡每天看着沈艾莉空荡荡的房间，那扇门不再紧闭，她随时随地可以长驱直入，但是现在的长驱直入对于冯宝怡来说毫无意义，因为沈艾莉留给她的只是一个空城。她就像一位骁勇的将军怀着必胜信心攻下某座城池的时候，面对一座空城时才发现自己中计一样尴尬。冯宝怡意识到她的生活已经在不知不觉中发生转变，不管是阳台上那些她侍弄了多年的植物长势不如从前，她头上的白发也日渐增多，原来可以把十斤大米、五公斤花生油一口气提回家还不觉得吃力，现在做不到了。她的宝贝女儿不再吃她亲手做的早午饭，连晚饭也是间歇性地不情愿地尝两口就放下筷子。沈艾莉的理由无懈可击，因为中午吃得太饱，晚上就得节食，再长多两公斤肉就得把所有的衣服全部换掉，得花好大一笔钱呢。

唯一没有变的，是她那位让冯宝权深恶痛绝自己觉得还过得去的丈夫沈振扬每天早上喝米酒晚上喝啤酒的习惯，这种坚持和不变多少给了冯宝怡一些安全感。冯宝怡不是一个能从容地面对各种变化的人，面对生活和她最亲的人，她总是采取主动的态度。冯宝怡在女儿的房间里转悠了两天之后，终于发现她的床旧了。那是一张材料结实、做工拙劣、款式早已过时的单人床，沈振扬还当单身汉的时候，已经睡了五六年，搬家的时候冯宝怡为了节省开支，也喜欢这张床足够结实，就一起搬过来了。沈艾莉从六岁开始直到现在，一睡就是近二十年。冯宝怡弯下腰，将床底的旧鞋盒，鞋盒里面有些已经空了，有两只还放着旧鞋子、丢落的袜子、签字笔笔帽、用剩的口红，还有两个贴着结实的封口胶布的纸箱全掏了出来。

那两只纸箱是沈艾莉大学毕业的时候托运回家的，一直没有开封。冯宝怡还记得沈艾莉毕业回家那天，除了背在肩上的书包，就只有这两个比铅还重的箱子。冯宝怡问她，你的行李呢？沈艾莉说，处理掉了。冯宝怡又问，这两箱是什么？沈艾莉说，你不用管。冯宝怡找来一把剪刀，脸上露出胜利的微笑。冯宝怡将那两只纸箱拆开后大失所望，箱里子放着连废品收购站都不屑一顾的又厚又笨重的胶版印刷的美术杂志。冯宝怡随手拿起一本翻了翻，里面印着一幅幅她看起来不知所谓的和沈艾莉小时候在墙上的涂鸦差不多的画作，间中还有画家的简介和几张画家本人的装模作样的照片。冯宝怡不知道这些画册全都出自雅昌印刷，是沈艾莉视如珍宝的收藏品，更不会知道这些印刷品对于沈艾莉来说意味着什么。她把画册扔回箱子里，给那位经常到她单位收废纸的老头打了个电话，你中午来我家收点东西。对方说，东西多吗？冯宝怡说，就一些废纸，还有张旧床，你要是用得上就送给你。对方说，行，中午几点。冯宝怡想了想，她还得找时间去买张新床，就跟对方说，一点吧。

冯宝怡提前半个小时离开单位直奔家具商场，她花了十分钟挑了一张有软皮靠背的液压储物双人床，她早就相中了这款床，只要从床尾轻轻一掀，床板与床垫就会应声弹起，里面是一个个四方形的储物箱，可以放冬天的棉被、羽绒服，甚至还可以把家里首饰细软房产证存折等贵重物品分门别类摆放整齐，既隐蔽又不会积尘。至于为什么把单人床换成双人的，她并没有想太多，只是因为同样的质量和功能，双人床的价钱和单人床只差了一百元。冯宝怡像捡了个大便宜一样当场拍板，就这张双人床了！她再三交代送货的师傅，今天中午两点前必须送到。

冯宝怡前后花了两个小时清理掉沈艾莉床底的垃圾的同时换上她最满意的新床，还从自己屋里抱来她一直舍不得用的床单被褥，她看着沈艾莉焕然一新的房间，十分满意，颇有挪亚成功打造好他那艘能承受大洪水的木船之后的成就感。她的自觉性和速度比那位可怜的挪亚强太多，连沈振扬下班回家后看着她的杰作都觉得不可思议。

沈艾莉下班回家后，冯宝怡追着她进了屋，迫不及待地问女儿，你看看，喜欢吗？来，我教你怎么用！冯宝怡拐到床尾，弯下腰正想给女儿示范这张液压床的使用方法，沈艾莉面无表情地看着她，我那两箱东西呢？冯宝怡说，什么东西？沈艾莉说，别装傻，快说！冯宝怡看着沈艾莉激动得发红的脸色，卖，卖给收废品的了。沈艾莉尖叫一声，冲着冯宝怡大喊，我讨厌你！说完，抓起提包就冲出了家门。沈振扬问道，你做了什么好事，把我女儿气成这样？冯宝怡委屈地说，不就一堆书吗，她要有用干吗不拿出来放书柜里摆好了，我……沈振扬说，我说，你这回闯祸了，闯大祸了！

冯宝怡放声大哭，我又不是故意的，本来以为给她换张新床她会高兴，谁知道她心里想些啥。沈振扬说，一句话，失败！冯宝怡抓起床上的枕头朝沈振扬扔过去，你是个死人啊，女儿离家出走你快去追啊！沈振扬说，她有心要走我哪里追得上，祸是你闯的，你自己收拾。

2

晚上十二点，冯宝怡坐在沙发上看着墙上的挂钟开始心跳加速，她又一次拨打沈艾莉的手机，还是关机。她从沙发上站起来，一会走到阳台望着城市夜空下的万家灯火出神，一会跑去打开大门，伸出脑袋聆听电梯的动静。夜越来越静，静得能听到东边的江面上夜航的货船的汽笛声，还有突然从城市的某条街道传来的警车或者救护车的呼啸声。夜半的警车呼叫对于每一个等待深夜未归的家人的人来说，都是一种引起恐慌的警告，他们各怀心事，在心中默默祈祷，希望那骇人的声音与自己的亲人无关，与自己的生活无关。

沈振扬坐在英姑的便利店门口，心不在焉地喝着啤酒，一晚上过去了，那瓶早开了的啤酒还喝不到一半，那包南乳花生还没开封。英姑说，艾莉他爸，今天有心事？沈振扬说，没有。英姑说，等你的宝贝女儿吧？我看见她气冲冲地出门了，那架势！吵架啦？沈振扬说，父母与子女，哪里会有隔夜仇。英姑说，不用说，肯定是和她妈妈吵架了，要我说，你那个媳妇呀——

沈振扬打断了英姑的话，我媳妇是个好妻子，好母亲。英姑说，那你的意思是你女儿不好咯？沈振扬说，胡说！我女儿是世界上最好的女儿。英姑说，要是让我选，我宁愿选她表姐当我的女儿。沈振扬不屑地瞪了英姑一眼，势利眼！和你没什么好说的，走啦。英姑说，我估计你女儿今晚是不会回来了，你说一个女孩子家的，不回家睡觉，上哪睡去呢？

冯宝怡终于想起给冯芊慧打电话。她一听到侄女的声音就放声大哭，小慧，艾莉，艾莉她……冯芊慧看了看表，已经十二点一刻了，她被冯宝怡的声音吓得从床上坐起来问，艾莉怎么啦，姑，您慢慢说。冯宝怡说，艾莉她离家出走了！她为什么要离家出走？冯宝怡说，我也不知道。冯芊慧说，姑！冯宝怡说，我今天就给她换了张新床，她可能不喜欢这个款，我之前也没征得她的同意就自作主张，所以她一气之下就离家出走了。冯芊慧顿了顿，严厉地说，说重点！冯宝怡只好如实相告，我就在给她换床的时候，不小心把她的两箱旧书卖给收废品的了。冯芊慧问，是什么书？冯宝怡说，全是画册，也不是什么宝贝，你说她犯得着生这么大的气吗？冯芊慧说，姑，这事你做得有点过了，难怪艾莉会生气。冯宝怡可怜兮兮地说，我该怎么办啊，我女儿可不能出事，她要是出什么事我也不活了。说着，又哭了起来。

冯芊慧说，艾莉的性格我了解，她不会做傻事的，您安心睡觉，明天早上我过来和您一起去找那个收废品的，想办法把那些画册买回来。冯宝怡放下电话，她依然无法相信冯芊慧的话，在她的印象中，她那个善解人意的侄女自从当上医生之后就变得冷酷无情了，天都快塌下来她还是会说没事。去年她亲妈子宫里长了两个瘤，全家人都乱了阵脚。冯宝怡推着她嫂子去做腹腔镜手术的时候，冯芊慧一样能不近人情地对她妈妈说，一会给你打了麻醉睡一觉，醒来就好了。

　　冯宝怡终于听到开门声，她扑过去，与进门的沈振扬撞了个满怀。沈振扬黑着脸，想要人命啊你！冯宝怡推开他，把头伸出大门外，看了一会儿电梯口，问沈振扬，艾莉呢？沈振扬盯着她，我还想问你呢？你把我女儿赶到哪里去了？冯宝怡说，报警，快，咱赶紧报警。沈振扬说，她又不是未成年儿童，失踪也不够二十四小时，你以为那些警察像你一样清闲吗？

　　沈艾莉从家里逃出来后，打了辆出租车，司机问她要去哪。她说，我身上只有五十块钱，花完你就停车。像每一位阅人无数的出租车司机一样，这位年近五十的大叔透过后视镜给沈艾莉投去关切的目光。他突然想起两年前在铂莱卡大酒店门口拉过一个小伙子，那个小伙子上车前还跟一位穿着工装的年轻姑娘像生离死别一样拥抱了一下。他刚上车坐稳，就像沈艾莉现在一样闭上眼睛无声地流泪。他开口道，姑娘，这世上没有过不去的坎，也没有放不下的男人，想开点吧。沈艾莉咬了咬牙，没理他。这位司机大叔踩下油门，把车开往江边，在两年多前放下蔡家佑的地方停下来。司机说，下车吧。沈艾莉掏出钱伸过去。司机说，不用了，你留着吃饭吧。

　　沈艾莉说了声谢谢便走下出租车，她站在谭碧华和蔡家佑曾经站过的，还有许多陷入无助、悲痛、绝望境地的被好心的出租车司机放下来的可怜的人们站过的地方，看着华灯映衬下的江水发呆。她在水里看到自己上半身的倒影，和在镜子里看到的完全不一样。镜子里的影像是静态的、端庄的，心情也很容易像镜面一样抚平。而此时此刻水中的倒影，随着风吹船动，水面时急时缓地摆弄着它的粼粼波光，沈艾莉的容颜也在这种摆弄中被扭曲变形。像照妖镜一样将她内心沉睡的自尊心无情地唤醒，在她愤怒的脸上表露无遗。

　　想起被冯宝怡当废品一样处理掉的那些画册，沈艾莉的眼泪又流了出来，她不禁回忆起自己的大学时光。大学四年，除了为了得到一份工作替她父亲还酒账而作为敲门砖交给蒋玉瑶的那些在她看来乏善可陈的各种证明之外，那两箱画册才是她生命中最珍贵的存在。

　　整个大学阶段，沈艾莉几乎没有交到几个能说知心话的朋友，她对自己专业的兴致本来就不大，逃课成了常态，但是她为了不在冯芊慧面前丢人，每到考期前两周就会凭着自己过人的小聪明临急抱佛脚，总算有惊无险地把那张大学毕业证书拿到手。她逃课的目的不是玩游戏，也不是去谈恋爱，而是追逐着美术学院的客座教授黄远东的脚步，无数次坐公交车到五公里外的美术学院听他的课，并不放过他的每一场讲座，跑遍省城每一个展览厅去当开幕式的礼仪小姐。

那是一次很偶然的机会，学生会书画社办了一场美术展览，邀请了中央美术学院油画系博士毕业的黄远东老师来开讲座。当沈艾莉看到那张招聘礼仪小姐的公告时，她就像一个在海上迷失多时的水手突然看到远处的灯塔一样，不由自主地朝着那束微亮的光走去。沈艾莉走进学生会办公室，递了报名表，策划公司的开幕式负责人正皱着眉头对着一群十八九岁的女大学生挑肥拣瘦，沈艾莉出现在她面前。那位有着丰富阅人经验的负责人眼前一亮，她对沈艾莉说，你过来，开幕时你负责给黄远东老师献花。

沈艾莉当完礼仪小姐，连衣服也没来得及换就赶到阶梯教室听黄远东的讲座。教室里已经挤满了人，有本校学生，有来自美术家协会的会员，有来自美术学校的学生，也有慕名而来的美术爱好者。沈艾莉找不到座位，只好挤在离讲台比较近的一角，安静地站着。黄远东的课讲得非常精彩，除了与美术相关的专业知识，还讲了中西方绘画的流派、西方文艺复兴与绘画艺术发展的关系，还讲各画种、风格在拍卖市场上的动态，甚至还讲到艺术与经济发展互相依存的关系。这场讲座本来预算两个小时，结果讲了两个半小时还没有完。沈艾莉听得如痴如醉，她那双闪亮的眼睛透过拥挤的人群远远地看着黄远东从嘴里吐出来的金玉良言。黄远东也从无数双渴望而崇拜的视线里发现了沈艾莉的目光，他不时朝沈艾莉站着的地方投过来鼓励的微笑。

黄远东的讲座快结束了，沈艾莉觉得这个时候应该有人给他献花。但是唯一的一束鲜花在开幕式的时候已经献完了。她跑了出去，在学校的花圃里搞下两支玫瑰，一支马蹄莲和一把香石竹，站在教室的大门口等着。人群潮水般从教室里拥出来，她终于看到黄远东在校学生会领导的陪同下出现在她的视线内。沈艾莉握着刚摘下的鲜花迎上去，黄老师，送给您。秋意渐浓，沈艾莉身上还穿着那套轻薄的绸缎旗袍，冻得手有点抖，嘴唇上的唇膏也冻得变了色。黄远东意外地问道，这也是大会安排的？沈艾莉说，这是我刚在花圃里摘的。

黄远东接过她递过来的花，他的手指被玫瑰花枝上的刺扎了一下，冒出一滴鲜红的血。沈艾莉急得满脸通红，对不起，我应该用东西包一下，可是来不及了。黄远东笑了笑，你叫什么名字。我叫沈艾莉。黄远东说，我每周二和周五上午美术学院有课，如果你有兴趣时间又允许的话，可以来听课。沈艾莉激动地说，我有！

那些画册是黄远东送给她的，每一本都有他的亲笔签名。沈艾莉去美术学院旁听了黄远东一个学期的油画课之后，黄远东建议她退学回家复读，第二年再报考美术学院。沈艾莉说我不会画画，只是喜欢听你讲课。黄远东对沈艾莉的话将信将疑，但他不再勉强，他从沈艾莉听课的热情，以及她在交谈时表现出来的智慧认为，她绝对是低估了自己在艺术上的天赋。

沈艾莉大学毕业回到家乡之后，就把黄远东的联系方式删除了。而那两箱有着黄远东亲笔签名的画册，连同她内心深处最不为人知的珍贵记忆，现在也被冯宝怡以爱的名义连根拔起。她对着自己水里的倒影冷笑了两声，自言自语道，就这样吧！我无所谓！

沈艾莉的后背突然被人拍了一下，她听到一个声音惊呼道，天啊，你是沈艾莉？沈艾莉回过头去，看着眼前这个与她年纪相仿的女孩，一脸的迷茫。我是王小敏呀，你不记得了？我们读大学是一个班的，我和你一样老逃课，你去美术学校旁听，我去烹饪专业偷师，然后每次临考试，教室里就剩我们俩挑灯夜战。沈艾莉好不容易回来的思绪又一下子被天知道从哪里冒出来的王小敏一手推了回去。沈艾莉想起来了，是有这么回事，如果她对大学的同学还有点记忆的话，除了王小敏，便再也找不到第二个了。沈艾莉说，你真是王小敏，你怎么在这里？我记得你跟我说过，你要回家开西饼店的。王小敏说，城市让生活更美好，对了，你站在这里干吗呢？

沈艾莉说，我离家出走了。

3

沈艾莉跟着王小敏一起上了五路公交车，半个小时后，王小敏把她带到她租住的房子的楼下。王小敏说，你真的不回家吗？沈艾莉说，算了。王小敏说，你要是不嫌弃，就在我这将就一晚。沈艾莉说，我还没吃晚饭。王小敏说，我也没吃，走吧，今天给你好好露一手。王小敏说着，从肩上那只大购物袋里翻出一个蓝色的防水布拉链钥匙包，掏出钥匙打开了通向楼梯的防盗门。王小敏说，楼梯灯坏了好久也没有人修，你小心点。沈艾莉掏出手机打开手电筒功能的按键，跟随着王小敏的脚步拾级而上，到了二楼，王小敏又打开一扇铁门。她一只脚跨了进去，另一只脚还留在门槛外，先伸出手去摸到了门框边的电灯开关，那根钉在墙上的白灯管总算把这个小小的空间照得敞亮。王小敏对沈艾莉说，进来吧。

沈艾莉打量着王小敏这个小窝，其实是一个小套间，进门就能看到一张靠墙摆放的双人床，床头是一张既能当床头柜又能当梳妆台的旧书桌，桌前还有一张比书桌还旧的靠背椅。与书桌并列摆放着的，还有一个用钢管和红白相间的竖纹牛津布做成的简易拉链衣柜。

王小敏放下购物袋，把身上的马甲脱下来，搭在椅背上，转身走进了厨房。屋里的摆设除了床和书桌椅，靠墙的地方还摆着一张发黄的三人位布艺沙发，与床的位置成九十度角。屋子的中央放着一张可以折叠的像冯宝怡放在阳台上逢年过节用来摆放祭品的小四方桌，这张桌子比冯宝怡那张更小更矮。桌子旁边放着两只塑料小矮凳。王小敏从厨房侧进来半个身子，对沈艾莉说，那是我吃饭用的。

这个简陋的小空间虽然物件残旧，墙壁也不平滑光洁，甚至还有些耐人寻味的生活的痕迹，但王小敏却把地板和家具打扫得一尘不染，床上的被褥也折叠得整齐有序。沈艾莉觉得这一切甚好，要是她也有一间这样的小屋，没有冯宝怡的唠叨，没有沈振扬酒气冲天的叫嚣，也不用每天上下班经过英姑的便利店忍受她时而势利时而悲悯的目光，多么自由自在。

沈艾莉走进厨房，厨房的左边有一扇小门。那里是卫生间。王小敏说。厨房又窄又长，沈艾莉看到一个单炉头的燃气灶和一个洗菜池。除此之外，还有一个长长的操作台。操作台上整齐地摆放着电饭锅、烤箱、微波炉、小冰箱，还有一个四层高的储物柜。王小敏从购物袋里掏出一包鸡蛋、一包低筋面粉、一包白砂糖。王小敏往身上扎了一条白色的围裙，又往头上戴上一顶白色的厨师帽。她回过头去，看到沈艾莉惊诧的目光，严肃地说，做蛋糕就像做人，不仅要懂得互相尊重，还要有仪式感。她说着，拿出一个不锈钢大圆盘，往盘里敲了五只鸡蛋，又往里面加了两勺白砂糖，给打蛋器插上电源，开始打蛋浆。

沈艾莉发现这个厨房的摆设和布置都很崭新，与屋里陈旧形成鲜明的对比。王小敏说，我搬进来的时候，这里除了燃气管道和这个旧炉子，什么都没有，这是我自己花钱重新装修过的，我像爱我的父母一样热爱我的厨房，要不然，当年我也不会为了学做糕点老逃课了。沈艾莉说，我能帮你干点什么？王小敏说，你会干什么？沈艾莉抱歉地笑了笑，不再干扰王小敏干活，乖乖地在那张小沙发上坐下来。

一个小时后，王小敏从厨房里端出来一盘刚出炉的芝士蛋糕，为了让她的老同学更好地品尝她用心制作的蛋糕，王小敏拿出她平时舍不得用的陶瓷碟和专用刀叉。沈艾莉在桌子边坐下，被蛋糕的香气和王小敏在厨房与餐桌之间来回奔忙却依然面带微笑的自信感动得欲哭无泪。她拿起刀子在蛋糕上切了一道口子，问王小敏，可以吃了吗？王小敏说，再等一会，烫，你想喝点酒吗？沈艾莉说，你还有酒？王小敏说，当然有，等着。王小敏又跑进厨房，沈艾莉听到红酒瓶的软木塞被拔出来时发出的"嘣"的一声，王小敏拿着一瓶红酒和两只红酒杯走进来，与沈艾莉面对面地坐下来。

沈艾莉呷了口红酒，放下酒杯，感叹道，唉，真好。王小敏拿起她面前的碟子，给她盛了一块蛋糕，笑着问，什么真好？沈艾莉说，什么都好，我真羡慕你。王小敏感叹道，你是身在福中不知福，不过，我也觉得这样挺好。沈艾莉说，你在超市上班？王小敏说是的，我一个农村出来的孩子，好不容易读个大学，但是在这个城市里，没关系没钱，能找到份工作解决温饱和交房租也知足了。沈艾莉说，你不用太悲观，你这蛋糕不比我们酒店西餐厅的大师傅做出来的差。王小敏说，不，我一点也不悲观，我知道我自己是谁，能干什么，以后的路应该怎么走。沈艾莉说，那就好，你一定行的。王小敏说，我想以后做糕点在朋友圈卖，你觉得怎么样？沈艾莉说，要是你真干，我天天找你买。王小敏说，得，有你这句话，我离梦想又近了一步了。

两个人喝光了一瓶红酒，王小敏收拾杯盘，将吃剩的那一小块蛋糕用保鲜膜包好放进冰箱后，再一次问道，你今晚真不走了吗？沈艾莉说，除非你把我赶出去。王小敏说，我不赶你，不过我不习惯和别人挤一起睡，睡床还是睡沙发，你自己挑。沈艾莉说，睡沙发。王小敏也不跟她客套，就从自己的床上给她拿了个枕头，又从衣柜底下翻出一张薄毛毯说，你就委屈一下，我一会把窗户关严了，应该不冷。

沈艾莉和衣躺在沙发上，身上盖着上面印着红色小花的蓝底薄毛毯，因为腿太长，那张毛毯盖住了肩膀，又露出了脚，盖住了脚，肩膀又得露在外面承受深秋夜晚的寒意侵袭。沈艾莉翻了个身，把双腿蜷起来踩着毛毯的末端，很快就进入了梦乡。虽然这张无法让她放松手脚的沙发床比不上她家里睡了十多年的单人床，更比不上冯宝怡为她新买的又宽敞又软和的双人床，这张小小的沙发，依然能以其宽容的胸怀承载着沈艾莉放松的神经和甜蜜的睡眠。

凌晨两点左右，沈艾莉被王小敏的叫声惊醒，紧接着听到王小敏从床上跳起来跑向门边打开了电灯开关。沈艾莉从沙发上坐起来，看见王小敏睁着一双大眼睛，瞳孔没有聚焦，眼珠仿佛受到重压很快就夺眶而出。沈艾莉揉了揉眼睛，怎么啦？王小敏一边做手势一边说，老，老鼠，它爬到我床上了，沿着我的枕头从我的头顶上溜过去，还用尾巴扫了我的鼻孔几下。就这样——王小敏又做了一个老鼠从她头顶爬过的动作。

沈艾莉说，它咬你没有？王小敏说，没来得及。沈艾莉说，现在呢？王小敏说，我觉得，它可能跑到厨房去了。沈艾莉站起来，对王小敏说，给我拿把扫帚。王小敏指了指厨房，沈艾莉走到厨房，把扫帚和晾衣服用的铁叉一起拿了进来，她把铁叉交给王小敏说，那家伙精得很，它们常常在你以为它已经溜出去的时候，就潜伏在你的眼皮底下。王小敏惊魂未定地说，那怎么办？我好害怕！沈艾莉说，你拿着这个，把床底，桌底衣柜底沙发底都扫一遍，如果它还藏在里面，你就把它赶到厨房里来。王小敏说，我怕。沈艾莉说，那平时有老鼠的时候，你一个人怎么办？王小敏说，我就不睡，开着灯等天亮。沈艾莉说，你们农村没老鼠吗？王小敏说，有，成窝成窝的，可吓人了。沈艾莉说，那怎么说也算是老熟人了，来吧，你只要负责把它赶到厨房，其他的交给我。

王小敏只好按照沈艾莉说的，伸着那根铁叉在角落里戳来戳去。沈艾莉拿着扫帚站在厨房门口喊道，用点力，是扫，不是戳。王小敏闭上双眼，盲目却又准确地在每一件家具的底下、缝隙和角落一遍又一遍地扫荡。衣柜底下终于传来老鼠既像抗议又像宣战的尖叫声，紧接着，它迅速离开衣柜底向厨房冲去。沈艾莉及时关上厨房的玻璃门，用扫帚将那只不知道偷吃啥而身材肥大的老鼠逼进卫生间，迅速关上门，举起扫帚往老鼠身上一阵猛烈的敲打。王小敏站在卫生间门外听着里面传来的拍打声，她细心地数了数，整整二十五下，沈艾莉终于把老鼠打到晕死过去，嘴角还喷出了几滴暗黑的血迹。沈艾莉又用扫帚在它身上蹭了蹭，确信它已经断气之后才打开卫生间的门对王小敏说，给我找张旧报纸。王小敏从橱柜里翻了两张旧报纸递到沈艾莉手里，沈艾莉把那只死老鼠包起来扔进垃圾桶。王小敏抹了一下额头上的冷汗，就放这里啊？沈艾莉说，明天我负责扔，把手洗一下，睡吧。

　　王小敏抱着双膝坐在床上，看着沈艾莉直发愣。沈艾莉说，关灯吧？王小敏一脸崇拜地说，沈艾莉，你太厉害了！沈艾莉在沙发上躺下，又缩起双膝用毛毯把自己卷起来，慢条斯理地说，狭路相逢勇者胜。

4

　　早上七点四十分，蒋玉瑶刚走进饭堂，就接到冯芊慧的电话。冯芊慧问她看到艾莉没有。蒋玉瑶说，看见了，正在吃饭呢，芊慧姐，你有什么事吗？冯芊慧说没事了，回聊。

　　冯宝怡在沙发上躺了一宿，沈振扬打着呵欠从卧室里走出来的时候，她抬起那双多了对黑眼圈的暗淡无光的眼睛，看着因为睡眠充足显得神气活现的丈夫说，我们什么时候可以报警？

　　沈振扬说，你咋不给自己弄点吃的？冯宝怡说，还有多久才可以报警。沈振扬说，报什么警啊，你先给艾莉打个电话看通不通再说啦。冯宝怡被丈夫一提醒，立马就来了精神，她说对啊，我立即打。她终于拨通了沈艾莉的电话，激动地说，开机了！冯宝怡贴在耳边的手机里传来电话接通后有序的铃声，她像一位经历了几年大旱盼望一场能润湿它干枯的心田的农妇一样盼望沈艾莉的声音从电话的另一端如期响起，但是铃声响过十次之后，自动断线了。沈振扬说，怎么样？冯宝怡举在耳朵边的手失望地滑了下来，没人接。沈振扬说，得，既然电话通了，就说明她人没事，要不然，昨晚关机，今天又怎么会通了呢？总不至于是偷她手机的贼开通的吧，天底下有那么笨的贼吗？贼？冯宝怡又不安起来，你说是贼？我的女儿长得这么漂亮，她还那么小，那么不懂事，大半夜的一个人在大街上迷路了，你说那些贼只会偷她的手机而不会——

沈振扬打断了她的话，都快二十六岁的人了，还小吗？你生她的时候还不到二十五呢？你说她不懂事？她怎么看都比你懂事，最起码，她不会像你一样，每个月看到英姑的账单血压就噌噌地往上升。我说，你还不洗脸上班吗？冯宝怡说，我病了。沈振扬说，也对，心病还得心药治，那你就在家好好养病吧，我今天要去吃柴火粥，去晚就赶不回来上班啦，要不要跟我一起去？冯宝怡抓起沙发上的枕头朝沈振扬扔过去，滚！

沈振扬前脚刚出了门，冯芊慧的电话就打进来了。冯宝怡一听到她大侄女的声音就声泪俱下地哭将起来，小慧啊，我活不下去了。冯芊慧说，又怎么啦？冯宝怡说，艾莉的手机被偷了，人也不见了，你妹妹长得这么漂亮，这么让人稀罕，那些坏人怎么可能光偷她的手机就放过她呢？你那个该死的姑父说还不到二十四小时不让我报警，说警察管不着。要是艾莉有个三长两短，我真的没法活了，呜呜……

冯芊慧耐心地听冯宝怡发泄完，终于有机会开口说话，我刚给玉瑶打了电话，艾莉已经在上班了。冯宝怡破涕为笑，她从沙发上跳起来在客厅转来转去，真的吗？你确定她上班了吗？玉瑶她见着她人了吗？冯芊慧说，见着了，她们在一起吃早餐，错不了。冯宝怡说，那就好，那就好，你上班吧，我没事了。冯芊慧说，昨天来收废品的那个店在哪，什么时候开门？冯宝怡说，我知道在哪，他们十点钟才开门，你放心，我会把床换回来的。冯芊慧说，我中午陪你一起去。

冯芊慧在冯宝怡的指引下，驾着车在城市的老街上左拐右弯，总算来到那间二手家具店门外。冯宝怡刚下车，就看见本来属于沈艾莉的那张单人床被店老板摆在门外最显眼的地方，与这张床相配套的床垫也被掀了起来，和其他规格参差的床垫靠墙堆放在一起，冯宝怡庆幸还没有人把它买走。

杂货店的老板从里面迎了出来，冯芊慧上前跟他打招呼。他对冯宝怡说，老板娘，今天又有什么好东西叫我去收，你打个电话就行啦，还用亲自赶过来。冯芊慧说，老板，您昨天从我家里收回来的废纸呢？老板说，我这里地方小，还能卖钱的才留着，旧报废纸当天就会清理掉啦。冯芊慧说，清掉了？你再好好想想，我有两箱很重要的画册要找回来，是铜版纸印的。哦——老板说，我想起来了，那两箱东西没人要，还在床底下堆着，幸好你来得早，我还打算一会儿收垃圾的过来就让他拉走呢。

冯芊慧跑到门外的床底下，果然发现了那两箱开了封，但还没怎么破损的画册。她把那些画册逐本翻开，每一本的扉页上都有黄远东的亲笔签名。冯芊慧又想起她多年前从垃圾桶里翻出来的沈艾莉拿过大奖打算送给自己那幅画，一股温热的血液从她的脚底升腾，像时光倒流一样涌向她的脸，烧得她的脸直发烫。冯芊慧吸了吸鼻子，把画册悉数搬回到车尾箱，掏了一百块钱给店老板，说了声谢谢。老板说，你咋这么客气呢，不用钱，你拿走就是。冯芊慧不再和店老板纠缠，她拉起冯宝怡说，行了，我们走吧。冯宝怡说，这么快啊？这，这床怎么办？冯芊慧说，床不要了。

冯宝怡看着冯芊慧帮她扛回来的那两箱画册，她不知道该如何处置，新床的床底已经没有可放置旧物的空间，放客厅又太扎眼，放在艾莉的书桌底下吧，她经常需要把工作带回家加班，要用书桌的时候，她的脚就没地方放了。最关键的是，她无法确认冯芊慧的看法，她的女儿只是为了这两箱画册，而不是因为换了床而离家出走。冯宝怡再一次出现在二手家具店时，店老板因为白得了冯芊慧一百块钱心情大好，便满脸堆笑地看着冯宝怡，您又来了啦？

冯宝怡顾不上和店老板寒暄，她直截了当地说明了自己的来意，就是要将昨天买的液压双人床连同配套的床垫把这张旧床连同旧床垫一起换回去。店老板面露难色，这又拆又装，又装又拆的，费不少功夫呢。冯宝怡说，我那张是新床。店老板说，功夫比床值钱，你知道现在一个最普通的农民工干一天搬运的活得多少钱么？最少三百！冯宝怡说好，我给你三百当人工，你去换。老板脸上的皱眉又堆积起来，唉，我儿媳妇在家坐月子，儿子去送货了，我现在没空哇，明天行不行。冯宝怡说不行，必须现在，马上，赶在我女儿下班回家之前要弄好。店老板说，你可把我难住了。冯宝怡说，我那张新床花了两千块，不用你补差价，干不干，一句话。店老板听冯宝怡这么一说，脸上被皱眉堆起来的沟壑更深了，他说好吧，你回家等着，我回头就来。冯宝怡说不行，我得看着你装好车出发了才能走。

下午四点钟左右，英姑看到冯宝怡驾着摩托车从她面前驶过之后，跟着后面的人力三轮车也摇着车把上的铃铛紧随其后，在小区的大门外停了下来。英姑对冯宝怡的摩托车不甚感兴致，却被那清脆的铃声唤醒了。她抬起头，看见冯宝怡像第一天搬家那样指挥店老板把那张床像保护金疙瘩一样小心翼翼地从三轮车上卸下来，每一块木板都用旧毛毯包裹着，仿佛上面涂的不是油漆而是贴着纯金打造的金箔，稍微掉以轻心在哪个墙角或者哪棵树上磕碰一下就会损失惨重。

英姑走过去，好奇地看着他们，干什么呢这是？冯宝怡说，搬床！英姑说，你昨天不是才换的新床吗？咋又搬回来了？冯宝怡没好气地说，跟你说不清楚。英姑好意地提醒店老板，你让艾莉妈妈跟门卫说一下，车子可以直接骑进去，省不少力气呢。店老板说，试过了，门口有点窄，老板娘怕碰个好歹，没事，我多跑两步。英姑撇了撇嘴。冯宝怡说，你慢点啊，我先上去给你开门。英姑看着冯宝怡进了小区的门，拉住那个店老板打听，怎么回事？店老板好脾气地笑着说，谁知道呢，她说她家里有张新床，要把这张旧的换回来，还不用我补差价，那张新床可值两千块钱呢，正好给我儿子儿媳妇睡。

英姑说，她倒是大方，难道那张新床和她家的风水不合？喂，我说，她这么急巴巴的让你把床换回来，指不定那张新床有什么猫腻，这种事可大可小，大意不得。店老板说，我那小子命硬，百无禁忌。英姑心里痛了一下，眼红这个店老板捡了个大便宜，她心里骂冯宝怡不厚道，大家邻居一场，有好东西也不关照一下，她家里也缺张双人床呢。

冯宝怡终于赶在女儿下班前将她的房间原封不动地归置整齐，她把那两箱画册重新用胶带包扎好，塞回床底下原来的地方。为了看上去更加自然，她还从自己卧室的床底下翻出几只空鞋盒，也像原来那样摆放好。她想了想，又走到沈艾莉的书桌前，拿了一支还用剩少许墨水的签字笔放在书桌上，用手轻轻一拨，让它以自然滑落的状态滚落到床底下。她觉得还不满意，又去翻沈艾莉的化妆箱，想找一支旧口红也像这支签字笔一样，想让它滚到床底下去。她翻了个底朝天，那几支口红的外壳都是方形的。她遗憾地自言自语道，不是我不想进步，只怪世界变化太快，口红什么时候变成内圆外方的了？

冯宝怡掏出手机，站在房间不同角度利用不同光线拍了几张照片，她不知道她的宝贝女儿今天下班会不会又不回家，她既害怕她不回，又担心她回来之后不知道怎么和她说话。冯宝怡想，要不我把这些照片给她发过去，征询一下她的意见，这样大家都好下台。冯宝怡正犹豫不决，沈艾莉打开大门冲屋里嚷道，我回来啦！

5

蒋兆南终于完成他那幅彩霞满天的水彩画作。他从画板前站起来，身体往后退了五六步，重新调整瞳孔的焦距，画面上的每一个细节，基本上能做到笔随心走，如他所愿地描绘出他想象中应该如此这般的画面。他放下画笔，坐下来喝了一口已经放凉了的茶。他的心情异常平静，平静得让他有点意外。像每一个画家一样，既然必须承认这辈子无论如何努力，都不可能超越达·芬奇、凡·高或者毕加索，他们只能怀着不得不承受的遗憾与宽容面对自己的作品。除了那些沽名钓誉的打着艺术家的幌子行走江湖的骗子之外，没有一个有诚意的画家会对自己的画作感到满意。即使有些人的作品已经获奖无数，在国际上享有与其艺品艺德相匹配的声誉，甚至在拍卖会上拍出天价，但是当他们站在前辈大师用天才与生命堆积起来的高峰面前，依然感到绝望和无能为力。

蒋兆南知道这辈子已经不会再以绘画为生，更不可能企图通过曾经承载着他的梦想的，在他的生命中已经被遗弃并开始渗漏的小舟到达梦想的彼岸。

蒋兆南走出画室，站在那个许多年前冯宝怡栽着一盆箍杜鹃和晾满衣服被褥床单以及沈艾莉的小裙子的露台上，触目所及，是旧城区造型不一，中西交融的老房子的屋顶，它们在冬天午后的阳光下泛着清一色的灰白光影。蒋兆南不是一个喜欢怀旧的人，但他是一个念旧情的人。他相信有些情是一辈子都无法割舍的，就像他与蒋兆辉血浓于水的亲情，他同样相信有些情是会在时间的劝导下可以让他问心无愧地放下，就像他和谭碧华的爱情。他知道除了罗琼秀近乎小孩子撒娇的鼓励，时间同样像个慈祥的母亲，无时无刻不用一双劝导的目光静静地关注着他，宽慰着他，希望他早日放下那段像人世间所有听天由命的尘缘一样。风来了，云就散了，该放下的时候，你就要拿出你的勇气，像卸下一个背了太久但已经派不上用场的包袱一样放下它，再重整旗鼓，轻装上路。

今天是周日，蒋玉瑶在他刚铺开画纸的时候，给他打来了电话，她第一句就说，我奉母亲大人之命，通知您——每次蒋玉瑶以这样的开场白跟他通电话，他就知道下面的内容了。蒋兆南说，好的，我会回家吃晚饭。蒋玉瑶说，今天不一样，我和芊慧姐、妈妈一起刚逛完超市回来，芊慧姐今天亲自下厨给我们做饭，妈妈让我转告您，您回家的时候，要买束鲜花回来，她心里想什么，不用我多说啦。

在与冯芊慧交往的这段时间里——如果算得上是交往的话。蒋兆南每一次出发去与她见面：吃饭，或者散步，或者看电影，或者驱车八十多公里跑去星海音乐厅听一场钢琴音乐会，他的心情都像是去见一个早就约定的双方都想好了谈判条件的客户一样，因为成竹在胸而倍感平静。冯芊慧就像他遇到的每一个有诚意的，与她水平相当财力也不相上下的客户一样，每次见面都很愉快，每个过程都各有收获，每次说再见的时候都期待下次合作，继而把酒言欢，无所不谈。虽然思想的维度有时候也会因为双方所处的立场不同，从各自的生存境遇中接收到的信息来源不同，导致价值观的偏差，也属于瑕不掩瑜的小插曲。蒋兆南无数次自问，他与冯芊慧的这种关系到底应该如何归类。

也许罗琼秀是对的，她对任何男人来说，都会是一个优秀的妻子。但是蒋兆南总是觉得还差了点什么，她从来不让他心神不宁，也从来不会让他感到不高兴。她总是在他因为自己的失约，忙碌，为了生意不得已放弃一次本来可以营造得更完美的约会深表遗憾。蒋兆南既怕她不高兴又希望她表现出每个女人在这种时候应该不高兴时，冯芊慧流露出来的惊人的理智常常让他无所适从。这种理智绝不是一个普通女人该有的特质，她在表达这种理智的时候，让他怀疑她的理智与他无关，与爱无关，与生活无关，那是一种超越于人类生存认知的理性。

有一次，一位九十三岁高龄的旅居海外的享誉华人世界的老艺术家去世，各大网络、新闻媒体以及朋友圈都在大肆报道，疯狂转发这位老艺术家去世的消息，以各种名目组成的微信群、QQ群里那些像僵尸一样沉默多时的网友们一夜之间破茧而出，纷纷为这位老艺术家的仙逝表达自己的悼念。蒋兆南在青年时代拜读过这位老先生的诗作和艺术评论，觉得他也算得上是一位德艺双馨、著作等身的值得敬重的老人，他便怀着悲悯的心情转发了这条信息。他和冯芊慧约会的时候，很自然地就说起这件事。冯芊慧平静地说，伟大如莎士比亚和但丁都已经逝了，世间的每一个受造物，谁可以不逝？一个活了九十多岁的老人，静悄悄地去世就好了，闹得满城风雨只会招人嫉妒。蒋兆南愣了愣，他不敢说冯芊慧的话是错的，更不能因此就判定她是个冷漠的人，因为蒋兆南目睹过冯芊慧面对病人面对生命时所表现出来的职业操守和对生命的敬畏。冯芊慧说，像他这样的人最让我们省心，要是人人都有这样的福气，该多好啊！

　　冯芊慧出门前，对着镜子颇费了些功夫。冯宝权像往常一样坐在阳台上那张根雕茶几旁安逸地品茶，她的母亲期待地站在她身边，打量着女儿。张雪萍说，你什么时候带他回来见见我们。冯芊慧说，到时候再说。张雪萍说，什么时候才是到时候。冯芊慧看了母亲一眼，妈妈，我要换衣服了。张雪萍说，小慧，我和你爸爸都算是开明的父母，我知道他曾经有过一段失败的婚姻，只要他是个好男人，值得你托付终身，我们不会计较，如果你是因为这个问题怕我们有看法而有所顾虑的话，你大可放心，无论你怎么决定，我们都会支持你。冯芊慧说，妈妈，谢谢您。

　　冯芊慧把母亲请出卧室关上门，又一次坐到镜子前。她从胸前掏出一个玉雕坠，这是她的初恋江锦鹏送给她的定情信物。那一年，他们一起保送进了中山医科大学研究生，收到通知的那天，江锦鹏将这个据说是他们家的祖传之物挂到她的脖子上。这个玉坠子在她的脖子上已经挂了近七年，连洗澡睡觉都没有摘下来过。除了有一回，她觉得系着这个玉坠的绳子已经褪色松动，那股本来结实地扭在一起的红绳子变得越来越细，随时都有断裂的可能。她才花了半天时间，找到一家卖玉器饰物的小店，从胸前把它摘下来，亲眼看着那个手工精细的师傅给它换上一条新的绳子，又重新挂回她的脖子上。

　　研究生期间，他们虽然跟的是不同的导师，冯芊慧学的是妇科，江锦鹏学的是神经科。在繁重的学习、科研工作之余，美丽的珠江边上，四季如春的白云山上，簕杜鹃与洋紫荆花争妍斗艳的大街上，都留下他们富有活力的足迹。三年后，冯芊慧毕业回到家乡的中心医院当了妇科医生，江锦鹏也回到浙江老家父母亲的身边。因为他们都是独生子女，让父母老有所依是每个子女的义务。江锦鹏把那只家传玉坠送给冯芊慧以及他们交往的三年间，他们都从来没有想过这个问题。他们没有想，不是因为双方早已达成协议，而是他们的时间和精力全都用到了学业上和享受爱情的甜蜜上去了。直到他们分别收拾好行李准备回家报到赴任那一刻，才意识到问题的严重性。他们匆忙扔下还没打包好的行李赶到校园平时约会的老地方。江锦鹏如梦初醒地问她，怎么办？冯芊慧一脸的无助，她说我不知道。江锦鹏说，那就先各就各位，你看怎么样？冯芊慧说，行，那我们算是分手了吗？江锦鹏说，当然不算，以后的事以后再想办法。冯芊慧说，那好吧，我的东西还没收拾好。江锦鹏说，我也是。

冯芊慧回来后，他们一直都没有断过联系。她知道江锦鹏在嘉兴中心医院工作了一年之后，考上了北医大的博士研究生，继续他的求学之路。他们没有再提"以后怎么办"这种让人不安和扫兴的话题。江锦鹏更忙了，冯芊慧刚入职第二年他申请主治医师职称，开始为期一年的"老总"生涯，全年无休，联系就慢慢少了。到了后来，他们甚至一个月都不会通一次电话，当蒋兆南在冯芊慧的生命中出现之后，千里之外的江锦鹏医生像有预感一样，就没再主动联系过冯芊慧了。只是，冯芊慧在工作和蒋兆南约会的间隙，有时候会想起与江锦鹏最后一次面对面的对话。我们算分手了吗？他说，当然不算！

冯芊慧换好衣服，她今天答应蒋玉瑶，陪她们母女俩一起去超市采购再回蒋家下厨做饭。她把手伸到胸前，想把那块玉坠摘下来，她的手轻轻地捏着那块被她的体温包裹了多年的一直保持着温润色泽的小玉坠，犹豫了一下，把玉坠塞回毛衣里面，像安慰一个差点让它受委屈的婴儿一样轻轻地按了按，才抓起手提包出了门。

蒋兆南驾着车驶出旧城区七拐八弯的老街向罗琼秀家驶去，他在老街与新城区宽阔的马路交界处看到一家花店。蒋兆南在花店前下了车，一个年轻的女孩从店里迎了出来。她热情地向蒋兆南打招呼，老板您好，需要什么花？蒋兆南说，我，我先看看。女孩说，您是买来送给长辈，还是女朋友，是探病还是扫墓？是示爱还是道歉？是生日还是——

蒋兆南问道，有什么讲究吗？女孩自信地说，讲究可大了，比如说，送父母就得选康乃馨、示爱就红玫瑰、扫墓就用白菊花……蒋兆南皱着眉头笑了笑，对女孩说，谢谢你，我先想清楚再决定吧。

6

蒋兆南回到他大嫂家里的时候，冯芊慧已经走了。罗琼秀和蒋玉瑶坐在已经摆好的餐桌旁等着他。蒋兆南问道，冯医生呢？罗琼秀瞪了蒋兆南一眼，哼了一声。

蒋玉瑶说，就在您进门前十分钟，她接到医院急诊科打来的电话，说有个急诊病人要立即手术，就匆匆忙忙地走了。

罗琼秀说，人家忙活了一天，连汤都没喝上一口！你要是能早一个小时回来，也不至于这么气人。蒋兆南拍了拍他嫂子的肩膀说，我错了，实在对不起。他坐下来，自己倒了杯红酒呷了一口，点了点头说，嗯，时间刚刚好。罗琼秀没好气地说，你脸皮还真厚。蒋兆南嬉皮笑脸的，我在我自己家里喝口酒怎么就脸皮厚了？罗琼秀说，这不是你家，我们这个破庙容不下你这尊大佛，你多能耐啊，让人家一个大医生亲自给你做饭。蒋兆南说，是给我自己做的？你们都不吃吗？蒋玉瑶朝她叔叔使了一下眼色，蒋兆南说，好啦，咱们赶紧吃饭，我亲爱的嫂子也不要生气啦，玉瑶，你找两个保温饭盒，把米饭和菜装好，我一会儿就给冯医生送过去，这样可以了吗？罗琼秀脸色缓和下来，这还差不多。蒋兆南说，那，这个红酒还要不要带呢？罗琼秀说，我懒得管你。

蒋玉瑶走进厨房打开储物柜，自从她母亲两年前住院后，她因为要给罗琼秀送饭送汤，家里便一下子多了各种型号和功能的保温饭盒和汤壶。把那堆保温壶和饭盒一只只拿出来，根据她对冯芊慧的了解预测她的食量挑选适当的工具，这时候，她发现了那只曾经为了给蔡家佑送鸡汤亲自买回来的保温壶，因为长时间没用过，盖子上积了些浮尘，它安静地待在那个不起眼的角落，仿佛像一个依靠回忆过日子的可怜人，又像一个得了健忘症的人一样漠然地与蒋玉瑶的目光对视。蒋玉瑶心里一动，那段让她又温暖又心痛的青春岁月像电影快进镜头一样一闪而过，闪过之后，她的心重归于平静。蒋玉瑶将那只保温壶从柜子的最里面掏出来，用洗洁精从里到外擦洗了一遍，再用滚烫的开水把它消毒完毕后，将送给冯芊慧的汤水一勺一勺地盛了进去。

蒋玉瑶把饭菜和汤水装好，放在一只环保袋里交代她叔叔，您放车上的时候最好拿东西固定一下，这个汤壶有点旧了，我怕密封不大好。罗琼秀说，家里有新的啊，我记得你叔买过一个密封和保温性能都特别好。蒋玉瑶说，我已经装好了。罗琼秀突然想起什么，她的怒气又浮到脸上，盯着蒋兆南问，我让你买的花呢？蒋兆南拍了一下额头，哎哟！你看我这记性！下次，我下次回家一定给您带花，您喜欢什么花？是香水百合呢？还是康乃馨？还是玫瑰花？罗琼秀大喝一声，坏小子！你是故意回来气我的是吧？

蒋兆南带着给冯芊慧准备的便当，开着车在街上无聊地转悠。他先回到自己家楼下，想了想，调转车头向酒店驶去。他在酒店门外停了车，门房上前跟他打招呼，董事长，这么晚还回来啊？蒋兆南点了点头，没有像平时一样下车把钥匙交给门童，而是坐在车上发了一会呆，才又一次发动汽车，向中心医院驶去。

蒋兆南提着那袋便当站在冯芊慧的办公室门口时，一个小护士推着一辆不锈钢制的和酒店里的送餐车差不多的小车从他身边走过。一些康复中的病人在走廊里不紧不慢地散步，她们好奇地看了蒋兆南一眼。蒋兆南走进医生办公室，冯芊慧同科室的那位叫李曼的年轻的女医生对着电脑录资料。蒋兆南说了声，您好！请问——李曼抬起头来看了蒋兆南一眼，什么事？蒋兆南说，我来给冯医生送点东西，她人呢？李曼说，还在手术室，你放她桌子上吧。蒋兆南说，她大概什么时候能出来？李曼说，我也不知道，你要是有空就坐那等着吧。蒋兆南说，不用了，谢谢，那我把东西放这里了。

蒋兆南放下那只环保袋，终于松了一口气，赶紧从医生办公室逃了出来。他刚进了电梯，旁边的另一扇电梯门也应声同步打开，冯芊慧从里面走了出来。她刚进办公室，就看到桌面上放着的环保袋，她打开一看，里面正是她今天忙活了一下午亲自下厨做好的饭菜。还没等她开口，李曼就说，冯医生，刚才有人给你送吃的来了。冯芊慧问，什么时候送来的？李曼说，他前脚刚走，你后脚就进来了，你现在追出去还来得及。冯芊慧笑了笑，拿起那只汤壶站到办公室的窗前，她看见蒋兆南迈着稳健而有点匆忙的脚步向停车场走去。可惜冯芋慧站着的角度有点居高临下，只能看到他微缩的头顶和短小的脚步。她喝了一口汤，烫得发出一声凄厉的尖叫，赶紧张开嘴，将口腔里还没达到适合的温度就强行喝下去的汤全都吐了出来。

沈艾莉中午快下班的时候，突然接到王小敏的电话。她告诉蒋玉瑶说不用等她一起去饭堂了，她的大学同学来找她。蒋玉瑶问她是男的还是女的。沈艾莉说，你猜。

沈艾莉看见王小敏坐在酒店门口小广场靠近马路边的一棵大榕树下等她，王小敏的手里还捧着一个饭盒，沈艾莉会心一笑想，嘻，又给我送好吃的来了。

王小敏看着沈艾莉吃完她做的杏仁蛋糕，期待地问道，这是我第一次做杏仁蛋糕，还行吗？沈艾莉抹了一嘴，敢情你是来找我当白老鼠的？王小敏不好意思地说，你介意吗？沈艾莉笑道，太好吃了，我不介意，以后有什么好东西需要试吃，你只管找我。王小敏抱着沈艾莉的肩膀说，太好了！谢谢你！沈艾莉说，王小敏，你那几年课还真没白逃，不像我——王小敏，你也不会白逃，只是时机未到。沈艾莉耸了耸肩，随便啦。王小敏从钱包里掏出两百块钱，塞到沈艾莉手里。沈艾莉愣了愣，啊，试吃还有钱拿？王小敏，你发财了？王小敏尴尬地说，不是啦，是我还给你的。沈艾莉说，你什么时候欠我钱了？王小敏说，大学二年级的时候，有一次我为了买餐具和烹饪班的同学一起学习，但又不敢跟家里说，你当时想都没想，就把钱借给我了，这事我一直记着，还以为这辈子都没机会还你钱了呢。

沈艾莉把钱塞回王小敏手里说，都咸丰年代的事了，老记着干嘛，再说这事我已经忘了。王小敏说，你赶紧收下吧，你忘了不等于没发生过。沈艾莉说，我既然忘了它就是没发生过，凭什么你说啥就是啥，我不能光听你一面之词是不是？王小敏无奈地说，什么人啊真是的，你的意思是这两百块钱是我编出来骗你的？我只听过有骗钱的骗子，从来没听说过有给人送钱的骗子。沈艾莉说，反正我不要。王小敏说，行，那我以后就给你多送点蛋糕当补偿。沈艾莉说，这个靠谱。

王小敏抬起头，打量着铂莱卡大酒店这座宏伟的建筑说，嗯，在这里上班，还挺体面。沈艾莉说，你想来吗？我可以帮你。王小敏说，不想，我想创业。沈艾莉说，好，我支持你。王小敏说，你还记得大学的时候跟你一个宿舍的汪青青吗？我昨天看着她和她老公一起来超市买菜，我跟你说，她已经嫁人了，还像以前那样胖，她老公长得巨丑。王小敏说完，哈哈地笑了起来。

沈艾莉鄙视地撇了撇嘴，哼，她就是化成灰我也记得。王小敏诧异地看着她，啊！你们有过节？沈艾莉说，过节大了！有一次她借了我一包卜卜星，说过一星期就还我，结果到现在还没还，你说她是人吗？我多爱吃卜卜星啊，那味道，那口感，牙齿咬下去的声音，"嘎嘣嘎嘣"的，可来劲了，她竟然借了我一整包，竟然言而无信，竟然到现在还没还给我！夺人所爱与杀人父母同罪，这辈子都别指望我会原谅她！

王小敏目瞪口呆地看着沈艾莉，她没想到在沈艾莉眼里，一包卜卜星的价钱不仅超过两百块钱，竟被她推到与她父母的性命同等价值。她甚至开始怀疑沈艾莉这个大活人的成分，觉得一定是哪里出了错。她的父母在创造她的时候，一不小心犯下她在做糕点时偶尔犯下的错误：做蛋糕时误用了高筋面粉，做馒头时忘了放酵母，还是做萝卜糕时忘了放萝卜。

沈艾莉还在为那包卜卜星咬牙切齿，王小敏转了个话题，哎，你有男朋友了吗？沈艾莉呆了一下，男朋友？王小敏说，对啊，男朋友，你看汪青青都嫁人了，我昨天看她那肚子，好像孩子都怀上了，想想我们也都二十六七岁的人了，嫁得出去的都嫁啦。沈艾莉说，切，嫁人有什么了不起。王小敏说，你长这么漂亮，又在这么高级的地方上班，是不是追你的人特别多？沈艾莉说，一个也没有。王小敏说，你就别骗我了，不可能。沈艾莉说，我以人格发誓。不过，我不稀罕，看得上我的都是见我长得漂亮的俗人。王小敏说，那看不上你的呢？沈艾莉说，看不上我的，有可能不俗，可人家看不上啊。王小敏也替沈艾莉感到无奈，这是个比较棘手的问题。沈艾莉说，你呢？你男朋友在哪？王小敏说，我现在的条件不允许我想这个问题，我得以事业为重，等到有一天我真的当上老板了，手里有钱了，再慢慢挑好的。

沈艾莉说，嗯，你是对的，不过，汪青青都嫁出去了，我没道理还单着啊，她还欠我一包卜卜星呢，就她那人品！

吃晚饭的时候，沈艾莉问冯宝怡，妈，我今年是不是二十六了。

沈振扬说，过个把月就满二十七了，你是春天生的，木棉花开的时候，你妈是在木棉花下把你生出来的。沈振扬说完，想起冯宝怡当年生沈艾莉的情景，忍不住哈哈大笑起来。冯宝怡说，你爸说得对，怎么啦？沈艾莉说，那我是不是可以找男朋友谈恋爱嫁人了？

沈振扬和冯宝怡面面相觑，他们被沈艾莉这个突如其来的问题给问住了。沈艾莉看着她的父亲，沈振扬说，这件事，你妈说了算。沈艾莉又看着冯宝怡，冯宝怡说，结婚可是大事，我得先问过你舅。

7

冯宝怡为了沈艾莉的婚事跑回娘家去跟哥哥商量对策。冯宝权端着一只小巧的紫砂茶壶递到嘴边，把茶壶上那只比吸管粗不了多少的壶嘴直接塞进嘴里。冯宝怡想起小时候她和哥哥放学回家后也是这样捧着家里的大茶壶直接将开水往嘴里灌，还因此遭到老父亲的训斥。她觉得冯宝权越老越不讲究了，幸好，在哥哥给她倒茶的时候，换了一只比他手里握着的稍大点的紫砂壶，冯宝怡才发现茶几上不知道什么时候又多出两只造型和大小不一的茶壶。她一时间分不清哥哥这样喝茶算是讲究还是不讲究。

冯宝权说，艾莉她都快二十七岁了？冯宝怡说，是呢，我都忘了这事情了呢。冯宝权说，时间过得真是快啊，这么说，小慧也快三十四啦？冯宝怡一拍大腿，可不！可是当姐姐的都还没有对象，我家艾莉是不是可以缓一缓。冯宝权说，无妨，姻缘天注定，这又不是拿号排队挂门诊，艾莉要是有好对象的话，也该成家了。冯宝怡说，还没呢！冯宝权说，对象都还没有，跟谁结婚？冯宝怡说，我今天来不是跟您说她结婚的事，说的是找对象的事。冯宝权又把小紫砂壶递到嘴边去啜了一口，悠悠地说，这个忙我可帮不上啊，自从小慧搬出去以后，就剩我跟你嫂子两个大眼瞪小眼的，连蚊蚋都嫌弃我们的血不够新鲜啦。冯宝怡说，你们也是，就一个女儿，哪能让她说搬就搬呢。冯宝权说，她有她自己的生活，我们也有我们的生活，互不干扰，这样挺好。冯宝怡说，哥，您和我嫂子就一点也不操心小慧的婚事吗？她都三十四了。冯宝权说，你还不了解你的大侄女吗？随缘吧。冯宝怡说，那——冯宝权说，小慧是小慧，艾莉是艾莉，你该怎么做就怎么做，要是有合适的好人家，你就放心把她嫁出去吧。

冯宝怡得知哥哥的态度后，心里有了底，便起身告辞。她的嫂子像往常一样从厨房里走出来说，妹妹，你吃了饭再走嘛。冯宝怡说，不了，我得抓紧时间给艾莉找个对象才行，唉，真是愁死人了。她的嫂子说，缘分的事不是说你想抓紧时间就能抓得住的。冯宝怡说，算了，我自己养的女儿自己清楚，她要是有小慧两成的本事，我也不用愁了。冯宝怡出了门，她趁嫂子还没关上门的当儿，又转过身来提醒她大嫂说，我说，小慧也老大不小了，你们也不能太迁就她，该急的事还是得急，你们得催催她。张雪萍说，我们也没少催，可也得——

冯宝怡挥了下手，行了，我走啦，你们俩保重身体，等我好消息吧。

沈艾莉下班回到家后，冯宝怡已经做好晚饭，餐桌上还摆了一桶她特地从肯德基买回来的沈艾莉最爱吃的炸鸡块。沈艾莉说，哇，今天什么好日子。冯宝怡说，我今天去见过你舅舅了，他也说你可以结婚成家啦。沈艾莉说，就结婚这点小事您也去惊动他老人家，你可真行。沈振扬说，你还不知道你妈？她放个屁不响也要回娘家去汇报一下。冯宝怡白了丈夫一眼，低声说，艾莉，你心里是怎么想的？沈艾莉拿起一块炸鸡块塞进嘴里，什么怎么想的？冯宝怡说，你想找一个什么样的男人当老公？沈艾莉说，随便。沈振扬喊道，胡说！我们沈家的大公主，能随随便便就嫁出去吗？冯宝怡说，行了，这事就交给我。

沈振扬说，唉，依我说，看来看去还是蔡家那小子好，可惜了了。

沈艾莉扔下碗筷，真烦人！说完便进了卧室，使劲把房门一踢。冯宝怡拍了丈夫一下，骂道，你不是说配得起你宝贝女儿的男人还没生出来吗？沈振扬说，他算一个，唯一能将就的一个，可惜了了。

冯宝怡为了尽快为沈艾莉找到理想中的乘龙快婿，发动她所有新旧同事、亲戚朋友和邻居以及她的新旧同事、亲戚朋友和邻居认识的熟人，像一位刚入行的对自己所从事的伟大事业抱有坚定信心的保险销售员一样，动用一切可动用的人脉关系，抓住一切可抓住的机会，死缠烂打，软硬兼施。每次她的手机铃声在她的希望中响起，在失望中挂断。同事、亲戚朋友和邻居们以及他们的熟人反馈回来的信息都像对过口供一样统一口径滴水不漏：沈艾莉的条件太好了，他们家的儿子，他们家的亲戚朋友的儿子，他们家的邻居和邻居的朋友的儿子都自觉地知难而退，觉得自己配不起沈艾莉。

冯宝怡从反馈回来的意见中总结出来的结果就是，其实那些孩子都不是看不上自己的女儿，而是他们都觉得在沈艾莉面前自惭形秽。冯宝怡甚至想象得出来他们面对沈艾莉的照片和她的简历的时候（从冯宝怡手里发出去的求婚简历，是她背着女儿拿她的求职简历经过深加工之后，用U盘做了备份拿回单位叫办公室那位刚从大学毕业的小文员打印出来的），他们一定对沈艾莉怀着一种望尘莫及的悲伤或者绝望；他们一定会后悔自己当年读书的时候不好好努力，他们虽然也有房，也有台能代步的车，也有份过得去但是怎么都觉得委屈沈艾莉的将就的工作，因此，那些善良的孩子们都愿意主动放过自己，放弃与沈艾莉哪怕是见上一面的机会。

冯宝怡才意识到在她看来轻而易举的事情，办起来竟比登天还要难。久而久之，她对电话铃声开始感到厌烦了，本来藏在心里的让她堵心的事，随着时间的推移，日积月累，那些不如意的负面情绪便像堵塞的下水道一样浮出水面，在她那不再年轻的脸上堆积起来。她把沈艾莉的美丽归咎于她出生那天身边那棵怒放的木棉花，归咎于沈振扬一大早就去饮酒，如果她不是半路下了那个好心人的三轮车去把沈振扬拉走，她一定能赶到医院去生产，她的女儿也像别的孩子一样平安地来到这个世界上，像别的孩子一样有着普通的长相平凡而顺利的人生。

冯宝怡的烦恼被眼尖的英姑发现了，有一天，她拦住了下班骑着摩托车回家的冯宝怡说，艾莉她妈，来，你过来，咱们聊聊。冯宝怡把摩托车支好，摘下头盔无精打采地走到英姑跟前。英姑拍了拍沈振扬每天晚上坐着喝啤酒的蓝色的塑料四方凳说，来，咱们坐下来说。冯宝怡顺从地坐下来，英姑，你有啥事赶紧说，我还得赶回家做饭呢。英姑说，急什么，饭天天吃，早吃晚吃还不一样，又不是赶着吃饱了去逃难。冯宝怡说，你不知道——英姑说，我就长话短说吧，我看你这段时间脸色不大好，到底咋回事？艾莉的对象还没找到？冯宝怡叹了口气，没想到啊，这事办起来咋就这么难呢？

英姑说，是啊，我在新闻里都听说了，城里的剩女，越来越多，不过你家艾莉条件这么好，不应该啊。冯宝怡说，就是因为条件太好了，高不成低不就的，对了，我早几天托你问的那家人，有回音了吗？英姑说，你是说，那个卖粽子的大婶家的儿子？冯宝怡说，对啊，虽然卖粽子只是小买卖，但好歹也是买卖，说不定哪天能开个大工厂。英姑说，你是个明白人，她家的儿子可是名牌大学毕业的，在深圳一家很大的会计事务所当主管呢。冯宝怡眼前一亮，啊，条件这么好！英姑说，好是好，但人家还是觉得配不起艾莉。冯宝怡的眼神一下子又黯淡了下来，患得患失地问，那，那孩子的妈是怎么说的？英姑说，还是那句话，人家说呀，艾莉的确是个好孩子，可就是因为太漂亮，所以就……

冯宝怡把头盔重新戴好，站起来说，谢谢你啦英姑，我真得回家做饭了。英姑安慰道，你也不用太着急，每个人都有不一样的想法和难处。冯宝怡说是的，每个人都不一样，只是他们对我女儿的想法都像同一位老师布置的同一道作业题做出来的标准答案一样。

冯宝怡走到摩托车旁边，她突然想起了什么，折回到英姑跟前。英姑说，嗯？冯宝怡说，你家那大小子，我记得有三十好几了呢？英姑叹了口气，是啊，比你家艾莉大了整整七岁呢！冯宝怡说，年纪不小了，也该成家了。英姑说，谁说不是，我家那小子读书不怎么样，现在只好跟着他爹当个泥水匠，谈过几个姑娘，不是他相不中人家，就是人家相不中他。冯宝怡说，你就不用谦虚了，你们家老何现在可是大老板啦。英姑自豪地笑了一下，嘿，还不是个泥水匠。冯宝怡说，要不然，咱们对个亲家，你觉得怎么样？

英姑愣了愣，夸张地做出受宠若惊状，哎哟！这个，这我是想都没敢想的事。冯宝怡说，有什么不敢想的，这不就是古语说的，近水楼台先得月吗？英姑在心里琢磨，虽然沈艾莉不是她理想中的儿媳妇，但好歹也是正经人家出身，更何况，她有个当大医生的表姐呢，这可是个拿钱换都换不来的社会关系。英姑说，照你这么说，这事能成？冯宝怡说，反正我是没问题了，就怕你瞧不起我女儿。英姑说，哪里敢哟，你，只是我们家那房子有点小，就怕委屈了你女儿。冯宝怡说，我家房子大啊，他们结了婚，你儿子搬过来和我们一起住就行了，反正咱们两家就隔着一幢楼，你什么时候想见儿子儿媳妇，抬脚就来了，多好的事。

英姑说，啥意思？我儿子娶了你家艾莉，他得搬到你们沈家去住？冯宝怡说，你不是说你家的房子小吗？英姑说，我家的房子再小，我也不能让我唯一的儿子到你家当上门女婿去！冯宝怡说，不算上门女婿，他只是跟我们一起住，以后生出来的孩子还是姓何，我过两年就退休了，我还能天天侍候他们，你这个当婆婆奶奶的多省心啊！英姑说，你快走，这事没法谈，我活了大半辈子，就指望着有机会侍候我儿媳妇我大孙子了，谁乐意省心谁省去，我不乐意！

冯宝怡悻悻地说，咱们俩现在说这事还有点早，要不，让俩孩子见了面看成不成先？英姑说，算了，你还是另请高明吧，我家的庙小，容不下你们家的千金大小姐活菩萨。

8

老严家的祖上从来没有出过读书人更没有出过可以翻手为云覆手为雨的乡绅，或者富甲一方的商贾。从老严的家谱往上数八代都是在山里刨食的农民，他们到大山里去挖笋尖、挖五指毛桃、采摘红蘑菇、寻找任何可以入口的或名贵或普通的草药。老严以及老严的先辈们，依靠有限而贫瘠的土地，栽种个适合当地土壤和气候生长的个头硕大的香芋、皮薄甜脆的荸荠，或者在房前屋后的山坡上大面积地种植霸王花，待到霸王花的花骨朵长到比手掌还长，个儿像手掌一样肥的时候，赶在它们即将绽放的节骨眼上，把它们从长着刺的肥厚的枝杆上摘下来，老严以及老严家的老婆孩子，都被那些又长又尖的浅褐色的刺无数次刺到手掌流血。老严把他们家族的最后一个长辈——他的老父亲埋进土里之后，开始像村里的其他人一样养蜂采蜜。

老严记得老父在世时曾经说，最好的蜂蜜来自大山里野花的滋养，在百花齐放的春天，有一种老天爷赐给人类的古老植物——岗松花，这种花养的蜂所产的蜜，才是蜜中上品。岗松花的身体干瘦，一丛一丛地依偎而长，叶如细絮，花若晨星，白中带黄，鼻子靠上前去，就会嗅到一股来自泥土与风雨深情交汇产生的原始而朴素的清香。春去秋来，等花朵儿谢了，山里的人喜欢把它们砍回家晒干，看着它们像绒线一样细小的叶子从枝丫上掉落，把它们抓起来，在石磴上或者墙根下狠狠地把残余的叶子甩干净，就是做扫帚最好的材料。

老严为了生产出这种野花喂养出来的蜂蜜，把家从半山腰迁到另一座山的半山腰的一片平坦的坡地，因为那里密密麻麻地生长着的岗松仿佛就是为了他养蜂而准备的乐园。老严对妻子说，据他的老父亲说过，岗松花养出来的蜂蜜味道纯正，对治疗慢性胃炎有极好的疗效，咱们家以后发家致富，就得靠它啦！

严帅像村里的其他孩子一样，从小就跟着父母在地里刨食，上学读书只是他们的业余工作。直到有一次，他跟着老严老走蜂房去采蜜，因为只有一套防护面罩，严帅被那些一只只死守蜂巢的蜜蜂蛰了个鼻青脸肿，他的妹妹严美盯着他像腊肠一样肥厚的双唇笑得在地上打滚。从那天起，严帅开始发奋读书，发誓要在他这一代改写严家的族谱，要让自己的名字以读书人的身份出现在那本四周被蟑螂啃噬得边缘凌乱，连老鼠都嫌弃的族谱上。他捧着自己那张肿得像灌满水的猪肺一样的脸郑重地对妹妹严美说，你如果不想一辈子待在山里面，从今天开始就好好读书，将来要在城里立足，否则下一个被扎的就是你。

老严的蜂房产出的蜂蜜果然不出所料，那些流淌着琥珀色的甜蜜的液体，滋养着老严的一家老小。老严家的蜂蜜很快就受到来自城里的客人的青睐。每年春天，那些自驾车旅游的，旅行团的客人都为了买到老严家的岗松花蜜慕名而来。他用两年时间还清了先后因为盖房子、给老父办丧事、给老婆看风湿病借下的债，还把严帅送进了大学，把严美送进了中专。他终于挺直腰杆，在族谱上添上儿子的名字：严帅，大学生。

老严在严帅考上一个三本大学学习计算机专业第二年，被查出患上了肺癌。那一年他才五十五岁，他没有把自己的病情告诉老婆孩子，而是像平时一样该放蜂放蜂，该收蜜收蜜，该播种时播种，该收获时收获。他觉得他肺越来越痛，呼吸越来越困难，原来只是半夜里才发出来的咳嗽变成没日没夜地说来就来。他的老婆葛秋枝，开始担心丈夫的身体，老严说他得的是慢性支气管炎，所以好得慢。葛秋枝说，医生说什么时候好？老严说，好的时候自然就好了，慢性就得慢慢来。

在老严时断时续地咳了两年多以后，葛秋枝给他寻医问药。但是葛秋枝不识字，不会自己坐车去县城找医生，只好找邻里打听有没有厉害的郎中。她翻山越岭来回走了五十多里山路之后，总算给老严寻回来一张方子，她每天照着方子给老严熬中药。老严也顺从地按照老婆的指示，把那些又黑又苦的中药一滴不漏地吞进肚子里去。葛秋枝说，药太苦了，你喝口蜜润润喉吧。老严说，不用，这些蜂蜜都是有客人订了的，一两也不能少。

老严的病情在中药的维系下又拖了两年多，严帅终于大学毕业，在城里一家电脑公司找了份技术员的工作。严美也毕业了，她离开老家跟着哥哥的脚步也来到这座紧邻广州和深圳的著名侨乡。她在一家超级市场找了份工作，和王小敏成了同事。

又一个春暖花开的季节，老严去世了。那个春天的岗松花开得比往年更繁茂，像星星一样点缀着整个山冈，老严像往常一样提着塑料桶和搅拌工具去收蜜，因为病情越来越重，导致他神志有些恍惚，忘了戴上防护面罩。他深一脚浅一脚地走着，快到门口的时候，被蜂房的门槛绊了一下，整个人都扑倒在蜂房里。他手里提着的塑料桶从他身边滚了开去，他发出一连串惊天动地的咳嗽。葛秋枝还在离蜂房二十米远的家里日复一日地熬着中药，猪崽和母鸡的叫声掩盖了老严的咳嗽声。老严又发出一阵咳嗽，使尽全身力气把积压在那个被癌细胞侵蚀了几年的早已变得千疮百孔的肺里的老痰和暗黑的血尽情地一吐为快，就像吐出在他身上积压了几十年的苦难的果实，终于怀着轻松的心情陪伴着他更轻盈的灵魂离开了人世。他饲养了多年的工蜂，竟没有一只舍得上前蜇他一下。它们从蜂箱里倾巢而出，密匝匝地一只叠着另一只，一只挤着另一只，杂乱而有序地在老严倒下的地方围成一个圈，像老朋友一样对他进行一场隆重而庄严的悼念。

严帅和严美接到老严去世的消息之后就赶回家去奔丧。兄妹俩为父亲举行了一个简单的葬礼。葬礼的第二天，他们就找到买家卖掉了老严的蜂房还有猪栏里和鸡窝里的家畜。第四天，兄妹二人带上母亲离开了老家。

严帅把母亲带到城里后，租了套两房一厅的房子，一家三口总算在城里落了脚。严帅对葛秋枝说，妈，您先委屈几年，等我攒够付首期的钱，就去买一套属于我们的房子。他还和妹妹严美约法三章，要她每个月给母亲上交一千五百元，一千元作为买房基金，五百元是生活费。严美说，那你呢，严帅说，我每个月只留五百块生活费，所有的钱都交给妈保管。严美说，这还差不多。

严帅的工作是电脑维修技术员，他像每一个到客户公司做电脑维修的技术人员一样，把他的本职工作做好之后，就让客户在他的工单上签名确认，然后悄无声息地离开。他们的身上永远背着一个有着他们公司标志的特制工具包，像个百宝箱一样装着各种各样的工具。他们对于客户提出的任何要求，都能随机应变，及时处理。但是他们极少会在上门给客户服务的时候，有人给他们倒杯茶，聊几句家常，更没有人会主动问他们的名字。需要沟通的时候，对方就会说，××公司的。

严帅已经代表星河电脑公司在铂莱卡大酒店行政部进入了无数次。每次他驾着公司那台小面包车离开铂莱卡的地下停车场驶出马路后，都会踩一踩刹车，回过头去看一眼这幢豪华而雄伟的建筑，在心里感叹道，看看，这气派！

严帅共进过四次蒋玉瑶的办公室。第一次是给她的电脑主板升级，第二次是给她的打印机换墨盒，第三次是电脑中毒，替她重装一次系统。他第一次走进蒋玉瑶的办公室时，蒋玉瑶就出乎他意料地问他叫什么名字。严帅意外地愣了愣，像突然忘记了自己的名字一样半天开不了口。蒋玉瑶微笑着给他倒了一杯茶，递给他一张名片说，我叫蒋玉瑶，如果方便的话请你也给我留个电话，以后我的办公设备有问题我就可以直接找你。严帅赶紧递上自己的名片，但那只是公司的名片，上面的电话也是公司的客服电话。他问蒋玉瑶要了一支签字笔，在名片上留下自己的姓名和手机号码。

第二次和第三次，蒋玉瑶也像第一次一样给他倒茶，还主动和他聊天。严帅埋头干活的时候，蒋玉瑶就会看着他的后发际线发呆，她又想起高中时代和沈艾莉、蔡家佑一起坐公交车，那时候的她最喜欢看着蔡家佑的后发际线发呆。她觉得严帅的后发际线比蔡家佑的线条更干脆利索。她面对严帅的侧面的时候，被他深陷的眼窝和浓密的眉毛以及有着像欧洲人一样硬朗而立体的线条感到惊奇。

严帅第四次走进蒋玉瑶的办公室，并不是为了公事。那天临下班的时候，沈艾莉对蒋玉瑶说，你是不是认识星河公司那个修电脑的？蒋玉瑶说，你是说严帅吗？沈艾莉哈哈地笑了起来？严帅？他是不是帅得很严重？蒋玉瑶说，你有什么事？沈艾莉说，我家的电脑不知道怎么回事突然中毒了，害得我好几天玩不成游戏，你帮我打电话问问他会不会修。

　　下午快下班的时候，严帅在后勤部送完电脑耗材准备离开，他接到蒋玉瑶的电话就顺道过来了。蒋玉瑶像往常一样给严帅斟了茶，还请他吃了几块曲奇饼干。严帅说，你的电脑有什么问题？蒋玉瑶说，不是我，是我同事家的电脑可能中毒了，不知道你有没有时间帮忙修一下。严帅说，那得等我下班，不过你最好跟你同事说明白，私人的活我要收钱的。蒋玉瑶说没问题，我会跟她说清楚，该收多少你就收多少。蒋玉瑶说着，交给严帅一张纸条，这是我同事的电话，你有空就跟她联系吧。严帅说，我今晚还有活，可能要明天，谢谢你。

9

　　自从和英姑的谈话不欢而散之后，冯宝怡憋了一肚子气，做饭的水准每况愈下。沈振扬每天愁眉苦脸，气色也像冯宝怡的心情一样日见黯淡。他抱怨道，这日子过得，是一天不如一天了，难怪我的宝贝女儿连晚饭都不回来吃了，你看你做的都是什么玩意！冯宝怡说，你嫌不好吃就请个保姆回来做饭啊，当年你想娶我的时候是怎么承诺的，你说，冯宝怡，你就放心嫁给我吧，我们沈家是大富之家，即使更好的日子已经一去不复返了，但是瘦死的骆驼也比马大，你只要嫁给我，你就是沈家的三少奶奶，我保证让你过上让你那些姐妹们都眼红的养尊处优的好日子！我当年那些好姐妹，她们的老公哪个不比你强，不是当官就是当老板，住着大别墅，开着小轿车，身上穿着的、手里提着的全是名牌，家里还有保姆侍候。现在我把热饭热菜做好了摆在你眼前了，你还有脸嫌弃？你这个沈家三少爷可是当得心安理得，我却是个当老妈子的命！

　　沈振扬坐在沙发上，一边看新闻联播，一边耐心地听冯宝怡的数落。等到冯宝怡在文化程度有限的肚子里再也刮不出让他难堪的词语不得不闭嘴之后，才慢条斯理地说，别以为我不知道，你那些好姐妹看上去只是表面风光，你那个老公当官的好姐妹，她男人上个月跳楼去世了；还有那个叫啥名的，她的男人生意倒是做得大，不过最近他们家的事，你也应该听说了吧，突然冒出来情妇和一个和情妇生的十几岁的儿子，嘿，你看人家这事办的。冯宝怡忘记了刚才对丈夫的数落，一听他提起这事，放下正在收拾的碗筷，吃惊地问，啊，你连这事都知道啊？沈振扬轻蔑地盯了冯宝怡一眼，这事都成了这段时间的最火的新闻了，谁不知道。

冯宝怡叹了口气，谁想到呢，你说，她老公每天除了应酬，早中晚饭都在家里吃，晚上还牵着老婆的手散步，从来不在外面过夜，几十年如一日。真是邪了门了，那个情妇和儿子到底是怎么冒出来的。沈振扬哼了一声，当老板的和我们这种每天都得打卡上班的人最大的差别是什么？冯宝怡说，是什么？沈振扬说，自由啊！她那个老公，把回家当成上班，把上班当成回家。冯宝怡一拍大腿，哎哟，原来是这样！沈振扬说，你上外面去打听打听，满天下还能找得到第二个像我这样的丈夫吗？

看完新闻联播，沈振扬把电视遥控器交给冯宝怡，站了起来。冯宝怡说，你又要上哪去？沈振扬说，我上英姑那打卡去。冯宝怡说，你能换个地方喝酒吗？沈振扬说，怎么啦？冯宝怡说，没怎么，就是前两天我们本来一起好好说话来着，一言不合就吵起来了。沈振扬说，撕破脸了？冯宝怡说，撕了，应该不算破吧，反正你换个地喝去。沈振扬说，我无所谓，可别家不肯赊账，你给我钱吧。冯宝怡说，我没钱，要不你就戒酒，我哥都说了多少年了——

沈振扬说，你要清楚自己的身份，你嫁给了我，你生是沈家的人，死了也是沈家的鬼，你哥除了生怕别人不知道他有文化成天瞎指挥，还能帮上什么忙？就算你和英姑真的把脸撕破了那也是你自己的事，现在是业余时间，咱俩井水不犯河水。沈振扬走到大门口站住了，他转过身去，深情地看着他不再年轻的妻子说，咱们这小日子啊，就这么过吧，挺好！

沈艾莉在王小敏家里吃了两块提拉米苏，她还想吃第三块的时候，王小敏说，不能再吃了，我还要拿去送人。沈艾莉说，你不是在这里举目无亲吗？王小敏说，送给一个大帅哥……的妹妹。沈艾莉说，想送给帅哥就直接送，干吗还要拐个弯。王小敏说你别管，对了，你的男朋友有着落了吗？沈艾莉说，我妈正为这事发愁呢。王小敏说，你就不愁？沈艾莉说，我才不操心，又不是提拉米苏，我跟这事较什么劲。

沈艾莉在回家的路上接到严帅的电话。严帅说，我姓严，是修电脑的，你的同事蒋玉瑶说你家电脑中毒了。沈艾莉说，你就是那个帅得很严重的严帅吧，十五分钟后在我们小区门口等可以吗？严帅说，行。

沈艾莉下了出租车，见路边停着一辆摩托车，一个身材高大的年轻男人倚在摩托车座旁边抽烟。他捏着香烟的手势悠闲中带着一种焦躁，这是他每一次利用业余时间上门干私活之前都会表现出来的情绪。他利用在学校学到的专业技术，以及利用业余时间自学到比和他一起从同一所大学同一个专业出来的同学更多的技能之后，就开始规划自己的业余时间。他为了保住自己在星河电脑公司的饭碗，每天第一个到公司，最后一个离开。他主动解决、协同解决同事们遇到的技术上的难题，他除了会对付电脑、打印机、复印机等办公器材所遇到的各种奇难杂症，还会修电风扇、水龙头，给空调换滤网。严帅在公司的人品和技术水平有口皆碑，这种口碑换来的是公司老板对他的信任，同事们的尊重，以及对他帅气出众的长相的无意识忽略。

有一次，公司的清洁工阿姨请严帅到她家里给她儿子修电脑，电脑修好后，阿姨往严帅手里塞了五十块钱。严帅说什么也不好意思收，阿姨说，这钱你不仅要收下，以后你再给别人私下无论修啥，都应该收钱，这是对你自己劳动的尊重。严帅说，要是老板知道我干私活，他会不会对我有看法？阿姨说，这公司上下，但凡有点技术的，哪个不干私活。

自从严帅把母亲和妹妹一起接过来之后，他的生存压力变大了。虽然每天晚上回到家都会和母亲高兴地说笑，把干私活挣来的交到母亲那双曾经为父亲没日没夜地熬中药，被药汁和药渣染得肤色模糊的手里，依然会被母亲既信赖又忧虑的目光压得呼吸困难。严帅为了抚平母亲目光中的忧虑，他工作更加卖力，接私活的频率也越来越高。他所有来自生活的压力和焦躁，不能在母亲和妹妹面前表露，不能在老板和同事面前表露，也不能在以公司的身份上门为客户服务的时候表露。只有这一刻，在即将走进某户人家替他们干私活之前，在进门的前几分钟，他才会允许自己悠闲地抽根烟，释放内心的重负。

沈艾莉走到他跟前，你是严帅？严帅赶紧把香烟摁灭了，小跑着回到摩托车前说，你是沈艾莉吧。沈艾莉从头到脚将严帅打量了一翻，笑了起来，哈哈，是帅得挺严重。严帅不好意思地笑了笑，你的电脑怎么了？沈艾莉说，你先把车推到英姑便利店门口的树下停好，对，就那。严帅按照沈艾莉的指示，把车停好后折回沈艾莉身边。

英姑从店里把头探出来，冲严帅喊道，你谁啊，把车停这，我不负责保管的啊。沈艾莉说，别理她，跟我走吧。

10

冯宝怡坐在沙发上，追看每天晚上黄金时段播放的现代爱情伦理剧，电视剧里讲的是一个嫁入豪门的灰姑娘在婆家受尽欺负和羞辱的故事。那位因为幸运之神的眷顾飞上枝头变凤凰的灰姑娘抱着对爱情的美好幻想和对豪门生活的希冀，坚信用她的温柔和顺从应对来自四面八方的明枪暗箭，总有一天会过上幸福的生活。冯宝怡追了两个星期的电视剧，那位可怜的女主人公灰姑娘温柔顺从依旧，豪门里的明枪暗箭变本加厉。冯宝怡设身处地地站在母亲的角度，对她面对的各种磨难既心疼又爱莫能助。

冯宝怡随着电视剧人物跌宕起伏的命运，在心里自觉也对正在努力寻找的未来女婿的条件进行恰如其分的调整。时高时低，时松时紧。但是现实生活不是电视剧，她如果是那位英明的轻易就能赚足观众眼泪的编剧的话，还可以随心所欲地决定和改写戏剧人物的命运。但她只是一个普通的母亲，她可以倾其所有去爱护自己的孩子，她以为她可以像她以为的那样去掌握女儿的生活，但是到了关键时刻，她无法在她需要一个女婿的时候，及时赐女儿一个合适的丈夫。

冯宝怡关掉了电视机，她看到沈振扬脱下来扔在沙发扶手上的外套，便把它拿过来穿上，除了袖子和衣服太长，宽度倒是刚刚好。冯宝怡轻轻地抚摸着两条衣袖，嗅到一股让她感到安全和平静的熟悉的味道。她自言自语道，真暖。

这时候，冯宝怡的手机响了，是她的嫂子打来的。张雪萍在电话里告诉冯宝怡，她托她的同事给艾莉介绍的对象有回音了。冯宝怡叹了口气，唉！张雪萍说，人家愿意谈！冯宝怡激动地站起来，嫂子，您说，快说。张雪萍说，这孩子是我同事的姑妈的表妹的舅妈家的孩子，父母都是国家干部，他在电视台当记者，年纪比艾莉长四岁，父母早就给他买好婚房，车子是他自己挣钱买的。他们对女方也没什么过分的要求，只要是正派人家，有稳定工作，有孝心就行了。

冯宝怡说，我们当然是正派人家而且是大户人家，想当年我们沈家，哟，我女儿有稳定工作啊，孝心就更不用说了，你知道吗，她每个月都给她爸结酒账，就凭这一点，我就坚信她是个有良心的孩子。张雪萍说，谁说不是呢，咱们家艾莉论出身论样貌那是一等一的好，我是她亲舅妈，我还不了解她吗？冯宝怡说，对对对，您最有发言权。不过，这孩子都三十出头了，他就没有谈过恋爱吗？张雪萍说，听说谈过，都快结婚了，这不连房子都买了吗？冯宝怡说，那为什么又结不成了呢？张雪萍说，这个我还真不清楚，可能是某一方觉得不合适临阵退缩了吧。冯宝怡说，是男方退还是女方退？张雪萍说，这个——我也没问太细，不过，是谁先退的不要紧吧？冯宝怡说，当然要紧，如果是女主退的，指不定是这个男的有什么问题，是对人女方不好啊，或者是他身体有什么不可告人的病情啊，都有可能。张雪萍被她这么一说，也觉得事情挺严重的，她忐忑地问冯宝怡，那要是男方主动退的呢？冯宝怡说，也有各种各样的可能啊，说明这个男的不负责任，没有担当，都谈婚论嫁了才把人家姑娘退掉，他让人家姑娘以后还怎么找对象？要是因为女方做了什么对不起他的事，他退也是情有可原，只是这么好条件的孩子，那女的为什么还会做出对不起男方的事呢？归根到底，这孩子的问题不简单呐。

张雪萍愣了半天，冯宝怡也在心里琢磨着应该让艾莉去见还是不见。这时候，沈艾莉打开大门走了进来，对严帅说，进来吧。冯宝怡听到声音抬起头，看见了和艾莉一起进门的男孩子。张雪萍在电话那头说，我觉得你说得也有道理，这孩子是见还是不见，你赶紧拿主意。冯宝怡说，嫂子，我现在有急事，回头再给您打过去，先挂了啊。

冯宝怡放下电话，她的眼睛从严帅走进家门那一刻起就没有从他身上挪开过。眼前这个比艾莉高出三指宽的年轻的男孩身上穿着一件条纹的打底T恤，外面穿着一件藏青色的运动风衣，风衣的领子和袖口处有些发白。肩上挎着一只牛仔布单肩包，显得有些沉。他的下身穿着一条洗旧了的牛仔裤，脚上穿着一对回力布鞋。冯宝怡从他的衣着判断出这孩子的家境不会太好。

没关系。冯宝怡心里想，英雄何必问出处。她的视线又转向严帅那让她惊讶的脸，冯宝怡从几十年丰富的却相对有限的生活圈子所认识的人，包括她在电视里看到过的各种明星，都没有哪一张脸比得上这个男孩更让她稀罕。冯宝怡在心里感叹，老天爷！天底下竟然有长得这么出色的男孩子，尤其他和艾莉站在一起的时候，简直是天造地设的一对！他的头发乌黑浓密，有些微卷；他的双眉像头发一样粗黑浓密，周边没有半点杂茬；他的眼睛又大又亮，眼窝往里面陷下去，配上双眼皮上那两束又黑又长的眼睫毛，让冯宝怡觉得他的脑袋里藏着别人永远都猜不透的思想。他的鼻梁高挺，人中长而深，嘴大，双唇饱满有肉。所有的器官都以最美的姿态在那张有着刀刻一样利索线条的国字形脸上各就其位，但它们又都像为了争得主人的宠爱一样努力展示自己最好的一面。眼睛觉得自己比鼻子亮，眉毛觉得自己比双眼皮更容易引人注目，那两排藏在双唇里的牙齿也在蠢蠢欲动，对嘴唇说，你敢张开试试，我也不是光吃不练的货色。冯宝怡终于想起来，只有在沈艾莉床底下那两箱曾经被她卖掉导致女儿离家出走的画册里见到过和眼前这个男孩长得不相上下的人物画像。而眼前这个活生生的血气青年，着实能让冯宝怡迷失了方向。

沈艾莉对严帅说，跟我来。严帅跟着她进了卧室。冯宝怡紧跟上前去，沈艾莉没有回避母亲的关注，她房门大开，把书桌前那张椅子椅背上的衣服拿掉放在床上，再往后挪了挪，打开了电源开关，对严帅说，你帮我看看是怎么回事，前两天还能开机，昨天连机都开不了了。严帅说，我看看。

冯宝怡把女儿从卧室里拉出来，压低声音神秘地问，他是谁？叫什么名字？在哪里工作？你怎么不给妈介绍一下？沈艾莉盯了冯宝怡一眼，我哪知道那么多，他就一个修电脑的师傅。沈艾莉说完，转身回卧室去了。

冯宝怡哦了一声，站在房门口看着严帅修电脑的背影，失望地叹了口气。

严帅把沈艾莉的电脑重装过系统后，冯宝怡走进来问道，师傅，你除了修电脑，还会修别的吗？严帅说，也不是什么都会，阿姨，您有什么东西坏了？冯宝怡说，太多了，你先修电脑，我去翻出来你一会帮我看看。

一个小时后，严帅把沈艾莉的电脑修好了，沈艾莉说，多少钱？

严帅说，八十块。沈艾莉掏了一百块钱交给他说，不用找零了，下次有问题再麻烦你。严帅说不行，账目得分明。他从裤兜里掏出一只残旧的钱包，翻了二十块钱退回给沈艾莉。沈艾莉坐在电脑前开始玩她的游戏，对严帅说，你走好，不送啦。

冯宝怡花了一个小时翻箱倒柜，将家里坏掉的却舍不得丢弃的小家电像摆地摊堆放在客厅里。她对严帅笑了笑，小伙子，你看看这些东西，还能修吗？严帅在那堆旧家电跟前蹲下来，他看到一台坏了电源线的台式摇头电风扇，一只旧电饭锅，一只坏了插头的电烫斗，甚至还有一把只是干电池用尽了的夏天用来对付苍蝇蚊蚋的电蚊拍。严帅把电风扇的电源线接好，从他的工具包里掏出一只新插头给熨斗换上，又给电蚊拍换上两块新的干电池。他用右手握着那把电蚊拍，在空中来回扇了几下，冯宝怡听到一阵熟悉的蚊虫被电击后的哗哗声，兴奋地喊起来，呀，好了！冯宝怡给严帅拿了瓶饮料说，小伙子，你喝点饮料解解渴。严帅说，不用了，谢谢。冯宝怡说，你看你忙活了大半天，我怎么好意思呢？

严帅收拾好工具包，对冯宝怡说，阿姨，您这个电饭锅的只是指示灯坏了，修不修都不影响使用，您要真想修，我就得拿回去慢慢搞。冯宝怡说，原来是这样，不过这灯不亮，我就老觉得它是坏的，如果能修的话就更好了，我说你这孩子怎么这么能耐呢？你拿回去慢慢修，不着急。严帅掏出一张自己为了干私活特地印的名片，正面是他的名字和电话号码，背面是他力所能及的工作范围。冯宝怡说，我一定好好保管这张名片，有事就给你打电话，呀，原来你叫严帅。严帅说，是我爸给我改的名。冯宝怡叹道，你爸爸一定很有文化。严帅说，我爸是个农民，去年已经死了。冯宝怡可惜地叹了口气。严帅抬起头，发现冯宝怡家天花板上装着一排筒灯的其中一只灯泡坏了。他对冯宝怡说，家里有新灯泡吗？冯宝怡说，有，前几天刚买的，本来艾莉她爸答应帮我换，一直拖着，我去给你拿。

严帅换好灯泡，捧起那只旧电饭锅对冯宝怡说，换灯泡就不收您钱了，举手之劳，您就给我三十块钱吧，这个电饭锅等我换好电机送回来该多少钱再告诉您。冯宝怡愣了愣，她不知道严帅给她修东西还要钱，她自作聪明地以为他来给艾莉修电脑是朋友关系，或者是朋友的朋友关系上门义务劳动一下，既然人都来了，就顺便给自己的义务一下。虽然三十块钱不算多，但是她心里总觉得别扭，觉得长得这么帅的孩子，上家里来给她修了这些东西，还留了电话，以后有什么需要，走动走动，关系慢慢就亲近了。可是严帅提出的这三十块钱，像一盆冷水狠狠地泼在她内心被严帅的能力点燃起来的渴望与之亲近的火光。冯宝怡掏出三十块钱交给严帅，她说，要不，这电饭锅还是不修了，我将就着用吧。冯宝怡说着，从严帅手里把电饭锅夺回来。她打开大门把严帅让出去，看着他高大俊挺的背影在电梯门口消失后，终于死心了。

冯宝怡拿起电话给她的嫂子拨了过去，嫂子，我还是觉得艾莉应该跟那个孩子见一面再说，您说呢？张雪萍说，行，我明天就给人家回话。

第六章

1

　　冯芊慧被单位选派去澳门镜湖医院进行为期半年的交流学习。蒋兆南借出差的机会与冯芊慧在澳门见过两次面，一次时间太匆忙，两人一起吃了顿晚饭就结束了。第二次正好赶上冯芊慧前一晚值了一个通宵的班，第二天有一整天时间休息。她在宿舍里一觉睡到中午一点，全身像散了架一样躺着，生怕轻轻一动，身上的某根骨骼就会散落下来。她的脑海一片空白，眼睁睁地看着天花板发了一会呆，力气随着她的思绪慢慢清晰开始在她的身体里恢复。她从床上爬起来，走进洗手间刷牙洗脸，对着镜子把脸上的五官收拾整齐，肚子终于开始发出抗议。她打开冰箱门，从里面掏出面包和牛奶，她把面包片放进烤炉，又从冰箱里翻出一瓶果酱，拿起一只小勺子正准备把草莓味的果酱抹到烤热的面包片上去的时候，接到蒋兆南的电话。

　　蒋兆南和冯芊慧在渔人码头享受完西式下午茶之后，就转到大三巴附近游玩。蒋兆南买了一包猪肉干，自己掏出一块尝了一口，觉得不错，又拿了一块递到冯芊慧嘴边，冯芊慧犹豫了一下，用嘴接住了。在大三巴牌坊前，冯芊慧拍了几张照片，蒋兆南物色了一位看上去像个热心肠的游客替他们拍了几张合影。开始拍那两张，冯芊慧和蒋兆南对着镜头站立时还保持着一拳宽的距离。冯芊慧更是紧张得不知道应该摆出一副什么样的表情，她当然知道这种时候不能太严肃，也不能像面对病人时摆出一副悲悯的职业性笑脸。她在心里纠结，到底是微笑，还是露齿笑，还是满足的笑。都不行！她在心里想，摆出来任何一种刻意的表情最后留下来的只有刻意。她放弃了为了表现一个恰当的笑容给她带来的不自在，干脆放松面部神经，自然地看着镜头。那位热心的游客摁下手机快门，记录下冯芊慧脸上真诚中带着迷茫的表情。对于冯芊慧的真诚，蒋兆南从认识她第一天起就没有怀疑过，此时此刻，他似乎也感受到了她在镜头里表现出来的迷茫。那位给他们拍合影的年轻小伙子说，笑一笑，再拍两张，你们靠近点，再靠近点。蒋兆南伸出手去，轻轻地搂着冯芊慧的肩膀。冯芊慧的上半身借助蒋兆南手上的力度，自然地向他身边倾斜，整个过程流畅自然，毫无做作的痕迹。很好！OK！年轻的小伙子终于又给他们拍了几张他认为满意的照片，才把手机还给蒋兆南。

蒋兆南和冯芊慧在四季酒店吃了一顿浪漫的晚餐。冯芊慧说，早知道来这种地方，我该穿套晚礼服。蒋兆南笑道，你身上的气质比任何价格昂贵的晚礼服更让人赏心悦目。冯芊慧觉得蒋兆南今天有点不一样，但是回忆起从前的多次约会，除了今天下午拍了那几张搂着肩膀的照片，同以前的任何一次见面都没有什么差异。冯芊慧觉得，她面对与蒋兆南的关系，就像面对一个棘手的医学难题，她，包括她的团队，而蒋兆南现在也成了她团队中的一员。他们都希望通过各自的努力一起攻克这道难题，好改变这种停滞不前的困境，迎来全新的局面。冯芊慧知道蒋兆南也在努力，她也同样知道，努力不等于急进。

蒋兆南和冯芊慧分别喝光了自己酒杯里的红酒，冯芊慧看了看表，已经晚上十点了。蒋兆南依然端坐在餐桌前，若有所思欲言又止地看着冯芊慧招手看表的动作。她的动作一如既往的优雅，脸上一如既往地保持着她在时间的催迫下依然保持着的从容。蒋兆南说，我们——

冯芊慧抬起头，用带着疑惑的微笑看着他。蒋兆南本来想说，我们相处了这么长时间，是不是应该有个结果了？在他的预想中，冯芊慧可能会反问他，他想要什么样的结果。蒋兆南甚至已经预备好答案，那就是，我希望我们心里想要的结果是一样的。但是以蒋兆南对冯芊慧的了解，她肯定会说，结果的单一性是相对的，即使我们希望的结果有一个标准答案，但是我和你，或者任何一个个体的人，他们面对得到同样结果的时候，对这个结果所付出的努力和勇气，以及得到这个结果之后根据自我的自由意志生发出来的各种行为、各种期望，都是完全不一样的。有的可以求同存异，有的可能南辕北辙。蒋兆南想到这里，情不自禁地笑了起来。

冯芊慧收回她的疑惑，她已经明显地感觉得到蒋兆南已经收回他的欲语还休。她说时间不早了，咱们走吧。蒋兆南说好，我送你回去。

在澳门交流的半年时间里，冯芊慧对单位发生的很多大事都一无所知。当她从澳门交流回来，从北京大学医学院顺利获得博士学位主修神经外科的初恋男朋友江锦鹏医生已经从嘉兴市中心医院调动到冯芊慧的单位近两个月。江锦鹏在网上看到江城中心医院公开招聘副院长的信息，他将自己资料通过电子邮件寄到本市的卫生局，卫生局领导看到江锦鹏的履历眼前一亮，他立马向市里打了个报告，希望能以引进高层次人才的途径破格将江博士聘为中心医院的副院长兼任神经外科主任医师。江锦鹏的调动过程一路绿灯畅通无阻，终于在时隔七年之后，回到冯芊慧身边。

江锦鹏在决定调动之前，和父母平心静气地召开了一次家庭会议。他对父母说，他像候鸟一样南来北往地飞了那么多年，是时候找个地方栖息了。江爸爸说，你有什么想法就说出来，我们一起商量。江妈妈说，你在这里土生土长，现在学成归来，为家乡服务，理所应当。江锦鹏说，我想调去小冯单位，简历已经投过去了。江妈妈跳起来，呀，凭什么呀，她是独生女，你也是独生子好不啦？哦，凭什么要你跟着她走，她不跟着你走？江锦鹏说，她没有要求我跟她走，是我自己想去。江爸爸对他的妻子说，你先别嚷嚷，想当年，我不是一样从北京跟着你到这里来了吗？儿子，你觉得自己的决定是对的，爸爸支持你。江妈妈说，支持你个头啦，你家里三个兄弟姐妹好不好？他是我唯一的儿子耶，他走了我们怎么办？江锦鹏说，我会带上你们一起走，等我安顿好了，你们就过去。江妈妈说，你这样说，就不是跟我们商量了。江锦鹏看着母亲，坚定地点了点头。江妈妈哭了起来，难怪人家都说，儿子是替别人养的，女儿才是自己的。江爸爸说，你是想留着你儿子在身边看着他一辈子打光棍呢，还是让他赶紧回到小冯身边早日成家。

江妈妈哭得梨花带雨，五十多岁的人，脾气也一如当年，一遇到事就爱撒娇流泪。江爸爸搂着他的妻子说，好啦好啦好了啦，你不是一直说喜欢深圳吗，那里离深圳只有一百多公里，等儿子休息的时候，随时随地来个想走就走的旅行，我们还可以去香港购物呀，去澳门吃好吃的呀。江妈妈抹了把眼泪，对江爸爸说，说好的啦，你可不能反悔，我到时候要去香港买好多好多衣服、鞋子，还有包包，我要名牌的呀。江爸爸说，行行，只要你高兴，什么都行。

　　冯芊慧上午坐了半天专家门诊，见了二十多个病人。她给某个患了更年期抑郁症的病人做了大半个小时的思想工作，那位五十岁左右的脸上堆积着人工胶原蛋白的女人的脸上终于变平缓了。从她的表情可以看得出来，她看着冯芊慧说话的时候的眼神，活像一个刚进小学大门的求知欲极强的好孩子。她喜欢听着表情严谨的冯医生那张执拗的双唇里吐出来的每一句温热的话语；她更喜欢冯芊慧白大褂里露出来的半高领的针脚细密的灰蓝色毛衣。冯芊慧既像医生又像一个智者，当病人告诉冯医生她每天晚上因为更年期焦虑睡不好觉要她给开安眠药的时候，冯医生说，焦虑就像阳光空气一样无处不在，从小孩到老人，从男人到女人，从东方到西方，只要是个人，焦虑就像内衣裤一样贴心地跟随着我们的一生。

　　病人看着冯芊慧，惊讶得半天说不出话。冯芊慧说，从检查的结果来看，您身上的器官都没出大问题。女病人紧张地问，那小问题呢？冯芊慧说，小问题每个人都有，可以忽略不计。女病人说，可我老觉得浑身不得劲。冯医生看了她一眼，我建议您拿上美容院的时间做家务，拿打麻将的时间去散步，每晚睡前喝一杯热牛奶，看一小时书，病就自然好了。病人为难地说，我都多少年没看书了，每次对着书本就犯困。冯芊慧说，要的就是这个效果，犯困了你就好好睡，别胡思乱想。冯芊慧把病历交回给病人，对护士说，下一位。

　　中午十二点一刻，冯芊慧送走最后一个看门诊的病人，迈着疲惫的步伐走进医院职工饭堂。下午还有一个腹腔镜手术，冯芊慧强迫自己要把面前的食物一口不剩地吃完。她用勺子把鸡汤上的浮油刮掉，突然，一个熟悉的却又遥远得她几乎遗忘的声音在她耳边响起，江锦鹏医生捧着一个餐盘站在冯芊慧面前说，我可以坐下来吗？冯芊慧的心跳了一下，手里的汤勺像突然受到惊吓一样滑了下来。她抬起头，江锦鹏已正看着她微笑，好久不见了。

冯芊慧望着江锦鹏发愣，她的手肘支在餐桌上，手掌下意识地按在胸前，隔着毛衣触摸到那块藏在衣服里面的江锦鹏送给她的信物。她看了看江锦鹏挂在白大褂左边口袋上的胸牌，上面清楚地写着：神经外科、江锦鹏、副院长。冯芊慧的手从胸前放下来，重新拿起汤勺，漫不经心地问道，你什么时候来的？江锦鹏说，两个月前，你还在澳门交流的时候，我回来了！

2

冯宝怡通过她的嫂子牵线搭桥，定下了沈艾莉和欧志明相亲的时间和地点。冯宝她打开沈艾莉的衣柜，将里面那些颜色鲜艳的衣服全都拿出来铺在床上，一件一件地拿起来，在女儿身上比画。冯宝怡说，人靠衣装马靠鞍，第一次见面，不能随便。沈艾莉说，我不去了。冯宝怡说，不是说好了的吗？人家那小伙子条件多好，咱们打扮得好点，是对他表示尊重。

沈艾莉挑了件米色的毛衣，配上身上穿着的牛仔裤，再披了件灰色的大衣就出门。冯宝怡把她拦住了，她打量着沈艾莉这身毫无亮点的衣着担忧地说，真的就这样出去吗？沈艾莉说，我这身衣服就是去见美国总统都不丢人。冯宝怡说，要不我陪你一起去？沈艾莉说，随你。冯宝怡想了想，你第一次跟人家见面，我跟着好像有点不妥，要不我还是不去了吧。沈艾莉说，那我走啦。冯宝怡见沈艾莉走出家门，情急之下赶紧抓起早就准备好的放在沙发上的手提包，追着沈艾莉跑了出去。

她们赶到约会的餐厅时，比原来说好的时间晚了半个小时。冯宝怡不安地说，坏了，人家肯定会觉得咱们不会尊重人。沈艾莉说，随便啦，见机行事。冯宝怡说，没错，见机行事。

冯宝怡拉着沈艾莉的手，在餐厅里找到张雪萍告之的台号，果然看见一个男人坐在那里安静地看着手机。冯宝怡拍了拍沈艾莉的手，朝欧志明走了过去。冯宝怡说，你好。欧志明抬起头，看见冯宝怡疑惑地说，您有什么事吗？冯宝怡说，你叫欧志明吗？欧志明点了点头，没错。冯宝怡赶紧把沈艾莉从身后拉过来推到欧志明面前，看，这是我的女儿！

欧志明站起来，礼貌地请冯宝怡母女俩坐下。欧志明向沈艾莉伸出手去说，你好，我叫欧志明。沈艾莉隔着那张长方形的餐桌接过欧志明伸过来的手，我叫沈艾莉。欧志明又想和冯宝怡握手，冯宝怡笑着说，不用客气了。欧志明把手收回去，给他们倒茶。冯宝怡说，你妈妈没有来吗？欧志明正在倒茶的手停顿了一下，看着冯宝怡说，没有。冯宝怡说，要不你们慢慢聊，我先走了。欧志明说，阿姨，您既然来了就一起吃饭吧，我没关系。冯宝怡说，好，好，我陪你们一起吃。

冯宝怡看着欧志明，脑海里又闪过严帅的样子。她在心里叹了口气，再也不会遇见像严帅那么好看的孩子了。而且这个欧志明的样子看上去比介绍人所说的年龄起码老三四岁，冯宝怡在心里琢磨，要不是她嫂子把她骗了，要不就是她嫂子被人骗了。欧志明的样子长得虽然老了点，但也面相和善，尤其是他架在鼻梁上的眼镜，给了冯宝怡不少好感。欧志明翻着菜牌，问沈艾莉，你喜欢吃什么？沈艾莉说，我什么都喜欢吃。冯宝怡说，不用太破费，随便点两个小菜就好了。沈艾莉说，我很饿，听说这家店的烤乳鸽不错，给我来两只。冯宝怡在桌底下伸手在沈艾莉的大腿上掐了一下。沈艾莉说，那就来三只，正好一人一只。欧志明说，好。

沈艾莉吃完自己那只烤乳鸽，冯宝怡说，我血压高，医生让我少吃油腻的肉类。沈艾莉嘴里还咬着乳鸽的翅膀，腾出手去把冯宝怡面前的烤乳鸽端到自己面前说，我帮您吃。欧志明看着沈艾莉与她的衣着打扮和长相不成比例的吃相，心里直发笑，他把自己只夹了两块还剩下大半的烤乳鸽推到沈艾莉跟前说，能吃是福，把我这些也吃了吧。沈艾莉说，谢谢了，真好吃！

冯宝怡不时给女儿递上一块干净的餐巾纸，沈艾莉大快朵颐，旁若无人，顾不上接过母亲递过来的纸巾，冯宝怡只好把她脸上和嘴上的油渍擦干净。

欧志明看着沈艾莉的吃相，正如他姑姑的表姐的同事所说的，果然漂亮得让他有些意外。他当了那么多年的记者，见识过各行各业的不同年龄段的女性，还有单位那些每天打扮得知性得体五官标致的女主播，都没有哪个女孩的长相能与眼前这个狼吞虎咽的沈艾莉一较高下。欧志明觉得她太漂亮了，漂亮到这片被人间烟火熏染了几千年已经变得乌烟瘴气的凡人居所几乎没有属于她的容身之地，更不要说他那套两室一厅的简陋的小窝。她还像个孩子一样需要母亲陪着相亲，吃饭还要母亲给她擦嘴，欧志明相信，如果不是因为他这个第一次见面的相亲对象在场，冯宝怡肯定会把那些烤得焦香的乳鸽撕开送进女儿的嘴里。

欧志明果断地认定，沈艾莉肯定不会成为他妻子的人选，但是今天这顿饭，他吃得挺高兴，也因为认识沈艾莉感到高兴。因为沈艾莉的出现，成功地刷新了他对女性的外貌的美的认知。

这时候，沈艾莉的电话响了，她从来电显示看到是王小敏打来的，赶紧放下手里的肉，用餐巾纸随便擦了擦手，抓起电话说，小敏。王小敏说，你在哪呢？沈艾莉说，我在相亲呢。王小敏说，那你先忙，改天再找你。沈艾莉说别呀，我不忙，快说。王小敏说，我做好了蛋糕，想叫你晚上过来吃。沈艾莉说，太好了，我来。

沈艾莉放下电话，擦了擦嘴，看着欧志明说，不好意思，你这盘乳鸽我没法帮你吃了。欧志明笑道，没关系，一会打包回去晚上吃。沈艾莉说不行，晚上也吃不了，我同学做了蛋糕，她让我晚上去她家吃。冯宝怡说，你晚上就别去王小敏家了，说不定小欧还有安排呢。欧志明说，阿姨，我晚上还得回单位加班审稿，下次吧，下次我们再约。

沈艾莉赶到王小敏家，王小敏说，你也太快了吧？不是在相亲吗？沈艾莉说，相完了，蛋糕呢？王小敏说，还在箱里烤着，等会儿。沈艾莉在沙发上躺下来，两条大长腿上下晃动着，我今天吃到了世界上最好吃的烤乳鸽，等我发了工资我请你去吃一顿。王小敏说，好，那就先谢谢沈家大小姐啦。沈艾莉一拍大腿，惊呼道，哎哟！王小敏说，怎么啦？沈艾莉咬着牙使劲地挠着头发，我真笨，笨死了，还剩大半只呢，我本来打算吃完的，结果想想还来吃你的蛋糕就忍住了，我应该打包回来给你吃啊！

王小敏把蛋糕从烤箱里捧出来放在小四方桌上，今天见的那个男的怎么样？沈艾莉说，说不上来。王小敏说，总得有个说法吧？沈艾莉说，我就没认真看他的样子，光顾着吃了。王小敏说，你可真行！他家条件好吧？沈艾莉说，欧志明，男，三十一岁，在电视台当记者，父母双全，机关干部，有房有车。王小敏说，可以啊！你下次再看清楚点他的样，如果不难看，就他了。沈艾莉说，我无所谓，只要能嫁出去就成，问题是人家看不看得上我还是两说。王小敏说，要是哪个男的看不上你，他不是眼瞎，就是脑子进水了。沈艾莉说，可我妈说，见机行事。王小敏伸出双手比画着说，汪青青的肚子都这么大了，今天又看见她和她老公来超市买东西了，她说，快五个月啦！你是没见着她那得意的样。沈艾莉说，五个月哪有你说的那么大，她那是肥的。王小敏说，我也是这样觉得，她还掏出钱包里的婚纱照给我看了，化了妆后完全变了一个人，但是我看她照片里穿着婚纱拍照时的腰围，也和现在差不多大。

沈艾莉大声笑了起来说，王小敏啊王小敏，你挖苦人的水平越发高了，都不带一个脏字能把人怼死。王小敏说，我还不是替你抱不平？想起她借了你的卜卜星不还我就来气。

欧志明把冯宝怡送回家后，就开着车直奔养老院。他那位把他从小拉扯大的八十多岁高龄的奶奶已经在养老院的病床上躺了三年多，如今已近弥留之际。她最大的心愿是在有生之年亲眼看见自己的孙媳妇。欧志明走进养老院的病房，欧妈妈看见儿子进来，伸出食指按在唇边做了个嘘的手势。母子俩轻轻地关上房门，站在走廊里说话。欧志明问母亲，奶奶今天怎么样了？欧妈妈叹了一口气，医生让我们得有心理准备。欧志明的眼眶红了，他透过病房门上那个玻璃小窗望进去，眼泪滴了下来，他吸了吸鼻子，我奶奶还能吃得下东西吗？欧妈妈说，勉强喂了些稀粥，吐出来一大半。

欧妈妈问儿子，见着了吗？欧志明说，见了。欧妈妈着急地抓着儿子的手肘，怎么样？欧志明说，人长得真好看，只是。欧妈妈说，只是什么？欧志明说，她还是个孩子。欧妈妈说，孩子好啊，孩子单纯，娶回家慢慢教就是了。欧志明说，妈，她跟我不合适。欧妈妈说，怎么就不合适了？你奶奶都这样了，她一直撑着不肯合眼，你说——

欧志明说，我知道，但结婚又不是买件衣服，哪有那么简单？欧妈妈说，要不你哪天带她回家让我瞅瞅？欧志明说，有这个必要吗？欧妈妈说，当然有，咱们先别说结婚那么远，但是起码得让你奶奶知道你已经有对象了。欧志明说，您的意思是，我带她来看奶奶？欧妈妈说，你抓紧时间带回家来给妈看一眼，我看过了再定，行吗？欧志明说，才见过一面就带她来见家长，会把人吓着的。欧妈妈说，特殊情况特殊解决，就按我说的办，赶紧的。

3

这么快就要带你见家长了？可你们才见过一面啊。冯宝怡得知欧志明要带沈艾莉回家见父母，一时半刻还没缓过神，血压又升高了，她觉得有点晕。沈振扬说，这算什么事？不是前晚才相的亲吗？离他们第一次见面的时间才过去不到七十二小时，就算是男欢女爱一时做了错事，七十二小时内吃粒后悔药还能挽救可能导致的不可逆转的结果。冯宝怡拍了沈振扬一下呵斥道，当着孩子的面你胡说什么呢？沈振扬说，我说的是真理，真理，懂吗？

冯宝怡说，你说得也是，其实我还没准备好。沈艾莉说，那我去还是不去。冯宝怡说，我先给你舅妈打个电话。冯宝怡拨通了她嫂子的电话，张雪萍听到冯宝怡的转达之后也觉得愕然，妹妹，你先别急，我先探探情况。

张雪萍又给她的同事打电话，她的同事又给她表妹打电话，最后，那位同事的表妹通过同事传回张雪萍的消息是，人家的确急，而且急得情有可原。因为欧家那位八十多岁高龄的把他从小拉扯大的奶奶已经快不行了，欧家的父母希望在老太太去世之前尽快定下儿子的婚事，运气好的话，老太太一高兴，也许还能多活几年。哦！原来是这样！冯宝怡听到嫂子的解释，在心里悬了半天的大石头终于落了地，血管里的压力也一下子放松了下来。她觉得呼吸也平缓了。多好的人家啊！冯宝怡想，从这件事就可以看出，欧家的父母长辈都是热心肠的有孝心的好人，把女儿交给他们，大概也可以放心了。冯宝怡对沈艾莉说，丑媳妇总要见家翁，他让你去你就去吧。

沈振扬说，要是真像你嫂子说的那样，还说得过去。今天星期天，是见家长的好日子，今天要不见，又得拖一个周了。

沈艾莉说，是你们让我去的啊，出什么事我可不负责。冯宝怡说，你瞎说什么呢，去见一下人家父母能出什么事，我负责，你去吧，去了好好表现，别让人家父母嫌弃。沈艾莉说，你要是不放心，你也一起去啊，反正——

157

冯宝怡说，我去算什么，你好好去，要是真成了，我还怕没机会见亲家的面吗。沈艾莉说，他什么时候来接我就什么时候去。沈振扬说，正好，我的摩托车没油了，你让他来接你的时候把我捎一段，我要去看看你大伯父，听说他这几天身体不好。

欧志明上午十点左右来到小区门外，接上沈振扬父女俩。英姑站在门口看着欧志明下车给沈振扬打开后排的车门，亲切地说了声伯父好，请坐。英姑吧嗒了一下嘴。沈振扬向英姑挥了挥手，英姑说，艾莉她爸，你们这是上哪里去呢？沈振扬说，没上哪，随便走走。

欧志明按照沈振扬的指示，把他送到城西沈家老大的家里，再在环城路上绕了一个大圈，才把沈艾莉带回到位于城北的他父母家。欧爸爸一大早就上养老院给老母亲送吃的，家里只有欧妈妈一个人。欧妈妈早上买好的菜和肉还放在厨房的案板上没动，她想等沈艾莉到了之后再一起做饭。她坚信以自己千年媳妇熬成婆的持家经验，只要通过一顿饭，就能准确无误地判断这个女孩能否成为一个好妻子的可塑性。至于她和自己的儿子合不合适，唉，随缘吧。

十一点一刻，欧妈妈终于听到大门打开的声音。她循声迎出去，看到儿子身后跟着的沈艾莉站在她门前。欧妈妈觉得有一道光在她眼前闪过，这道光还带着一股神秘莫测的力量让她往后退了两步。欧志明对沈艾莉说，这是我妈妈，妈，这是沈艾莉。

沈艾莉冲欧妈妈笑了笑，阿姨好。欧妈妈缓过神，她一时不知道如何反应。沈艾莉在欧妈妈身上看到舅妈的影子，只是她脸上的笑容显得惊慌失措，而不像舅妈那样永远亲切可人。欧妈妈别在丝巾上的胸针给了沈艾莉好感，她的舅妈也喜欢用胸针把丝巾在脖子上扣成一个好看的与她们的年纪相匹配的蝴蝶结。沈艾莉说，阿姨，您这个胸针和丝巾搭配得很好看。欧妈妈笑了笑，别光站着，坐，坐啊。

欧志明把沈艾莉引到沙发前坐下，从冰箱里给她拿了一瓶可乐。欧妈妈说，你们先坐会，我去做饭。欧妈妈走进厨房，慢条斯理地剪着香菇上的蒂，不时扭转身去关注沈艾莉在客厅里的动静。她在心里倒数，从一百数到一，沈艾莉并没有如她所预期的走进厨房来帮忙。她听到沈艾莉对欧志明说，我饿了，这饼干可以吃吗？欧志明说当然可以。他给沈艾莉打开放在茶几上的曲奇饼。

欧妈妈看见沈艾莉左手把饼盒抱在怀里，右手抓起饼干往嘴里送，塞到第五块之后，她抓起茶几上的可乐把吸管塞进嘴里。眼睛既不看可乐也不看饼干，而是盯着电视机上正在播放的动画片。欧志明对沈艾莉说，我去厨房帮帮我妈妈。沈艾莉头也不抬地说，好，我现在不饿了，不着急。

欧志明走进厨房后，欧妈妈随手把玻璃门拉上。欧志明说，妈，有什么要做的，我来帮您吧。欧妈妈叹了口气，她吃饼干都吃饱了，还用得着吃饭吗？欧志明笑了起来。欧妈妈哼了一声，这么好看的姑娘，可惜了。欧志明说，我说了不合适，是您非要我把她带回来。欧妈妈说，她那不是单纯，是幼儿园还没毕业，我也没心思做饭了，你从哪里把人接来就往哪里送回去吧。欧志明为难地说，这样不好吧？我们正儿八经地把她请过来，饭都没吃就把她送走，人家不好下台。欧妈妈说，没有的事，就她那智商，连台上台下都分不清，你要是不忍心，就带她上外面去随便吃点。

欧志明驾着车驶出大街，问沈艾莉想吃什么。沈艾莉说我什么都想吃，但现在还不饿。欧志明说，要不，我先送你回家？沈艾莉说，你很赶吗？要是你也要赶着去看你奶奶，就随便找个地方把我放下来好了。欧志明的心情其实并没有他的母亲欧妈妈那么决绝，他虽然清楚自己和沈艾莉不合适，但也不忍心把这么美丽的一个姑娘像甩掉一块嚼过的口香糖一样随便往大街上一甩。他觉得沈艾莉最大的优点就是真实，她的真实是透明的，没有任何防护。她活在纯粹的不食人间烟火的世界里自得其乐。欧志明甚至有点舍不得就这样给他们的关系画上句号。欧志明说，我不赶时间，我们找个地方先逛逛，然后你再慢慢想吃什么，行吗？

沈艾莉说，你人真好。

欧志明把沈艾莉带到某商业广场，坐电梯直上二楼。他们在一间间装饰奢华的名店前流连，遇到人流密集的地方，欧志明自然地伸出手去护住沈艾莉的肩膀。他甚至有点想给沈艾莉送礼物的冲动，但是从他对沈艾莉面对那些能引起任何女人尖叫的漂亮服饰时的眼神，他知道沈艾莉除了吃，对任何东西都不太感兴趣。他又想起她吃烤乳鸽的样子，忍不住笑了起来。

他们走过一间叫蒙娜丽纱的婚纱店，沈艾莉被一个女店员拦住了。她看到沈艾莉以后，先是发出一声尖叫，拉着沈艾莉的手朝里面喊，喂，快出来，找到了，终于找到了！欧志明和沈艾莉互相对视了一眼，不知道发生了什么事。女店员对从店里面闻声赶过来的年长一点的女人说，店长，您看看。那位女店长把沈艾莉从头到脚审视了一遍，又把欧志明从沈艾莉身边推开，绕到她背后再仔细打量。她对沈艾莉说，小姐，我们店里新推出两套婚纱，正在物色模特呢，不知道你能不能帮我们一个忙？

沈艾莉笑了起来，我？给你们当模特？

女店长坚定地点了点头。沈艾莉转过身去问欧志明，可以吗？欧志明说，你自己决定。沈艾莉说我不决定，你说可以我就穿，你说不可以我就不穿。那位女店长讨好地对欧志明说，先生，您的女朋友这么漂亮，条件这么好，我想你也一定想看看她穿婚纱是什么样吧？那位把沈艾莉从人群中挖掘出来的店员脸上笑成一朵花，先生，您就配合一下吧，谢谢了！店长对沈艾莉说，如果您帮我们试穿这两套婚纱，我们不仅免费送你们一套婚纱照，甚至还可以把您的照片放在橱窗里展示，我们也会付给您报酬，怎么样？

沈艾莉说，你能给我多少钱。女店长说，我们的惯例是一年两万，如果合作成功，会和您签正式的合同，不过现在我们先看看您试上身的效果和拍出来的照片怎么样才能决定。沈艾莉又看了欧志明一眼。欧志明说，那就试试吧。

4

自从冯芊慧从澳门回来后，每天早饭和午饭，江医生都会陪她一起坐在饭堂同一张餐桌上就餐。他们之间的话题经过多年的分离已经变得像饭堂里的紫菜蛋花汤一样平淡无奇。但是每天两次见面，已经成了江医生的习惯，而习惯是会相互影响的，久而久之，连冯芊慧都习惯了他坐在自己面对吃饭的身影，习惯了他手里的筷子勺子与餐具的撞击声，和他的咀嚼声。有时候江医生要外出开会，或者有应酬，会提前告诉冯芊慧。他的好习惯感染了冯芊慧，冯芊慧哪天因什么事情赶不到饭堂吃饭，也同样会发信息告诉江医生。

江锦鹏医生今天休假去机场接父母，他出发之前给冯芊慧发信息，向她汇报自己的行踪，告诉她今天休假去机场接他的父母，如果晚上有空，你可以和我们一起吃饭吗？冯芊慧一直忙到中午，才看到江锦鹏发来的信息，觉得自己还没办法确定以什么身份去见江家父母。她给江锦鹏回信说，今晚已经有安排了，抱歉。

江锦鹏站在机场旅客出口通道外耐心地等待父母的身影，过了一会，他看见江妈妈穿着一身嫩绿色的丝绸春装，挥舞着手里那顶粉红色的帽子朝他喊，儿子，这呢！

从机场回家的路上，江爸爸坐在后座闭上养神，江妈妈则不停和儿子说话，听说广东人什么都敢吃，什么蛇呀，虫子呀，老鼠呀，是不是啦？江锦鹏笑道，可能是，但我都没有吃过，也没见有谁吃过，我一天三餐吃的都是饭堂。江妈妈心疼地抚着儿子的肩膀，可怜哟，怪不得你都瘦了。江锦鹏说，还好，体重没变。江妈妈说，你不用说了啦，当医生哪有不累的，瘦也很正常，现在好了啦，我和你爸爸过来了，以后天天给你做好吃的啊。江锦鹏说，我早就盼着这一天了。江妈妈说，对啦，我还在网上看过，广东人喜欢吃鹅，还说有一种烧鹅是在荔枝树林里搭的灶台，就地取材，拿晒干的荔枝树枝直接烧的，特别好吃。江锦鹏说，这个我倒是听说过，今天晚上我订了地方吃饭，就可以吃到地道的广东烧鹅。江妈妈拍着手说，太好啦！太好啦！

一直闭目养神的江爸爸突然冒出一句，锦鹏，今天晚上小冯来和我们一起吃饭吗？江妈妈撇了撇嘴，太过分了啦，我儿子都为了她移民啦，明知道我们来了也不来接一下。江锦鹏说，她外出学习了，过两个星期再回来，到时候我再约，好吗？

江锦鹏把父母带到他装修好的新家，三室两厅，有两个套间。江妈妈打量着室内的摆设，她琢磨着儿子为了这个家花了不少钱。她说，虽然说比咱们原来的家小了一点，但也还能住。江妈妈走到阳台，看着东面的江景，江景尽头是一些低矮的厂房和参差的山丘连绵起伏地堆积起来的天际线。近处是一些高低不一的住宅。在一片老旧的住宅群中间，突兀地耸立起几幢高层建筑，在另一片密集的高档小区旁边，又像膏药一样粘着一片片旧工厂的屋顶。

江妈妈叫道，天了啦，这是什么地方，儿子哟，你是怎么搞的呀，这也算城市吗？你就为了一个女人跑到这种乡下地方来了？我的天啊！爸爸，这地方我不能待，你来看看，你看看外面。

江爸爸说，既来之则安之，我们老家也是乡下。江妈妈气呼呼地喊道，我们在上海旁边好不啦。江爸爸说，儿子，我累了，先去躺会，到点吃饭再叫我。江妈妈说，你在飞机上都睡了一路了还睡什么呀，你陪我到楼下的院子里看看是什么状况再说啦。江爸爸说，我哪都不去，我觉得这里挺好，我就在这住下了，你要回你的上海旁边的话就请便吧。江妈妈跺了跺脚，气死我了啦。

第二天中午，冯芊慧在饭堂没看到江锦鹏，她心里生出一丝内疚。她心烦意乱地填饱了肚子，走出饭堂，顶着初春暖洋洋的太阳迈着少有的散漫的脚步向休息室走去，在门诊大楼后门出口处被江锦鹏喊住了。冯芊慧说，你吃过了吗？江锦鹏说，我答应过我妈妈今天中午回家吃，你呢？冯芊慧说，我刚吃过。江锦鹏说，好，这段时间我可能都会在家里吃饭。冯芊慧顿了顿，昨天，不好意思。江锦鹏说，没关系，以后有机会再说吧。冯芊慧，伯父伯母他们住得还习惯吧？江锦鹏笑了笑，我爸爸还好，就是我妈妈有点不习惯，慢慢来吧，那，我先走了。冯芊慧说，再见。

冯芊慧松了一口气，她转过身，看见蒋兆南和罗琼秀站在通向花园中心亭子的回廊入口处看着她。冯芊慧才突然想起，自从江锦鹏在她的生命重新出现后，已经有好几个月没有和蒋兆南见过面。她的心被两种来自不同方向的内疚感此起彼伏地抓挠着。她迎着他们走过去，阿姨，你们什么时候来的？蒋兆南说，今天来拿复诊结果，刚见完吴医生。罗琼秀看着江锦鹏驶出停车场的汽车，用微笑掩饰心里的疑惑，她说，我们又错过饭点了。

冯芊慧说，吴医生怎么说。罗琼秀说，她还能怎么说，每次见她都是那几句。冯芊慧笑道，那就说明您的身体很稳定，最近睡得还好吗？罗琼秀说，刚才和你说话的那个年轻人是谁啊？蒋兆南说，嫂子，你关心得有点过了。冯芊慧说，是我们医院新来的副院长，神经外科专家。哦！罗琼秀说，你真的吃过饭啦？冯芊慧说，真的吃过了，你们赶紧去吧。她又看了蒋兆南一眼说，再见。蒋兆南点了点头，他的眼神像是信任，又像是鼓励。冯芊慧赶紧转过身去，迈着千钧一发救死扶伤的步伐向休息室奔去。

冯芊慧主动约蒋兆南见面，这是他们认识以来冯芊慧第一次做出的主动。蒋兆南预感到冯芊慧有话跟他说，话题可能会跟那位神经外科专家有关。他推掉了一个重要的饭局，让冯芊慧下班后在单位等他去接。蒋兆南把冯芊慧带到他们第一次吃饭的那间私人会所，他让服务员泡了同样的茶，点了同样的菜。他们安静地吃过饭，其间蒋兆南就今天的菜品提了两点意见。冯芊慧点头表示同意之后，两人谨遵"食不言，寝不语"的古训，安静地享受这顿比这个春天的夜晚更美好的晚餐。

蒋兆南先放下筷子。冯芊慧也擦了擦嘴。蒋兆南开口道，有什么心事就说出来吧，我洗耳恭听。冯芊慧说，我心里是有事，但还算不是心事。蒋兆南说，你今晚既然主动约我，说明你需要倾诉，以你的智慧，没有什么是拿不起放不下的。冯芊慧自嘲地笑了一下，我也是个女人。蒋兆南点了点头，这一点没有人会怀疑，你不仅是个女人，而且是一个美丽优雅的高贵女人。

今天你们看到的那位江院长，是我的初恋男友，冯芊慧轻描淡写地说道。蒋兆南做了个潇洒的请的手势，愿闻其详。我们在读研究生的时候，谈了三年恋爱，研究生毕业后，我回到我的家乡，他也回到他的家乡。开始那一年，还经常有联系，但是很奇怪，我们的所有联系，都没有谈过未来。后来，他考上了北京大学医学院读博士，我继续在这里为我的病人解除身体的痛苦，一眨眼，五年过去了。当我从澳门回来的时候，他突然出现在我面前，我才知道他被我们医院破格聘任为副院长，昨天把他的父母也接过来了。蒋兆南说，他做得对，你是值得任何一个优秀的男人为了你抛弃一切的女人，更何况，他也算不上抛弃，只是做了他所能做的又认为是正确的决定。

冯芊慧从胸前掏出江锦鹏送给他的定情信物，这是他送给我的，这么多年一直没有离开过我。我曾经以为，我会这么一直戴着它，让它陪着我终老。蒋兆南看着那块玉佩说，好家伙，这件东西老值钱呢，你要是想出手，我有个师弟就是做拍卖的，我让他帮你评估一下。冯芊慧笑了起来，我是干这种缺德事的人吗？蒋兆南说，这不算缺德，如果你真的想放下，就要让它的价值最大化，这才叫潇洒。冯芊慧低下头，陷入了沉思。

蒋兆南说，好吧，刚才是跟你开玩笑的，你有什么打算？冯芊慧想起他们研究生毕业告别的情景，突然笑了起来。我还记得我们分别的那天下午，他买了晚上的火车票回家，我也等我爸来接我，我们各自在宿舍收拾行李的时候，才突然想起来应该跟对方告个别。然后，几乎是不约而同地，我们跑到校园里那棵平时碰头的木棉树下。蒋兆南好奇地，哭了吗？冯芊慧摇了摇头，前所未有的平静，既没有拥抱也没有吻别更没有眼泪，就像约一场电影一样。他告诉了我他的出发时间和车次，我也告诉他我什么时候回家，然后都觉得时间不多了得赶紧回去收拾行李。只是我当时多问了他一句，我们这算分手了吗？他说，当然不算。

蒋兆南说，当然不能算。你们既没有第三者插足，也不是因为感情问题不欢而散，你们只是被时间和空间分开了。冯芊慧说，是的，我们的确是被时间和空间分开的，但是我一直认为，空间可以置换，时间却无法回头。蒋兆南说，我理解，现在你们的空间又重叠了，但是你们失去的时间，确实是回不来了，如果你珍惜这个空间，就要重新开启你们未来的时间之门，我这样理解对吗？

冯芊慧说，那么你呢？蒋兆南说，我们已经在同一条时间的河流里走了那么久了，只是空间尺寸上还有些地方需要契合，这是我对我们目前关系的理解。冯芊慧说，谢谢你，这就是我今晚想要得到的答案。

蒋兆南把冯芊慧送回家，临下车的时候，冯芊慧说，我想找机会把这块玉佩还给他。蒋兆南说，我会尊重你做出的任何决定。冯芊慧说，那我走了，再见。蒋兆南说，你的车留在单位，明天早上我来接你上班吧。冯芊慧说，好，我等你。蒋兆南说，也有可能是我等你。

5

欧志明独自一人站在蒙娜丽纱婚纱店门外，他看着橱窗里摆放着的沈艾莉穿着婚纱的巨幅照片出神。距离他陪沈艾莉一起逛街半途被那位目光如炬的女店员把沈艾莉拦下来，替婚纱店的首席设计师推出的新产品拍广告硬照过去两个星期了。那天，沈艾莉和店长达成了协议，在欧志明的见证下签了一年的肖像使用权的合同，沈艾莉高高兴兴地把那两万块钱的酬金塞进了手提包。她对欧志明说，我赚大钱了，请你吃饭。

沈艾莉在女店员的陪同下，花了一个小时化妆、换衣服。她被带进摄影棚的时候，在那间灯光黯淡的屋子门口停住了，转过身去拉欧志明的手，你陪我进去。沈艾莉根据自己对模特的理解，站在布景前摆出她认为更能突出婚纱和她本人的美的姿态。随着摄影师手里的快门发出一连串的咔嚓声，他的助手又更换了两次布景。摄影师看着沈艾莉皱了皱眉，你不用动，自然点，你本来就是一张白纸，你现在只是一个衣服架子，你的任何刻意的表情和姿态都会夺了这件婚纱的光彩。

好吧。沈艾莉说。她的脑子闪过一个个生活镜头，想起自己在酒店顶楼的花架下吃饭，想起在王小敏家里吃的第一块蛋糕，想起汪青青借了她的卜卜星一直没有还，想起冯宝怡给她系鞋带，最后，她想起初中的时候把那幅在全省获奖的美术作品送给冯芊慧遭到嫌弃的时候，她把自己的作品扔进垃圾桶里的情景。沈艾莉脸上的表情变得复杂，随之而来的是一种无法言说的漠然。她忍住夺眶而出的眼泪，晶莹的泪水在她的眼眶里打转，闪着隐忍而忧伤的光。

摄影师疯狂地按动着相机快门，一连串的咔嚓声像子弹一样密集地穿过欧志明的耳膜。他被沈艾莉的表现震慑住了。她的从容、认真，她对摄影师的提示表现出来的超乎想象的理解能力，她面对镜头时的自信和对所从事的工作的敬畏，欧志明既感动又困惑。这个只与他见过两面的像个大孩子一样的美人儿，她的内心到底是一个什么样的深渊，她的灵魂里珍藏着的宝藏，要什么样的勇士才有力量去挖掘，得以让那一件件神秘的珍宝重见天日。

摄影师面无表情的脸上终于露出了笑容，他大喊一声，good!收工！沈艾莉说，谢谢，您辛苦了。摄影师上前和沈艾莉亲切地握手，对那位女店员说，今天是我工作最愉快的一天！他又转过身对沈艾莉说，沈小姐，希望以后还有机会和你合作。沈艾莉笑了笑，她看到欧志明站在一角，向她投来鼓励的微笑。沈艾莉说，老师，您可不可以帮我们拍张合影。摄影师说，当然可以，请吧。女店员说，您先等等，我去给您找套礼服。欧志明呆站着，面对沈艾莉向他伸过来的手，和摄影师真诚的微笑进退两难。欧志明对女店员说，就不用麻烦你找礼服了，我就穿着这身拍，没问题吧？摄影师说，没问题！等你们结婚的时候，我再亲自为你们好好打造一套最完美的婚纱照。欧志明只好向沈艾莉走去，他多么想换上一套礼服，在一片绿草如茵的草地上牵着沈艾莉的手，穿过鲜花环绕的拱门，走进婚姻的大门。虽然未知的世界在那扇门外依然充满了迷雾，但是，他们或许也可以像无数对新人一样，怀着对爱情的承诺，对婚姻的敬畏，坚定不移地拨开迷雾，发现生活的闪光。但是欧志明心里更加清楚，沈艾莉不属于他，她甚至不应该属于任何人。此刻，欧志明很乐意成为沈艾莉的陪衬和摆设，只要她高兴，欧志明多么喜欢她现在的高兴，并希望她这辈子一直这样高兴下去。

沈艾莉轻轻地挽着欧志明的手，在摄影师的镜头里，留下她生命中第一次与除了亲人之外的另一个男人的合影。

欧志明今天在附近采访，他的肩上还背着采访包。他只是想再看一眼沈艾莉的照片，一眼而已。那位乖巧伶俐的女店员发现了欧志明，欧先生，您来得正好，上次拍的样片已经洗出来了，您进来挑选一下吧。欧志明愣了一下，不知道女店员说的是什么样片。女店员提醒道，就是您和沈小姐一起拍的合影啊，我们给沈小姐打过电话通知她来了，她可是工作太忙抽不开身，您既然来了，就看看吧。

在女店员热情的指引下，欧志明挑选了一张5R大小的半身像，沈艾莉的笑容很洁净，而他自己，当时穿着一件藏蓝色的风衣，里面幸好搭配的是一件白色的衬衫，看上去也不算太随便。欧志明拿起那张样片说，我可以把这张带走吗？女店员说，没问题，那这些呢？您需要怎么放大，用什么样的镜框？欧志明说，让沈小姐自己定吧。女店员善解人意地说，也是，这几张照片虽然拍得也很好，可惜您没换礼服，还是不够正式。欧志明笑了一下，说道，谢谢你。女店员觉得欧志明的笑容有点涩，她在心里嘀咕，不会是两个人吵架了吧？

欧妈妈在给儿子收拾房间的时候，在他那件藏青色风衣的内口袋里发现了欧志明和沈艾莉的合影。她怀疑儿子是不是已经违背了他们之间的约定，打算继续和沈艾莉交往下去，甚至还背着她先斩后奏拍下婚纱照。她赶紧回到里屋，从抽屉里翻出他们家的户口本，清楚地看到欧志明在户口本上的婚姻状况栏还没留下"已婚"的印记，才放下心来。她又拿起那张合影重新审视，照片里的沈艾莉虽然化了妆，像换了一个人，但是脂粉对于沈艾莉来说，充其量只能算锦上添花，而绝不会像别的女孩子在拍婚纱照时，任凭化妆师在她们的脸上扑上层层叠叠的厚粉以达到雪中送炭的效果。她再打量着自己的儿子，欧志明就穿着当天出门时穿的便装，兴许只是他们一时贪玩，毕竟沈艾莉还是个孩子。行吧，欧妈妈想，就当哄她开心好了。她把照片塞回欧志明的风衣，正欲挂回去，转念一想，又重新把照片掏出来，用一个小本子夹好，放进自己的手提包里。

欧妈妈给在养老院的病床前给欧家老太太喂完粥，小心地把毛巾泡在温水里泡湿，绞干替她擦干净嘴，才放下毛巾，又赶紧弯下腰从床底下掏出一只小塑料盆递到老太太的下巴底下。老太太乏力地睁开双眼，看着她这位侍候了她许多年的孝顺的儿媳妇，羞愧难当。欧妈妈感到她支在床垫上的手肘被一股突如其来的潮湿的热气浸染了，她翻开老太太的被褥，发现她又尿床了。老太太流下绝望的眼泪。欧妈妈处理好老太太的床铺，给她重新换上干净的裤子。她鼓起勇气，从手提包里掏出欧志明和沈艾莉的合影，递到老太太跟前说，妈妈，您看看。老太太的眼睛睁大了，欧志明和沈艾莉的合影像一股携带着神力的清流，把她那双混浊的瞳孔洗濯得分外清亮。从她躺进养老院这张病床那天起就悬到天花板上的心终于平稳落下归位，她终于感觉到久违了的心跳。老太太说，这是——

欧妈妈说，这就是您未来的孙媳妇。老太太笑了起来，你们上哪给我找到这么好看的孙媳妇？欧妈妈说，缘分啊。老太太说，没错，是缘分，我啊，满足了。欧妈妈说，等您身体好利索了，找她来见您。老太太说，不用了，我已经好了。老太太说，我饿了，给我点吃的。她把保温壶里的粥一喝而光，过了十分钟，竟然没有吐，又过了半个小时，还是没有吐，老太太的脸上有了血色，她对儿媳妇说，去，给我买点好吃的来。

当天晚上，欧家的老太太吃掉了欧妈妈买回来的一只汉堡包，一大碗鸡汤和炖烂了的半只鸡，喝了两盒牛奶，三块蛋糕，最后，她又让她的儿子去买回来两只荷叶糯米鸡，一口气吃光了。她拍了拍胸口，打了个响嗝，睁着她那双久违了的清澈的眼睛分别看了一眼围站在她床前的儿子、儿媳妇和大孙子，微笑着说了声再见，便与世长辞。

6

冯宝怡捧着沈艾莉从婚纱影楼拿回家的那张放大了的和欧志明的合影,笑得合不拢嘴。她完全忽略了她自己的女儿的美貌,觉得欧志明怎么看都让她欢喜。她感叹道,看真人不觉得怎么样,拍起照片来还蛮上镜。冯宝怡把照片递给沈振扬,你快看看,我们的未来女婿看上去还不赖。沈振扬撇了撇嘴,我看不怎么样!这是婚纱照吗,我的宝贝女儿穿得这么漂亮,他连礼服都舍不得租一套,诚意吗?冯宝怡说,我倒是觉得一个大男人穿个礼服还打个红领结有点傻,女儿,你说是不是?沈艾莉笑道,是挺傻。冯宝怡从沈振扬手里夺过照片,在家里转来转去,想找个合适的地方挂上。沈振扬说,你急什么啊,明天不是要回娘家给你那位学识渊博的哥哥做寿吗,正好带回去亮一亮,他们家冯芊慧再能耐又如何,都三十好几了还不是老姑娘一个?冯宝怡说,对呀,我怎么没想到,艾莉能找到个好婆家,还是她舅妈的功劳。

沈艾莉说,别拿我跟冯芊慧比!她嫁不嫁是她的事,我什么时候嫁人是我的事!

想起明天给哥哥贺寿,冯宝怡又开始犯愁。她的兄嫂待她情深义重,现在艾莉也出来工作了,该给她的舅舅买件像样的礼物表示一下。她把照片摆在电视机旁边最显眼的地方,坐到沙发上去叹气。沈艾莉问,爸,我妈她怎么啦?沈振扬说,血压又高了。沈艾莉说,为什么呀?冯宝怡皱着眉,看了丈夫一眼,继续抱着额头唉声叹气。

冯宝怡一连几天给女儿收拾房间,每天都会拉开她卧室里书桌上的抽屉,看那两万块钱还在不在。她不知道沈艾莉这笔钱的来历,是她自己攒的还是替别人保管的,是女儿打算交给她当家用但一直忘记了给的,还是女儿自己存的私己钱准备结婚用。冯宝怡每天拉开抽屉,发现那笔钱还在,她都会拿起来点算一遍,一张不多也一张不少,还是两万。那笔钱就像伊甸园里智慧树上熟透了的苹果,诱惑着这个在人间受尽生活折磨的夏娃的后代。她既想据为己有,又不敢轻举妄动。一看见这笔钱,她的血压就会莫名地升高,但在关上抽屉的那一瞬间,她又提醒自己,苹果熟了就要摘,再不吃就得被虫蛀了。

沈振扬说，你妈妈血压高只有两个原因，一、因为没钱了；二、还是因为没钱了。沈艾莉说，真俗！冯宝怡气得拍着沙发的扶手，我是俗，你们知道什么叫巧妇难为无米之炊吗？每天打开门，水电煤气，吃喝用度，哪样不用我操心，眼看女儿就要结婚了，准备嫁妆又得一笔开支，我容易吗我。沈振扬说，打住，我的女儿是沈家大小姐，她哪天真的要出嫁，我一定会给她准备一份让你亮瞎眼的嫁妆，这个心就不用你操了。冯宝怡说，你得了吧，除了吹牛皮夸海口你还懂什么。沈振扬得意地晃了晃脑袋，那你就不用管了，我好歹也是沈家三少爷，我的女儿要大婚，她的嫁妆绝对不能丢了我们沈家老祖宗的脸面。

冯宝怡说，明天我哥过生日，我连礼物都还没准备呢，你这么富贵，给我点钱啊，你先让我别在家人面前丢脸啊。沈振扬说，你娘家那笔我管不着，我只管我的女儿。沈艾莉回到屋里，把抽屉里那笔她一直不知道如何处理的现金拿出来交给冯宝怡说，拿去吧，给我舅舅买礼物去。冯宝怡接过女儿递给她的钱，哗啦啦地点算起来，一张不少。她问道，这钱哪来的？沈艾莉说，你不用管。冯宝怡的脸上笑成一朵花，谄媚地看着沈艾莉，是不是志明给你的？沈艾莉说，想什么美事呢，我自己挣的。冯宝怡追着问，你上哪挣的这笔钱啊，你的工资卡不是交了我了吗？沈艾莉把门房砰的一声关上，把冯宝怡挡在门外。

沈振扬冷笑道，别以为我不知道，你盯着艾莉那笔钱好长时间了。冯宝怡不安地说，你说，咱们女儿不会做出什么见不得人的事吧？沈振扬去敲女儿的房门，艾莉，你出来一下。

沈艾莉打开门，看着父亲说，说吧。沈振扬说，你给我讲清楚，这笔钱是怎么来的？沈艾莉说，这么跟你们说吧，你们的女儿怎么着也是大学毕业，有才有貌，连那个给我妈修电烫斗的严帅都有本事干挣外快，我就不能凭我的能力挣点小钱吗？总之我向你们保证，这笔钱就像您的钱包一样干净，你们就放心花好了。

沈振扬想了想，说道，嗯，没毛病，孩子她妈，你觉得呢？冯宝怡激动地说，是，没毛病，我女儿挣钱挣得辛苦，我也花得开心。沈振扬说，得嘞，这笔钱可以管你妈一个月高血压不会发作了，要没什么事，我去找英姑唠嗑去啦。

第二天，冯宝怡提着给哥哥准备的礼物，一只大蛋糕，一篮水果，还有沈艾莉和欧志明的那张婚纱照，叫了一辆出租车，浩浩荡荡地出门给她哥哥贺寿。她把准备好的礼物塞进车后厢，把沈艾莉的婚纱照捧在怀里。坐在后排的沈艾莉看着母亲的架势，突然笑了起来。冯宝怡回过头去，你笑什么？沈艾莉一边笑一边说，妈，你抱着那照片的架势，就像我外公去世的时候我舅舅抱着他的遗照一样。冯宝怡气得使劲拍了女儿一下，瞎说八道！沈振扬也跟着女儿一起笑，你别说，还真像。冯宝怡大喝一声，都给我闭嘴！

沈艾莉止住了笑，妈，你说冯芊慧会不会带她男朋友来。冯宝怡意外地问，小慧有男朋友了？沈艾莉说，妈你不会吧，人家都和蒋兆南谈了好长时间恋爱了。冯宝怡又把头转过来，她和你老板在谈恋爱？沈艾莉说，对啊。冯宝怡嘀咕道，干吗还不结婚。沈艾莉说，你们家冯芊慧你还不知道吗？不把人作死不罢休那种。冯宝怡说，呀，差点忘了一件大事，艾莉，你赶紧给志明打个电话，告诉他今天你舅舅过生日，让他过来一起吃饭。沈艾莉说，我不打，他都好久没给我打过电话了。冯宝怡说，多久？沈艾莉说，从你第一天在我抽屉里发现的那些降压药开始到现在就没联系过。冯宝怡掏出手机，拨通了欧志明的电话，过了一会，又拨了一遍，失落地把手机放下来说，关机了。

冯宝权今天主动让沈振扬坐到他的茶几前，还亲自给妹夫泡了一壶大红袍。冯宝怡说，小慧呢？冯宝权告诉妹妹和妹夫，冯医生临时有手术，已经来过电话，让不用等她吃饭。冯宝权看着妹妹手里抱着的纸盒问，你手里拿着什么东西？冯宝怡笑着说，嘻，这是艾莉的婚纱照，你们看看这俩孩子般不般配。

冯宝怡手忙脚乱地把婚纱照递到她的哥哥和嫂子面前。冯宝权从上衣口袋里掏出一副老花镜，对着照片仔细端详。张雪萍站在丈夫身后，看着照片感叹，咱们家艾莉真是越大越好看了，就是志明这孩子看上去比实际年龄要大了点。冯宝怡说，我第一眼看他也觉得有点显老，不过还挺上镜。冯宝权说，人不可貌相，他当记者风里来雨里去的，能不显老吗？我看不错，人好就行，艾莉，你说呢？沈艾莉说，你们喜欢就好。

张雪萍说，今天你怎么不叫小欧一起来？冯宝怡把嫂子拉到一边，她说他们好多天没联系了，我刚才在路上给志明打了电话，他关机了，会不会出什么意外。张雪萍说，你太紧张了，他可能正忙着，关机也是常有的事。冯宝怡说，我还是觉得哪里不对劲，嫂子，要不然你帮我打电话给你同事，让她打听打听他们家是什么意思。

张雪萍打完电话，和冯宝怡从屋里走出来，两个人的脸上都挂着不同的沮丧。冯宝权问道，你们都怎么啦？张雪萍心痛地看了她的大侄女一眼说，欧志明那边回话了，说欧家老太太前几日去世了，他们家要守丧三年，怕耽误了我们家艾莉，所以就说这事就算了。冯宝怡对沈艾莉说，要不咱们等等，你看你表姐都三十多了还不急，再过三年你才三十岁，你说呢？

冯宝权把手里握着的紫砂茶壶往茶几上一拍，喊道，荒唐！沈振扬说，欧家可真行，老太太都八十多了，搁谁身上都可以笑着走了，还守丧三年，亏他们说得出口。冯宝权多年来第一次和他的妹夫站在同一阵线，振扬说得对，小妹，人家摆明了就是找个借口，让咱们好下台。

沈振扬说，女儿，给我找把剪刀来！沈艾莉抓起茶几上她刚用来剪开牛肉干包装的剪刀递给父亲。沈振扬举着剪刀，对他的大舅子说，把它绞了怎么样？冯宝权说，绞！他又问沈艾莉，行吗？沈艾莉说，绞呗。冯宝怡扑过去还想把照片抢回来，冯宝权说你让他绞，没用的东西留来做什么。沈振扬举着剪刀把照片绞成一片片碎纸屑，又找了把铁钳子，把相框砸了。冯宝怡吸了吸鼻子，把沈振扬弄了一地的相片和相框碎片用手拢成一堆，塞进一个塑料袋里。

沈振扬说，大舅哥，今晚咱俩喝上一盅？冯宝权说，行！喝上一盅！

7

冯芊慧和江锦鹏肩并肩站在医院门外的江堤边，今天的晚霞和蒋兆南陪罗琼秀在这里看到过的，引起他创作冲动的姿色相差无几。一样的天穹，一样的江水，一样的渔舟像几片竹叶散落在晚霞倒映的江面上。江锦鹏抬起头看着远处的天际线，他觉得天穹像一个宽厚的怀抱，它张开双臂，怀着和他一样欲把冯芊慧拥抱的心情，拥抱着自然界它力所能及的生灵和因爱而生的一切事物。

冯芊慧已经换上便服。她看着江锦鹏身上还穿着的白大褂，心情像江水一样平静。他比几年前更成熟，脸上的轮廓更硬朗，无论是对于病人，还是对于他的爱人而言，他是值得依靠的所在。江锦鹏说，今天晚上还有个会诊。冯芊慧点了点头说，我知道。江锦鹏问，你还知道什么？冯芊慧说，我知道我该知道的。江锦鹏笑了起来，你还是没有变。冯芊慧说，每一个人都在变化中踱步，只是很多时候，我们为了走得更稳更远，集中精力只盯着面前的路，路上的每一块砖石，路边的树丛和荆棘，出门的时候是应该带雨伞还是太阳帽，而忽略了无时无刻处于变化中的环境和自我。

江锦鹏说，好吧，你总是对的。冯芊慧说，不，我经常意识到我的错误，只是错和对的相对性，让我可以尽力让它们和平相处，现在，我觉得，无论我如何尽力，都无法再做到和平相处了。冯芊慧从胸前摘下那块江家的祖传玉坠子，交还给江锦鹏。江锦鹏看着那块陪伴了他的爱人多年的已经渗透了她的体温的玉佩，被一种预料之中又突如其来的挫败感击倒了。江锦鹏觉得那块玉佩像个被冯芊慧收养了多年的可怜的孩子，现在她不要它了，他需要重新接手，花时间和它培养感情，或者替它找到下一个与它有缘的可以为它付出全心全意的爱与耐心的养母。江锦鹏接过那块玉佩，你既然知道我为什么会举家迁到这里来，你就该知道……冯芊慧说，我知道，但是，非常抱歉，如果你做这个决定之前可以先和我商量一下的话——

不，这是我对你，对我们的爱情做出的我认为应该做的决定，江锦鹏说，我知道结果有很多种，我今天面对的，只是其中的一种，也是在我能承受的范围之内。冯芊慧说，你会遇到更好的女人。江锦鹏笑了起来，这种话，不应该从你嘴里说出来。冯芊慧笑了起来，我变得俗了，是吗？江锦鹏说，是更接地气了。你爱他吗？冯芊慧诧异地看着江锦鹏。江锦鹏说，那天在走廊里遇到的那个人。冯芊慧说，是的。江锦鹏说，我理解。

冯芊慧叹了口气，不，连我自己都理解不了，对于爱，每个人的表现都不一样，我和你此时此刻站在一起，是因为爱，我和我的每一个病人相遇，也是因为爱，甚至一个人与另一个人反目成仇，同样是因为爱。我对这个世界，对在我生命中出现的每一个人，不敢不爱，也不能不爱。江锦鹏说，那么，我们曾经的爱情呢？冯芊慧说，那是其中的一种，最接近人间烟火的爱。江锦鹏说，那你和他呢？冯芊慧说，我暂时还没办法归类，因为未来的每一天，都可能因为各种各样的因素影响这种爱的走向，只是为了公平起见——

公平起见？对谁？江锦鹏笑问道。冯芊慧说，对他，也是对你。江锦鹏艰涩却带着自信地笑了起来，没错，这就是我认识的冯芊慧，我到现在为止，依然认为你没有变，我所指的你没有变，没有你所理解的"变"那么复杂，咱们就拭目以待吧。江锦鹏把玉佩放进衣兜里收好，既然是为了公平起见，这个我先收回去，只要你一天不结婚，它都有可能重新属于你。

冯芊慧说，你这是何苦呢？江锦鹏说，就像我尊重你的决定一样，我也希望你尊重我的决定。冯芊慧看着江面上的霞光，姿色开始慢慢变得黯淡，那几叶小渔船已经在更远的江面上就成几个小黑点。但是她心里清楚，无论那些黑点隐藏得再远，谁也无法忽略它们的存在，也许明天黎明到来之时，它们又会再一次出现在人们的视野。冯芊慧说，好吧，我表示尊重。

以罗琼秀多年的人生经验，她意识到那位副院长将会成为蒋兆南最强的对手。她的精神状态又陷入间歇性的焦虑不安，她对蒋玉瑶说，我想去医院住几天。蒋玉瑶说，吴医生说了，您的身体没有问题，她那个科室的病床很紧张，您就不要添乱了好吗？

罗琼秀说，我不是去吴医生那里住院，我要去冯医生那里住，你只要让我在医院待几天，只每天能看见她，我心里就舒坦。蒋玉瑶说，妈妈，您不要像个孩子一样好不好？姐姐他们科室病床更紧张，您以为医院是酒店，有钱就可以住吗？罗琼秀说，我住医院是因为有钱吗？我是有病！你快点给冯医生打个电话，问她什么时候有床位，我要住院。

蒋玉瑶只好连夜给蒋兆南打电话，蒋兆南无奈地对侄女说，你妈妈越来越像个小孩了，我看她是在家里无聊得慌，要是你早点结婚成家给她生个大孙子，她就什么病都没有了。蒋玉瑶说，叔叔，您又不是不知道我妈妈，您才是她的心病。蒋兆南说，我知道，我知道，你把她的情绪稳住，她的心病住院也解决不了。蒋玉瑶说，行，那就交给您来解决了。

蒋兆南倒了杯红酒，站在阳台上看着城市的万家灯火，轻轻地晃动着手里的酒杯，放到鼻子边去闻了闻，借着阳台上橘色的光线欣赏在他的晃动下从杯壁里缓慢地流淌下来又和杯中酒再度融合的液体。他想起罗琼秀的心病，想起她做手术那天冯芊慧突然出现并给予他的侄女那个真诚的拥抱。他呷了一口酒，心里泛起一股暖意。他重新拿起手机，就在他翻出冯芊慧的手机号码准备按下通话键的瞬间，冯芊慧的电话打进来了。他在一秒内接通了电话，冯芊慧在电话的另一端沉默了几秒钟之后说，我把那块玉佩还给他了。蒋兆南说，好。冯芊慧说，我明天休息，想去看看嫂子。蒋兆南愣了一下，才意识到冯芊慧指的是他的嫂子罗琼秀，原来她一直叫罗琼秀阿姨，从这一刻开始改叫嫂子了。蒋兆南的心里又被另一种暖意掩盖了，他放下酒杯，脱掉身上的薄外套说，好。冯芊慧说，你晚上能回来吃饭吗？蒋兆南想起明天晚上和律师事务所的老板商谈签约的细节问题，迟疑了一下。冯芊慧说，你要是有事就忙，没关系。蒋兆南说没有，我回家吃饭。冯芊慧说，那，明天见。蒋兆南说，明天见！

蒋玉瑶像往常一样六点半就起床做早饭，她洗漱完毕换好衣服从卧室走出来的时候，罗琼秀已经把早饭做好摆在餐桌上了。蒋玉瑶说，妈，您怎么这么早就起来了？罗琼秀举着拖把一边拖地板一边说，早饭我已经做好了，你趁热吃吧，今天芊慧休息，她说过来给我们做好吃的，我得早点起来收拾收拾。蒋玉瑶坐到餐桌边，吃着她的母亲已经很多年没有亲自下厨为她做的早饭，感动得想哭。她说，妈妈，您歇会，我吃了饭再帮您拖。罗琼秀说不用，我精神好得很，好久没这么痛快地干过活了，出一身汗，舒服。

蒋玉瑶说，是不是您给她打电话告诉她想住院了？罗琼秀说，瞎说什么呢？我又没有病，住什么院，医院里病床那么紧张，我哪能再给他们添乱呢。对了，我跟你说，芊慧昨天晚上给我打电话了，她喊我嫂子！蒋玉瑶说，然后呢？罗琼秀说，你想想，她以前一直叫我阿姨，昨天突然改口跟着你叔叔喊我嫂子了，这说明什么？蒋玉瑶故意说，什么也说明不了。罗琼秀说，这就说明了，她和我们蒋家那个坏小子的关系已经前进了一大步！反正等你叔叔的婚姻大事顺利解决了，我的心头大石就可以放下一半了。蒋玉瑶说，另一半呢？罗琼秀说，你啊，你都老大不小了，是不是该带个男朋友回来给我看看啦？

蒋玉瑶不想再和母亲纠缠下去，她的脸红了一下，放下碗筷说，您别一波未平一波又起，我上班去了。罗琼秀说，你快走，最好明天就嫁出去。蒋玉瑶委屈地说，妈，我到底是不是您亲生的啊？罗琼秀说，如假包换。蒋玉瑶说，那为什么您天天盼着芊慧姐嫁进来，又迫不及待地赶我走？罗琼秀说，这不是一回事，等你哪天也像我一样当妈了，你就能理解我的心意了。

8

办公室的复印机又坏了，严帅在蒋玉瑶的期待下如约而至。他还像往常一样穿着工作服和背着工具包，还像往常一样沉默。蒋玉瑶说，复印机老卡纸，你帮我看看是不是需要换零件。严帅打开工具包，拿出螺丝刀等工具，把卡在打印机里面的被压成纸折扇一样的打印纸掏出来。严帅又往打印机的心脏位置吹了几口气，里面散落出来的炭粉被他嘴里吹出来的风反扑到他的脸上，弄得他脸上沾了一层黑色的灰尘。他又捣鼓了一会，对蒋玉瑶说，好了。

蒋玉瑶从她自己的保暖杯里给严帅倒了一杯柚子茶，她看着严帅那张弄脏了的脸，拿起办公室上的面巾纸伸过去想帮他擦掉。严帅本能地后退，可当他看到蒋玉瑶尴尬的神情之后，便乖乖地站住了。蒋玉瑶把纸巾递给他说，你自己擦一下吧。严帅擦过脸，接过蒋玉瑶递给他的柚子茶喝了一口，对蒋玉瑶说，谢谢。蒋玉瑶说，不客气，这是我自己喝的柚子茶，不知道合不合你的口味。严帅说，好喝，不过跟我老家的岗松花蜜比起来还是差了点。蒋玉瑶说，你老家是哪里的？严帅说，粤北，我爸在世的时候，就养了很多蜂，我们家的蜜的味道有一股原始的野花香气，据说岗松花蜜还能治慢性胃炎。蒋玉瑶安静地看着严帅，听他说起他的家乡和家乡的蜂蜜，一脸的好奇。她说，什么是岗松花？严帅笑道，那是一种长在山上的小灌木，我们那里很多，每年春天，漫山遍野的开满了小白花，它的花小得几乎像米粒，又像夏天天空上的星星一样，虽然小，但是一样可以看到它发出来的光亮。

蒋玉瑶说，呀，我真是长见识了，竟然还有一种植物叫岗松。严帅说，我爸去世以后，我们家的蜂场就转手给我堂叔了，如果你想试试，我可以叫我堂叔寄些过来。蒋玉瑶说好呀，你帮我买点吧。严帅说行，不过岗松花蜜比普通的蜂蜜会贵一些。蒋玉瑶说，没关系。

严帅从蒋玉瑶的办公室走出来的时候，被沈艾莉喊住了。沈艾莉说，那个谁。严帅环顾四周，确认沈艾莉喊的是他之后，站住了。沈艾莉走到严帅跟前，不用东张西望了，叫的就是你。严帅说，有什么事？沈艾莉说，你来，我有话跟你说。严帅跟着沈艾莉走到办公区域尽头的那段走廊。沈艾莉说，不好意思，我忘了你叫啥了。我叫严帅，是你家的什么东西又坏了吗？沈艾莉笑了起来，对对对，你叫严帅，帅得挺严重的。

沈艾莉就像她第一次走进蒙娜丽纱的时候被那位女店长打量她一样从头到脚打量着严帅，严帅觉得挺不自在，他说我还有活，要是你家里有东西修等我下了班可以给我打电话。沈艾莉说，嗯，我看行。严帅说，我走啦。沈艾莉说，站住，急什么呀，有个活，你想不想干。严帅说，能挣钱的不犯法的活都干。沈艾莉说，两个小时，两万块钱，有兴趣吗？严帅吓了一跳，他严肃地盯着沈艾莉说，沈小姐，您不要拿我开玩笑好吗？我说了不干犯法的事。沈艾莉说，谁让你犯法啦，我是有好处关照你，懂不懂感恩啊你。

严帅的思想一下子变得复杂了，他知道自己长得帅，他曾经听说过那些在城里混的小帅哥为了赚快钱，专门干那些给富太太当助手的轻松活，至于这个助手的具体身份，就无从深究了。他涨红着脸，觉得沈艾莉已经严重伤害了他的自尊，他恼羞成怒地冲沈艾莉喊道，虽然我是个打工的，但是你也别瞧不起人，我以我去世的父亲发誓，绝对不做见不得光的事，别说两万，二十万都免谈。

沈艾莉看着严帅的窘态，笑得前俯后仰，你说你这个人，思想怎么那么复杂，你看看我，像是个拉皮条的吗？严帅的脸涨得更红了，他说我忙得很，没时间跟你开玩笑。沈艾莉一把抓住他的手说，好吧，你耐心点听我说完，我之前给一家婚纱影楼拍了一组照片，他们用来摆在橱窗里展示，我前后就花了两个小时，就挣了两万块钱，他们可以拿我的照片在橱窗里摆上一年，当作肖像使用费。严帅说，然后呢。沈艾莉说，前几天店长给我打电话说他们需要男模特，我觉得你还行，怎么样？

严帅想了想，觉得这真是个好差事，两万块钱，得修多少电脑电熨斗电饭锅才能挣回来。他将信将疑地说，你真的觉得我可以？沈艾莉说，我觉得你还行，但是最后行不行，得人家店长说了算。严帅说，那我也去试试运气，什么时候去？沈艾莉说，星期六下午，你能来吗？严帅说，我想办法。沈艾莉说，爽快！到时候联系。严帅说，你有我电话吗？沈艾莉说，我妈有。

为了接上沈艾莉介绍的这个诱人的活，严帅以他母亲生病要带她去看医生为由向公司请了半天假。沈艾莉的眼光果然没有让婚纱店的店长和摄影师失望。严帅和沈艾莉配合得比那些做好了充分心理准备走进婚姻殿堂的新人们还要默契。唯一让摄影师觉得有点小遗憾的是，严帅对着镜头不会笑，或者说不能笑。那位好脾气的摄影师引导严帅，希望他那张英俊的脸能露出一丝让他满意的笑容。例如微笑、露齿笑、眼睛带动嘴角笑、开怀的笑、乐观的笑、发自内心的欣慰的笑。严帅努力在摄影师的引导下一一尝试，但是无论他怎么努力，显示在摄影师的相机镜头里的，始终是一张与世界为敌的苦大仇深的样子。摄影师说，好吧，你不用笑了，毕竟结婚对于大多数男人来说，也不是一件那么兴高采烈的事。

严帅趁去铂莱卡大酒店干活的机会，把他堂叔从老家托人带过来的岗松花蜜带去给蒋玉瑶。蒋玉瑶当即就泡了一杯尝了，对蜂蜜赞不绝口，又调了一杯给严帅，严帅不好意思地说，我也好久没尝过老家的味道了。蒋玉瑶问他多少钱。严帅说，一斤九十，这里是两斤，一百八。蒋玉瑶说，邮费呢？严帅说，正好有个老乡回家探亲顺道捎过来的，不用邮费。蒋玉瑶说，好，我给你现金还是用手机转账？严帅说，都行。蒋玉瑶说，那我微信转给你吧，我得先加一下你微信。蒋玉瑶说，你母亲身体好些了吗？严帅怔了一下，弄不明白蒋玉瑶为什么突然问起他的母亲。蒋玉瑶解释道，上个星期六我的打印机又出问题了，本来想找你过来看看，你的同事说你请假陪你母亲去看病了。严帅恍然大悟，哦，是的！没什么大碍，只是有点小感冒，已经好了。蒋玉瑶说，那就好。

下班后，蒋玉瑶站在酒店大门外的马路边等快递员，准备拿了快递后再回停车场取车，却看见严帅骑着摩托车在她身边停了下来。严帅说，你的车呢？蒋玉瑶支吾了一下，我的车送去保养了。严帅说，那怎么办？这个点能等到出租车吗？蒋玉瑶说，估计有点悬，你能不能捎我一段？严帅问清楚蒋玉瑶家的地址，说，正好我在你家附近有点小活，但得先回家换衣服，你不赶时间吧。蒋玉瑶说不赶。

严帅把蒋玉瑶带到他家楼下，对蒋玉瑶说，十分钟就好。蒋玉瑶说，我想上去看看伯母。严帅站住了，你知道跟一个男孩子回家见他的母亲意味着什么吗？蒋玉瑶点了点头。严帅说，我们住的这套房子是租的，我除了一身力气和还算过得去的技术，一个老母亲和一个在超市打工的妹妹，就什么都没有了。我为了挣钱养家，白天干活，晚上也接私活。有一次我给一户住在十八楼的人家修空调主机，因为没有人帮忙，安全带的扣子没有扣紧，我差点从十八楼摔下来了。你还要跟我去看我的母亲吗？

蒋玉瑶耐心地听严帅讲完，当她抬起头的时候，眼里闪着让严帅恨不得把她抱进怀里狠狠地亲上几口的泪光。蒋玉瑶说，我跟你去。蒋玉瑶随着严帅进了家门，她亲切地叫了一声伯母好，葛秋枝不知所措地站在原地。严帅说，妈，她是玉瑶。严帅又对蒋玉瑶说，你随便坐，我进去换衣服。葛秋枝缓了缓神，看着眼前这个长得清秀可人的年轻姑娘，赶紧去给她倒茶。蒋玉瑶接过严母递过来的茶杯，说了声谢谢。葛秋枝说，这孩子，带朋友回来也不提前说一声，看家里乱的。蒋玉瑶说，挺好，伯母，您身体好些了吗？葛秋枝说，好，我身体好着呢，谢谢你。

严帅换好衣服对母亲说，不要等我吃饭了。蒋玉瑶放下茶杯，伯母，那我先走了，有时间再来看您。葛秋枝说，好，随时欢迎你来。葛秋枝把蒋玉瑶送到楼下，看着她坐到严帅的摩托车后，转眼就在街角消失了，还依依不恋地挥手说再见。她抹了一把老泪，抬起头看着夜幕下的天空，老天爷哟！

王小敏和她的同事严美今天下早班，约好了一起逛商场。严美还陪王小敏在超市的进口商品柜台买了她所需的烹饪配料。她们路过蒙娜丽莎婚纱店，突然同时停了下来，在严帅和沈艾莉合影的婚纱照前站住了。两人异口同声地发出一声惊呼，天啊！

严美和王小敏面面相觑。严美指着沈艾莉，王小敏指着严帅，又一次异口同声地说道，你认识？

严美一进家门，就气呼呼地冲葛秋枝喊道，我哥呢！葛秋枝说，还没回来呢，谁惹你生气啦？严美说，妈，我哥要结婚了，你知道吗？葛秋枝说，啊？什么时候的事？没听他说过啊。严美说，我连他们的婚纱照都看见了，在人家婚纱店里最醒目的位置摆着呢，听我同事说，那个女的是她大学同学，人家是独生女，说不定我哥结婚以后就搬到她家去不要我们了。葛秋枝说，哎哟，原来还是个大学生，我说呢，人长得好看的，说话轻声软气的，连衣着打扮都那么得体，哪像你，一天到晚不知道穿的什么稀奇古怪玩意。

你见过她？严美意外地问。葛秋枝说，见过，下午才来过，一点也不嫌弃我们家的意思，一看就是有家教的好人家教出来的孩子。严美说，妈，你儿子都快跟人家跑了不要咱们了，你还美呢！葛秋枝通情达理地说，只要你嫂子真心待你哥好，他们跟谁住都没有关系。

严美说，可是——

葛秋枝说，你就别瞎掺和了，你哥的事他自己有分寸。只要他们以后生出来的第一个孩子姓严，我就什么问题都没有。严美哼了一声，我好歹吃了王小敏那么多蛋糕，还没来得及把她介绍给我哥，半路就杀出来沈艾莉，我可没那么好对付！

9

新世纪律师事务所年轻的律师陈天乐在与蒋兆南约好的时间提前两分钟出现在他的办公室门外。戚秘书对陈天乐温婉地笑了笑，陈律师请，董事长已经在里面等你了。陈天乐对戚婉芬含笑致谢，走进了蒋兆南的办公室。

蒋兆南从办公桌前迎过来与陈天乐握手。蒋兆南将陈天乐打量了一遍，他的心突然像遭到电击一样抽搐了几下。他惊讶地发现，眼前这位叫陈天东的年轻的律师，身上竟携带着一股他已故的哥哥蒋兆辉一样的气质。陈天乐算不上第一眼就能引人注目的帅哥，但是他面对蒋兆南时表现出来的从容，与他握手时的自信，以及眼神里闪烁着的谦逊，与年轻时候的蒋兆辉几乎如出一辙。

陈天乐自我介绍，蒋先生您好，我是新世纪律师事务所的陈天乐，今天我代表我们公司的贺总来跟您签常年法律顾问协议书，从今天起，我将作为本律师事务所的指派律师为铂莱卡大酒店进行为期一年的法律业务服务，这是协议书，请蒋董事长过目，同时也请您多多指教。

蒋兆南接过那份协议书，对陈天乐做了个请的手势，陈天乐解开西装下面的一颗纽扣，从容地在蒋兆南对面的沙发上坐了下来。这个小动作表现了陈天乐娴熟的社交礼仪，蒋兆南对他的好感又多加了几分。

蒋兆南把协议书放到一边，对陈天乐说，这份协议我还要花时间看看，如果没有问题的话，我再派人给你们送过去。陈天乐站起来向蒋兆南告辞，这是我名片，您到时候给我打电话我过来拿就行，还有，以后有什么事情可以随时给我打电话，我一定会为贵酒店做好服务。蒋兆南站起来，一直把陈天乐送到电梯口。他回到办公室关上门，给新世纪律师事务所的贺总打了个电话。

贺总说，兄弟，你问了半天打听我的下属，到底什么意思啊？蒋兆南笑道，您先别急，我再问最后一个问题，他成家了吗？贺总说，没呢，也没听说他有女朋友，啊，我懂了！蒋兆南说，贺总这么聪明的人，怎么会不懂我的意思？我们家的玉瑶长大了，您看……贺总哈哈大笑起来，你小子眼光就是毒啊，行，你想怎么办，我一定好好配合。

善良的蒋玉瑶为严帅每天不停运转的劳动体会到感同身受的苦楚，她很想约严帅吃一顿饭，或者看一场电影。但是她认为自己很了解严帅，他现在还处在为了生存无心享乐的阶段，如果要他勉强陪她吃饭看电影，反而会增加他的负疚感。蒋玉瑶每天在饭堂吃完早餐和午饭，都会打包几件小点心放在办公室，因为她不知道严帅什么时候会来，万一他忙得顾不上吃早饭，甚至连午饭都无法按时吃，她准备的小点心就会派上用场。即使算不上雪中送炭，也可以为他补充一下能量。

自从蒋玉瑶跟他回家见过母亲之后，严帅和蒋玉瑶之间那堵客套的墙就这样倒下了。他在蒋玉瑶面前吃点心的时候，就像吃母亲做的饭、煲的汤一样身心放松。有时候他会告诉蒋玉瑶，他上个星期挣了多少钱，他准备考计算机工程师职称，如果顺利通过的话，也会有机会跳槽到更好的公司。不过，严帅又说，我们老板对我很不错，我暂时不想跳槽。蒋玉瑶说，等条件成熟了，可以自己开公司。

蒋玉瑶受蒋兆南委托把和律师事务所的合作合同送给贺总。蒋玉瑶觉得有点奇怪，和律师事务所打交道一直是总裁办的事情，她不明白蒋兆南为什么突然让她去送这份文件。但是以她的个性，只要是上级交代的事情，只需要做好就行，不需过分深究。

一个小时后，蒋玉瑶准时出现在新世纪律师事务所贺总的办公室里。她把合作交给贺总后，就告辞准备离开。贺总却以到了饭点为由，非要留她吃午饭。蒋玉瑶说，我回酒店吃就行，谢谢贺叔叔。贺总说，那怎么能行，这么多年了，你这是头一回到我公司里来，哪能让你饿着肚子就回去。贺总给陈天乐打电话让他到办公室来一下。五分钟不到，陈天乐就敲门进来了。他一看到贺总办公室里的这位年轻的女孩，就猜到她就是贺总同他提过的蒋玉瑶。贺总说，天乐，我交给你一个任务，我中午有个重要的接待，你带我的大侄女去外面吃饭，好好招呼她。陈天乐说，没问题。请问——

贺总一拍脑门，笑了起来，来，玉瑶，我给你介绍一下，这是陈天乐律师，天乐，这就是我的大侄女蒋玉瑶。陈天乐伸出手去与蒋玉瑶握手问好。蒋玉瑶说，贺叔叔，陈律师，我就不给你们添麻烦了，你们真的不用特地招呼我——贺总说，不行，玉瑶，你要是不肯吃饭，就是不给我面子，回头让你叔叔知道了，他又得说我不地道了。蒋玉瑶觉得自己再推辞下去，就真的让大家都难堪了。她对贺总微笑道，好吧，那就谢谢贺叔叔，再见。贺总把自己的车钥匙交给陈天乐，还拍了拍他的肩臂，来，开我的车去。

陈天乐把蒋玉瑶带到城中最大的那家商业广场。今天虽然不是周末，但这里的人气依然旺盛。陈天乐问蒋玉瑶喜欢吃什么，蒋玉瑶说，我肚子还不饿，要不就别吃了吧。陈天乐说，那不行，你要是不吃饭，回头我们贺总得批评我没招待好你。蒋玉瑶说，可我——陈天乐说，没关系，咱们先随便逛逛，等你肚子饿了，又想好吃什么了我们再去吃。

陈天乐跟在蒋玉瑶后面，先在开满快餐厅、糕饼店、休闲类小食店的儿童游乐场的一层转了一圈。蒋玉瑶其实挺体谅陈天乐的处境，他受贺总所托，对她不敢怠慢，因此她不能对陈天乐太无礼。当她发现陈天乐亦步亦趋地跟在她身后，心里有些过意不去，便放慢了脚步。陈天乐对蒋玉瑶的好感油然而生，她是一个多么善良的姑娘！他们现在几乎是肩并肩一起走了。蒋玉瑶的头也没有原来垂得那么低，她甚至还转过脸来看了陈天乐一眼。陈天乐觉得蒋玉瑶的眼睛和侧脸长得很好看，尤其是腮帮到下巴的那段弧线堪称完美，这道弧线在多年前曾经令一个叫蔡家佑的男孩子赏心悦目并为之倾倒。他们不知不觉地走到蒙娜丽莎婚纱店门前，蒋玉瑶她突然站住了，她转过身去，直视着严帅和沈艾莉的合影。

陈天乐只好折回到蒋玉瑶身边，陪着她站住了。蒋玉瑶的嘴唇抖动了几下，她想伸出手去，却触摸到橱窗上那扇冰凉的玻璃墙。陈天乐看见她的脸突然变得煞白，蒋小姐，你是不是觉得不舒服？蒋玉瑶迷茫地摇了摇头，她伸出手去，紧紧地抓住陈天乐的手肘，我可能是饿了，你陪我去吃饭吧？

第二天中午，蒋玉瑶像往常一样和沈艾莉坐在一张桌子上吃饭。蒋玉瑶心事重重地摆弄着筷子，她第一次觉得饭堂的饭菜原来这样难吃。沈艾莉抹了抹嘴看着她说，你病了吗？蒋玉瑶摇了摇头说，可能是吧。沈艾莉伸手摁在她的额头上，没发烧啊，你觉得哪里不舒服，我陪你去医院。蒋玉瑶说，可能有点小感冒。沈艾莉说，你有事要说出来，需要我帮忙的随便吩咐，不用跟我客气。

蒋玉瑶说，你拍婚纱照了？沈艾莉先是愣了一下，接着兴奋地说，你看见啦？怎么样？好不好看？蒋玉瑶说，很好看。沈艾莉说，你觉得我们，是不是还挺般配。蒋玉瑶说，很配。沈艾莉得意地说，给我们拍照的摄影师也是这么说的。蒋玉瑶说，你爱他吗？沈艾莉不解地看着她，谁？严帅。蒋玉瑶顿了顿，艰难地吐出严帅的名字。沈艾莉说，我不知道。蒋玉瑶又问，那他爱你吗？沈艾莉说，那我就更不知道了。以蒋玉瑶对沈艾莉的了解，对于她的回答和反应，她一点也不觉得奇怪。蒋玉瑶说，你们很快就结婚了吧？沈艾莉说，不知道，我什么时候结婚我妈说了算，我无所谓。

当天晚上，蒋玉瑶收到严帅给她发来的最后一张照片，他在给一个孤寡老人修理热水器，拍了一张那个暗黑的洗手间里他刚修好的热水器和那位老太太的合影。严帅发完照片后，又加了一句，今天义务劳动。蒋玉瑶没有给严帅回信息，直接把他从她联系人里删除了。她以为自己会哭，内心却出乎意料的平静，可能是那位老太太的笑容及时减轻了她的痛感。

两个月后，蒋兆南在铂莱卡大酒店为陈天乐和蒋玉瑶举行了盛大的婚礼，城中名流达官贵人都到场恭贺。沈艾莉也和公关部的同事一起为蒋玉瑶的婚礼现场做好礼宾服务。严帅正好到铂莱卡维修办公器材，他路过举办婚礼的大厅门外。看到门口竖着的陈天乐与蒋玉瑶的婚纱照，看到举办婚礼双方家长的名字，他的脸上发出一丝冷笑，转身离开。

沈艾莉一回到家就倒在床上起不来，对冯宝怡撒娇说，我累死了，有什么吃的，快给我弄点来。冯宝怡说，你不是说今天有同事结婚吗？没吃饱？沈艾莉说，是有同事结婚，问题是这个同事是我的好同学蒋玉瑶，她的婚礼就在我们酒店办，你说我们公关部有喘气的时候吗？别说吃饭了，我连水都没顾上喝一口。冯宝怡"啊"了一声，你说，蒋玉瑶她结婚了？沈艾莉说，是啊，嫁了年轻有为的大律师。

冯宝怡的心像被蚂蚁蜇了一样，又痛又痒。她说，没想到啊，她不是长得挺丑的吗？妈，你有多久没见过蒋玉瑶啦？人家现在长得一点也不丑，而且她的亲叔叔蒋兆南是我们的大老板，她就是名正言顺的女少东家，少东家懂吗？按我爸说的，要是咱们沈家像我爷爷小时候那样富贵，你女儿我，就是少东家了。冯宝怡叹了口气，连蒋玉瑶都嫁出去了，你可怎么办？

沈艾莉从床上坐起来，瞪了冯宝怡一眼，我郑重地告诉你，除了那个经常给我送蛋糕吃的大学同学王小敏，蒋玉瑶是我最好的朋友了。她嫁得好，我第一个替她感到开心。冯宝怡说，对呀，你的好朋友都嫁人了，你就一点也不急吗？沈艾莉说，你不是一直都在急吗？冯宝怡说，可是你明明长得比她好看那么多，找个好男人咋就那么难呢？沈艾莉说，妈，你要搞清楚咯，我与蒋玉瑶没有任何可比性，更不存在谁比谁好看，我们就像独一无二的两朵花，没有哪一朵比另一朵更美。冯宝怡绝望地说，完了，你现在连人话都不会说了。沈艾莉说，是不是人话，得回去问你们家冯芊慧，这可是她的名言。

第七章

1

江妈妈和江爸爸一起去香港游玩了三天，他们拖着三只大拉杆箱，在港澳客运码头下了船，招了辆出租车直奔家里。江妈妈回到家就躺在沙发上，对丈夫撒娇说，我累死了啦。江爸爸说，等儿子回来了，晚上去外面吃。江妈妈说，这几天在香港天天下馆子，我都吃腻了，现在只想喝口小米粥。江爸爸说，行，我给你熬小米粥去。

江爸爸换好衣服就走进厨房熬小米粥，江妈妈在沙发上躺了一会，想起那些还困在行李箱里的名牌衣物、化妆品和用来搭配春夏秋冬各季服装的小饰物，顿时来了精神。她打开行李箱，把那些好东西一件件拿出来，在沙发上一字排开。她拿起一条丝巾披在肩上，奔到玄关的落地镜前，前后左右地摆动着腰身，对着镜中年纪不小容颜未老的女人顾盼生辉。江爸爸从厨房伸出头来，现在不累啦！江妈妈努起嘴，瞪了江爸爸一眼娇嗔道，人家就是累了嘛。

江锦鹏下班回到家，江妈妈正对着镜子试穿她的新鞋子。她听到门响，知道儿子回来了，兴奋地迎上去打开门。江锦鹏朝里面喊，爸，我回来啦。江爸爸说，我在做饭呢，一会就好啦。

江妈妈赶紧换上另一只新鞋，跟着儿子回到客厅。江锦鹏看着沙发上堆放着的衣服围巾鞋子，吃了一惊，妈，这些东西，是您和我爸搬回来的？江妈妈说，不是搬，是买。儿子呀，我告诉你，我是越来越喜欢这个地方啦！我们坐船才花了两个小时不到，就直接到了中港码头，上岸就是海港城，新世界，弥敦道，别提多方便啦。江锦鹏说，只要我的母亲大人高兴就行。江妈妈说，来，快试试我给你买的衬衫和皮带。江锦鹏说，我又不爱赶潮流。江妈妈说，这不是赶潮流，这叫品味，品味你懂吗？不信你回大上海看看，像你们这些知识分子，大医生，谁会穿得像个乡下人一样呀。

江爸爸摆好餐桌，走过来对妻子说，儿子刚回来，你先让他好好歇歇，别一个劲地说个不停。江妈妈说，你们男人无法理解购物对女人的重要性，你看我买了这么多好东西，总得有人分享吧。儿子，你看看，这是什么？江妈妈拉开另一只行李箱的拉链，从里面掏出一只女式手提包。江锦鹏说，看上去，倒是像个手提包。江妈妈拍了儿子一下，这就是一个手提包，我特地买来送给我的未来儿媳妇的。你到底什么时候才肯带小冯回家来见见我们，都这么长时间了，她到底在忙些什么呀。

江锦鹏说，妈妈，您不用急嘛。江妈妈说，我能不着急吗，你为了她都拖家带口的放弃大上海那么好的环境来到这种乡下地方扎根了，她还想怎么样？江爸爸说，我们那里不是大上海。江妈妈再一次强调，我们家在上海旁边好不啦！

吃过晚饭，江锦鹏陪父母在小区内的花园里散了一个小时步，回家洗了澡就关进书房看医学杂志。江妈妈捧着一杯新鲜的西瓜汁，敲门进来了。江锦鹏接过果汁，对妈妈说了声谢谢。江妈妈把书桌上的杂志合上收起来，坐在书房靠墙摆放的小沙发上，忧心忡忡地看着儿子。江锦鹏喝了一口果汁，江妈妈说，儿子，妈妈有话要跟你说。

江锦鹏只好转过身去，看着他好像永远都不会变老的母亲，她穿着一套真丝家居服，喷了可能是从香港买回来的好闻的香水，江锦鹏当然不会知道，江妈妈身上的香味来自香奈儿5号。他这位年近六十，依然有着白皙的皮肤，浑身上下散发着的江南女子温婉气质的母亲，让江锦鹏心生惊叹。他知道，母亲一辈子都生活在父亲的宠爱里，如果冯芊慧有一天能成为他的妻子，他也一定会像父亲对待母亲一样，宠着她，爱着她，陪伴着她，直到她六十岁的时候，他已经变成一个老头子，而她依然是他捧在手掌里的小女孩。

儿子，你跟我说实话，冯芊慧是不是已经结婚了？江妈妈平静地问道。江锦鹏的脸上挤出一个勉强的笑容，没有啊，您怎么突然问起这个了？江妈妈说，我可是个心水清的人，她是有新男朋友了？江锦鹏顿了顿，是的。江妈妈的脸色变了变，眼看就要爆发她内心的委屈，更多的是从儿子身上包揽过来的不甘心。她说，那你们已经正式分手啦？江锦鹏说，她只是为了公平起见，把我送给她的玉坠子还给我了，我从来没有承认过和她分手。

江妈妈没有如她儿子预想的那样大呼小叫，她对儿子说，妈妈明白了，从今天起，妈妈不再催你的婚事了，你要是个男子汉，就不要轻易放手，她一天不嫁人，你就一天还有机会。爸爸妈妈会陪你打赢这场仗，满天下上哪再找得到像我儿子这么优秀的男人，我就不信还有谁有本事和我儿子一争高下。一句话，对方不投降，我们就不收兵！

江锦鹏笑了起来，妈妈，顺其自然吧。江妈妈说，情场如战场，不存在顺其自然好不啦？江锦鹏说，好，我妈妈说得对，我妈妈是天下最聪明的妈妈。江妈妈说，行了，我也睡觉去了，这女人过了四十岁以后，每天晚上十一点前就必须睡着，要不然到了五六十岁，那层皮哟，就真的不能见人啦。

冯芊慧早上刚走进办公室，就看到桌面上摆着蒋兆南派人送来的爱心早餐。上面还有一张小卡片，蒋兆南亲笔写上：妙手仁心的冯医生早安。冯芊慧打开便当盒，用酒精棉给餐具消过毒，才坐到桌子前安然享受来自五星级酒店的精美点心。她的同事纷纷投来羡慕的目光，向她打听是哪家早餐店送的外卖。冯芊慧含笑不语。一个小护士凑上前去，看了一眼装便当盒的外包装，惊呼道，天啊！铂莱卡大酒店的早餐！冯医生，您发财啦？

李曼正在吃从饭堂打包回来的早餐，她一直觉得饭堂的伙食还不错，在冯芊慧的对比下，顿时变得难以下咽。李曼把还吃剩大半的糯米鸡扔进垃圾桶，对冯芊慧说，师姐，我想嫁人了，帮我介绍个有钱的男朋友吧！冯芊慧笑道，我自己都还没有着落呢，上哪给你介绍男朋友去？李曼说，您是选择太多没法挑，我是没得选好吗？冯芊慧说，人只有在没有选择的情况下，才会更清楚自己想要的是什么，当你有一天觉得别无选择的时候，那就是上天对你最大的犒赏了。那位小护士看了看冯芊慧，又看了看李曼，疑惑地说，冯医生的话是什么意思？冯医生说的是真理，李曼说完，抓起桌面上那杯插上吸管还来不及喝、刚才差点连同糯米鸡一起扔进垃圾桶的豆浆递到嘴边吸了一口，心里直后悔，明明饭堂的早餐很好吃，为什么会那么冲动就扔掉。

江妈妈对着镜子化了个精致的妆容，身上穿着从香港买回来的来自法国某品牌的新款秋装，喷上香奈儿5号，换上一对墨绿色的高跟鞋，提着一只新包，又把买给冯芊慧的包包一起提上，准备出门。江爸爸买菜回来了，妈妈，你打扮得这么漂亮要去哪？江妈妈对着落地镜理了理她那头烫得一丝不苟的短发，我想来想去，还是觉得咱们不能再坐以待毙了。然后呢？江爸爸放下菜篮子，看着他美丽动人的妻子问。江妈妈说，我要亲自出马，上医院给冯芊慧送礼物去！

江爸爸赶紧把妻子手里的两只包包都夺过来，又弯下腰去把她的高跟鞋脱了，你是给他添乱！江妈妈委屈地说，我怎么是给他添乱啦，我去给她送礼物表示一下我们的诚意好不啦。江爸爸说，快别！女王大人，我求您了。礼物不是现在送，诚意也不是现在表，在事态还没有明朗之前，咱们必须做到敌不动我不动，谁沉得住气，谁才是最后的赢家，你哪也别去，千万不能去！江妈妈气鼓鼓地跑到沙发上坐下，江爸爸及时把她的拖鞋递上来给她套在脚上。她盯着丈夫，真的不能去吗？江爸爸说，真不能，你乖乖地看会儿电视，我去给你做糖醋排骨，好不好？

江妈妈又高兴地笑了起来，她抬起脸问丈夫，他爸爸，你看我今天的妆化得好不好看？

2

早上醒来的时候，冯宝怡对沈振扬说，今天不知道怎么回事，老觉得胸口闷得慌。沈振扬说，我给你量量血压？冯宝怡说，我头不晕，只是觉得胸口闷。沈振扬说，你不要做早饭了，我带你去吃新鲜的猪杂粥。冯宝怡说，老娘没你那么好兴趣，我虽然不是出身富贵之家，但也不至于没下过馆子，再好吃也比不上自己家里做的干净卫生有营养。沈振扬说，我说，你是不是更年期了。两行眼泪从冯宝怡的眼睛说时迟那时快地涌了出来，顺着她两侧眼尾流了下来，沾湿了她耳鬓的头发。她挣扎着从床上坐起来。

沈振扬伸出手去摇了摇冯宝怡，你怎么啦？冯宝怡吸了吸鼻子，

187

让呼吸顺畅了些，你说，我们的女儿到底啥时候才能嫁得出去啊。你就这么火烧火燎的要把我的宝贝女儿嫁出去吗？冯宝怡说，她的同学蒋玉瑶都嫁人了，还嫁了个大律师，我跟你说，我现在想起你的宝贝女儿我就吃不下睡不好，还经常做噩梦。沈振扬说，你这是典型的更年期症状，别把什么事都往艾莉身上赖。冯宝怡骂道，我更年期早过了好吧。沈振扬说，也有可能是更年期综合征复发了，要不然你上医院去找你们家的冯大医生开点药。冯宝怡说，我现在和你说的是我们女儿的婚姻问题！沈振扬说，知道了，我女儿又不愁嫁。冯宝怡说，全是我一个人愁完了，你们还用得着愁吗？沈振扬说，我说，她要不嫁出去也不是什么坏事，那就娶个丈夫回来呗，反正我们就这么一个宝贝女儿，她要哪天真嫁出去了离开这个家了，我看你的日子过得比现在还难受。

冯宝怡眼前一亮，觉得沈振扬说得太有道理了，她怎么就没想到呢。以他们沈家的条件，城里多的是从乡下出来打工的年轻有为的好孩子，说不定他们都排着队愿意嫁到沈家来呢！她这样想着，顿时来了精神，匆匆忙忙地洗漱干净，换好衣服破天荒第一次跟着沈振扬出去吃早餐。

冯宝怡办公室的小文见到她兴高采烈的样子，对她说，冯姐果然是人逢喜事精神爽啊，看你今天的精神头，是不是快当丈母娘啦！冯宝怡说，嘻嘻，自打我女儿从我肚子里掉下来那天起，我就盼着当丈母娘啦！小文说，什么时候请客，我们可都等着喝你们家艾莉的喜酒呢。冯宝怡说，还早，到时候一定请。小文说，不是连婚纱照都拍了吗？我可亲眼看见了，你们家艾莉那叫一个漂亮，她那个未婚夫长得真帅，我们还担心艾莉长这么漂亮，没有男人配得起她呢，竟然还真让她找着了。冯宝怡愕然地，婚纱照？小文说，是啊，我在商业广场蒙娜丽莎婚纱店的橱窗里看到了，那照片放得老大了，我估计连他们婚纱店的摄影师也没见过这么漂亮的一对。

冯宝怡叫了辆出租车直奔商业广场，终于在蒙娜丽莎婚纱店的橱窗前站住了，她果然看到沈艾莉和一位年轻帅气的穿着礼服的男孩子的合影。冯宝怡觉得这张脸似曾相识，但一时又想不起来在哪里见过。最后，她从他那道浓密英气的眉毛认出了照片中的男孩，就是那位给沈艾莉修过电脑给她修过小家电的叫严帅的小伙子。她环顾了一下四周，走廊里依然空无一人，她知道自己要是一时冲动晕倒在地，也不会有人来救她。她压抑着内心的愤怒，压抑着眼看就要往上蹿的血压，她不停地做深呼吸。她终于冷静下来，对着照片里的严帅说，别以为化了妆，我就不知道你是谁，你就是化成灰，我一样能把你认出来！

接到冯宝怡火烧火燎的电话后，严帅匆匆忙忙赶到沈家，冯宝怡听到电梯门开的声音，还没等得及严帅按响门铃，就冲过去打开门就把他揪了进来。严帅说，我鞋子脏，不换一下吗？冯宝怡喝了一声，给我老老实实站着，别动！

冯宝怡回到沙发上坐下，心里五味杂陈地盯着严帅，但是她的眼里表露出来的愤怒，竟隐藏着些许惊喜和兴奋。冯宝怡说，你和我的女儿去拍婚纱照啦？严帅说，阿姨，您看见啦？冯宝怡说，没错，我看到了，你们什么时候结婚？严帅说，结婚？冯宝怡说，对啊，你和我的女儿连婚纱照都拍了，不用对她负责吗？严帅无辜地说，阿姨，沈艾莉没说过要我负责啊。冯宝怡说，她没让你负责你就不用负责啦？啊，你是个男人吗？严帅说，我当然是个男人，可是这跟负不负责有什么联系？冯宝怡说，你不要把我当猴耍，我告诉你严帅，我只有这么一个宝贝女儿，谁要敢欺负她，哪怕她是天王老子，老娘也一样跟他拼命！严帅说，阿姨，您不用那么激动，有话好好说嘛。

冯宝怡说，行，我现在就跟你好好说道说道，你今年多大了。严帅说，二十九。冯宝怡说，你觉得艾莉长得好看吗？严帅说，沈艾莉长得很漂亮，人也很好，她还给我介绍私活挣了不少钱呢。冯宝怡说，你打算什么时候娶她？严帅吓了一跳，他对冯宝怡说，我什么都没有，娶不起老婆。冯宝怡说，你是孤儿吗？严帅说，不是，我还有个妈妈和妹妹，我爸去世了。冯宝怡说，你妈和你妹呢？严帅说，他们和我住在一起。冯宝怡说，那不算什么都没有。严帅说，我们住的那房子是租的。冯宝怡说，你还年轻，暂时买不起房很正常，你要是和艾莉结婚了，就住在这里，你看看我们家，三室两厅，以后就是生了孩子，也够住了。

严帅说，我们也从来没有提过要结婚的事，我们只是普通朋友。冯宝怡说，是谁先提出去拍婚纱照的。严帅说，是艾莉把我拉去的。冯宝怡抬起手，成了，我的女儿我了解，她不是一个随便的人，她既然都肯拉你一起拍婚纱照了，就说明她心里对你已经认可了。

严帅说，可是我还从来没有——

冯宝怡说，你们还没有什么都没关系，人生都是一个从无到有，又从有到无的过程，一切都会有的。

严帅被冯宝怡逗乐了，阿姨，您好有文化。冯宝怡说，这句话不是我发明的，是我那位在中心医院当妇科医生的大侄女说的。冯宝怡说，我给你三十分钟考虑清楚，你今天不给我一个明确答复，就不能走。严帅说，阿姨，结婚这么大的事，您只给我三十分钟做决定，是不是太急了？冯宝怡说，你和我女儿去拍照片之前不是应该都想清楚了吗？严帅说，唉，我想您可能误会了——

冯宝怡说，是我误会还是你想不负责任？我就奇了怪了，我的女儿哪里就配不上你了？严帅受宠若惊地说，不不不，阿姨，是我配不上艾莉。冯宝怡劝慰道，行了小严，你也不用太自卑，你们俩多般配啊，见过那照片的人都说你们郎才女貌，只要你和我女儿结了婚，我绝对不会让你受半点委屈，只会把你当儿子一样供着。严帅说，可是这事我说了不算，我得先问过我妈。冯宝怡说，行，那咱们现在就一起去见你妈。

严帅几乎是被冯宝怡连哄带吓地挟持着一起赶到严帅的家里，冯宝怡说，严妈妈你好，我是你儿子的未来丈母娘，我今天是特地上门来提亲的。葛秋枝说，哎哟，你好，你怎么说来就来了，严帅这孩子老这样，什么事都喜欢搞突击。严帅说，是她非要今天来的。葛秋枝说，你请坐，我们这个小窝太简陋了。冯宝怡在那张蒋玉瑶坐过的沙发上坐下来，接过葛秋枝曾经给蒋玉瑶泡过茶的杯子倒给她的茶，对葛秋枝说，严妈妈，你知道你儿子有女朋友了吗？葛秋枝不好意思地说，是，我知道。冯宝怡说，你见过我的女儿没有？葛秋枝说，见过一面，那孩子，我打心眼里喜欢。冯宝怡瞪了严帅一眼，臭小子，还想抵赖！冯宝怡笑道，他们都拍过婚纱照了，你知道吗？葛秋枝说，我听他妹妹说过了，只是还没看过照片。冯宝怡又瞪了严帅一眼，既然你没有意见，我想让他们早日结婚，你看行不行？葛秋枝说，结婚啊，当然好啊，只要孩子们高兴，我们当老人家的，哪能有什么意见呢。

冯宝怡说，你真是个痛快人，和你说话一点也不费劲，但是我今天和严帅说起他们的婚事，有件事情他说他做不了主，所以要和你商量一下。严妈妈说，你说。冯宝怡说，我们家的房子一百三十多平方米，三房两厅，我们就这么一个宝贝女儿，将来我和她爸两眼一闭，剩下的东西都是她的。严帅说他现在还没有房，不想结婚，但是他们都快三十啦，你说还能拖吗？严妈妈说，是不能再拖了。冯宝怡说，我是想着，他们结婚了，先在我家里住一段时间，我也好照顾他们，等哪天严帅攒够钱买房了，再搬出去，你到时候就跟他们一起住，也好好享享福，我这样安排，你有意见吗？严妈妈说，没意见，亲家母，你想得太周到了，我觉得挺好，只是——

冯宝怡说，你还有什么顾虑你说。葛秋枝说，我儿子住你们家，不算是上门女婿吧？冯宝怡说，当然不算，到时候生出来的孩子，都姓严啊！葛秋枝放下心来，她紧紧地握着冯宝怡的手说，亲家母，难得你看得起我家这个穷小子，真不知道他上辈子修了多少福，只要他们生的第一个孩子姓严就行了。冯宝怡问道，要是他们再生二胎呢？葛秋枝说，那就，那就随你们家的姓。

咱们一言为定！冯宝怡说着转过头去，小严，你还有意见吗？

3

在送冯宝怡回家的路上，严帅一声不吭地抿着双唇，他的双手紧紧地握着方向盘，严肃地盯着前面的路。冯宝怡想起今天从早上开始直到现在自己所经历的惊心动魄的一连串事件，心里还有点后怕。她面对女儿的婚姻问题上，一直以来的忐忑心情并没有突如而来的尘埃落定有所消减。就像她每一次面对人生的变故：她嫁给沈振扬，她在木棉树下生下她的女儿，她为了保护她的墙壁一次又一次地翻新，她为了让她的丈夫和孩子平安地生活在她可掌控的天空下，二十多年来从来没有停止过她前进的步伐。为了维持她的家庭在她的付出中按着她所认定的方向走下去，她付出的一切，堪称中国母亲中的楷模。

她不知道严帅在心里想什么，她也从来不知道她的丈夫心里想什么，更不会知道她的女儿心里在想什么。面对生活和她的亲人，她的态度是朴素的，看得见摸得着的，对于那些她力不能及的所谓"想法"，她从来不会像去菜市场买猪肉时为砍掉一块几毛的价钱那样费心。因此，她更不用在意严帅此时此刻心里在想些什么，她只知道，当务之急就是要重新布置女儿的卧室，给他们准备一张新婚床。冯宝怡提醒自己，这回要学聪明点，说什么也不能再买高箱床了，她得给艾莉把床底空出来，放那两箱在她看来一文不值的宝贝画册。

在严帅走过的三十年人生历程里，除了蒋玉瑶曾经带给他的小感动，他还没有过真正的恋爱经历。感情上的空白，并不因为他是个冷漠的不食人间烟火的人，而是因为他太忙了，忙到连按时吃饭睡觉都是一件奢侈的事，忙到他累趴在床上进入梦乡之后，梦里都是他给人家修理电器的情景。他无法像那些家境殷实的同龄人一样下了班可以轻轻松松地谈恋爱，放假的时候可以带上女朋友来一场说走就走或长或短的旅行。他每天在丰满的梦想与骨感的现实之间来回奔波，他坚信，只有不停地做工，不停地付出自己的智慧和劳动，总有一天，他的现实也会慢慢丰满起来，到那个时候，大概也许可以有机会一尝爱情的滋味吧。鲁迅先生曾经说过，文学是有闲阶级的产物，严帅想，爱情又何曾不是呢？

说起沈艾莉，严帅只与她正面接触过三次，第一次是去她家里给她修电脑，第二次是在酒店的走廊里，沈艾莉给他介绍挣大钱的活，第三次，就是一起去蒙娜丽纱拍照，他果然顺利地挣了两万块钱，这是他这么多年来挣的最多的一笔钱。严帅对女人的长相并不像别的男人一样看得那么重，可能因为他从小到大都帅习惯了，因此沈艾莉在他眼里，和别的女人没有太大的差别，不过是一张皮相而已。但是沈艾莉给他的整体印象还是挺好的，她热情、开朗、爱笑、讲义气，还有一份体面的工作——娶回家当妻子，也不失为一个合适的人选。

他现在无法确认他和沈艾莉一起拍的那张用来做广告的婚纱照是天意还是人为，是好事还是坏事。他更没有想到因为那张照片，被冯宝怡当成尚方宝剑，定下了他和沈艾莉的终身大事。结婚到底算不算大事，严帅都糊涂了。冯宝怡却草率地和葛秋枝三言两语就能定下来的事情，说明结婚这种事也是可大可小的，并没有想象中的郑重其事。严帅想，既然是小事，那就这么着吧，只要母亲高兴，他觉得这样的安排也是情理之中。

沈艾莉接到严帅的电话，兴冲冲地跑出来。沈艾莉拍了一下他的肩臂，笑道，帅哥，找我这么急有什么好事？严帅说，你下班了吗？

沈艾莉说，快了，怎么啦？严帅说，我想请你吃个饭。沈艾莉笑了起来，是不是因为我给你介绍了好活想报答我啊。严帅说，算是吧。沈艾莉说，你真不用客气，举手之劳。严帅神情严肃说，我有事要和你谈。沈艾莉说，什么事现在说不行吗？严帅有点不耐烦了，吃还是不吃，爽快点。沈艾莉说，吃啊！有好吃的怎么不吃呢。

严帅把沈艾莉带到沙县小吃店，点了两盅炖品，两笼蒸饺，一碗汤粉。严帅问她，够了吗？沈艾莉说，再给我买四个茶叶蛋，省得台湾人老说我们吃不起，本小姐偏要吃给他们看。严帅在心里发笑，他说，你吃多少只茶叶蛋台湾人看得见吗？沈艾莉说，万一看见呢。

沈艾莉吃什么都那么津津有味，还不时抬起头来冲严帅笑。严帅也回报她一个笑容，沈艾莉笑得更欢了，她提醒严帅，你不能笑，你的笑容会拉低你的颜值——这是蒙娜丽莎的摄影师说的。沈艾莉吃饱喝足，接过严帅递给她的面巾纸满足地抹嘴。严帅说，饱了吗？沈艾莉不好意思地笑道，饱是饱了，不过也还能吃。严帅说，那我再去买。沈艾莉说，不用了，不能让你太破费，这一顿都吃了好几十块了，对了，你不是有话要跟我说吗？

严帅和沈艾莉走出小吃店，走到街角停车的地方，严帅站住了。严帅说，你妈知道我们拍婚纱照了。沈艾莉说，是吗？严帅说，沈艾莉，我们结婚怎么样？沈艾莉愣了一下，盯着严帅看了好半天，突然放声大笑，我和你？严帅说，你笑什么？是不是觉得我配不上你？沈艾莉摆着手说，不是不是，你千万别误会，只是这事有点突然，我还没准备好。严帅说，那你现在想想。沈艾莉说，我觉得你还靠谱，如果我们结婚了，你还会带我来这里吃小吃吗？严帅说，只要你高兴，你想吃什么我都给你买。沈艾莉又惊又喜，真的？严帅坚定地点头，我保证。沈艾莉说，你人真好，不过，结婚的事，得我妈同意。严帅说，你妈已经同意了。沈艾莉，啊？

严帅对沈艾莉简单转达了冯宝怡发现他们一起拍的婚纱照之后，怎样把他叫到家里去审问，然后又在她的坚持下让他陪她回家见过他的妈妈，两位长辈如何就他们结婚的事三言两语达成共识……沈艾莉笑得身体扭曲，五官移位，她靠在灯柱上发出一连串咳嗽，不行了，你快别说了我肠子都笑抽筋了。严帅上前扶着她，给她轻轻地拍了拍背脊，好点没。沈艾莉缓过气，对严帅说，我相信你说的话，这就是我妈的风格。

严帅说，所以我今天约你出来，就是想搞清楚你心里是怎么想的。我也知道这件事挺荒唐，你愿不愿意，就给我一个准话，咱们就当啥事都没发生过。沈艾莉说，你这是算在向我求婚吗？严帅说，你要是能将就，那就算吧。沈艾莉郑重地再一次问严帅，你以后真的每天都会给我买好吃的吗？严帅说，我保证。沈艾莉想了想，好吧，既然你妈和我妈都同意了，我无所谓，怎么着都行。

晚上吃饭的时候，冯宝怡难得一回给沈振扬奉上一瓶好酒。沈振扬说，你又干了什么好事啦？为免节外生枝，冯宝怡没有将这一天的完整经历对丈夫如实汇报，她只告诉沈振扬，原来他们的女儿早就已经有男朋友了，她还带过他回家来修电脑，还帮她修好了电烫斗和电蚊拍。沈振扬呷了一口酒，你接着说。冯宝怡说，还有，他们竟背着我们连婚纱照都拍了，要不是我单位的同事小文跟我说，我还蒙在鼓里呢！沈振扬说，拍个照片说明不了问题，艾莉又不是头一回拍婚纱照了。

冯宝怡说，这次不一样，两个人都穿着礼服呢！冯宝怡说着，从手机里翻出她在蒙娜丽莎橱窗外拍下来的对焦不是很准确的照片给沈振扬看。沈振扬瞄了冯宝怡的手机一眼，你就说重点吧。冯宝怡兴奋地说，重点就是，我今天还去见过他妈妈了，没想到是个通情达理的人。她不仅同意让严帅和我们一起住，还答应将来他们生的第二个孩子可以跟咱们姓！沈振扬定了定神，盯着冯宝怡说，你再说一遍，跟谁姓？冯宝怡笑嘻嘻地说，我说错了，是跟艾莉姓，跟你姓，姓沈！沈振扬说，这还差不多。冯宝怡说，这么说，你同意啦？沈振扬说，只要女儿不离开我们，我就没意见。冯宝怡说，不离开不离开，虽然小严说他会努力挣钱买房，但是他努力他的，等他知道我们的好，自然就没了那个心思了。沈振扬说，那当然，当我沈振扬的女婿，他能吃亏吗？我跟你说——

冯宝怡说，啥，你说。沈振扬差点把他将祖传的那十四根大金条趁黄金升到高位时及时折了现，换成一笔八十万的巨款安然无恙地躺在银行里吃定期利息的事情说漏了嘴。沈振扬说，我是想说，这件事你办得漂亮，值得表扬！

英姑又看见那个骑三轮车收购旧家具的老头从冯宝怡家把沈艾莉

的单人床搬走。英姑打听道，怎么啦？老头说，又说不要咯，得换新的。英姑说，真能折腾，我说，你就回去等着吧，指不定明天又会拿张新床把它给换回来了。老头笑了笑，骑着三轮车头也不回地说，承您贵言呐！

老头走远没一会，英姑又看见家具商场的大货车在小区门口停下来。冯宝怡从小区里欢欢喜喜地迎出来，送货的说，是冯宝怡家吗？冯宝怡说，没错，就是这里，搬下来吧。英姑走上前去，打量冯宝怡买的新床，艾莉妈妈，又换新床啦？冯宝怡说，是啊是啊，好看吗？英姑说，真好看，这是什么木，看上去挺沉。虎斑木！冯宝怡说。英姑说，您这回是下了重本钱了呀，该不会明天又把旧床换回来吧？冯宝怡瞪了英姑一眼，胡说什么呢？怎么又换？英姑说，您上回不是也……冯宝怡笑逐颜开地对英姑说，这是给我女儿买的结婚大床，我们家艾莉要结婚啦！

4

王小敏从严美嘴里得知严帅和沈艾莉已经结婚了，他们没有办婚礼，只在沈艾莉的妈妈陪同下一起去民政局办了手续。严帅按照冯宝怡和葛秋枝的约定，拿了结婚证当天两家人在一起吃了一顿饭，就搬到沈家去住了。王小敏说，没想到，沈艾莉的婚结得这么潦草。严美说，本来我妈还打算带他们回老家拜我爸，结果那天吃饭，才发现我们被沈艾莉给坑了！王小敏说，坑你们什么了？我同学不是那样的人。严美说，我妈看上的压根就不是沈艾莉！

严美把王小敏给她带的蛋糕一股脑塞进嘴里，眼露凶光地咀嚼着。王小敏说，我没听懂你的意思，你哥还有别的女朋友？沈艾莉就是个第三者，是她破坏了我哥和蒋玉瑶的感情，是她横刀夺爱把我哥抢走了。王小敏说，蒋玉瑶是谁？严美说，蒋玉瑶是沈艾莉的同事，铂莱卡大酒店你知道吗，她就是那个老板蒋兆南的亲侄女！要不是因为沈艾莉，我哥现在就是铂莱卡大酒店的女婿了，沈艾莉，我跟她没完！

王小敏说，然后呢？严美说，我妈发现她的儿媳妇换人了，她追问我哥是怎么回事，我哥死活不肯讲清楚，我妈连饭都没吃，一边哭一边拉着我走了，第二天我妈就收拾行李回了老家，连我哥去送她都不让。

　　王小敏说，这件事是不是有什么误会，你怎么就肯定你哥和蒋玉瑶谈过恋爱呢？严美说，我不肯定，但我妈能肯定啊，蒋玉瑶还跟我哥回家看过我妈了，我妈可喜欢她了，她就认定了蒋玉瑶是我们严家的儿媳妇。王小敏说，因为蒋玉瑶家里有钱吗？严美说，王小敏，你别看不起人，我妈不知道蒋玉瑶是什么人，我是后来才打听出来的。那你哥怎么说？严美说，他死活不肯承认和蒋玉瑶谈过恋爱，自始至终喜欢的人只有沈艾莉呗！王小敏说，是啊，沈艾莉这么漂亮，哪个男人会不喜欢呢？严美说，她哪里漂亮了？不就是身材高挑一点，皮肤白一点，眼睛大一点，下巴尖一点吗？王小敏说，可是我们都没有"那一点"。严美说，对于我们这种穷人家来说，长得再漂亮也不能当饭吃当钱花。王小敏叹了口气，她有点担心沈艾莉，对于严美说的她横刀夺爱，她是怎么也不会相信的。

　　操蛋的是，严美说，从这个月开始，我得自己交房租了，我妈回家了，我哥搬走了，没有人管我了！

　　王小敏下班回到家，做了一盘提拉米苏，就给沈艾莉打电话。沈艾莉的电话一直关机，她心里越发不安。王小敏给严美打电话，告诉严美她明天上午有事要办，想和严美换班。严美爽快地答应了，她让王小敏帮她打听一下她家附近还有没有像她住的那种小套间出租，严美一个人住着个两室一厅太费钱了，要是她们能做邻居的话，还可以互相有个照应。王小敏说，我明天帮你打听打听，先不着急，如果你急着用钱，我可以先借给你。严美说，这倒不用，是我对不住你在先，你说，我吃了你那么多蛋糕，也没介绍成我哥给你。

　　像每次给沈艾莉送蛋糕一样，王小敏都要给她多带一瓶雪碧或者可乐之类的碳酸饮料，今天也不例外。王小敏到了酒店门外的小广场前停下来，把车锁好，提着蛋糕和饮料走到旗杆下给沈艾莉打电话。沈艾莉的电话还是关机，这是她和沈艾莉重逢之后从来没有过的事。王小敏走进酒店大堂，对前台的姑娘说，她要找公关部的沈艾莉，麻烦她帮忙打个电话。小姑娘打完电话后告诉王小敏，公关部的同事说沈艾莉不在。

　　王小敏在大堂的沙发上坐了下来，一筹莫展。大概过了三十分钟左右，她看到刚才帮她打电话的姑娘终于空闲下来，又走过去对她笑了笑。您还有什么事吗？那位姑娘礼貌地问王小敏。王小敏说，麻烦你一下，我想找蒋玉瑶。请稍等。前台姑娘又开始打电话，她细声软语的音调像一曲柔美的乐子飘过王小敏的耳边。真是个有档次的地方，王小敏在心里感叹。姑娘捂着电话听筒对王小敏说，请问您是哪位？王小敏说，麻烦你告诉蒋小姐，我叫王小敏，是沈艾莉的大学同学。好的，明白，再见。她挂了电话，对王小敏说，请您到沙发上坐一会，蒋小姐马上就下来。

大约过了二十分钟，王小敏看见一个打扮朴素气质优雅的年轻女子款款地从电梯间走了出来，她先走到前台，跟前台的姑娘谈了两句，她的视线很快朝王小敏坐着的方向看过来。她转过身，迈着和她的衣着匹配的步子，从容地向王小敏走来。王小敏站起身，她知道，她就是那个差点就有可能嫁给严帅的蒋玉瑶。

王小敏立即就理解了严美的妈妈对蒋玉瑶的欢喜，换了她是严帅的妈妈，她也会更倾向于蒋玉瑶做自己的儿媳妇。她这么想，并不是因为蒋玉瑶的背景和身份，而是她脸上经历过风雨的洗礼后那种千帆过尽的从容。无论是她的笑容、她走路的姿态，还是她随着走路的节奏晃动起来的双手，她即使什么也没有拿，也能让人确认，那双手随时都掌握着张弛有度的力量。

您好！蒋玉瑶在王小敏面前站住了，并向她伸出右手。王小敏伸出手与蒋玉瑶握了握，不好意思，打扰你的工作了。蒋玉瑶笑了笑，没关系，请问您是？王小敏说，我是沈艾莉的大学同学，昨天到今天打她的电话一直都关机，我担心她出什么事，只好找到这里来了。蒋玉瑶说，您听沈艾莉提起过我吗？王小敏其实并没有从沈艾莉的口中听说过蒋玉瑶的名字，如果不是严美对她发的那一通牢骚，她甚至不知道有蒋玉瑶这个人存在。但是王小敏很快就意识到，在蒋玉瑶面前提严帅的妹妹严美并不是明智的举动，她只好说，是的，我听沈艾莉说起过你。

我和艾莉是初中和高中同学，虽然高中的时候只同班了一年，但是我们的感情不错。蒋玉瑶说，哦，原来如此！王小敏觉得蒋玉瑶说话的声音带着一种被丰盛的充满爱意的早餐浸润出来的温软，显得平易近人。王小敏说，我刚才听前台那位小姐说，沈艾莉不在，我一时着急没办法才冒昧打扰你。蒋玉瑶说，没关系，我理解您作为一个老同学对沈艾莉的关心，不过她已经辞职了。王小敏愕然地，辞职了？为什么？蒋玉瑶说，她怀孕了，妊娠反应挺厉害，辞职安心在家里养胎。呀！王小敏说，原来如此，我得好好祝贺一下她才行。蒋玉瑶从外套的口袋里掏出手机，翻出沈艾莉家里的电话号码对王小敏说，您如果有时间想去她看看她的话，可以给她家里打电话，您记一下号码。王小敏说，太感谢了。蒋玉瑶说，您要是见到艾莉，也请转达一下我的问候，我另找时间再去看她。

王小敏再次对蒋玉瑶表示感谢，正欲离开。蒋玉瑶又把她喊住了，王小姐，艾莉家里的电话我也很久没打过了，不知道有没有停用。王小敏说，对啊！蒋玉瑶说，她家住在怡得小区第七幢，具体的门牌号我不是记得很清楚了，您可以到小区门口的英姑便利店问一下那个老板娘，她会告诉您艾莉家的详细地址。王小敏说，蒋小姐，你真细心，英姑便利店，我记住了。

果然如蒋玉瑶所料，沈家的电话已经停用了。王小敏只好找英姑打听她家的地址。英姑狐疑地打量着王小敏的衣着，问道，你是谁？王小敏说，我是沈艾莉的大学同学，请问，您能不能告诉我她家住在第七幢哪一层哪一户。英姑看着王小敏手里提着的可乐说，我这里也有可乐卖。王小敏说，是呢，不过我听说——王小敏顿了顿，我再买两盒牛奶吧。英姑从货架上给王小敏拿了两盒鲜牛奶，你确定两盒够了吗？王小敏想了想，那就四盒吧。英姑用塑料袋把四盒牛奶装好递给王小敏，收了钱之后告诉王小敏说，第七幢802房。

沈家的门铃被王小敏按响的时候，沈艾莉正捧着一只洗脸盆坐在沙发上呕吐。她早上吃下去的冯宝怡从超市买回来囤在冰箱里拿出来加热过来速冻饺子全吐干净了，她喝了一盒牛奶，也吐出来了，她觉得很饿，便不停地往肚子里灌水。温开水才落肚没一会儿，她又要跑去厕所排尿，她觉得她的膀胱被一天天膨胀的子宫压迫得容不下一点尿液。她不敢再喝水，翻出冰箱里唯一的一瓶可乐喝了下去，又开始呕吐。当她听到门铃声，绝望的眼里终于闪现出如获救星的光芒。

沈艾莉打开门后又折回客厅坐在沙发上又捧起地上的脸盆作呕吐状，她头也不抬地说，搁茶几上就行了。王小敏走进屋，把蛋糕、可乐和牛奶一并放在茶几上。沈艾莉闻到一股让她作呕的咖啡和奶油的气味，她的胃一阵抽搐，想吐又吐不出东西，她把手指伸进喉咙里使劲地扣，发出一声干号。王小敏说，艾莉，你怎么啦？沈艾莉这才抬起头，看着王小敏梦游似的说，怎么是你？我以为是送外卖的呢，这是什么？沈艾莉指着茶几上王小敏带来的蛋糕面露凶光地说。王小敏说，是你最爱吃的提拉米苏。沈艾莉说，拿走！快给我拿走，快啊！王小敏把蛋糕拿起来，在屋里转悠，不知道应该放在哪里。沈艾莉又从胃里扣出一些酸水，她大声对王小敏说，厨房，垃圾桶！

　　这时候，门铃又响了起来。沈艾莉说，帮我开门。王小敏打开门，外卖小哥捧着一只外卖箱走进来，把两只汉堡包，一大桶炸鸡腿，一大盆炸薯条，还有十来包番茄酱和一叠餐巾纸一一在茶几上摆放好。外卖小哥说，沈小姐，您定的外卖都齐了，请您慢用。沈艾莉挥了挥手对王小敏说，帮我到冰箱里拿瓶辣椒酱。王小敏把辣椒酱拿来了，沈艾莉一口气吃完两只牛肉汉堡包，拿勺子挖了三大勺辣椒酱倒进那桶炸鸡块里。她甚至等不及戴上随外卖一起送过来的一次性手套，伸手抓起一大块炸鸡就往嘴里塞。王小敏看着她往嘴里塞了三块粘满辣椒酱的鸡肉后，她一动也不动地斜靠在沙发上，两眼无神地看着王小敏。

　　王小敏说，艾莉，你要喝点什么吗？沈艾莉摇了摇头。王小敏问道，家里就你自己？你家里人呢？沈艾莉说，该干吗都干吗去了。沈艾莉刚说完，打了个饱嗝，赶紧弯下腰又一次捧起脸盆把整个脑袋都埋了进去，喉咙里发出洪水穿过山涧的呼啸声。沈艾莉抬起头，她的脸上挂着经历剧烈的呕吐导致的泪腺受压流出来的眼泪，绝望地说，王小敏，我可能快死了。

5

　　沈艾莉看着冯宝怡摆上餐桌的速冻饺子、速冻汤圆、速冻包子和几杯速溶麦片拍着桌子喊道，我想吃麻辣烫！严帅看着披头散发、眼袋浮肿的沈艾莉，半警告半提醒地说，差不多就算了，别没事找事！沈艾莉狠狠地瞪了严帅一眼，骗子！严帅说，谁是骗子？沈艾莉说，你花了七十六块钱就把我骗到手了，你不是骗子是什么？严帅说，是谁先提出来让我们结婚的？是谁？！

是我！我是骗子，你们都消消气。冯宝怡拍了拍女婿的手说，严帅，艾莉现在有身孕，她说什么话你都不要往心里去。严帅说，我本来都忍了，可这一大早的，上哪给她弄麻辣烫去！冯宝怡说，你别生气，先吃饭，吃饱了才有力气干活。严帅心里想，天天吃这些玩意，别说沈艾莉了，连他一个没怀孕的大男人隔着几扇门都能闻到的那股让人生厌的味道都想吐。他说，我不饿，你们吃吧。严帅换了鞋要出门，沈艾莉上前抓住他的手，你下班带我去吃麻辣烫！严帅说，我今天公事私事一大堆，连喘气的时间都没有。沈艾莉说，你答应过我的，我们结了婚天天都会给我买好吃的，你这个骗子！严帅赶紧逃出门，大门及时在沈艾莉放声大哭之前关上了。严帅像逃避瘟疫一样连电梯也不等，连蹦带跳地从楼梯上逃了出去。

自从沈艾莉怀孕后，冯宝怡的生活变得更凌乱不堪。她既要服侍女儿吃进肚子里的一日三餐，又要处理她从喉咙里吐出来的经过和未经过消化的食物。她还要根据沈艾莉的预产期提前准备宝宝的衣服鞋袜被褥奶瓶和尿不湿。冯芊慧来看过沈艾莉两次，第一次给她送了些胎教的书籍、DVD和孕妇奶粉，沈艾莉当时刚验出怀孕，还没有太严重的孕吐反应。她对冯芊慧的到来并没有像从前那样不冷不热，反而表现出难得的温和。她问冯芊慧，你猜我怀的是男孩还是女孩？冯芊慧笑道，每一个孩子都是神赐给父母的礼物，无论是男孩还是女孩，都一定会像你一样漂亮可爱。沈艾莉的脸上流露出颇有成就感的笑容。她说，你为什么还不肯结婚？冯芊慧说，姐姐没本事，你要好好珍惜你的婚姻，学会做一个好妻子、好母亲。

第二次冯芊慧来的时候，正赶上沈艾莉呕吐得面如菜色。她把刚喝进去的汤全吐了一地，冯宝怡又喂了她几口米饭，没过一会儿，她就把米饭直接吐在餐桌了。冯芊慧跑到卫生间给她拿了一个冯宝怡用来洗脸的塑料盆，沈艾莉接过那个脸盆之后，就连续两个多月盆不离手。沈艾莉先是对肚子里的孩子毫不留情地数落了一番，再对严帅进行体无完肤的人身攻击。冯芊慧说，你不用太焦虑，呕吐是正常的妊娠反应，过了头四个月后面就好了。沈艾莉恶狠狠地盯着冯芊慧说，你又没有怀过孩子，你行你怀一个给我看看啊！

冯芊慧偷偷提醒她的姑姑要注定艾莉的情绪，很多年轻的妈妈第一次怀孕因为接受不了妊娠反应的折磨导致产前抑郁症。从冯芊慧嘴里吐出来的"抑郁症"三个字把冯宝怡吓了一身冷汗，她对这种症状再熟悉不过了。尤其是沈艾莉读中学那六年时间，冯宝怡几乎每天都被这种可怕的症状吓得提心吊胆，生怕哪一天它会像传染病一样蔓延到她的女儿身上。一直到沈艾莉读大学头两年，她还不时被噩梦惊醒，直到沈艾莉顺利读完大学，又进入铂莱卡大酒店工作，她相信女儿真的长大了。冯宝怡万万没有想到，原来生个孩子也有可能得抑郁症，而且这句话还是冯芊慧来看望过沈艾莉两次之后告诉她的。冯芊慧是个有经验的妇科医生，说的话极具权威性。她久违的压力又一次卷土重来。这可不是闹着玩的啊，冯宝怡想，要是艾莉哪天想不开寻短见，就是一尸两命！

冯宝怡向单位领导说明了家里的情况，按照有关规定，她满三十年工龄的话，即使还没到五十五岁，也可以申请提前退休。冯宝怡以快刀斩乱麻的勇气迅速办理好退休手续，安心在家里陪女儿待产。

冯芊慧第三次来看沈艾莉的时候，她把自己关在卧室，捧着那只脸盆发呆。这时候，她的呕吐症状已经开始减轻，但是因为吐习惯了，即使她完全没有呕吐反应，也要捧着这只脸盆而获得安全感。冯芊慧在屋外敲门，艾莉，你开门让姐姐进去看你一眼。沈艾莉说，我没什么好看的。冯芊慧说，姐姐想你了。沈艾莉冷笑了一声，你想错人了。冯芊慧说，我给你带好吃的来了。沈艾莉说，我想吐。

怎么样？冯宝怡看着她的侄女，小心翼翼地问道。冯芊慧摇了摇头。冯宝怡说，你说她是不是得抑郁症了？冯芊慧说，她平时也这样把自己关在屋里吗？冯宝怡说，那倒没有，她今天是看你来了才把自己关起来的。冯芊慧说，她有没有无故发脾气，或者大哭大笑之类的反常举动。冯宝怡叹了口气，自从她和严帅结婚以来，就没停止过发脾气，但是她的脾气发得在我看来都是有原因的。冯芊慧说，例如呢？冯宝怡说，严帅结婚前答应过她，每天都会给她买好吃的，他没做到。她在网上看上了衣服裙子啥的，问严帅要钱买，严帅说他没有钱。她想要严帅陪她去看场电影吧，小严又说他忙。连她的电脑坏了想让他帮忙修理一下，你猜他怎么说？他说，你的电脑修好了也是上网败家，玩游戏，不修也罢，我在外面帮人家修一会电脑还有钱收，给你修是白忙活，你说，换了是哪个女人能不生气。

冯芊慧沉默着，坐到沙发上去。她对冯宝怡说，姑姑，艾莉现在虽然结婚了，但是她依然是一个独立的人，你不能老惯着她，等身体好点了，就让她回去上班。她的婚结了就结了，现在我也不好再说什么，但是她很快就要成为一个母亲，即使是为了自己的孩子，她也不能无所事事。冯宝怡说，要是严帅能像你姑父一样把工资卡都交给老婆，艾莉她也不至于天天发脾气。冯芊慧说，您的意思是说，他就在家里白吃白住？冯宝怡说，那也不完全是，他倒是每个月给我交五百块钱的伙食费。说到哭，大大小小的，每天都会来那么几场，我都习惯了，冯宝怡说，至于你问我她有没有笑过，别说她，我都不会笑了。冯芊慧站起来，看着沈艾莉紧闭的房门，心里像被针扎一样痛。她对冯宝怡说，我先回去上班了，有什么事您随时给我打电话，多点陪她说说话，尽量让她开心点。冯宝怡又追问冯芊慧，那你说，她得还是没得抑郁症啊？冯芊慧说，就算没有得抑郁症，怀孕期间的情绪好坏也会直接影响婴儿的发育和性格。

蒋玉瑶早上起来睁开眼睛，感觉到身体奇妙的脉动。她又闻到厨房里飘出来的陈天乐和罗琼秀同心协力打造的丰盛早餐的香气，她贪婪地吸了吸鼻子，第一次觉得好像饿了几个世纪一样饥肠辘辘。她从床上坐起来，抓起床头柜上的小台历，翻到上个月记录着例假的日期，再看了看今天的时间，她的心跳加速了跳动。为了确认这个月的例假已经迟到了快两个星期，她又对照了一下手机上的日历，紧接着，来自体内的那股奇妙的脉动越发强烈，她预感到一种崭新的生命的脉动在她身体内的神秘花园里静悄悄地发芽。蒋玉瑶放下手机和台历，双手捂着脸，良久，她的手从脸上松开了，忍着内心的激动洗漱更衣，陈天乐的早餐还没有做好，她已经容光焕发地站在母亲和丈夫面前。

罗琼秀说，你怎么这么早起来了？蒋玉瑶笑着说，我饿醒了，有什么可以吃的，快给我弄点来。陈天乐赶紧给她倒了一杯热牛奶，又在她面前摆上一只荷包蛋。一转眼工夫，蒋玉瑶就把牛奶和鸡蛋一扫而光，她看着丈夫，可爱地问，今天没有燕麦粥吗？陈天乐说，今天妈妈起得早，熬了皮蛋瘦肉粥，我在做烙饼。蒋玉瑶像个孩子一样欢呼道，太棒了，我要吃两碗粥，三张鸡蛋烙饼。结果，蒋玉瑶吃了三碗粥，四张烙饼，才暂时满足了她的食欲。陈天乐担忧地看着他的妻子说，玉瑶，你今天怎么啦？你确定你没有撑坏吗？罗琼秀冲女婿翻了一下白眼，怎么，你还怕我的女儿把你吃穷啦？

蒋玉瑶出门的时候，没有像平时那样换上高跟鞋，而是换了一对舒适的平底鞋，高高兴兴地主动和陈天乐拥抱，对罗琼秀说再见。陈天乐把妻子送出门口，回到屋里不解地看着罗琼秀说，妈妈，玉瑶今天是怎么啦？罗琼秀已经无法掩饰内心的喜悦，轻轻地拍了一下陈天乐的肩臂笑道，真是个傻孩子！陈天乐说，怎么了？你们是不是有什么秘密瞒着我？罗琼秀说，是不是秘密，你等你老婆自己跟你说。

蒋玉瑶在妇产科的走廊外紧张地踱步，她今天早上从家里出来后就直奔医院找冯芊慧来了。冯芊慧从她脸上既激动又不安的神情，已经猜测到她来医院的目的。多久了？冯芊慧问？蒋玉瑶红着脸说，离上个月例期已经过了四十天了。冯芊慧看着蒋玉瑶，郑重地问道，你准备好了吗？蒋玉瑶说，我想，我应该准备好了。冯芊慧带蒋玉瑶挂了妇科号，拿了验尿单，又把她带到洗手间取了尿样送到检验窗。蒋玉瑶说，大概要等多久？冯芊慧安慰道，不用急，很快就有结果了。

大约过了四十分钟左右，冯芊慧拿着化验单从门诊化验室那扇紧闭的房门里走出来。蒋玉瑶安静地站着，一边察看冯芊慧的脸色一边等她朝自己走过来。冯芊慧的脸上依然是惯常的云淡风轻，蒋玉瑶没办法从她的脸上看出化验结果。蒋玉瑶觉得冯芊慧向她走来的这段短短的距离，突然变成一条看不见尽头的路。她甚至在心里抱怨，真烦人！是有还是没有，你好歹在脸上留点迹象呀，你老这个样子，难怪我到叔叔今天还下不了决心向你求婚，你这是自找的！

冯芊慧把化验单递到蒋玉瑶手里，上面只显示了两个数值，她困惑地望着冯芊慧，姐，我看不懂。冯芊慧的脸上终于绽放出春天怒放的木棉花般的笑容，她张开双臂把蒋玉瑶拥进怀里，感动地说，恭喜你，你要当妈妈了！

6

陈天乐正在堤东路附近一家贸易公司谈完业务，他提着公文包向停车场走去的时候，收到蒋玉瑶发来的微信。他将图片放大，看到那是一张化验单，上面有蒋玉瑶的名字。陈天乐心里先是一惊，当他看清楚上面显示的内容之后，不解地给蒋玉瑶回了个问号。蒋玉瑶给他发回来一个笑脸和一句话：祝贺陈律师，你要当爸爸了！陈天乐先是怔了一下，突然发出一声尖叫。他拨通了蒋玉瑶的电话。蒋玉瑶温柔的声音很快就在他耳边响起，是谁呀？陈天乐颤抖着声音问道，玉瑶，是真的吗？蒋玉瑶在电话那头笑了起来，是的，是芋慧姐陪我一起去检查的，我刚从医院回来。陈天乐说，你应该告诉我让我陪你一起去。蒋玉瑶说，我没有那么娇气。陈天乐说，我真的要当爸爸了？蒋玉瑶说，是的，你准备好了吗？两行热泪从陈天乐的眼眶里奔涌了出来，他吸了吸鼻子，早就准备好了！玉瑶，谢谢你，你晚上等我接你下班，你不要开车了。蒋玉瑶说，你不要来，我自己能回家，我要是连自己都照顾不好，怎么能照顾我们的宝宝。

　　陈天乐收起电话，他突然变得六神无主。他不知道接下来应该做些什么。他觉得他的妻子太好了，怎么宠都觉得不够。他还没来得及细想什么时候会当上父亲，如果有一天他们有了自己的孩子，他会不会扮演好父亲的角色。但是这一天说来就来了，在他毫无心理准备的情况下，就突然收到老天爷赏赐的他生命中最贵重的礼物。他不知应该怎么做，才能表达对生活，对玉瑶的感恩之情。他打开车门，发动了汽车以后，依然觉得自己的心情无法平静，他的眼泪还像决堤的洪水一样往下坠。他从驾驶座上走下来，重新把车锁好，一个人在江边的浓荫下迈着匆忙的步伐往前赶。路边的行人也被这个穿着西装提着公文包脸上挂着泪水的男人行色匆匆的步伐镇住了。他们纷纷向他投来同情或关怀的目光。

　　陈天乐的越走越快，快到连他自己都无法控制。他似乎在奔赴一场生命的盛宴，在一个春暖花开的公园里，他生命的种子正在丰饶的土壤里破土而出，他要赶着去浇水，施肥，然后陪伴着他一起长成参天大树。陈天乐走累了，在河堤上的水泥石柱旁停了下来。陈天乐给老家打了个电话，他哽咽着声音告诉老父亲，爸，玉瑶怀孕了！陈父在电话那头愣了半天，陈天乐听到妈妈的声音，老头子，谁的电话？老头子激动得无法说话，把话筒递给老伴。陈妈妈对着电话喂了一声。陈天乐一听到母亲熟悉的声音，喊了声，妈——突然放声大哭。陈妈妈吓坏了，她着急地说，儿子，你别吓唬妈妈，有事慢慢说，先别哭行吗？陈天乐又抽泣了好一会，终于强迫自己冷静下来，妈妈，我媳妇怀孕了，我们都很好，我这是激动的，对不起，把您吓着了。

哎哟！你说你这个坏小子！哪有你这样吓唬妈的。陈妈妈说着，也忍不住抹起了眼泪。电话被陈爸爸抢回去了，他对儿子说，小子，你听着，好好照顾我儿媳妇，要是你敢欺负她，看老子怎么收拾你！陈天乐好不容易止住的眼泪又夺眶而出，他呜咽着说，我知道了，爸，您放心，有时候您和我妈过来住一段，爸爸再见。

陈天乐怀着忐忑的心情终于挨到下班，他推掉了一个客户的晚宴，连泡了一天的茶壶也来不及清理，就往家里赶。他路过花店的时候，并没有像蒋兆南那样犹豫不决，他对那位精明的卖花小姑娘说，一打红玫瑰，一打康乃馨，分开包。

陈天乐捧着两束包装精美的鲜花回到家的时候，罗琼秀已经在厨房里忙活。他把康乃馨递给罗琼秀说，妈妈，这是我替您未来的外孙送给您老人家的！要是换了平时，罗琼秀肯定又会借故为难女婿，说他净玩这种不实际的花架子。但是今天她心情好极了，一切在她眼里都那么讨人欢喜，她接过女婿送给她的花乐呵呵地说，好，谢谢我的好女婿，托我大孙子的福，我这老太婆也收到花啦！

刚进家门不久还在里屋换衣服的蒋玉瑶听到母亲和陈天乐的对话，忍不住笑了起来。她故意赖着屋里不去迎接她肚子里孩子的爸爸，陈天乐捧着鲜花推门进来了，他站在玉瑶背后，把那束红玫瑰递到她面前。蒋玉瑶深吸了一口气，好香！

陈天乐把蒋玉瑶的身体转过来对着自己，他心疼地打量着妻子单薄的身材、纤瘦的手臂和小巧的鼻子，他无法想象这个小小的身躯如何承载那个小生命的重负。陈天乐的眼睛又温润了，他看着蒋玉瑶的眼睛，深情地说，玉瑶，谢谢你。蒋玉瑶的脸被玫瑰花映红了，她明亮的眼睛看上去比还粘着水珠的花瓣显得更娇嫩可人。她依在陈天乐的怀里，傻瓜！

蒋兆南得知蒋玉瑶怀孕的好消息，他激动的心情甚至比当初谭碧华怀孕更甚。他答应陈天乐，明天一定回家吃饭，好好庆祝。冯芊慧怕罗琼秀一个人张罗一桌子菜会吃不消，便提前两个小时下班赶到蒋家去帮忙。冯芊慧还给蒋兆南发了个信息，告诉他自己先过去，他不用再去她单位接了。蒋兆南开了一整天会，下班的时候已经晚了。他连信息也没来得及看，就直奔中心医院。他把车停在医院大门外的马路边，掏出手机正准备给冯芊慧打电话的时候，才发现她发来的信息。蒋兆南拍了一下脑门，自嘲地笑了一下，重新发动汽车。他在心里琢磨，今天无论如何也要买束鲜花回家，但是家里有三个女人，看样子，一束是解决不了问题的。

昨天晚上，冯宝怡已经和严帅谈妥了让他送艾莉到医院做检查的条件，严帅说他请半天假公司得扣一百块钱。冯宝怡背着丈夫和女儿，给她的女婿塞了两百块钱说，这样行了吧？

严帅骑着摩托车把沈艾莉送到医院，沈艾莉的大肚子从背后顶着他的腰，他感受到沈艾莉的肚子里那个小生命带给他的无形的压力。他的身体向前挪了挪，给沈艾莉和她的肚子腾出更宽裕的地方。严帅对于这个孩子的到来没有惊喜也没有悲伤，本来他和沈艾莉结婚，已经是他未来五年计划内的意外事件，现在突然又多了个孩子，由意外产生的另一个意外，离他的核心计划更远了。他也曾经是一个父亲的孩子，他知道作为一个父亲的责任、义务，以及作为一个父亲与孩子之间的关系。他也曾经想象过很多次，他的孩子生出来以后，他会成为一个怎么样的父亲，会不会像老严一样，在他的生命中留下一片美好的岗松花。但是，沈艾莉怀孕初期的种种反应，让他的生活乱得失去了方向。冯宝怡对他们的生活大包大揽的态度倒是让他省了不少心，但是该他做的事，他也毫不含糊。例如要他交伙食费，例如让他送她的宝贝女儿上医院做定期产检。

至于他的岳父沈振扬，严帅真的有点一言难尽。刚结婚那会，严帅从英姑的嘴里得知，街坊邻里都在传说他的老丈人手里有一笔沈家老太爷留下的遗产。有人亲眼看见沈家老大在香港汇丰银行卖掉了十几块金砖，换了好几百万。还有人传说沈家老二的儿子拿着祖上留下的巨款创业开公司，现在已经混得风生水起。英姑对严帅说，你别看你老丈人平时活得像个讨饭的，那叫禾秆盖珍珠，有钱看不出来。严帅说，我老丈人真像您说的那么有钱，他就不用老欠您的账了。英姑说，你那位老丈人是个老实人，该不会是被他那两个哥给坑了吧？不可能啊，前些年我老听他说，金价又涨咯，那架势，谁听了都以为他手里攥着好几十斤黄金呢。

沈艾莉与严帅结婚以后，沈振扬像变了个人。他虽然还保持着到英姑的店里喝啤酒和赊账的习惯，但是再也不提"金价又涨了""想当年"之类的话。在家里对着严帅这个一夜之间不知道从哪里冒出来的女婿也变得沉默寡言,即使在沈艾莉孕吐最严重的时候,他也只是皱皱眉,睁着一双像老鼠一样的眼睛滴溜溜地盯着严帅转。严帅总是在毫无心理准备的情况下,一抬头就碰到沈振扬那双令他心里发毛的眼睛。就凭他?严帅想,打死我也不能相信他像个有钱的主。

严帅把沈艾莉送到医院门口,说,做完检查你不用给我打电话了,我忙起来连电话都没时间接的。沈艾莉打心里不稀罕严帅开着他的摩托车接送,她觉得打出租车方便多了。

现在是城市的晚高峰,天空中飘着些零星的小雨。沈艾莉挺着六个月的肚子站在医院大门外的马路边上等出租车。自从摆脱了孕吐的困扰,沈艾莉的心理变得强大起来,她觉得冯宝怡很多时候有事没事非要把严帅塞给她是一件多此一举的事。严帅晚上睡觉打呼噜,严重影响孕妇的睡眠。严帅也算自觉,自己抱了个枕头就跑到小房间去睡了。第二天,冯宝怡发现他们分房睡觉,又把严帅赶回去了,还一再强调对女儿强调,你爸爸打了一辈子呼噜我也没嫌弃,因为这点小事就分房睡,太不像话。晾衣服的时候,冯宝怡非要将严帅和沈艾莉的衣服晾在一起。吃饭的时候,冯宝怡也要给严帅安排好固定的座位,一定要坐在女儿的身边。连鞋柜里摆放的鞋子,她也要将严帅和沈艾莉的鞋子放在一起,而她和沈振扬的鞋子就可以随便乱放。

沈艾莉翻了一遍肩上那只大挎包,没有翻出她现在最急需的雨伞。她看着远处开过来的一辆辆出租车,每次都满怀希望地朝他们挥手,但每一次都因为"客满"与她失之交臂。她抹了一把脸,抬起头看了看越发黯淡的天幕,对自己说,又不会死人,我不信再等一个小时还没有车。沈艾莉打算折回医院的大堂去避雨,正欲往里面走的时候,蒋兆南的车在她身边停住了。蒋兆南把车窗放下,从驾驶座里伸出头来喊道,沈艾莉,是你吗?沈艾莉站住了,她看到蒋兆南笑了一下,姐夫好。蒋兆南说,这个时间不好打车,我送你回去吧。沈艾莉也不客气,她走到车后座自己打开车门,灵活地坐了进去,关上车门后对蒋兆南说,谢谢姐夫。

蒋兆南问道,你家住哪里?沈艾莉说,我饿了,好想吃铂莱卡大酒店西餐厅的芒果布丁。

7

　　傍晚七点钟，蒋家的餐桌准时摆好了。蒋玉瑶看了看表，对冯芊慧说，我叔叔怎么还不回来？冯芊慧说，可能路上堵车，再等会儿吧。罗琼秀说，天乐，你再给你叔打个电话，问问他走到哪了。

　　家里的座机却准时应声响了起来，蒋玉瑶拿起听筒问道，叔，您走到哪了？蒋兆南说，我有点突发的事情要处理，可能赶不及回去吃饭了。蒋玉瑶失望地抬起头看了众人一眼。罗琼秀接过电话，怎么，又放鸽子啦？蒋兆南说，嫂子，实在对不起，我晚点再回去，你们先吃，行吗？罗琼秀说，天塌下来了吗？蒋兆南笑道，那倒没有，嫂子，您就不用操心了，等我忙完了再回去行吗？罗琼秀说，你给我一个准话，几点到？蒋兆南说，这我还真说不准。罗琼秀气鼓鼓地说，那就别回来了！冯芊慧在厨房里听到罗琼秀母女与蒋兆南的对话，失落地站了一会，一时竟忘记了有没有给汤水放盐，忘了蒋兆南临时失约到底应该摆多少套碗筷，忘了自己今天为什么会提前两个小时请假下班来帮罗琼秀做饭。她觉得眼前的一切变得陌生，这个厨房，这个家，这个家里的每一个人，在她的生命中到底扮演着什么样的角色。

　　正在冯芊慧凝神沉思的当儿，罗琼秀面带愧疚地走到她身边，那个——

　　冯芊慧回过头，微笑着对罗琼秀说，我们先吃吧！罗琼秀说，他的时间没个准，以前也老这样，说好了不回家吃饭，我们吃到半道他就又赶回来了。

　　蒋兆南收起电话，神经放松了下来。沈艾莉正把一块切好的牛排放进嘴里，头也不抬地说，你回去陪我姐吃饭吧，帮我把账结了就行。蒋兆南没有接沈艾莉的话，拿起面前的刀叉开始吃饭。沈艾莉吃完一份牛排，又点了一个海鲜比萨，还要了两份芒果布丁。蒋兆南看着她吃饭的样子，莫名地生出几分怜悯。沈艾莉说，自从我怀孕以来，我妈天天给我喂猪食，想起她每天变着花样给我蒸的那些速冻包子饺子我就想吐，今天托姐夫的福，总算可以吃上一顿好的了。

　　蒋兆南说，够了吗？沈艾莉说，现在是够了，但我每天睡到半夜都觉得饿，要是能给我打包两个菠萝包就更好了，这里的菠萝包是我这辈子吃过的最好吃的菠萝包了。蒋兆南吩咐侍应生打包，又签了单结账，才把沈艾莉送回家。出门的时候，雨已经停了，沈艾莉吃饱喝足，走路也没有原来那么费劲。蒋兆南在后面看着她日渐沉重的身子，伸出手去想扶她。沈艾莉甩开他的手说，不用麻烦您大驾，等我姐哪天怀上了你再出手也不迟。蒋兆南笑道，你为什么就那么肯定你姐姐一定会嫁给我？沈艾莉利索地跨进车子的后座，关上车门系好安全带之后，对蒋兆南说，我不肯定，反正不是你就是江院长，我们全家人都知道她夹在你们俩中间进退两难，我说，你要是真心喜欢我姐，你就早点出手，要不然——

要不然怎么样？蒋兆南问。

黄花菜凉了的时候是什么味道估计你没尝过，沈艾莉说，我妈倒是经常弄那玩意吃，怎么吃都不是个味。

蒋兆南把沈艾莉送回小区门口的时候，他本打算下车来扶一下。沈艾莉阻止了他解开安全带的动作说，我自己能行。严帅也赶在沈艾莉从蒋兆南的车上下来的当儿驾着摩托车回来了，他停在路边，看着沈艾莉下了车又重新把车门关上。她看见严帅也看见她了，她没有跟自己的丈夫打招呼，挺着个肚子大摇大摆地走进小区的大门。严帅黑着脸，从沈艾莉身边呼啸而过。

冯宝怡听到电梯门的响声就扑出去打开大门，看到她的女婿和女儿前后脚进了屋。她问严帅，你们在外面吃饭了吗？严帅说，问你的宝贝女儿！冯宝怡说，我去把菜热一热。严帅说，我吃过了。沈艾莉也说，我吃过了。

严帅走到阳台上点了根烟，才抽了一半，把烟蒂摁灭了。他走到沈艾莉面前站住，你老实告诉我，你肚子里的孩子到底是不是我的？冯宝怡吓了一跳，像保护一窝刚出生的雏鸡的母鸡一样张开双臂站在沈艾莉和严帅之间。小严，你瞎说什么啊？她肚子里的孩子不是你的还能是谁的？沈振扬狠狠地盯着严帅说，小子，你说话注意点！

你们知道她今天下午干吗去了吗？是谁去医院接她，谁陪她吃的晚饭，谁把她送回来的吗？严帅怒吼道，如果她肚子里的孩子和别人没关系，哪个男人会操这份闲心？沈艾莉抬了抬眼皮，不屑地瞥了严帅一眼。冯宝怡说，艾莉，你跟妈说，他说的是真的吗？沈艾莉说，我在医院做完检查的时候拦不到出租车，正好遇到我姐夫了，我姐夫把我接上还请我吃了一顿好吃的，又给我打包了消夜再把我送回来了。冯宝怡张开的双臂收了回来，她对严帅说，一场误会而已，请他吃饭的又不是别人，你太敏感了。

姐夫？哼！严帅冷笑道，你们家冯芊慧嫁给蒋兆南了吗？他什么时候成了你姐夫了？你还要不要脸？沈振扬大喝一声，你说谁不要脸了？严帅说，我说你女儿，见人家有钱，就往人家身上粘！我是穷，可我从来都不会做丢人的事！沈振扬嚯的一声从沙发上站起来，扬起手掴了严帅一巴掌。冯宝怡吓得放声大哭，好啦好啦，家和万事兴，你们都给我消停一下，我求求你们了。

严帅没想到沈振扬会打他，更没想到这个老头子竟会有这么大的力气。他看了沈振扬一眼，又看着沈艾莉，他想给自己找个台阶下，缓和了一下语气对沈艾莉说，你就给我一句准话，你肚子里到底是不是我的孩子？严帅本来想着，只要沈艾莉回他一句是，这事就算过去了。可是他没有意识到自己犯了一个严重的错误。沈艾莉是单纯，但是她并不傻。她知道无所谓和有所谓之间的界限。这一回，她是真的有所谓了。冯宝怡理解严帅的心理，他好歹也是个大男人，当着全家人挨了一巴掌，总要找个台阶下。她赶紧推了推女儿说，艾莉，你快说呀，孩子就是他的。

沈艾莉冷笑了一声，她说，孩子怀在我的肚子里，他就是我的，我有爸妈有房子住我还可以出去工作养活他。所以呢？严帅问道。沈艾莉说，所以，他是谁的都不重要，就好像池塘里的鱼，谁撒的鱼苗不重要，重要的是，它在我的池子里长大的，就是我自己的。

严帅不动声色地把冯宝怡拉到一边，他把沈艾莉从沙发上揪起来，就在他的巴掌眼看就要落在沈艾莉脸上的当儿，沈振扬及时把他的手接住了，他轻轻地一甩，借着严帅憋足了劲却还没使出去的力气把他弹过去，严帅应声倒地。沈振扬冷笑道，小子，这就是四两拨千斤，老子可是学过太极的，我警告你，你要敢动我的女儿一根汗毛，我让你吃不了兜着走！严帅从地上爬起来，向门口走去。冯宝怡又扑上去把他拦住，这么晚了，你这是要上哪去啊？严帅甩开冯宝怡，打开门，冯宝怡抓着他死活也不肯松手。她哭着求沈艾莉，艾莉，你就说句好话，一人让一步，行吗？就当给你妈一个面子，行吗？小严，你不要走，这是你的家，你走了我们怎么办啊。沈艾莉的眼泪无声地滑落下来，沈振扬把女儿搂进怀里，别怕，有爸爸在，我看谁敢欺负你，他又冲冯宝怡喝道，让他走！

晚上快十一点，冯宝怡看了看墙上的钟，又看了看那扇紧闭的大门，严帅依然没有如她所愿出现在大门口。她搬了张小板凳坐在卫生间门外，陪女儿洗澡。一会儿问，水够热吗？沈艾莉说，够了。小心点，别滑倒了。沈艾莉说，不滑。过了半天，她发现卫生间里没有了响声，赶紧拍门喊，女儿，你怎么啦？沈艾莉说，你别嚷嚷，我解手呢。哦！那你慢点，有事喊我，我在外面呢。

沈艾莉洗了个舒服的热水澡，拿了两只菠萝包就进了卧室。冯宝怡说，要不你给小严打电话吧？沈艾莉说，我没工夫。沈艾莉坐在书桌前吃消夜，沈振扬给他倒了杯热牛奶送进来了。好吃吗？沈艾莉对父亲笑了笑，好吃，爸，还有一个呢，你也尝尝。沈振扬说，不用，我女儿吃得高兴就好。沈艾莉说，爸，你现在不去英姑那里喝酒了吗？沈振扬说，爸爸把酒戒了。为什么？沈艾莉愕然地。沈振扬说，爸爸要把酒钱省下来给我的大孙子买奶粉喝啊。沈艾莉抿了抿嘴唇，眼泪又忍不住流了下来。沈振扬心疼地拭干她脸上的泪水，傻孩子。沈艾莉说，爸，等我把孩子生下来了我再去找工作，挣钱给你买酒喝。沈振扬说，爸爸知道你孝顺，可是爸爸真的戒了，不喝了啦！你大伯说得对，人这辈子吃多少穿多少老天爷早就注定了，要是我提前把我这辈子该喝的酒一下子喝完了，我就——

沈艾莉说，会怎么样？沈振扬笑了起来，那就没得喝了呗，女儿，你给我记着，现在咱啥也别想，想吃什么就跟我说，爸爸给你买！咱们家虽然比不上蒋玉瑶家里大富大贵，但是你爸爸我也不是穷光蛋，记住咯？沈艾莉骄傲地看着父亲，我记住了。沈振扬做了个鬼脸，压低声音说，你妈做的那些玩意，比猪食还难吃！父女俩对视了一眼，哈哈大笑起来。

冯宝怡拿着电话，站在女儿的卧室门口不安地问道，你们笑什么？沈振扬说，跟你没关系。冯宝怡不安地问道，小严的电话关机了，你们说，他会上哪去了呢？

8

江妈妈早上醒来躺在床上一动也不想动。江爸爸担忧地说，妈妈，你哪里不舒服吗？江妈妈懒洋洋地看了丈夫一眼，我哪里都不舒服。江爸爸说，我给锦鹏打电话，让他回来接你上医院做检查去。江妈妈眨了眨眼睛，我真的可以去医院吗？江爸爸把妻子扶起来，有病当然得上医院啊！江妈妈顺从地坐了起来，不要给我儿子打电话，你陪我去就行。

过了二十分钟，江爸爸接到电话，出租车已经到了。江妈妈换好衣服，化了个淡妆，精神焕发地站在丈夫面前。她的手里提着两个包，一个是她自己平时用的，另一个是还有包装的外面裹了层购物袋的准备送给冯芊慧的礼物。江爸爸说，你这是要上医院呢，还是去赴宴？江妈妈说，我们上海女人在任何场合都要保持应有的优雅。江爸爸说，你手里提着什么？江妈妈说，没什么。江爸爸说，你跟我说实话，到底是不是不舒服？江妈妈说，真的不舒服，好不了啦。江爸爸说，既然是不舒服，就把那包放下，专心去看病。江妈妈的阴谋没有得逞，只好把打算送给冯芊慧的礼物放回去。

江家父母坐出租车赶到医院，江妈妈看到门诊挂号处排了几条长队，惊呼起来，天啊，怎么这么多人？江爸爸说，你现在知道我们的儿子有多忙了吧？你到底是不是不舒服啊？要是没什么事咱们就回家行吗？江妈妈说，人家就是觉得不舒服嘛，爸爸，但是我从小到大最怕的就是医院，一到了这里我就紧张，一紧张我就想上洗手间。江爸爸说，那我先陪你上洗手间去。江妈妈说，你去帮我排队拿号，我自己去。

江妈妈成功甩开江爸爸，直奔住院大楼的妇科办公室。她精明的视线在一张张摆放得还不算杂乱的办公桌之间游离，寻找冯芊慧的身影。她已经有很多年没有见过冯芊慧了，也不知道她的样子变了没有。

李曼看着江妈妈，被她优雅的衣着和白嫩的皮肤还有她手里提着的挎包晃得几乎睁不开眼。阿姨，您找谁？江妈妈说，我来找我儿媳妇了啦！李曼说，您儿媳妇？江妈妈不再啰唆，她张开纤细的嗓门喊道，小冯，小慧，你在吗？冯芊慧正好从病房巡视回来，她在办公室门口被江妈妈的背影堵住了。李曼冲冯芊慧做了个鬼脸。江妈妈突然转过身，发现冯芊慧就站在她面前。她激动地抓起冯芊慧的手喊道，哎哟，小慧，真的是你呀！你可把妈妈想死了！

212

办公室里的医生被江妈妈逗乐了，都在偷偷发笑。

冯芊慧说，伯母，您，您怎么来了？江妈妈说，我来看你呀！她话一说出口，才发现自己说漏了嘴，赶紧解释道，我觉得身子不爽，今天早上起来，早饭也没吃，还觉得有些头晕，所以就来找你检查一下身体。冯芊慧把江妈妈引进办公室，给她在电脑里建了病历档案，伯母，您觉得什么地方不舒服，详细跟我说说，我给您做个全身检查，行吗？江妈妈说，行了啦，你说怎么查就怎么查，我很听话的。冯芊慧说，是您自己来的吗？江妈妈才想起她的丈夫还在楼下替她排队挂号呢，她赶紧从办公室里走出来，给江爸爸打电话，让他赶紧到儿媳的办公室来。

伯母，您今天吃早饭了吗？江妈妈说，什么都没吃，就喝了几口温开水。因为杂志上说，女人不能喝凉的东西，尤其是早上啦，因为呀，女人的身体天生就是寒凉的，再喝凉水啦，冰水啦，会加速体内器官的老化，人也会老得更快，小慧，你说是不是这样？冯芊慧笑着点了点头，您的习惯很好，医生的天职是救死扶伤，但我们更希望每一个人都能做好自我保健，最好一辈子不用进医院的大门。江妈妈说，小慧呀，你说话怎么就那么在理呢。

江妈妈在丈夫的陪同下，跟着冯芊慧转了几个科室，一直忙到中午，冯芊慧告诉他们，结果出来以后，她会交给江锦鹏。江妈妈说，这么快就完啦？江爸爸说，小慧很忙呢，咱们该回家了。冯芊慧说，伯父，这是我应试做的。江妈妈瞪了丈夫一眼，小慧呀，我还想做个CT检查，来得及吗？如果来不及就下午再做，现在也到饭点了，爸爸，你给锦鹏打个电话，告诉他我们中午一起吃饭。

还在开班子会的时候，江锦鹏就收到冯芊慧发给他的信息，知道母亲上医院做检查了。江妈妈的话音刚落，江锦鹏就匆匆赶到B超检查室外面的走廊里。江妈妈高兴地说，看，说曹操我儿子就到了。江锦鹏对冯芊慧说，给你添麻烦了。冯芊慧说，跟我客气什么，伯母说她还想做个CT检查，我联系一下CT室，看他们能不能加一下班给伯母检查一下，不然的话就得预约，还得跑一趟。

不用麻烦了啦，儿子呀，我们该吃饭了，CT就不照了。江锦鹏说，妈妈，您既然来了，也不差那一步，让冯医生安排吧，我中午要陪省里来的领导吃饭，没办法陪你们了。冯芊慧打完电话，对江锦鹏说，你去忙吧，CT室的刘医生在等着呢，我现在就陪伯母过去。江锦鹏拍了拍冯芊慧的肩膀，那我先走了，有什么事给我打电话。

两个星期以后，冯芊慧为江妈妈办理了入院手续。江妈妈躺在病床上无助地说，爸爸，我好害怕。江爸爸说，不用怕，小慧说只是小手术，睡一觉醒来就好了。江妈妈说，都是我不好，那天我跟你说身体不舒服，其实是骗你的，我只是想找个由头来看一眼我们的儿媳妇，我就害怕我们家那小子的性格会吃亏，迫不得已才撒了个谎，结果就变成这样了。

江爸爸把削好的苹果递到妻子的嘴里，小慧说了，卵巢瘤一般情况下都是没有症状的，但是一旦身体环境发生变化，就有可能变异恶化，随时会要了你的小命，这一回，是老天爷在救你呢。江妈妈说，我都六十岁的人了，还能怎么变异？要不咱们回家吧，小慧不是也说了吗，我这个病可以保守治疗呀，只要定期检查，里面的东西不继续长就没事了。江爸爸说，可万一它继续呢？江妈妈说，继续了再说嘛。江爸爸说，好了啦好了啦，你就别闹小孩脾气了，既来之则安之，听话，啊。

江锦鹏和冯芊慧又像往常一样坐在医院饭堂里吃饭。江锦鹏说，这次真的谢谢你。冯芊慧说，谢我什么？要不是因为你，我妈妈也查不出她的病，她对自己的身体状况比对她的长相还要自信。冯芊慧笑了起来，伯母保养得真不错，我想伯父的功劳最大，我第一次见到一个男人这样宠爱自己的妻子。江锦鹏说，你听过虎父无犬子这句话吗？我会比我爸爸做得更好。冯芊慧没有接江锦鹏的话。

手术定在明天早上，我会亲自给伯母做。江锦鹏说，把我妈交给你，我很放心。两个吃过饭，一起把餐具放回收集处，再一起肩并肩从饭堂走了出来。江锦鹏发现冯芊慧没有像往常一样走向医生休息室，问道，你中午不睡一下吗？冯芊慧说，我想上去看看伯母。江锦鹏说，一起走吧。

早上八点不到，江妈妈就被护士推出病房送往腹腔镜手术室。江爸爸不安地在手术室外的家属休息区不安地走来走去，江锦鹏看着父亲两鬓和额角不知道什么时候冒出来的白发，发现自己的父母真的老了。他们的同龄人很多已经当上了爷爷奶奶，享受天伦之乐了，而自己都三十多岁了，还要父母为他的婚事操心。他为自己的不孝感到惭愧不已。江锦鹏哽咽着说，爸爸——

江爸爸轻轻地拍着说，儿子，你什么都不用说，通过这一次，我们重新认识了小慧，我和你妈妈都理解你，她值得你等，你们一定会有一个圆满的结果的。

冯芊慧走进手术室的时候，江妈妈身上的麻醉药已经开始起作用。她走上前去，戴着口罩的脸上只露出一对自信而清亮的眼睛。她喊了声伯母。江妈妈认出是冯芊慧的声音，安然地合上了眼睛，开始进入一场没有梦境的睡眠。

冯芊慧仔细地检查每一台连接着江妈妈身体的时刻监测她的生命体征的仪器，护士把手术所需的医疗器材和消毒物品在操作台上摆放整齐。冯芊慧看着沉睡中的江妈妈，想起江锦鹏，这个她生命中第一次爱上的男人，竟然是从这个身体里孕育出来的。她从来没有想象过有一天会像现在这样近距离接触江妈妈的身体，通过她沉默的身体直达她那片洁净而美好的灵魂。这么多年过去了，当江妈妈再次出现在她面前的时候，她对冯芊慧多年来对他们的不闻不问没有半点责备。她对待冯芊慧的态度，就像世界上所有伟大的妈妈一样，哪怕自己的孩子飞得再高再远，只要他们再次出现在自己面前，等待他们的，永远是爱与宽容的怀抱。冯芊慧的眼睛情不自禁地湿润了。

麻醉师提醒冯芊慧，冯医生，可以开始了。

9

大约两三个小时前，夕阳已经在城市西边的天际线以慵懒的姿态沉了下去，取而代之的是一片万家灯火与星宿交相辉映的夜空。江锦鹏受妈妈之托，带着江妈妈从香港买的礼物驾车来到冯芊慧家楼下。江妈妈已经病愈出院，她的身体经历过一次血与痛的洗礼，就像一台老旧的机器经过手艺高明的师傅清洗、上油、调试之后，重新焕发了生机。她的脸色更加红润，心态更乐观。她回忆自己从检查、手术到术后康复期间与冯芊慧相处的每一个细节，更加坚定了儿子与冯芊慧总有一天能修成正果的信心。江爸爸在陪伴他心爱的妻子与疾病做斗争的这段时间里，目睹江妈妈从一个柔弱的爱撒娇的小姑娘一夜之间长大成熟。说话做事，性情心态，都开始与她的年纪靠拢。她说话不再大呼小叫，吃饭也不挑剔，还和丈夫抢着干家务。

江妈妈对儿子说，我强烈的第六感告诉我，她总有一天会走进我们江家的大门，咱们不能逼她太紧，但是妈妈给她买的礼物，你得帮我送过去。江锦鹏说，您不是说欲速不达吗？江妈妈说，我的心意，她会收，只要你不要像那些愣头青追小姑娘一样给她送花，对人家死缠烂打就没有问题，儿子，咱们得放长线钓大鱼。

冯芊慧拿着电话站在窗前，看到江锦鹏的车停在她家楼下的洋紫荆树下。江锦鹏说，妈妈叫我给你送点东西过来，我是送上去还是你下来拿？冯芊慧说，我今天没有洗头。江锦鹏说，那我放在小区门卫处，你自己下来拿？冯芊慧说好，替我谢谢江妈妈。冯芊慧挂断了电话，看着江锦鹏打开车门从驾驶座上走下来，捧着一个包裹送到小区门卫处之后，又钻回车子里去，很快就穿过小区内那条栽着洋紫荆的绿道，离开了冯芊慧的视野。

二十分钟后，冯芊慧又接到蒋兆南的电话，蒋兆南说，我在你家楼下。冯芊慧又像刚才一样站到窗前，看到蒋兆南的车停在江锦鹏刚刚离开的地方。蒋兆南说，我是来为上次的失约道歉的，方便请我上去坐一会儿吗？冯芊慧说，我今天没有洗头。蒋兆南说，要不我等你一会儿？冯芊慧说，不了，我暂时还不想洗。蒋兆南，其实我那天不是故意失约，我原计划是去你单位接了你一起回家的，没想到你提前走了，我又没来得及看你的信息。冯芊慧说，没关系。蒋兆南说，不，你先听我说完，我没接上你，却在医院门口遇到你妹妹沈艾莉了。哦！冯芊慧说。当时正是晚高峰，她打不到出租车，我原打算把她送回家之后就赶回去吃饭的，结果她说她想吃我们酒店西餐厅的牛排和芒果布丁，所以——

冯芊慧说，我知道了，其实你不用道歉，倒是我应该替我妹妹谢谢你。蒋兆南说，你最近好吗？冯芊慧说，还好，就是有点忙，江院长的妈妈住了两个星期院，我亲自给她做了手术。蒋兆南说，江妈妈身体没大碍吧？冯芊慧说，已经康复出院了。蒋兆南说，那就好，我给你带了些点心，给你放门卫？冯芊慧说，好，谢谢。冯芊慧又看见蒋兆南像江锦鹏一样打开车门从驾驶座上走下车，提着一个手提包向卫门处走去。没一会儿，他又沿着江锦鹏离开的路线，穿过那条栽满洋紫荆的绿道，在冯芊慧的视野内消失了。

为了公平起见，冯芊慧像记录她的例假一样，准确记录她和江锦鹏及蒋兆南见面的次数。她给自己制定了一个不为人知的规则，就是每和江锦鹏在饭堂里面对面地吃五次饭以后，才肯接受蒋兆南的邀约。五次是底线，不设上限，因为在她看来，在医院饭堂吃的饭，所包含的私人因素相比较少。她和江锦鹏依然保持着互相通报去不去吃饭的习惯，但是她不再主动约蒋兆南见面，当蒋兆南约她的时候，她会先看清楚自己办公桌上的小台历，是不是到了该和他见面的时候了。李曼对她在小台历上分别用红色和蓝色圆珠笔圈下的日期迷惑不解，它们就像神秘的波斯密码一样记录着冯芊慧的情感轨迹。冯芊慧打算，待到将来某一天，她要把这些积攒起来的台历用一个精美的礼盒包装好，用一条小彩带扎成一个蝴蝶结，连同自己的爱，一起交付到她的丈夫手里。

　　一个星期后，根据冯芊慧的记录，她终于接受了蒋兆南约她吃饭的邀请。

　　江妈妈的身体没大碍了吧？蒋兆南摇了摇手里的红酒杯，问道。冯芊慧把牛排放回到餐盘里说，是的，比我预想中要好，你需要我向她转达你的关心吗？蒋兆南笑了笑，如果你觉得我的问候有助她身心健康的话，倒也无妨。冯芊慧说，一个人的身心健康，其实与别人的问候关系不大，只要他足够热爱生命，即使在空寂无人的旷野独行一辈子，他依然可以成就他自己。

　　蒋兆南说，有时候，我觉得当医生有点浪费你的智慧。冯芊慧说，那我应该当一个哲学家？还是应该像鲁迅先生一样选择当一个作家？蒋兆南说，你绝对可以胜任。冯芊慧说，可是在我看来，任何脱离生活的哪怕是再高调的呼喊，也是苍白无力的。蒋兆南说，所以你宁愿选择当医生？冯芊慧说，不是宁愿，医生这个职业，在每一个生命面前，充其量只能算个小助手，我乐意做好这个小助手的角色。

　　蒋兆南举起酒杯，与冯芊慧碰了碰，陷入了沉思。冯芊慧说，你在想什么？蒋兆南说，我在想，在这场三个人的博弈中，我手上还有多少筹码。冯芊慧说，我们每个人手里都有别人看不见的底牌，谜底一天还没揭开，都没有人知道结果。当然，冯芊慧顿了顿，接着说道，我们每一个人，都有随时选择退出的权利。蒋兆南哈哈大笑起来，你觉得我是一个那么容易就弃权的人吗？冯芊慧说，你永远是自由的。

不过，我姑姑家发生了一场不小的地震。冯芊慧接着说道。蒋兆南说，伤亡严重吗？冯芊慧说，严帅离家出走了。蒋兆南皱了皱眉，你认为我应该为你妹夫的离家出走负责任？冯芊慧说，我不这么认为，如果严帅真的在那个家里待不下去，他可以找到一万个离家出走的理由，你运气不好，正好撞到枪口上了。蒋兆南说，和你在一起，我觉得很舒坦，我不需要掩饰自己，可以尽情地畅所欲言。冯芊慧说，因为你知道，在我面前任何的掩饰都是徒劳，可是，对于任何一个需要谈一场惊心动魄的恋爱的女人来说，这样的评价只能说喜忧参半。好吧！蒋兆南说，既然还没有到开牌的那一天，咱们就拭目以待，不过你妹妹的状态看上去似乎有点不好。

严美对哥哥说，我后天就要搬家了，你该走啦！严帅说，好好的干吗要搬家？严美说，我一个人住着两室一厅太浪费了，我交不起这么贵的房租，你要是肯替我交，我也无所谓。严帅说，咱妈要是回来了怎么办？严美说，该怎么办你自己解决，我帮不了你。严帅说，晚些时候再搬，这个月的租我替你交了还不行吗？严美说，你说得轻巧，你知道我等多长时间才等到和王小敏做邻居吗，一个星期都不行，那种小套间可抢手了。严帅心烦意乱地说，你爱搬哪搬哪去，这套房子先留着。严美说，我不把这套房退了，就没有钱交另一套的押金。严帅说，你搞清楚好不好，这套房的押金是我交的吧？严美说，对呀，是你交的啊，我要是有钱交押金，犯得着跟你急么？严帅说，我说你出来工作也好几年了，连几千块钱押金都拿不出来吗？严美说，那是我自己攒的嫁妆，不能乱花。严帅说，你的意思是，将来嫁人了还要倒贴？严美说，沈艾莉嫁给你不也一样是倒贴吗？我又没有像沈艾莉一样的父母，本来你如果是娶了蒋玉瑶的话，我这辈子还有点指望，现在我只能靠自己啦！

你给我闭嘴！严帅冲妹妹吼道。严美说，我凭什么闭嘴？人家蒋玉瑶还正儿八经地来看过我妈，王小敏还给我做过那么多好吃的蛋糕，沈艾莉给过我什么好？哥，你是不是有什么把柄在她手里抓着呀？咋这么不小心就把自己的下半辈子给赔上了呢？

被严美一提醒，不得不回忆整件事情的来龙去脉。通过冯宝怡看到他和沈艾莉拍的婚纱照后的逼婚行动，还有蒋玉瑶对他的态度突然变冷淡，并且在两个月不到的时间里突然闪婚，他可以肯定，蒋玉瑶看过他们的婚纱照了。严帅一拍脑门，终于想明白到底是怎么回事，这都是那两万块钱的报酬惹的祸！严帅深刻地意识到，贫穷不仅会限制一个人的想象力，它甚至像一个老谋深算的猎人，没事就到处挖坑。在他挖下的那些坑里，不仅有捕猎的各种各样的刑具，还布满了香气逼人的诱饵。严帅就是那只惊慌失措的为了觅食不顾一切的猎物，稍不留神就掉进手段高明的冯宝怡与贫穷合谋给他挖下的坑里。虽然还不至于粉身碎骨，但是一时半会儿，他对目前的困境是摆脱无望了。

平心而论，性本善良的严帅想，沈艾莉嫁给他，也是受委屈了。他从来也没有奢望能娶一个豪门千金做老婆让他一夜脱贫，当他在蒋玉瑶的婚礼现场看到她和陈天乐的巨幅结婚照以后，那位善良的姑娘曾经带给他的小感动也在那一刻画上了句号。事到如今，他只希望能与已经成为他的妻子的沈艾莉达成同盟，通力协作，两个人中的一个必须先挣脱身上的枷锁，把另一个托出这个陷阱，先脱离险境的那个人，给还身陷牢笼的可怜的同伴伸出拯救的手。他尝试过和沈艾莉商量，要不然，我们搬走吧，我虽然工作很忙，但是为了你和孩子，我会努力照顾好你，再不然，把我妈接回来。沈艾莉说，我无所谓，怎么着都行。严帅说，我们既然已经结婚了，未来的生活应该靠自己双手去创造，而不是寄生在你的父母身上。沈艾莉说，好吧，你说怎么办就怎么办。

绝对不行！当严帅向冯宝怡提出他的打算之后，得到的是斩钉截铁的回答。冯宝怡没有和严帅多费唇舌，她只是对沈艾莉说，你自己会买菜做饭吗？沈艾莉摇了摇头。冯宝怡又说，你知道他原先租的房子只有一室两厅没有套间没有空调也没有电梯吗？你有信心现在挺着个大肚子以后抱着一天天长大的孩子爬上六层的楼梯吗？沈艾莉看着严帅说，你说我能行吗？严帅说，妈，这一切都是暂时的，我再努力几年，就可以攒够首期，再向银行贷款买套有电梯的房子了。冯宝怡说，这是我最爱听的话，好吧，那你就好好努力挣钱，你再努力几年，什么时候买到房子了，就什么时候把我女儿接走。严帅看着沈艾莉，他多么希望她说，没有空调我可以吹电风扇，没有电梯我也可以爬楼梯，没有人照顾我，我自己也可以学做饭照顾好我自己和我的老公孩子。然而，沈艾莉并没有如他所愿，摆出一个妻子应有的立场和态度，她说，你们俩谈妥了再说，我先上床躺会儿，有饭吃再喊我。

第八章

1

即使严美不下逐客令，严帅也知道这样下去也不是办法，只是他不甘心就这样不明不白地认输，他可以想象当他再次出现在沈家人面前时，他们会用怎样的目光打量自投罗网的可怜的家伙。就在严帅进退两难的时候，冯宝怡适时地找上门来了。

冯宝怡在严帅离家两周后，终于在那个炎热的夏天的中午，顶着烈日找到星河电脑公司。冯宝怡看到她日思夜想的女婿，眼泪忍不住涌了出来，她赶上前去，抓起严帅的手说，小严哪！严帅的眼眶也在冯宝怡的情绪影响下变得湿润起来。他哽咽着，喊了声妈。冯宝怡抹了一把脸上的汗水说，你出来一下，妈有话跟你说。

严帅顺从地跟着冯宝怡走出公司的大门，在路边的一棵大榕树下站住了。冯宝怡说，就冲你还肯喊我一声妈，我就没有白来。严帅的心突然变软了，他说，家里人都还好吗？冯宝怡说，都好，要是你今天能跟我回家，就更好了。严帅说，妈，对不起，我那天不是故意的。冯宝怡拍了拍严帅的肩膀说，妈懂，筷子碗碟还有磕碰的时候呢，更何况是人？事情过去了，谁也不怪谁，你今晚就搬回家来，妈给你做好吃的。严帅说，我没脸回去。冯宝怡说，你这孩子，说的是什么话，那是你的家！严帅说，我知道您和我爸是真心对我好，你也看见了，我每天起早贪黑，也是为了有一天能让我的老婆孩子过上好日子。冯宝怡说，你很乖很努力，妈都看在眼里。严帅说，可是我现在真的什么也给不了他们，我这么多年来不敢想结婚的事也是因为这个，我也想有一辆可以为妻儿遮风挡雨的小汽车——我那天的脾气，其实是冲自己发的，我恨自己没有能力，看着自己的老婆坐别的男人的车回家，换了谁心里会没气？

是的，我能理解你！冯宝怡觉得，严帅也挺不容易，她是发自真心的心疼这个女婿。她说，要不然，咱们也买辆小车吧，那样你就可以陪艾莉去医院做检查，以后孩子出生了，周末带他去外面玩玩呀，以后等他上幼儿园接送，也比摩托车更安全。严帅说，可我现在真的没有钱呢，我原来的打算是先买房，挣了钱再考虑买车的事情。冯宝怡说，妈给你买一辆。严帅心动了一下，但很快就冷静下来，他知道，他的猎人又在向他撒诱饵了。他说，不行，如果您出钱给我买车，连我自己都看不起自己。

冯宝怡说，不要紧，你就向我借好了。严帅说，真的可以吗？冯宝怡说，你要是还认我这个妈，就按我说的办，你这几天有空就去看看，我回去也先把钱准备好了。严帅说，那我先了解一下，谢谢妈妈。冯宝怡说，那咱们说定了，今晚回家吗？严帅说，嗯。

今天什么日子？我说，冯宝怡，沈振扬看着冯宝怡摆上餐桌的八菜一汤，你是打算吃了这顿明天不过是吗？还是你中彩票啦？冯宝怡说，小严答应我今天晚上回家了，我就多做了两个菜好好庆祝一下。沈振扬说，哦，原来是你那个好女婿回来了，敢问沈家三少奶奶，你女婿是高中状元衣锦还乡？还是闯金山挣下几箱黄金回来呢？沈艾莉笑了起来，对沈振扬说，爸，你可真有才。

冯宝怡说，你们都给我听好了，一会小严回来，谁都不准给他脸色看。沈振扬哼了一声。沈艾莉说，他要是肯帮我把电脑修好，我就放他一马。

在冯宝怡的极力维持下，严帅回家后的第一餐饭总算在各怀鬼胎中吃完了。沈振扬的目光比之前更明亮，严帅跟自己说，他得老花眼了。沈艾莉说，我的电脑又转不动了。严帅顺从地跟她回到卧室，才离开家两个星期，严帅看到卧室里的地上垒起一堆还没拆开的快递件。他问沈艾莉，这些都是什么？沈艾莉说，快递啊。严帅气不打一处来，他说我当然知道是快递，我问你都买些什么了？沈艾莉说，什么都有。严帅走到衣柜前打开柜门，那个四门大衣柜除了其中的一

222

格放着严帅几件简单的换洗衣服，剩下的空间都被沈艾莉的衣服塞满了。在他打开衣柜的一刹那，那些还来不及摘标签的春夏秋冬各季衣物从衣柜里滚落下来，它们像放出牢笼的怪物一样，示威似的冲严帅做出各种各样挑衅性的表情。严帅绝望地大喊了一声，沈艾莉！你还有完没完！

沈艾莉说，你不用大呼小叫，本小姐花的不是你的钱。冯宝怡听到他的喊声赶紧冲进来对严帅说，小严，你跟我来一下。

严帅跟着冯宝怡进了她的卧室。把门关上。冯宝怡说。冯宝怡从梳妆台的抽屉里掏出一张银行卡，这里是十三万，密码是艾莉的生日，你拿去买车吧。严帅接过冯宝怡递给他的银行卡说，谢谢妈。严帅准备转身出去。等等。冯宝怡说着，从抽屉里又掏出一个小本子，上面记录着，向妈妈借购车款十三万元整，人民币大写：拾叁万元整。严帅迟疑了一下。冯宝怡说，小严，我知道你是一个有上进心又爱面子的人，为了让你这笔钱花得安心，你就在上面签个名吧。严帅在心里骂了句娘，别看冯宝怡平时又蠢又笨，但是在关键时刻比谁都精。她见严帅愣着不动，递给她一支签字笔说，怎么样？严帅接过笔，在上面签上自己的名字。

还有，冯宝怡说着，又翻到第二页，上面记录着严帅给沈艾莉修了三次电脑，换了两根内存条，充值了两次手机话费，一次一百，一次二百等明细。冯宝怡说，我知道你让艾莉写了借条，我见你现在等钱花，这些钱我也正好还你，你算一下对不对。冯宝怡又给严帅手里塞了一叠现金。严帅说，不用数了。冯宝怡说，不行，你最好还是当面数一下，给多了给少了对谁都不公平。严帅只好当着冯宝怡的面，将那些现金数了一遍。冯宝怡说，你也在这里签个名，把艾莉签给你的借条还给我，这些账就同之前大家闹的不愉快一样，可以一笔勾销了。严帅说，我，我其实不是有心为难艾莉让她写借条的，我只是觉得——

冯宝怡说，我知道，咱都不计较了。借条呢？严帅只好从裤兜里掏出钱包，把沈艾莉签下的借条掏出来交给冯宝怡。冯宝怡当着他的面把那张条子撕碎了，对严帅说，艾莉现在有身孕，情绪不稳定，她姐姐说，如果让她受了什么刺激，随时都会有产前抑郁症，我可不想在这个节骨眼上出什么事，也希望你能好好配合。严帅说，我知道了，谢谢妈妈。

冯宝怡说，不用谢，我又不是白给你。

严帅拿着里面有十三万的银行卡，觉得它分外烫手。如果说，冯宝怡让他签下的借条他还可以勉强接受，但是对于银行卡的密码，他就真的无计可施了。他和沈艾莉结婚一年多以来，如果说他连自己的老婆的生日都不知道，连他自己都觉得太说不过去了。然而他是真的不知道，他只记得沈艾莉是在春天出生的，因为他不止一次听沈振扬唠叨她出生时的异象。在他的印象中，倒是想起沈艾莉过过生日，那是她孕吐最严重的时候。那天冯宝怡还提醒他早点回家陪她一起切生日蛋糕。但他觉得过生日对于他来说是一件奢侈的事，对冯宝怡的提醒充耳不闻。没想到啊，原来生活的暗示无处不在，现在让他为了顺利把这笔钱拿出来，厚着脸皮去问冯宝怡，艾莉的生日是哪一天，银行卡密码具体是多少，那是不可能的。严帅突然灵机一动，他想起他们的结婚证上有身份证号码，便装出一副漫不经心的口气说，妈，我和艾莉的结婚证还在您这里放着吧？冯宝怡说，对啊，怎么？买车登记需要结婚证吗？严帅说，不是，我是说，我的户口还在公司的集体户挂着没迁过来，要不然车子就上艾莉的名吧。冯宝怡大方地说，不用，给你买的就上你的名，你们结婚的时候我说过让你把户口迁过来的，是你们不肯，当然，也许是你不肯，也有可能是你妈妈不肯，这我就不追究了。

严帅回到屋里，见沈艾莉正在玩拖拉机小游戏。他坐到床沿上，对沈艾莉说，你饿吗？沈艾莉说，有点。严帅说，要不，我带你去吃沙县小吃？沈艾莉说，我没钱。严帅说，我有。沈艾莉说，要打欠条吗？严帅说，不用。沈艾莉想了想说，还是算了。严帅说，回来我给你修电脑，义务劳动，怎么样？沈艾莉吃惊地回过头去，不敢相信地看着严帅。

严帅找了张小桌子和沈艾莉坐下来。沈艾莉把一笼蒸饺吃光了，又吃了两只茶叶蛋，她接过严帅体贴地递给她的纸巾抹了抹嘴说，我吃不下了。严帅说，对了，你生日是哪天？沈艾莉说，干吗问这个？严帅说，去年你过生日的时候我没陪你，心里有点过意不去。沈艾莉说，没关系，生日也没多大事，过不过都无所谓。严帅严肃地说，沈艾莉，我是你的丈夫，作为丈夫关心一下自己的老婆的生日有错吗？沈艾莉说，你问的是新历还是旧历？严帅愣住了，他也不知道冯宝怡设的密码是新历还是旧历，但是他灵机一动，只要知道其中的一个日期，上网查一下万年历，新旧历都一目了然了。严帅说，哪个都可以。沈艾莉说，旧历我忘了。严帅说，那就说新历。沈艾莉说，那我还得回家问我妈，我不记得了。

　　严帅气得把筷子使劲往桌面上一拍，冲沈艾莉吼道，你什么都不知道，和猪有分别吗？沈艾莉说，当然有，猪能知道我妈给你买车的那张银行卡的密码吗？严帅的脸色缓和了下来，你别告诉我你连这个都知道。沈艾莉说，我就知道！

2

　　蒋玉瑶躺在床上，一只手轻抚着微微隆起的肚子，另一只手捧着一本育儿书，轻声细语地给肚子里的孩子讲故事。陈天乐凑上前去，把耳朵贴到蒋玉瑶的肚皮上仔细地聆听那个已经快五个月大的胎儿的心跳声。突然，他惊讶地抬起头，好神奇啊，我仿佛听到花开的声音。蒋玉瑶说，我上次去做检查的时候，通过扩音器第一次听到的宝宝的心跳，把我吓着了。陈天乐说，你应该让我陪你一起去。蒋玉瑶说，不过，我觉得花开的声音不是这样的。陈天乐说，那你给我描述一下，你听到的是什么声音。蒋玉瑶把书本合起来，伸出手去，抚摸着陈天乐头顶上的发梢，笑道，我听到的，是生命的集结号，一下，一下的，那么震撼，那么迷人，充满力量。

　　自从蒋玉瑶有了身孕，陈天乐便变得多愁善感起来。他经常因为妻子的一个小动作就紧张得心跳加速，有时候蒋玉瑶睡到半夜，只要她轻轻地一转身，陈天乐就会立马从床上坐起来，紧张地问，怎么了？蒋玉瑶说，我想上洗手间。陈天乐就会立即翻身下床，扶她坐起来，给她的脚套上拖鞋。然后扶着他身子越来越重的妻子去洗手间。

　　除了这些触目所及的生活细节随时随地牵动着陈天乐的神经以外，他还特别容易感动，一感动鼻子就发酸，鼻子发酸，泪水就控制不止了。他觉得面对他的妻子和她肚子里的小生命时，他是多么无助。就算是一个经验丰富的农夫，他可以做的，也只能根据适合的时令季节播种施肥，除草松土，除此之外，就要承受长时间的等待的煎熬，直到收获的那天到来。陈天乐觉得自己只是一个蹩脚的农夫，他生怕自己一不小心，就会影响种子的健康发育，影响这片看上去并不算肥沃的土地的收成。

现在，当蒋玉瑶告诉他，孩子的心跳声像集结号一样强而有力的时候，陈天乐的眼睛又湿润了。他生怕蒋玉瑶看出他的无助和懦弱，转过身去熄灭了床头灯。蒋玉瑶说，你猜，我们的宝宝会是男孩还是女孩？陈天乐说，只要是我们的孩子，只要他健康地来到我们身边，男孩女孩我都喜欢。蒋玉瑶说，我有点担心。陈天乐的神经又绷紧了，他坐直了身子，握着蒋玉瑶的手说，担心什么？蒋玉瑶说，我也不知道，昨晚做了个不是很好的梦。陈天乐问，身体有没有什么地方觉得不适。蒋玉瑶说，没有。陈天乐放下心来，要不然，就提前休产假吧？蒋玉瑶摇了摇头说，暂时还没有这个必要，要不，你明天请个假陪我一起去做检查吧。陈天乐说，没问题！

快到午饭时间，冯芊慧脱下白大褂，看了办公室上的小台历一眼，她发现已经连续三天没在饭堂遇见江锦鹏了。冯芊慧刚走出办公室，意外地看见陈天乐和蒋玉瑶坐在她办公室外的走廊上靠墙的椅子上。蒋玉瑶抬起头，她的眼睛发红，眼袋像一只生气的青蛙的肚子一样鼓起。陈天乐说，姐，我们在这里等你。蒋玉瑶站起来，扑进冯芊慧的怀里，伤心地抽泣起来。

冯芊慧把陈天乐和蒋玉瑶带到医院附近一家环境优雅的小餐厅，三人刚坐下，冯芊慧就迫不及待地问，方医生怎么说？陈天乐递给冯芊慧一份B超检查结果说，方医生说宝宝患有先天性心脏病，就目前来看，情况还不算悲观，但是宝宝还有四个月才出生，他的病情会不会加重，都是未知数。冯芊慧就着窗外射进来的光线，仔细察看B超影像。她皱了皱眉，又松开了。对蒋玉瑶说，害怕吗？蒋玉瑶的眼泪又流了下来，她抓着陈天乐的手，摇了摇头。冯芊慧拍了拍蒋玉瑶的手，鼓励道，很棒！陈天乐说，姐，以你的经验……冯芊慧说，当我们面对生命的复杂性的时候，任何经验都只是纸上谈兵。陈天乐看了蒋玉瑶一眼，蒋玉瑶安静地看着冯芊慧，等待着她往下说。

冯芊慧说，从B超检查结果看，胎儿的病情还不算很严重，在未来的三个多月里，会怎么发展，我们谁都无法预估。最好的结果就是，直到宝宝出生为止，他的心脏室间隔缺损不再扩大，那就对心功能影响不会很大，并且有自动闭合的可能，这个过程大概需要三至五年，一般情况下，在孩子五岁左右，心脏室缺就会自动痊愈，就算没有完全闭合，也可以通过手术进行补救，就目前的医疗水平，成功率很高。陈天乐说，最坏的呢？冯芊慧看了看陈天乐，最坏的结果，就是宝宝在孕中的病情继续扩大，大动脉移位，或者左心发育不良等综合征，如果运气好的话，在他离开母体后就要第一时间进行手术，手术不成功的话，就——

玉瑶，你饿了吧，我们先吃饭。陈天乐没有让冯芊慧再说下去。蒋玉瑶说，我吃不下。冯芊慧说，你刚才不是说不怕吗？蒋玉瑶说，我不是怕，我是担心。冯芊慧说，玉瑶，你应该知道，这不是你一个人的事，天乐和你一样，他除了担心孩子还要担心你，你现在就开始不吃饭？后面你打算怎么办？蒋玉瑶咬了咬嘴唇，天乐，我想吃粥。

人生本来就是一场赌博。冯芊慧好像看透了陈天乐的心事，突然冒了一句。陈天乐说，方医生说，孩子有五个月大了，无论是现在，还是等一段时间根据孩子的病情发展再做决定，差别也不是很大。冯芊慧摇了摇头，不，方医生所说的不大，只是病理层面的差异，她忽略了作为父母面对未知的等待时的心理承受力，在你们没有做出任何确切性决定之前，每一天都是处于精神的悬崖边上，谁能保证自己不会失足呢？陈天乐说，你的意思是，我们要尽快决定？冯芊慧说，对，越早越好，每一个生命都是让人敬畏的，我不会劝导任何人以任何理由轻易放弃神赐的礼物，但我同样会尊重你们做的决定。

蒋玉瑶抹了抹嘴说，我想好了，我决定把孩子生下来。陈天乐怔了怔。冯芊慧笑了笑，好样的，从今天开始我和你们一起，打赢这场仗，就算是输了——

也没有什么大不了的！蒋玉瑶接口道。

蒋玉瑶的脸上又浮现出第一次知道自己怀孕时闪耀着动人的光芒，她向陈天乐伸出手去，你呢？当然！陈天乐激动地说，谁说我们一定会输呢！

回到家，陈天乐纠结该不该把孩子的事告诉丈母娘。蒋玉瑶说，妈妈，我们今天去医院照了四维彩超，孩子的心脏有点小问题。罗琼秀说，医生怎么说？蒋玉瑶说，我只听芊慧姐的。罗琼秀点了点头，没错，除了冯芊慧，别人说什么都可以当耳边风。陈天乐不安地冲蒋

227

玉瑶使眼色。蒋玉瑶说，没关系。罗琼秀说，说重点。蒋玉瑶说，孩子患的是先天性心脏室缺，情况不算太严重，姐姐说，如果在他出生之前病情不再发展，只要到了三至五岁就可以自动痊愈。罗琼秀说，最坏的结果是什么？陈天乐说，没有什么最坏结果，妈妈，您不用太担心。蒋玉瑶说，最坏的结果是，室缺继续扩大，出生后就立刻做手术，手术成功的话，我们的孩子就可以健康地活下来，如果——

没有如果！罗琼秀坚定地说，也不会有最坏的结果，你们都想好怎么做了吗？

蒋玉瑶说，是的，我们决定把他生下来，陪伴他，给他最好的呵护。罗琼秀笑了笑，做出了一个连她自己都感到吃惊的举动——她把女儿搂进怀里。在蒋玉瑶的记忆里，自从她初中毕业以后，她和母亲之间就再也没有过像现在这样亲昵的偎倚。

罗琼秀说，做得好！

也许是受罗琼秀的感染，陈天乐几个月来的无助、不安和多愁善感也一扫而光了。他变得更平静，更坚定。他笃信他的孩子一定会如他所愿向好的结果发展。似乎是一夜之间，他成功地破解了生命传承的密码，他与他的孩子之间不再有隔阂。他的孩子通过先进的医学仪器向父亲显示他的缺陷，并与父亲达成一种并肩作战的默契。陈天乐不再像个蹩脚的农夫一样无助，因为他清楚地知道，他播下的种子患上了某种疾病，他还知道他在未来的哪一天会破土而出，好让他有足够的心理准备迎接新生命的到来。

3

冯宝怡在阳台上栽了三年的天堂鸟终于开花了。她惊讶地看着那一朵有着橙黄色羽翼、蔚蓝色头部和从头部伸出尖细的长嘴的既是花又像鸟的神奇花儿，在扇子大的绿叶丛中一枝独秀地破茧而出，展翅欲飞。她看了看挂历上标注的沈艾莉的预产期，越发惊讶，不就是今天吗！

自从沈艾莉怀孕后，沈振扬不仅戒了酒，还改掉在外面吃早餐的习惯。他也不再抱怨妻子的厨艺，觉得速冻食品其实也可以接受。沈振扬放下饭碗，准备出门去上班。你们都听好了，冯宝怡对沈振扬和严帅说，今天艾莉要生了，都不要出门。沈振扬说，我下个月就退休了，得站好最后一班岗，有什么情况给我打电话，我立马就能赶回来。严帅走进卧室，沈艾莉还躺在床上懒洋洋地一动也不想动。你觉得怎么样？严帅问。沈艾莉还被沉重的睡眠压得睁不开眼，她朝严帅挥了挥手说，我好瞌睡。

严帅对冯宝怡说，妈，我听说预产期也不一定准，看她的样子，今天还不会有什么动静，我也去上班了。冯宝怡说，你们都走了，家里连个男人都没有，要是万一她作动起来我一个人怎么办啊？严帅说，给我们打电话就行了。冯宝怡说，生孩子的事情你们有我懂吗？想当年我生她的时候，要是肯听小慧外婆劝，也不会闹出这么大的事来啦！严帅说，您生艾莉的时候闹大事了？冯宝怡说，不堪回首，反正生孩子的事，可大可小，你今天说什么也不能出门。严帅说，要是她明天后天大后天还这样？我也在家待着吗？我还欠您老人家的钱呢，你是不是也不用我还了？

那好吧，你去上班，但是手机得一直开着，万一有事我也好找得到人。一说到钱，冯宝怡就只好让步。自打严帅从她手里借了十三万，又自己添了两万买了台十五万的小轿车之后，他对艾莉的态度好了很多。他挣钱也更卖力了，他还注册了滴滴司机，在公事和私事之间奔波的空隙见缝插针地拉上几趟客人多挣一份收入。沈家的人从来不清楚严帅的固定和不固定的收入到底有多少，他除了每个月上交五百元伙食费，就什么事都不管了。

冯芊慧也像冯宝怡一样关注着沈艾莉的预产期，但是她办公桌上那个小台历因为要记录自己的例假日期，还要腾出空间记录与江锦鹏面对面吃饭和与蒋兆南约会的次数，她只好把沈艾莉和蒋玉瑶的预产期设置了手机提醒。早十天前，冯芊慧就开始每天早中晚给冯宝怡打电话了解沈艾莉的身体状况。冯宝怡事无巨细向她的侄女报告沈艾莉的一日三餐吃了些什么，早上几点醒，晚上几点睡，午睡多久。冯宝怡不知道这些细节对女儿的生产征兆有多少参考价值，她只能说出她的所见所闻。冯芊慧说，姑姑，艾莉是个大活人，她有思想有感受，您应该主动问一问她，身体有哪些异常，例如有没有出血现象，肚子痛不痛，宝宝的胎动厉害不厉害，睡眠质量怎么样？冯宝怡说，她肚子要是真痛起来，应该会叫的吧？

冯宝怡经冯芊慧的提醒，放下电话就走进沈艾莉的房间，把她从熟睡中推醒。女儿，你肚子觉得痛吗？沈艾莉说，我肚子为什么要痛？冯宝怡说，这不，你的预产期快到了吗，孩子快出生的时候，肚子会有反应。沈艾莉说，会有什么反应？冯宝怡回忆当年生她的情景，说，子宫会收缩，肚子会痛，还会羊水破，还会出血。沈艾莉说，很痛吗？冯宝怡说，当然很痛啊，要不怎么会说女人生孩子就像过一趟鬼门关呢！沈艾莉吓得从被窝里钻出来，放声大哭，我不要生孩子，我不生了，妈，你快帮我把他弄出来，我怕痛。冯宝怡赶紧安抚道，对不起，是妈妈不好，妈妈只是吓唬你的，生孩子一点也不痛，你看看，我把你生出来还养这么大了，我不一样活得好好的吗？沈艾莉又躺回床上，对冯宝怡说，没事别烦我，我要睡觉。

严帅出门没多一会儿，冯宝怡看着阳台上那枝怒放的天堂鸟，预感到这是个吉兆。冯芊慧的电话又准时打过来了，她提醒冯宝怡，艾莉的预产期已经到了，交代她收拾好住院用的生活必需品，还有宝宝要穿的衣服、奶瓶、尿不湿。冯宝怡说，我早就收拾好啦。冯芊慧说，是按我给您写的清单准备的吗？冯宝怡说，一件不漏，我都检查了好多回了。冯芊慧说，艾莉呢？冯宝怡说，还没起床呢。冯芊慧说，姑姑，从现在起，您随时随地关注她的动态。冯宝怡说，知道啦，你手机开着就行了，对了，我种了三年多的天堂鸟终于开花啦。

放下电话，冯宝怡也开始紧张了。她把沈艾莉住院需要用的东西用一只红白蓝相间的编织袋装好，摆在门口平时坐着换鞋子的小板凳上。万一艾莉在下一秒钟就开始作动，她第一时间就要打电话给女婿，让他赶回来把老婆送去医院，然后在等待他回家的空隙，打电话告诉冯芊慧，然后再打电话给沈振扬，让他直接从单位赶去医院。唯一让她担心的是，在关键时刻，严帅的电话打不通，那就要叫出租车，万一出租车来得不及时，她的外孙子又像他妈妈一样迫不及待地要出生，那可就真的没辙了。真到了那一步的话，冯宝怡想，幸好现在已经是秋天了，木棉花早开过啦，只要不是在木棉花下生下来，那就听天由命吧。

不过话说回来，我花了那么大的一笔钱给严帅买的小汽车，是干什么用的啊？冯宝怡想，还不是指望着关键时刻派上用场吗？如果她的女儿连生孩子这么大的事都享用不到有车的好处，那她的钱不是白花了？那可不行！冯宝怡为了确认严帅的电话是通的，隔半个小时就给他打一次。第一次拨通的时候，严帅才上班不久，正准备出门去干活。他以为艾莉要生了，紧张地问，妈，怎么啦？冯宝怡说，没什么，我想告诉你，刚才你芊慧姐给我来电话说，从现在开始，我们不能掉以轻心，所以我也提醒你一下，不能掉以轻心。严帅说，知道了，我没掉。

　　半个小时后，严帅又接到冯宝怡第二个电话。严帅刚喂了一声，冯宝怡就说，没什么，我只是打打你的电话看通不通。她还没等严帅接下一句，就赶紧收了线。从早上九点到下午六点半，冯宝怡前后共给严帅打了二十一次电话。除了开始那两次严帅在第一时间接了她的电话之外，剩下的十九次，有十七次没人接听，最后那两次，冯宝怡被话务员告知，对不起，您所拨打的电话已关机。严帅并不是故意不接冯宝怡的电话或关机，他接了两次电话之后就开始驾着公家的小面包车在各个公司之间奔忙，他的手机放在外套口袋里，干活的时候，他的外套就会脱下来放在一边。当他忙完他该干的活，把手机从外套的口袋里掏出来的时候，他才知道手机没电自动关机了。他不知道他的手机电池是冯宝怡没完没了的呼叫消耗尽的，回到公司重新把手机插上电，开机以后才发现冯宝怡给他打了十几次电话。他赶紧回过去，问冯宝怡艾莉是不是要生了。冯宝怡说，还没呢。严帅说，那你干吗不停地给我打电话，我的手机就是被你打没电的。冯宝怡说，我就是太紧张了，怕到时候找不到人，就打电话确认一下手机有没有人接……

　　严帅气得摔了电话，在心里骂道，难怪沈艾莉活得像头猪，原来是遗传！

　　今天应该是和蒋兆南约会的日子。冯芊慧看着办公桌上的台历和手机上显示的沈艾莉预产期进退两难。蒋兆南已经在她单位楼下等着她了，她又给冯宝怡打了个电话，确保她亲爱的表妹肚子里的孩子还没有打算出来后，才决定赴约。

　　严帅扔了电话过了没十分钟，冯宝怡终于听到沈艾莉发出她期待已久的第一声呼喊，妈妈，快救我！我肚子痛死了！

　　沈艾莉捧着肚子，像只大圆球在沙发上滚来滚去。冯宝怡拉开她的裤子察看了一眼，淡定地说，不怕，羊水还没破，也还没见红，先忍忍，我赶紧让小严回来送你上医院。冯宝怡连续打了几次电话，严帅盯着手机屏幕上的来电显示无动于衷，当冯宝怡的电话第五次打过来的时候，他干脆把手机调到静音状态。沈艾莉的呼喊声越来越大，越来越频繁，她甚至开始发出撕心裂肺的惨叫。

　　冯芊慧刚坐进蒋兆南的车子，就接到冯宝怡的电话和话筒那头沈艾莉的呼救声。蒋兆南问道，怎么啦？冯宝怡在电话里边哭边说，艾莉要生了，小严的电话打了半天没人接，我该怎么办啊？冯芊慧说，姑，不用怕，我们马上到。蒋兆南没等冯芊慧回答，就迅速倒车，加速，在晚高峰即将到来的前五分钟抢先进入城区的街道向沈家驶去。

　　怡得小区门外，英姑看到冯宝怡的肩上挎着那只红白蓝相间的格纹行李袋，一只手搀扶着被宫缩的疼痛折腾得脸色惨白的沈艾莉，步履蹒跚地穿过小区门口的保安岗，走了出来。英姑快步迎上前去，扶着沈艾莉的另一只手。英姑说，艾莉是要生了吗？冯宝怡说，作动了，羊水还没破。英姑说，你们家的男人呢？冯宝怡说，都死光了！英姑跑回便利店给沈艾莉搬了只椅子让她坐下，对冯宝怡说，你别急，我去打电话叫出租车。英姑才刚跑回去打电话，蒋兆南和冯芊慧就赶到了。沈艾莉一看到冯芊慧，眼泪就流了下来，像失散了多年的骨肉重逢一样抓着她的手喊，姐，救我，我要死了！

4

　　严帅回到家，摁了半天门铃也没人给他开门。从他和沈艾莉结婚搬进这个家以来，他出门从来不带钥匙，因为冯宝怡退休了，沈艾莉也没上班，他没有带钥匙的必要。他甚至想不起来，冯宝怡自始至终有没有给过他家里的钥匙。他掏出手机，拨通了冯宝怡的电话，很快就听到冯宝怡兴奋的声音，小严哪！沈振扬从冯宝怡手里抢过电话，对着话筒冲严帅吼道，臭小子！

　　晚上九点半，沈艾莉顺产生下一个六斤九两重的男婴，母子平安。沈艾莉经过一场生死博斗，终于把身体里那块孕育了九个月的肉疙瘩卸了下来。从她怀孕初期的孕吐，到中期的胡吃海塞，以及后期没日没夜的昏睡，对于这个小生命孕育的过程，沈艾莉没有花费太多的心思回味。这个孩子就像她的婚姻一样，来得草率、仓促，毫无预兆。她的婚姻好歹还包含着和严帅之间玄妙的因缘际遇，加上冯宝怡从旁煽风点火，整件事走到现在，还算说得过去。但是在怀孩子之前，她对如何当好一个母亲，就真的一无所知了。她只是知道，那个最让她记恨的大学同学汪青青也怀孕当妈了，轮到她的时候，也是一件顺其自然的事了。

沈艾莉顺其自然地走到今天，当她开始宫缩作动的时候，冯宝怡找不到孩子的父亲。当她被抱进蒋兆南的汽车，伏在冯芊慧怀里感受着她哄小孩一样的温柔的话语时，她的阵痛减少了，取而代之的是与冯芊慧多年的隔膜导致的切口又慢慢愈合的来自灵魂深处的痛。当蒋兆南抱着她一路狂奔冲进住院大楼的大堂把她放在冯芊慧提前通知同事安排好的推车上，又和冯芊慧一起把她送进产房的时候，她体会到一种比沈振扬的气息更厚重的安全感。当她躺在产房的产床上，忍受着千刀万剐的疼痛配合助产士所提示的呼气、吸气、使劲，再使劲时，她想起二十多年前冯宝怡在那棵传说中的木棉花下把她生下来的时候，该是多么兵荒马乱。沈艾莉被身体撕裂的痛楚和全身湿透的汗水抽干了眼泪，冯芊慧就站在她身边，紧紧地握着她的手，一边给她擦汗一边替她流泪。冯芊慧像个做错了事的大人面对受了委屈的小孩一样，懊悔、惭愧，恨不得替沈艾莉承受她所承受的所有痛苦。

随着孩子发现一声惊雷般的啼哭，沈艾莉觉得她的身体一下子被掏空了。她再也没有痛感，心情变得异常宁静。她疲惫地眨了眨眼睛，对冯芊慧说了声，姐，谢谢你。沈艾莉说完了，很快就进入一场深沉的睡眠，在她合上眼睛进入梦乡的那一刻，她原谅了一切。除了严帅。

冯芊慧把沈艾莉送回病房，她劝沈振扬回家好好睡一觉，又对冯宝怡交代了一些产后护理的注意事项，才跟蒋兆南一起离开了医院。蒋兆南把她带到铂莱卡大酒店的西餐厅，冯芊慧说，我不饿。蒋兆南说，艾莉已经平安无事了，你应该高兴才是。冯芊慧的眼泪又莫名其妙地流了下来。蒋兆南不敢再说话，他静静地看着面前这个让他意外的冯芊慧，在他眼里，她一直是个理性、冷静和处乱不惊的人，今天意外地让他看到她的另一面。蒋兆南情不自禁地坐到冯芊慧身边，他正想伸出手去，像普通的情侣一样自然地互相依靠一下，冯芊慧说，我没有那么脆弱，你坐回去吧。

蒋兆南只好站起来，坐回她的对面。

十多年了——冯芊慧看着窗外的夜色，幽幽地说道，今天，艾莉是多年来第一次发自内心地把我当姐姐，想当年——总之，今天，我替我妹和我自己谢谢你。

蒋兆南说，你们之间有故事？冯芊慧的思维又回复回常态，她抹干眼泪，笑了起来，谁没有故事呢？蒋兆南叹了一口气，你总是有本事中止一个需要发表感慨的人的肺腑之言。冯芊慧说，世上绝大多数的肺腑之言都是寡淡无味的鸡汤，如果你觉得你的鸡汤蕴含着精华，也可以继续发表，说不定，听众也能从鸡汤中打捞些许真理。蒋兆南笑了起来，如果你刚才的状态多保持十分钟，我可能就会向你求婚。冯芊慧笑道，我无法想象，蒋先生在既没戒指也没准备鲜花的情况下会向他心仪的女士求婚。好吧，蒋兆南说，看来冯大医生的理性又回来了，要不要开瓶红酒，再来份牛排，我是真的饿了。冯芊慧说，这个主意不错。

严帅在小区里转了几圈，他猜测沈艾莉应该是上医院生孩子去了。作为一个女人的丈夫和孩子的父亲，这种时候他无论如何都应该陪在沈艾莉身边。但是刚才在电话里从沈振扬的口气判断，如果他现在就出现在他们面前，只会火上浇油，以沈振扬的脾气，指不定会在医院闹成什么样。就在他犹豫不决的时候，冯宝怡的电话打过来了，她说，小严哪，艾莉给你生了个六斤九两重的大胖小子，母子平安，你当爹啦！严帅的喉咙突然噎住了，他哽咽着说，妈，对不起，我——冯宝怡说，什么对不起，傻孩子，现在太晚了，你就不用过来了，明天早上等你爸煮好饭，你再带过来。严帅说，我没带钥匙，进不了屋。冯宝怡说，你爸已经回去了，你等会啊。

英姑远远地看到严帅从小区里走出来，小严啊，你老婆上医院生孩子去啦！严帅走到英姑便利店，学他老丈人的样子要了瓶啤酒加一包南乳花生。严帅说，生了，六斤九两，是个儿子。英姑羡慕得眼冒红筋，她使劲地拍了一下严帅的肩膀，你说你这小子命怎么就这么好呢，娶个老婆有房有车人又长得漂亮，还顺顺当当地给你生个大胖小子。严帅说，咳！英姑说，我给我家大儿子买了房买了车，娶了个普普通通的老婆，花了我半生的积蓄，也就生了个女娃，你可不能身在福中不知福啊。

马路上传来一阵摩托车声，英姑笑着说，你看谁回来了。沈振扬停好车，头盔也没有摘，就走到英姑面前。英姑说，艾莉她爸，恭喜你当上外公啦！严帅放下酒瓶站起来，爸，您回来了？沈振扬抓起严帅刚放下的差不多见底的啤酒瓶，走到墙角突起来的方形柱子上敲了一下。英姑见势不妙，赶紧上前拉着沈振扬的手，老沈，你这是要干吗？严帅愣愣地站着，沈振扬举着那只边缘露出分布不一形状各异的尖角的酒瓶冲严帅走过来，他的脸被安全头盔包裹着，严帅看不出他的表情。英姑说，小严，快跑啊！严帅被英姑一提醒，拔腿就跑。沈振扬举着破酒瓶追着严帅跑到街道的尽头，边跑边喊，小兔崽子，今天老子非宰了你不可！严帅一边跑一边回过头来喊爸，沈振扬使尽全身力气，像一只守了多年一直等不到猎物的寂寞的狮子，坚定不移地朝着他的目标发起进攻。

沈振扬追着严帅，绕着怡得小区的外围跑了两圈，英姑像个经验丰富的马拉松运动会工作人员，当她看见沈振扬第二次从她门口跑过的时候，及时递给他一瓶水。沈振扬喝了一口水，继续追。严帅累得气喘吁吁，他急中生智，拦下从他身边驶过的出租车，车还没停稳他就打开车门钻了进去，对司机说，快走，我遇上疯子了！

沈艾莉一觉醒来，已经是上午十点多了。她睁开眼的第一句就问，我姐呢？冯宝怡说，早上来看过你了，她在上班呢，说一会儿再过来。沈艾莉从床上坐起来。冯宝怡说，你爸早上给你炖了鸡汤，还给你做了鸡蛋腊味炒饭，现在吃吗？沈艾莉说，吃，我饿死了。冯宝怡侍候女儿吃饱饭，喝了两碗鸡汤，把孩子抱到她跟前说，你看看，这就是你的儿子。沈艾莉伸手接过她的孩子，眼泪忍不住流了下来。他长得好可爱啊！沈艾莉说。冯宝怡说，当然啦，爸爸长得帅，妈妈又长得漂亮，我的大孙子当然是个大帅哥啦！沈艾莉小心翼翼地抚弄着孩子的小手指，想起小时候舅妈给她买的玩具，相比之下，那些玩具丑死了。它们手指又粗又笨，而她的宝宝的小手指，像一根根精致的羊脂白玉雕刻的艺术品，就是米开朗琪罗再世，也不可能雕得出这么精致鲜活的作品。

冯宝怡得意地问，你说，孩子长得像妈妈还是像爸爸？

沈艾莉说，他没有爸爸。

冯宝怡正欲纠正女儿的错误，冯芊慧带着陈天乐和蒋玉瑶进来了。沈艾莉已经很久没见过蒋玉瑶，她看到蒋玉瑶隆起来的肚子，惊喜地向她伸出手去，玉瑶，你来啦？蒋玉瑶说，艾莉，恭喜你！沈艾莉说，谢谢，我也要恭喜你，她又对陈天乐说，陈律师，谢谢你来看我。陈天乐说，今天我陪玉瑶来做产前检查，听姐姐说你生了，我们就赶来了。

沈艾莉让蒋玉瑶坐到自己床边，蒋玉瑶轻轻地抚摸着沈艾莉怀中的婴儿的脸颊，小手指，爱不释手地说，太可爱了，艾莉，这孩子将来长得一定像你一样漂亮。沈艾莉说，你的孩子也一定会很漂亮。蒋玉瑶笑了笑，我的孩子有点问题，医生说，如果严重的话，可能一出生就要做手术。沈艾莉抬起头，惊诧地看着冯芊慧，姐，是真的吗？冯芊慧说，是真的，从今天做的B超看，问题不算严重，玉瑶很勇敢，也很坚强。陈天乐说，我们都有心理准备，无论怎么样，都会好好爱他。

沈艾莉拉着蒋玉瑶的手说，玉瑶，你不用担心，你和陈律师都是好人，老天爷一定保佑孩子平安无事。蒋玉瑶笑着说，有天乐和我在一起，我什么都不怕。

严帅站在病房门外，看见陈天乐和蒋玉瑶与艾莉聊得正欢，不知道自己该不该进去。耳聪目明的冯宝怡发现了严帅，上前把他拉进来说，小严你来啦，快，快来看看你的儿子，冯宝怡说着，从沈艾莉怀里接过孩子，宝宝哟，你爸爸来看你来啦！

蒋玉瑶站起来，向严帅点了点头，拉着陈天乐告辞。沈艾莉说，玉瑶，等我坐完月子就去看你。蒋玉瑶说，好，保重。冯芊慧把陈天乐和蒋玉瑶送出门口，严帅喊了声，艾莉。沈艾莉没有理他。他又想伸手去抱孩子，沈艾莉随手抓起枕头，使劲向严帅扔过去，滚——！

5

孩子的名字是沈艾莉的舅舅给改的，为了这件事，沈振扬和冯宝怡买了两盒上好的茶叶去看望冯宝权。冯宝权说，你们确定孩子是姓严吗？沈振扬朝冯宝怡瞪了一眼，对从前看他百般不顺眼，现在关系越发亲密的大舅子说，事到如今，只能这样了。冯宝权看了冯宝怡一眼，这件事是你办的吧？冯宝怡说，我去提亲的时候，小严他妈妈再三强调，艾莉生的第一个孩子必须姓严，我当时也没觉得有什么不妥，就答应了。沈振扬说，既然答应了人家，就不能失信，大舅哥，您说是不是呢？张雪萍说，孩子到底是艾莉的亲骨肉，都什么年代了，跟谁姓都一样。

沈振扬说，他舅爷，给孩子起个名吧。冯宝怡说，对，孩子的名字得您改。冯宝权叹了口气说，我其实早就在心里给孩子想好了名字，原本是给小慧的孩子起的，我琢磨着，要是她生个儿子，就叫宇轩，生个女儿，就叫宇缘，可你们也看到了，她现在还是一个人独来独往的，孩子连影都摸不着，就先让艾莉的孩子拿去用吧。沈振扬念叨着，宇轩，严宇轩，哟，这名字不错呀！冯宝怡担心地说，可是，我们要是用了小慧的孩子的名字，以后她生了孩子怎么办？冯宝权说，无妨，我再给她想。

严帅给母亲打了个电话，告诉她孩子已经上了户口，她舅爷给改了个好名字，叫严宇轩。葛秋枝说，你那个丈母娘还算讲信用，只要孩子姓严，别的我就不管了。严帅说，妈，要不您回来吧，您不想看看您的大孙子吗？葛秋枝说，我去了住哪？严美不是搬家了吗？严帅说，我再给您租个地方就是了。葛秋枝说，你爸去世以后，我们一家三口就一直相依为命，现在你成家了，你妹妹又搬去自己住了，你再给我租一套房子，三口人三个窝，你说我能住得安心吗？

天还没大亮，在沙发上睡了一夜的严帅就被早起为家人做早饭的冯宝怡吵醒了。他翻了个身，打了个喷嚏，从沙发上坐起来，喊了声，妈。冯宝怡晃了晃脑袋，把残留在大脑里的睡意赶走，你怎么睡这？严帅说，孩子闹了一宿，我就说了他一下，被他妈赶出来了。冯宝怡说，你说了谁一下？严帅说，我儿子。冯宝怡说，你没说艾莉什么吧？严帅说，她现在就像一个母老虎，谁敢惹她？冯宝怡哼了一声，你不敢惹母老虎，倒是敢惹她下的崽子，胆子也够大了。

严帅打了个呵欠说，我算是明白了，上辈子的债我还没还清，下辈子讨债的又来了。冯宝怡在严帅身边坐下来，语重心长地说，小严，你也是有过爸爸的人，现在自己又当上爸爸了，虽然每一个男人在当上爸爸之前，都没学过应该怎么去当一个好爸爸。可你回忆一下，你爸爸当初为了养育你，也没少吃苦，所以最起码的责任该负的你还是得负。严帅说，妈，你有话就直说。冯宝怡说，现在家里添了一口人了，他是你儿子，跟你姓严，往后他吃喝用度上的开销，你是不是应该承担一部分？严帅说，是，可是，我好像还没有准备好。冯宝怡说，你不用怎么准备，这样吧，从下个月开始，你每个月多交五百块生活费，当是养你儿子的费用，不够的，我拿我的退休金给你补上。严帅说，可是我睡不好觉，白天就没精神，挣的钱也有限。

行了，冯宝怡说，今晚开始我带他睡。严帅说，艾莉能答应吗？冯宝怡说，你们年纪轻轻的就开始分居，我也不答应！严帅说，那我还要不要另外给您补钱，带孩子睡觉不是件轻松的事。冯宝怡说，亲兄弟还得明算账，按理说是要补的，不过这都是后话了，等你以后发了财，让我女儿过上好日子，我这些苦也不算白吃。

严帅说，妈，我还有件事，想和您商量一下。冯宝怡说，你说。小严说，您看，每次我从您那里拿了多少钱，您都记着账，还让我签名。冯宝怡说，你觉得不对吗？严帅说，我每个月给您交的伙食费您也没签名，我觉得有点不公平。冯宝怡说，是的，伙食费是包干，五百块钱包你一日三餐我还帮你洗衣服照顾你的老婆孩子。如果你要我签名的话也不是不行，这么着吧，你每天吃饭前，我列张清单，这顿饭值多少钱，我给你洗一次衣服，我也列个清单，该多少劳务费，这五百块钱花在哪，够不够，你就一目了然了。

严帅想了想，觉得冯宝怡的心水清得连浮游生物都容不下，更别想趁着浑水摸几把小鱼小虾了。他说，妈，我只是跟你开个玩笑。冯宝怡笑了起来，我也是跟你开玩笑的，真要较起真来，你一个月给我两千块都解决不了问题，我是怕你压力太大才没有那样干。

沈艾莉天天抱着小宇轩不肯撒手，他的眼睛又大又圆，嘴巴长得丰满红润，眉毛和头发都很浓密。他的小脸蛋也像刚剥了壳的水煮鸡蛋一样又嫩又滑，挑不出一丝瑕疵，以至沈艾莉从此以后再也不吃水煮鸡蛋，也看不得家人吃。因为他们在吃水煮鸡蛋的时候，沈艾莉都觉得他们都在咬她儿子的脸。

每天和冯宝怡一起给小宇轩洗澡，是沈艾莉最开心的事。冯宝怡先准备好一大盆温度适宜的热水，在澡盆旁边放上一个电暖炉。沈艾莉负责把孩子身上那层层叠叠的衣服一件一件地脱下来，她在给孩子脱衣服的时候，想起小时候和冯芊慧坐在外婆身边一起剥冬笋的情景。很快，她就利索地把脱光了衣服的欢快得手舞足蹈的小宇轩交到冯宝怡手里。冯宝怡接过孩子，对笑嘻嘻的小宇轩说，宝贝，咱们洗澡啦！她先用大毛巾把孩子包好，把他的头伸到澡盆里，用婴儿专用的沐浴露把他的小脑袋洗干净。洗头的时候，小宇轩的眼睛不安地眨巴着，又害怕又委屈，好像生怕冯宝怡一不小心就会把头上的泡沫弄到自己的眼睛里。沈艾莉惊奇地问，妈妈，我小时候洗澡哭吗？冯宝怡说，不哭，你小时候很乖，这点你儿子随你。

　　冯宝怡把小宇轩从澡盆里捞起来，放在自己的大腿上，用那张被电暖炉烘得暖融融的大毛巾把他整个儿包裹起来，交给沈艾莉说，抱回屋里给他穿好衣服，天气冷，别冻感冒了。沈艾莉从冯宝怡手里接过孩子，想起王小敏烤出来的新鲜的蛋糕，她的心一下子就被暖化了。她狠狠在儿子的脸蛋上亲了一下，全身上下出了一身鸡皮疙瘩。她忍不住轻轻地在他的耳垂上咬了一口，却没控制好力度，这一咬，小宇轩"哇"的哭了起来。沈艾莉顿时慌了神，她赶紧收回自己的嘴，把小宇轩抱在怀里。小宇轩止了哭，她又一次凑到他的小脸上去，轻轻地亲着他被她咬痛了的耳垂。这一次小宇轩没有哭，他舒服得"咯咯咯"地笑了起来。沈艾莉身上的鸡皮疙瘩又一次涌了出来。她喘着粗气，赶紧把儿子放在床上，一边给他穿衣服一边说，对不起，宝贝，妈妈不是故意的，但是你太可爱了，妈妈实在忍不住，我下次不会咬你了。小宇轩伸手小手，轻轻地拍打着沈艾莉的脸。沈艾莉把他的小拳头一口含住，很快又吐了出来。沈艾莉得意地说，你看，妈妈没咬着你，是不是？

　　晚上十点半，冯宝怡给小宇轩喂饱奶粉，给沈艾莉示范怎么给他拍背，她轻轻地拍着，小宇轩痛快地打了一个饱嗝，又心满意足地笑了起来。沈艾莉说，为什么要这样拍他。冯宝怡说，他刚吃饱，得这样拍拍，好让他吃进去奶，顺利落到他的小胃里好消化。沈艾莉说，要是不拍呢？冯宝怡说，不拍就打不出嗝，直接躺下睡觉就会把奶吐出来。哦！沈艾莉说，妈妈，你原来什么都会啊。沈振扬说，要不然呢，你妈是怎么把你养大的。严帅对沈艾莉说，你学着点，以后咱们搬出去住，就得靠你自己了。沈艾莉说，这是我家，我哪也不搬。冯宝怡说，好好的怎么又说起搬家的事了，这是你们的家。沈振扬说，他是个大男人，总得有自己的家，说吧小严，你挣够买房子的钱了吗？要是挣够了，就抓紧时间看房去，买房子这种事，宜早不宜迟，你看这房价天天涨的，再不买就真的来不及了。冯宝怡说，你就不能闭嘴吗？沈振扬说，我为什么闭嘴，我巴不得我的好女婿现在立即明天就给咱们买套大房子，咱们一家人都搬过去，享享女婿的福，我有错吗？

严帅说，我暂时没那么多钱。

沈振扬咳了两声，时间不早了，都散了吧，觉都还没睡着呢说什么梦话。

沈艾莉说，妈，把孩子给我，我们要睡觉了。冯宝怡说，艾莉，孩子还是跟我们睡吧，天气这么冷，不能让小严睡沙发。沈艾莉说，不是还有个房吗？冯宝怡说，小房间杂物多，等孩子再大些我再整理整理给他睡，现在他先跟我们睡。沈艾莉说，我的孩子为什么要跟你们睡。严帅说，妈是怕你辛苦，就让她带着睡吧。沈艾莉说，不，我自己的孩子，我不能让他跟任何人睡。冯宝怡冲严帅使了下眼色，严帅把沈艾莉架起来拖进卧室推上床，顺手把门关上。沈艾莉说，你放开我！我要去抱我儿子。严帅说，沈艾莉，你最好给我老实点。沈艾莉从床上爬起来打开房门冲了出去，严帅又把她抓回来。她疯了一样冲严帅又抓又挠，严帅的脸上留下几道鲜红的指甲印。严帅扇了她一巴掌，我叫你发神经，大晚上的好好睡一觉不行，非要找不痛快。

沈艾莉抚着被严帅打得火辣辣的生痛的脸，冷冷地瞪了他一眼，又一次冲出卧室。冯宝怡已经抱着孙子进室睡觉了，她在里面上了锁，任凭沈艾莉怎么拍门就是装听不见。沈振扬于心不忍，和冯宝怡商量道，要不把孩子还给她吧。冯宝怡说，不能还，小严白天要上班呢，孩子在他睡不好。沈振扬说，你到底是谁的亲妈？冯宝怡说，我当然是艾莉的亲妈，正因为我是她亲妈，才不想看到她有一天和小严离婚。沈振扬说，这跟离婚有什么关系？冯宝怡说，关系大了，小严因为孩子睡不好，睡了好几天沙发了，你说两口子现在就开始分居，离婚不是早晚的事吗？沈振扬说，离就离！我不稀罕！沈振扬从床上爬起来去给女儿开门。

冯宝怡警告沈振扬，你要是敢开门，我明天就和你办离婚去！

沈艾莉在冯宝怡的卧室门口蹲了一夜，累得实在撑不住了就打一会盹，醒了就开始拍门，让冯宝怡把孩子还给她。冯宝怡是那种一躺下床就地震都震不醒的人，沈振扬看着她的睡相，恨得牙齿直发痒。他一听到他的宝贝女儿的拍门声就从床上爬起来，把耳朵贴在门上。

240

他听到沈艾莉一边哭，一边喃喃细语，求求你们，把孩子还给我。好不容易等到她安静了，沈振扬又躺回床上，看着天花板发呆。当拍门声再次响起，他又一次重复已经重复了四五次的动作。沈艾莉的抽泣声让他心如刀绞，却又无计可施。

无论如何，明天必须把孩子还给艾莉！沈振扬看着熟睡中的冯宝怡，在心里打定主意，别说你要和我离婚，你就是让我带着我的女儿和孙子净身出户，老子也不怕你！

6

小宇轩在冯宝怡的怀里睡了个大懒觉，本来每天早上六点半就准时起床的冯宝怡，因为怀里抱着像比"暖宝宝"还要贴心的肉疙瘩也睡了舒心的好觉。沈振扬终于等到闹钟响，他第一时间翻身下床冲过去打开房门，靠着房门坐了一晚的沈艾莉随着父亲打开门的当儿倒了下来。

沈振扬赶紧把沈艾莉抱上床，用自己的棉被把她包裹起来。又在冯宝怡的脸上拍了两巴掌，把她从睡梦中拍醒。冯宝怡清醒过来后，第一反应是回了沈振扬一巴掌，你试试，疼不疼？沈振扬说，老子现在没心思跟你较劲，你看看你把我的女儿折腾成什么样了？要是艾莉有个三长两短，老子跟你没完！

妈，把儿子还给我，我求求你了。沈艾莉颤抖着声音说。冯宝怡这时候才发现沈艾莉披着一床棉被坐在床上，眼里闪着绝望而凶狠的光盯着她的母亲和她怀里的孩子。冯宝怡掀开被子坐起来，小宇轩被她惊醒了，睁着黑亮的大眼睛好奇地看着他的外公外婆和母亲。沈艾莉笑着向他伸出手去，来，妈妈抱抱。冯宝怡伸出手去摸了摸沈艾莉的额头，对沈振扬说，不好，她发烧了。冯宝怡话音刚落，沈艾莉打了几个喷嚏，两行鼻涕从鼻孔里滴了出来。

冯宝怡把孩子抱在怀里，对沈艾莉说，艾莉，你生病了，你暂时还不能抱孩子，他爸，快，你去把小严喊起来，让他送艾莉上医院去。沈艾莉说，我没生病，把孩子还给我。冯宝怡说，女儿，你听话，乖，妈是为你好，你要理解我呀。

沈振扬冲到女儿的房间把还在熟睡中的严帅揪起来，快起床，陪艾莉上医院，快点！严帅说，天还没亮呢。沈振扬说，少跟我啰唆。

沈艾莉吸着鼻子，执拗地看着冯宝怡说，孩子是我的，你为什么要抢走？冯宝怡说，我说过了，我不是抢走你的孩子，我是怕你们睡不好觉，才带他睡的。沈艾莉冷笑了一声，我知道，你和姓严的合起伙来欺负我。沈振扬回来的时候，手里拿着沈艾莉的鞋子袜子和外套，他像小时候每次带女儿出门前一样帮她穿好鞋袜，又把她从床上扶下来站稳，帮她穿上外套。他把前额凑到艾莉面前，在她的额头上贴了一会儿，少说也有四十度！他对冯宝怡吼道。

严帅站在门口说，可以走了吗？沈振扬对女儿说，宝贝，爸爸带你去看医生，一会儿就回家，回来了病就好了可以抱小宇轩了。沈艾莉说，爸，您没骗我？沈振扬说，我发誓，要是再有人敢和你抢孩子，爸爸跟他没完。沈艾莉看了儿子一眼，顺从地跟着父亲出门。严帅提醒沈振扬说，爸，您带钱了吗？沈振扬说，你是干什么吃的？冯宝怡从屋里追出来，往严帅的口袋里塞了一千块钱，都别闹了，快走吧。

冯芊慧给沈艾莉办好入院手续，再回到病房的时候，沈艾莉已经睡着了。爸，您在这里看着她，我上班去了，严帅说。沈振扬全神贯注地盯着连接在他女儿身上的输液管，对严帅的话毫无反应。严帅又看了冯芊慧一眼，冯芊慧看着熟睡中的沈艾莉直皱眉。反正没我什么事，你们是一家人，就你们亲！严帅想着，朝冯芊慧的背影不屑地翻了个白眼就走了。

姑父，艾莉怎么突然就得急性肺炎了？你们全家人都照顾不好她吗？沈振扬说，这你得问你的好姑姑去，你妹这回可被她亲妈折腾得遭了大罪了。冯芊慧听沈振扬讲了事情的经过，并没有责怪冯宝怡，心里冒出一个不祥的预感。她安慰沈振扬道，您先不用着急，打几天消炎针，很快就会好起来了。

冯芊慧给妈妈打了个电话，张雪萍赶到医院，想让沈振扬回家去休息。沈振扬说他不走，他要陪着他的女儿。张雪萍说，你要是不放心，就让宝怡把孩子交给我，让她过来替你吧。沈振扬说，我谁都不指望，我自己的女儿，我自己看着。

沈艾莉一觉睡到下午四点，她睁开眼睛，看到伏在她床边的父亲头上那几缕疲惫的白发，她伸出手去，轻轻地抚摸着父亲已经不再年轻的额头。沈振扬在半梦半醒中感受到女儿的手已经回复到正常的温度，他抬起头，醒啦？沈艾莉点了点头。沈振扬说，饿不饿？你舅妈给做了饭，吃点吗？沈艾莉正欲开口说话，却被体内的一股往上涌动的热流呛得发出一连串咳嗽。沈艾莉有气无力地说，爸，我想回家。沈振扬说，你得的是急性肺炎，病好了才能回家。沈艾莉说，爸，肺炎是会传染的吧？沈振扬说，没事，好了就不传染了。沈艾莉说，我知道了，我以后都不能抱我的儿子了。

　　冯宝怡煮好饭，抱着小宇轩就赶到医院看女儿，沈振扬把她挡在病房门外不让她进去。冯宝怡委屈地说，我女儿病了我也不能看她一眼吗？沈振扬说，冯宝怡，你脑子是不是进水啦？孩子这么小，你把他抱到医院来干什么？冯宝怡说，她不是一直哭着闹着要儿子吗，她是怕我抢走她的儿子才生的病，现在我把儿子还给她，她就好了，就不用住院了就可以跟我们一起回家了。沈振扬说，肺炎是会传染的，蠢货！冯宝怡急得哭了起来，你说我是蠢货？我为你做牛做马累死累活的忙活了几十年，女儿都这么大了，你现在说我是蠢货……

　　两人正互相数落着，听到病房里传来沈艾莉的咳嗽声，同时住了嘴。冯宝怡抹干眼泪，低声下气地说，你把饭拿着，我回去了。沈振扬说，她舅妈早就把饭送来了，你该干吗干吗去，赶紧的，连人带饭一起消失！

　　沈振扬回到病房，沈艾莉的咳嗽暂时止住了。她看着沈振扬说，爸，您不要和我妈吵架。沈振扬说，没有，我们没有吵架。沈艾莉说，我妈很辛苦的，您要多体谅。沈振扬说，我知道你妈辛苦，但是她把孩子抱到医院来了，万一传染了你说怎么办，我就说了她两句。沈艾莉说，那是我妈不对，我可不能把病传给小宇轩。沈振扬说，所以我才——沈艾莉说，爸，我饿了，我舅妈是不是给我做好吃的了？沈振扬说，是是是，来，咱们吃饭。

　　四天后，沈艾莉病愈出院，冯芊慧把他们父女俩送回家。冯宝怡把小宇轩递给她，宝贝，你妈妈回来咯，让妈妈抱抱。沈艾莉看着正在冲她笑的儿子，吓得后退了几步，我有病，还是你抱着吧。冯芊慧说，艾莉，你的病已经好了，现在可以陪小宇轩玩，陪他洗澡，陪他睡觉了。沈艾莉摇着头说，不行，他那还小，万一传染了怎么办？

　　冯芊慧把沈振扬喊到阳台，私下跟姑父说，要留意艾莉的一举一动，她担心艾莉会有产后抑郁症。沈振扬忍着一腔老泪，不好意思在冯芊慧面前发作。他点了点头，小慧啊，姑父谢谢你了，我女儿这辈子有你这个姐姐护着她，真是她的福气。冯芊慧说，姑父，您千万别这么说，总之，你们都顺着她点，多哄她开心，慢慢就会好起来了。

吃晚饭的时候，沈艾莉突然对父母说，爸、妈，我想出去找工作了。冯宝怡说，为什么？沈艾莉说，妈，您帮我带孩子，我不能在家里继续吃闲饭。冯宝怡说，可是你爸现在已经戒酒了呀，家里又不缺你那份工资。沈艾莉说，我要为我儿子去挣钱，我不想做一个没有用的妈妈。冯宝怡说，谁说你没用了，你可以和我一起带孩子啊，你要是那么想和他睡，我还给你好了。沈艾莉说，不行，我有病。沈振扬说，艾莉，你要真想找工作，爸爸支持你，你现在当妈妈了，是个大人了，为了你儿子，你也应该给他做个好榜样。冯宝怡说，小严，你说呢？

严帅就没接冯宝怡的话，放下饭碗就溜到英姑便利店喝闷酒了。自从沈振扬戒酒后，英姑便利店很少看到他的身影，只是偶尔晚上闲来无事到楼下转悠，看到饿着肚子的流浪汉还会像从前一样给他们买面包和水。那张空了一段时间的小方桌，被严帅取而代之了。他晚上没有私活的时候，就跑到英姑的便利店喝上两口。英姑感叹道，你们沈家的传统总算是后继有人了。严帅说，我姓严，我儿子也姓严。英姑说，你说得对，到底是有区别，你那老丈人爱赊账，这点你比他强多了。

沈艾莉变了。严帅想。虽然他从来没有真正了解过他的妻子骨子里是个什么样的人，但是从她婚前婚后以及最近的表现，他意识到她已经变得陌生了。严帅意识到自己可能错了，虽然他不知道错在哪，更不会知道沈艾莉在铂莱卡大酒店工作的时候，能力有多强，一旦她承担的事情，就绝不会掉链子。在这个问题上，只有蒋玉瑶最有发言权。严帅隐约觉得，沈艾莉极有可能是一只沉睡的狮子，她被冯宝怡的母爱给催眠了。沈振扬则像个智者一样，每天睁着滴溜溜的老花眼，在严帅身上转来转去的时候，就是在耐心地等待着他饲养多年的小猫咪有一天强大起来，打一场漂亮的翻身仗。

严帅回到家的时候，冯宝怡正在给孩子冲奶粉。严帅看着躺在摇篮里冲他咧开可爱的小嘴笑的严宇轩，心里百感交集，儿子还这么小，如果他和沈艾莉离婚了，他连抚养他的能力都没有。冯宝怡说，你上英姑那里喝酒啦？严帅说，没有，就坐了一会儿，艾莉呢。冯宝怡说，在屋里上网呢，说要找工作。

妈，有件事我想同你商量一下。严帅说。冯宝怡说，你说。您觉得艾莉现在出去工作合适吗？冯宝怡说，她什么时候出去工作都不合适，我女儿天生就应该是当少奶奶的命。严帅说，我当初就不应该和她结婚，要不，我还是搬走吧。冯宝怡吃了一惊，你说什么呀？严帅说，她说她要出去工作，就是在打我的脸，跟全世界说我没有本事养得起他们母子。冯宝怡说，这倒是事实。严帅说，所以，我还是和她分开吧，那样的话，她干什么都和我无关了。

冯宝怡沉思了半天，她弄不清楚严帅的话里包含了几层意思。他是想艾莉出去工作呢还是不想？是自己搬，还是一家三口搬，还是只带着儿子搬？都不行！冯宝怡摇了摇头，对严帅说，好好的，干吗又说搬家的事了？严帅说，我就是不想艾莉出去工作太辛苦。

咳！一句话的事你跟我绕大半天，我以为你要和她离婚呢，这可是绝对不行的事啊。严帅说，我没想和她离婚，我只是不想她去工作。冯宝怡说，别说你，我也不乐意，放心吧，这件事交给我处理。

7

冯宝怡把沈艾莉的被褥抱出来架在阳台的铁艺护栏上，趁着清晨的阳光好好杀杀菌。沈艾莉看着坐在学步车里的小宇轩怜惜地微笑。冯宝怡晾晒完被褥，把学步车往有太阳的地方挪了挪，小宇轩的眼睛在阳光的刺激下一阵发酸，他使劲地眨了眨眼睛，聪明地扭过脸，背对阳光，面朝坐在暗处的沈艾莉，快乐地笑了起来。

沈艾莉不解地看了冯宝怡一眼，冯宝怡说，晒太阳可以补钙，你小时候也一样。沈艾莉说，妈妈，你给我点钱。冯宝怡说，你要钱干嘛？沈艾莉说，我想出去一下。冯宝怡说，上哪去？沈艾莉说，就是出去走走。冯宝怡说，吃了午饭我陪你一起去。沈艾莉说，我有事。冯宝怡说，你要是有东西要买，就列个单子叫你爸帮你买回来。沈艾莉说，我去看朋友。冯宝怡说，你是想去看蒋玉瑶吧？你姐姐说她住院了，就这几天生孩子，你现在去只会给人家添乱，等她的孩子生下来了，我再陪你一起去。沈艾莉不再说话，陷入了沉思。

小宇轩才三个月大，距离学走路的时间还早。这辆学步车是小宇轩出生前一个月，沈振扬亲自去超市扛回来的。这辆车子是多功能的，既可以当摇篮，又能当学步车，还可以当婴儿手推车，推着逛商场、逛公园、晒太阳。冯宝怡说，孩子的东西太贵了，就这台小车，花了我五六百，顶他爸一个月的伙食费。严帅当时坐在阳台上，脱下他的袜子修剪脚趾甲，对冯宝怡的话假装听不见。

随着时间的推移，太阳向南转了十五度。冯宝怡又把小宇轩的学步车挪了挪，对沈艾莉说，我知道你想出去工作，但是你也看到了，孩子还小，我又要买菜做饭，又要给你们洗衣服搞卫生，还要给孩子洗澡，我真的忙不过来。沈艾莉说，我在家里能帮你做什么？冯宝怡想了想，这些家务杂事看上去虽然简单，但是哪一件交给沈艾莉她都不放心。她说，要不然，你抱抱孩子。沈艾莉说，我不抱，我有病，会传染给他的。

吃过午饭，沈艾莉看了看墙上的挂钟，形容焦虑地对冯宝怡说，妈，你给我点钱吧，我真的有事要出去。冯宝怡偷偷给严帅电话，告诉他艾莉问她要钱。严帅说，她要钱干什么？冯宝怡说，她说她要出去，会不会是找到工作要去面试？严帅说，你不是说这件事你负责处理吗？冯宝怡说，那我给？还是不给？严帅说，如果她只是要钱，你就给她，我估计她想去找工作也是因为手里没钱的原因，要是你给她足够的零花钱，她也不会动这个心思了。

趁冯宝怡到楼顶天台晾衣服的间隙，沈艾莉在母亲卧室的梳妆台抽屉里翻出一叠红包。这些红包是小宇轩出生的时候，冯宝怡为到医院探望沈艾莉的亲戚朋友准备的回礼。她像每一个对生活准备充分的称职的家庭主妇一样，逢年过节，红白喜事，把必需的东西都会往多里备。沈艾莉数了数，整整有三十二个。她把那些十元币一张张掏出来，把红包封好放回原处。小宇轩睁着一双比他的外公还澄明的大眼睛好奇地看着他的母亲。沈艾莉说，妈妈回来的时候，给你买个小玩具好吗？

冯宝怡晾好衣服回到家，沈艾莉换鞋子准备出门。冯宝怡说，你真的要出去吗？沈艾莉说，很快就回来了。冯宝怡说，你还要钱吗？沈艾莉说，不用了。冯宝怡说，你要是不赶时间，帮我给孩子洗了澡再去吧。沈艾莉把刚穿上鞋的鞋子脱下来，随着母亲一起走进了浴室。

冯宝怡像每天一样在澡盆里放好洗澡水，打开电暖炉，把刚从天台上收回来的，晒了一上午还散发着好闻的太阳气息的大毛巾让沈艾莉拿着，又吩咐沈艾莉把沐浴露从置物架上拿下来放在澡盆边。冯宝怡把小孙子从学步车上抱起来，一边给他脱衣服一边说，你看，你还是可以帮我做些力所能及的事情吧。沈艾莉又看到小宇轩光溜溜的小屁股和藕节一样的小手小脚，她伸出手去摸了摸，笑了起来。

冯宝怡给孩子洗过头，正准备把他泡到澡盆里去，她用手掌试了下水温，不够热，你去把厨房的热水壶拿过来，加些热水。沈艾莉听命走进厨房，提起那只冯宝怡半个小时前才烧好的开水灌满的沉沉的热水壶走回来。小宇轩在澡盆里手舞足蹈，冯宝怡给他擦胳肢窝的时候，他咯咯地笑出声来。沈艾莉打开热水壶的盖子，又拔掉壶口上那只为了起到更好的保温效果的软木塞，抬起水壶，还冒着热气的滚烫的开水就顺着她倾斜的手倒进澡盆里。小宇轩的喉咙里发出一声惨叫，冯宝怡条件反射地把他从水里捞起来，放在膝上的大毛巾里迅速把他包裹起来。

沈艾莉呆呆地看着被冯宝怡抱在怀里的小宇轩，她手里的热水壶还往澡盆里滴着水。冯宝怡对沈艾莉吼道，作死啊你，你想把你儿子烫熟吗？沈艾莉才意识到问题的严重性，她赶紧住了手，把热水壶竖起来塞上木塞，又盖上盖子。滚烫的水流止住的同时，沈艾莉的脸上淌下比那些开水更烫的眼泪，她的脸和心一起被它焯得生痛。她觉得这只热水壶里装着的不是开水，而是一只可怕的魔鬼，这只魔鬼只有冯宝怡才能驯服，而一到了她自己手里，所有的不幸都会蜂拥而至。

冯宝怡用颤抖着的双手查看小宇轩的受伤程度，老天爷啊，幸好我反应快，只是小腿上烫了一下，宝贝不哭，外婆给你上点药，马上就不痛了啊。沈艾莉抽泣着说，妈妈，要不要送他去医院。冯宝怡气不打一处来，你还有脸哭？有你这样当妈的吗？就你这点能耐，还敢说要去找工作？小宇轩的哭声停止了，他脸上的眼泪却像和沈艾莉比赛一样，还一串接着一串委屈地往下掉。他睁着一双无辜的大眼睛，看着比他腿上的小伤口更可怜的母亲，像拷问，像控诉，又像蕴含着对母亲的原谅。沈艾莉不敢再看他的眼睛，她看着冯宝怡给小宇轩小腿上烫伤的地方上好药，又看着她抹掉她的宝贝孙子脸上的最后一滴眼泪，连鞋子也没顾得上换，就出了门。

英姑看见沈艾莉穿着一件薄外套，一条紧身牛仔裤和一对拖鞋，脚上也没有穿袜子，从她面前走过。英姑喊了她一声，艾莉！沈艾莉没有搭理她，只顾走自己的路。英姑自言自语道，切！

沈艾莉走到小区东门的马路边站了一会，先后有两辆出租车在她身边停下来又开走了。沈艾莉又向西拐了一段，来到她当年经常光顾的网吧门外。网吧还照常营业，只是更换了名字，里面甚是冷清。她想起冯芊慧曾经在某年春节，把她从网吧里揪出来，站在这个垃圾桶旁边跟她打的赌。为了那个赌注，沈艾莉考上大学，有惊无险地拿到了大学毕业文凭。姐姐啊！沈艾莉在心里喊了一声，眼泪又流了下来。如果你现在又像当年站在我面前，我就什么都不怕了。但是她知道她亲爱的表姐在上班，有那么多病人等着她去拯救，她不可能为了拯救她一个人而放弃更多需要她拯救的人。

这时候，沈艾莉看到网吧隔壁的面包店飘出奶油的香气。我有多久没见过王小敏了？沈艾莉突然想起来，激动地吸了一口气，扬手招了一台出租车。

王小敏最近在朋友圈的生意很红火，她做的蛋糕因为物美价廉广受朋友和朋友的亲戚朋友们欢迎。今天她们为了给一家幼儿园赶做一批小曲奇，特意休了一整天假。王小敏和严美商量，是不是可以考虑辞掉超市的工作了。严美说，还不行，再挨一段。王小敏说，可是很多客人订了货我们又做不来，少赚了那么多钱。严美说，没关系，这叫饥饿营销，只有这样才显得我们的产品更有价值。

王小敏听到门铃响，放下正准备挤到烤盘上去的面浆，擦了擦手去开门。严美说，谁来了？王小敏打开门，意外地看到沈艾莉站在门口，她的嘴唇发白，头发也没有扎，只穿着拖鞋的光脚冻得发青，她的声音也像寒风中的黄叶一样不规则地抖动着，小敏，你在家啊？在呢，王小敏说。

沈艾莉一进屋就钻进王小敏的被窝，王小敏坐到她身边，理了理她头上的乱发。王小敏说，你怎么知道我在家？沈艾莉说，我碰碰运气。王小敏说，你也可以先给我打个电话啊。沈艾莉说，我冷。王小敏赶紧跑去厨房给她倒了杯热水，沈艾莉捧着温温的开水，把脸凑上去，温度适宜的蒸汽像一双温暖的手抚过她的脸。她的身体在被窝里停止了抖动，双唇逐渐还原出它的本色。

严美从厨房里走出来，简直不敢相信自己的眼睛，惊呼道，呀，我以为是谁呢？沈艾莉抬起头看了看严美，又看了看王小敏，不安地说，小敏，你有客人在啊？王小敏说，是我朋友。严美说，沈大小姐，您是真不认识我还是装不认识？我至于让您觉得那么丢人吗？王小敏说，严美，怎么跟你嫂子说话呢？沈艾莉说，我们见过吗？严美的眼睛翻到天花板上，冷笑了一声，哈！

沈艾莉说，小敏，她是谁？严美哼了一声，把沈艾莉从床上拖起来说，我谁都不是，你赶紧走，这里不欢迎你！沈艾莉顺从地穿上拖鞋，小敏，我先走了。王小敏对严美说，你太过分了！严美说，我过分？他们家把我哥赶出来的时候想过自己有多过分吗？她是吃饱了撑的来给我们添乱，快走快走。

王小敏跑到厨房拿了一盒刚装好的曲奇饼干塞给沈艾莉说，艾莉，我们正忙着给客人赶货，等我忙完这一段就去看你。沈艾莉说，好。王小敏看了一眼她的脚，又把她拉回来按在沙发上，找了双袜子帮她穿上。沈艾莉说，谢谢，我走了。严美把沈艾莉推出门，又使劲把门关上，那扇厚重的铁门发出一声震天动地的巨响。王小敏说，你轻点，房子要塌了。严美说，我就看不惯她那样！王小敏不安地说，我还是去送送她吧。严美说，就你心肠好，省点力气吧，我刚才在厨房瞅见她打了辆摩托车走了。

8

蒋兆南今天难得忙里偷闲，下午四点钟左右就坐在铂莱卡大酒店顶楼那个哥特式亭子下安静地晒着太阳，翻翻杂志，品了一壶好茶。他从那本《世界美术》杂志里得知谭碧华的油画作品获奖的消息，他本来想跟谭碧华接通视频聊天，当面祝贺她，并看一看已经长大的女儿蒋安琪。他看了看手机上的显示，现在是美国西部时间晚上十一点，大概他们已经睡了，蒋兆南只好作罢。

戚婉芬秘书下班前拿着一张厚毛毯寻到天台来了，她对蒋兆南说，董事长，天有点晚了，您还要坐会儿吗？蒋兆南说，你让餐厅帮我把晚饭送上来吧。今晚的晚霞比不上他曾经在江边看过的那样复杂多变，但那只又大又圆的落日却像一只布满神秘密码的星球，从天际突现出来。他又站了一会，目送落日下沉，迎接华灯初上。他想起第一次在这里碰见沈艾莉偷看他的杂志的情景，脸上浮现出复杂的笑容。

当蒋兆南在铂莱卡大酒店天台上用手机拍下这动人的一幕时，冯芊慧坐在阳台上，正捧着沈艾莉当年送给她的画出神。自从沈艾莉当上妈妈以后，她意识到她们之间的隔膜已经像沈艾莉孕育的那个强壮的小生命冲破一切障碍降临人间一样，也在那个特殊时刻瞬间融化了。她想起沈艾莉看着她时充满信赖的眼神，像小时候跟她去书店时牵着她的手，温顺而满足地喊她姐姐。

多年来，冯芊慧一直不敢面对这幅她从垃圾桶里翻出来的尘封多年的画作。如果当初不是因为自己一时疏忽，艾莉的人生有可能被改写。不对，冯芊慧想，不是改写，是应该顺着她本来该走的路一直走下去，她现在的人生，才是被改写了的。是谁改写了，谁应该为今天的结果负责，冯芊慧勇敢地承担了她该承担的责任，我就是其中的参与者，我有着不可推卸的责任。她曾经想过把这幅画还给沈艾莉，以唤醒她对她这位姐姐的温情，但是冯芊慧一直不敢轻举妄动。

现在虽然因为小宇轩的出生，她们的关系总算好转了，但是这种好转是否足以承载她们生命中那次直接或间接改写了沈艾莉的人生走向的裂痕带来的伤痛，即使医术高明的冯医生也无法做到胸有成竹。她唯一能做的，就是在静观事态发展的同时，日复一日地重温沈艾莉这幅画带给她的震撼、愧疚以及深深的罪恶感。开始的时候，冯芊慧每看一次，她的心就痛一次，慢慢地，她对这种痛感开始习以为常了。她甚至像一个瘾君子一样，开始喜欢、迷恋这种痛感带给她的快意，她需要这种快意让自己的心灵备受煎熬，以抵消罪恶感带给她的痛楚。

蒋兆南吃过晚饭，侍应生及时上来把餐具收走了。夜深露重，他披着戚秘书为他准备的毯子准备离开，突然，他敏锐地感觉到天台花园的某个角落有异响。他在园中逛了一圈，看到花架旁边的水泥护栏上有一团黑影。他不知道这个黑影是人还是动物，更不知道它是什么时候溜进来爬到护栏上去的。他小心翼翼地凑上前去，借着花园里的微暗的灯光，看清了那是一个人影，从她的披散下来的长发和她纤瘦的腰身，蒋兆南判断她是个女人。她双手抱膝，脑袋疲惫地搁在隆起来的膝盖上，安静地坐在只容得下一个人的护栏上。护栏的这一边是花园，另一边就是二十八层的高空。蒋兆南倒抽了一口冷气，但是看她安静的样子，情绪还是平静的，她一动也不动地伏在自己膝盖上的形态，像极了一只飞了很久的找不到归巢的小鸟，她的羽翼被疲劳或者人为地折断，几缕在晚风中凌乱的长发，有气无力地诉说着她的无助。蒋兆南不敢惊动她，他害怕他的任何一个细微的举动都会把她吓跑，她一旦受到惊吓，就是一次粉身碎骨的坠落，而不是展翅高飞。

蒋兆南退后了几步，那只抱成一团的大鸟抬起头，看着园子中央的凉亭出了一会神，又转过脸去，看着楼下马路上鱼贯而过的快乐地在黑夜畅游的车流。蒋兆南的心悬了起来，他往前走了几步，想趁她还没回头发现他的存在又要赶在她跳下去之前把她抱下来。

不要过来！沈艾莉说。

蒋兆南站住了，他轻轻地喊了一声，艾莉，是你吗？

沈艾莉收回她的头，又像刚才那样抱成一团。蒋兆南又喊了一声，艾莉？

沈艾莉说，对不起，我不是故意的。蒋兆南说，没关系，这里随时欢迎你来，你能不能先下来，上面太冷了。

沈艾莉说，我不是故意的，我真的不是故意的。

冯芊慧掏出手机给冯宝怡打电话，了解沈艾莉今天的情况。她还没有按下通话键，冯宝怡的电话就打过来了。冯宝怡喊了声，小慧啊！就开始哭。冯芊慧的心往下一沉，姑姑，艾莉怎么啦？冯宝怡说，你妹妹她，这几天老闹着要出去找工作。冯芊慧说，这是好事。冯宝怡说，她今天和我一起给小宇轩洗澡的时候，我说水不够热，让她拿些热水来兑上，她倒是很听话，可是也不知道她心里是怎么想的，直接把开水往她儿子身上淋。冯芊慧吃了一惊，宝宝伤得严重吗？送医院没有？冯宝怡说完，又接着哭，冯芊慧觉得她哭得肠子都要断了。沈振扬在旁边听不下去，抢过电话对冯芊慧说，小慧，艾莉她失踪了！你快帮我想想她会上哪去。冯芊慧说，严帅呢？沈振扬说，那臭小子不听电话！小慧啊，要是艾莉出点什么事，我也没法活了。冯芊慧说，姑父，您先别急，我去找找，有消息会第一时间通知您。

临出门前，冯芊慧收到蒋兆南发来的信息，蒋兆南告诉她，沈艾莉在铂莱卡大酒店的天台花园，他和她在一起，她的情绪看上去不是很好，处境也有点危险。冯芊慧给蒋兆南回了句谢谢，看了一眼摆在茶几上的沈艾莉那幅画，迟疑了一下，把它卷起来塞进手提包。

沈艾莉身上披着戚秘书下班前送给蒋兆南的厚毛毯，她还保持着原来的姿态坐在护栏上。蒋兆南没有再劝她下来，他靠在护栏的墙根下席地而坐。沈艾莉也暂时没有他无法控制的过激的举动。他想逗沈艾莉说说话，一时又找不到话题，蒋兆南在心里祈祷，在冯芊慧到来之前，就这样安静地待着吧。他偷偷地伸出手去，揪住毛毯的一角，通过毛毯的律动可以准确判断沈艾莉的动作是轻是重，呼吸是均匀还是混乱。

你被开水烫过吗？沈艾莉突然问。蒋兆南说，我没有。沈艾莉说，我今天用开水烫了小宇轩了。你是故意的吗？蒋兆南问道。沈艾莉说，我不是故意的。蒋兆南说，那就没关系，小宇轩会原谅你的。沈艾莉说，他还那么小，要不是我妈及时把他从澡盆里抱起来——太可怕了，我不敢想了。蒋兆南说，伤得严重吗？沈艾莉说，严不严重都是伤。蒋兆南说，你受过伤吗？沈艾莉说，你指的是什么样的伤？蒋兆南说，伤有很多种，除了烫伤，还有摔伤，还有刀割的伤，除了肉体上受过的伤，还有心灵的伤。

沈艾莉想起小时候冯宝怡对她画在墙上的画采取的各种各样的清理措施，想起冯芊慧把她画得最好的那幅画拒之千里。心灵的伤，沈艾莉喃喃地，恨一个人算不算。蒋兆南说，那要看你因为什么恨他。沈艾莉说，我曾经恨过我的姐姐，她是这个世界上最爱我的人，可是我恨她。蒋兆南说，那一定是她做错事了。沈艾莉说，她不是故意的。蒋兆南说，对，就像你今天对小宇轩做的那样，你也不是故意的。沈艾莉说，可能吧。过了一会儿，蒋兆南问道，你现在还恨你姐姐吗？沈艾莉说，不了，我不是小孩了。

蒋兆南赞许地笑了，他对沈艾莉说，我的前妻带着孩子离开我之后在我心上留下的伤疤，到现在还没有好全，还有最伤的——蒋兆南想起他的哥哥蒋兆辉，突然住了口。沈艾莉说，那你还痛吗？蒋兆南说，还有点。沈艾莉说，有些伤，即使原谅了，还是会痛。蒋兆南说，所以你担心的不是小宇轩原不原谅你，而是担心他会痛很久？沈艾莉点了点头，是的，我怕他痛。沈艾莉的思维清晰得让蒋兆南惊讶，他说，其实，最难的是，在原谅别人之前，先要学会原谅自己。

冯芊慧站在黑暗处，静静地听着蒋兆南和沈艾莉的对话。她鼓起勇气，走到蒋兆南和沈艾莉跟前。蒋兆南说，艾莉，你看看是谁来了？沈艾莉抬起头，看到冯芊慧含泪站在她面前。沈艾莉惊呼了一声，姐姐！因为激动过度，沈艾莉的身体在护栏上晃动起来。冯芊慧喊道，小心！蒋兆南及时站起来转过身去把沈艾莉从护栏上抱了下来。沈艾莉说，姐，你为什么哭？你是不是担心我会跳下去，我不会的，我也不知道怎么回事，就跑到这里来了。

冯芊慧抬起头，对着星空眨了眨眼睛，把脸上那些比星星还要亮的眼泪止住了。蒋兆南把她们带到亭子里让沈艾莉坐下。沈艾莉说，姐，你不要哭了，我向你保证，我以后不会乱跑了。冯芊慧说，我知道你不会做傻事，艾莉，你看我给你带什么来了。冯芊慧说着，从手提包里掏出那幅保存完整的画。沈艾莉愣了愣，不知所措地看着冯芊慧，这是什么？冯芊慧说，你忘了吗？这幅画是你读初中一年级的时候参加全省美术比赛获一等奖的作品。沈艾莉看着那幅画，像看着自己失散多年的孩子，既想张开双臂拥它入怀，又怕万一弄错了，令自己更加绝望。冯芊慧说，你真的不记得了吗？沈艾莉说，这，真是我画的那幅画，可是我已经把它——

我又把它找回来了！冯芊慧说，艾莉，姐姐对不起你，要不是因为我，你今天可能已经……

呀，真的是它！沈艾莉笑了起来，她接过冯芊慧手里那幅画，就着亭子里的灯光仔细端详，我以为再也看不到了，没想到你一直留着。冯芊慧说，艾莉，对不起。沈艾莉说，对不起什么呀，姐，谢谢你一直保留着这幅画，要不是它，我可能连我自己是谁都不记得了。冯芊慧说，你真的原谅我了？沈艾莉说，当然啦，你是这个世界上最爱我的人，我早就原谅了啦。蒋兆南看着姐妹俩，要不，我们到餐厅去吃饭吧，让我也好好欣赏一下艾莉的作品。

沈艾莉说，不了，我要跟我姐回家，要吃她亲手做的饭。

9

严帅回到家的时候，已经是晚上九点多了。冯宝怡说，饭在锅里热着，你自己端来吃吧。严帅说我吃过了。小宇轩在摇篮里听到严帅的声音，兴奋地蹬着小腿。严帅凑过去看了儿子一眼，心里涌起一股暖流。他冲他扮了个鬼脸。小宇轩咯咯地笑了起来。严帅说，真奇怪，你怎么那么爱笑。冯宝怡说，他妈妈小时候就爱笑。沈振扬说，我女儿长大了也爱笑。严帅撇了撇嘴，我也没见过她对我有过几次好脸色。

那你就要好好检讨一下你自己做了什么好事了！沈振扬的声调抬高了八度。小宇轩止了笑，转着他的大眼睛不解地看着他的外公。冯宝怡提醒沈振扬，你小声点。沈振扬说，这是我家，我爱说多大声就多大声，管得着吗？严帅说，爸，谁又惹你了。沈振扬说，打你进门到现在，你问过一句你老婆在哪吗？严帅说，不用问，她除了睡觉上网玩游戏买东西，还能上哪去？沈振扬忍不住又想揍他，冯宝怡赶紧把他摁住了，家和万事兴，少说两句行吗？

小严啊，艾莉今天下午出去以后到现在还没回来，她电话也没带，我和你爸担惊受怕了好半天。冯宝怡说着，又悲从中来，我看她现在这个样子，真不适合出去工作，她爸，咱们先观察一段时间看看再定吧，你就不要给她煽风点火了。沈振扬说，扯淡！我女儿一个大活人，有手有脚，还是个正儿八经的大学生，她为什么就不能出去工作，这是她的家，不是牢房！冯宝怡叹了一口气，你是没看到她今天那样，我让她帮我兑一点洗澡水她都搞不好，还把小宇轩的腿烫伤了……

闭嘴！沈振扬冲冯宝怡嚷道，我自己养了快三十年的女儿我最清楚，你们少在我面前装神弄鬼！

严帅的脸色变了变，撸起小宇轩的裤腿，发现了他那块鲜红的伤疤。他的底气突然变得足了，对沈振扬说，你看看你女儿干的好事！这次是她运气好，要是下次，我儿子的小命能不能保住还说不好呢！

没有那么严重，小严，真的只是小事，是我不小心弄伤的，你要怪就怪我吧。冯宝怡赶紧劝说道。

沈振扬说，你要是也像别人的老公一样关心一下自己的老婆，她都——严帅说，她像别人的老婆一样关心过自己的老公了吗？冯宝怡眼看又吵开了，赶紧说，小严，艾莉在她姐家里，你去把她接回来，好吗？严帅说，我累了。沈振扬抓起茶几底下那把严帅第一次来给沈艾莉修电脑时帮冯宝怡修理过的电蚊拍，对严帅说，你去不去？严帅说，我真的累了，一来一回得烧多少油，让她在姐姐家里住一晚也好，省得回来大家都不爽。沈振扬用电蚊拍使劲敲在严帅的脑门上，别怪我当着你儿子的面不给你面子，你今天要是不给老子把女儿接回来，就休想再踏进我沈家的大门！

沈艾莉和冯芊慧一起躺在她的床上辗转难眠。冯芊慧给她掖了掖被子，艾莉，睡不着？沈艾莉说，你也还没睡吗？冯芊慧说，我也睡不着。冯芊慧拧亮了床头灯，姐妹俩躺在床上，看着天花板出神。

沈艾莉说，姐，我想同严帅离婚。

你想清楚了为什么要和他离婚了吗？冯芊慧问。沈艾莉说，想清楚了。如果你是经过深思熟虑之后做的决定，我支持你。沈艾莉苦笑了一下，我们的婚姻开始就没有经过思虑，现在想要结束它，倒变得样样都不能免俗了。冯芊慧说，世上的许多事情，都是从无意识中开始的，但是想要结束它的时候，却要刻意地去寻找合适的契机和理由，甚至还会为此付出高昂的代价。沈艾莉眨了眨眼睛，冯芊慧看到她眼里的亮光。我有心理准备，我不怕，沈艾莉说。冯芊慧拍了拍她的手，只要我们还能喘气，就什么都不用怕。

沈艾莉说，姐，你打算什么时候结婚？冯芊慧说，我也不知道。沈艾莉说，董事长还没有向你求婚吗？冯芊慧说，谁都没有。沈艾莉说，江医生也没有？冯芊慧说，人总是那么矛盾，很多事情都是在无意识中开始的，但是这种无意识的开始所导致的结果太复杂，复杂到任何一个人都只能抱着听天由命的态度。沈艾莉说，就像我和严帅的婚姻一样。冯芊慧说，可是有时候，我又很羡慕这种无意之举。为什么？沈艾莉不解地问，一直以来，我都觉得什么事情都难不倒你。

因为我们的开始都太刻意了，冯芊慧说，无论是蒋兆南还是江锦鹏，我们在开始之前，都是有着充分的心理准备的，心理准备得越充分，就越难做决定。沈艾莉说，我好像有点懂，但是事情总要有个结果不是吗？冯芊慧说，我们三个人都盼着这个结果，只是谁都不想为这个结果早日水落石出，而多费一分力气。沈艾莉说，他们两个，你更爱谁？冯芊慧说，一直以来，在他们两个人之间，我都尽量做到情感的天平不更偏向哪一方倾斜。沈艾莉说，看来你的问题比我棘手多了，但是我帮不了你。冯芊慧洒脱地说，连我都帮不了我自己。

玉瑶什么时候生孩子？沈艾莉转移了话题。冯芊慧说，后天做剖腹产手术。沈艾莉说，好，我到时候去看看她。过了一会儿，沈艾莉又说，我想好了，我的生活不能再这样下去了，我离了婚以后，就再找一份工作，我爸妈都老了，小宇轩还要我养呢。冯芊慧说，想通了就好，有什么事随时找我，别自己一个人扛着。沈艾莉说，我困了，睡吧。冯芊慧站起来，搂着沈艾莉，拉紧了从她肩上滑落下来的毛毯说，今晚做个好梦，明天太阳出来，就一切都会好起来了。沈艾莉说，我的梦已经做得太久了，现在该醒了。

严帅来到严美家拍门的时候，他的妹妹正在王小敏家的厨房里对着烧坏了的烤箱束手无策。严帅给严美打了个电话，干吗呢？严美说。严帅说，你给我开开门。严美说，又被赶出来啦？严帅说，哪来那么多废话！

王小敏问，怎么啦？严美哼了一声，打开门，我在这呢，进来吧。王小敏听到声音迎出来，严帅看了王小敏一眼说，你好。王小敏说，你好，请进来吧，我们还在忙呢。

在此之前，严帅与王小敏共见过两次面，第一次是严美还没搬家的时候，他去超市接严美下班，顺路把王小敏捎回来了。第二次是严美搬家，他过来帮忙，那天严美上中班，王小敏和严帅单独在严美新租的房子里待了一个下午。王小敏负责搞卫生，严帅给妹妹布置家具。严美家里的布局和王小敏租住的房子一模一样，据说是同一个房东买下了一层楼，按照统一布局装修好之后用来做出租屋的。严美对别的要求不高，但是一定要有一个实木的大衣柜，她说衣柜里装的不仅仅是衣服，还装着女人的底气和安全感。严美非要哥哥给她买个大衣柜，严帅即使再节俭，也觉得应该满足他唯一的妹妹这个不算过分的要求。

为了省下两百块钱安装费，物流公司把衣柜送到后，严帅花了一个下午把衣柜安装好了。王小敏擦拭完屋里几件简陋的家具，就蹲在严帅身边给他当助手。严帅说，螺丝刀，她就递给他一把螺丝刀；严帅说，图纸，她就把随衣柜一起送来的简易安装图纸摆在严帅的视线看得见的地方；严帅说，帮我扶一下，她就站起来，扶着衣柜的一侧。那天晚上，严帅为了庆祝严美的乔迁之喜，还带她和王小敏一起去外面吃了顿沙县小吃。王小敏后来问严美，你不是说你哥很抠门吗？他今天不是请我们吃饭了？严美说，是啊，太阳从西边出来了呢。

严帅觉得他一个大男人三更半夜造访一个单身姑娘的闺房似乎不妥，就对严美说，给我钥匙。严美说，进来啊，烤箱坏了，你帮我们看看。严帅转身下楼，过了一会儿就背着工具包进来了。他掏出电笔查看了烤箱的电路，把电源线拔出来，顺藤摸瓜追踪与烤箱插座连接的电路。他又用电笔试了一下电源插座，对王小敏说，是插座的线路坏了，一会儿就好。

王小敏觉得严帅胸有成竹的样子有点酷，她想不明白像严帅这么优秀的男人，和沈艾莉为什么会过得磕磕碰碰。虽然她并不真实了解他们之间磕碰的源头，但是从严帅两次被沈家赶出家门，和今天下午沈艾莉的情绪，她可以对他们的婚姻生活略知一二。只过了一会儿，烤箱的灯亮了，严帅试了一下，对王小敏说，好了。王小敏给严帅倒了杯热水，又给他端上一盘曲奇饼干。严帅喝了一口水，又抓了一块饼干放进嘴里，赞许地说，不错！

多少钱？王小敏说。

严帅看了看严美，严美冲他做了个警告的眼神。

举手之劳。严帅说着，又往嘴里塞了两块饼干，他想起从前在蒋玉瑶办公室给她修打印机的时候，也经常会享受到蒋玉瑶有意或无意给他准备可口的小点心，他甚至还记得他第一次和蒋玉瑶一起喝蜂蜜的味道。严帅突然说，你家里有蜂蜜吗？王小敏说，有，在超市买的，你喝吗？严帅说，下次我让家里给你捎两瓶岗松花蜜，让你长长见识。

10

蒋玉瑶剖腹产下一个可爱的小公主。孩子如陈天乐和蒋玉瑶以及所有关心他们的家人朋友所期待的那样，宝宝的先天性心脏病属于轻微的膜部型室间隔缺损，对心功能影响不大，并且有自动闭合的可能，所以也可以观察到三至五岁，室缺如果未能闭合则应考虑手术治疗。大家悬了几个月的心总算放了下来。他们庆幸自己勇敢地接受了上天的考验，更庆幸这场考验来得还不算太困难。

蒋玉瑶说，我想看看孩子。陈天乐安慰道，宝宝还要在新生儿监护室住几天，等你可以下床了我再陪你一起去看。蒋玉瑶说，她长

257

得可爱吗？陈天乐哽咽道，像她妈妈一样可爱，也像妈妈一样漂亮。蒋玉瑶忍着手术后的宫缩引发的疼痛，冲陈天乐笑了笑，我有那么好吗？陈天乐说，在我眼里，你一切都是好的。

罗琼秀看着这对让她倍感骄傲的孩子，哼了两声。好啦，罗琼秀说，我说过我的宝贝孙女不会有事的。陈天乐走过去搂着被他冷落了的可爱的丈母娘说，妈妈，我怎么觉得全家人就您最不放心呢。罗琼秀说，胡说！陈天乐说，要不然，您也不会每天晚上偷偷摸摸对着爸爸的神位嘀咕个没完了，我还听到您恐吓爸爸说，要是您的宝贝孙女有什么不测，您一定不放过他。罗琼秀的小秘密被讨人烦的女婿发现了，她的脸红了红，拍了一下陈天乐的手说，就你嘴快。蒋玉瑶听到他们的对话，忍不住笑了起来，这一笑，就把伤口牵扯得痛出了冷汗，她啊地喊了一声。罗琼秀赶紧扑过去，抚着女儿的额头心痛地对陈天乐抱怨道，看你干的好事，又把我女儿弄疼了。陈天乐说，是是是，是我不对，您不要生气。罗琼秀说，没空在这听你耍嘴皮子了，我要回家给我女儿做吃的去。

一离开病房，罗琼秀就开始擦拭怎么也止不住的一串串地往下掉的眼泪。她穿过产科的走廊，走到新生儿监护室外面，隔着玻璃窗远远地看着躺在氧气箱里的小生命，她伸出手去，轻轻地抚摸着那扇被无数父母长辈抚摸过的玻璃窗，她心里有很多话想对她的小孙女说，但是一切又不知道从何说起。她这辈子都没有像今天这样流过这么多眼泪。即使她的亲生父母去世，即使她的丈夫意外身故，她都能冷静地把持住这道情感的堤坝，防止它们过分泛滥，影响由她亲自掌舵的生活的孤舟的正确航向。此时此刻，当她生命中的第三代如期而至，虽然带着些许小缺陷，但是对于经历风雨的罗琼秀来说，真的算不上什么。她知道生活的缺陷无处不在。罗琼秀很知足，并坚信这个小生命的血液里流淌着蒋家女人身上那种坚韧不拔的勇气，就凭这一点，她就可以任性地大哭一场。

冯芊慧陪沈艾莉一起去病房看望蒋玉瑶。蒋玉瑶见沈艾莉来了，挣扎着想起床。陈天乐赶紧跑过去扶着她，温柔地说，方医生说了，你明天才能下床。蒋玉瑶说，那我就靠在枕头上坐会儿。陈天乐把病床的上半部摇起来，冯芊慧拿起枕头垫在蒋玉瑶的腰下。蒋玉瑶舒了一口气，拉着沈艾莉的手说，现在舒服多了。沈艾莉说，玉瑶，我刚刚看过孩子了，像你一样可爱和乖巧。

蒋玉瑶的眼里闪着泪光，她哽咽着说，我也是刚做完手术那会儿看了一眼。冯芊慧说，这孩子一定是随母亲，像玉瑶一样坚强。蒋玉瑶说，芊慧姐，谢谢，要不是你，我未必有勇气把她生下来。冯芊慧说，你最应该感谢的是你自己，艾莉，你先陪玉瑶聊聊天，我还有事要处理，一会儿下班再过来。

陈天乐把冯芊慧送出门，因为说话太多的缘故，蒋玉瑶的伤口又开始隐隐作痛。她皱了皱眉，陈天乐体贴地用毛巾擦了擦她额头上的汗珠，躺下吧？蒋玉瑶点了点头，对沈艾莉说，我真的有点困了。沈艾莉说，那你好好休息，我不打扰了。蒋玉瑶点了点头。沈艾莉对陈天乐说，陈律师，我有点事情想请教一下你。陈天乐说，我们去外面说吧，玉瑶，你好好休息，我一会儿就回来。蒋玉瑶点了点头，疑惑地看着沈艾莉。沈艾莉冲她笑了笑，好好休息，再见。

陈天乐和沈艾莉面对面站在产科病房的走廊里。陈天乐耐心地听沈艾莉说完她的想法，陷入了沉思。沈艾莉看着陈天乐，等待他的答复。陈天乐说，如果这是你和严帅双方协商离婚的话，事情就好办，我帮你出份离婚协议书，你们俩签好了就可以去办手续了。沈艾莉说，如果他不同意呢？陈天乐说，如果他不同意，你就要走法律程序，单方面向法院提出离婚诉讼，法院会根据你所提供的理由和双方的财产分割问题，以及孩子的抚养问题做出判决。沈艾莉说，我们没有财产可分割，儿子我必须得保住。

陈天乐理解地点了点头，你不用着急，你先和严帅好好谈一次，最好能双方都达成协议，为了孩子更好的生活，我希望他不太坚持和你争夺宇轩的抚养权。沈艾莉问道，孩子除了跟我和跟他，还会有第三种选择吗？陈天乐说，有，可以共同抚养。共同抚养？陈天乐说，是的，共同抚养就意味着，你们双方不仅在经济上共同分担养育他的一切费用，还有一点，就是轮着跟母亲或者父亲生活一段时间，至于时间上如何分配，就看你们之间的协商了。沈艾莉说，不行，宇轩还那么小，要是这样来回折腾，对他的成长会有影响。陈天乐说，是这个问题。沈艾莉说，陈律师，谢谢你，我试着先和他谈。陈天乐问沈艾莉，恕我多言，你真的想清楚了吗？沈艾莉说，我知道我在做什么。陈天乐说，好吧，有什么事，你随时可以找我。

送走沈艾莉，陈天乐回到病房。蒋玉瑶看着丈夫的脸，试图揣测沈艾莉和他谈话的内容，但她从陈天乐的脸上看不到任何和沈艾莉有关的痕迹。当然了，他是一个有职业操守的律师，面对客户遇到的任何事情，他都可以做到喜怒不形于色。陈天乐说，艾莉想和严帅离婚。蒋玉瑶闭上眼睛，喃喃地说，难为她了。

蒋玉瑶说完，连她自己都糊涂了，她弄不清楚自己说的他（她）是指严帅还是沈艾莉，反正，对他们任何一方来说，离婚都不是一件好受的事。陈天乐从来不知道严帅和蒋玉瑶之间曾经发生的小插曲，他想当然地认为蒋玉瑶是在替将来有可能成为蒋家亲戚的好朋友沈艾莉担心。他接口道，是的，艾莉的状况看上去不是很好。

严帅已经五天没有回家了。事不过三。冯宝怡想，已经过去五天了，无论如何得想办法让他回来。但是一家老小的家务活已经耗尽了她大半的精力，她总不能抱着小孙子去找严帅，万一孩子着凉得个小感冒，受累的还是自己。比起严帅的出走，沈艾莉在冯芊慧家住了一晚回来后，像变了一个人。她不再害怕自己有病传染给儿子，竟然还可以趁冯宝怡在厨房忙活的间隙，一个人给他洗了澡，把自己和儿子换下的衣服也亲自洗晾。冯宝怡观察着女儿的一举一动，沈艾莉又像当年准备高考和第一次找工作的时候一样把自己关在卧室里，冯宝怡看着那扇紧闭的房门又一次被一种莫名的恐惧裹挟着。冯宝怡走到沈艾莉的房门口，聆听着里面传出来的足以令她血压上升的键盘敲击声。她觉得头有点晕，敲了敲门，对沈艾莉说，艾莉，你出来，帮我量一下血压。

手指敲击键盘的声音总算停下来了，沈艾莉打开门，对冯宝怡说，血压计呢。冯宝怡把头伸进屋，看了一眼电脑的显示屏问道，你在干吗呢？沈艾莉说，写简历找工作。冯宝怡说，我头好晕。

冯宝怡的高压果然蹿到170。该吃药了。沈艾莉说着，翻出冯宝怡的降压药，又给她倒了杯温水递到她面前。冯宝怡怔了怔，她从来没有告诉过女儿自己的降压药放在哪，她养女儿这么大，记忆中自己每一次生病，她都没有给她倒过一杯水。冯宝怡的身体本来就很强壮，即使偶尔得了小感冒，也是吃两粒药就压过去了。冯宝怡想，原来艾莉对她并不是漠不关心，而是一直以来，自己没有机会让她关心。

冯宝怡顺从地把降压药吃了，放下杯子，叹了一口气。沈艾莉说，妈，您有话就说，别憋在心里。冯宝怡说，三天了，小严还没回家，艾莉，再这样下去，咱们这个家还像家吗？

沈艾莉突然发现母亲已经老了，她的眼神光不知道什么时候开始变得黯淡；原来圆润丰满的脸颊像一只摆了很久的苹果一样开始出现皱褶；她的嘴唇变薄了，耳垂却越来越厚，被地心引力拉扯着往下坠；她年轻的时候像剥了衣的笋尖一样白皙的手指，出现凹凸不平的关节，手背上有几处地方还出现了一些小斑点。沈艾莉伸出手去，心酸地抚弄着母亲那双被生活的风霜冲刷得失去本色的日渐势单力薄的手，心里有说不出的难过。就因为这事吗？沈艾莉说。

女儿啊，冯宝怡说，妈妈老了，我经不起折腾了，咱们家走到今天，多不容易啊……

我知道了，妈，你睡一会儿吧，我去给宝宝泡奶粉。冯宝怡拉着沈艾莉还不肯放手，她哀求道，小严怎么办？他再不回来，这日子没法过了。沈艾莉说，妈，我知道，放心吧，我会给您一个交代，我今天就去找他。

第九章

1

沈艾莉上了途经星河电脑公司的公交车，她看时间还早，就提前一个站下了车，踱着不快不慢的脚步朝目的地走去。她出发之前没有跟严帅联系过，她不知道冯宝怡会不会提前告诉严帅她的行踪，就算她真的告诉了严帅，他也没有躲避她的理由。沈艾莉刚坐上公交车那一会儿，心情还有些紧张。当她从公交车上下来，再走了一段路之后，远远地看到星河电脑公司门外那个大招牌，心里开始变得异常的平静。她像个准备对某个案件宣读审判结果的法官一样，面无表情，成竹在胸。她不需要理会好事的围观者的指指点点，也不必在意当事人听到这个结果的时候会做出怎样的过激行为。这不是她的责任，在这个和她的婚姻有关的案子里，她既是当事人，也是宣判者。事到如今，她也不担心有人会提出质疑，她既是当事人，就不能对这个案件做出任何有偏颇的宣判。沈艾莉想，我是我自己主人，我也有足够的证据可以证明我的立场经得起任何人的质疑。就算宣判失败，还有路可走，陈天乐可以作为她的代表律师把她的离婚申请递交法院，到时候，就让那个手握法律的准绳可以做到足够公平的法官来宣判吧。

沈艾莉来到星河电脑公司门外，看到严帅的车停在公司侧门的停车场里。她看了看手机，还有十分钟左右就下班了。她在严帅的车子旁边站住了，在这个即将开庭的时刻，大概每一个法官都会与这短暂而漫长的时间和平相处。

严帅从公司侧门走出来，本来今天下午的工作还没有完成，因为答应了严美陪她去送货，就难得的准时下班了。他意外地看到沈艾莉站在停车场等着他。

　　严帅用汽车的遥控钥匙打开车门，沈艾莉还没等他走过来，就先坐到副驾驶座上去。严帅发动了汽车，对沈艾莉说，你来干吗？沈艾莉说，我们谈谈吧。严帅说，我还有事。沈艾莉说，那你去吧，把车留给我。严帅哼了一声，我把车留给你，你有本事开吗？你有驾照吗？沈艾莉把驾照从手提包里拿出来递到严帅面前，在铂莱卡大酒店公关部的时候，我曾经多次一个人开车来往机场接送客人，看来你对我的了解还有待提升。严帅怔了怔，他知道沈艾莉今天是有备而来的了。但是没有了车，他就没办法给严美送货，对于严美来说，他就没有再出现的价值。他放缓了口吻，对沈艾莉说，我真的还有事，要不先送你回家？沈艾莉说，不，你要么就和我谈，要么就把车给我。

　　艾莉，我今天真的……严帅还没有说完，他的电话响了。严帅的手机连接着汽车上的蓝牙，沈艾莉从小显示屏看到来电显示的是王小敏。严帅的脸涨得通红，沈艾莉淡定地说，接电话吧。严帅犹豫着。沈艾莉伸出手去，在显示屏上按下了接听键。严帅迟迟不肯说话，沈艾莉看了他一眼，心生鄙视。她喂了一声，王小敏听到沈艾莉的声音，顿了顿。沈艾莉说，小敏，是你吗？我是艾莉。王小敏说，对不起，我好像打错电话了。沈艾莉说，没打错，这是严帅的手机号，我在他旁边呢。王小敏不知道如何往下接沈艾莉的话，电话两头都安静了下来，但是谁也没有先收线。严美在王小敏身边等得有点不耐烦了，她抢过电话对严帅大声喊道，哥，你还不快来，客人等着呢。严帅说，严美，我今天来不了，你打车去吧。严美吼了起来，你说什么？！

　　沈艾莉又伸出手去，摁了挂断键，对严帅说，现在可以走了吗？你来开吧。严帅摘下安全带，从驾驶座上下来，把沈艾莉换了上去。沈艾莉说，你现在的情绪确实不适合驾驶。

　　沈艾莉把严帅带到他第一次请她吃饭的那间沙县小吃，沈艾莉花了七十六块钱，点了跟第一次一样的蒸饺、炖品和茶叶蛋。她庆幸距离他们上次光顾的时间过去还不算太久，小吃店的老板还来不及涨价。严帅预感到，沈艾莉今天是要准备向他摊牌了。但是吃饭的过程，她表现得十分平静，她甚至还主动给他递上筷子和纸巾，提醒他

263

擦掉下巴上黏着的蛋壳。

　　小宇轩的腿好些了吗？严帅首先打破了平静。沈艾莉的心痛了一下，好多了。不会留下疤痕吧？严帅继续这个足以引起沈艾莉不安的话题。沈艾莉没有再接他的话。直到把餐桌上的食物全消灭掉，沈艾莉和严帅离开小吃店，走到严帅当年求婚的那根灯柱下，沈艾莉先站住了。沈艾莉说，我想你也猜到我今天为什么会找你了。严帅说，我没猜。沈艾莉说，那就别猜了，凡事都要有始有终，既然当初我们的婚姻是从这里开始的，今天我也想在这个地方结束。

　　严帅的脸色变了变，你想同我离婚？沈艾莉说，是的。严帅说，这是不可能的！沈艾莉笑了起来，你给我一个不可能的理由。严帅说，你先告诉我离婚的理由。沈艾莉说，你真的要听吗？严帅想了想，脑海里快速闪过和沈艾莉结婚以后他们一起生活过的粗略的细节。无论是作为她的丈夫，还是作为小宇轩的父亲，他都自知理亏。他早就知道他和沈艾莉这场荒唐的婚姻不会长久，沈艾莉也不是一个可以和他一起经历风雨的女人，从一开始就不是。他们除了长相上看上去有点天造地设的意思以外，没有任何可以调和的地方。但是严帅心里更清楚，现在还不是离婚的时候，房子是沈家的，车也是沈家的，他们没有任何可分割的共同财产。除了辛辛苦苦攒下那笔还不够首付一套城郊两居室的房子的可怜的存款之外，他一无所有。如果真的和沈艾莉离了婚，他连争取儿子的抚养权的能力都没有。

　　严帅说，儿子不能没有爸爸。你永远是他爸爸。严帅又说，他也不能没有妈妈。我永远是他妈妈。这么说，你是一定要离婚了？你心里比我更清楚。严帅说，没想到，你变得这么快。沈艾莉说，人时时刻刻都在变化中。严帅又怔了一下，他觉得眼前的沈艾莉快成了冯芊慧的翻版了。她那个让人讨厌的表姐自以为多读了几本书就目中无人，说话做事从来不留余地，他明白了，沈艾莉一定是被她洗了脑，否则以沈艾莉的智商，她没那么大的胆子。严帅对沈艾莉又一次产生错误的判断，他忽略了沈艾莉是一个大活人，是一个学历比他高，天赋比他好的可以独立思考的成年人，而不是永远在他和冯宝怡的各怀鬼胎的合谋下被摆布的木偶。

　　严帅说，艾莉，我们结婚，一开始就不是我主动的。沈艾莉说，你是在这里向我求的婚，花了七十六块钱。严帅说，但是在这之前，是你妈先到我家向我妈提亲的。沈艾莉说，所以呢？严帅说，解铃还须系铃人，我们离不离婚，你妈说了算。沈艾莉说，要是她不答应呢？严帅说，那就等她答应了再说。

沈艾莉说，你不用拿我妈来压我，没有用的。严帅说，有没有用我不知道，我只知道这件事我们不能背着她自作主张，咱也别站在这里吹冷风了，好几天没见过我儿子了，我得回去看看他腿上的伤好了没有。

他们回到家的时候，小宇轩已经睡了。沈振扬从冯宝怡对沈艾莉这一天的表现经过她添油加醋的描述，警惕地预感到有事情要发生。相比冯宝怡的焦躁不安，沈振扬表现出一个成熟的男人在每临大事之前该有的静气。他们看着严帅和沈艾莉一起进了家门。严帅客气地喊了声爸妈，沈艾莉说，我们回来了。

严帅说，我儿子呢？冯宝怡说，已经睡了。严帅走进冯宝怡的卧室，看了熟睡中的儿子一眼，又掀开被子把他右腿的裤子撸起来看了一眼。他从屋里出来的时候，轻描淡写地说道，烫伤的地方可能会留下疤痕。

沈艾莉从屋里把陈天乐帮她准备的离婚协议书拿了出来，她叫严帅坐下，对沈振扬和冯宝怡说，爸，妈，我打算和严帅离婚，这是协议书，我希望我们能够好聚好散，也希望你们能够支持我的决定。沈振扬说，你们谈好了吗？沈艾莉说，我们谈过了。冯宝怡的脸涨得通红，血压骤然升高，眼看就要倒下去了。不！现在还不能倒下。冯宝怡提醒自己，要是自己倒下了，他们就更无法无天什么事都干得出来了，她苦心经营的家就这样散了。冯宝怡双手使劲地掐着两边的太阳穴。沈艾莉及时给她倒了一杯水，连同她的降压药一起送到她手里。冯宝怡吃了药，看沈振扬一眼，你同意吗？沈振扬说，我没意见。她又看着严帅，小严，你说呢？

我不想离婚，我离不开你们，也舍不得离开这个家。严帅委屈地说。冯宝怡盯着沈艾莉，这么说，这件事是你自己自作主张的了？沈艾莉说，我是经过深思熟虑的。冯宝怡突然伸出手去，她使尽全身的力气冒着血压再次升高的危险狠狠地抽了沈艾莉一记耳光，声泪俱下地骂道，还有一个月就过年了，还有十天你爸爸就退休了，你是故意的是吧？你要迫不及待地赶在你爸的六十大寿和过年前把这个家搞到家破人亡，是吗？沈艾莉说，什么家破人亡，就算离了婚，我们一样活得好好的。冯宝怡说，你当然活得好好的，你离婚了，自由了，可以想干什么就干什么了，你想过我的感受吗？你想过小严的感受吗？你为你儿子想过吗？

沈振扬说，我觉得没什么不妥。

冯宝怡转过脸，恶狠狠地盯着沈振扬，我早就知道，要不是你给她撑腰，她没有这么大的胆子。沈振扬也不示弱，我只要我的女儿活得开心！别的事我管不着，什么家破人亡，那只是你自作多情的想法，你扪心自问，他把这个家当过家吗？他把我的女儿当过老婆吗？他养过她吗？他像我一样把工资卡交给你了吗？狗屁！

严帅说，爸，我知道我做得不够好，但是我希望您和我妈可以给我一个机会，我一定会好好努力，不会让你们失望的。

冯宝怡说，小严，你不用再说了，我理解你，你们都给我听着，她想要离婚，除非我死了！严帅说，艾莉，咱别惹妈妈生气了，回屋休息吧。沈艾莉站起来，她没有因为母亲的一记耳光打乱了阵脚，她对严帅说，从今天开始，你是睡沙发还是睡小屋，自己选，我们不可能再睡在一张床上了。离不了不要紧，我从今天开始就和他分居，如果他敢碰我一下，我就去告他。

2

沈艾莉在超市找了一份仓库管理员的工作，她上班第一天，严美就趁中午吃饭的空隙来找碴。没想到啊，严美冷笑道，沈家大小姐也肯干这种粗活。沈艾莉看了一眼严美穿着布鞋的脚，不抬头也不说话。严美说，你哑巴啦？你不是很能耐的吗？抛夫弃子的事都干得出来了，怎么连话都不敢说了？沈艾莉看着严美说，你想怎么样？

我想怎么样？你还有脸问我？严美冷笑道，你们沈家是把我哥当种猪吗？打完种就把他扫地出门吗？你们也太欺负人了吧？沈艾莉说，这是我和你哥之间的事，和你没关系。严美说，和我关系大了，宇轩是我们老严家的长子嫡孙，你别想把他抢走。我知道，你可以打官司，你不是还让蒋玉瑶的老公找我哥谈话了吗？本来嘛，我哥手里是没有什么筹码，我们是穷人，斗不过你们有钱人。要怪就怪你自己蠢，我哥说了，就算打官司判了离婚，我的大侄子也不会判给你，因为你把他烫伤了，就凭这一点，你就不用指望儿子归你！

王小敏闻讯赶到，她看到沈艾莉被严美说得哑口无言，默默地抹着眼泪。王小敏对严美斥道，严美，你太过分了！严美说，我过分？自从我哥娶了她以后，他过的是人过的日子吗？你问问你的好同学，她有没有给我妈做过一顿饭，她甚至连我是谁都认不出来，哈哈，真是笑话，她还有脸和我哥提离婚？要是在我们乡下，像她种女人，早就被休了！王小敏拉起沈艾莉的手往外走，对严美说，我看你也不是善茬，他们俩的事轮不到你瞎掺和。

沈艾莉和王小敏坐在超市仓库外的一张石凳上。严美说得对，沈艾莉说，我也没有尽过一个做妻子的责任，我也不配做一个好妈妈。王小敏叹一口气，从我知道你们结婚那天起，我就知道你们不合适。

想起小宇轩，沈艾莉又哭了起来，我不能没有我儿子。王小敏说，我理解。陈天乐去找他谈过，他对我烫伤小宇轩的事死咬着不放，陈天乐说，如果真上了法院，这是我最致命的硬伤。王小敏从上衣口袋里掏出一张纸巾，把沈艾莉脸上的眼泪抹干净，我能帮你什么吗？沈艾莉摇了摇头。王小敏说，据我对严帅的了解，他不是真心想和你抢儿子。沈艾莉抬起头，无助地看着王小敏，我不明白你的意思。王小敏说，以他现在的经济状况，他不可能给儿子更好的生活环境和教育条件，他虽然和你没有感情，但小宇轩毕竟是他的亲骨肉。沈艾莉止了哭，她觉得王小敏真的太了解严帅了，她又看到了希望。你说得对！沈艾莉说，那依你看，他到底想干吗。王小敏说，他只是不想离婚。沈艾莉说，但是我必须离婚，我们的婚姻一开始就是错的，我们不能再浪费时间将错就错地过下去。王小敏说，严帅只是暂时不想离婚，而不是永远不想离婚，依我看，这件事先缓一缓吧。

沈艾莉说，我妈天天拿她的高血压和死来威胁我，我每天都生活在心惊胆战中，我真的好累。王小敏说，可以想象，可是你先听我一句劝，凡事欲速则不达，毕竟在这场婚姻里，你们都没有过错，只是因为感情不和。不，我错了，沈艾莉说，我错在连什么是生活都还没弄懂就误打误撞地掉进这个深不可测的泥沼。王小敏说，现在你懂了吗？沈艾莉说，现在我起码有勇气从这个泥沼里爬起来，即使暂时还没有能力爬起来，我也要学会保持呼吸，而不至于不明不白地被淹没。王小敏说，既然如此，为什么不尝试和严帅一起努力？或者有可能呢？沈艾莉摇了摇头，我总要结束些什么来开始新的生活，我知道这对严帅来说是有点不公平，他和我一样，都是这场失败的婚姻的牺牲品。

你看得很透彻，王小敏说，看来你是真的想明白了。

沈艾莉说，你爱他吗？王小敏愣了愣，你怎么会这样问？沈艾莉说，我也是女人。王小敏说，是的，我爱他。沈艾莉说，是什么时候开始的？王小敏说，这个重要吗？沈艾莉苦笑了一下，不重要。王小敏说，我和他是一类人，你们不是。沈艾莉说，我真羡慕你，我到现在都还不懂什么是爱。王小敏说，但是你已经知道什么是不爱了。

王小敏和同事换了班，下午三点不到就在超市买了菜回家了。她告诉严美今天晚上有事，不要接单了。严美说，你有什么事比赚钱更重要。王小敏说，我就不能有点私事吗？严美说，本姑娘最近心里不爽，你最好也别在我背后耍花招。

王小敏做了四菜一汤，还咬牙花了三百多块钱买了瓶白酒。她给严帅打电话，说家里的电器又坏了，急着用，让他下班过来看一下。严帅本来接了点私活，只好临时推掉，六点不到就赶来了。严帅背着工具包敲开王小敏的家门。王小敏说，烤箱通不了电，不过我已经弄好了。严帅说，你早点说我就不用跑过来了，我还有活。王小敏说，我饭都做好了，吃了再走吧。严帅连续吃了几天饭堂，看着王小敏准备的饭菜，确实有点眼馋。但严美不在，孤男寡女共处一屋又觉得有些不妥。严帅说，还是算了，我走啦。王小敏把他拦住，把工具包从他肩上摘下来，娇嗔道，你就不能给我一个面子吗？

在严美下班之前，王小敏已经和严帅一起把她准备的晚餐吃了个精光，严帅还借酒消愁，喝光了那瓶严帅对它的阴谋毫无觉察的白酒，很快就在王小敏的床上进入了梦乡。严美下班回来，看到她哥哥的车停在楼下，她哼了一声，在车后轮上踢了一脚。

在家里没看到严帅，严美跑去隔壁摁响了王小敏的门铃，王小敏揉着惺忪的眼睛打开一条门缝，她故意把呵欠打得很夸张，你回来了？严美说，我哥上哪去了？王小敏说，我不知道啊。严美狐疑地看着王小敏，你真没见过？说着，严美欲推开王小敏挤进屋。王小敏赶紧把门扶稳，你给他打个电话问问。严美说，打了，关机。王小敏说，我实在太困了，我要睡啦，你不用太担心，可能你哥一会儿就回来了。王小敏把严美推出去，在那张收留过沈艾莉的小沙发上躺下来。她看着被她脱光了上衣躺在她床上熟睡的严帅说，你可不要怪我不厚道，要是你知道八年前艾莉借给我那两百块钱对我来说意味着什么，你就会理解我了。

沈艾莉上了一天班，虽然有点累，精神却出乎意料的好。她问冯宝怡，我爸怎么还不回来？冯宝怡说，今天是你爸爸最后一天上班，明天就正式退休了，他单位的同事给他搞了个欢送宴，说晚上不回来吃了。沈艾莉抱起儿子亲了一口，小宝贝，今天陪妈妈一起睡好不好？冯宝怡说，明天给你爸爸做大寿，你给小严打电话让他回来。沈艾莉说，我爸不想见到他。冯宝怡说，我头晕，给我量量血压。沈艾莉说，妈，同样的伎俩用多了就讨人厌了。冯宝怡气得抓起枕头想打人，但是她见沈艾莉手里抱着儿子，只好忍着不发作。

沈艾莉熄了灯正准备睡觉，被一阵狂乱的拍门声惊响，小宇轩也睁开眼睛，借助刚熄灭又亮起来的床头灯的微光不安地看着比他更加不安的妈妈。沈艾莉打开门，冯宝怡哭得像个泪人，她抓着沈艾莉的手喊道，怎么办啊闺女，我没法活了。沈艾莉说，出什么事了？您慢点说。刚才他们来电话了，说你爸爸出事啦！沈艾莉说，谁来的电话？我爸出什么事啦？冯宝怡说，交警，你爸爸出车祸了，正在医院里抢救呢！我们怎么办啊，艾莉，要是你爸爸有个三长两短，我也不活了。

沈艾莉一边给冯芊慧打电话一边给儿子穿衣服。她用大毛毯把儿子裹包好，再给自己换衣服，对冯宝怡说，妈，我马上去医院，您是在家里看宝宝还是一起去？冯宝怡说，我要一起去，我要看看他到底怎么啦。沈艾莉说，那就快走吧，我爸伤成什么样还不知道呢，换件厚衣服，外面冷。

冯宝怡顺从地按沈艾莉的指令一一执行。她换好衣服，拿了个手提包又把鞋子穿上。沈艾莉说，妈，多带点钱。冯宝怡听令又跑回卧室，对沈艾莉说，家里只有两千块现金。把银行卡带上！沈艾莉说。

严帅已经记不起有多久没睡过这么沉的觉了，要不是电话突然把他吵醒，他可能会一直睡到下午。他从沉睡中醒来，抓起床边的电话，看到是冯宝怡打来的，他挂了电话，继续把自己的脑袋埋进被窝里。电话又一次响起，他厌烦地掀开被子，王小敏坐床边把电话举到他眼前，温柔地说，是艾莉的妈妈打来的，先接电话吧！严帅看了看一脸羞涩的王小敏，又掀开被子看到自己赤裸的上身和只穿着秋裤的下身，呆住了。他惊慌失措地看着王小敏，发生什么事了？王小敏转过身去，背对着他说，打了好多次了，说不定有什么急事呢。

冯宝怡在电话里对严帅说，小严啊，你爸爸被车撞了，抢救了一个晚上还没醒过来，你快来看看他吧！严帅手忙脚乱地边穿衣服边说，沈艾莉的爸爸出车祸了，我现在要赶去医院。王小敏吃了一惊，严重吗？严帅说，还不知道呢。王小敏说，行，那你快去吧，小心点啊。

严美在小露台上刷牙的时候，听到楼梯的防盗铁门打开又合上的响声，她伸出头去，看到严帅匆匆忙忙地跑向他的车子，他的脚步有点虚浮，头发有些凌乱，他一边跑还一边扣着外套的纽扣。可惜看不清他脸上的表情。严美想着，胡乱地把脸擦干净，就去敲王小敏家的门。

严美说，我说呢，昨晚连门都不让我进。王小敏说，我不明白你说什么。严美说，别装了，王小敏，是我低估你了还是高估你了？没想到啊，我哥现在还是你的好同学的丈夫，你还真下得了手。

王小敏提醒严美，小丫头，说话注意点，我们的事你最好别管。严美说，他是我哥，我能不管吗？王小敏说，那就请你去管好你哥哥，我不是沈艾莉，没那么容易被你欺负，我是喜欢你哥，你又不是第一天知道，怎么啦？

3

急诊室的走廊里站满了人，他们一见到沈艾莉抱着小宇轩和冯宝怡出现，就潮水一样向他们包围起来。张雪萍从沈艾莉手里接过小宇轩，冯宝怡被沈家二伯母扶着坐到椅子上去。沈艾莉看着眼前这些既陌生又似曾相识的面孔，一时不知道该作如何反应。他们都是沈家和冯家的亲戚，有沈家大伯父大伯母和他的儿子儿媳妇，二伯父和二伯母以及儿子儿媳妇，沈艾莉的舅舅和舅妈，还有冯宝怡的姑姑舅舅的儿女们。沈家老大的儿子接到交警大队朋友的电话，第一时间通知了家族里所有亲戚朋友，他们接到这个不幸的消息，第一反应就是拍醒身边的妻子或丈夫，从温暖的被窝里爬起来，穿上衣服带上钱就急匆匆地往医院赶。

冯家的亲戚来得稍晚一些，沈振扬被120救护车送到医院以后，正好遇上江锦鹏值班，他给冯芊慧打电话，告诉她沈振扬出事的消息。冯芊慧又给妈妈打电话，张雪萍给冯家的亲戚们转达她的姑爷遭遇的突如其来的横祸。他们前赴后继地拥向医院，把急诊室门口的走廊塞得几乎没有落脚的地方。沈艾莉第一次发现原来她们家竟然有这么多亲戚，有些人她小时候见过，有些好多年没见了，还有很多新面孔。他们一一上前与沈艾莉握手，并自报家门。沈艾莉冰冷的手被他们握过之后变得暖和起来，掌心还冒出些许汗珠。过了一会儿，沈艾莉发现她手里多了一沓钱，这些钱是她的亲戚们趁和她握手的时机巧妙地塞在她手里的。沈艾莉握着那沓厚实的携带着复杂的味道，但是无论这股味道再复杂，依然无法掩盖浓浓的亲情的钱，眼泪流了下来。

围着她的亲戚们慢慢散开，冯宝怡坐在走廊的椅子上哭得死去活来，她的两个妯娌像左右护法一样坐在她两边，不时给她们可怜的小婶抹眼泪，又低下头喃喃细语。沈艾莉直到现在，都还不知道她的爸爸在哪里，伤得怎么样。她看了一眼站在身边的年轻男人，沈艾莉说，你好——这位年轻的男人说，我姓刘，是驾驶小货车的司机，是我撞了你爸。他说完，惭愧地低下头。沈艾莉说，我爸现在在哪？

冯芊慧从急诊室走出来，沈艾莉看到她淡定的表情，悬了半天的心总算落了下来。姐，我爸怎么样了？冯芊慧拍了拍她的肩膀，江院长在里面给他准备手术。沈艾莉说，伤得严重吗？冯芊慧说，现在还不好说。沈艾莉说，我想看看他。冯芊慧点了点头，等一下我带你去。冯芊慧走到冯宝怡面前，冯宝怡抬起头，抓着她的手说，小慧，你可要救救你姑父啊。冯芊慧说，姑，您放心，我姑父不会有事的，你把家里钥匙给我妈，让她先把小宇轩带回去。她又对沈家年纪大的几位长辈说，你们先回去吧，太多人在这守着也没用。沈家老大和老二说，我们不走，冯医生，我弟弟到底怎么样了？

江锦鹏医生先从急诊室出来了，处理完皮外伤后晕迷中的沈振扬被两个护士推着跟在江医生后面出来了。众人又向沈振扬围了过去。

沈家两个兄弟看着弟弟的样子老泪纵横，冯宝怡扑过去抓着沈振扬两只脚——因为他的上半身盖着被子，手上打着点滴，还被众亲戚围着她挤不进去。她呼天抢地地哭喊着，他爸，你怎么啦？痛吗？老天爷啊，你要是有个三长两短，我也没法活了呀！

江锦鹏对沈艾莉说，你跟我来一下办公室，有些文件要家属签字才能给病人动手术。沈艾莉穿过一个个围在父亲病床边的脑袋的缝隙，看见沈振扬的头部被绷带包扎上了，白色的绷带渗出鲜红的血，像一位刚下火线的战士。沈艾莉总算看见她的父亲了，虽然只是透过一道细小的缝隙，她相信她的爸爸一定会醒过来。沈艾莉深吸了一口气，跟着江锦鹏进了医生办公室。

从X光片看，你爸爸脑部受伤，颅骨破裂，里面有大量的积血和肿块，需要立即进行手术。江医生看着办公室上刚送进来的X光底片，抬起头看着沈艾莉说。沈艾莉问道，其他地方呢？有没有受伤？江医生说，内脏没有受伤，四肢也没发现有骨折现象。沈艾莉说，我爸爸做完手术就会好了是吧？江锦鹏医生说，我们一定会尽力，但是结果怎么样，没有人敢打包票。沈艾莉说，是的，我懂。江锦鹏递给她一支签字笔，沈艾莉颤抖着双手在那些打印得麻麻密密的纸张上一一签过名。她每签一张，江锦鹏都细心地告诉她上面的内容，并客观地向她描述手术中可能发生的风险。沈艾莉说，我除了签名，没有别的选择了，是吧？

冯芊慧匆匆走进来，告诉江锦鹏，手术室准备好了。江锦鹏说，走吧。沈艾莉全身打了个寒战，她无助地看着冯芊慧。冯芊慧伸出手去，把她搂进怀里，淡定点，手术的时间可能比较长，你们在外面等着，有什么事我会第一时间出来告诉你。

沈艾莉坐在手术室门外的椅子上，冯宝怡靠在女儿的肩膀上，发出时断时续的呜咽。家里有小孩的亲戚相继向沈艾莉告别之后就回去了，他们安慰冯宝怡和沈艾莉，老天爷一定会保佑他们的叔叔（表姑父、表姨父）平安无事。他们又交代沈艾莉照顾好妈妈，现在出了这么大的事，有什么困难就给他们打电话，别一个人扛着。沈艾莉不停地说谢谢，不停地点头。她看了看墙上的挂钟，已经是凌晨一点了。冯宝怡累得身体直往下沉，沈艾莉单薄的肩膀硌得她的脸生痛。她只好把头抬起来，看着手术室紧闭的门问道，你爸进去多久了？两个小

272

时了。沈艾莉说。冯宝怡又嘤嘤地哭了起来。沈艾莉说，妈妈，我爸会没事的，您别哭了。

沈家两位伯母不知道从哪里弄来一床病人用的棉被，她们把棉被铺在椅子上做了一个软坐，把冯宝怡扶过去，又用棉被的边缘把她们的弟媳妇包裹起来。沈艾莉看到她那位年长的二伯父和年纪更大的大伯父相互依靠，在椅子上打盹，她看着那两个白发苍苍的头颅，想起手术室里正在与死亡搏斗的可怜的父亲，他们的生命来自同样的母体，流淌着一直让父亲引以为傲的沈氏家族的血液。这一刻，她终于理解了父亲源自骨子里的骄傲，虽然沈家的财富已经在时间的长河里湮灭，但是来自亲人们的心底里对先辈的敬仰，对亲人之间的爱的维护，从来没有消失。

沈艾莉的眼泪湿润了，从得知父亲出事那一刻到现在才过去五个小时，在这段短暂而漫长的时间里，她不经意间流了好几次眼泪，奇怪的是，没有一次是因为担心父亲的伤势而流的。每一滴眼泪都是被亲人们的小举动牵扯着她内心深处最柔软的神经，导致情感的大坝决堤之后才涌出来的热泪。沈艾莉突然生出一种奇妙的感觉，原来她已经在这个突如其来的变故中一下子长大了，她不会再为苦难撕心裂肺，但是她会为人间的小温暖感激涕零。她甚至在心里想，万一爸爸没能挨过这一关，在她未来的日子，她要怎么做，才能让冯宝怡的晚年过得更好，她要怎么努力，才能给儿子创造更好的环境让他无忧无虑地长大。如果父亲真的走了，她也不会让他看见自己哭，她要做一个坚强的让父亲骄傲的女儿，让他毫无遗憾地与这个世界告别。

那位肇事司机小刘坐在沈艾莉后面隔了四排椅子的角落，怀着像冯宝怡和沈艾莉同样忐忑的心情看着手术室的大门。他鼓起勇气，走到沈艾莉身边坐下。对不起，他懊恼地说，我不是故意的。沈艾莉说，意外的事，谁都不想。小刘说，希望伯父平安无事，要不然，我这辈子的良心都过意不去。沈艾莉点了点头，你也不好受，要不你先回去吧。小刘说，我不能走，我要等交警来录口供。

沈艾莉坐得身体有些僵硬，她站起来在这个被寒夜充斥的空间来回踱步。她踱到窗前，看着窗外夜幕下的江面，江上的货船不时发出熟悉的汽笛轰鸣。她又想起父亲经常挂在嘴边的话，想当年，我们沈家也有过几艘那样的破船。沈艾莉在心里笑了笑，觉得她的父亲其实一直以来都是个可爱的大孩子。现在这个大孩子变得很可怜，他在那间冰冷的手术室里孤军奋战，以逃过死神的追捕，而他最亲的人，他的兄长、妻子、女儿，都被无情地拒之门外，没有办法对他伸出援手。

凌晨两点一刻，蒋兆南赶到医院手术室门外。小刘是铂莱卡大酒店的司机，他在运送布草的时候把沈振扬撞倒了。蒋兆南接到冯芊慧的电话，就赶到医院。他看见沈艾莉站在窗前沉思，他走到她身边的时候，竟毫无觉察。蒋兆南把身上的外套脱下来，披在沈艾莉身上。沈艾莉闻到一股似曾相识的味道，她转过身去，意外地看见蒋兆南站在眼前。沈艾莉还没来得及和蒋兆南打招呼，小刘走到蒋兆南面前，哭丧着脸说道，董事长，对不起，我——蒋兆南拍了拍小刘的肩膀安慰道，不着急，先把人救了再说。这时候，手术室的门开了，江锦鹏医生和冯芊慧一起走了出来。蒋兆南、沈艾莉和小刘向他们迎过去。冯宝怡听到响动也从粗浅的睡眠中惊醒，沈家两兄弟呼的一起从椅子上站起来，众人围着江锦鹏医生和冯芊慧，心跳加速又故作镇定地看着他们。

江锦鹏说，手术已经做完了，这是从病人的颅脑里清理出来的血块。沈艾莉看着江锦鹏手里的搪瓷盘，上面放着几块瘀血。我爸爸怎么样了？冯芊慧看着江锦鹏。冯宝怡看见那团血块，又哭了起来。江锦鹏说，麦医生还在给他缝线，手术是做完了，一会儿就送进重症监护病房。沈艾莉说，我爸什么时候可以醒过来？江锦鹏顿了顿，看了沈艾莉一眼，目光最后落在站在沈艾莉身边的蒋兆南身上。他艰难地说，二十四个小时后，我们才知道病人能不能度过危险期。蒋兆南说，江医生，有什么就直说吧，没关系。江锦鹏艰难地吐出最后一句，只要病人能够度过危险期，就能活下来，至于什么时候能醒，我们暂时无法判断。

沈艾莉打了个趔趄，蒋兆南及时把她扶住了，为了防止她再次倒下，他把沈艾莉连同他披在她身上的大衣一起搂住了。冯芊慧说，艾莉，你要有心理准备……过了一会儿，冯芊慧又说，不过也不用太绝望，我相信世上总会有奇迹，我姑父是个乐观的人，他会醒过来的。

天亮的时候，蒋兆南和小刘一起到交警大队做笔录，伯父伯母也被沈艾莉劝回家休息了。冯芊慧给冯宝怡母女买了早饭，劝艾莉陪妈妈先回家。冯宝怡说，他一天不醒过来，我就不会离开他。冯芊慧说，艾莉，要不你回家休息，看看小宇轩下午再过来？沈艾莉说，我要陪我妈。

4

离开王小敏的家驾车赶往医院的路上，严帅冻得浑身发抖，他才想起情急之下连外套也忘了穿上。该死的！严帅使劲地拍了一下方向盘骂道。他不知道骂的是谁，是骂王小敏那一桌丰盛的晚餐和那一瓶让他犯下不可饶恕的错误的高度数白酒，是骂自己还没脱离狼窝又莫名其妙地掉进虎口，是骂沈振扬平白无故闹出这么大的事，还是骂冯宝怡的电话吵醒了他的甜美的睡眠。虽然沈振扬和他之间没有多少温情，但是他们总还是一家人，他的出事带给他的慌乱巧妙地掩盖了王小敏带给他的惊慌失措，他甚至庆幸冯宝怡的电话及时把他从困境中解脱出来。

不知道那个老头子伤得怎么样了，还有没有救，严帅想，要是他没有救了，沈家就剩下他一个大男人替他们一家老小遮风挡雨了。在这个节骨眼上，沈艾莉大概也不会再提离婚的事。沈艾莉已经变了，只要她肯变，总是好事。如果可以的话，或许沈艾莉愿意为了维护这个家与他同心协力，朝着一样的目标前行。严帅被自己的想法吓了一跳，他竟然在潜意识中盼着他的老丈人就这么没了。虽然一直以来，沈振扬都没把他当自家人看待，但是总不能诅咒一个生命垂危的人。该死的！严帅又骂了一句，这一次，他很清楚是在骂自己。

严帅赶到重症病房外，看见冯宝怡和沈艾莉并肩而坐。她们既没有说话，也没有哭。严帅的心觉得稍安了些。他走过去，喊了声：
妈——

冯宝怡抬起头看了严帅一眼，因为哭了太久，眼袋像收集了一夜的细雨一样沉沉地耷拉在她的上颌骨上。你来啦。冯宝怡说。严帅看了沈艾莉一眼，她身上披着一件做工精细的男式大衣。严帅在冯宝怡身边坐下，我爸他怎么样了？还没醒。冯宝怡说。医生怎么说？严帅又问道。冯宝怡摇了摇头。

严帅站起来，隔着ICU病房的玻璃窗瞄了一眼，他只看到一道长长的走廊，和两个医生带着几个小护士在走廊里走动，很快就拐进其中的一间病房里去了。严帅走回来，坐到沈艾莉身边。他闻到那件男装大衣散发出来的淡淡的香气，他鼻子被这若有若无又捉摸不透的气味折磨着，令他感到呼吸困难。冷吗？他问沈艾莉。沈艾莉摇了摇头。小宇轩呢？我舅妈看着。沈艾莉说。

　　沈家老大家的儿子和儿媳妇带着母亲一大早熬的鸡汤送过来了。沈艾莉的堂兄看了严帅一眼，严帅不知道他们是什么人。沈艾莉喊了声哥、嫂。堂兄说，三叔怎么样了？沈艾莉说，还没有过危险期。堂兄说，三婶，我妈煲了汤，你和艾莉吃点吧，我三叔他不知道什么时候能醒，你们得撑着，不能拖垮了身子。沈艾莉接过堂兄手里的汤壶，说了声谢谢。堂嫂说，艾莉，现在事故鉴定结果还没有出来，后面保险怎么赔还不知道，刚才我们已经去交了些押金了，需要用钱随时给你哥打电话，知道吗？沈艾莉鼻子一酸，哽咽着说，谢谢嫂子。堂嫂拉了拉冯宝怡的手，又拍了拍沈艾莉的肩膀，陪着她抹了一把眼泪。我们先回去上班了，晚上再过来。沈艾莉说，嫂子，你们忙，不用跑来跑去了，有消息我给你们打电话。堂兄也学着妻子的样子拍了拍他的三婶和堂妹，我们先走了，艾莉，挺住啊。

　　严帅说，我能做点什么？

　　冯宝怡没有吭声。沈艾莉看了严帅一眼，也没说话。

　　这时候，严帅的电话响了，是严美打来的。他皱了皱眉，走到一边去听电话。严美说，哥，你在哪？严帅说，我在医院呢！严美惊叫起来，哥，你不是出车祸了吧？今天早上你火烧火燎的就走了，连外套也没有穿，怎么回事？严帅说，跟你说不清楚，我挂了啊！

　　严帅才走回到她们母女身边，严美的电话又打过来了。严帅挂掉电话，心情变得烦躁起来。沈艾莉说，你有事就走吧。严帅说，没有，我没什么事。

　　由于沈振扬还没度过危险期，肇事司机小刘被交警大队扣押起来了。蒋兆南和交警大队的办事员一起回到医院拿沈振扬的伤势报告。江锦鹏把沈振扬的身体检查结果和病历一起摆在桌面上，交警大队的办事员说，江医生，请您大致描述一下伤者的受伤情况。江锦鹏说，病人目前已经做完脑外科手术，手术情况喜忧参半。办事员说，请详细说明一下。病人的内脏器官都没有受到损伤，除了左侧面部的皮外伤和手脚上的轻微损伤，也没有发现骨折，江锦鹏说，虽然病人目前还处于昏迷状态，但从他的心跳和脉搏，可以看出他的求生欲望非常强烈。

这个手术对他的脑神经影响大吗？蒋兆南问道。

江锦鹏看了蒋兆南一眼，他对这个事业有成气质儒雅的情敌有一种莫名的好感。蒋兆南对江锦鹏怀着同样的感觉，他对江锦鹏投过来的目光报以礼节性的微笑。江锦鹏说，以后能不能醒过来，要看他自己的努力了。江锦鹏又转过视线，对正在认真记录的交警大队办事员说，我们从病人体内抽血结果看，出事前他喝过酒，血液里的酒精浓度严重超标，而肇事司机的抽血检查结果显示，他没有酒驾，所以我怀疑——

办事员说，江院长请直说。江锦鹏说，我只是猜测，但不敢肯定。病人患有高血压，头部也没有明显的外伤，我无法确定他是出事前已经发生了脑溢血，还是出事后因为外力撞击血压升高才导致这一突发事件。不过，江锦鹏又说道，作为一起交通事故，伤者的脑溢血是发生在事前还是事后，我认为对判决的影响也不会很大。

蒋兆南陷入了沉思。

办事员说，是的，我们已经看过出事地点附近的监控录像，一定会做出公平的判断的，我们还需要医院的检查结果作为参考依据，希望江院长配合。江锦鹏说，没问题。

蒋兆南和江锦鹏握了握手，谢谢江院长，无论事故鉴定结果如何，我都希望病人能早日醒来，辛苦你了。江锦鹏说，这是我应该做的。

蒋兆南别过交警大队的办事员，只身来到重症监护病房门外。看见沈艾莉和她的妈妈并肩而坐，严帅靠墙站在走廊的另一面，拿着手机像在回复信息，又像在浏览新闻打发时间。沈艾莉看蒋兆南站起来打招呼，严帅赶紧把手机收起来放进裤兜。沈艾莉说，董事长，您怎么来了？蒋兆南说，我和交警大队的办事人员过来取证，顺便来看看你们。沈艾莉把身上的外套拿下来交还给蒋兆南说，谢谢。严帅的心往下一沉，原来这件大衣是蒋兆南的！他的脸像火烧一样发烫，但他立马就想起自己的外套还落在王小敏家，像挨了一盆迎头泼过来的冷水一样，脸上的红潮瞬间消退，心情也随之沮丧起来。

蒋兆南说，你们不能老这样守着。沈艾莉摇了摇头，没关系。蒋兆南说，我担心你妈妈的身体会吃不消。沈艾莉说，我姐姐说了，一会儿带她回她宿舍躺会。蒋兆南伸出手去，拍了拍沈艾莉的肩膀，像鼓励，又像安慰，有什么需要我帮忙的，随时开口，不要客气。沈艾莉说，暂时还不用，谢谢。蒋兆南说，我已经和保险公司联系过了，伯父的医药费，他们会先按交通强制保险的流程垫付，如果不够我再解决，其他的费用，要等事故鉴定结果出来之后才能办理赔手续。沈艾莉点了点头。蒋兆南说，那我先走了，保重。

　　冯芊慧把中午饭送来的时候，严帅发现自己也饿了。冯芊慧看了他一眼说，你去吃饭吧。严帅说，我还不饿。沈艾莉吃了几口饭，又喝了半碗堂兄送来的鸡汤，身上暖和了一些。冯宝怡只喝了半碗汤，饭一口也没吃下去。但是在冯芊慧和沈艾莉的劝说下，总算答应去她侄女的宿舍躺一会儿。

　　走廊里只剩下严帅和沈艾莉两个人。严帅说，你冷吗？沈艾莉说，不冷。严帅说，要不我回去给你带衣服。沈艾莉说，你上班去吧。严帅不再说话，他也觉得自己这样陪着浪费时间，他是该去上班了。他看了看表，心里琢磨着再站一会。王小敏却突然出现在他面前，他的脸又涨红了，王小敏看了他一眼，没有跟他打招呼，走到沈艾莉身边坐下，拉着她的手说，艾莉！

　　沈艾莉看着王小敏，强颜欢笑地说，你怎么来了？王小敏说，我听说伯父出事了，就赶过来看看，现在怎么样？沈艾莉说，还没有过危险期。王小敏伸出手去，搂着沈艾莉的肩膀，伯父福大命大，一定能熬过去的。沈艾莉说，嗯，一定会的。王小敏说，你吃饭没有？沈艾莉说，吃过了，你呢？王小敏说，我也吃过了。你今天不上班吗？下午班，一会儿就去。沈艾莉说，你帮我跟我们主任请个假，我爸现在这种情况，我也不知道什么时候才能去上班。王小敏说，你安心照顾好家里，我帮你请假，没事。

　　王小敏陪沈艾莉坐了一会儿，其间抬起头看了严帅几眼。严帅开始不敢与她对视，后来两次他勇敢地迎着王小敏的目光，想搞清楚她心里在想什么。王小敏的眼神告诉他，我心里想什么，哪会那么容易就让你看穿？王小敏说，艾莉，我上班了，你保重身体。沈艾莉点了点头，对严帅说，你也去上班吧。严帅看了看手机上的时间，被王小敏突然出现打乱了他的计较，吃饭是来不及了。好吧，我晚上再过来。严帅说完，跟着王小敏一起向电梯间走去。

出了电梯，王小敏跟着严帅走向停车场，严帅打开车门，她也跟着坐进了副驾座，系上安全带，对严帅说，走吧。严帅发动了车子，却没有踩油门，他心烦意乱地说，王小敏……

你还不开车，说不定艾莉在楼上看着呢。王小敏说。严帅只好驶出医院停车场，向王小敏上班的方向驶去。王小敏突然伤心地哭了起来，她的哭不像沈艾莉发脾气那种号哭，也不像严美撒娇的大哭，她低下头，从手提包里抽出两张纸巾，低声抽泣着。严帅最怕女人这样哭，这是一种以柔克刚的利器，轻易地捣破严帅坚硬的外壳。严帅靠路边停下来，好好的，怎么哭了？

王小敏左手拿着一整包纸巾，右手刚把纸巾摁在脸上，一转眼就湿透了。王小敏说，沈艾莉太可怜了。严帅叹了一口气，我们谁不可怜。王小敏说，我不可怜，我从来不觉得自己可怜，我也不用你可怜。严帅说，你什么意思？王小敏说，你放心，我不要你负责的，就算——

就算什么？严帅紧张地问。王小敏说，没什么，我要迟到了。

5

沈振扬在重症病房熬过艰难的二十四小时之后，江锦鹏告诉冯宝怡和沈艾莉，病人已经脱离危险期，生命体征良好。沈艾莉感动地对江锦鹏说谢谢。冯宝怡得寸进尺地问道，他什么时候可以出院？

江锦鹏说，病人还需要在ICU病房多观察两天，如果没有意外，就可以转到普通病房了。冯宝怡说，然后呢？冯芊慧拉着姑姑的手说，姑，您不要着急嘛，一步步来，您要相信江医生。江锦鹏说，我们更应该相信病人，虽然我无法保证他什么时候能醒过来，但是要出院，也需要些时间。沈艾莉说，我相信我爸爸，他一定会醒过来的。冯宝怡执拗地说，就算他真的成植物人了，只要他还能喘气就行了，艾莉，从现在起，你妈什么事都帮不了你了，我得守着你爸，是我欠他的，我得用我的余生来还给他。

一个星期后，沈振扬转到神经外科普通病房，冯宝怡终于可以寸步不离地守着她的丈夫。自从他出事之后，她的身心经历过一场炼狱般的煎熬。在她接到交警大队的电话，匆匆忙忙地和沈艾莉抱着小宇轩赶往医院的途中，为了驱逐这突如其来的恐惧，她在心里不停地骂这个一辈子都无法让她省心的丈夫。她骂他在女儿和女婿闹离婚的节骨眼上闹出这么大的事给她添乱；她骂他死性不改，才戒了酒没几天，又在外边胡混，导致晚节不保；她还骂他聪明一世糊涂一时，才刚领了退休证就出事，要是连命都丢了，白瞎了最少二十年的退休金，哪怕你能活到七十也不至于这么亏啊！冯宝怡骂道。你就是故意气我的，和你过了几十年了，你斗不过我，你嫌我扣着你的工资卡，你嫌我家里的大事小事都不让你做主，你还嫌我长得胖不会打扮没气质不像少奶奶丢你的人，所以你才想出这种阴招损招来报复我，沈振扬，你最好死了，你要是不死，只要你还有一口气，看看老娘怎么收拾你！

冯宝怡骂了一路，直到出租车把他们拉进中心医院的大院，她看到一片死寂的医院大楼里透出来的耀眼的灯光，她梦游似的被女儿牵着走进通向急诊室那道幽深的走廊，她听到走廊里传来嘈杂的人声，她看到她的亲人们像潮水一样向她拥来的那一刻，她害怕了。她预感到，她的好丈夫，沈艾莉的好父亲，小宇轩的好外公，那个和她相濡以沫地过了快三十年小日子的，打结婚那天起就把工资卡和全部家当交给她的好男人，可能真的再也活不过来了。谁能做到啊！他从来没嫌过我胖没嫌我没气质没嫌过我什么事都自作主张，他是沈家三少爷啊，他就这样被我欺负了三十年了。可怜的人哪！冯宝怡想，你不能死，你得好好活着，是我欠你的，我还！从今往后，无论你是毁容也好，残疾也罢，就算你瘫在床上一动也不动了，我也不嫌弃，我也守着你，你好歹给机会我还债哇！

现在，冯宝怡对上天和沉睡中的沈振扬充满了感恩。她守在他的病榻边，不停地跟他说话，给他按摩手脚，给他洗脸翻身，向他忏悔。在冯宝怡眼中，除了这个陪伴了她三十年的男人是真真实实地存在着的，其他都是虚妄。连沈艾莉和小宇轩都被她抛之脑后了。那是沈艾莉自己的事了，冯宝怡对沈振扬说，以后我就陪着你，谁的事我都不管了。

一个星期后，冯芊慧陪沈艾莉来到交警大队的事故听证室，蒋兆南和陈天乐已经到了。他们坐在左边的椅子上，冯芊慧和沈艾莉走到右边坐下。交警大队的负责人向双方展示了事故过程的所有相关资料，和来自医院的各种检查报告。双方代表人看了一遍资料，半个小时后，交警大队的负责人说，你们还有什么需要补充的吗？陈天乐说，没有了。沈艾莉摇了摇头，冯芊慧说，我们也没有。我现在宣读事故鉴定结果，交警大队的负责人象征性地看了看双方代表家属，用客观公正的声音说。

听完鉴定事故报告，冯芊慧和沈艾莉先站起来。蒋兆南和陈天乐紧跟其后，一起向停车场走去。蒋兆南说，我感到很遗憾。冯芊慧说，是我姑父违反交通规则，判他承担主要责任也是在情在理。陈天乐说，艾莉，有什么需要我们帮忙的吗？蒋兆南说，我已经向江院长咨询过了，伯父还需要长时间的康复治疗，这是一笔不小的开支，我愿意承担这笔费用，希望你们不要拒绝。

沈艾莉说，谢谢，不用了，我能解决。

冯芊慧对蒋兆南说，还是尊重艾莉的决定吧。蒋兆南看了沈艾莉一眼，冯芊慧发现他看沈艾莉的眼神有点复杂，她一时半会无法解读这个复杂性。她打开车门，我们先走了，再见。蒋兆南看着沈艾莉坐进冯芊慧的车里，看着她们离开交警大队的大门，消失在他的视线内。陈天乐觉得他的叔叔今天有些失常，冯芊慧和他说再见的时候，他竟然毫无反应。

回到医院停车场，冯芊慧从手提包里掏出一张银行卡交给沈艾莉，这里有十万块，你拿去用。沈艾莉顺从地接过冯芊慧递给她的银行卡，谢谢姐。冯芊慧拍了拍她苍白的脸，密码是你的生日，不够再告诉我。

沈艾莉去住院部缴费处打算给沈振扬交押金，收费处那个长着圆脸的闭着嘴也给人一种笑意盈盈的感觉的收钱员告诉沈艾莉，押金暂时不用交了，上午有一位沈先生才存了两万块。沈艾莉说了声谢谢，她回到病房，看见冯宝怡伏在父亲的病床前睡着了。沈艾莉看着她的父亲被剃光了的头上没几天时间就长出来的新茬，已经愈合的伤口上还残留着一些细碎的血痂。他的皮肤变白了，脸更饱满了。沈艾莉伏在他的胸前，聆听他均匀而平缓的呼吸。她满意地直起腰，拿起了一张薄棉被盖在冯宝怡身上。

回到小区门口的时候，沈艾莉被英姑喊住了。艾莉啊，你过来一下。英姑说。沈艾莉走进英姑便利店，喊了声英姑。英姑拉着她的手，抹了一把不再晶莹的眼泪，把一个厚信封塞进沈艾莉手里。沈艾莉不解地看着她。英姑说，这是街坊邻居的一点小心意，给你爸爸买点营养品吧。沈艾莉说，谢谢英姑，不用了。英姑说，你这孩子，给你就拿着！我没有做什么，都是邻居们主动找上我，我只好当这个领头羊把钱收起来了，里面那些零钱是两个在这附近收垃圾的环卫工给的，你爸是个好人，平时没少关照他们。英姑说着，又抹了一把泪。沈艾莉觉得这个信封压得她喘不过气来，她的脸涨得通红，泪水在眼眶里打转。英姑说，想哭就哭吧，别憋着。沈艾莉说，嗯。

沈艾莉回到家，打开英姑给她的信封数了数，里面有三千七百零五块钱。其中有两百零五块全是一元、两元和五元的残旧的零钱，沈艾莉把他们掏出来，整齐地摆放在茶几上。她看着那些纸币发了一阵呆，它们像一双双温暖的眼睛凝视着沈艾莉，在这个寒冷的灰蒙蒙的午后，带给她连续多天以来所体会到的同样的感动。沈艾莉终于体会到沈振扬对他们家的血统念念不忘的坚守，没错，她的父亲只是一个没什么大成就的市井小男人，他这辈子没有做过惊天动地的大事，也没有为他的家庭和后代留下丰厚的财富。但是，他用实际行动实践着他对沈家那个远去的贵族家庭的理解和守望。父亲的高贵与柴米油盐无关，与财富的多寡无关，这是一种源自血液里对人的尊重，对生活的宽容，用自己的方式爱着他所爱的一切。

沈艾莉把钱装回信封里，又把阳台上晾晒了几天的衣服叠好，找了个干净的环保袋，走进父母的卧室，打开衣柜，把冯宝怡需要换洗的衣服找出来。正打算把衣柜门关上，却看到衣柜底层被冯宝怡的旧衣服压着的相册的一角。沈艾莉弯下腰，把那本大相册抽出来摆在床上，一页页地翻阅。这是沈振扬亲手收集整理他的宝贝女儿从小到大的照片，从这本相册，可以一窥沈艾莉的成长历程。

沈艾莉翻到相册的最后一页，那是一张放大的他们一家三口的合影，是她大学毕业典礼那天在学校门口拍的。沈振扬站在中间笑得眉飞色舞，冯宝怡那时候还很圆很年轻，沈艾莉像一朵含苞的芙蓉一样站在父亲的右手边，轻轻地搭着他的肩膀，脸上的笑容像晨雾退去之后的草地一样毫无杂念。沈艾莉伸出手去，摸了摸照片上的三张快乐的面孔。她发现这张照片厚得有些异常，她把照片的四个角从相册底部用来固定照片的缺口处把照片抽起来，意外地发现里面还藏着一个信封。

沈艾莉打开信封，里面装着一张银行卡和一张便笺，便笺的抬头印有"香港汇丰银行"的字样。沈振扬在上面写道：我亲爱的女儿，今天爸爸和你的两位伯父把你爷爷留下来的金条兑换成现金了。共有八十万，是用你的名字开的户，存了三年定期，这是我给你准备的嫁妆。这些钱，你妈妈和你两位伯母都不知道，请恕爸爸无德无能，让你受委屈了。希望你将来能找到一个真心爱你的男人，我不求他有多富有，长得有多英俊，只要他心里善良，对人宽容，能倾尽全力去爱护你，足矣。我本来想把这笔钱亲手交给你，但是，在我还没有任何心理准备的时候，你突然就结婚了。自从你嫁给严帅，我就再也没有在你的脸上看到过从前那种无忧无虑的笑容。所以，我只好把这笔钱先存起来，等到将来有一天，在关键时刻能解你燃眉之急。艾莉，你慢慢就会明白，生活很艰难，但是也很好。我不知道你有没有机会读到这封信，我只是有感而发，要是这件事让你妈妈知道，她又会说我做作了，那就让爸爸做作一回吧。

沈艾莉看到了落款处，父亲写下这封信的时间，正是他出事的前一天晚上。

6

严帅在严美家住了好些天，他趁沈家白天没人的时候，会回去洗个澡，换身衣服。他把换下来的脏衣服带回严美家里，严美说，我不是你丈母娘。半个月下来，严帅像蚂蚁搬家一样，已经陆续从沈家搬了不少衣服出来。严美看着他堆放在沙发角的纸箱里的衣服就来气，她给严帅下逐客令，要么回沈家继续当他的驸马爷，要么自己找地方搬走。

你们这段时间没东西要修吗？严帅问道。严美说，没有，原来的烤箱太小，王小敏换了个大的。自从沈振扬出事第二天在医院遇到王小敏，又把她送回超市上班之后，严帅就再也没有见过王小敏。虽然他们之间只隔了一堵墙，王小敏也没有故意避他，他也没有刻意避开王小敏，但他们就是见不着面。他晚上无聊的时候，就从地铺起来，把耳朵贴到墙上去，听隔壁正在忙活的王小敏和严美有什么动静。但是，除了不时飘过来阵阵的奶油香，严帅什么也听不到。

王小敏今天要做两打芝士小蛋糕，明天上午十点前要送给客人。严美说，明天叫我哥帮我们送货吧。王小敏说，不用，我自己送。严美说，你是不是和我哥吵架了？王小敏说，我为什么要和你哥吵架？严美说，我哥情绪不是很好，你也没叫过他来修东西了。王小敏说，我的东西都好好的，总不能故意拆坏了让他来修吧。严美看着王小敏宠辱不惊的表情，住了口。

烤箱里又飘出芝士的香味，严美说，还有五分钟就好了，王小敏，你能不能多烤两个，明天我们当早餐。王小敏没有接严美的话，她突然冲进卫生间呕吐起来。严美跟上前去，扶着王小敏说，你怎么啦？王小敏，没什么，就是闻到这个味觉得恶心。严美呆了呆，王小敏，你最好跟我说实话。王小敏说，我可能吃了不卫生的东西闹肠胃炎了，你去帮我弄点药来。严美狐疑地看着她，你确定真的是肠胃炎？王小敏说，你去还是不去。

严美跑回家手忙脚乱地翻箱倒柜，我记得明明有药的，上哪去了？哥，你赶紧去帮我买些肠胃药，王小敏吐了。严帅怔了怔，吐了？严美说，我也不知道怎么回事，今天一整天都好好的，但是刚才闻到芝士味就开始吐，你快去买药去吧。

严帅走出屋门，他没有下楼去买药，而是进了王小敏的家。严美追上来，严帅把她关在外面说，这里没你的事，该干吗干吗去。

王小敏被突然冒出来的严帅吓了一跳，她拍了拍胸口说，吓死我了，我的药呢？严帅说，没有药。王小敏说，我家里没有东西要修，你走吧。严帅说，你不能乱吃药。王小敏说，我得肠胃炎了，你见死不救就别在这添乱。严帅说，王小敏，你老实告诉我，你是不是怀孕了？王小敏给自己热了杯牛奶，坐到小沙发上去，不紧不慢地喝了起来，谁说我怀孕了？

严帅说，严美说你闻到芝士味就吐了，这不是肠胃炎，肠胃炎又吐又拉，你拉了没有。王小敏看了严帅一眼，我吐不代表我怀孕，我没吐也不代表我没怀孕。严帅紧张地在王小敏面前转了两圈，搬了张小板凳在她面前坐了下来，那你老实告诉我，你是不是怀孕了？王小敏说，你到底想说什么？严帅说，我问你，你是不是怀孕了？王小敏说，是又怎么样？不是又怎么样？这是重点吗？严帅顿了顿，不是。王小敏说，那就挑重点的说。

我想和艾莉离婚，你有什么看法？王小敏说，我没有看法，那是你们之间的事。严帅说，可是我们之间发生过——王小敏瞪了严帅一眼，你的意思是说，我要对你和艾莉离婚负责？严帅说，当然不是。王小敏说，那你是什么意思？严帅说，我是觉得，我应该对你负责。王小敏说，你为了对我负责，就得对沈艾莉不负责，这个黑锅我不背。严帅说，其实我们早就没有感情了，而且是她先提出的离婚，是我一直拖着。王小敏说，你为什么要拖着。严帅说，我也不知道为什么，反正当时就觉得委屈。王小敏撇了撇嘴，严帅啊严帅，你委屈？你哪里委屈啦？你扪心自问吧，摸摸你的良心问一下吧，自从你娶了沈艾莉，是你委屈还是她比你更委屈？

严帅说，我知道，她也挺委屈。

王小敏说，不是挺，是非常！连我都替她委屈。你自己有什么？房子是人家的，车也是你丈母娘买的，儿子也是他们帮你带帮你养。严帅说，我有交伙食费，一个月一千呢。王小敏说，你知道养个孩子要多少钱吗？一千？够买奶粉还是够买尿不湿？还是够给他买衣服玩具？你知道现在请一个带孩子的保姆一个月得多少钱吗？四千，还请不到人！

严帅说，我们扯远了。王小敏说，那你想说什么自己扯回来呗。严帅说，我想和艾莉离婚以后和你在一起。王小敏说，这两件事有因果关系吗？严帅说，没，没有。王小敏说，那你干吗混在一起。严帅说，好吧，我正式说，我什么都不混，我只想娶你。王小敏说，因为我怀孕吗？严帅说，不是，就算你没怀孕，我也想娶你。王小敏说，为什么？严帅说，因为你是能和我一起吃苦的好姑娘。王小敏冷笑道，哈！你娶我是为了让我陪你一起吃苦？严帅，我告诉你，我能吃苦是因为我热爱生活，更爱我自己，我舍得为自己吃苦，是因为我明白我的苦都不会白吃，但是这并不代表我可以随便跟哪一个男人一起吃苦。

严帅说，不不不，我错了，因为你是个好姑娘。王小敏说，凭什么因为我是个好姑娘就要嫁给你？难道别的男人就配不上好姑娘了？

那你到底要我怎么说？严帅头一回遇到像王小敏这样厉害的角色。王小敏说，连话都不会说，你急巴巴地跑到我屋里来干什么？

严美在外面拍门，哥，你们在里面干什么，开门啊，给我开门。

你给我闭嘴！严帅冲门外吼了一声，接着对王小敏说，好吧，我承认，我喜欢你。王小敏说，我长得又不漂亮，家里又穷，工作又不体面，在事业上又帮不了你，我有什么值得你喜欢的。严帅说，我就喜欢你这个人，没有什么都没关系，我们年轻，有力气，以后什么都会有的。王小敏说，那你说说，你拿什么娶我？严帅说，你想要什么？王小敏说，我想要的你给得起吗？严帅说，我现在是给不起，但是我相信——

你现在给得起什么？王小敏问道。严帅说，我有二十来万存款。王小敏说，说具体点。我有二十三万存款，严帅。我有三十五万零八千，有三十万存着定期，五万买了理财产品，八千元活期，随时可以拿出来应急用的。王小敏淡定地说。

你比我多，严帅说，但是我一个月能挣八千，努力点的话，一万左右都没问题。王小敏说，然后呢？我把钱都交给你，严帅说，该怎么用，你说了算。王小敏说，那你儿子呢？严帅说，我知道，艾莉不会把儿子给我的，我也不想为难她了。王小敏说，儿子是你的亲骨肉，抚养费总是要的吧？严帅说，行，我给，每个月给一千，你说行吗？王小敏说，该给多少不是我和你说了算，是离婚的时候按规定按行情按协议办。严帅说，是，我照办。

王小敏说，你这算是向我求婚吗？严帅说，不是，我现在还没资格向你求婚，只是表一个态。王小敏点了点头，还算是个明白人。严帅说，那你答应啦？王小敏说，我考虑考虑。

那行，你慢慢考虑，你还想吐吗？王小敏说，我想吃橘子。严帅说，我现在就去给你买，很快就回来。王小敏把严帅送出屋门，随手又关上了。她看着严帅跑下楼梯的背影，撇了撇嘴，把最后一口牛奶倒进嘴里，自言自语道，小样，跟我玩！

第二天，严帅把沈艾莉之前给他的离婚协议书拿给王小敏看，王小敏说，这辆车是你自己买的吗？严帅说，她妈妈出了十三万，我自己掏了两万。那凭什么归你？车是用我的名买的，严帅纠结地说。王小敏把协议书扔回给严帅，行了，你不用问我了，你自己爱怎么着就怎么着，和我没关系。严帅说，行，车我也不要了，我净身出户，行了吧？王小敏说，别说得那么好听，知道什么叫净身出户吗？那是指本来有很多属于你的东西，你不要了，统统留给沈艾莉了，那才叫净身出户，你现在这样，只能算怎么进去怎么出来。严帅说，行了，我不要了，你说得对，什么都是他们的，对于他们来说，我只是个过客，我自己掏的那两万块钱也不和她计较了，就当是折旧费吧。

赶在民政局婚姻登记处春节假的前一天，严帅和沈艾莉办妥了离婚手续。他们在婚姻登记处门外站了一会儿，严帅说，对不起。沈艾莉笑了笑，我也做得不好。严帅说，我们还可以做朋友吗？沈艾莉说，你永远是宇轩的爸爸。严帅说，你爸爸什么时候出院？沈艾莉说，明天，我妈说要接他回家过年。严帅说，我对不起他们，请你替我向你爸爸妈妈道个歉。沈艾莉说，好。严帅说，儿子的抚养费，我会准时转账给你。

我妈让我把这个还给你。沈艾莉说着，把冯宝怡那本记账簿归还给严帅。严帅接过那个小本子，一页页地翻着，越看越让他无地自容，最后一页冯宝怡用人民币大写记录下的那个"总计"后面的数字，他没有勇气再看下去了。严帅苦笑了一下。沈艾莉说，没什么，这回咱们算两清了。严帅点了点头，你爸妈都是好人，替我谢谢他们。沈艾莉说，要是没什么事，我先走了，小宇轩还在我舅妈那呢。严帅说，好，再见。再见，沈艾莉说。

7

严帅和沈艾莉办好离婚手续的第二天，就收拾了简单的行李，带上给母亲买的年货，和严美一起坐长途汽车回老家过年了。他没有和王小敏告别，也不知道她有没有回老家过年。严美告诉他，王小敏已经辞职了，找到铺位还下了定金，过完年就自己开西饼店。严帅没有吭声。严美说，哥，你是不是真的喜欢王小敏。严帅说，喜欢又怎么样？长途汽车正穿过一连串隧道，严美觉得头有点晕。她抱怨道，真没劲。严帅说，怎么啦？严美说，要是你不把车还给沈艾莉，我们就不用遭这份罪了。

严帅说，少啰唆，回到家别跟妈乱说话。严美说，你是不是和王小敏做了对不起沈艾莉的事了？严帅气呼呼地，你瞎说什么？严美撇了撇嘴，别以为我什么都不知道！要不是你心里有亏，你会那么轻易就和沈艾莉离婚了，还净身出户？严帅说，我这不叫净身出户，顶多就算怎么进去怎么出来。严美说，你中了王小敏的毒了，要我看，这根本就是一码事。严帅闭上眼睛，别吵我，我困了。严美推了推他，哥。严帅说，你有完没完。严美说，我问你最后一个问题，要是你喜欢王小敏，我过完年回去也辞职了，跟着她一起干，你说行吗？

严帅和沈艾莉办完手续的当天晚上，严美就给妈妈葛秋枝打电话告诉她严帅离婚的消息，好让她有个思想准备。葛秋枝说，离都离了，我还要准备什么？

王小敏回家待了五天，大年初五晚上就回到城里。年初六早上，王小敏买了些水果，带上春节前就给小宇轩买好的玩具和从老家带回来的草药来到沈家。沈艾莉说，你没回家过年吗？王小敏说，昨天回来了，你爸爸怎么样啦？沈艾莉说，有些知觉了，眼睛也会睁开了，就是还不能说话也不能动。王小敏逗了一下小宇轩，小宇轩高兴地咧嘴冲她笑。王小敏说，小宇轩长得像你呢。

沈艾莉把王小敏带到父亲的房间，冯宝怡正在给他用流食助推器喂粥。王小敏说，阿姨好。沈艾莉说，妈，这是我的大学同学王小敏。冯宝怡说，谢谢你来看我们。王小敏说，我带了些草药，听我们家的老人说，用它煮水给叔叔擦身，可以防止褥疮。冯宝怡说，太感谢了，我真为这事发愁呢，小敏，你得教教我这个药怎么煮。

阿姨，您先忙着，我去煮。王小敏说着，就抓起那包草药走进厨房。沈艾莉把小宇轩放进学步车里说，小敏，那怎么好意思，我来煮吧，你去陪小宇轩玩。王小敏说，没关系，我煮一次给你看看，你下次就知道怎么煮了。王小敏花了一个小时的时间，把用草药熬出来的汤汁用沈艾莉递给她的不锈钢盆盛起来。王小敏说，现在天气凉快，这盆药可以用三天，每次舀半瓢凉水兑上热水给叔叔擦身就行了。王小敏又告诉冯宝怡用这些药汤给沈振扬擦澡的注意事项，例如，身子下要垫一张一次性的护垫或者塑料纸，以防药汁在床单和被子上染上色；毛巾也不要重复使用，得用一次性的。冯宝怡说，我记住了，你怎么懂得这么多，阿姨都不知道应该怎么感谢你了。沈艾莉说，她做的蛋糕还很好吃呢。王小敏不好意思地说，今天来得匆忙，下次我再给阿姨带蛋糕。

沈艾莉用车子推着小宇轩，把王小敏送到楼下，他们在小区内的花园里散了一会儿步，初春的太阳晒在身上暖洋洋的，沈艾莉和王小敏在一张铁艺椅子上坐了下来。

我和严帅在春节前已经办好手续了，沈艾莉说。王小敏点了点头。沈艾莉说，总算解脱了。王小敏说，你过得还习惯吗？沈艾莉说，你指的是哪方面？王小敏说，各方面。沈艾莉说，如果是指没有了严帅的生活的话，我觉得还好，因为以前有他的时候也差不多；至于我爸爸，事情过去那么久了，我也慢慢习惯了，幸好，这个小家伙一点也不闹人，很省心。王小敏捏了捏小宇轩的脸蛋，欣慰地说，真是个好娃。

小敏，谢谢你，沈艾莉说。王小敏说，你又客气了，那点草药不值钱，用完了告诉我，我让家里人寄过来。沈艾莉说，我不是指这个。王小敏眨了眨眼睛，笑了一下。沈艾莉说，虽然我不知道你对严帅做了什么，但是他能主动向我提出离婚，没再和我争夺儿子的抚养权，这里面有你的功劳。王小敏笑了笑，还功劳？我可受不起，如果有一天我和严帅真的在一起了，我就是破坏你们婚姻的罪人，这事要搁旧社会，要浸猪笼的。

沈艾莉说，你不打算和他在一起吗？王小敏说，没有那么容易。沈艾莉说，可你明明是爱他的。王小敏说，光我爱他有什么用，况且爱情这个东西太虚无缥缈了，还不如我多卖几打小点心来得实在。沈艾莉笑了起来，可是我估计，这个世界上除了你，没有人能治得了严帅。王小敏说，如果我和一个男人在一起，只是为了治他，那我还不如不要呢，何必费那个劲。

好吧！沈艾莉说，你比我强多了。王小敏说，不，我一点也不强，我只是为了保护好自己，每走一步都要机关算尽，否则的话我连翻身的机会都没有。

连我都成熟了，我相信严帅总有一天也会成熟起来的，沈艾莉说，真到那个时候，你也不打算给他一个机会。王小敏说，到时候再说，对了，我已经辞职了，打算过了年就自己开店。沈艾莉说，祝贺你！王小敏说，你有什么打算？沈艾莉说，现在我妈所有的精力都扑在我爸身上，孩子我得自己带，暂时没办法去工作。

严帅独自一人走到那个当年老严养蜂的长满岗松的山坡，岗松花还没有开，他的堂叔和蜂场的工人都回家过年了。严帅想起他第一次跟着爸爸进蜂房采蜜时被蜜蜂蜇伤的情景，不禁感慨万千。他拍了几张照片发给王小敏，告诉王小敏说，这就是我曾经同你提过的岗松，还过个把月就会开花了，到时候给她带蜂蜜。王小敏没有给严帅回信息，她要抓紧时间上网挑选店里的用具。

从蜂场回来，严美已经开始收拾行李，葛秋枝也收拾了几件换洗的衣服，准备跟他们一起出门。

严帅走到门外给王小敏打了个电话，王小敏说，新年好。严帅说，你在哪里？王小敏说，我在家。严帅说，你什么时候回城里？王小敏说，我初五就回来了。严帅说，哦，我们明天也回去了。王小敏说，一路平安。严帅说，你真打算开店？王小敏说，是啊，这是我一直以来的梦想，眼看就要实现了，说实话，我还真的有点替自己骄傲。严帅说，是的，我也挺替你骄傲。严美说，她也想辞职。王小敏说，好啊，要是她想和我一起干的话，我欢迎。严帅说，可是，她是有条件的。王小敏说，你找我是帮她跟我谈条件吗？严帅说，不不不，她的条件和你没有关系，只和我有关系。王小敏说，跟我没关系的话你告诉我干吗。

严帅挂了电话，转身进了家，看着母亲收拾好的行李说，您不用着急跟我们去，过一段时间吧，等我安顿好了，就回来接您。葛秋枝说，要等到什么时候？严美说，等到他给你找到新儿媳妇的时候。葛秋枝说，儿子，你，你又有新对象了？严帅说，妈，你别听我妹瞎说。葛秋枝悲从中来说，你现在什么都没有，又离过婚，能找到什么好姑娘呢？严帅说，妈，好姑娘我肯定能找到，但我凭什么要人家跟着我一起吃苦？我要是什么都给不了她，我就不配娶她。

在回城的路上，严美狐疑地盯着严帅看了好半天，她说，哥，我发现你变了。严帅说，你眼神有问题吧。严美说，不对，你肯定是变了，你自己不觉得而已，我看你这几天说话的口气，和王小敏一模一样。

严帅拿着他和沈艾莉的离婚证书，以及他的存款和工资卡去敲王小敏的门。严帅说，我有事要和你谈。王小敏说，谈什么？严帅说，谈我们的未来。王小敏说，我们？严帅说，我和你，和我们家的未来。

王小敏说，你把严美一起叫过来给我作证，免得以后不认账。严帅喊了声，严美！严美应声就赶了过来。她看见哥哥和王小敏一脸严肃地坐着，不知道出了什么事，便乖乖地在王小敏的床上坐了下来。

严帅说，这是我的离婚证，这是银行卡，这是我的工资卡，现在都交给你了。严美惊呼起来，哥，你疯了！王小敏给严帅倒了杯热茶，把严帅交给她的东西一件件拿起来看。王小敏说，严美，你有意见吗？严美说，哼，我敢有什么意见！

那就闭嘴，王小敏说。

王小敏看着严帅，你能告诉我这是什么意思吗？严帅说，小敏，我们结婚吧。王小敏顿了顿，你想清楚了？严帅说，是的，我想清楚了。

既然这样，那我们今天就算是第一次家庭会议吧。王小敏说着，她从那张旧书桌的抽屉里把她的家当拿出来对严帅和严美说，这是我的存款，现在已经有三十六万了，过了年，我打算去买一套一百万左右的二手房，旧一点也没关系，拿这笔钱当首付就够了，还省了装修的钱。严帅说，我同意。王小敏说，我们买套三房两厅的，严美和你妈妈都可以和我们一起住，房子咱俩联名。严帅说，很好。王小敏又拿起严帅的存款说，这笔钱，我要拿十万块钱开西饼店，这个店，我和严美各占百分之五十股份，你们有意见吗？我同意！严美抢着说。严帅点了点头。

很好，我喜欢这种和谐。王小敏接着说，这个卡里剩下的钱，谁都不要动，我用来买理财产品赚点利息，作为我们家的救急基金。严帅又点了点头。这张工资卡，我会拿它还房贷，还有小宇轩的抚养费，每个月能剩多少，到了年底再议。严美刚合上的嘴又张大了，她第一次见识王小敏原来是一个这么有能耐的人，她直感叹，她哥这一次干得太漂亮了。

至于家里的日常开销，我会在西饼店挣回来，尽量不用动你的工资，王小敏说。严帅说，听你的。至于你，王小敏看着严美，你和我们一起住，可不能白住，你要学会对自己负责。严美说，我怎么对自己负责？王小敏说，房租就不同你算了，每个月上交伙食费和水电费，这是必须的。严美沉默了半天，说，好吧，你说了算。王小敏说，不是我说了算，我们现在是在讨论，我们每一个人都可以对每一个问题的合理性提出自己的意见。

我没意见，严帅说。严美说，算了，托王小敏的福，以后我也是个小老板了，我也没意见。王小敏看着严美，严肃地说，趁现在还有机会，你想叫就多叫几声王小敏，等我和你哥领了证，你就得叫我嫂子。

8

休完春节假，冯芊慧上班第二天被医院领导召集开会。参加会议的都是年龄三十五至四十五岁的各科室优秀中青年业内专家。他们被省卫生厅遴选为学科重点培养对象，保送到美国进行一年的访学交流。根据要求，冯芊慧等一起入选的五位培养对象要两周内填报好个人资料和单位批示上报省卫生厅，政审通过后，将在五月初赴美进行为期一年的学习。

冯芊慧又像往常一样和江锦鹏医生坐在饭堂吃饭。江锦鹏发现她今天没胃口，便主动开口，我听说了，赴美访学的名单有你，祝贺！冯芊慧说，你觉得我应该去吗？江锦鹏说，为什么不去，这对于每一个人来说，都是一次难得的学习机会。冯芊慧说，一年。江锦鹏说，很快就过去了，你抓紧时间填报材料。冯芊慧说，我还需要时间考虑一下。江锦鹏说，又是为了公平起见？冯芊慧叹了口气，我以为有很多事情可以做到一碗水端平，但事实上很难。江锦鹏放下筷子，轻轻地拍了拍她的手说，你已经做得很好了。冯芊慧说，我觉得很累。江锦鹏说，一个人即使天天躺在床上睡大觉，时间长了也会累。

本来冯芊慧打算亲自把她准备赴美访学的消息告诉蒋兆南，听听他有什么见解。但是一想到江锦鹏那边的消息是间接知道的，如果她对蒋兆南"亲自"，就又难得保持那碗水的平衡。冯芊慧也不知道那碗水代表的是什么，是感情？是生活？是事业？还是她自己与这个世界的关系？遇到任何事情都喜欢往更深处思考的理性的冯芊慧，慢慢发现她自己的力量其实是有限的。她只能从具体事件中去摆平一些琐碎的在别人看来无足轻重的事情，以达到自我安慰。因此，她把自己将要赴美的消息告诉了蒋玉瑶，她知道，蒋玉瑶大概也不会直接跟她的叔叔说，她会把这个消息告诉她的母亲罗琼秀，再通过罗琼秀的旁敲侧击，一天之内，最晚不超过两天，蒋兆南就会知道冯芊慧想他知道的事情了。

想起春节期间亲戚朋友对她的婚姻大事的关注，还有日渐年迈的对她一如既往的抱着宽容态度的双亲，冯芊慧的内心十分纠结。她的婚姻大事比出国访学比晋升比发表论文比攻克学术难题更重要，但是嫁给谁呢？她甚至在心里想，要是在这个节骨眼上，无论是江锦鹏还是蒋兆南，他们两人之中的任何一个向她求婚，她都会义无反顾地放弃出国。很显然，江锦鹏没有求婚的意向，因为他比她更重视这次访学机会。冯芊慧只好把这个机会留给蒋兆南，她对自己说，我已经努力做到公平了，如果蒋兆南肯求婚，我也只能接受啦。

冯芊慧把这个消息告诉蒋玉瑶的当天，蒋兆南就被罗琼秀召回家。她给小叔子下最后通牒，再不把冯芊慧留下来，他们之间就彻底完了。蒋兆南说，出国深造对任何一个医务人员来说都是大好事，他不能给她添乱。罗琼秀说，这个我不管，你就算肯让她出国，也要赶在出国前把事情给定下来。

六天后，蒋兆南约冯芊慧一起吃晚饭。冯芊慧看了一眼办公桌上的小台历，根据上面的标记，她惊讶地发现，原来她已经和江锦鹏一起在饭堂吃了五餐午饭！蒋兆南像先知一样看透她的心事，掐在她可以接受他约会的时间内及时而精准地出击。冯芊慧对蒋兆南的细腻感到很满意，让她更满意的是，蒋兆南把约会地点定在他家里，这是一个好的信号。冯芊慧说，既然是在家里吃，那我负责买菜做饭吧。蒋兆南说，不必麻烦，他已经安排了酒店餐厅给家里送餐。

冯芊慧下班后先回家洗澡洗头，换了身没有医院气味的衣服。蒋兆南听到门铃声开门把她迎进家的时候，闻到一股清新的馨香。不好意思，我来晚了。冯芊慧抱歉地说。蒋兆南把她脱下来的大衣挂好，接过她的手提包，还给她拿了双拖鞋换了，才把她请进已经摆好的餐桌旁坐下。冯芊慧看着长方形欧式餐桌正中的烛台上摇曳的烛光说，我今天穿错衣服了。蒋兆南说，我觉得刚刚好。冯芊慧想了想，站起来走到玄关换回她的高跟鞋。

为了配合冯芊慧的仪式感，蒋兆南在衬衫和羊毛背心外又穿上一件西装。红酒已经醒好了，他给冯芊慧和自己分别倒了一杯酒，跟她碰了碰杯说，祝贺你！冯芊慧说，这么说，你也支持我去了？蒋兆南反问，为什么不？冯芊慧说，一年，整整一年。蒋兆南说，时间过得比我们预想中的要快得多。冯芊慧笑了起来，可能吧，谢谢。

蒋兆南的胃口比冯芊慧好，他把盘子里的牛排吃完之后，又给自己添了一杯酒，冯芊慧为了不扫他的兴，陪着他干了两杯，到第三杯的时候，她说，够了。冯芊慧陷入沉思，她本来是怀着希望来的，但是蒋兆南今晚的表现并没有比江锦鹏优胜多少，两个人顶多打个平手。冯芊慧以为自己会失望，结果竟然没有，她甚至庆幸蒋兆南的谦让，让她不至于陷入某种不得已的不公正。

艾莉还在超市当仓管员吗？蒋兆南打破了沉默。冯芊慧说，没有了，她要带孩子。蒋兆南说，我看了你妹妹那幅画，小小年纪能有这样的构思和笔力，的确是天才之作。冯芊慧难过地笑了笑，为了这件事，我自责了很多年。蒋兆南说，那倒不必，只要她的初心还在，就任何时候都有可能。冯芊慧反问，你指的是什么样的可能？蒋兆南摇了摇头，我也说不清楚，我只是知道，人这一生要走的，肯定不是一条笔直的康庄大道。冯芊慧说，但是最起码，在可控的情况下，人是可以少走很多弯路的。蒋兆南反问道，那你呢，你觉得你自己走弯路了吗？

是的，在很多事情上，我也走弯了，我一直以为我的人生是可控的，但事实上并非如此，冯芊慧客观地说。她看了看表，已经十点钟了，她还要抓紧时间着手整理上报的材料，便向蒋兆南告辞。蒋兆南把她送到门口，你们什么时候出发。冯芊慧说，五月初。嗯，还有时间。蒋兆南随意地说了一句。冯芊慧又往深一层想了想，话里有话地接口道，是的，还有时间。

一个月后，冯芊慧接到通知，她的政审材料已经顺利通过。冯芊慧利用周末休息，抽出半天时间去逛商场。她买了两条款式、颜色和价钱都一模一样的围巾，打算送给罗琼秀和江妈妈。她觉得在自己出国之前，应该找时间去拜访这两位长辈，郑重地和她们告别。

在应该先去看罗琼秀，还是先看江妈妈这个问题上，冯芊慧又纠结了好久。她觉得先看谁都不公平，但又不能把她们一起约出来。庆幸的是，冯芊慧很快就做出决定她应该先拜访江妈妈，理由是，她已经去过罗琼秀家很多次了，而江妈妈举家迁到这座城市之后，她一次都还没有去过他们家。冯芊慧把想去看望江妈妈的想法告诉江锦鹏，问他要家里的地址。江锦鹏说，你什么时候去，跟我一起回家就行了。冯芊慧说，我想自己去，你在算什么啊。江锦鹏愣了愣，他不知道冯芊慧去看望他母亲的目的，她竟然说，你在算什么啊。难道她不是因为自己才去的吗？算了，江锦鹏想，冯芊慧的想法，谁也猜不透，便告诉了冯芊慧家里的地址，你准备什么时候去？

到时再定，冯芊慧说。

对于冯芊慧的造访，江妈妈既感意外又觉得在情在理。江爸爸出门去买菜了，家里就她一个人，她给冯芊慧倒了一杯热牛奶，两人坐在沙发上拉起了家常。江妈妈说，小冯，你怎么瘦了。冯芊慧说，可能这段时间比较累吧。江妈妈说，我听锦鹏说了，你准备出国了是吗？冯芊慧说，是的，我今天特定过来跟您告个别。冯芊慧说着，把她准备的礼物交给江妈妈说，这是我的一点小心意，希望您喜欢。江妈妈当着冯芊慧的面拆了礼物，高兴地披到肩上跑去玄关的全身镜前，对着镜子前后左右照了一遍，小冯呀，你的眼光怎么那么好，这种颜色和花式的围巾，也不是几个人撑得住的呀，可是披在我身上，刚刚好呢，你说是不啦。

冯芊慧笑着说，我也不是很懂，就是觉得您披着应该挺好看。江妈妈说，是好看，我很喜欢，谢谢你啦。冯芊慧说，您的身体还好吧？江妈妈说，好，好得很，我现在能吃能睡能玩，我还告诉你，在我们这个小区，有好几个老乡呢，她们年纪都和我差不多大，但是我们一起去逛商场的时候，那些小姑娘都管我叫姐姐，管她们叫阿姨，别提多好玩了。

伯母，您的确保养得很好。江妈妈说，对呀对呀，他们都这样说我的呀，你去了美国要照顾好自己，别累坏了身子，知道不啦？冯芊慧说，我会的。冯芊慧婉拒了江妈妈留她吃饭的好意，离开江家，驾着车向蒋玉瑶家驶去。

罗琼秀说，玉瑶带婷婷去打预防针了。冯芊慧看着家里的杂物都打了包堆满了客厅，她正想换拖鞋，罗琼秀说，不用换了，过来坐。冯芊慧说，你们这是要搬家吗？罗琼秀说，天乐现在当老板了，嫌这个家太小，就换了套有院子的三屋小楼，在那个叫什么园的小区，我也懒得记了。冯芊慧说，嫂子，这是好事啊，祝贺你。罗琼秀说，有什么值得祝贺的，他那是钱多烧的，生怕别人不知道他有钱。冯芊慧笑道，您是怕别人知道您有钱，所以才这么低调？罗琼秀说，我是个穷人，你怎么现在过来了？

冯芊慧说，我还过一段时间就出国了，过来跟您告个别，还给您买了个小礼物，您看看，喜不喜欢。罗琼秀接过冯芊慧送给她的围巾，没有像江妈妈一样当场拆开披着去照镜子，她忧心忡忡地看着冯芊慧说，你真的要走吗？

冯芊慧说，一年就回来了。罗琼秀哼了一声，当年谭碧华也是这样说的。冯芊慧说，我们是公派的，只有一年签证，我想不回来也不行。罗琼秀说，整整一年。冯芊慧说，很快的。罗琼秀说，行吧，你们年轻人的事，我是管不了了，你既然来了就吃了饭再走，天乐说，今天晚上一家人上外面吃去。冯芊慧说，不了，我还有事，那我先走了。罗琼秀说，等搬好家，你过来玩啊。冯芊慧说，我会去的，嫂子，您保重。

搬到新家整理衣物的时候，罗琼秀发现冯芊慧送给她的那条围巾不知道丢在哪里了，她找了半天也没找着。为了这事，她又跑回旧家找一遍，也没找到，可能是清洁公司的工人当垃圾扔掉了。

9

距离冯芊慧出国的时间越来越近，江锦鹏和蒋兆南再也没有采取主动。冯芊慧在一直想弄清楚蒋兆南所说的"还有时间"到底是什么意思。冯芊慧在期待中又过了将近一个月，她看着办公桌上的小台历，一边做好单位的交接工作，一边开始倒计时。根据台历上的标记显示，自从和蒋兆南约会之后，除了记录着她的例期时间，其他的日子，全是空白。

冯芊慧发现，原来她也已很多天没有在单位饭堂见过江锦鹏了。冯芊慧把手头上的工作转交给李曼，还把她从医多年所面对的病案总结出来的笔记一起送给她。李曼看着她认真细致地整理出来的病案笔记，让她如获至宝的不仅仅是冯芊慧传递给她的经验，还有由病案所引发的关于生存、死亡、爱与宽容的思考。李曼发现，这个披着白大褂的令人敬重的冯芊慧医生，除了身怀高明的医术，还具备集心理学和哲学于一体的完善的精神系统。她的理想，大概并不甘于只停留在治疗肉体的痛苦，她更注重精神的救赎。

李曼看着冯芊慧那个疑团重重的小台历上原来记录得密密麻麻的标记终于开始出现大面积的空白，李曼善意地提醒她，你没有做记录已经好些日子了。冯芊慧把小台历收起来，连同她收藏在办公桌最下层的抽屉里的几本小台历一起装进一个拉链袋里，看了李曼一眼说，我知道。

赴美前一个星期的周末，冯芊慧陪同爸爸妈妈一起去看望沈振扬一家。小宇轩一见到张雪萍就高兴地蹬着学步车扑过去，张开小手让她抱。张雪萍抱起小宇轩，疼爱地亲了几口。沈艾莉说，我们家小宇轩和舅奶奶最亲了。

冯宝怡用轮椅把沈振扬推到阳台上晒太阳，他眨巴着一双炯炯有神的眼睛，看着冯宝权在他身边坐下来。他努力想向他的大舅子露出微笑，却没有如愿，只是咧了咧嘴，就沮丧地看着阳台上的那几盆不再热闹的花草出神。冯宝权捏了捏他的手，感叹道，我们都老啦！

冯芊慧帮冯宝怡把她姑父的床褥和被子拿出来晾晒。冯宝怡说，小慧啊，你妹妹现在可能干了，自从你姑父出院后，除了带孩子，所有的家务活也是她一个人承担下来了，有模有样的。冯芊慧说，艾莉从小就是个聪明的孩子。冯宝怡说，你说得对，这些年，我也算没白疼她，只是，她现在一个人带着孩子，往后可怎么办啊，你说她还能嫁个好男人吗？冯芊慧说，艾莉的事您就不用再操心了，好男人是要等的。冯宝怡看了她可怜的侄女一眼，对她的看法不敢苟同，她等了这么多年了，还不是竹篮子打水，艾莉就算以后再也遇不上个好男人，好歹还有个儿子陪着，老了也有个指望。她叹了口气，抓着冯芊慧的手说，按我说，你就不应该出国。

就在张雪萍和沈艾莉在厨房为家人准备午饭的当儿，对门传来一阵嘈杂的声响，有人声，还有搬动重物的碰撞声。冯宝权说，怎么啦？沈艾莉说，对门在搬家。冯宝权说，这房子住得好好的，他们为什么要搬家。冯宝怡说，人家儿子做生意发了财了，搬去住别墅了，听他们说，正打算把这套房子放了呢。冯宝权沉思了一会，对妻子说，走，过去瞅瞅。

半个小时后，冯宝权两口回来了。妥啦，冯宝权说。什么妥了？

冯芊慧不解地看着她的爸妈。冯宝权说，谈妥了，我们把对门买下来啦，明天就去办手续，小慧，你明天陪我一起去一趟房产局办过户手续。沈艾莉说，舅妈，才多大一会儿，你们就定了？冯宝怡说，哥，您想清楚了没有，这房子十几年了，您真要买房，也挑个新点的小区买吧。冯宝权坐到阳台上，看着沈振扬说，振扬，我们都老啦，这小区虽然旧了一点，但是我们看过了，里面的装修都保养得很好，价钱又合适，最重要的是，可以和你们住在一起，以后有个照应，你嫂子还可以帮着带小宇轩，你说我的主意不错吧？

张雪萍说，我也觉得挺好。

冯宝怡感动得想哭，但是她哥哥买房这样的大喜事，要是在大家面前哭，显然不合适。她躲进卫生间，坐在马桶上痛痛快快地哭了一场，才抹干眼泪，又往干涩的脸上抹了一层厚厚的护肤霜。

你听明白我说什么了吗？冯宝怡从卫生间走出来的时候，听到她的哥哥正提高声调在问沈振扬。冯芊慧说，爸，这事是不是有点急了，就算明天能办好过户，可是搬家呢，那可是个大工程。冯宝权说，你不是还有一个星期才出国吗，还有时间。冯芊慧愣了愣，是啊，的确还有时间，自从她从家里搬出去自立门户之后，父母的生活越来越简单了，他们的家什不多，除了几件换洗的衣服、冯宝权的藏书和那张实木根雕茶几，剩下的东西都是可搬可不搬的了。她又想起蒋兆南说过的话，还有时间，原来她剩下来的时间，是为父母搬家预留的。

张雪萍说，空调他们留下，沙发也是去年才换的，我们再买张新床，家用电器也换新的，很快就能安顿下来了。至于家里的书房，找搬家公司的人再慢慢搬吧，反正不着急。

小宇轩感染到大人们的兴奋，蹬着学步车在客厅里窜来窜去。他窜到沈振扬的轮椅旁停住了，抬起头，好奇地看着他的外公。

冯宝权冲沈振扬喊道，我和你嫂子把对门的房子买下来，明天就去办手续，这几天就搬过来和你们做邻居，你说好不好？沈振扬待了半天，像第一次跟冯宝怡回冯家见家长的时候一样激动得脸色通红，他一动也不动地看着冯宝权，脑袋使劲地向后仰，嘴巴张成个大大的O字。随着沈振扬的头重重地点下来之际，他的嘴合上了，像打了一个大大的喷嚏一样，随后发出一句掷地有声的响动：好、好——好！

沈艾莉捂着嘴，不敢相信地惊呼起来，妈，我爸会说话啦！冯宝权使劲地往沈振扬的肩膀上一拍，老泪纵横地说，嘿，这老小子！

办完房子过户手续，为了赶在冯芊慧出国前搬进新家，一家人兵分两路为冯宝权的乔迁之喜做准备。冯宝怡托英姑找了两个清洁工搞卫生。冯芊慧和沈艾莉在冯宝权的指挥下，负责整理冯宝权的书房，给他的藏书分类打包。张雪萍和冯宝怡背着小宇轩花了两个下午的时间，逛商场和家具店，把急需的家庭用品都买齐了。张雪萍说，还有些杂七杂八的东西。冯宝怡说，没关系，缺什么先来我家拿去用，我家什么都有。

冯宝权的藏书多得超出冯芊慧的预算，她说，包装带用完了，得去买。沈艾莉说，我去吧。冯芊慧说，要不然咱俩一起去？

像小时候一样，冯芊慧带着沈艾莉出了家门后，穿过两条店铺林立的老街，拐了个弯，在那家曾经顾客盈门，现在变得门可罗雀的二手书店门前站住了。沈艾莉跟上去，在冯芊慧身边停下来，抬起头看着店门口上方挂着的熟悉的牌匾，与冯芊慧相视一笑。

进去看看吗？冯芊慧问道。好。沈艾莉说。

沈艾莉又走到小时候经常坐着翻看画册的角落，原来那张小塑料板凳被一张实木做的矮脚凳代替了。原来摆放画册的地方还像从前一样摆放着新旧相间的美术、摄影类画册，随着印刷水平的提高，那些画册显得比从前更加精美和厚重。沈艾莉随手抽起一本翻阅起来，旧时光的味道被这些让人迷醉的油墨香味重新唤醒，她打了个喷嚏，眼泪流了出来。

店老板已经老了，他正在指挥两个小年轻人将那些堆积如山的旧书打包。冯芊慧问道，老板，您这是要干什么呢？老板说，现在的人都上网买书啦，我也老了，干不动了，关了门回家养老啦。

沈艾莉挑了两本美术画册，冯芊慧也买了几本心理学类的旧书一起结了账。两人走到门外，又回过头看了一眼那个曾经无数次凝视过她们的青春岁月，像老妇人的眼睛一样慈爱的牌匾。沈艾莉像甩掉一段虽然留恋又不得不舍弃的记忆一样，拉起冯芊慧的手头也不回地小跑，离开这个注定在她们的生命中永远占有一席之地的秘境。冯芊慧也跟随着沈艾莉的步子小跑起来，她突然感觉到脸上被什么东西打湿了，她抬起头，刚才还晴朗的天空不知道什么时候突然飘起了小雨。

冯芊慧觉得，事情总是在她毫无准备的时候就开始了，例如沈艾莉结婚又离婚，例如她的父亲说搬家就搬家。而她花了大量精力为某些事情准备好的事情，却没有如期而至。

冯宝权的身上潜伏着说干就干的特质其实与他的妹妹和姨甥女如出一辙，他终于赶在冯芊慧出国前一天在新家办了一桌简单的家宴，一来庆祝乔迁之喜，二来给女儿饯行。英姑带了丰厚的礼物上门道贺，她站在门口不肯进屋，把礼物塞进冯宝怡手里说，我代表邻居们欢迎冯教授搬进我们小区，以后我们就是一家人啦。

第二天，沈艾莉把冯芊慧送回医院，和另外四位出国访学的同事一起坐公家安排的车辆送去机场。医院领导在门诊大楼外的小广场举行了一个简约而隆重的仪式，说了一些语重心长的话。沈艾莉与冯芊慧紧紧地拥抱，恋恋不舍地和她的好姐姐道别。江锦鹏站在门诊大楼神经外科办公室看着楼下发生的一切，目送冯芊慧在众人的告别声和欢呼声中被推拥上车。蒋兆南的车停在医院门外的马路上，他远远地看着载着冯芊慧和她那几位同事的中型大巴车驶离医院停车场，很快就消失在马路的尽头。

大巴车在城市的街道里大概行驶了二十分钟，刚驶上环城高速，冯芊慧几乎是同一时间收到江锦鹏和蒋兆南发给她的短信，一模一样的四个字：一路平安。

第十章

1

蒋玉瑶休完产假回铂莱卡大酒店上班，蒋兆南召开了一次董事会，宣布将他名下百分之十的股份赠送给他的侄女蒋玉瑶，蒋玉瑶成为铂莱卡大酒店的股东，也由公关部经理助理调任到策划部担任总经理职位。

蒋玉瑶对这突如其来的财富和身份转变表现得比很多人预想中要淡薄得多，她没有把这件事告诉她的母亲罗琼秀，陈天乐也是通过坊间传闻再在戚秘书口中得到证实。陈天乐本来以为，这件事对蒋玉瑶来说，无论如何都是一件大事，他还特地买了一大束香水百合送给他的妻子表示祝贺。当陈天乐回到家时，罗琼秀在院子里侍弄她寸土不让争取回来的那一小垄菜地，保姆正在给他的女儿婷婷洗澡，蒋玉瑶则在厨房忙晚饭。她回过头看到陈天乐抱着鲜花笑意盈盈地站在厨房门口，皱了皱眉，快把花拿到院子外面去，婷婷闻到百合的味道就打喷嚏，也不知道是不是花粉过敏，我得找时间陪她去找方医生检查一下。

陈天乐顺从地把鲜花拿到院子里去，找了个矮小的阔口花瓶插上，摆放在罗琼秀的菜地旁。罗琼秀看了他一眼，哼了一声，该！陈天乐自嘲地笑了笑，妈妈，我想和您商量件事。罗琼秀说，新鲜！你什么时候做事需要和我商量了？陈天乐挠了挠后脑勺，唉，算了。罗琼秀说，说啊，我听着呢。陈天乐说，我想给家里请个阿姨。罗琼秀说，家里不是有阿姨了吗？陈天乐说，我怕玉瑶太累了，所以想再请一个阿姨负责买菜做饭。罗琼秀说，我女儿没那么矜贵，那么多年都一样过来了，从前怎么过，以后还是怎么过。

吃过晚饭，蒋玉瑶陪女儿玩了一会，就交给保姆陪她睡觉去，她把自己关在书房里对着电脑不知道在忙活什么。陈天乐倒了一杯果汁送进去，蒋玉瑶说了声谢谢，就继续忙她手里的活计。陈天乐在书房内靠窗的休闲椅上坐下，看着蒋玉瑶的背影，欲言又止。蒋玉瑶说，你先去睡吧，我还要忙一会儿。陈天乐说，玉瑶，你没有事要跟我说吗？蒋玉瑶头也不抬地说，我看上去像有心事吗？陈天乐说，没有。蒋玉瑶说，本来就没有。陈天乐说，可我听说，你换岗位了？蒋玉瑶说，嗯。陈天乐说，也没听你和我们说起过。蒋玉瑶说，你现在不是已经知道了吗？陈天乐顿了顿，是的，可是我以为你会亲口告诉我，或者告诉咱妈。蒋玉瑶转过身，看了陈天乐一眼，又不是什么大事，我觉得没什么好说的。

陈天乐站起来，走到蒋玉瑶身边，轻轻地搂着她的肩，俯下身亲了她的脸颊一口，你也不要太晚，我先睡了。蒋玉瑶说，天乐。陈天乐站住了，你说。蒋玉瑶说，我们结婚的时候，我叔叔不是买了一套房子吗？陈天乐说，是的。蒋玉瑶说，借叔叔的钱你也还完了，我想，那房子空着也是空着，要不把咱爸咱妈接过来吧，他们年纪大了，爸爸的农场也别干了，也是该享福的时候了。

陈天乐呆站了半天，一时半会儿不知道该作如何反应。把父母接到城里是他多年的心愿，但他一直不敢向玉瑶开口，更怕蒋兆南觉得他娶蒋玉瑶是为了沾蒋家的光。他没想到蒋玉瑶会主动提出来，而且是在他对她产生疑惑的时候。他本来还觉得蒋玉瑶不肯把她成为铂莱卡大酒店股东的事告诉他是刻意隐瞒。他在心里狠狠地骂了自己一顿，蒋玉瑶对待生活，永远是从容而坚定的，不以物喜，不以己悲的人。他几乎就因为自己一时的小人之心，伤害了他们的夫妻感情。

蒋玉瑶说，你怎么啦？陈天乐眨巴着眼睛，又走到蒋玉瑶身边，把她从后面连同椅子一下抱进怀里，感动地说，玉瑶，谢谢你。蒋玉瑶说，谢我什么，这是我们应该做的，你说，爸妈愿不愿意搬到城里来呢？陈天乐说，我尽量说服他们，以后就可以经常见到他们的宝贝孙女了。蒋玉瑶笑了笑。陈天乐说，好啦，你继续忙吧，我在床上看书等你。

沈艾莉正在指挥一辆载满货物的小货车倒进仓库门外的临时停车位，她和仓库的同事一起清点工人们从货车上搬下来的一件件货物。蒋玉瑶站在仓库门口外那一排空调主机旁边，被空调机排放出来的热气吹得全身发烫。她离开那排空调主机，侧着身从货车旁边穿过去，站了一会，终于听到沈艾莉的声音。她里面喊道，沈艾莉，出来！有人找你！

蒋玉瑶话音刚落，就听到一串熟悉的开朗的笑声。沈艾莉笑着从那些堆积如山的货堆里钻出来，蒋玉瑶伸出手去，把沈艾莉头发上沾着的几片碎纸屑轻轻地拍掉。沈艾莉说，哈哈，玉瑶，原来真的是你呀。你什么时候下班？蒋玉瑶问道。沈艾莉从工作服口袋里掏出手机看了看，还有一个小时呢。蒋玉瑶说，别等了，跟我走吧。沈艾莉说，不行啊，你没看见我正忙着吗？蒋玉瑶拉起沈艾莉的手说，我不管，你就得跟我走。沈艾莉说，去哪？蒋玉瑶说，你跟我走就是了。沈艾莉说，无故旷工，我会被解雇的。蒋玉瑶说，解雇就解雇，我既然把你拉得出来就会对你负责！

蒋玉瑶把沈艾莉带进超市附近的一家咖啡馆，对她说，今天你随便喝，我请客。沈艾莉又笑了起来。蒋玉瑶说，看到你的笑容回来，我就放心了。沈艾莉说，我在笑你呢。笑我什么？蒋玉瑶问道。沈艾莉说，不对，我不是笑，我是替你感到高兴，你越来越像个霸道女总裁啦。蒋玉瑶说，真没劲。沈艾莉说，你当上策划部总经理的事我一个月前就知道啦，你看我一天到晚忙叨叨的，还没好好祝贺你呢。

艾莉，你回来吧。蒋玉瑶呷了一口咖啡，郑重地说。沈艾莉羞怯地笑道，我现在挺好的。蒋玉瑶说，你可以更好，我需要你的帮助。沈艾莉说，你看看我现在这个样子，我能帮你什么？蒋玉瑶说，除了芊慧姐，我想没人比我更了解你，你比我更清楚你能做什么。沈艾莉低下头，陷入沉思。蒋玉瑶说，我今天可是特地来请你的，看在咱们是老同学老朋友的份上，你该不会让我三顾茅庐吧？

沈艾莉说，我哪有那个资格让你三顾，在这个时候，你还记得我这个老同学，我已经很感动了。蒋玉瑶说，你懂得感动，说明我今天没有白来。沈艾莉说，我不是不想回去，我也知道，你要找个比我更有能力的人太容易了，你是为了帮我。蒋玉瑶说，我没有你说的那么伟大。沈艾莉说，这不是伟大，这是义气，玉瑶，你一直是个有义气的人，可是我，我过去这些年做了什么，我连自己都说不上来，以前，无论是工作还是生活，我都过得不明不白。蒋玉瑶说，你现在明白了吗？沈艾莉说，现在，我起码知道我在做什么。蒋玉瑶说，那好吧，让我告诉你应该怎么做。

　　蒋玉瑶说着，从手提包里掏出一叠资料，这是蒋玉瑶铂莱卡大酒店网上打印出来的招聘策划部副总经理的启事。她对沈艾莉说，艾莉，你听着，我今天来找你，并不是对你特别关照，也不是同情你，我叫你回来帮我，也不是想回来就能回来的，连我自己都做不了主，但是我希望你拿出你的勇气试一试。沈艾莉说，这是什么？蒋玉瑶说，这是铂莱卡大酒店的招聘启事，我需要一个副总经理和我一起并肩作战。沈艾莉说，副总经理？你觉得我行吗？蒋玉瑶说，我不知道，行不行要看你自己的表现，这个位到目前为止，已经有二十多人报了名，你们要经过笔试和面试两个环节，最后谁能竞争到这个位，全要靠自己的实力，就是我叔叔也做不了主。

　　沈艾莉把那叠资料交还给蒋玉瑶，还是算了，我争不过别人。蒋玉瑶的脸色变得严肃起来，她用不容置疑的声音说，艾莉，你看着我。沈艾莉抬起头，看着蒋玉瑶的锐利的目光。蒋玉瑶说，别忘了你是个酒店专业的本科毕业生，别忘了你曾经在公关部应付过多么复杂的工作，也别忘了你是从小到大都引人注目的沈艾莉，也是一直以为让我又羡慕又嫉妒的沈艾莉！你怕了？

　　沈艾莉的眼睛泛起了泪光，她不安地说，你觉得我真的行吗？蒋玉瑶说，我觉得你行不行不重要，重要的是，你自己敢不敢重拾自信，将你认为的不可能成为可能。沈艾莉低下头，不再说话。蒋玉瑶结了账，站起来说，我先走了，这些资料，你要是有兴趣就带回去慢慢看，也可以把它随便扔进哪个垃圾桶。沈艾莉说，玉瑶，谢谢你。蒋玉瑶说，三天内，我希望能收到你的求职报名表，沈艾莉，别让我瞧不起你。

　　下班回家后，张雪萍已经把晚饭做好了。沈艾莉吃过饭，给小宇轩洗了澡，哄他睡下后，从床底下掏出尘封多年的被冯宝怡当废纸卖掉又被冯芊慧找回来的那几箱画册。她把那些纸箱拆了封，一本本地翻阅起来。她觉得这些有着她的恩师亲笔签名的画册已经尘封得太久了，她把房间里的小书柜清理干净后，将那些画册摆放起来。

沈艾莉处理完画册，把蒋玉瑶留给她的资料仔细地看了一遍。沈艾莉打开电脑，点进铂莱卡大酒店官方网站，进入人才招聘菜单，鼠标移到表格下载的按钮上。她的耳边响起蒋玉瑶善意的挑衅，沈艾莉，别让我瞧不起你！沈艾莉站起来走到熟睡的儿子身边，俯下身亲了亲他的小圆脸，她的眼里闪着萤火虫一样的亮光，小宇轩胖嘟嘟的小脸蛋在母亲的目光映衬下，呈现出陶瓷般的质感。他在睡梦中感觉到他勇敢而美丽的妈妈在亲了他一口之后，鼓起勇气走回到电脑前，果断地摁了下载键。小宇轩还无法理解他的妈妈所做的决定意味着什么，但是在他无忧无虑的潜意识里，他知道他的妈妈会像天下所有的妈妈一样，穷尽毕生的力量为他遮风挡雨，给予他她所能给予的一切。

2

当沈艾莉在蒋玉瑶留给她的最后期限内容光焕发地出现在她的办公室时，蒋玉瑶表现得就像她第一次参加董事会获得铂莱卡大酒店的股份时一样从容。沈艾莉剪了个利落的齐耳短发，身材并没有因为生过孩子而走样，反而显得更有韵味，与蒋玉瑶几天前把她从超市的仓库里揪出来时判若两人。她身上穿着一套过了时的通勤套装，脖子上系着一条与这个季节极为般配的豆粉色小丝巾，这条丝巾蒋玉瑶在三年前已经见她系过了。即使这样，这一身简约而不失娇俏的打扮依然无法掩盖她高贵逼人的气质。蒋玉瑶有一瞬间感到后悔，她疑惑地自问，让沈艾莉重回铂莱卡的决定到底是对是错。

蒋玉瑶笑了笑，请沈艾莉坐下。蒋玉瑶说，其实你可以通过电子邮件把你的资料投过来的，我没想到你会亲自来。沈艾莉说，因为是你亲自把我从超市里面那个脏乱的仓库里拉出来的，我来，是对你最基本的尊重。蒋玉瑶说，很好，虽然考试还没有开始，但是你已经进入状态了。沈艾莉说，玉瑶——哦，不，蒋总，谢谢你。蒋玉瑶又满意地笑了笑，她拍了拍沈艾莉的手说，回去等我通知吧，我了解你的能力，再加上你是我们公司的老员工，我相信进入面试是没有问题的，你回家还要准备一份十分钟的个人陈述的幻灯片，能不能再和我一起并肩作战，就看你的表现了。

离开蒋玉瑶的办公室，沈艾莉没有直接回家，她突然想起酒店的天台花园，想起她曾经无数次躲在那里吃午饭的花架，想起那个与蒋兆南相处了一个多小时的他以为她会轻生的冬夜。她又穿过行政区那道"7"字形的长廊，乘客用电梯上到顶楼，推开那扇通向天台花园的安全门。

沈艾莉没有发现坐在亭子里悠闲地翻阅杂志的蒋兆南，她的视线甚至没有向四周张望，进了花园，她就朝着那个被挂满了有着丝绒质感的小花瓣的一种叫使君子的植物的花架下走去。已经是初夏了，上午过了一阵不小的雨，现在雨过天晴，花架下的地面和长椅上铺满了星星点点的落英。沈艾莉抬起头，看了看天空中厚重的云层在她眼前渐次散开，一束从上而下的像金线一样的佛光从云层里投射了出来。沈艾莉惊呼了一声，啊！

蒋兆南抬起头，首先映入眼帘的同样是那束奇异的光。他像害怕惊动了光波的律动似的，轻手轻脚地向花架走去。随着云层的上移，光束越来越强烈，它挂在澄明的蓝天上，像一片用水晶串起来的帘子，随风摇动。蒋兆南慌忙掏出手机，调到专业模式，意欲将这个意外的瞬间记录下来。他在手机的摄影框里看到那束光投射到天际线的末端处，站着一个年轻女人的背影，她为了更好地欣赏这束佛光，在蒋兆南的镜头里侧着半边右脸，光投在她身上，投在她身后低垂的枝蔓上，像一个发光体突现在蒋兆南面前。蒋兆南把手机收起来，他觉得，任何先进的科技产品都无法真实记录眼前的一切，因为这一瞬间，已经深深地铭刻进蒋兆南的脑海里，直达永恒。

蒋兆南没有惊动沈艾莉，他转过身，悄悄地离开天台花园。

以蒋兆南和酒店中层领导组成的八人评审团对进入面试的五位参与竞选策划部副总经理职位的候选人进行面试，通过抽签，沈艾莉最后一个出场。根据前四位候选人的表现来看，蒋玉瑶为沈艾莉捏了一把汗。蒋玉瑶的心情十分复杂，她既然望沈艾莉能顺利过关，又隐约觉得，要是她落选，对大家来说也可能算不上是坏事。她虽然无法确定这个"大家"代表了谁，这些都不重要，重要的是，作为沈艾莉多年的好朋友，她尽力了。对于沈艾莉来说，她也尽力了。

轮到沈艾莉上台，她一出现，便引起评审团小小的骚动。在那些决定她命运的团队里，有些人是老熟人，也有几个生面孔。沈艾莉从容地看了评审席一眼，开始决定她命运的十分钟。沈艾莉在对酒店未来的发展中提出一个让众人意想不到的建议，她想起还在公关部工作的时候，酒店曾经承办过一个著名画家的学术论坛和小型展览，鉴于此，她建议酒店开设一个专业性的画廊，既可提高本酒店的文化品位，还可以承接更大型的文化活动，有了画廊作为载体，还可以有更大胆的设想，进入艺术品的投资和拍卖运营。铂莱卡作为一家五星级酒店，经营应该是多元化的，而且她坚信在未来的资本市场中，文化产品将来占有重要的比重和地位。最后，沈艾莉坦率地表示，她是一个单身妈妈，家里有一对退休的父母亲，她的父亲还是一个半植物人，她十分珍惜并渴望得到这份工作。

沈艾莉演讲结束后，评审团有几秒钟陷入沉默。蒋兆南的手在桌面上转动着他的茶杯，蒋玉瑶第一个鼓掌，随后陆续响起的掌声总算打破沉寂。沈艾莉走了出去，随手把门关上，她听到里面传出来的不算热烈但听起来并不乏力的掌声，超然地笑了笑。她看了看手机上显示的时间，对自己说，还有时间回家换衣服上班去。

在给沈艾莉投票的时候，蒋兆南选择弃权。拥有一家属于自己的画廊，是蒋兆南多年的心愿，他不知道沈艾莉什么时候通过什么途径知道了他的想法，但是他可以肯定的是，绝不会是冯芊慧或者蒋玉瑶给她的提示，因为这是他的秘密，从来无人知晓。无论是人为还是巧合，他既不能支持也不能反对，为了公平起见，他只好选择了弃权。公平起见。蒋兆南想起冯芊慧曾经说过的并一直持之以恒地坚守的准则，不禁哑然失笑。

参加完铂莱卡竞岗面试过去一个星期了，沈艾莉没有接到任何通知，蒋玉瑶也没有和她联系过，像突然消失了一样。沈艾莉也把这件事完全抛之脑后，她觉得成败都不重要了，因为她已经对蒋玉瑶和自己有所交代。这件事对沈艾莉来说，算是了结了。

星期六晚上，沈艾莉突然接到蒋兆南的电话。她迟疑了半晌，摁了接听键说，董事长您好。蒋兆南说，我在你家楼下，你能出来一下吗？沈艾莉停顿了一下，您有什么事吗？蒋兆南说，下来再说。

沈艾莉把小宇轩抱到对门交给她的舅妈就匆匆出门，她走到小区门口，果然看到蒋兆南的车停在马路边上。上车吧。蒋兆南说。沈艾莉说，去哪呢？蒋兆南从驾驶座上走下来，拐到另一边打开副驾驶座的车门把沈艾莉请上车。沈艾莉只好顺从地坐上去系好安全带。沈艾莉偷偷看了一眼蒋兆南的脸色，他的表情看上去还在她印象中的一样，坚毅，不容置疑。但是她发现，他握着方向盘的手有些紧张，大概掌心还冒了些汗珠，他抓起车门上的一块小毛巾轮流擦了擦手，调低了空调机的温暖，自言自语道，开始热了。

蒋兆南驾着车驶进旧城区直奔他的画室，在谭家老宅前靠路边停好车，对沈艾莉说，下来吧。沈艾莉下了车，跟在蒋兆南身后，听到一阵远去的似曾相识的铁门打开时发出来的沉重的声响。她梦游似的跟着蒋兆南走进她曾经生活过十多年的沈家老宅的院子，蒋兆南又打开一楼的那扇大门，那是她的大伯父曾经的家。蒋兆南打开灯，沈艾莉看到原来用薄板间成两室一厅的一楼已经被打通成了一个大会客厅，客厅的墙上挂着一些油画作品，这个只有七十平方米左右的空间放眼看去一目了然。蒋兆南把沈艾莉带到三楼她曾经的家，他们来到二楼的时候，蒋兆南停了一下，对沈艾莉说，这里面放了些用不上的杂物，我更喜欢三楼的光线，还有顶楼那个小凉亭。

两人踩着楼梯里昏暗的灯影，终于来到沈艾莉从小生活过的温馨的家。沈艾莉看着墙上被冯宝怡最后贴上去的瓷砖，眼泪忍不住流了下来。蒋兆南说，我把原来的客厅和小房间打通了做画室，另外一间保留着，有时候画画晚了，就在这里将就一晚，请随便坐。蒋兆南说着，在茶几前坐了下来，烧水给沈艾莉泡茶。

沈艾莉一动不动地站着，她看着屋里的摆设，虽然和她记忆中的家变了样，但是冯宝怡每天在厨房里忙碌的身影；楼下的大伯母或者二伯母呵斥调皮的堂兄的声音；沈振扬陪她一起在墙上涂鸦的时候，冯宝怡举着温毛巾追踪他们的笔迹不慎从凳子上摔下来的情景，都一一在沈艾莉眼前呈现，倒是端坐在茶几前以主人身份招待她的蒋兆南像个入侵者一样让她心存恐惧。

蒋兆南见沈艾莉半天没动静，他走到她面前，像个慈爱的长者对一个经过长途跋涉的孤独的旅人临时请进家门时一样对沈艾莉说，过来坐吧，茶已经泡好了。沈艾莉抬起头，蒋兆南被她的眼泪吓着了。怎么啦？蒋兆南说。

沈艾莉捂着嘴，浑身发出剧烈的颤抖，对蒋兆南说，你为什么要把我带到这里来？这是什么地方？蒋兆南说，这里曾经是我和我前妻的家，现在是我的画室，怎么了？

这是我家！沈艾莉激动地说。

3

蒋兆南与沈艾莉隔着一张小茶几面对面坐着，蒋兆南伸出手去，自然地捧着沈艾莉冰凉的双手，就像一位慈悲为怀的猎人捧着一只刚刚破壳而出的小鸟。沈艾莉感觉到他的手传递给她的温暖，这股温暖像电流一样传遍她的全身。

对不起，我刚才失态了。沈艾莉把手从蒋兆南的手里抽了出来，抱歉地冲他笑了笑。蒋兆南说，我没想到，竟然会有这样的巧合。沈艾莉说，刚才把我吓着了。蒋兆南说，当年我的老丈人从你大伯父那里买下这幢房子，本来是打算养老的，后来他们举家移民，就成了我们一家三口的家，再后来，我前妻也带着女儿出国了，她知道我喜欢这里，就把这幢房子留给我了。蒋兆南像讲述别人的故事一样，简洁明了地告诉沈艾莉这幢房子辗转到了他手里的经过。沈艾莉点了点头说，挺好，我也很喜欢这里。蒋兆南说，城市就像候鸟一样，跟着季节的脚步迁徙。沈艾莉说，候鸟还有回来的时候，但是城市移动的步伐，可能一去不复返了。蒋兆南说，这一片，可能很快就被当成文物保护起来了。挺好，沈艾莉说。

艾莉，有件事我想和你商量一下，蒋兆南说。沈艾莉疑惑地看着他。

策划部副总经理的人选已经定了，对不起，在关键时候，我给你投了弃权票。蒋兆南说。沈艾莉笑了笑，我知道自己能力有限，我只是不想白费了玉瑶的好意才去报名的。蒋兆南摇了摇头，不，一个人的能力能到达什么样的地步，是不可预估的，我倒是看好你。沈艾莉说，谢谢董事长，您过奖了。蒋兆南说，你那个成立画廊的建议很好，你知道，我是学画画出身的，这么多年来，我为了生意，也可以说为了生存，我那点有限的天赋早就被磨光了，但是成立一个专业画廊，按你的构思去运作，倒是我目前的能力可以轻松实现的，艾莉，你能帮我吗？

沈艾莉说，我不是很明白您的意思。蒋兆南说，我已经和几位股东讨论过了，我想成立一家文化投资公司，作为酒店的子公司独立运营，以画廊为平台，再慢慢向其他文化项目拓展，你觉得怎么样？沈艾莉说，这个想法挺好，我以前有个老师，就经常和我讨论这方面的问题。蒋兆南怔了怔，你的老师？沈艾莉说，很久以前的事了。蒋兆南点了点头，这么说，你其实是有想法的，那就由你来当文化公司的负责人，你有信心吗？

我？沈艾莉愣了愣，赶紧摇头说，不，我不行，我没有任何实战经验，这个职位我担当不起。蒋兆南说，你放心，我不会让你孤军作战，顾问我都帮你找好了。沈艾莉说，我真的不敢答应您什么。蒋兆南说，好吧，你先回去考虑考虑，或者，你先见见我帮你请的那位顾问再做决定？

我该回家了，沈艾莉说。

沈艾莉随蒋兆南一起下了楼，走到门外，她又听到那扇厚重的铁门关上的碰撞声。她的心又没来由地狂跳起来，她抬起头，又看了一眼这幢隐在黑夜里的老房子。蒋兆南说，以后只要你喜欢，这里随时欢迎你来，里面还有很多宝贝呢，下次吧，下次再看。

在董事会投票成立文化投资公司的时候，蒋玉瑶投了弃权票，她给自己找到一个合情合理的借口，就是她刚进入董事会，资历尚浅，无法对自己投出的赞成或反对票负责。

有一天，沈艾莉突然接到蒋玉瑶的电话约她一起吃晚饭。善解人意的蒋玉瑶定了沈艾莉家附近的一家小餐厅见面，她们点了一份简单的晚餐，聊了一会儿家常，沈艾莉告诉蒋玉瑶，小宇轩会走路了。蒋玉瑶说，真好，我们家婷婷比小宇轩小几个月，也开始学步了。沈艾莉说，我舅妈身体不好，带孩子太累了，我打算等他够两岁了就送去幼儿园。蒋玉瑶点了点头，问道，芊慧姐在美国还好吗？我很久没有和她联系了。

我姐她挺好，沈艾莉说，每个星期都会和我们有一次视频聊天，看上去瘦了一点。蒋玉瑶说，艾莉，对不起，我没帮上你什么忙。沈艾莉笑了笑，你已经帮了我很大忙了，谢谢你。蒋玉瑶说，你不会怪我吧？沈艾莉说，怎么会，我报名是因为不想辜负你一番好意。蒋玉瑶说，生活上要是有什么困难，你尽管向我开口，咱们是老朋友，不要客气。沈艾莉说，谢谢，我现在过得挺好的。

八年前从大学辞职下海经商的黄远东，已经是深圳嘉达艺术品拍卖公司的老板。接到他的师兄蒋兆南连续三次邀请后，才暂时放下手头上的生意，开了两个小时的车，总算出现在蒋兆南那间装饰豪华的董事长办公室里。蒋兆南看着他意气风发的师弟抱怨道，你要是再不出现，我打算明天就带人杀到你的老巢把你给剿了。黄远东哈哈大笑起来，没想到啊，我们的蒋董事长也会开玩笑了。黄远东说着，夸张地深呼吸，像只警犬一样在办公室里嗅来嗅去。蒋兆南笑道，这么多年了，你倒是一点没变，还是那么快乐。黄远东说，我就是一个快乐的单身汉。

黄远东说，说实话，自从我们那位才貌双全的师姐离开之后，我也很久没见过你今天这种状态了，我觉得是好事。蒋兆南说，我们多久没见了？黄远东说，一年零五十六天，我们在广州胡老师的画展开幕式上见过。蒋兆南哈哈大笑起来，你的大脑内存又升级了。黄远东说，当然，我们做拍卖的，对数字的敏感程度可以和精算师比肩。蒋兆南说，我之前发给你的电子邮件你有没有时间看过，觉得可行吗？黄远东说，看了，你这个想法靠谱，不过谁来任文化公司的经理，你亲自挂帅？蒋兆南摇了摇头，我已经物色好人选了，约了她今天晚上一起吃饭，但是她还没有答应我，这件事能不能做成，还得靠你多多帮忙。

黄远东说，在商言商，不存在帮不帮忙的问题，如果你的公司搞成了，我们可以建立可持续的战略合作关系，只是我很好奇，你请的到底是什么高人？竟然还会在我们蒋董事长面前摆架子？

行了，蒋兆南说，我给你安排了商务套房，你先去好好休息，晚上吃饭再细聊。黄远东说，你确定不是总统套房吗？蒋兆南说，总统套房已经有客人预定了，下次，下次一定给你补上。

黄远东站到窗前，看着窗外的景色叹了口气，真是个好地方呀！蒋兆南说，你才知道啊，我邀请了你多少次了，你都找各种各样的借口拒绝，太不像话了！黄远东说，师兄，我不是不给你面子，是胆怯。蒋兆南说，哦？难道你和这座城市之间还有故事？

黄远东诗意地说，有句话怎么说来的？因为一个人，爱上一座城。那个人都不见了，就算走进这座城，我的灵魂也无处安放。蒋兆南说，你要找人还不容易吗？只要她还在，我让公安局的朋友上网一查她就无处遁形了。黄远东看了蒋兆南一眼，做了个不可思议的表情，看来商人和商人还是有差别的，你怎么变得这么俗了？蒋兆南说，俗吗？我只是懂得用最直接的方法解决最复杂的问题。黄远东说，事情太直接就无趣了，爱情就像好运气一样，是要等的。蒋兆南说，真不用我帮？黄远东说，随缘吧。

沈艾莉接到蒋兆南的电话，他告诉沈艾莉，约好了公司的顾问今晚见面，让她到铂莱卡大酒店四楼中餐厅的九号房一起吃饭见面详谈。沈艾莉拿不定主意要不要赴约，便给冯芊慧发了信息简述了事情的经过。她不知道现在美国时间具体几点钟，也不知道冯芊慧是在上课还是已经睡觉了。没想到冯芊慧很快就给她回复，只有简短的三个字：必须去！

晚上六点半，沈艾莉准时敲开九号房那扇中间镶着一个小雕花玻璃窗的门。蒋兆南站起来迎过去，艾莉，来，我来给你介绍一下，这就是我跟你提过的给你请的顾问，嘉达拍卖公司的总经理，也是我的师弟黄远东先生。黄远东站起来，看着沈艾莉愣住了。沈艾莉也不敢相信自己的眼睛，她呆呆地站着，与黄远东四目对视，激动得连招呼都忘了打。蒋兆南提醒她，艾莉，这是黄总。黄远东走到沈艾莉面前站住了，他打量着沈艾莉那张在他的记忆中纯净、执拗而热情洋溢的脸，多年以后重新出现在自己面前，她的脸比原先丰满了一些，眼睛还像以前一样拥有神秘的光华，但是她更成熟了，也更从容了。她浑身上下显示出来那股云淡风轻的气质告诉黄远东，这些年她一定经历了他无法想象的事。黄远东的心被远去的时间突然挤压成一块厚重的铅，压得他喘不过气来。

沈艾莉，真的是你吗？沈艾莉笑了笑，激动地说，黄老师，是我。

黄远东完全忽略了呆住在一旁的蒋兆南，忽略了自己此行的任务，忽略了他丢失的十年青春。他觉得混沌的世界一下子宁静了，万物在旷野中复苏，时间被湮灭，幸运之神在他毫无心理准备的情况下突然出现。他只好张开双臂，把沈艾莉紧紧地拥进怀里，艾莉，真的是你，我以为今生今世再也见不到你了。

沈艾莉不安地被黄远东拥在怀里，他的双臂像虎口钳一样夹得她喘不过气来。她向蒋兆南投去求助的目光。蒋兆南说，什么情况？远东，有什么话你等艾莉坐下来再慢慢谈吧，菜都凉了，先吃饭。

黄远东拉着沈艾莉在身边坐下来。蒋兆南看了沈艾莉一眼，沈艾莉冲他不置可否地笑了笑。黄远东说，师兄，艾莉就是你要请的总经理是吗？蒋兆南点了点头，可是艾莉她还没有答应。黄远东笑了起来，你好眼光，我还以为，这个世界上除了我，没有人更懂沈艾莉，原来我想错了。

不不不，蒋兆南说，我什么也不知道，因为沈艾莉之前在我们公关部做了几年，工作很出色，最近她上报给公司建议成立画廊的提案很合我的心思，所以觉得她应该是个可造之才，无论是看画还是看人，我更相信你的眼光。

4

席间，蒋兆南看得出今天的意外相遇，让黄远东和沈艾莉都有点激动。但他也准确地判断出，两个人的激动是不一样的。与黄远东的手足无措，说话的时候颠三倒四相比，沈艾莉显得平静多了。蒋兆南不知道他们之间曾经发生过什么，他唯一能确认的是，一直以来，黄远东等的那个人，就是面前这个已经成为单亲妈妈的沈艾莉。

蒋兆南冒出一个念头，此时此刻，是不是应该把空间让给这两个久别重逢的人。他和沈艾莉对视了一眼，沈艾莉好像读懂了他的心思，冲他摇了摇头。蒋兆南只好作罢，在事情没有明朗化之前，如果他刻意消失，沈艾莉可能更难应付这个突发性的场面。

黄远东举起酒杯说，艾莉，我们有多少年没见了？沈艾莉说，好像有八九年了吧。黄远东略显失望地摇了摇头，是八年零三十二天。沈艾莉抱歉地笑了笑，黄老师的记忆力真好。我每天都记着，黄远东说，你告诉我，为什么你突然就消失了？沈艾莉说，我的电话换号了。黄远东说，没关系，现在我们总算见着了，来，咱们喝一杯。沈艾莉端起茶杯，对黄远东说，我以茶代酒，敬您。黄远东说，不不不，就像一个人不能代替另一个人一样，再好的茶也不能代替酒。

我替艾莉喝吧。蒋兆南走过去，端起沈艾莉面前的酒杯说，她孩子还小，一会还要开车回家，要是喝了酒，咱们也不放心，对不对？黄远东愣了愣，看了沈艾莉一眼说，他说的是真的吗？沈艾莉说，是的，我回家还要带孩子，对不起，我真不能喝酒。

好吧，师兄，咱们喝！黄远东干了一杯，又给自己的酒杯斟满酒，这一次他谁也没有敬，自己干了。

蒋兆南看了看腕表，又看了沈艾莉一眼。沈艾莉识趣地告辞。黄远东一时情急，抓着沈艾莉的手，睁着一双发红的眼睛看着她说，你真的要走了吗？沈艾莉说，是的，今天有点晚了，孩子要睡觉了。黄远东的头垂了下来，他松开沈艾莉的手说，我们还会再见面吗？沈艾莉看了蒋兆南一眼。蒋兆南说，好啦，远东，今天就先让艾莉回去吧，你要是还觉得不够，一会咱俩继续喝。

蒋兆南把沈艾莉送到房门口，沈艾莉说，董事长，不好意思——

没关系！蒋兆南拍了拍她的肩膀说，你先回去吧，小心开车，我这个师弟是个感性的人，希望他今天没吓着你。沈艾莉说，那我先走了，再见。

送走沈艾莉，蒋兆南回到餐桌边坐下，看着一脸落寞的黄远东说，怎么样？是继续呢，还是回房间好好睡一觉？黄远东说，你觉得我现在能睡得着吗？蒋兆南说，好吧，那我就舍命陪君子。

蒋兆南和黄远东坐在他房间里可以看到城市夜景的临窗的椅子上，他们中间摆着蒋兆南叫人送来的洋酒。黄远东呷了一口酒，远眺窗外的万家灯火，神往地说，我到底是来晚了，是吗？蒋兆南说，这事得看怎么说，可能晚了，也可能不晚。黄远东说，她是我这辈子见过的最美好的女人。蒋兆南说，是的，沈艾莉的确很美。黄远东笑了笑，不，美好和美是两回事。蒋兆南说，酒都给你准备好了，要是你想说，我洗耳恭听。

我第一次见她，是十二年前，那一年，我是多么意气风发，年少得志，我获得了全国美展金奖以后，被邀请到她们学校开讲座，还办了个小型画展，那时候，她读大学一年级。她在那天的画展开幕式上当礼仪小姐，当时她跟其他几个礼仪小姐站在一起，穿着一身淡绿色的旗袍，并没有引起我多大的注意。黄远东顿了顿，又呷了一口酒，接着说道，在开讲座的时候，她又来了，为了不错过我的讲座，她连衣服也没来得及换，安安静静地站在讲台下拥挤的人群里，那时候已经是深秋了，在台下那一堆黑压压的人群里，我不得不把焦点落在她身上。

蒋兆南看着窗外的夜色，想起沈艾莉当年走进他的办公室，向他提出取消强制行政人员上班必须穿工作服的建议，不禁笑了起来。

当时我一边讲课，一边担心她会冻感冒，但是她的眼神告诉我，她很好，她身上有着一股执拗而生动的力量，这股力量是那样鹤立鸡群，在这股生动的力量衬托下，她美丽的外表倒显得无足轻重了。讲座快开完的时候，我又朝她站着的方向望去，发现她已经不见了。当时我想，不好了，她肯定是觉得冷了。我本来预算两个小时的课讲了将近三个小时，你不知道，我当时有多自责，要是我的课能讲得简明扼要一些，她就不会挨这长时间的冻。

黄远东说到这里，停了下来，他的酒杯已经空了。蒋兆南给他的杯子续上酒，说，后来呢？

当我结束了讲座走到大礼堂的时候，她一个人，手里拿着一束据她说是在校园的花圃里临时摘下来的鲜花——两枝红玫瑰，一支马蹄莲，一把枝香石竹。她站在我面前，脸上泛着比那玫瑰花更有质感的红晕，双眼炯炯发亮，她说，黄老师，这是送给您的。当时，我还以为这也是大会的安排，但是她说，不，这是我自己摘来送给您的。因为是临时摘下来的，她也没找到合适的东西包扎，结果我的手指还被玫瑰花杆上的刺扎出血了。

多么美好的相遇！蒋兆南感叹道，心里没来由地萌生出一丝妒意。

黄远东说，我们都在彼此最美好的年华遇见了对方。在那以后，整整三年多时间里，她每周两次坐一个多小时的公交车赶来听我的课，无论我是在母校，还是在别的什么地方开讲座或者展览，她都像影子一样出现在我身边。有时候是当礼仪小姐，有时候当工作人员，更多的时候，她就是一个如饥似渴的好学生。每一堂课，她都是第一个到，最后一个离开，安静地坐在课室最后一排旁边听。但是，无论我们的距离隔得有多远，我依然能感觉得到她眼里的激情和心脏的跳动。

蒋兆南想起沈艾莉送给冯芊慧的那幅画，以及从冯芊慧嘴里得知的沈艾莉少年时代的经历，眼睛湿润了。他对黄远东说，看样子，她是真的喜欢画画。

不，黄远东说，她不是喜欢画画，大一学期结束的时候，我曾经给过她建议，如果真的喜欢美术，就回去复读重考。她当场就婉拒了，我还记得她当时的脸色有多难为情，她说，我不是喜欢画画，我只是喜欢听您讲课，所以——

所以呢？蒋兆南说。

所以，我肯定当时她对我是又崇拜又爱慕但又错误地认定，对于她来说，我是那样遥不可及。黄远东说。

后来呢？蒋兆南好奇地问。

黄远东说，那段时间，我实在是太忙了，没完没了的排课，讲座，展览，评奖，还要应付博士论文，我甚至连约她看一场电影的时间都没有。我跟自己说，无论如何，等到她毕业的时候，我必须表白。蒋兆南吐了一口气，他不知道如何安慰他这位可怜的师弟，如果一切如黄远东所愿，艾莉的人生也许会彻底改写了。

她毕业以后一个星期，我给她打电话，已经换号了，为了找到她，我还托关系到她的学校查阅她的档案记录，找到她家里的电话，遗憾的是，她家里的电话已经停用了。

既然能查到档案记录，你也应该查到她家里的地址吧？蒋兆南说。

是的，我查到她家里的地址了。黄远东突然笑了起来，说起这件事，我当时是百思不得其解，你还记得我八年前来找到你吗？蒋兆南陷入了回忆，是的，我想起来了，你是来过。黄远东说，那时候，谭碧华正忙着办出国，你的事业也刚起步，我记得在你家喝了一杯茶，你连饭也没有留我吃，我就走了。蒋兆南呆住了，他看着黄远东，惊呼起来，哎哟！

我没想到，沈艾莉记录在学校的家庭地址，竟是你家。黄远东说，见过你们之后，我是彻底死心了，我没有深入打听你和沈家的关系，一是不想给你添乱，二来，我肯定学校的记录是搞错了。

蒋兆南无奈地摇了摇头，我也是前几天才知道，我那个前老丈人留下的老房子，是从沈艾莉家买过来的，学校的记录没错，因为每一个学生档案都是小学毕业就开始建档的，那时候，他们的确还住在那幢老房子里。

黄远东长舒了一口气，这件事，总算有个了结了。

蒋兆南说，我很好奇，你当年都有足够的资格评教授职称了，为什么会突然下海？

没有沈艾莉的课堂，就是一潭死水，所以我决定换一个环境，尝试寻找另一个自己。蒋兆南说，这么多年，就没遇到过让你心动的人吗？黄远东说，我师姐都离开你这么多年了，你不也是还一个人？蒋兆南与黄远东碰了碰怀，脑海一片空白。他没有想到，在黄远东和沈艾莉之间还有过一段这么美好的相遇，他理解黄远东的心情。但是整个事件听起来既荒诞又诡异。他觉得这是命运之神淘气地结下的一个谜团，即使以冯芊慧那样理性又深谙生命奥秘的头脑，估计也会觉得束手无策。

她的丈夫是个什么样的人？黄远东又喝了一口酒，问道。蒋兆南嗅到他的语气里艰涩的味道。她去年离婚了，现在是个单身妈妈，蒋兆南轻描淡写地说。

什么？黄远东激动地站起来，那么说，她现在是自由的了？蒋兆南轻轻地拍了拍他的手，你先别激动，虽然她现在是自由的，但是这么多年，她知道你对她的感觉吗？你又知道她的心里是怎么想的吗？你不会打算明天就去向她表白吧？

黄远东在房里不安地踱步，不，我怕来不及，无论她的生活变成什么样，只要她是自由的，我就要把她找回来，我不能再等了。蒋兆南说，要是她拒绝呢？她没有理由拒绝！黄远东激动地说，我相信她是爱我的，起码曾经是爱过的，即使后来因为生活，因为婚姻，或者别的什么事把这份爱压抑下去了，但是我有信心唤醒她。凡事都要先往好处想，不是吗？

然后呢？蒋兆南说。

然后，然后我就把她带走啊。黄远东怔了怔，突然想起他此行的目的，不好意思地对蒋兆南说，师兄，对不起，我，我是不是太霸道了，我本来是过来和你谈公事的，但是我们不得不承认，世事的发展，总是人算不如天算，谁能想到啊，我等了这么多年的人，竟然就在你的眼皮底下。

蒋兆南理解地笑了笑，他说，是的，人算不如天算，那么，我祝你好运吧，今天你也累了，好好休息，我先走了。黄远东说，我真的累了，前所未有的累，师兄，我可能要多留两天，至于你的事——

没问题，只要你喜欢，住多久都行，我的事不着急，再议吧。蒋兆南说。

第二天，黄远东很早就从床上爬起来了，准确来说，蒋兆南离开后，他躺在床上辗转反侧，直到凌晨五点多才勉强进入了梦乡。一觉醒来，已经是上午九点一刻。黄远东简单地洗了一下，连早餐也没有吃，就赶到沈艾莉上班的超市。他是出门前才向蒋兆南打听沈艾莉上班的地方的，当蒋兆南告诉他，沈艾莉在某超市当仓管员后，他气愤地说了一句，太过分了！

5

沈艾莉接到黄远东的电话，从超市仓库的办公室走出来。黄远东坐在黄花风铃木树下的石凳上，看见穿着工作服的沈艾莉笑意盈盈地朝他走过来。黄远东又在心里说了句，太过分了！他也不知道到底什么事让他觉得过分，他觉得这一天一夜经历的所有事都让他觉得过分。他无法接受沈艾莉穿着工作服的样子，在他的脑海里，沈艾莉依然是那个眨巴着一双大眼睛专心致志地听他讲课的精灵，一个他生命中唯一美好的存在。

沈艾莉在他身边坐了下来。黄远东看着她一身与她的容颜和气质毫无瓜葛的搭配，他觉得自己的心脏像被人塞进绞肉机一样，一片片地碎裂。他喊了声"艾莉"，就再也说不出话。黄老师，您来找我有什么事吗？沈艾莉问道。黄远东不敢直视沈艾莉，他低下头，沉默了半晌，深情地说，艾莉，我没想到，这辈子还有机会见到你。沈艾莉说，是我做得不好，我不应该不辞而别。

没关系！黄远东摇着头说，感谢老天爷，又让我们重逢了，一切都还来得及。沈艾莉说，人生好奇妙，没想到，咱们又见面了。艾莉，我今年35岁了，自从和你失去联系之后，我的心里就再也容不下别的女人。黄老师——沈艾莉不安地说。你先听我说完，黄远东说，我知道，这是我自己的事，与你无关，这事不怪你。

黄远东说，我曾经到这里来找过你，可是没找着。现在，我们又见面了，我觉得这是天意，是老天爷在冥冥之中善意的安排，我不能再放开你了，你懂我的意思吗？

沈艾莉说，是的，但是——

黄远东说，我知道，你结婚又离婚了，还有一个一岁多的孩子，但是没关系，只要你是自由的，我都能倾我所有给予你安稳的人生。沈艾莉冷静地说，黄老师，可能我们分别得太久了，您对我的印象还停留在八年前，可是，我已经不是从前的我了。黄远东说，我明白，时光流逝，四季更替，一切都在变，但是无论你变成什么样，你依然是我心中最珍惜的那一个，当年你为了追逐我的脚步逃了多少课，我记得比你还清楚，我还担心你因为逃课无法顺利毕业——

　　为了听您的课，我还真没少受罪，沈艾莉笑了起来，您讲的课，比我们学校的老师讲的有趣多了。

　　仅仅是有趣吗？黄远东说，难道你不是因为我这个人才去听我的课？我记得你说过，你不喜欢画画，只是喜欢听我讲课，难道你没有问过自己，到底是喜欢听我的课，还是喜欢我这个人吗？这时候，沈艾莉的电话响了，是蒋兆南打来的。沈艾莉说，黄老师，实在对不起，我该回去上班了。黄远东忧伤地说，你真的忍心扔下我就这样走了吗？沈艾莉说，我再不回去就得被解雇了，黄老师再见！

　　黄远东走进蒋兆南的办公室，他的神情比蒋兆南预想中的沮丧多了。蒋兆南说，什么情况？她完全听不懂我在说什么！黄远东激动地说，她只惦记着她的饭碗，一再提醒我，她会被解雇，怎么会这样？那个不食人间烟火的仙女一样的沈艾莉，为什么会变成这样？

　　蒋兆南亲自给黄远东倒了一杯咖啡，安慰道，八年多了，她的人生经历了些什么，你一无所知，你不能强求别人的思维还停留在八年前。黄远东说，我没有强求，我只是向她表达我的想法，这么多年过去了，有谁能站在我的立场想一想，我容易吗我？谁都不容易，蒋兆南说，她比你更不容易，所以我说……

　　我明白，黄远东说，事情来得太急，虽然我已经准备了八年，但是她还没有准备好，我明白。蒋兆南点了点头，你明白就好，凡事欲速则不达，我看，这件事还是先缓一缓吧。

　　黄远东说，你说得对，咱们谈正事吧，谈完我就回去。你不是还要多留几天吗？蒋兆南诧异地问道。本来是这样打算来着，黄远东说，本来是有这个打算，但是我不敢再见她了，你没见到，她穿着那身又宽又大的工作服我看了有多难受，这不是她应该过的生活。

　　蒋兆南感同身受地体会到黄远东的无奈和心痛，他惊讶地发现，不知道是因为受了黄远东的传染，还是在他的内心深处一直潜伏着某种连他自己都不自觉的想法，沈艾莉的生活不应该这样过下去了，她就像一个坠落凡间的天使，被生活折磨得失去了展翅高飞的勇气。但是，到底谁才是她的主？谁才能让她重拾自信展翅高飞？是黄远东，还是上天早已安排好的但迟迟不肯出现的铁血骑士，还是她自己？

就在蒋兆南陷入沉思的当儿，黄远东走出去接了一个电话，再回来的时候，他耸了耸肩，对蒋兆南说，我得走了，文化公司的事要是你不急的话，我们可能要另外约时间再谈了。蒋兆南与他握了握手，觉得还是不够诚意，又给他这位可爱的师弟附送了一个拥抱，要不要我安排司机帮你开车？黄远东说，我没事。蒋兆南说，一路平安。黄远东走到门口，又转过身站住了，师兄，我能拜托你一件事吗？你讲。如果可以的话，帮我照顾她，我想，你打算聘她做文化公司的经理，应该不是一时冲动，背后的缘由我就不深究了，她的确是一个合适的人选，只是现在我更希望……

蒋兆南点头了点头说，我另外再找时间去看你，也随时欢迎你过来。

蒋兆南暂时把筹建文化投资公司的项目搁置下来了。两个星期后的一个周末，蒋兆南像往常一样坐在他的画室里发呆，意外地接到沈艾莉的电话，沈艾莉在电话里说，她有事想找董事长好好谈谈。蒋兆南说，我在画室，你过来吧。

一个小时后，蒋兆南听到楼下的铁门推开又关上的声音，听着沈艾莉踩着高跟鞋沿着楼梯拾级而上，她踩在一百年前的水磨石板楼梯上的脚步声像踩在他的心上一样，引起一阵时轻时重的颤动。

沈艾莉说，我没有打扰您吧？蒋兆南笑了笑，有时候，我更期待不速之客从天而降，要是你来之前不给我打电话的话，我可能更感惊喜。坐吧，这是我云南一位朋友刚寄来的老树普洱，你尝尝。沈艾莉在茶几前坐下，接过蒋兆南递给她的茶。

董事长，我觉得，黄老师对我可能有些误会了。沈艾莉犹豫了一下，鼓起勇气说，我当初真的只是为了听课，没有别的意思。蒋兆南说，会不会有别的意思，你自己没有觉得。沈艾莉不安地捏着手里的茶杯，她不知道如何回答蒋兆南这个突兀的问题。沈艾莉说，无论如何，对他的盛情，我真的无法接受，也不知道应该如何应对。蒋兆南说，他已经回深圳了，暂时应该不会再干扰你的生活。沈艾莉掏出手机，翻开黄远东每天不少于五次发给她的微信留言递到蒋兆南跟前说，他人是走了，但是在我的生活中，他已经无处不在了。蒋兆南避开视线，没有看黄远东到底跟她说了些什么，对沈艾莉说，我不能看他跟你说了些什么，这是对你们最基本的尊重。

好吧。沈艾莉把手机收起来，叹了口气，这就是我今天来找您的目的，我希望您能帮我做一下他的工作，让他别再纠缠不清了。蒋兆南说，我了解远东，他是一个痴情而专一的男人，你为什么不给他同时也给你自己一个机会？沈艾莉的脸突然涨得通红，蒋兆南在一句善意的话已经伤害她的自尊。她呼的一声站起来说，对不起，可能我来错了。

蒋兆南及时拉住沈艾莉的手说，对不起，我为刚才的话向你道歉，这个话题到此为止，我以后不会再提，好吗？沈艾莉的情绪缓和下来。蒋兆南说，要不，我带你看看我的画？沈艾莉的眼睛闪了一下，转怒为喜，像个快乐的孩子一样雀跃起来，好啊！

蒋兆南把沈艾莉带到二楼，打开他的收藏室的门。屋里的四面墙上挂满了画作，地板上也堆放着一些装裱好的没有挂上墙的画作。沈艾莉惊呼了一声，董事长，这些都是您的作品，对吗？蒋兆南自嘲地苦笑了一下，挂在墙上的都是拙作，这些年我也收藏了不少名家精品。沈艾莉的眼神更亮了，她说，我可以看看吗？蒋兆南说，我都放在酒店的收藏室里了，需要恒温恒湿保存。

沈艾莉的视线落在靠窗挂着的一幅江上晚霞的水彩画上。画中的两个人物的背影让她觉得似曾相识。我喜欢这幅！沈艾莉惊叹道。蒋兆南说，我也最喜欢这幅，但是对于我来说，还是觉得不满意。沈艾莉说，这很正常，没有哪位画家会对自己的画作满意，毕竟有那么多大师挡在前面，要翻越那一座座高峰谈何容易，您说是不是？

艾莉！蒋兆南感动地说，我还是希望你能够接受——

沈艾莉打断他的话，董事长，您之前说过的话还算数吗？蒋兆南说，你指的是？沈艾莉说，让我当文化公司的负责人。蒋兆南说，如果你不愿意，我打算放弃了。

我接受您的邀请，等画廊建好了，第一场画展就举办您的个人作品展，您觉得怎么样？沈艾莉兴奋地说。蒋兆南说，这样一来，你以后在工作上就会和黄远东发生不可避免的接触。沈艾莉说，这是两码事，我需要这份和我的梦想有关的工作。

6

蒋兆南和黄远东通了几次电话，告诉他文化投资公司已经注册，并定下办公和画廊的场地，现在已经开始装修，他希望黄远东抽时间过来对画廊的装修提出专业性的建议。黄远东没有直接拒绝蒋兆南的邀请，他只是说最近很忙，有时间他一定会去。

沈艾莉到底还是接受了蒋兆南的工作，黄远东一时弄不明白这是好事还是坏事。往好的方面想，她总算可以脱下那身让他无法直视的工作服，他也会有更多的机会和她接触。往不好的方面想，沈艾莉才刚刚走马上任，短期内是不可能离开"铂莱卡"了。黄远东纠结了好几天，一时间无法理清自己的头绪。

比黄远东的纠结情绪更感不安的还有蒋玉瑶，当她知道沈艾莉将成为文化投资公司的经理之后，一直以来处乱不惊的她也有点坐不住了。她也不明白到底是什么原因导致她的心烦意乱，是因为蒋兆南在对沈艾莉委以重任之前没有和她沟通过，还是因为沈艾莉在决定接受蒋兆南的邀请之前没有征求过她的意见？更让她百思不得其解的是，原来在董事会讨论过的关于成立文化投资公司作为酒店附属子公司的性质，到后来发展到由蒋兆南私人独资，办公场所和画廊场地则以租赁的形式与铂莱卡酒店之间产生最纯粹的合作关系。换言之，这家公司一旦成立，蒋兆南用什么人，公司怎么运作，是亏还是赚，都是他个人的事，与其他股东无关，同样与蒋玉瑶无关。

蒋玉瑶给冯芊慧发了一条简短的信息，以一个老朋友对另一位老朋友表示关心的口吻向她汇报沈艾莉的近况。冯芊慧回复她说，我知道。蒋玉瑶回到家，陈天乐兴致勃勃地拿出一沓从旅行社带回来的资料，和她商量带上罗琼秀和婷婷一家人去度假的事。罗琼秀说，好啊，我这辈子还没坐过飞机呢，要去就去远点。蒋玉瑶对陈天乐和母亲的提议不置可否，她在吃晚饭的时候掉了两次筷子。陈天乐困惑地看着他的妻子，识趣地结束了话题。罗琼秀提醒她说，天乐说，要带我们去度假呢，你安排好时间，咱们一家人还没有出过远门呢。蒋玉瑶放下碗筷站起来说，我抽不开身，你们想去就去吧，不用管我了。

　　下午快下班的时候，蒋玉瑶提前离开办公室，拐到位于酒店副楼一、二楼正在装修中的画廊。她看见沈艾莉正在画廊里和装修师傅一起对着一本产品目录挑选画廊的灯光设置。她听见沈艾莉说，我知道你们在这方面很有经验，但是艺术画廊照明不能完全照搬已成体系的博物馆照明的框架，因为我们是商业性画廊，在画作展出过程中，无论是目的性、受众面、自由度和责任性都和博物馆不一样。装修师傅无奈地说，沈小姐，那按您的意思，我们的方案要重新做一遍了？沈艾莉笑了笑，只能这样了，因为我们将来展出的作品是多元的，无论是什么样的灯光，目的只有一个，在给观众提供视觉享受的同时，还可以起到引导的作用，灯光就像一个无声的解说者……

　　后面沈艾莉和灯光师傅还讨论了些什么，蒋玉瑶已经听不清了。她不知道沈艾莉这些专业知识是什么时候从什么地方获得的，多年来，她第一次觉得沈艾莉这样陌生，她觉得这个世界也开始变得陌生了。沈艾莉看到蒋玉瑶，高兴地朝她小跑过来。沈艾莉说，玉瑶，你什么时候来的？蒋玉瑶说，刚来不久，没打扰你吧？沈艾莉摇了摇头，她拉起蒋玉瑶的手说，玉瑶，谢谢你。蒋玉瑶说，谢我什么？沈艾莉说，我知道，你一直为我没能受聘到策划部感到遗憾，现在董事长把这么重要的任务交给我，我相信背后你肯定做了很多工作。蒋玉瑶说，我什么也没做过。沈艾莉笑了起来，亲昵地瞪了蒋玉瑶一眼，你的性格我还不清楚吗，就是做了你也不会认。

　　和蒋兆南通完最后一个电话过了两个星期，黄远东毫无预兆地突然出现了。他的司机驾着车驶进酒店的停车场才给蒋兆南打电话，蒋兆南正在开会，戚婉芬告诉黄远东画廊的具体位置，如果他想去画廊，可以先和沈艾莉联系。

　　黄远东下了车，照着戚秘书的提示走进正在装修中的铂莱卡画廊。他看见沈艾莉穿着一件和在超市仓库工作时穿的工作服差不多的薄外套，手里戴着像装修工人一样的棉手套，正在和一位装修工人一起把堆放在门口的一些粗重的实木柱子抬到里面去。她看到黄远东沉着脸一动也不动地站着，意外地说，黄老师，您什么时候来的？黄远东说，你这是在干什么？沈艾莉说，搬东西呢。黄远东说，蒋兆南不是让你当总经理吗？你怎么能干这种粗活？沈艾莉笑了起来，您也看到了，现在画廊才开始装修，人手又不够，公司的其他人员也还没到位……

黄远东痛苦地皱了皱眉，他拉起沈艾莉的手说，跟我走，这工作咱们不干了。沈艾莉挣脱黄远东的手说，黄老师，我正在上班呢。黄远东说，我说了，这班咱不上了！沈艾莉郑重地说，这是我的工作！黄远东说，我不稀罕。我稀罕，希望您理解我，我已经辞了超市的工作了，如果不干又得重新找工作——黄远东说，你可以不工作，只要你想要的，我都可以给你。沈艾莉说，我想要的不需要别人给，我自己可以通过自己的努力去获得，再说，你可以给我我想要的，我父母想要的你能给吗，我儿子想要的你也能给吗？黄远东说，我都能，只要你离开这里，愿跟我走。沈艾莉摇了摇头，也许你能给，但是连我都不知道他们想要什么，你又怎么会知道呢？

黄远东被沈艾莉问住了，他沉思了一会，看着沈艾莉说，看到你这样，我很痛苦。沈艾莉说，我现在所做的就是我喜欢做的事，我觉得很快乐。黄远东又从头到脚打量了沈艾莉一遍，他诧异地发现，她说得对，虽然她看上去比黄远东印象中的沈艾莉更成熟更世故，但她的确是快乐的，她那双久违了的灵动的眼睛，她紧抿的双唇流露出来的执着，都在告诉他，她是快乐的。黄远东仿佛又看到多年前安静地坐在某个课堂的角落听他讲课时的沈艾莉，也是同样的快乐，同样的执着，同样的生动。但是他沮丧地发现，现在的沈艾莉快乐的源泉，已经和他无关了。

黄远东神色凝重地走进蒋兆南的办公室，他没有跟他的师兄打招呼，径自走到董事长办公室一角的小酒吧给自己倒了一杯酒，站到窗边，看着外面的景色若有所思地喝了起来。

蒋兆南也给自己倒了一杯酒，站在黄远东身边想和他碰杯。黄远东手里的酒杯举到半途收回来了，坐到沙发上去，自言自语道，这不是她应该过的生活，可是她说她很快乐，她的快乐竟然与我无关，这是我做梦都没有想过的，我生命中曾经出现过的那个沈艾莉已经不见了。

那你说说看，什么样的生活才是她应该过的生活？黄远东像深陷梦境不能自拔的可怜的游魂一样喃喃自语道，我的艾莉，应该像个小公主一样活着，无忧无虑，不用向生活低头，不需要为五斗米折腰，她是那样纯净，那样一尘不染，那样不谙世事，那样让人——让人不忍心触碰，世上的俗事都应该与她无关，她就是一个自由自在的精灵，她不需要向任何人任何事妥协，她应该永远保持上天赐给她的那份纯真。

蒋兆南说，说句残酷的话，你所描述的形象，在现实生活中是不存在的。黄远东说，不，要是你见过当年的她，你一定会理解我现在的心情，她完全有条件有资格也应该脱离现实而存在。

蒋兆南说，那只是你的想法，她觉得快乐，是因为她找到了生活的价值，没有人可以脱离现实而存在，除非她是一个和这个世界没有任何关系的人。我知道，在你的潜意识里，她对于你来说，就是一个坠落凡间的天使，这是你感性的一面，但是在生活面前，感性是最不堪一击的。

黄远东绝望地看着蒋兆南，简直是一场噩梦，太可怕了。

蒋兆南说，我是一个被生活磨光了锐气和棱角的人，就像你喜欢当年的她一样，我倒是喜欢现在的她。蒋兆南被自己冲口而出的话吓着了，他愣了半天，不安地转过身去。黄远东呆住在沙发上，依然沉醉在他的懊恼中，他大概没有听清楚蒋兆南说了些什么。蒋兆南松了一口气，走过去拍了拍他的肩膀说，你累了，要不，先上房间好好休息一下？总统套房已经给你备好了。

不了，黄远东挣扎着站起来，师兄，对不起，我可能暂时没办法帮你什么忙了，公司的顾问，你另外再物色合适的人选吧。蒋兆南点了点头，没关系。黄远东说，我没办法再面对……好了，我走啦，有时间再来看看。蒋兆南说，可你刚喝了酒。黄远东说，我今天带了司机，再见。

7

画廊的装修已接近尾声，铂莱卡文化投资公司所需要配备的岗位和画廊的工作人员也基本到位，沈艾莉和她的团队着手筹备开业典礼和展览事宜。蒋兆南婉拒了她提出的给他举办个人作品展的方案，但是他答应到时候会拿出自己最满意的作品在开幕式亮相。沈艾莉又重新做了一套方案，她的设想是举办一场国内出生于80年代在画坛崭露头角又未大红大紫的青年画家作品联展，并希望能借助黄远东的公司扩大这场展览的影响力，助推这批青年画家的作品进入公众视野和艺术品市场。

蒋兆南对她的方案表示认可，但是当她提出要去找黄远东谈合作时，蒋兆南的态度有所保留。沈艾莉说，我是以铂莱卡文化投资公司的代表身份去拜访他的，黄远东虽然是个感性的人，但他的骨子里是个商人，如果我的构思是可行的，他没有理由拒绝。

蒋兆南觉得沈艾莉说得对，黄远东暂时推辞了顾问的职位，但他们既然进了这一行，相遇是早晚的事。他安排司机把沈艾莉和她的助手送到深圳，至于沈艾莉和黄远东见面的结果如何，他就无须干预了，他也想通过这件事考验沈艾莉的潜能到底能走到哪一步，就当是她新上任的一场考试吧。蒋兆南像一个忐忑的慈父一样提醒自己，该放手的时候就要懂得放手。

对于沈艾莉的突然造访，黄远东并未感到意外。他知道她迟早会来，就像他已经接受曾经的她已经远去一样。作为一个商人，他对商场和世事的认知与蒋兆南不相伯仲——既然都是做这一行的，相遇是迟早的事。而且，连蒋兆南以为他没有听进去的话，他也听清楚了，是的，他爱的是从前的沈艾莉，但是蒋兆南说，他喜欢现在的她。

经过一个多月的反思，黄远东不得不接受沈艾莉的变化。正如古希腊那位爱菲斯学派的代表人物，连王位都可以头也不回地让给他的兄弟然后跑到阿尔迪美斯女神庙附近隐居的可爱的老头儿所说的：人不能两次踏进同一条河流，他自然也不能在事隔八年多以后奢望再遇到同一个沈艾莉。

黄远东看了一遍沈艾莉的方案，当即就表示愿意和她合作。表面上看来，黄远东被沈艾莉的方案打动了，他看了沈艾莉联系到的那八位青年画家的简历和作品，不得不承认沈艾莉有着天才般的嗅觉和想象力，但是仅凭这点，还不足以让黄远东下决心和她合作。真正让他下决心的，是自己的意志。当他接受了沈艾莉的变化以后，他需要通过这样的合作来重新界定沈艾莉在他生命中的意义，而不是像个逃兵一样不了了之。就像当年罗琼秀为了与旧生活告别，突发奇想跑去医院做全身检查一样，黄远东也需要某个事件与他的过去告别。

蒋兆南在画室待了一天一夜，他关掉手机，难得下决定利用这短暂的时刻与世隔绝。他的所有注意力都集中在正在创作中的这幅叫《望》的作品里，经过一个通宵的苦战，这幅一气呵成的作品就像画纸上那束佛光一样在他眼前闪耀出炫目的光华，连他自己都不敢相信，他竟然真的把它画出来了。蒋兆南看着画中的悬挂着串串小花瓣的使君子的枝蔓，那位年轻女人的背影、被佛光笼罩的目光炯炯有神地望向天际线的姣好的侧面、和她胸前随风扬起的与她澄亮的眼神交相辉映的豆粉色的小丝巾……蒋兆南的脸上露出怜爱的笑意。

尤其让蒋兆南骄傲的是这幅作品的名字——《望》，是希望，是盼望，是渴望，还是守望？蒋兆南也无法解释，就交给受众去评说吧。蒋兆南等画纸上的水彩在空气中晾干，就像看着他亲手栽下的小树苗一点一滴地拔节成长。他站起来伸了个懒腰，看了一眼窗外，天已经开始亮了。他突然觉得有点冷，伸出手去拿起画架后的那块红绸布把画盖上，走进小卧室和衣在床上躺了下来。

从深圳回来，沈艾莉花了两个小时做了一份与嘉达公司的合作协议书，快下班的时候，她给戚秘书打了个电话打听董事长有没有时间见她。戚秘书告诉沈艾莉，昨天下午董事长离开办公室后就一直没有出现，打电话到家里没有人接，手机也关机了。会不会是他家里有什么急事呢？沈艾莉说。

不会，蒋经理今天也找过他两遍了，她也不知道董事长在哪，戚婉芬担忧地说，我跟了他这么多年还头一回遇到这种事，董事长无论去哪，都会提前跟我交代一声的。

沈艾莉赶到蒋兆南的画室，果然看见他的车停在门外，她抬起头，看到三楼的画室亮着灯。她站在那扇厚重的院门前，门没有上锁，她犹豫着，不知道应该不应该进去。她又打了一次蒋兆南的电话，还是关机。她鼓起勇气推开院门之后又关上，在院子里站了一会，铁门移动的响声并没有惊动屋里的人。她心里生出一股不祥的预感，跌跌撞撞地爬上三楼。画室里空无一人，她喊了声董事长，没有人回应。沈艾莉推开小卧室虚掩的房门，看见蒋兆南盖着一张薄被子在床上卷成一团。沈艾莉伸手摸了一下他的额头，被烫得缩了回来。她摇着蒋兆南喊，董事长，您醒醒！蒋兆南睡得迷迷糊糊的，他感觉到有人在喊他，他努力从沉睡着醒过来，看一眼耳边这个熟悉的声音到底来自何处。但是他太累了，他的身体像盖着一床吸足了水分的棉被，压得他无法动弹。

沈艾莉把蒋兆南扶起来，喂他喝了两口温水，又从手提包里翻了两粒平时以备不时之需的感冒药喂他吃了下去。蒋兆南顺从地吃了药，又沉沉地睡死过去。沈艾莉从卧室的柜子里翻出一床棉被盖在蒋兆南身上，她对蒋兆南说，您发烧了，必须马上去医院，您醒醒，我陪你去医院。蒋兆南摆了摆手说，我累，睡一觉就好了。沈艾莉说不行，您要是不肯起来，我就去打电话叫救护车了。蒋兆南伸出手去，及时拉住沈艾莉的手，他的手比沈艾莉想象中要有力得多，完全不像病重的人。他一使劲，把沈艾莉拉到床前，沈艾莉在他面前蹲下来，借着床头灯的灯光，看到一张涨红的疲倦的脸。她第一次如此近距离与蒋兆南面对面地四目对视，蒋兆南的眼睛像着火一样往外喷着惊人的威力，沈艾莉被这股火势烧得全身发烫，她转过脸，不敢再看他的脸，蒋兆南拉着她的手又增加了力度，强行把她的身体拽过来。沈艾莉只好再一次看着他。

艾莉，别把我送医院，我讨厌医院，蒋兆南哀求道。他的声音虽然微弱而且无助，但是沈艾莉却觉得它像雷鸣一样一下子击中她的心脏，她感觉到她的心脏在一片片地碎裂。

董事长——沈艾莉颤抖着声音喊道。蒋兆南捂住她的嘴，摇了摇头说，不要说话，什么事也别做，就这样陪着我，让我睡一觉就好了。蒋兆南说完，又沉睡过去了。

过了一会，沈艾莉感觉到抓着她的手的那双本来发烫的手开始降温，她伸手摸了一下蒋兆南的额头，烧退了些，但是他的额头上，头发上全都汗湿了。她找了条干毛巾，掀开棉被，把他脸上、头上和脖子上的汗擦干。但是他身上那件单薄的长袖T恤也湿透了，沈艾莉的脸上泛起一股红晕，她拿着毛巾的手定在空中。蒋兆南翻了个身，露给她一个湿透了的背脊，沈艾莉终于鼓起勇气拉开他的上衣，把他身上的汗擦干。蒋兆南把身转回来，接过沈艾莉手里的毛巾说，我自己来吧。沈艾莉红着脸站起来，蒋兆南又及时拉住她说，你要去哪？沈艾莉说，我去厨房看看有什么能吃的，给您做点。蒋兆南说，应该有大米，给我煮点粥就行了。

沈艾莉走进厨房，用一只不锈钢汤锅淘了些米架到燃气灶上去，打着火。她看到灶台上堆放着一些生姜、蒜头、土豆等杂物。土豆和蒜头都发了芽，生姜的外皮也开始变皱。她突然想起小时候感冒发烧，冯宝怡给她治病的土方子，她眼前一亮，拿起那把生姜就忙碌起来。

沈艾莉把剁碎的姜末用毛巾包起来放进微波炉里加热后，跑进卧室，在蒋兆南的脚底、掌心、膝盖窝、手肘窝等穴位和后背使劲擦拭。蒋兆南感觉到他身上开始变轻，沈艾莉就像一个勤劳的蚂蚁一样，把她压在他身上的沉甸甸的湿棉被一层一层地搬走。整整一晚上，沈艾莉在卧室和厨房之间来回奔波，她的手被加热后的姜末烫得通红。她终于看到蒋兆南脸上的红潮消退，体温也降下来了，他的呼吸变得平静。沈艾莉用热毛巾擦了擦他的脸，她觉得大病初愈的蒋兆南就像脱去了盔甲的勇士，毫无保留地呈现在她面前。沈艾莉笑了起来，她打量着这张帅气而刚毅的脸，忍不住伸出手去轻轻地捏了捏，就像捏熟睡中的宇轩的小脸蛋。

天亮了。沈艾莉奔波了一个通宵，竟然不觉得疲倦。她把厨房收拾干净，又加热了蒋兆南吃剩下的那半锅白粥，从厨房走出来的时候，被那个盖着红绸布的画架吸引住了视线。她伸出手去，轻轻地掀开那片红绸布，看到这幅蒋兆南熬夜画成的新作。她惊讶地看着那束似曾相识的佛光，似曾相识的藤蔓，似曾相识的豆粉色围巾！不，这一定是在梦里，不可能。沈艾莉摇了摇头，试图把混沌的思维清理一下。

当沈艾莉的视线再落到这幅《望》上去的时候，她的呼吸停止了，她感到一双有力的手从身后把她抱住，她又嗅到一股熟悉的让她感到安全的味道，这股味道在她生小宇轩之前被蒋兆南抱在怀里送去医院的时候闻过，在她父亲出事后蒋兆南披在她身上的大衣上闻过，现在，她又一次被这股充满安全感的气味重重包围。她无法动弹，也不想动弹，她喜欢这种安全感，她的身体变得像蛇一样柔软，她放轻了呼吸，生怕一使劲，就会把这股迷人的气味驱散掉。

蒋兆南抱着沈艾莉，他的头靠在她的肩膀上。他已经完全好了，他觉得这辈子从来没有哪一刻像现在这样好过，他感觉到沈艾莉的身体在他的怀里颤抖。沈艾莉也感觉到他的呼吸了，但是他的呼吸不仅没有把那股带给她安全感的气味驱散，反而越来越浓烈，像迷雾一样让她睁不开眼。蒋兆南把沈艾莉的身体扭过来，与他面对面站着。沈艾莉终于感觉到累了，她的眼皮重得睁不开，倦意把她带进一个甜美的梦境，她在梦里任性地畅游。她发出一声叹息。蒋兆南捧起她那张让他怜悯而心醉的脸，让天下所有花容都因之而失色的脸，深深地吻了下去。

8

沈艾莉觉得她在迷雾重重的旷野走了一段很长的路，但她不是一个人在走。她的身体，她的双腿，像被一股神秘的力量托在空中，毫不费劲地在云雾里来去自由。她疲倦不堪的却又突然像注入了全新的血液一样的灵魂把她的倦意驱散了。她听到一声震天动地的惊雷，有雨滴在她的脸上。她吓了一跳，睁开双眼，原来那声惊雷来自她的心脏。那些雨滴，来自蒋兆南的眼睛。他的眼泪因为感动、委屈、坚定、爱、或者别的什么东西夺眶而出，滴落在沈艾莉的脸上，像初冬清晨的凝露落在花瓣上。

不！沈艾莉使出全身的力气从蒋兆南的怀抱里挣脱开来。她靠在书桌的边缘上站了一会，等待着狂跳的心脏慢慢平缓下来。她抓起她的手机，又从卧室里找到她的手提包，她把手机放进手提包又从提包里掏出车钥匙，没有向蒋兆南说再见，也不敢再看他一眼，向门口奔去。蒋兆南一个箭步冲过去把她拦住了，他像个做了错事但并不打算认错的孩子一样，委屈而又哀怨地说，艾莉，别走。

沈艾莉的脸色变得苍白，她的第一反应就是自己闯祸了。她从小到大不知道闯过多少次祸，但从来没有哪一次带给她的震撼，像现在这样强烈。她感到害怕、羞愧、无地自容。她觉得自己就像一个厚颜无耻的盗贼，半夜闯进蒋兆南的禁地，现在被人抓了个现成，她唯一能做的就是在警察还没有来到之前落荒而逃。沈艾莉说，对不起，我不该来，对不起，我不是故意的，对不起，我，我下次再也不敢了。蒋兆南闭了闭眼睛，把在眼眶里打转的激情的泪水努力收了回去。他伸出手去抹干她脸上的眼泪，又一次把她拥进怀里。

不怪你，蒋兆南说，说对不起的不应该是你，艾莉，我，我不知道应该怎么跟你说，但是我想你知道，我从来没有像刚刚过去的几个小时这样感到幸福过，我只是想告诉你。沈艾莉说，求您不要再说了，我不想听，董事长，请您放我走，求您了。

蒋兆南说，艾莉，请你回答我一句话，你曾经说过，你从前不懂得爱，那么现在，你懂了吗？沈艾莉低着头，没有回答蒋兆南的话。蒋兆南固执地说，告诉我。沈艾莉摇了摇头，我没有义务回答这个问题。沈艾莉说着，又一次挣脱蒋兆南的手，逃了出去。

蒋兆南坐到画架前，看着画中的人儿，和她跑下楼梯的脚步声。他听到她打开院子的铁门又沉沉地关上，随后听到她的汽车发动的声音。蒋兆南从书架旁边的画作里找到谭碧华的肖像，他端详了一会，拿起一只不知道连他自己都什么时候准备好的小包装盒，把她的肖像放了进去，再合上盖子，用一条粉色的绸带子包扎好，在上面打了个小巧的蝴蝶结。

上午十点半，戚婉芬看到蒋兆南容光焕发地走进办公室，他破天荒地在戚秘书的办公室前站住了，打量了这位贴心的女秘书一眼说，你今天这身打扮不错！戚秘书不好意思地说了声谢谢，看着他走进董事长办公室随后又关上门，透过玻璃墙，她看到蒋兆南站在窗前，对着窗外的景色伸了个懒腰，回到办公桌前坐下。戚秘书及时给他倒了杯咖啡送进去。过了一会，戚秘书又把一叠文件送进来，告诉蒋兆南，这是这两天积累下来的再不处理天就会塌下来的急件。蒋兆南看了戚婉芬一眼，笑意盈盈地说，放心吧，天塌不下来的。

蒋玉瑶向他汇报工作的时候，本来还有些新计划想和他探讨一下，但是蒋兆南精力充沛的样子让她觉得他大概暂时没有多余精力去就某件计划外的事情和蒋玉瑶讨论。蒋玉瑶敏感地意识到，他的精力和好心情与工作的关系不大，她简单地就策划部近期的工作向蒋兆南口头汇报了一下，再请他在两个文件上签了名，就带着满腹疑惑识趣地退了出去。

沈艾莉把开业典礼的嘉宾名单送给蒋兆南过目。蒋兆南浏览了一下，在邀请的嘉宾栏里，意外地看到谭碧华的名字。他抬起头，看着沈艾莉。沈艾莉解释说，后面有两位嘉宾是黄老师建议加上去的，他还特意提到谭碧华女士，据悉她这段时间正好在北京讲学，她和你们都是校友，而且我也在杂志上和网上了解过一些她的信息，她去年在纽约举办过一场个人作品展，影响很大，如果她能出席我们的开幕典礼，一定会——

蒋兆南说，是黄远东的主意？沈艾莉说，是黄老师的建议。您知道她是什么人吗？蒋兆南轻描淡写地问道。沈艾莉说，我知道她是你们的校友，还知道这里是她的家乡，黄老师还说了，只要您亲自出面邀请她，她可能会赏脸出席。蒋兆南沉思了一会，他看了一眼沈艾莉，她的脸色已经不像早上那样苍白，工作态度也没有因为今天早上发生的事受到丝毫影响。蒋兆南说，黄远东说得对，如果我亲自邀请的话，她应该会给她的前夫这个薄面。沈艾莉愣了愣，不安地说，对不起，董事长，我不知道——

没关系，这件事我来处理吧，蒋兆南说，要是她能来，对我们大家来说都是好事。沈艾莉正要退出去的时候，又被蒋兆南叫住了，她只好转过身，面对着他。蒋兆南说，昨天晚上，谢谢你，如果我有什么地方冒犯了你的话，请你原谅。沈艾莉的脸又涨红了，她低下头，看着自己的鞋尖，确信蒋兆南再没有别的话要对她说后，才转过身匆匆离开。

沈艾莉的沉寂多年的心思被蒋兆南突然搅乱了，但是她知道她不能乱，文化公司的开业典礼和画展开幕式即将举行，她每天和她的团队一起像打仗一样应付着各种大小事务。有一天晚上，沈艾莉在办公室加班到九点多才离开。她走到地下停车场，意外地发现蒋兆南站在她的车子旁边等她。他的手里提着一个印着酒店标志的小纸袋，他把沈艾莉拉到他的车里坐下，把纸袋交给她说，给你准备的消夜，吃吧。

沈艾莉打开一看，是她最爱吃的菠萝包和芒果布丁。她把纸袋收起来说，谢谢，我不饿。蒋兆南锁了车门，耐心地说，我陪你吃完再放你走。沈艾莉顺从地咬了一口她最爱吃的菠萝包，心里却觉得百般不是滋味，不是因为菠萝包不好吃，也不是因为她不饿。她自己也弄不明白，明明可以把这些消夜一口气吃光的，突然变得难以下咽。怎么了？蒋兆南问道。沈艾莉没有说话。蒋兆南接过她手里的食物，在她咬过的地方咬了一口咀嚼起来，面包师傅的水准没变啊，是不是你换口味了，我记得你从前一见到这个可是两眼放光的。

面包师傅的水准是没有变，但是沈艾莉的心情变了。她受不了这种感动，她活了三十岁，经历过各种各样的感动，她也不是没有吃过蒋兆南买给她吃的好东西，但是这种突如其来的陌生感让她心生惶恐。但是，沈艾莉又在内心深处渴望这种感动带给她的感觉，原来是这样幸福，这样不安，这样患得患失。

沈艾莉说，我吃不下，我带回家再吃行吗？不行！蒋兆南说，我不亲眼看着你吃下去，我不放心。沈艾莉突然哇的一声，放声大哭。蒋兆南看着她梨花带雨的哭相，觉得她太可爱了，她真的还是一个任性的孩子，是生活把她逼到走投无路的深渊，逼得她不得不重新站起来，为她自己，也为她的父母孩子遮风挡雨。黄远东也许是对的，她就不应该这样活着。蒋兆南心痛地用纸巾抹掉她脸上的眼泪，痴迷地看着她出神。

当我求您了，不要对我这么好。沈艾莉哀求道。我为什么不能对你好？因为我没有黄远东的才华？还是因为我老了？蒋兆南问道。沈艾莉说，我可以承受生活上的各种困苦和挑战，坏事熬到头了，就会变成好事。我害怕您对我的这种好，如果有一天突然失去了，我会受不了的。蒋兆南笑了起来，你是怕面包吃上瘾了，将来有一天没得吃了，会受不了？沈艾莉破涕为笑，她妩媚地瞪了蒋兆南一眼说，算了，和您没有共同语言，我真的要走了。蒋兆南突然把她搂过去，嗅着她身上淡淡的青春洋溢的醉人气息，艾莉，你不用怕以后没有面包吃，也不用担心我突然哪一天对你不好，我答应你，从今以后，我都不会离开你。

沈艾莉又嗅到那股带给她安全感的好闻的味道，她又一次迷失在她的梦境里。她屏住呼吸，安静地聆听在这个小小的空间里两颗互相碰撞的强有力的心跳声。这时候，她的手机响了一下，她从蒋兆南的怀抱里挣脱开来，打开手机一看，对蒋兆南说，是姐姐发来的信息。

铂莱卡投资公司开业典礼暨80年代后青年画家作品联展开幕式顺利举行，谭碧华多年没有回家，蒋兆南特意为她准备了总统套房。这场盛会吸引了众多业界人士和媒体的关注，沈艾莉的商业眼光和管理能力让黄远东刮目相看。谭碧华更是对沈艾莉赞不绝口，对蒋兆南说，沈小姐不仅工作能力有目共睹，没想到还是个大美人，在我回来之前，她给我打了五次电话，从生活细节、饮食习惯，还有我的讲话稿都事无巨细地一再调整、修改和确认，类似的文化活动我也参加过不少，但是这一次，让我头一回体会到什么叫宾至如归，你的眼光还是那么厉害。

可能因为你的身份比较特殊吧，蒋兆南笑道，不过话又说回来，要不是沈艾莉，我也没有信心做成这件事。很好，谭碧华说，你也总算圆了这么多年的心愿，祝贺你。

　　蒋兆南亲自带着众嘉宾参观画展，在画廊入口的玄关处最醒目的地方，挂着的蒋兆南最新创作的将水彩画与油画技法完美地融合的作品《望》吸引了众人的眼球。这幅画是昨天蒋兆南叫人挂上去的，他亲自指导画廊的工作人员应该用什么样的灯光来衬托这幅画，来突出它的美。沈艾莉是画展当天回到公司后才发现了这幅画，她想劝蒋兆南把它换下来，但是已经来不及了。他要为接待远道而来的各方来宾分身乏术，沈艾莉连同他多说两句话的机会都没有。她不安地看着那幅画像，以及这幅画背后发生的一切，她提醒自己，她的身份是总经理，一切都要以大局为重，她已经没有机会任性了。

　　谭碧华等人站在那幅画跟前琢磨了半天，她对蒋兆南说，这的确是一幅罕见的力作，水彩画与油画的光影效果可以达到毫无刻意的完美结合，你是怎么做到的？蒋兆南笑了笑，只是雕虫小技，不值一提。他真诚地希望谭碧华将来有机会回家乡办画展，也让家乡人见识她这位旅美画家的大作。众人随着蒋兆南的脚步走进画廊，黄远东还站在这幅《望》跟前，远远舍不得离开。他觉得画中人似曾相识，又觉得很陌生。他看着在人群里来回奔忙的沈艾莉，又看了看这幅画。困惑地自语道，蒋兆南，你到底是怎么做到的？

　　蒋玉瑶也收到出席文化公司开业典礼的邀请函，但她以忙为借口推掉了。晚上下班后，她独自一人来到画廊。出席活动的嘉宾已经去了就餐，画廊里除了工作人员，还有些参观画展的客人。首先吸引住她蒋玉瑶的视线的，就是那幅《望》，那条豆粉色的小丝巾，那个和她从小一起长大的年轻的女人的背影，她太熟悉了。蒋玉瑶的心脏几乎停止了跳动，她突然意识到，沈艾莉的身影就像鬼魂一样在她的生命中萦绕，无处不在，挥之不去。她的脸色变了变，连工作人员跟她打招呼她也没有理会，她走到门口，又回过头看了画中人一眼，拂袖而去。

9

　　晚宴结束的时候，黄远东向沈艾莉发出邀请，艾莉，晚上你要是有时间的话，愿不愿意陪我一起去咖啡厅坐坐，咱们好好聊聊天。沈艾莉说，这是我的荣幸。

黄远东等沈艾莉把最后一批客人送走，和她一起向负一层的咖啡厅走去。两人走到酒店大堂的时候，正巧遇到蒋兆南和谭碧华一起离开。谭碧华看见沈艾莉，开心地上前送给她一个西式拥抱，沈小姐，今天的盛会办得很成功，辛苦你了。沈艾莉不好意思地说，谢谢谭老师夸奖，这是我的本分事。黄远东看着蒋兆南好奇地问道，你们这是要上哪去？谭碧华说，我很久没有回来了，时间还早，想让你们董事长带我到处转转，你们呢？黄远东说，我和艾莉正准备去喝咖啡，你们去吧，是该好好看看家乡新面貌了。

蒋兆南对沈艾莉说，少喝点咖啡，会影响睡眠，那我们就先走了。沈艾莉含笑点头，对谭碧华说再见。黄远东看着蒋兆南和谭碧华并肩走出酒店大堂，对沈艾莉说，咱们的咖啡还喝不喝？沈艾莉说，喝啊，不是您先约我的吗？黄远东笑了笑，对沈艾莉做了一个请的手势。

黄远东说，心里不好受吧？沈艾莉说，这话从何说起？黄远东说，蒋兆南和谭碧华久别重逢，肯定会有说不完的话，我估计这几天他都有得忙了。沈艾莉喝了一口咖啡，想起蒋兆南的话，便一字不落地借用了，她这次能回来，对大家来说都是好事。是吗？黄远东狐疑地说，可是我怎么感觉到你刚才看见他们俩时，脸上的笑容有点勉强。沈艾莉说，黄老师，我说过了——

明白！黄远东没有让沈艾莉说下去，我知道你想说什么，你也不要误会我的意思，我早就想明白了，只是，作为一个相识多年的故人，我希望我的朋友可以过得幸福开心。沈艾莉说，我很开心。黄远东笑了笑，好吧，你们的事情我是管不着了，自从再见到你，我的心情在天堂与地狱之间已经奔波了好几个来回，现在总算落到地上找到根基，我不会再为对我没有意义的事情白费精力，我骨子里就是一个精致的利己主义者。

沈艾莉举起咖啡杯与黄远东碰了碰，真诚地说，黄老师，这辈子遇到您，是我的幸运。黄远东说，谢谢你的评价，通过这件事，让我重新认识你，我很欣慰，相信我们将来的合作会越来越多。黄远东又沉思了一会，话里有话地说，艾莉，如果你当我是你的老师、好朋友，听我一句，一个人如果连自己的爱情都没有勇气去抓住，就是生活的懦夫。

谭碧华站在谭家老宅子三楼的小露台上，看着外面的夜空中漆黑的老房子的屋顶深吸了一口气，嗯，还是那股熟悉的味道。蒋兆南给她斟了一杯茶，谭碧华从露台上走进来，在茶几旁坐下。蒋兆南说，什么时候把安琪带回来住一段时间，我大嫂很想她的，我也已经有一年多没见我的宝贝女儿了。谭碧华说，你不说还好，上次你去美国出差只陪她玩了三天，你走了以后，她整整哭了三个星期。蒋兆南愧疚地说，是我对不起她。谭碧华说，有机会我会送她回来的，等她放暑假吧，大嫂的身体怎么样了？蒋兆南说，恢复得挺好。谭碧华说，我本来打算这两天找时间去看看她，不过，我想她可能不大愿意见我。蒋兆南说，我大嫂的脾气是倔了点，你别和她计较。谭碧华说，怎么会，是我做错在先，她生气是应该的，我理解。

蒋兆南把那个装着她的肖像的礼盒递给谭碧华说，当年你一心想把它带走，现在物归原主吧。谭碧华打开纸盒，看到那张熟悉的面孔，笑了起来，总算能讨到蒋先生的大作了。蒋兆南说，你就别取笑我了。谭碧华说，你当初不愿意给我，现在怎么又舍得了？蒋兆南说，就当是圆你一个心愿吧。谭碧华看着她心事重重的前夫，意味深长地笑了起来，这才是我认识的蒋兆南，拿得起，放得下，谢谢了。

谭碧华站起来，打量了一下室内的摆设，这幢老房子，你还打算住下去吗？蒋兆南说，这里是个好地方，我们都很喜欢。我们？谭碧华敏感地问道。蒋兆南说，这可是一块风水宝地，市里正在规划把这一片老城区打造成特色小镇，到时候，我打算把一楼和院子好好装修一下，等我老了，卖卖小画，喝喝小茶，过过小日子，多好。

太可怕了，谭碧华说，别跟我提"老"字，我受不了，我们才四十出头，离老还远着呢，兆南，去寻找你的幸福吧，别辜负了青春，咱们都没剩多少了。蒋兆南说，那你呢，你不是一直都一个人吗？谭碧华笑了起来，你也太小瞧我了，我虽然没有结婚，但我的身边从来不乏追求者，我对幸福的把握比你贪婪，也比你更主动。

蒋兆南笑了起来，我相信你说的是真的，像你这样年轻有为的女艺术家，的确是一道吸引人眼球的美好的风景。谭碧华说，我看出来了——

蒋兆南看着她，看出什么来了？

我们刚才离开酒店大堂的时候，我看出来艾莉的笑容里有心事，你的沈大美人现在估计魂不守舍地陪着黄远东喝咖啡了，谭碧华笑道。蒋兆南说，你比我的眼光更精准。谭碧华说，别忘了我也是女人，女人看女人比你们男人看女人更准确，送我回去吧，此地不宜久留。蒋兆南说，没有你说的那么严重，这里本来就是你的家。现在是你的了，谭碧华诚恳地说，兆南，虽然我和艾莉只是一面之缘，但是我感觉到，如果你们在一起，一定会幸福的。

蒋兆南苦笑了一下，可怜巴巴地说，可是我比她大了整整十二岁，和她在一起不显老吗？谭碧华哈哈大笑起来，你少来了，蒋董事长不仅没老，甚至比我认识的那个小伙子更沉稳，更成熟，更有魅力了，我该说你没自信呢，还是说你俗才好？蒋兆南说，随便，怎么着都行，我无所谓。

蒋兆南把谭碧华送回酒店，就赶到咖啡厅，黄远东和沈艾莉已经离开了。他给沈艾莉打电话，她的电话处于无人接听状态。他驾着车拐进地下停下场，沈艾莉的车已经不见了。蒋兆南突然变得焦躁不安起来，要是今天晚上，在天亮之前见不到她的面，他都不知道自己会干出什么可怕的事来。蒋兆南一边开车一边给沈艾莉打电话，对方的电话就是没人接。他看了看腕表，已经十点半了，今天她太累了，估计已经睡着了吧。他自我安慰道，不知不觉中，已经来到怡得小区门外。临街的店铺已经打烊，只有英姑便利店还亮着灯。蒋兆南下了车，走进便利店买了包烟，站在门口抽了起来。

英姑看了看蒋兆南停在路边的车，又打量了他一眼，将信将疑地问道，呀，您不就是那个谁吗？蒋兆南说，你认识我？英姑说，您是蒋先生吧，我头一回看清楚您的人，但是您的车倒是见过好多次了，您是来找艾莉的吧？蒋兆南不安地说，没有，我只是路过。英姑笑了起来，你们是一家人，该找就找，没什么不好意思的，您给她打电话啊。蒋兆南抽完烟，跟英姑道了别，准备离开。英姑说，艾莉还没回来呢，没见到她的车，我天天看着呢。蒋兆南说，她真的还没回家？英姑果断地说，我人格担保，肯定没有，她每天什么时候出门什么时候回家，我记得清楚着呢，有急事就给她打电话吧。

蒋兆南给黄远东打了个电话，黄远东确切地告诉他，沈艾莉是十点和他分开的，她肯定已经回家了。蒋兆南说，她不接我的电话。黄远东在电话那头不怀好意地笑道，师兄，急啦？现在你能理解我当初的心情了吧。蒋兆南说，少跟我贫嘴，我是担心她的安全。黄远东说，这就对了，如果你真爱她，就好好保护她，不然的话，你就等着天天担惊受怕地过日子吧，我先睡了，晚安。

蒋兆南给交警大队的朋友打了个电话，闲聊了几句，确认在这个时间段城里没有发生任何交通事故后，才稍微放下心来。但是沈艾莉到底上哪去了，他急得驾着车在城市的街道上像无头苍蝇一样乱窜，在等红灯的时候，他突然想过谭碧华的话，此地不宜久留。他拍了拍脑袋，赶紧扭转方向盘向老城区驶去。

沈艾莉站在画室的门外，百感交集地看着隐在夜幕下的小洋楼，像一个男人的身躯一样伫立着。他们已经离开了，幸好他们已经离开了，否则，自己一时冲动鬼使神差地就跑到这里来，让别人知道了，一定会显得很无礼。但是，她多么想再看蒋兆南一眼啊，她心烦意乱地想，一眼就好了，只要看他一眼，她就能回家好好睡个安稳觉，明天继续为工作，为生活，为他们共同的梦想去努力做好她应该做的事。在这个具有特殊意义的神秘的夜晚，她多么希望可以和蒋兆南一起见证，她叹了口气，罢了，还是回去吧，要是又不回家，爸妈该担心了。

蒋兆南的车刚驶进画室前的小巷，他就看到沈艾莉的车停在路边。他的心狂跳起来，他像害怕吓跑一只机灵的小兔子一样，为了不让车灯惊动沈艾莉，他提前停好车，踩着街灯的投影向她走去。沈艾莉听到脚步声转过身，意外地看到她日思夜想的人突然从天而降。还没等她反应过来，蒋兆南跑过去把她抱进怀里，捧起她被街灯映照得温软如美玉般的脸疯狂地亲了起来。他一边吻着她的眼睛、脸颊、嘴唇，一边抱怨地低吼，你让我找得好苦！你让我找得好苦！

10

蒋兆南给罗琼秀打电话，对他尊敬的大嫂说，我周末晚上回家吃饭。罗琼秀说，你多久没来陪我吃过饭了？可不能空手来啊。蒋兆南说，我还带了个朋友回来。罗琼秀停了一下，欢迎，回来吧。

星期天一大早，罗琼秀就亲自下厨，和钟点工一起为晚餐忙开了。蒋玉瑶问罗琼秀，今天晚上我叔到底带什么人回家吃饭？罗琼秀说，他没有说，我也不用问，人到了咱们就都清楚了。

　　蒋兆南拉着沈艾莉的手站在陈天乐家那幢三层大豪宅门外，他又闻到罗琼秀亲手煮的白切鸡熟悉的香气。他对沈艾莉说，进去吧。沈艾莉不安地说，真的没问题吗？我们这样是不是太唐突了？蒋兆南握了握她的手，你是对我没信心，还是对自己没信心？沈艾莉深呼吸了一下，坦然地笑道，我答应过你的，你让我做什么我就做什么。

　　蒋兆南提醒道，我大嫂的人性格是有些倔强，但是她心地善良，无论她说了什么让你难堪的话，你都忍着点。沈艾莉点了点头，我有思想准备。蒋兆南捏了捏她的脸，好样的！

　　蒋兆南和沈艾莉终于手牵着手站在罗琼秀面前。罗琼秀既不意外也不激动，她想起冯芊慧出国前送给她那条莫名其妙地丢失了的围巾，有点明白今天的结果原来早有预兆。但是她知道那条围巾肯定不是沈艾莉弄丢的，管它呢，只要我们家的坏小子开心就好，罗琼秀想。

　　沈艾莉喊了声，阿姨好。罗琼秀说，来啦，快进来坐吧，等一会就吃饭了。蒋兆南和沈艾莉并肩在罗琼秀对面的沙发上坐了下来。陈天乐和蒋玉瑶听到声音，从楼上跑下来。沈艾莉赶紧站起来，看着他们走下楼梯，她给陈天乐一个微笑，不安地喊了声，玉瑶。

　　陈天乐看到沈艾莉虽然有点意外，但是他很快就明白是怎么回事了。当他看到蒋兆南的脸上前所未有的幸福的神态，更加坚定了自己的想法，他激动地说，艾莉，原来是你呀，欢迎！欢迎！陈天乐提醒蒋玉瑶，玉瑶，艾莉跟你说话呢。蒋玉瑶沉着脸，走到蒋兆南和沈艾莉面前。

　　陈天乐跑进厨房把水果端出来，叔叔，艾莉，先吃点水果。沈艾莉悬着的心在陈天乐好客的笑容里得到缓解，她冲陈天乐笑了笑，说了声谢谢。

　　蒋玉瑶动也不动地站着，她看着蒋兆南脸上被爱情和幸福充斥着的难以掩饰的神采，看着沈艾莉脸上既羞怯又自信满满的样子，她再也不是那个只喜欢吃，对任何事都不上心，对什么都无所谓，受尽生活的磨难却被生活残酷地拒之门外的可怜的女人。因为爱情，她虚无飘渺的灵魂终于落到了实处，因为爱情，她那张本来就美艳不可方物的脸上更添了足以让世界上任何一个女人嫉妒得失去理智的从容。这么多年了，我曾经的朋友，我们是朋友吗？蒋玉瑶突然意识到，她们从来都不是朋友，她在心里冷笑了一下，既生瑜，何生亮！她们从第一次相遇开始，就已经是天敌。

罗琼秀提醒她说，玉瑶，你老站着干什么，要不你带艾莉参观一下我们的房子。

蒋玉瑶没有理会罗琼秀的话，她强忍住内心的绝望对蒋兆南说，叔叔，您怎么把艾莉带来了？蒋兆南说，我今天带艾莉回家见我的大嫂，让她给大嫂请安。

请安？她请谁的安？她凭什么给我妈请安？蒋玉瑶笑了起来。

蒋兆南说，就凭她是我心爱的女人，这个回答你满意吗？陈天乐上前拉着蒋玉瑶，玉瑶，艾莉第一次上我们家来，咱先不说别的，作为她的好朋友，你总应该保持应有的礼貌。

蒋玉瑶甩开陈天乐的手，逼视着沈艾莉，你说，我叔叔说的是不是真的？沈艾莉看了看罗琼秀，又看了看蒋兆南，不安地说，玉瑶，我……蒋兆南拉着沈艾莉的手让她坐下来，沈艾莉如坐针毡。陈天乐说，叔叔，艾莉，祝贺你们，今天是我们家的大喜事，我去开瓶好酒，和我叔好好喝一杯。

你给我回来！蒋玉瑶喝了一声，陈天乐站住了。蒋玉瑶不依不饶地盯着沈艾莉，你还没有回答我，我叔叔说的是不是真的？沈艾莉又一次向罗琼秀投去不安的目光，罗琼秀朝她鼓励地点了点头，沈艾莉心里一暖，感动得眼泪都快流下来了。她勇敢地看着蒋玉瑶说，玉瑶，你叔叔讲的都是真的，他爱我，我也爱他，虽然这件事对你来说太突然了，但是我们是真心相爱的，我们愿意一起度过后半生，我不敢强求得到你的祝福，但是我希望能得到你的理解和尊重。

蒋玉瑶哈哈地冷笑了两声，疯了，你们都疯了，你们，真心相爱？爱情？爱情是什么？沈艾莉，这辈子，除了我的长相，我有哪样不如你？我读书比你好，做家务比你在行，我吃苦比你多，面对生活、学习、工作、婚姻，我一天天地在各种无奈和妥协中苦熬。凭什么你就可以随心所欲地过你的生活，要风得风，要雨得雨？你对我叔是真爱吗？如果他不是蒋兆南，只是你从前的严帅，你会爱他吗？我不信！世界本来就没有爱情，从来都没有！叔，她对你绝不可能是真爱，她爱的是你的公司，爱的是你可以给她的董事长夫人的身份，仅此而已。

罗琼秀突然站起来伸出手去，在玉瑶的脸上狠狠地扇了一巴掌，你太过分了！蒋玉瑶捂着被母亲打得生痛的脸，妈，怎么连您都变了，您不是一直都喜欢冯芊慧的吗，您不是一直都盼着冯芊慧成为您的弟媳妇吗？沈艾莉，她配吗？

罗琼秀坐下来，沉默了半晌，再一次抬起头，看着她的小叔子，平静地说，你错了，我是喜欢冯芊慧，是希望她有一天能成为我的弟媳妇，但我更希望看到你叔叔幸福快乐，玉瑶，如果你还是我的女儿，就给我闭嘴。

不！我不！蒋玉瑶失声痛哭，沈艾莉，我受够你了，蒋兆南，你会后悔的，你的心是她的，你的人是她的，总有一天，整个铂莱卡都是她沈艾莉的了，我无法接受，太可怕了。

陈天乐说，玉瑶，你少说两句。

罗琼秀冷笑道，铂莱卡不会是艾莉的，你叔叔一年前已经把他名下的股份转给我了，他自己只保留了百分之五，这件事天乐可以作证，是他帮着办理的公证手续。他当时就想把董事长的位让给你，是我拦着。他为这个家付出得够多了，现在他只是过他想过的生活，你作为一个晚辈，有什么资格在这里说三道四？你到底还想他怎么样？

蒋玉瑶跌坐在沙发上，绝望地说，好，很好，原来你们背着我做了这么多事，就是为了今天让我出丑。沈艾莉，你听到了吗？我叔叔不是大老板了，而你们的那个什么文化公司，也只是一个空壳，以后能不能如你所愿过上大富大贵的日子，就得看你的造化了，醒醒吧，我该醒了，你也该醒了。沈艾莉说，我一直以为你醒得比我早，无论他是不是大老板，我们将来的生活是不是大富大贵，我不在乎，我有他这个人就够了。

蒋兆南说，大嫂，要不，我们改天再来看您。罗琼秀说，你们不能走，家有家规，艾莉第一次回来你就让她饿着肚子走，我罗琼秀第一个不答应！咱们吃饭。

陈天乐坐到蒋玉瑶身边，低声下气地劝道，好了，一家人难得聚在一起，先吃饭，就算你心里有坎暂时过不去，总得给叔叔留个面子是不是？蒋玉瑶看着她的丈夫，在外人看来郎才女貌天生一对但她却从来没有在他身上体会到爱的男人，茫然地说，天乐，你告诉我，爱情是什么？这个世界上真的有吗？陈天乐说，我爱你，我一直都爱你，我不怀疑。可我呢，你们有谁理会过我的感受？陈天乐脸色变了变，玉瑶，你什么意思？蒋玉瑶说，我的意思很明白，我从来就没有爱过你！

一个月后，蒋兆南辞去董事长职务，把他能给的一切都交给了蒋玉瑶，全身而退。蒋玉瑶坐在董事长办公室，看着窗外的景色出神。戚秘书进来告诉她，陈天乐来了。

让他进来吧，蒋玉瑶说。

陈天乐把一叠文件递到她面前说，这是我按你的要求拟的离婚协议书，你看看还有什么需要修改的地方。不用看了，蒋玉瑶说，你肯把婷婷留给我，我谢谢你，剩下的不外乎是财物上的事，没有意义。

陈天乐点了点头，那好吧，你什么时候有时间，我们一起去把手续办了。蒋玉瑶说，好，到时候我会提前给你打电话。陈天乐站起来，他看着蒋玉瑶，即使到了今天他依然深爱的女人，无奈地说，玉瑶，我还是希望你能再慎重考虑一下，我们，真的要走到这一步吗？

蒋玉瑶叹了口气，我也不知道，但是既然没有爱，事情总要有个了结，否则的话对你太不公平了。既然如此，我尊重你的决定，但是玉瑶，陈天乐顿了顿，哽咽道，你听好了，我对你的爱，从来没有变过，从前怎么样，将来也会怎么样，除非哪一天你遇到你的真爱了，否则，我会一直等下去。蒋玉瑶背过身去，不想让陈天乐看见她眼里的泪水，她说，你先回去吧。

沈艾莉突然接到蒋玉瑶的电话，约她一起去西餐厅见面。沈艾莉放下手上的工作赶到西餐厅，发现蒋玉瑶坐在当年和蔡家佑三人相聚时坐过的那张桌子。蒋玉瑶亲自给沈艾莉斟了一杯，又给自己斟了一杯。咖啡的香气很快在她们中间弥漫开来，让她们暂时忘记了各自的心事，反而一下子把她们推回到多年前的那个三人相聚的午后。

蒋玉瑶首先打破了沉默，她说，天乐刚才来过，他给我送离婚协议书。沈艾莉说，玉瑶，对不起。蒋玉瑶苦笑了一下，你没有对不起我，属于你的东西，任何人都干预不了，是我的执念让我无法自拔。沈艾莉说，你和天乐，真的要走到那一步吗？

过了一会，蒋玉瑶才幽幽地说，我也不知道。沈艾莉说，那就给自己一点时间，天乐有多爱你，你心里是最清楚的。蒋玉瑶说，不说我的事了，文化公司运作得还可以吗？沈艾莉说，慢慢上轨道了。蒋玉瑶点了点头，我相信你能做好，我叔叔最近在忙什么？沈艾莉笑了起来，他现在每天都待在画室画画，我给他请了个钟点工做饭，但是经常连饭都顾不上吃。蒋玉瑶愧疚地说，希望他不会恨我。沈艾莉说，他是个宽容的人，他连生气都不会，更谈不上恨了。蒋玉瑶说，我知道，他是一个承受再多煎熬也会自己忍耐的人，艾莉，好好爱他吧。

沈艾莉感动地握了握蒋玉瑶的手，我会努力的，玉瑶，谢谢你。你们什么时候结婚？蒋玉瑶问道。沈艾莉放下手里的咖啡杯，蒋玉瑶看到她的手不安地颤抖了一下。沈艾莉说，我们还没有想过。蒋玉瑶说，也是，人活一辈子，能轰轰烈烈地爱一场已属不易，那纸婚书只是个形式，有没有都无所谓。沈艾莉说，我是想，等我姐姐回来以后再定。蒋玉瑶说，芊慧姐快回来了吧？沈艾莉说，快了。

11

冯芊慧回国后没有第一时间回去看她的父母和姑姑一家，倒是冯宝权两口提前到她家里给她搞好了卫生，做了一顿丰盛的晚餐耐心地等待他们的宝贝女儿归来。沈艾莉晚上才赶到冯芊慧家里，冯芊慧警觉地发现她身上散发出来的迷人气息肯定与爱情有关。姐妹俩激动地抱在一起，沈艾莉百感交集地说，姐，我好想你。冯芊慧说，我也想你们，看你的气色，我就知道你的生活已经步入正轨了。

当天晚上，冯宝权两口吃了饭就提前离开了，沈艾莉陪冯芊慧聊天直到深夜。沈艾莉告诉冯芊慧，严帅和王小敏结婚了，王小敏店里的生意很好。冯芊慧问道，王小敏是谁？沈艾莉才想起来，她姐姐还没有见过王小敏，也不知道她和王小敏之间的渊源。

反正，严帅现在变好了，沈艾莉抱歉地说。那很好，冯芊慧说，你也越来越好了。沈艾莉又告诉冯芊慧，蒋玉瑶当上董事长了，但是她最近在和陈天乐闹离婚，陈天乐对蒋玉瑶不离不弃，玉瑶一直下不了决心办手续。冯芊慧坦然地说，是分是合，既是命数，也是执念。

沈艾莉没有提蒋兆南的近况，冯芊慧也没有问，她也没有打听与沈艾莉的好气色有关的爱情故事。冯芊慧宽容地想，等她想跟我说的时候，自然会说，就算她一辈子都不说，那也是她的自由。快十一点的时候，冯芊慧说，你今天是住这里还是回去呢？沈艾莉说，严帅的妈妈来了，小宇轩被他爸爸接过去玩几天。冯芊慧说，好，那你和我一起睡吧。沈艾莉想起蒋兆南还在画室里等着她，这是他们之间的约定，除非沈艾莉出差，或者蒋兆南为了寻找创作灵感跑到哪个地方去采风，否则，无论双方多忙，每天都必须见上一面。

　　还是算了，你刚下飞机也累了，沈艾莉说，我怕会影响你休息。冯芊慧说，也好，时间不早了，你回吧。

　　赴美访学一年后回国上班第一天，冯芊慧就收到李曼和江锦鹏结婚的喜糖。她尝了一口，客观地说道，美国的糖太甜了，还是国内的糖好吃。李曼的喜糖像一缕轻烟，丝丝入扣地从冯芊慧的口腔穿过食道，又循序渐进地化解掉她内心的纠结。她松了一口气，看了一眼李曼办公桌上那个小台历，和她从前一样在上面画上显眼的标识。不同的是，她的台历上是三种颜色，而李曼的只有两种，除了一个月其中的几天圈着红色，其他的日期上都密密麻麻地圈满了蓝色。冯芊慧很快就释然了，她替李曼感到庆幸。

　　李曼在冯芊慧出国后的某一天，她在饭堂打好饭，看见江锦鹏一个人坐在曾经无数次和冯芊慧坐在一起吃饭现在空了一个位置的餐桌上，便端着餐盘走到他面前坐了下来。开始的时候，她只是因为有一个朋友的父亲因为高血压中风入院，她受朋友之托向江锦鹏了解病人的病情。朋友父亲的病情比沈艾莉的爸爸更严重，他耗尽了孝顺的孩子的精力和希望，依然没有任何醒过来的预兆。

　　李曼和江锦鹏之间的话题也就这位病人没完没了地展开，间中偶尔会夹带着一些私人闲话，例如李曼听完一张好听的CD，她会向江锦鹏推荐，在江锦鹏表示感兴趣之后，第二天她就会把那张CD带回来借给江锦鹏。李曼得知江妈妈想品尝本地有乡土特色的点心，她就会托农村的亲戚精心制作快递过来，让江锦鹏转交给他的母亲，她还在装着小点心的饭盒上面贴上一张小纸条，在纸条上详细地说明各种点心的吃法。

　　第一天和江锦鹏医生坐在一起吃完中午饭后，李曼的思想起了变化，她觉得今天是一个特别的日子，与过去的每一天都有点不一样。她拿起桌面的小台历，记住了当天的日期，然后，她又无意识地从白大褂的口袋里掏出一支用来写病历的圆珠笔，在那个日期上打了个小圈圈。她想起冯芊慧那些上面画满小圈圈的台历，像发现宇宙奥秘一样激动得手足无措，心跳加速。李曼想，总有一天，我要在这上面画满这些小圈圈。

李曼在她的小台历上时断时续，续比断多地画了大概半年的圈圈后，有一天江锦鹏对她说，我上网买了两张《速度与激情6》的电影票，有时间一起去看吗？李曼说，好啊！

江锦鹏和李曼的婚礼在铂莱卡大酒店国际宴会厅举行，场面隆重而温馨，在场的每一位宾客无一不为这对郎才女貌的人儿惊叹。冯芊慧也像其他客人一样，穿着得体的衣着对一对新人送上最真诚的祝福。江妈妈看到冯芊慧手里挽着她送给她的手提包，她拉着冯芊慧的手说，小冯，你永远是我的好孩子。冯芊慧觉得鼻子有点发酸，她亲切地和江妈妈拥抱了一下，随即和她的同事一起走进宴会厅。

婚礼的过程复杂而烦琐，却充满了激动人心的仪式感，冯芊慧觉得，对于每一段婚姻来说，仪式感是多么重要。她感动地看着穿着婚纱的李曼被父亲牵着手走过那道用鲜花装点成的幸福之门，再由她的父亲亲手把女儿的手交到江锦鹏手里。就应该是这样，冯芊慧想，所有幸福的婚姻，都应该有个好的开始，多么完美的婚礼，多么完美的爱情啊。冯芊慧想着，觉得肚子有点饿了，根据她以往的经验，离上菜最少得还有半个小时，她看到餐厅上摆着一盘花生，一盘喜糖，忍不住抓了一把花生米旁若无人地剥了起来。

婚礼的仪式还在进行中，冯芊慧吃了一碟花生米，提前离开现场。冯芊慧给沈艾莉打了个电话，沈艾莉说她还在公司加班，冯芊慧说，要是不怕打扰你的话，我去你公司看看你。

冯芊慧就穿过酒店大堂向副楼走去，她从画廊门外的广告喷画上看到，铂莱卡画廊正在展出一位本土画家的国画作品，她的双腿随着广告的指引来到画廊门外。一位工作人员递给她一些展览资料，冯芊慧翻了一下，上面印着该画家的照片，从艺和获奖经历，以及一些专业评论家对他的画作写下的短小精悍的评语。冯芊慧走进画廊，抬头就看到玄关上挂着的有着蒋兆南亲笔签名的画作《望》。她在画前站了一会，她认出了画中的花架和藤蔓，认出来那个年轻女人的侧颜，也认出来那条她有一次去上海出差时买回来送给沈艾莉的豆粉色的小围巾。

画廊的工作人员善意地提醒冯芊慧展出的方向，指引她往里面走，冯芊慧对工作人员礼貌地笑了笑。那位工作人员惊讶地发现冯芊慧脸上挂着眼泪，她的泪水既不悲伤也不愤怒，更谈不上委屈。那些眼泪像珍珠一样闪着奇异的光彩，是悲喜交加，还是欣慰的幸福的眼泪。一两句话说不清楚，工作人员觉得，这个年轻的女客人的脸上挂着的眼泪，足以让一个孤苦无助的人获得希望的力量。

沈艾莉在办公室等了很久还没见冯芊慧出现，就给她打了个电话，冯芊慧说，我在天台花园，花架上的藤蔓抽出新芽了。沈艾莉赶到天台花园，冯芊慧站在她画中站立的地方，听到脚步声，她回过头，微笑着看着她的妹妹。沈艾莉不安地喊了声，姐，你怎么——

真是个好地方！冯芊慧感叹道，艾莉，你过来。沈艾莉顺从地走过去，在冯芊慧身边站住了。那幅画画得真好，冯芊慧说。沈艾莉的脸涨得通红，不知道怎么接冯芊慧的话。

艾莉，让我好好看着你。冯芊慧说。沈艾莉鼓起勇气抬起头，勇敢地凝视着冯芊慧投过来的目光。过了两分钟左右，冯芊慧把目光从沈艾莉脸上收回去，真好，大概这就是爱情的样子吧，我终于看到了。沈艾莉说，姐姐，对不起——

傻瓜！冯芊慧就像吃到李曼的喜糖时一样，又松了一口气，你不用对不起，这是好事，我真心替你们高兴。你是爱他的，是吗？沈艾莉问道。冯芊慧沉思了一会，点了点头，是的，我爱他，我同时也爱江锦鹏，也爱你，爱我的父母和亲人，像神爱我们一样，我爱这个世界，多么美好。

沈艾莉愣了愣，姐，你在说什么，我听不懂。

冯芊慧笑道，今天我是来参加江锦鹏和李曼的婚礼的，我终于想通了一直困扰我多年的问题，爱和爱情，根本就是两码事，我爱你们，同时也爱你们的美好的爱情，爱这些抽出新芽明年春天又会绽放的每一朵花，爱你们对我和对这个世界的爱所付出的一切。总之，我真诚地祝福你们，请代我问候蒋先生。

周末的时候，冯芊慧回了一趟父母家，与她父母和姑父一家吃了一顿团聚饭。让冯芊慧觉得遗憾的是，小宇轩还在严帅家里没有接回来。张雪萍告诉她，小宇轩已经会叫姨妈了，小慧啊——冯宝权及时阻止他的妻子把话往下说下去，他说，好好吃饭，女儿多久没回家了，过几天等小宇轩回来，我们再聚就是了。

饭后，冯宝权把女儿送到停车场，他们在小区的花园里散了一会步。冯芊慧说，爸，对不起，我让你们失望了。冯宝权说，不，你无论做什么事，爸爸都不会失望。

爸爸，谢谢您。冯芊慧说。

冯宝权拉着女儿的手，语重心长地说，罐头是在一八〇五年发明出来的，可是，开瓶器却是在一八五八才被发明出来，很奇怪吧？可是，有时候就是这样，重要的东西总会迟来一步，无论爱情还是生活。可能一个人生活孤单了点，没有人陪你看最新上映的电影，没有人帮你提很重的行李——可是这一切，都不是你凑合进入一段婚姻的理由。

冯芊慧哇的一声哭了起来，她长这么大，从来没有在父亲面前这样痛快地哭过。冯宝权把他的宝贝女儿搂进怀里，轻轻地拍着她的背，想哭就哭吧，从三十四年前因为你的到来让我成为一个父亲开始，爸爸的怀抱就是给你留着的，一辈子都是。

沈艾莉在严帅家楼下刚停好车，就看到严帅和王小敏牵着宇轩的手向她走过来。王小敏已经怀孕五个月了，沈艾莉下了车，微笑着向他们迎过去。小宇轩喊着妈妈，像出笼的小鸟一样飞扑过来。沈艾莉问他，小宇轩有没有发脾气？有没有惹爸爸和阿姨生气？宇轩说，没有，阿姨给我买玩具了，你看，是变形金刚。王小敏说，小宇轩很乖，他还会对我肚子里的妹妹讲故事呢。沈艾莉问小宇轩，你怎么知道阿姨肚子里的一定是妹妹？小宇轩说，我喜欢妹妹，所以阿姨答应过我，一定会给我生一个妹妹陪我玩。

沈艾莉让小宇轩跟爸爸和阿姨说再见，小宇轩乖巧地亲了严帅和王小敏一口，才钻进妈妈的车里朝他们挥手。

沈艾莉牵着小宇轩从停车场走出来，在楼梯口附近看到冯宝权用轮椅推着沈振扬散步回来。小宇轩激动地欲跑上去，被沈艾莉阻止了，她对儿子调皮地做了个"嘘"的手势，小宇轩朝母亲眨了眨眼睛，笑了起来。

沈艾莉看着他们的被透过树梢的斜阳照亮了的背影，你怕惊动了他们似的，和小宇轩一动也不动地站着，她听见冯宝权说，谁想到啊，临老了，我还得侍候你这个坏小子。沈振扬已经可以站起来了，但是还不能长时间走路，出门就要坐轮椅，说话倒是越来越清晰了，他抬起头看了他的大舅哥一眼，咧嘴一笑，一字一顿地说，您、放、心，不会、让、让您白、侍候，等您、老、了、艾莉、侍候——您——

　　冯宝权哈哈大笑起来，对对对，等我老了动不了了，艾莉来侍候我，你小子心里挺精明呀。沈艾莉听着父亲和舅舅的对话，又心酸又感动，眼泪忍不住流了下来。她吸了吸鼻子，把脸上的泪水擦拭干净追了上去，爸爸，舅舅，我回来啦！小宇轩大声嚷道，姥爷，舅爷爷，我也回来啦！

尾声

　　冬天到来之前，沈艾莉给蒋兆南打包好远行的行李，在一个雾气若散还沉的早晨把他送到机场。蒋兆南把一个小信封交给沈艾莉，这里面是我家里和画室的钥匙，我不在家这段时间，你要多去看看，公司的事就辛苦你了。沈艾莉说，好。蒋兆南说，你真的不留我吗？沈艾莉说，我没有能力挽留你，希望你理解。

　　蒋兆南深情地拥着他的爱人，吻了吻她的额头说，我理解，玉瑶说得对，只要我们真心相爱，那纸婚书不重要。沈艾莉说，你要注意身体，过得不习惯的话就早点回来。

　　陈天乐和蒋玉瑶一路飞车，匆匆赶到机场的时候，蒋兆南还没有过安检。他看到陈天乐和蒋玉瑶一起出现，欣慰地说，到底还是把你们惊动了。蒋玉瑶喊了声叔叔。蒋兆南走上前去，给蒋玉瑶一个温暖的拥抱，玉瑶，谢谢你来送我。他又贴在蒋玉瑶的耳边低声说，天乐是个好男人，好好珍惜。蒋玉瑶哽咽着说，叔叔，一路平安，我们等您回来。

　　一个月后，沈艾莉收到蒋兆南从意大利佛罗伦萨寄回来的明信片。他告诉沈艾莉，他在美弟奇美术馆找了份中文解说的工作，可能会多待一段时间才回去。幸亏她把他赶出来了，意大利是每一个艺术家一辈子必须朝拜一次的圣地，他终于圆梦了。

　　冯芊慧向市卫生局写了一份工作调动申请，她希望调到精神病医院当一名心理医生。她去精神病医院报到那天，对新单位的领导周院长说，她需要一间病房。周院长还以为她有亲人或者朋友要住院，主动了解病人的情况。冯芊慧说，是我自己住。

每天上班冯医生需要坐诊的时候，她就穿上白大褂像别的医生一样去巡查病房，遇到棘手的其他医生对付不了的病人，只要冯芊慧亲自出马，就能轻松解决问题。她在面对病人的时候，不像别的精神科医生一样，让病人玩那些在冯芊慧看来只配给三岁小孩玩的益智游戏，企图通过这种低智商的游戏来判断一个病人的病情。冯芊慧只和他们聊天，她发现绝大多数的病人都神志清醒，甚至有着超群的想象力和逻辑能力。她觉得他们没有病，也可能他们的病是自己臆想出来的或者是家属和医院合谋强加上去的。

　　冯芊慧觉得，生存本身就是一道病入膏肓、剪不断理还乱的难题，尤其面对虚无飘渺的看不见摸不着的"精神"层面，没有人有资格轻易判断一个人是否有病。当她和某位病人聊完天之后，她觉得自己所从事的是一个荒唐无比的职业，这时候，她就会脱掉身上的白大褂，把自己锁进医院破例为她预留的病房安静地沉思。有一天周院长到病房看望她，他关切地问冯芊慧，要不要给她房间的墙壁装上软包。冯芊慧想起小时候，她的姑姑冯宝怡因为沈艾莉在墙上涂鸦把所有的墙壁都贴上瓷砖的事，忍不住笑了起来。

　　冯医生，你听明白我说什么了吗？冯芊慧说，我听明白了，谢谢您，我不需要软包，我只是觉得想不通的问题越来越多。在想不通这些问题之前，我不会做傻事，当有一天我把所有问题都想通了，就更不会做傻事了。

　　好吧，周院长说，有什么需要你尽管向医院提出来，我尽量给你解决。

　　出去的时候请帮我把门锁上，我自己有钥匙，谢谢。冯芊慧说。